REBECCA WELLS

Die göttlichen Geheimnisse der Ya-Ya-Schwestern

REBECCA WELLS

Die göttlichen Geheimnisse der Ya-Ya-Schwestern

Roman

Aus dem Amerikanischen
von Renate Reinhold

Goldmann Verlag

Die Originalausgabe erschien unter dem Titel
»Divine Secrets of the Ya-Ya-Sisterhood«
bei HarperCollins, New York

Umwelthinweis:
Dieses Buch und der Schutzumschlag wurden auf
chlorfrei gebleichtem Papier gedruckt.
Die Einschrumpffolie (zum Schutz vor Verschmutzung)
ist aus umweltschonender und recyclingfähiger PE-Folie.

Der Goldmann Verlag
ist ein Unternehmen der Verlagsgruppe Bertelsmann GmbH

1. Auflage

Satz: Uhl + Massopust, Aalen
Druck und Bindung: Wiener Verlag
Printed in Austria
ISBN 3-442-30818-6

Dieses Buch ist gewidmet:

Tom Schworer,
meinem Ehemann, Beistand und besten Freund,

Mary Helen Clarke,
der Geburtshelferin dieses Buchs und treuen Freundin,

Jonathan Dolger,
meinem Agenten, der unerschütterlich an mich glaubt.

Und den Ya-Ya-Schwestern,
in all ihren Inkarnationen.

Wir werden nicht auf einmal geboren, sondern in Etappen. Zuerst der Körper, später dann der Geist... Unsere Mütter erleiden die Schmerzen unserer physischen Geburt; wir selbst müssen die langwierigen Schmerzen ertragen, die mit unserem geistigen Wachsen einhergehen.

Mary Antin

Verzeihenkönnen steht für Lieben bei all jenen Menschen, die nicht wirklich lieben können. Die bittere Wahrheit ist, daß keiner von uns wirklich lieben kann. Wir müssen verzeihen, und es muß uns verziehen werden tagaus tagein, jede Stunde – immer wieder. Das ist das großartige Werk der Liebe innerhalb der Gemeinschaft der Schwachen, uns Menschen.

Henri Nouwen

Wir dringen in so viele Geheimnisse ein, daß wir nicht länger an das Unerklärliche glauben wollen. Doch gleichwohl sitzt es da und leckt sich seelenruhig die Lippen.

H. L. Mencken

Prolog

Sidda ist wieder ein kleines Mädchen, mitten im glühenden Herzen Louisianas, in der Welt der Bayous, wo die katholischen Heiligen und die Voodoo-Königinnen zu Hause sind. Heute ist Labour Day, 1959, an diesem Tag hält ihr Daddy auf der Pecan Grove Plantage seine alljährliche Taubenjagd ab. Während die Männer schwitzen und schießen, spielen in der Kühle des klimatisierten Hauses Siddas fabelhafte Mutter Vivian und ihre Clique von Freundinnen *Bourreé*, ein mörderisches Louisiana-Poker. Auf der Memotafel in der Küche steht: RAUCHEN, TRINKEN, NIEMALS DENKEN – in Anlehnung an Billie Holiday. Immer wenn die Damen eine Pause einlegen, geben sie den Petits Ya-Yas (so nennen die Ya-Yas ihren Nachwuchs) klebrig-süße Maraschino-Kirschen zu naschen, aus dem Kühlschrank in der Bar.

Nachdem sie Tauben-Gumbo zu Abend gegessen haben (winzige Vogelbeinchen in einer dicken Gemüsesuppe, serviert in tiefen Haviland-Porzellantellern), geht Sidda zu Bett. Stunden später wacht sie schwer atmend wieder auf, sie hat schlecht geträumt. Auf Zehenspitzen schleicht sie zum Bett ihrer Mutter, aber Vivi ist vom Bourbon betäubt und will einfach nicht aufwachen.

Barfuß geht sie in die feuchte Nacht hinaus, und das Mondlicht scheint auf ihre mit Sommersprossen übersäten Schultern. Neben einer mächtigen immergrünen virginischen Eiche am Rande der väterlichen Baumwollfelder sieht Sidda zum Himmel hinauf. In der Mondsichel sitzt Unsere Liebe Frau, mit kräftigen Muskeln und einem gnädigen Herzen. Mit ihren tadellosen Beinen holt sie Schwung, als ob der Mond ihre Schaukel und der Himmel ihre Veranda seien. Sie winkt Sidda zu, als habe sie soeben eine alte Spielkameradin entdeckt.

Sidda bleibt im Schein des Mondes stehen und spürt, wie die Heilige Mutter jedem einzelnen Haar auf ihrem sechsjährigen Köpfchen ihre Liebe schenkt. Ein Strom der Zärtlichkeit fließt zwischen Himmel und Erde. Einen kurzen, kostbaren Augenblick lang weiß Sidda, daß es in ihrem ganzen bisherigen Leben nicht eine Stunde gegeben hat, in der sie nicht geliebt worden ist.

1

Step tanzende, prügelnde Rabenmutter. So wurde Vivi von der *New York Times* in der Sonntagsausgabe vom 8. März 1993 genannt. Die Seiten der Feuilleton-Beilage von letzter Woche lagen verstreut auf dem Fußboden neben dem Bett, auf dem Sidda eingerollt ausharrte, fest in ihre Zudecke gewickelt, das tragbare Telefon auf einem Kissen neben dem Kopf.

Es hatte keinerlei Anzeichen gegeben, daß die Theaterkritikerin nach Blut lechzte. Roberta Lydell war während des gesamten Interviews kumpelhaft wie eine Schwester gewesen, so daß Sidda gedacht hatte, sie hätte eine neue Freundin gewonnen. Schließlich hatte Roberta ja in einer früheren Kritik Siddas Inszenierung von *Frauen und ihre Töchter* im Lincoln Center als »phantastisches Ereignis in der amerikanischen Theaterwelt« gepriesen. Mit subtiler Raffinesse hatte die Journalistin sie umgarnt, hatte ihr Vertraulichkeit vorgegaukelt, um ihr doch nur Einzelheiten aus ihrem Leben zu entlocken.

Während Sidda so dalag, kroch ihr Cockerspaniel Hueylene zu ihr auf das Bett hinauf und kuschelte sich an ihre Kniekehlen. Die ganze letzte Woche war der Hund der einzige Umgang gewesen, den sie ertragen konnte. Sie wollte weder ihren Verlobten Connor McGill noch Freunde oder Kollegen sehen. Nur den Hund, den sie zu Ehren des Gouverneurs Huey Long so getauft hatte.

Sie starrte das Telefon an. Die Beziehung mit ihrer Mutter war noch nie einfach gewesen, aber dieser jüngste Zwischenfall hatte katastrophale Auswirkungen. Zum unzähligsten Mal in dieser Woche wählte Sidda die Nummer ihrer Eltern zu Hause in Pecan Grove. Zum ersten Mal ließ sie es tatsächlich läuten.

Beim Klang von Vivis Hallo krampfte sich Siddas Magen zusammen.

»Mama? Ich bin's.«

Augenblicklich hängte Vivi ein.

Sidda drückte die Wahlwiederholungstaste. Vivi hob erneut ab, sagte aber nichts.

»Mama, ich weiß, daß du dran bist. Bitte häng nicht ein. Es tut mir so leid, daß das alles passiert ist. Wirklich schrecklich leid. Ich –«

»Egal, was du sagst oder tust, nichts wird mich dazu bringen, dir zu verzeihen. Für mich bist du gestorben. Du hast mich getötet, und jetzt töte ich dich.«

Sidda setzte sich im Bett auf und rang nach Luft.

»Mutter, das alles habe ich wirklich nicht gewollt. Die Frau, die mich interviewt hat –«

»Ich habe dich aus meinem Testament ausgeschlossen. Wundere dich nicht, wenn ich dich wegen übler Nachrede anzeige. Ich habe alle deine Photos von der Wand abgenommen. Glaube ja nicht –«

Sidda konnte sich das zorngerötete Gesicht ihrer Mutter vorstellen, die blauen Adern, die deutlich unter der hellen Haut hervortraten.

»Mama, bitte. Ich habe doch keinen Einfluß auf die *New York Times.* Hast du das ganze Ding gelesen? Ich sagte, ›meine Mutter, Vivi Abbott Walker, ist einer der charmantesten Menschen auf der Welt.‹«

»›Charmantesten *verletzten.*‹ Du sagtest: ›Meine Mutter ist einer der charmantesten *verletzten* Menschen auf der Welt. Und sie ist auch einer der gefährlichsten.‹ Ich hab das hier schwarz auf weiß, Siddalee.«

»Hast du auch den Teil gelesen, in dem ich meine Kreativität *auf dich zurückführe*? Als ich sagte: ›Die Kreativität floß in einem Strom von meiner Mutter direkt zu mir herüber, wie der Tabasco, den sie auf unsere Babynahrung sprenkelte, um sie ein wenig aufzupeppen.‹ Mama, die hingen mir an den Lippen, wie ich ihnen erzählte, wie du immer in deinen Steptanzschuhen vor uns herumgetanzt bist, während wir in unseren Hochstühlen von dir gefüttert wurden. Die waren echt begeistert.«

»Du miese kleine Lügnerin. Die waren *begeistert*, wie du sagtest: ›Meine Mutter hing der alten erzieherischen Tradition des Südens an, wonach ein paar Schläge auf den nackten Hintern immer noch mehr ausrichten als tausend Worte.‹«

Sidda holte tief Luft.

»Die waren *begeistert*«, fuhr Vivi fort, »als sie lasen: ›Siddalee Walker, die beredte und brillante Regisseurin des Theaterereignisses *Frauen und ihre Töchter*, kennt Kindsmißhandlungen nicht nur vom Hörensagen. Als das Opfer einer Step tanzenden, prügelnden Rabenmutter ist ihr in ihrer Regiearbeit jene seltene und ergreifende Ausgewogenheit zwischen persönlicher Betroffenheit und professioneller Distanz geglückt, die den genialen Dramaturgen kennzeichnet.‹

›Mißhandeltes Kind!‹ Schwachsinn ist das! Reiner verleumderischer Schwachsinn von dem bösartigsten Kind, das man sich vorstellen kann!«

Sidda blieb die Luft weg. Sie führte den Daumen zum Mund und kaute auf der Nagelhaut herum, das hatte sie seit ihrem zehnten Lebensjahr nicht mehr getan. Sie überlegte, wo sie möglichst schnell Xanax herkriegen konnte.

»Mama, ich wollte dir nie im Leben weh tun. Vieles von dem habe ich dieser verdammten Journalistin nie gesagt. Ich schwör dir, ich –«

»Du gottverdammte egoistische Lügnerin. Es ist überhaupt nicht *verwunderlich,* daß keine deiner Beziehungen lange hält. Du kannst *überhaupt nicht* lieben. Du bist grausam. Connor McGill wird was erleben. Der müßte ja verrückt sein, dich zu heiraten.«

Sidda stand vom Bett auf, sie zitterte am ganzen Körper. Sie ging zum Fenster ihrer Wohnung im 22. Stock des Manhattan Plaza. Von hier aus konnte sie den Hudson sehen. Sein rotbraunes Wasser erinnerte sie an den Garnet River in Louisiana.

Mama, du gemeines Biest, dachte sie. Du unersättliches, melodramatisches Biest. Als sie wieder sprechen konnte, klang ihre Stimme kalt und gefaßt.

»Was ich da gesagt habe, war nicht unbedingt gelogen, Mutter. Oder hast du ganz vergessen, wie sich der Ledergürtel in deiner Hand anfühlte?«

Sidda hörte, wie nun ihre Mutter nach Luft rang. Als Vivi antwortete, war ihre Tonlage erheblich leiser.

»Meine Liebe war ein Privileg, das du mißbraucht hast. Ich ziehe dieses Privileg nun zurück. Du hast keinen Platz mehr, ich habe dich weit aus meinem Herzen verbannt. Ich wünsche dir nur eines, daß du deine Schuldgefühle niemals los wirst.«

Sidda hörte den Wählton. Sie wußte, ihre Mutter hatte aufgelegt. Sie selbst hielt immer noch den Hörer an das Ohr gepreßt. Wie erstarrt stand sie da, umgeben von den Straßengeräuschen Manhattans, die gedämpft an ihr Ohr drangen, im Licht der verblassenden, kalten Märzsonne der Großstadt.

Nach jahrelanger Regiearbeit an verschiedenen Provinzbühnen zwischen Alaska und Florida, nach zahlreichen Off-Off-Broadway-Inszenierungen war Sidda reif für den Erfolg von *Frauen und ihre Töchter* gewesen. Als das Stück im Februar schließlich im Lincoln Center Premiere hatte, waren die Kritiken ausnahmslos hervorragend gewesen. Mit vierzig wollte sich Sidda endlich im Licht der Anerkennung sonnen. Sie hatte mit May Sorenson, der Autorin des Stücks, seit seiner ersten Bühnenlesung im Seattle Rep eng zusammengearbeitet. Sie hatte nicht nur bei der Premiere in Seattle Regie geführt, sondern auch bei weiteren Inszenierungen in San Francisco und Washington D. C. Connor hatte das Bühnenbild entworfen, und Wade Coenen, einer ihrer besten Freunde, die Kostüme. Die vier arbeiteten bereits seit Jahren zusammen, und für Sidda war es eine besondere Freude, daß sie nun gemeinsam ihren Erfolg genießen konnten.

In ihrer ersten Kritik hatte Roberta Lydell Siddas Arbeit mit Lob überhäuft:

> Siddalee Walker führt die Regie von May Sorensons *tour de force* über Mutter-Tochter-Beziehungen mit Verve und Leidenschaft. Was allzu leicht ins Weinerliche und Lächerliche

abgleiten kann, gerät unter ihren Händen zu einer erstaunlichen und äußerst amüsanten Aufführung, die unter die Haut geht. Walker unterscheidet genau zwischen den ausgelassenen, komplizierten, traurigen und komischen Tönen von Sorensons Stück und fügt diese zu einer Inszenierung zusammen, die eher einem Naturereignis als einer Bühnenproduktion gleichkommt. Die Familie – ihre Geheimnisse, ihre kleinen Morde und ihre wunderbare Lebendigkeit – ist wohlauf und gesund im Lincoln Center. Das amerikanische Theater ist sowohl May Sorenson als auch Siddalee Walker zu Dank verpflichtet.

Wie hätte Sidda ahnen können, daß sich Roberta Lydell nur einen Monat später auf hinterlistige Weise in ihre Psyche einschleichen und ihr Einzelheiten entlocken würde, die sie sonst nur ihrem Therapeuten und ihren besten Freunden anvertraute?

Nach Erscheinen des empörenden Artikels gaben Vivi, Siddas Vater Shep und die ganze übrige Familie geschlossen ihre Theaterkarten zurück. Sidda, die sorgfältige Vorbereitungen für den Besuch ihrer Verwandten getroffen hatte, mußte das hinnehmen. Sie träumte oft davon, daß Vivi weinte, und erwachte selbst weinend aus diesen Träumen. Sidda hörte nichts von ihrem Bruder Little Shep oder ihrer Schwester Lulu. Sie hörte kein Wort von ihrem Vater.

Das einzige Familienmitglied, das sich bei ihr meldete, war ihr kleiner Bruder Baylor. Er sagte: »Sie ist total ausgeflippt, Siddo. Vivi-Schätzchen wollte immer schon in die *New York Times* kommen, aber so hat sie sich das nicht vorgestellt. Selbst wenn du jetzt dein Blut opfern würdest, würde sie dir nicht verzeihen. Und außerdem bist du jetzt der Star, nicht sie. Das verträgt sie nicht.«

»Und Daddy? Warum ruft er nicht an?«

»Bist du verrückt? Der steht doch unter ihrem Pantoffel. Ich habe ihn gefragt, warum er dir nicht wenigstens ein paar Zeilen geschickt hat. Und weißt du, was er gesagt hat? Er hat gesagt: ›Ich bin schließlich derjenige, der mit Vivi Walker leben muß.‹«

Sidda wollte nach diesen Worten ihres jüngsten Bruders nicht einfach den Hörer auflegen. Sie wollte, daß sie jemand aus diesem Gefühl, eine Waise geworden zu sein, herausriß. Sie schrieb an Vivi:

18. April 1993

Liebe Mama,
bitte, verzeih. Ich wollte Dir bestimmt nicht weh tun. Aber das ist mein Leben. Ich muß mit Dir darüber sprechen.
Du fehlst mir. Deine Stimme, Dein verrückter Humor. Deine Liebe fehlt mir. Der Gedanke, daß Du mich verstoßen hast, bricht mir das Herz. Bitte versuche zu verstehen, daß ich keinen Einfluß darauf habe, was andere Leute schreiben. Bitte glaube mir, daß ich Dich liebe. Ich verlange gar nicht, daß Du mir nicht mehr böse bist. Ich bitte Dich einfach, mich nicht aus Deinem Herzen zu verstoßen.

Sidda

Dank der Aufmerksamkeit nach dem Erscheinen von Siddas Kurzbiographie stiegen die Besucherzahlen sprunghaft an. *Frauen und ihre Töchter* wurde ein noch größerer Erfolg. *Time Magazine* brachte Sidda groß heraus in einem Artikel über Frauen und das Theater. Sie bekam einen Vertrag für die Regie der Fernsehbearbeitung, und CBS fragte bei ihrem Agenten wegen einer möglichen Fernsehserie an. Theater im ganzen Land, die ihr jahrelang nur Absagen erteilt hatten, baten sie nun auf Knien, die Regie ihrer Stücke zu übernehmen.

Darüber hinaus hatte May die Bühnenrechte von Clare Boothe Luces Werk *Die Frauen* erworben und war dabei, es zu einem Musical umzuarbeiten. Dem Seattle Rep war ein beträchtlicher Zuschuß gewährt worden, damit May, Sidda, Connor und Wade für eine Werkraum-Inszenierung unter Vertrag genommen werden konnten.

Als der Zeitpunkt ihres vorübergehenden Umzugs nach Seattle näher rückte, begann Sidda unter einem ständig verspannten Nacken zu leiden. Sie hatte das Gefühl, ihre Nerven lägen bloß. Sie wußte nicht, was schlimmer war: die Schmerzen im Nacken oder die Traurigkeit, die hochstieg, wenn Connor sie massierte. Sie hatte doch das Leben, von dem sie immer geträumt hatte: Sie war eine gefragte Regisseurin, sie war verlobt mit dem Mann, den sie liebte. Aber sie wollte nur eins: im Bett liegen, Makkaroni mit Käse essen und sich vor den Alligatoren verstecken.

Kurz vor ihrer Abreise nach Seattle machte sie einen erneuten Versuch, an Vivi heranzukommen. Diesmal schrieb sie:

30. Juni 1993

Liebe Mama,
ich weiß, Du bist immer noch wütend auf mich. Aber ich brauche Deine Hilfe. Ich übernehme in Seattle die Regie von einer Musical-Version von Clare Boothe Luces *Die Frauen*, und ich habe keine Ahnung, wie ich anfangen soll. Du weißt alles über Freundschaft unter Frauen. Seit über fünfzig Jahren bist Du mit Caro, Necie und Teensy sehr eng befreundet. Du bist die *Expertin*. Und Dein angeborener Sinn für Dramatik ist unbestritten. Es wäre äußerst hilfreich, wenn Du mir ein paar Ideen geben könntest, Erinnerungen – alles, was Du über Dein Leben mit den Ya-Yas besitzt. Wenn Du es nicht für mich tun willst, dann tu es bitte für das amerikanische Theater.
Bitte.

In Liebe
Sidda

Im Juli reisten Sidda und Connor nach Seattle ab. Als Sidda das Flugzeug bestieg, rief sie sich in Erinnerung: Ich lebe ein tolles Leben. Ich heirate am 18. Dezember den Mann, den ich liebe. Meine Karriere ist nicht aufzuhalten. Ich habe Erfolg. Ich habe Freunde, die sich mit mir über meinen Erfolg freuen. Alles ist gut. Wirklich.

Mitten in der Nacht, am 8. August 1993, während der Mond draußen sich in der glatten Oberfläche des Lake Washington spiegelte, fuhr Sidda keuchend und schweißgebadet aus dem Schlaf hoch. Sie hatte Tränen in den Augen, der Mund war wie ausgedörrt, die Haut juckte, und sie wußte ganz sicher, daß

Connor, ihr Liebster, der neben ihr im Bett lag, im Schlaf gestorben war.

Ich *weiß* es, dachte sie. Er hat mich verlassen. Er ist fort. Für immer.

Mit jeder Faser ihres verkrampften Körpers versuchte sie herauszufinden, ob Connor noch atmete. Wie lautlose, heiße Dolche schossen ihr die Tränen in die Augen, und das wilde Trommeln ihres Herzschlags übertönte alle übrigen Geräusche.

Sie preßte ihr Gesicht gegen das des Geliebten. Als ihre Tränen auf sein Kinn tropften, wachte Connor auf und küßte sie.

»Liebe dich, Sidd-o«, murmelte er im Halbschlaf. »Liebe dich, meine Blume.«

Ein derart abruptes Lebenszeichen ließ Sidda erschrocken zusammenfahren.

»Sidd-o«, flüsterte Connor, »was ist denn?«

Er setzte sich auf, zog sie an seine Brust und legte die Arme um sie.

»Ist schon gut, Sidda. Es ist alles in Ordnung.«

Sie ließ sich von ihm halten, aber sie glaubte ihm nicht, daß alles in Ordnung sei. Nach einer Weile legte sie sich wieder neben ihn und tat, als schliefe sie. So lag sie drei Stunden da und betete stumm, Heilige Maria, Du Trösterin in Kummer und Not, bitte für mich. Hilf mir.

Als die Sonne über den Cascade Mountains aufging und verärgerte Krähen sich geräuschvoll in den Douglastannen zankten, trat Sidda mit Hueylene auf die Veranda hinaus. Es war ein kalter, grauer Augustmorgen in Seattle.

Wieder drinnen im Zimmer, beugte sich Sidda zu dem Spaniel hinunter und kraulte ihn am Bauch. Vielleicht, dachte sie, ist es mein Schicksal, daß ich nur Hunden meine Liebe zeigen kann.

Sie ging ins Schlafzimmer und küßte Connor auf die Stirn. Er öffnete die Augen und lächelte sie an. Sie betrachtete seine blauen Augen, und es fiel ihr auf, daß sie am Morgen immer viel dunkler waren.

»Ich muß die Hochzeit verschieben, Connor.«

Sein Lächeln erstarrte.

»Connor, bitte, hör mir doch zu«, sagte sie, erschrocken über seinen Gesichtsausdruck. »Ich weiß nicht, ob ich das ertrage.«

»Was ertrage?«

»Die Tatsache, daß du sterben und mich allein lassen wirst.«

»Tu ich das?« fragte er.

»Ja. Unweigerlich. Ich weiß nicht, wann und wie. Aber es wird passieren. Und ich weiß nicht, ob ich das ertragen kann. Letzte Nacht hast du zu atmen aufgehört. Oder wenigstens kam es mir so vor.«

Connor starrte sie an. Sidda Walker war äußerst sensibel. Er wußte das. Und genau das liebte er an ihr.

»Mein Gott, Sidda. Ich erfreue mich bester Gesundheit. Ich habe letzte Nacht nicht zu atmen aufgehört, ich habe geschlafen. Du weißt doch, was ich für einen tiefen Schlaf habe.«

Sidda sah ihn an.

»Ich bin gestern nacht aufgewacht und war vollkommen davon überzeugt, du seist tot.«

Er berührte ihre Wange. Sie wandte sich ab und starrte auf ihre Hände, die sie verkrampft in ihrem Schoß hielt.

»Das Gefühl, das ich letzte Nacht hatte, kann ich nicht noch einmal ertragen. Ich möchte nicht verlassen werden.«

»Sidda, was soll das alles?«

Connor warf die Decke zurück und stand auf. Auf seinem langen, schlaksigen Körper waren Knitterfältchen in die Haut gedrückt, und er roch nach Baumwolle und Träumen. Er war fünfundvierzig Jahre alt, fit, behende, leichtfüßig.

Hueylene klopfte mit dem Schwanz gegen den Holzfußboden. Connor beugte sich hinunter und streichelte sie. Dann kniete er sich auf dem Boden vor Sidda nieder und nahm ihre Hände in seine.

»Sidda, das ist nichts Neues, daß ich irgendwann mal sterben werde. Du ja auch. Das ist nichts Neues, meine Blume.«

Sidda versuchte, tief durchzuatmen. »Für mich ist es neu«, sagte sie.

»Du siehst doch Gespenster.«

Sidda nickte.

»Ist es wegen dieser Sache mit deiner Mutter?«

»Nein«, antwortete sie. »Das hat nicht das geringste mit ihr zu tun.«

»Weißt du, auch ich muß mit der Tatsache fertig werden, daß du mal sterben wirst, Sidda. Ich meine, du könntest auch vor mir sterben, und dann bin ich derjenige, der zurückbleibt.«

»Nein, das wird nicht geschehen.«

Connor stand auf. Er nahm seinen Morgenmantel aus grünem Flanell vom Schaukelstuhl und schlüpfte hinein. Sidda verfolgte jede seiner Bewegungen.

»Möchtest du Schluß machen?« fragte er leise. »Macht man das so bei euch in Louisiana, wenn man dem anderen höflich beibringen will, daß es aus ist?«

Sie stand auf und ging zu ihm hinüber, schlang die Arme um seine Taille und lehnte den Kopf an seine Brust. Ihr Kopf paßte genau unter sein Kinn.

»Nein«, flüsterte sie, »ich möchte nicht, daß es zwischen uns aus ist, Connor. Ich liebe dich, ich werde dich immer lieben. Mir tut das alles so leid.«

Connor beugte sich zu ihr hinunter. Sidda spürte, wie sein Herz klopfte.

»Wie lange reden wir schon darüber, Sid?«

»Ich weiß es nicht. Nicht sehr lange. Ich weiß es nicht.«

Er wandte sich ab und ging zum Fenster.

Sidda wartete, sie hatte schreckliche Angst, zu weit gegangen zu sein.

»Ich will nicht dauernd in der Luft hängen«, sagte er und starrte auf die Cascade Mountains. »Hör auf, mit mir zu spielen, Sidda. Ich bin kein Masochist.«

Bitte, lieber Gott, laß mich Connor nicht verlieren.

»Also gut«, meinte er schließlich und drehte sich zu ihr um. »Okay. Ich bin zwar nicht glücklich darüber. Aber meinetwegen.«

Sie gingen wieder ins Bett, und Sidda kuschelte sich an Connor. Lange Zeit lagen sie so da, ohne ein einziges Wort. Vier Jahre Freundschaft und vier Jahre Zusammenarbeit am Theater hatten vergehen müssen, ehe sie sich eingestand, daß sie ihn seit der allerersten Begegnung geliebt hatte. Sie führte damals am Goodman Theater in Chicago Regie, und Connor entwarf für das Stück das Bühnenbild. Gleich am ersten Tag wollte sie ihn küssen. Er hatte etwas Besonderes an sich, seine bedächtige Art zu lächeln, die Kontur seines Kinns, sein langer schlanker Körper, seine Phantasie. Sie liebte, wie er sich bewegte, kraftvoll und entspannt zugleich, sie liebte sein ganzes Benehmen, gelassen und ohne Hast.

Als sie so aneinandergeschmiegt dalagen, erschien auf einmal Hueylenes Gesicht über der Bettkante und himmelte sie an. Sidda seufzte.

»Ich dachte, ich sollte für eine Weile wegfahren. Als wir nach Seattle kamen, hat mir May ein kleines Haus am Lake Quinault auf der Olympic Peninsula angeboten, das ihrer Familie gehört.«

»Wie weit ist es von Seattle weg?«

»Ungefähr drei Stunden, denke ich.«

Connor studierte ihr Gesicht.

»Okay«, meinte er. Er griff nach Hueylene und kraulte sie hinter den Ohren. »Nimmst du die Chefin mit, oder kann sie hier bei mir bleiben?«

»Ich würde sie gerne mitnehmen.«

Connor gab Sidda einen langen, sanften Kuß. Sie fühlte sich an einen warmen, feuchten Ort getragen. Sex heilt, sagte sie sich, Kummer tötet. Es fiel ihr nicht leicht, sich dieser Freude und diesem Trost hinzugeben.

Vier Monate vor der geplanten Hochzeit mit Connor kam es Sidda vor, als ob ein großer schwarzer Stein mitten in ihrer Brust jede ihrer Schwingungen blockierte. Ihre Glieder waren angespannt, als müsse sie ständig vor etwas auf der Hut sein; als befände sie sich in einer nicht enden wollenden Fastenzeit und wartete darauf, daß endlich jemand den großen schweren Stein vor dem Eingang der Höhle wegrollte.

2

Vivi Walker ging die von Bäumen gesäumte Auffahrt von Pecan Grove zum Briefkasten hinunter. Sie hatte in der Fensternische des Arbeitszimmers gelegen und zur Musik von Barbra Streisand ein Buch gelesen, als sie das Postauto hörte. Mit siebenundsechzig Jahren war sie immer noch fit, dank regelmäßigen Tennisspielens zweimal in der Woche. Sie hatte wohl fünf Pfund zugenommen, seit sie versuchte, das Rauchen aufzugeben, aber dennoch konnte man sie leicht für eine viel jüngere Frau halten. Ihre Beine waren zwar nicht braungebrannt, aber straff und muskulös. Ihr schönes aschblondes Haar war zu einem Bob geschnitten, und sie trug einen teuren schwarzen Strohhut bester Machart, den sie vor fünfunddreißig Jahren gekauft hatte. Ihre Kleidung bestand aus Leinenshorts, einer adretten weißen Bluse und Tennisschuhen. An Schmuck trug sie nur ein Armband aus vierundzwanzigkarätigem Gold, ihren Ehering und winzige Brillantohrstecker. Das war ihre Sommeruniform, und niemand in Cenla konnte sich erinnern, daß es jemals anders gewesen wäre.

Kataloge von allen möglichen Versandgeschäften für Camping- und Freizeitbedarf steckten im Briefkasten. Ihr Ehemann Shep war noch immer fasziniert, wie früher als kleiner Junge vom Land, von der Möglichkeit, per Bestellschein einkaufen zu können. Dann fand sie eine Rechnung für einen kürzlich erstandenen sündteuren Hosenanzug aus weißer Seide.

Und schließlich sah sie ein graues Kuvert, hübsches Papier, mit dem Poststempel von Seattle. Als sie die Handschrift ihrer ältesten Tochter erkannte, krampfte sich ihr Magen zusammen. Wenn Sidda wieder um Ya-Ya-Souvenirs bettelte, dann war die Antwort nein. Diesem Kind würde sie überhaupt nichts mehr geben, nicht, nachdem sie so verletzt worden war. Sie blieb in der Auffahrt stehen, schlitzte den Umschlag mit dem Daumennagel auf, holte tief Luft und begann zu lesen.

10. August 1993

Liebe Mama, lieber Papa,
ich habe beschlossen, meine Hochzeit mit Connor zu verschieben. Ich wollte es Euch selbst sagen, ehe Ihr es von anderen erfahrt. Ich weiß, wie schnell sich so etwas in Thornton herumspricht.
Mein Problem ist, daß ich einfach nicht weiß, was ich tun soll. Ich weiß nicht, wie man liebt.
Na ja, das ist jedenfalls die Neuigkeit.

In Liebe
Sidda

Mist, dachte Vivi. Mist, Mist, Mist.

Als sie wieder in ihrer Küche war, kletterte sie auf einen Stuhl, um an den obersten Küchenschrank heranzukommen, wo sie ein Päckchen Zigaretten versteckt hatte. Dann besann sie sich und stieg vorsichtig wieder hinunter. Sie holte aus dem Regal mit ihren Kochbüchern den mit Saucenspritzern befleckten Band von *River Roads Recipes* und öffnete ihn auf Seite 103. Da, neben Mrs. Hansen Scobees Rezept für Flußkrebs *étouffée* steckte das Verlobungsfoto von Sidda und Connor, mit dem Sidda ihre Verlobung bekanntgegeben hatte. Es war das einzige Photo, das Vivi nicht vernichtet hatte. Sie betrachtete das Bild eine Weile, dann schob sie sich einen Nichtraucherkaugummi in den Mund und griff nach dem Telefon.

Eine halbe Stunde später nahm sie die Barbra-Streisand-CD aus der Anlage, schnappte sich ihre Tasche, stieg in ihren marineblauen Jeep Cherokee und fuhr zügig die lange Auffahrt hinunter, die von Pecan Grove hinaus in die Welt führte.

Necie und Caro warteten bereits, als Vivi vor Teensys Haus anhielt. Shirley, das Dienstmädchen, hatte ein paar Sandwiches und zwei Thermosflaschen mit Bloody Mary vorbereitet. Sie stiegen in Teensys rotes Saab Cabrio, und eine jede setzte sich auf den Platz, den sie in jedem von Teensys Cabrios seit 1941 eingenommen hatte: Teensy hinter dem Steuer, Vivi auf dem Beifahrersitz, Necie hinter der Fahrerin und Caro auf dem Rücksitz hinter Vivi. Allerdings legte Caro die Füße nicht mehr wie früher auf die Rückenlehne vor ihr. Nicht etwa, weil sie es nicht mehr schicklich fand, sondern weil sie nun seit einiger Zeit einen tragbaren Sauerstoffbehälter mit sich führen mußte. Sie war nicht immer darauf angewiesen, aber er mußte stets in Reichweite sein, für alle Fälle.

Teensy drehte die Klimaanlage voll auf, und der Reihe nach lasen die Ya-Yas Siddas Brief. Als sie fertig waren, klappte Teensy das Verdeck zurück, und Vivi legte die Barbra-Streisand-CD ein. Alle vier Frauen setzten Sonnenbrille und Hut auf und legten ein Halstuch um. Dann brausten sie los in Richtung Spring Creek.

»Also gut«, sagte Vivi. »Ich stand da neben dem Briefkasten und dachte mir ein Gebet aus – ein ›Ultra-Tomatum‹, wie Sidda immer zu Ultimatum gesagt hat. Ich sagte: ›Hör mir gut zu, alter Knabe.‹ Nicht *›Bitte hör mir zu‹*. Einfach *›Hör mir zu.‹*«

»Ich dachte immer, du betest nur zu Unserer Barmherzigsten Mutter, *chère*«, meinte Teensy. »Hast du den alten Sack nicht längst abgeschrieben?«

»Ich bitte dich, Teensy«, sagte Necie, »hör auf. Das sagst du nur, um mich zu schockieren.«

»Das stimmt nicht«, erklärte Vivi. »Gottvater hab ich aufgegeben – den alten Knaben, wie Shep ihn nennt. Aber ich dachte mir, in diesem Fall gehst du lieber auf Nummer Sicher.«

»Das ist immer gut«, meinte Caro.

»Es kann nie schaden, wenn man zu ihnen allen betet, sage ich immer«, fügte Necie hinzu. Sie war die einzige, die den Papst noch nicht für senil hielt. »Weil doch die Heilige Dreifaltigkeit *wirklich existiert,* auch wenn ihr alle die katholische Religion umgemodelt habt, damit sie euch in den Kram paßt.«

»Hör schon auf«, sagte Teensy. »Werd jetzt ja nicht missionarisch. Du weißt doch, daß wir *au cœur* alle immer noch gute katholische Mädels sind.«

»Ich denke halt, es ist ein wenig *geschmacklos*, wenn man Gott den Allmächtigen einen ›alten Sack‹ nennt, weiter nichts«, antwortete Necie.

»*Bien, bien,* aber das gehört jetzt nicht hierher, Sainte Denise«, meinte Teensy.

Vivi öffnete eine der Thermosflaschen und goß etwas von der Bloody-Mary-Mischung in einen Plastikbecher. »Caro-Schätzchen«, sagte Vivi und reichte ihn nach hinten an Caro weiter.

»Teensy, wollen wir nicht die alte Straße statt der Autobahn nehmen, was meinst du?« fragte Vivi.

»Klar, *bébé*«, erwiderte Teensy.

Die alte Straße war eine einspurige Staatsstraße, die Farmland durchquerte und um einen Teil des Bayou Ovelier herumführte. Sie war weniger befahren als die Autobahn und auch kühler, denn alte Bäume spendeten reichlich Schatten.

»Ich denke, Gott schuldet mir einen extra Gefallen mit Sidda, weil Er doch ihren Zwillingsbruder zu sich genommen hat«, meinte Vivi. »Deshalb steht mir ein Sonderrabatt zu, oder nicht?«

»Ja, natürlich«, antwortete Necie. »Sidda bekommt all die Vergünstigungen, die Gott sonst dem Zwilling hätte zukommen lassen, wenn er am Leben geblieben wäre.«

»Na seht ihr«, sagte Caro. »Die Schwester Mary Necie kann euch alles erklären.«

»Teensy«, fragte Vivi, »bist du die Auserkorene?«

»Himmel, nein«, antwortete Teensy.

»Sie könnten uns deswegen ins Betty einweisen lassen«, sagte Vivi, als sie Teensy vorsichtig einen Drink einschenkte und ihn ihr reichte.

»Sie könnten uns wegen einer Menge Sachen ins Betty einweisen lassen«, antwortete Teensy und lenkte wieder geradeaus. Schon vor Jahren hatte sie die Betty-Ford-Klinik in Betty umgetauft, und mittlerweile war der Begriff fester Bestandteil des Ya-Ya-Vokabulars.

»Necie?« fragte Vivi und hielt ihren Becher hoch. »Schlückchen gefällig?«

»Nur ein kleines.«

»Sagt doch der Babs, sie soll nicht so plärren«, bat Caro. »Ich versteh kein Wort von dem, was ihr sagt, wenn die so laut ist.«

Teensy stellte den CD-Spieler leiser und suchte im Rückspiegel Caros Blick.

»Weißt du, die können die jetzt so machen, daß man sie überhaupt nicht mehr sieht, Caro.«

»Wie oft soll ich dir noch sagen, ich brauche kein Hörgerät, Teensy.«

Vivi drehte sich um, so daß sie Caro ins Gesicht sehen konnte, und dann formte sie mit den Lippen lautlose Worte. Augenblicklich machte Necie mit.

»Ihr verrückten Hühner!« lachte Caro. »Hört sofort auf!«

»Ich bin nach wie vor fuchsteufelswild wegen Siddalee Walker.« Vivi nahm einen tiefen Schluck von ihrer Bloody Mary. »Einfach meinen guten Ruf zu *ruinieren*, in der größten Zeitung des Landes. Wer hätte da nicht eine Stinkwut? Aber ich empfange Piepser auf meinem Mama-Radar.«

»Man soll *stets* auf seine Piepser hören, sag ich immer«, sagte Necie.

»Wegen des Fotos«, sagte Vivi. »Dieses Verlobungsfoto.« Sie zog das Bild aus ihrer Handtasche und reichte es nach hinten.

»Sie sieht einfach hinreißend aus auf dieser Aufnahme«, meinte Necie, »auch wenn es für eine Verlobungsanzeige ziemlich leger ist.«

»Nein, schaut doch mal *genau* hin«, bat Vivi ihre Freundinnen.

Caro und Necie studierten das Foto, dann gaben sie es weiter an Teensy, die ungeduldig mit den Fingern schnippte.

Caro pfiff Bachs Brandenburgisches Konzert Nr. 6 vor sich hin. Plötzlich, mitten im Takt, rief sie: »Es ist ihr Lächeln.«

»Exactement!« erwiderte Vivi und drehte sich um. »Siddalee Walker hat auf keinem einzigen Foto mehr so gelächelt, seit ihrem zehnten Lebensjahr.«

Teensy betätigte den Blinker und ging vom Gas weg, als sie sich einer alten Tankstelle mit Laden näherten, dessen Balustrade am Zusammenbrechen war. Das Gebäude war vollständig mit Kudzu-Schlingpflanzen überwuchert, und aus den rostigen Esso-Zapfsäulen wuchsen Ranken, so seltsam anmutend wie die Haarsträhnen der Medusa.

Dann bog Teensy nach links in eine kleine Straße ein, wo die Kronen virginischer Eichen beiderseits der Straße sich hin und wieder in der Mitte berührten und den Frauen das Gefühl vermittelten, sie führen in einen Zaubertunnel hinein. Vor sechzig Jahren waren sie noch Kinder und diese Bäume schon alt gewesen. Die Frauen wurden still und ließen sich von den majestätischen Bäumen in den Bann ziehen.

Keine hätte sagen können, wie oft sie schon diesen Weg zum Spring Creek zurückgelegt hatten. Zuerst mit den Eltern, als sie noch klein waren, dann zusammen oder mit Freunden. Damals hatten sie Benzinmarken klauen müssen, um zu den himmlischen Wassern des Flusses zu gelangen. Dann in all jenen Sommern, als ihre Kinder heranwuchsen, wenn sie ganze zwei oder drei Monate blieben und nur Make-up auflegten, wenn ihre Ehemänner an den Wochenenden nachkamen.

»Sie lächelt so, wie sie lächeln, bevor der Busen wächst«, stellte Teensy fest.

»So, wie man einfach vor sich hin lächelt, und nicht wie für den Kerl mit der verdammten Kamera«, sagte Caro.

»So ein Lächeln hatte ich auch«, meinte Vivi. »Ich weiß das genau. Bevor ich mir Gedanken machte wegen meiner Sommersprossen und daß ich den Bauch einziehen muß.«

»Der verflixte gottverdammte springende Punkt ist doch, daß Sidda sich nicht in Pose wirft, verdammt noch mal«, sagte Caro. »Sie *spielt* nicht für andere eine Frau, die sich verlobt.«

»Caro«, meinte Necie, »du klingst so – so – *rigoros*.«

Caro nahm Necies Hand und drückte sie sanft.

»Necie, Schatz, ich bin siebenundsechzig Jahre alt. Ich darf rigoros sein, wenn mir verdammt noch mal danach zumute ist.«

»Malissa sagt, ihre Therapeutin sagt, ich hätte Angst davor, rigoros zu sein. Sie sagt, ich sei harmoniesüchtig. Ich verstehe nicht, warum es eine *Sucht* sein soll, wenn ich mich einfach nur darum bemühe, hübsche rosa und himmelblaue Gedanken zu denken«, sagte Necie.

Caro hob Necies Hand hoch und drückte schnell einen Kuß darauf, bevor sie sich wieder zurücklehnte.

»Hör nie auf den Therapeuten deines Kindes«, meinte Caro.

»Warte, bis die Therapeuten *ihrer* Kinder sich einmischen«, warf Vivi ein. »Rache ist süß.«

Necie lächelte und sah Caro an, die jetzt mit geschlossenen Augen dasaß.

Vivi fragte sich, ob ihre eigene Mutter, Buggy, jemals so gelächelt hatte. Ihr fiel ein Bild ein, das sie bei Buggys Sachen nach deren Tod gefunden hatte. Eine alte Fotografie, etwa aus dem Jahr 1916. Ihre Mutter hatte eine riesige Schleife im Haar und starrte feierlich in die Kamera. Auf die Rückseite hatte sie ihren Namen geschrieben. Nicht »Buggy« oder »Mrs. Taylor C. Abbott«, wie sie sonst immer nur genannt wurde, sondern ihren richtigen Namen, »Mary Katherine Bowman«.

»*Maman* hat immer so gelächelt wie Sidda hier«, sagte Teensy und deutete auf das Foto, das jetzt in Vivis Schoß lag.

Wie mein Lächeln jetzt wohl aussieht, dachte Vivi. Ob man jemals wieder so lächeln kann wie als unbekümmertes Mädchen? Oder ist es damit wie mit der Jungfräulichkeit – wenn sie einmal verloren ist, dann ist es vorbei.

Am Fluß angekommen, stiegen die Frauen aus dem Auto. Necie trug den Korb mit dem Essen, und Teensy holte aus dem Kofferraum die zweite Thermosflasche mit Bloody Mary. Ohne zu fragen half Vivi Caro mit ihrem Sauerstoffbehälter, und Caro akzeptierte ihre Hilfe, ohne sich zu bedanken. Die vier Ya-Yas gingen einen schmalen Pfad entlang und kletterten dann langsam und vorsichtig hinab zum Flußufer, wo Vivi eine alte, rosakarierte Decke ausbreitete. Sie ließen sich auf der Decke nieder und lauschten eine Weile dem Summen der Insekten.

»Dem Himmel sei Dank für dieses kühle Fleckchen. Sonst wären wir schon längst *geröstet*«, meinte Caro.

Weiden und Pappeln ragten in den Fluß hinein, und hinter ihnen wuchsen Weihrauchkiefern. Die Sonne hatte schon den Zenit überschritten, aber es war immer noch heiß.

Necie reichte Shirleys gebackene Austern auf frischem Weißbrot herum. Teensy schenkte nach.

»Was sollen wir mit Siddas Bitte machen, ihr bei dem Clare-Boothe-Luce-Stück zu helfen?« fragte Vivi. »Die hat Nerven, dieses kleine Biest, uns um die *Ya-Ya-Souvenirs* zu bitten. Das *kann* doch nicht ihr Ernst sein. Nachdem, was sie mir angetan hat, würde ich ihr nicht einmal das Rezept für einen gottverdammten Nudelauflauf schicken.«

»Also *ich würde* mich wirklich geschmeichelt fühlen!« sagte Necie. »Aber das ist nur meine Meinung. Meine Töchter bitten mich lediglich um Kommunalobligationen.«

»Wir *würden* uns um das Theater verdient machen«, warf Teensy ein.

»Das Kind hat einen Blick für erstklassiges Quellenmaterial«, sagte Caro.

»Wir sind überhaupt nicht so wie diese Weiber in *Die Frauen*«, meinte Vivi. Die haben sich gehaßt. *Und* wir waren außerdem erst Kinder, als der Film 1939 anlief.«

»Nur *bébés*«, sagte Teensy.

»Aber wir haben einen Sinn für Geschichte«, fügte Necie hinzu. »War Norma Shearer nicht sagenhaft in diesem Film? Solche Schauspielerinnen findet man heutzutage gar nicht mehr.«

»Auf die Ya-Ya-Souvenirs«, sagte Caro und hob ihr Glas.

»Was?« fragte Vivi ungläubig.

»Das Leben ist kurz, Mädchen, schick ihr das Album«, meinte Caro.

»Es ist nicht meine Schuld, wenn sie vor der Hochzeit kneift«, antwortete Vivi. »Sie kriegt mein Album *nicht*.«

»Ich bin ihre Patin«, meinte Caro. »Du gibst ihr die ›Göttlichen Geheimnisse‹.«

»*Eigentlich* gebietet es die Höflichkeit«, meinte Necie.

»Schick ihr die ›Göttlichen Geheimnisse‹, *chère,* schick sie ihr *tout de suite*«, sagte Teensy.

Vivi sah ihre Freundinnen nacheinander an. Schließlich hob sie ihr Glas.

»Auf die Ya-Ya-Souvenirs«, sagte Vivi.

Dann, als sie reihum anstießen, sahen sie sich in die Augen. Das ist eine der grundlegenden Ya-Ya-Regeln: Man *muß* der anderen in die Augen sehen, wenn man mit ihr anstößt. Sonst geht die Bedeutung dieses Rituals verloren, verkommt zur *reinen Show.* Und genau damit haben die Ya-Yas nichts zu tun.

3

Als sie an jenem Abend wieder nach Pecan Grove zurückkehrte, zog Vivi sich in ihr Schlafzimmer zurück. Die Klimaanlage war eingeschaltet, der Deckenventilator summte, und die Fenster waren weit geöffnet, um die nächtlichen Geräusche des Bayous hereinzulassen. Sie knipste die Nachttischlampe aus und zündete vor ihrer Marienstatue eine Kerze an. Sie betete:

Allergnädigste Mutter, erhöre mein Gebet. Du bist die Königin des Mondes und der Sterne. Wessen Königin ich noch bin, weiß ich nicht.

Es gibt keine Entschuldigung für diese Phase damals in meinem Leben. Heutzutage, wenn man anfängt, sich seltsam zu benehmen, merken das die anderen. Und du kommst schleunigst ins »Betty« oder an einen anderen schönen Ort, bevor es richtig schlimm wird. Aber damals, damals nahm ich eben das gottverdammte Dexamyl und ging dreimal die Woche zur Beichte. Damals gab es noch keine Oprah Winfrey.

Damals, an jenem Sonntagnachmittag, nahm ich den Gürtel meines Mannes, den, in dessen Leder der Name Shep eingeprägt ist, mit dem gefaßten Rubin in der Schnalle aus Sterlingsilber und der mit Silber verstärkten Spitze. Es war diese silberne Spitze, die die schlimmsten Wundmale hinterließ, als ich meine Kinder damit schlug.

Ich sehe ihre schönen Körper von damals noch vor mir. Ich

weiß, was ich getan habe, man hat es mir erzählt. Ihre Kinderkörper waren ein leichtes, ungeschütztes Ziel.

Sieht man die Narbe an Siddas Körper noch? Sieht Connor McGill sie, wenn er mit ihr schläft? Wenn ich mit der Hand über den Rücken meiner Tochter streichen könnte, über jene karge, freudlose Zeit, über lange Perioden ihrer Kindheit, könnte ich alles ungeschehen machen. Aber so etwas Gottgleiches vermag ich nicht zu tun, auch wenn ich es mir noch so sehr wünsche. Das ist vielleicht die einzige Lektion, die ich in meinem Leben gelernt habe.

Sidda hätte mich aufhalten sollen. Aber sie stand da und wehrte sich nicht, wie ich damals, als kleines Mädchen, mit Vater.

Träumt sie davon, wie der Lederriemen ihren Oberschenkel trifft oder diese Stelle an ihrer Schulter?

Und dann ging ich fort. Als ich aus dem Krankenhaus, das niemand so nannte, heimkam, sagten wir, ich sei erschöpft gewesen, ich habe Ruhe gebraucht. Keinerlei Erklärungen. Niemals. Es wurde nie darüber gesprochen.

Es war nicht das einzige Mal gewesen, daß ich sie geschlagen habe. Aber es war das einzige Mal, daß ich so fest zuschlug, daß sie bluteten. Das einzige Mal, daß Sidda den Urin nicht mehr halten konnte.

Ich brachte Caro dazu, mir das zu erzählen. Meine beste Freundin sollte mir schildern, was ich getan hatte.

Wenn sie schläft, hat sie dann immer noch die Decke bis unter das Kinn hochgezogen, ein zweites Kissen im Arm und den anderen Arm über den Kopf gebeugt? Wacht sie auf, nach Luft ringend, von ihren alten Alpträumen gequält? Habe ich ihr das angetan? Wird mir niemals vergeben? Als sie klein war, erzählte ich ihr, daß ihr verstorbener Zwillingsbruder ihr ganz besonderer Schutzengel sei. Ob sie immer noch daran glaubt?

Werde ich nun bestraft, indem ich mit ansehen muß, wie meine Älteste sich von der Liebe abwendet? Heilige Maria, auch Du bist eine Mutter, Du Gebieterin der Felder und der weiten Prärie, bitte gib mir ein Zeichen, irgend etwas, das mich tröstet. Und bitte, wenn Du schon dabei bist, gib mir auch eine Art *Entschädigung.* Muß ich denn mein ganzes Leben lang meine Tochter in mir herumtragen? Bin ich wirklich für sie verantwortlich bis zum Tag meines Todes? Ich will diese Schuld nicht, ich will diese Last nicht tragen.

Maria, Mutter all derer, die keine Mutter haben, bitte für mich. Mach, daß Gott mir zuhört, Du bist die Einzige, die das kann. Bitte sag deinem Sohn:

Jesus Christus, Unser Heiland und Erlöser, neige Dein Ohr gnädig zu unserer Gottesmutter, die meinetwegen bei Dir vorspricht. Ich habe immer noch eine Stinkwut auf meine großmäulige Tochter, aber ich bin zu Verhandlungen bereit. Das sind meine Bedingungen: Du läßt es nicht zu, daß Sidda vor der Liebe kneift, und ich höre mit dem Trinken auf bis zu dem Tag, an dem sie und Connor sich das Jawort geben. Und ich rücke auch noch die Ya-Ya-Souvenirs heraus. Ich höre, wie Du lachst. Laß das. Diesmal meine ich es ernst.

Mach, daß Sidda umkehrt und sich durchs Feuer wagt. Wenn sie wieder mit diesem »Ich-weiß-nicht-wie-man-liebt«-Blödsinn anfängt, fall nicht drauf rein.

Einziger Einspruch: sie müssen vor dem 31. 10. heiraten, verstanden? Keine Abstinenz-Garantie nach Halloween. Jetzt ist August. Du hast jede Menge Zeit.

Mach, daß meine Älteste dieses echte Lächeln wiederfindet.

Auf die Fürbitte Unserer Lieben Frau von den Sternschnuppen hin bete ich zur Dir. Amen.

Nachdem sie das Kreuzzeichen gemacht hatte, steckte sich Vivi eine Zigarette an. Sie sollte eigentlich nicht drinnen im Haus rauchen, sie sollte eigentlich überhaupt nicht rauchen, verdammt, aber Shep war ja nicht zu Hause. Sie konnte einfach besser denken, wenn sie die rote Glut in der Dunkelheit leuchten sah. Sie machte wieder ein Kreuzzeichen, diesmal mit der Zigarette, und dabei fiel ihr etwas ein.

Sie ging in die Küche und öffnete die Schublade mit den Feuerwerkskörpern, die sie für Neujahr und den 4. Juli aufbewahrte. Sie hielt immer einen Vorrat für besondere spontane Feiern bereit. Vivi kramte zwei Wunderkerzen hervor und nahm sie mit nach draußen.

Kein Mensch war zu Hause. Vivi ging zum Rand des Bayous und zündete sie an. Sie sah den sprühenden, glühenden Funken zu, wie sie in die dunkle Nacht davonstoben.

Dann fuchtelte sie mit den Wunderkerzen in der Luft herum, und ohne sich zu fragen, warum, begann sie am Rand des Bayous hin und her zu laufen und hielt sie dabei hoch über dem Kopf.

Wenn mich jetzt jemand sieht, denken sie, jetzt ist es endlich soweit. Jetzt ist Vivi Walker übergeschnappt. Sie wissen nicht, daß ich schon vor Jahren übergeschnappt bin. Doch ich hab's überlebt. Ich hab's nur nicht vielen erzählt.

Vivi rannte, bis sie ganz außer Atem war, dann blieb sie stehen und hielt sich die Wunderkerzen vor das Gesicht. Sie starrte sie an und dachte: Das ist alles, was ich habe. Ich habe nicht den weiten, leuchtenden Strahl eines massiven alten Leuchtturms, der den Schiffen den sicheren Weg in den Hafen weist, vorbei an zerklüfteten Felsklippen. Ich habe nur diese funkelnden Kerzen, die aufleuchten und gleich wieder verglimmen. Bitte, laß mich meine Tochter sehen, wie meine Mutter mich nie sehen konnte. Mach, daß auch sie mich sieht.

Als sie wieder in ihrem Zimmer war, zündete sie eine neue Kerze an und plazierte sie zusammen mit den Überresten der Wunderkerzen vor ihrer Muttergottes-Statue. Dann wischte sie sich die Füße sauber und ging zu Bett.

Ich werde die Kerze für meine Tochter die ganze Nacht brennen lassen, während ich schlafe. Die Warnungen der Feuerwehr vor möglichen Brandgefahren sind mir egal. Ich bin schon früher durchs Feuer gegangen.

4

Sidda stand am Oberdeck der Fähre nach Bainbridge Island und beobachtete, wie am Horizont die Silhouette von Seattle allmählich kleiner wurde. Im Osten erhoben sich die schneebedeckten Bergspitzen der Cascade Mountains. Im Süden wachte der Mount Rainier über die Stadt wie ein riesiger Gott, der den Weg weist. Wenn Sidda sich nach Westen wandte, konnte sie die gezackten Gipfel und schimmernden Gletscherfelder der Olympic Mountains sehen, die von der Halbinsel jäh zum Himmel emporragten.

Sidda bemerkte kaum die lachenden Touristen um sich herum, als sie an Deck stand und über das Wasser blickte. Sie dachte an einen Tag im vergangenen Februar; damals war die Aussicht vor ihr eine ganz andere gewesen.

Es war ein kalter sonniger Tag unter der Woche gewesen. Die wichtigen, hervorragenden Kritiken von *Frauen und ihre Töchter* waren soeben erschienen, nur der vernichtende Artikel fehlte noch. Sidda und Connor hatten beide freigenommen, um den Erfolg zu feiern. Sie machten mit Hueylene einen langen Spaziergang im Central Park, dann kehrten sie in Siddas Wohnung zurück und öffneten mitten am Nachmittag eine Flasche Champagner.

Als die Sonne unterging und es kühler wurde an jenem Februarnachmittag, schliefen sie miteinander. Sie beugte sich über Connors Schultern und atmete den Duft seiner Haut ein, genau da, wo laut Martha Graham seine Flügel befestigt gewesen sein könnten. Sie schob sich höher und roch an Connors Haar. Dicht und schwarz war sein Haar, leicht ergraut an den Schläfen, weich, wie mit Regenwasser gewaschen, wie es ihre Großmutter Buggy zu tun pflegte. Seinen schlanken, durchtrainierten Körper fand sie viel erotischer als den jedes Zwanzigjährigen.

Irgendwann hatte sie aufgehört, ihre Liebhaber zu zählen. Zwei dieser vielen Beziehungen hatten länger gedauert, aber erst bei Connor fand sie ihre Erfüllung und fühlte sich aufgehoben.

Nachdem sie an jenem Tag miteinander geschlafen hatten, lagen sie da, nebeneinander, nackt, und ihre Haut war warm und zart. Sidda gab sich der weichen, wohligen Umarmung ihrer Körper hin und kam zur Ruhe. Und dann füllten sich ihre Augen mit Tränen. Sie weinte. Über die Schönheit dessen, was ihr widerfahren war, und sie weinte vor Angst, etwas Schreckliches könnte geschehen, weil sie vielleicht nicht wachsam genug war. Sie weinte, weil sie möglicherweise zu schwach war, um soviel Glück auszuhalten.

Als sie zu weinen aufhörte, küßte er sie auf die Augenlider. Dann bat er sie, ihn zu heiraten.

Sie sagte ja.

Jahre vorher hatte sie beschlossen, nicht zu heiraten. Niemanden. Niemals. Was sie bei ihren Eltern gesehen hatte, reichte aus, um der Ehe für immer abzuschwören.

Aber zu Connor sagte sie ja.

Er legte seine Hand auf die sanfte Wölbung unterhalb ihres Nabels, und wenn sie einatmete, berührte ihr Bauch seine Handfläche. Instinktiv wollte sie den Bauch einziehen, damit er flacher aussah, aber es fehlte ihr an der nötigen Energie. Die Liebe hatte sie schwach gemacht.

Später hatten sie Pullover und warme Socken angezogen und waren mit Siddas altem Rolleicord Fotoapparat auf den Balkon im zweiundzwanzigsten Stock hinausgegangen.

Sie stellten den Apparat auf ein Stativ, und mit dem Selbstauslöser ließen sie sich aufs Bild bannen. Lächelnd, die Haare vom Wind zerzaust, aber sie lehnten sich nicht aneinander, wie in Erwartung künftiger Schwierigkeiten, sondern standen Seite an Seite, Hand in Hand, wie auf alten Fotografien.

Sidda fuhr von der Fähre hinunter, dann nach Westen zur Halbinsel der Olympic Moutains.

Einige Stunden später bog sie in die Schotterstraße ein, die zu Mays kleinem Haus führte. Die weißgestrichene, mit Holzschindeln verkleidete Hütte aus den dreißiger Jahren stand direkt am Ufer des Lake Quinault, am Rand des Regenwaldes. Von der Veranda aus konnte Sidda fast den gesamten See überblicken. Rechts von ihr zog sich die üppige Vegetation des Überschwemmungsgebiets des Quinault River hin, bis in der Ferne die zackigen, schneegesäumten Bergspitzen der Olympic Moutains erschienen. Der Himmel war bedeckt, es war so still, daß sie einen Seetaucher auf der glatten Wasseroberfläche landen hörte.

Innen in der Hütte war es dunkel und behaglich, die alte knorrige Holzverkleidung gab einen warmen goldenen Schein ab, selbst an den allertrübsten Tagen hier im Nordwesten. Das Holzhaus bestand aus einer Küche, einem geräumigen Schlafzimmer und einem großen Raum mit Fenstern und Glastüren, die auf eine Veranda hinausführten. An einer Wand dieses großen Zimmers hingen Fotos von May Sorenson und ihrer Familie. Sidda fühlte sich wie zu Hause beim Anblick der Bücher und üppigen Polstersessel und des Puzzles von Venedig, das auf einem Tischchen in der Ecke aufgelegt war.

Nachdem sie ihr Gepäck ausgeladen hatte, machte sich Sidda Tee, und dann fing sie auch schon an zu bereuen, daß sie überhaupt weggefahren war. Sie wurde nervös und verspürte den dringenden Wunsch, sich bei ihrem Agenten zu melden. Sie fluchte, weil sie ihr Handy nicht mitgenommen hatte.

Als sie sich endlich an den Gedanken gewöhnt hatte, telefonisch nicht erreichbar zu sein, holte sie diese seltsame Schachtel aus dem Wagen, die Connor in letzter Minute eingepackt hatte. Sie stellte das Paket in die Mitte des großen Zimmers auf einen ausgebleichten rosa und grünen Webteppich vor den Glastüren, die auf die Veranda hinausführten. Die Türen standen offen, eine leichte Brise wehte vom See herein.

Hueylene umkreiste das Paket und beschnüffelte es neugierig. Es trug Vivis Handschrift, die Absenderadresse war Pecan Grove. Sidda folgte Hueylenes Beispiel und begann ebenfalls, die Schachtel zu umkreisen. Sie wollte sich schon hinunterbeugen und auch an dem Paket schnüffeln, besann sich aber dann anders. Das Ding sendet Mama-Strahlen aus, dachte sie. Es war mit EXPRESS-Aufklebern beklebt, und Vivi hatte groß ZERBRECHLICH darauf geschrieben.

Sidda hob das Paket hoch und hielt es ans Ohr. Wenigstens war kein Ticken zu hören. Es wog ungefähr zwanzig Pfund und roch nach gar nichts. Sie stellte es auf den Tisch und trank in der Küche langsam ein Glas Wasser. Dann ging sie in das große Zimmer zurück und starrte wieder das Paket an.

Hueylene stand schwanzwedelnd und mit gespitzten Ohren an der Tür und wollte hinausgelassen werden.

Sidda zog ihren Badeanzug an und führte Hueylene ein paar grob behauene Stufen zu dem Steg hinunter, der in den See hinausragte. Sie steckte die Zehen in das Wasser und zog sie sofort wieder heraus. In so kaltes Wasser würde sie nicht hineinspringen. Jeder, der aus dem Süden stammte, riskierte dabei einen Herzinfarkt. Sie setzte sich statt dessen auf die Holzplanken und beobachtete ihren Hund, wie er höchst erfreut auf dem Steg hin und her lief, bis er sich schließlich neben ihr niederließ und ausruhte.

Wieder zurück in der Hütte, packte Sidda ihre mitgebrachten Bücher aus – Tschechow, das *Dictionary of Symbols* von Cirlot, eine Biographie von Clare Booth Luce und dann noch ein Werk mit dem Titel *Auf dem Weg in die Ehe: Liebesbeziehung im Wandel.* Sie packte ihre Kleidung aus: Khakihosen, Shorts, etliche Leinenhemden, ein Paar Trainingshosen und ein voluminöses Nachthemd aus weicher weißer Baumwolle. Schließlich holte sie die Talismane hervor, ohne die sie niemals verreiste: das Daunenkissen aus Kindertagen, von dem sie sich nicht trennen konnte; das Verlobungsbild von ihr und Connor; ein zerfledderter Teddybär, den May Sorenson ihr nach der ersten Bühnenlesung von *Frauen und ihre Töchter* überreicht hatte; ein kleiner Ziploc-Plastikbeutel mit zwei Baumwollkapseln von der Pecan-Grove-Plantage und eine zierliche antike Phiole, die sie in einem Laden in London aufgestöbert hatte.

Sie arrangierte die Talismane auf dem Kaminsims, neben einer Kerze mit dem Bildnis des heiligen Judas und einer weiteren mit dem rosenumkränzten Abbild Unserer Lieben Frau von Guadeloupe.

Sie verstaute die frische Pasta, die Äpfel, Melonen und den Goudakäse und legte die Champagnerflaschen in den Kühlschrank. Dann faltete sie Hueylenes Reisebett auseinander.

Aber das Paket ihrer Mutter rührte sie nicht an. Noch nicht.

Erst als sie mitten in der Nacht aufwachte und nicht wieder einschlafen konnte, gab sie der Versuchung, Vivis Paket zu öffnen, nach. Sie zog ihren Bademantel über, eine eigenwillige, mit Pudeln und Rosen bedruckte Kreation, die Wade Coenen aus einer ehemaligen Chenille-Tagesdecke aus den fünfziger Jahren geschneidert hatte. Sie kam sich darin vor wie Lucille Ball im Drogenrausch.

Es hatte zu regnen begonnen, die Luft war kalt. August im Nordwesten war wie November in Louisiana. Hueylene folgte ihr vom Schlafzimmer in das große Zimmer. Einen Moment stand Sidda wie versteinert da. Dann zog sie die Deckenleuchte weiter zur Tischplatte herunter und öffnete das Paket ihrer Mutter.

Sie fand darin einen robusten Müllsack, der sorgfältig mit Klebstreifen verschlossen war, und einen Umschlag mit ihrem Namen.

Der Umschlag enthielt eine Nachricht, aber nicht auf Vivis monogrammverziertem Briefpapier geschrieben, sondern auf einem Zettel von einem Notizblock der Garnet Bank and Trust Company, den Vivi in ihrer Küche neben dem Telefon liegen hatte. Vivi hatte anscheinend die Nachricht in aller Eile geschrieben und dann den Zettel nachlässig vom Block heruntergerissen, ehe sie es sich wieder anders überlegen würde.

Pecan Grove Plantage
Thornton, Louisiana
15. August 1993
5.30 Uhr

Siddalee!

Du lieber Himmel, Kind! Was soll das heißen, Du »weißt nicht, wie man liebt«? Glaubst Du, *irgendein* Mensch auf der Welt weiß das? Glaubst Du, es würde *irgend jemand* auch nur einen Finger krumm machen, wenn er warten würde, bis er weiß, wie man liebt?! Glaubst Du, daß dann Babys gemacht oder Essen gekocht oder Felder bestellt oder Bücher geschrieben würden oder sonst was? Glaubst Du, die Leute würden morgens überhaupt *aus dem Bett steigen*, wenn sie warten würden, bis sie wissen, wie man liebt?

Du warst zu lange beim Therapeuten. Oder nicht lang genug. Nur *Gott* weiß, wie man liebt, Kindchen. Wir anderen sind nur gute *Schauspieler*.

Vergiß das mit der Liebe. Versuch's mal mit guten Manieren.

Vivi Abbott Walker

P. S. Habe beschlossen, Dir ein paar Ya-Ya-Souvenirs zu schicken. Falls Du dieses Album verlierst oder es der *New York Times* gibst, verklage ich Dich. Ich möchte es verläßlich und in einwandfreiem Zustand zurück.

P. P. S. Glaube ja nicht, daß Du jetzt alle meine Geheimnisse kennst. In mir steckt viel mehr, als Du überhaupt ahnst.

Sidda schob den Brief in sein Kuvert zurück, als ob sie damit all die Fragezeichen, Ausrufezeichen und das kursiv Geschriebene ihrer Mutter wegsperren wollte. Sie wandte sich statt dessen dem Plastiksack zu.

Sie holte ein großes Album aus braunem Leder heraus, aus dem Zettel und kleine Gegenstände hervorquollen. Der Buchrücken war eingerissen und das Leder schon ganz zerkratzt und rissig. Offensichtlich war das Album auseinandergenommen und, nachdem man mehr Seiten hinzugefügt hatte, wieder neu gebunden worden, denn diese Extraseiten hatten kaum Platz. Die Kanten des Buchdeckels waren mit Gold eingefaßt, und unten rechts stand in goldenen Buchstaben der Name Vivi Walker.

Als erstes roch Sidda an dem Leder. Dann drückte sie das Album ganz fest an ihre Brust. Sie wußte nicht genau, warum, aber sie hatte auf einmal das dringende Bedürfnis, eine Kerze anzuzünden.

Sie holte die Wallfahrtskerzen, zündete sie an und plazierte sie zu beiden Seiten des Albums. Einen Augenblick lang starrte sie in die kleinen Flammen, dann schlug sie das Album auf. Auf der ersten Seite stand der Titel, in großer Kinderschrift auf dem dicken bräunlichen Papier geschrieben: »Die göttlichen Geheimnisse der Ya-Ya-Schwestern.«

Sidda mußte über den imposanten Titel des Albums lächeln. Wie sehr *Ya-Ya* das doch war. Als sie mit der Hand über das rissige Leder strich, fiel ihr ein, daß sie das Buch als Kind schon gesehen hatte, doch nie berühren durfte. Ja, natürlich, Mama bewahrte es ganz oben in ihrem Schrank auf, neben den Winterhüten.

Behutsam, damit das alte Papier nicht einriß, schlug sie aufs Geratewohl eine Seite auf. Das erste Foto zeigte ihre Mutter mit den Ya-Yas und zwei Jungen im Teenageralter am Strand. Ihre Mutter saß auf den Schultern eines dunkelhaarigen Jungen, auf dessen Gesicht ein breites Lachen zu sehen war. Auch das Lächeln ihrer Mutter spiegelte ungetrübte Freude wider.

Sie studierte Vivis Gesicht. Wie alt mochte sie auf dem Foto wohl sein? Fünfzehn? Sechzehn? Die Backenknochen waren höher, als Sidda es in Erinnerung hatte, die Haut ohne Falten, das blonde lockige Haar, die Augen mit ihrem unverwechselbaren frechen Glitzern. Sidda merkte, daß sie beim Anblick ihrer lächelnden Mutter automatisch zurücklächelte.

Auf einmal wollte sie das Album wie ein hungriges Kind verschlingen, hineinkriechen und alles an sich nehmen, was sie brauchte. Dieses unverhohlene Verlangen machte sie schwindlig. Die Erregung des Voyeurs und die Neugierde des Bühnenautors vermischten sich. Ihre Hände zitterten beim Anblick dieser unglaublichen Vielfalt: Schlüssel zum Verständnis des Lebens ihrer Mutter, Beweisstücke ihres Daseins, bevor sie Kinder geboren hatte.

Lächerlich, dachte Sidda. Beruhige dich. Du mußt wie ein Archäologe vorgehen, der in den Fundstücken nach brauchbaren Hinweisen sucht. Und vergiß das Atmen nicht.

Sie trug das Album zu einem weit ausladenden, mit Chintz bezogenen Polstersessel, dessen Armlehnen so breit waren, daß sie darin sitzen und die Beine bequem darüberlegen konnte.

Hueylene nahm zu ihren Füßen Platz und seufzte vor Zufriedenheit ob dieser seiner Pflicht als Hund. Sidda breitete eine Wolldecke über ihre Beine und begann nun ernsthaft mit dem Studium des Albums. Eine Weile gestattete sie es sich, einfach Seite für Seite umzublättern, denn so ohne Plan, ohne Konzept zu sein, fiel ihr nicht leicht.

Vivi hatte das Buch in chronologischer Reihenfolge begonnen, war aber dann offensichtlich dazu übergegangen, einfach Dinge zwischen die Seiten zu stecken, wenn ihr der Platz ausging. So befand sich neben einem Foto von Vivi und den Ya-Yas, die sich, alle hochschwanger, unten am Fluß in Pose warfen, ein Zeitungsausschnitt, auf dem zu lesen war: »Miss Vivi Abbott befindet sich derzeit zu Besuch bei ihren Eltern Mr. und Mrs. Taylor C. Abbott in Thornton. Miss Taylor wurde kürzlich zur beliebtesten Studentin ihres Colleges gewählt. In einer Woche kehrt sie nach Oxford, Mississippi zurück.«

Sidda betrachtete eine Weile Vivi, Caro, Teensy und Necie, wie sie so dastanden in ihren Badeanzügen, mit ihren dicken Bäuchen.

Das waren also die Gesichter, in denen Sidda bereits als Kind nach Schlüsseln zum Verständnis der Welt gesucht hatte. Sie hatte gelernt, welche Kleider, Filme, Frisuren, Restaurants und Leute »Ya-Ya« (sprich *entzückend*) und welche »Ya-Ya-No« (sprich *indiskutabel*) waren. Sie hatte beides so oft gehört, daß sie tatsächlich anfing, alles nach »Ya-Ya« oder »Ya-Ya-No« zu beurteilen.

Es kam sogar vor, daß diese Begriffe unwillkürlich aus ihr heraussprudelten. Sie erinnerte sich an einen Abend, an dem

Connor und sie bei einer schrecklich peinlichen Art Performance gewesen waren, wo man siebenundzwanzig Bildschirme gleichzeitig ansehen mußte und brennende Zuckerstückchen auf Stapel von Barbiepuppen geworfen wurden. Spontan hatte Sidda Connor zugeflüstert: »*Très* Ya-Ya-No!« Es war, als ob sich die Ya-Yas hin und wieder einen Weg zu ihr bahnten, ungeachtet der Barrieren, die sie gegen diesen Hexenzirkel aufzurichten versuchte.

Sie legte das Album in den Schoß. Warum nur komme ich nicht los von meiner Mutter und den Ya-Yas?

Weil ich sie vermisse. Weil ich sie brauche. Weil ich sie liebe.

Sidda fand zerknitterte Ansteckblumen, die jetzt vergilbt und ganz pudrig waren. Neben einer stand geschrieben: »Kotillon mit Jack. Trug das gelbe Kleid.« In der Seite steckte auch die verblaßte handgeschriebene Quittung eines Ladens mit Namen Lucky Pawn. Wofür sie wohl ausgestellt worden war? Sie konnte sich ihre Mutter nur schwer bei einem Pfandleiher vorstellen.

Da waren Eintrittskarten fürs Kino, die nur fünfzehn Cents gekostet hatten. Sie entdeckte Verschlüsse von Colaflaschen und einen alten Schuldschein, auf dem stand: »Gutschein für dreimal Rückenstreicheln«, aber es gab keinen Hinweis, um wessen Rücken es sich handelte. In einer anderen Seite steckten drei blauweiße Schulabzeichen für Cheerleading und Tennis, überreicht von der Thornton-High-School für die Jahre 1941, 1943 und 1944. Das für 1942 fehlte. Was mochte da wohl passiert sein?

Es gab unzählige Schnappschüsse aus den dreißiger, vierziger, fünfziger und sechziger Jahren, viele davon waren mittlerweile ganz vergilbt. Sidda brauchte eine Weile, ehe ihr klar wurde, daß sie bis dahin auf kein einziges Foto ihres Vaters gestoßen war. Doch mit Freude und Überraschung förderte sie ein kleines Gedicht zutage, das sie als Kind geschrieben hatte. Es steckte in einem Kuvert, auf dem stand FÜR DIE YA-YAS VON EINEM MÄDCHEN AUS DER BOHEME.

Sie entdeckte gedruckte und stahlgestochene Einladungen zu Bällen, Mittagessen und Nachmittagstees. Besonders mochte sie solche, auf denen einfach »Zu Hause« angegeben war:

Mr. und Mrs. Newton Whitman
Zu Hause
Dienstag, den neunundzwanzigsten Juni,
neunzehnhundertdreiundvierzig
von zwanzig Uhr bis dreiundzwanzig Uhr

Neben diese Einladung hatte Vivi geschrieben: »Trug den apricotfarbenen Tüll.«

Dazwischen steckte noch die Fotografie eines unverschämt attraktiven jungen Mannes in der Uniform der Air Force aus dem Zweiten Weltkrieg. Es gab zwar viele Fotos mit Männern in Uniform, aber dieses stach Sidda ins Auge. Ob das wohl Teensys Bruder war?

Sie entdeckte Tanzkarten, eng beschrieben mit den Namen diverser Herren. Von vielen hatte Sidda gehört, einige hatte sie persönlich kennengelernt während ihrer Kindheit in Thornton. Dann stieß sie auf ein paar vergilbte hektographierte Blätter eines Kurses zum Thema »Wie werde ich chic und charmant«. Sie förderte Heiligenbildchen zutage, eine rote Stoffmohnblume der Veteranen, sowie eine ausgeschnittene Kleinanzeige, die im *Thornton Monitor* erschienen war und in der dem heiligen Judas für »Erwiesene Gefallen« gedankt wurde.

Als Sidda all das so vor sich liegen sah, lief ihre Phantasie zu Höchstform auf, sie konnte tatsächlich spüren, wie lebendig die Erinnerungsstücke ihrer Mutter waren. Ein tiefes Gefühl der Dankbarkeit überwältigte sie, weil Vivi ihr dieses Album geschickt hatte. Sidda war den Tränen nahe.

Mama hat sich von diesen »Göttlichen Geheimnissen« getrennt, weil *ich sie darum gebeten habe*. Sidda merkte, daß ihr nicht nur deshalb zum Weinen zumute war, weil dem Album unterwegs so leicht etwas hätte passieren können, sondern weil Vivi, bewußt oder unbewußt, ihr damit etwas in die Hand gegeben hatte, wodurch sie verwundbar wurde.

Sidda blätterte zurück zu dem Foto der schwangeren, am Fluß posierenden Ya-Yas. Sie studierte das Bild genau. Jede der Frauen lachte, und je länger Sidda das Foto anstarrte, desto deutlicher konnte sie das individuelle Lachen dieser vier verschiedenen Frauen hören. Sie sah sich jede einzelne genau an, ihre Haltung, den Badeanzug, die Hände, die Frisur, den Hut. Sie schloß die Augen. Wenn Gott sich im Detail versteckt, dachte Sidda, dann ist es bei uns Menschen vielleicht genauso. Sie atmete tief durch die Nase ein, hielt einen Moment die Luft an und atmete langsam durch den Mund wieder aus. Sie hielt die Augen geschlossen, aber sie dachte keineswegs an Schlaf.

5

Sidda nahm ihr Tagebuch heraus und wollte sich eigentlich Notizen zur Inszenierung von *Frauen* machen, aber statt dessen fing sie an, über die Ya-Yas zu schreiben. Eilig huschte ihr Stift über das Papier. Sie machte keine Pause, um etwas zu korrigieren oder um zu analysieren, warum sie das eigentlich tat. Sie besah sich einfach das Foto am Fluß, setzte sich an den Tisch und schrieb frei von der Leber weg.

Wie Mama und die Ya-Yas lachen konnten! Wir hörten sie bis unten am Fluß, wo ich mit meinen Brüdern, meiner Schwester Lulu und den anderen Petits Ya-Yas spielte. Selbst wenn wir ins Wasser sprangen und dann wieder auftauchten! Caro gluckste, als ob ihr Lachen Polka tanzte. Wenn Teensy kicherte, spürte man die sanfte Brise der Bayous, als ob jemand Tabasco darauf gesprenkelt hätte. Necies Hi-Hi-Hi klang so, wie man es schreibt. Und wenn Mama mit weit zurückgeworfenem Kopf lauthals ihr dröhnendes Lachen ertönen ließ, drehten sich die Leute nach ihr um.

Hatten die Ya-Yas einmal angefangen zu lachen, konnten sie kaum wieder aufhören. Sie lachten, bis große dicke Tränen ihre Wangen hinunterkullerten, bis eine den anderen vorwarf, sie würde wegen ihnen in die Hose machen. Ich weiß nicht, worüber sie lachten. Ich weiß nur, daß es wunderschön anzuhören und anzusehen war. Ich wollte, ich hätte in meinem jetzigen

Leben eine Portion mehr davon. Vieles kann ich besser als meine Mutter – und ich bin stolz darauf –, aber sie konnte schon immer besser als ich mit ihren Freundinnen kichern.

So war das mit den Ya-Yas am Fluß, früher in den Sommern meiner Kindheit. Sie rieben sich immer mit einer Mixtur aus Babyöl und Jod ein, die sie in einer großen Flasche Johnson's Babyöl zusammenschüttelten. Heraus kam eine dickliche, rotbraune Flüssigkeit, fast so rot wie Blut. Damit rieben sie sich Gesicht, Arme, Beine und gegenseitig den Rücken ein.

Wenn sich meine Mutter hinlegte, stützte sie das Kinn in die Hände, legte den Kopf ein wenig auf die Seite und tat mit geschlossenen Augen einen tiefen Seufzer, der offenbarte, wie sehr sie das alles genoß. Ich liebte es, meine Mutter so entspannt zu sehen, lange bevor sich irgend jemand Gedanken wegen Hautkrebs machte und auf die Idee kam, Sonnenstrahlen für schädlich zu halten.

Gewöhnlich hatten Mama und Caro gestreifte Schwimmanzüge an, Kopien der Anzüge, die sie trugen, als sie noch Rettungsschwimmerinnen im Sommercamp waren.

Meine Mutter war eine hervorragende Schwimmerin, am liebsten schwamm sie Kraul. Wenn man ihr dabei zusah, war es, als tanzte eine Frau perfekt Walzer, nur war der Partner in diesem Fall nicht ein Mann, sondern der Fluß. Ihr Beinschlag war kräftig, die Armbewegungen fließend, und wenn sie zum Atmen den Kopf auf die Seite drehte, bemerkte man kaum, daß sie den Mund öffnete. »Für einen schlampigen Schwimmer gibt es keine Entschuldigung, genausowenig wie für einen schlampigen Esser«, erklärte sie uns. Meine Mutter beurteilte die Menschen danach, ob sie gut schwimmen konnten und ob sie sie zum Lachen brachten.

Der Spring Creek war nicht breit wie der Garnet River oder riesig wie der Golf von Mexiko oder lang wie mancher See. Es war nur ein kleiner Fluß, eine schmale braune Wasserfläche, die den Bedürfnissen von Müttern und Kindern entgegenkam. Während unser Abschnitt vollkommen gefahrlos war, warnte man uns vor dem Teil außer Sichtweite. Dort, wo der Fluß eine Biegung machte und das Wasser zu tief war. Jenseits der durch alte Balken abgesperrten Zone für Schwimmer wurde es dunkler und tiefer. Dort lebten die Alligatoren, die ein Kind mit einem Satz herunterschlucken konnten. Sie warteten nur auf böse Kinder, die den Müttern nicht gehorchten. Nachts erschienen sie einem im Traum. Sie konnten dich fressen, konnten deine Mutter fressen, konnten unbemerkt die Decke unter dir wegziehen, und ehe du dich versahst, hatten sie dich auch schon im Ganzen verschlungen.

»Selbst *ich* kann euch nicht vor den Alligatoren retten«, sagte Mama immer, »also treibt es nicht zu weit.«

Wenn Mama ihre Runden schwamm – zehnmal um den abgegrenzten Bereich –, schien auf einmal der Fluß größer, als er es tatsächlich war. Ich wunderte mich, wie sie diese Einsamkeit während ihrer Runden aushielt. Sie nannte es »einmal um die Welt schwimmen«, und ich konnte es kaum erwarten, bis mein Armzug kräftig genug war, um mit ihr mithalten zu können. Mama kam nach ihren Runden immer an der seichten Stelle, wo die Sandbank war, aus dem Wasser. Wenn sie herausstieg, schüttelte sie den Kopf und hüpfte auf einem Bein, damit das Wasser aus dem Ohr lief. Dann kam die andere Seite daran. Ich mußte staunen, so schön war sie, ganz naß und kühl, das Haar glatt nach hinten und ihre Augen leuchtend vor Genugtuung.

Mama und die Ya-Yas nahmen immer eine große rote Kühlbox mit hinunter zum Fluß, so eine altmodische aus Blech mit einem Schnappverschluß. Die Eisstückchen innen stammten von großen Eisblöcken aus dem Lebensmittelgeschäft an der Eis- und Rollschuhbahn auf der anderen Seite des Flusses.

Mit dem Eis kühlten sie ihr Bier und unsere Cola. Oben auf den Getränken lagen unsere Schinken- und Käsebrote in Wachspapier eingewickelt. Für die vier von uns, die keine Brotrinde aßen, war die Rinde weggeschnitten. Zuoberst waren Papierservietten; wenn wir die Box öffneten, fühlten sie sich einen kurzen Moment ganz kühl und pudrig an, deshalb nahmen wir sie immer so schnell wie möglich heraus und hielten sie an unsere Backen und genossen ihre Kühle.

Solange wir noch klein waren, trank Mama gewöhnlich Bier. Erst als wir Teenager waren, verzichtete sie darauf, weil es zu dick machte. Aber auch früher schon hatte Mama hin und wieder statt Bier lieber Wodka mit Grapefruitsaft getrunken, den sie in einer kleinen türkis-weißen Thermosflasche dabeihatte. Auf die Thermosflasche hatte sie geschrieben: VIVI-TAL-GETRÄNK. Für sie war es »Cocktail und Diätmittel in einem«.

Mama und die Ya-Yas machten mit Mamas Namen zahlreiche Wortspiele. Wenn Teensy auf eine Party kam, bei der es an Pep fehlte, erklärte sie: »Diese Party braucht *Vivi-Belebung*.« Hin und wieder kündigten sie Vivi-Belebungsmaßnahmen an, wie damals, als Mama und Necie neue Uniformen für meine Pfadfinderinnengruppe entwarfen.

Als ich klein war, glaubte ich, meine Mutter sei international so bekannt, daß die englische Sprache sich eigens für sie neue Wörter ausgedacht hatte. Ich durchforstete in Webster's Wörterbuch die paar Seiten für den Buchstaben »V« nach all den Wörtern, die sich auf Mama bezogen. Ich fand »vivid«, es bedeutete »lebhaft, leuchtend, intensiv«. Dann »vivify«, »Leben geben oder beleben«. Weiter fand ich »vivace«, »viva«, »vivacious«, »vivacity«, »vivarium«, und »viva voce«. Alle diese Wörter hatten ihren Ursprung in Mama. Wegen ihr gab es auch den Ausdruck *»Vive le roi«* (der, wie sie uns erklärte, »Lang lebe Vivi, die Königin«, bedeutete!). Diese Definitionen hatten allesamt mit dem Leben zu tun, wie Mama auch.

Nur das Wort »Vivisektion« war mir ein Rätsel: »Ein operativer Eingriff am lebenden Tier zum Zwecke der Erforschung von Struktur und Funktion lebender Organe und Glieder.« Das war mir nicht geheuer. Schon beim Klang dieser Worte bekam ich eine Gänsehaut. Andauernd fragte ich Mama, was das zu bedeuten hätte, aber sie konnte mir keine zufriedenstellende Erklärung bieten.

Ständig war ich auf der Suche nach Wörtern, die sich auch auf mich bezogen, und ich suchte danach in jedem Wörterbuch, das mir in die Finger kam. Wenigstens ein Wort mußte es doch geben, das sich auf *mich* bezog, wenigstens ein »Siddafy«, so wie »Vivify«, aber das einzige, was ich fand war »sissified«, was soviel hieß wie »verweichlicht«.

Ich ging bereits in die zweite oder dritte Klasse, als meine Freundin M'lain Chauvin mir erklärte, Mama habe mit all den Wörtern im Wörterbuch nicht das geringste zu tun. Wir hatten deshalb einen riesigen Streit, und Schwester Henry Ruth mußte eingreifen. Als die Nonne M'lain recht gab, war ich zunächst am Boden zerstört. Meine Wahrnehmung der Realität veränderte sich völlig. Mir kamen immer mehr Zweifel, ob Mama tatsächlich der Angelpunkt der Welt war, wie ich es bis dahin vorbehaltlos geglaubt hatte. Jedoch in das Gefühl der Enttäuschung mischte sich auch eine tiefe Erleichterung, obwohl ich das damals nicht zugeben konnte.

Ich hatte in meiner Mutter jahrelang einen strahlenden Stern gesehen, und als ich merkte, daß das einfach nicht stimmte, war ich tief betroffen. War ihr Schein schwächer geworden, gar wegen uns? Oder war sie überhaupt je ein Stern gewesen? Wenn ich Mama gelegentlich bei Kleinigkeiten aus dem Mittelpunkt verdrängte, bekam ich sofort Schuldgefühle. Wenn ich auch nur einen Rechtschreibwettbewerb gewann, machte ich mir bereits Gedanken, ob dadurch, daß ich im Rampenlicht stand, meine Mutter nicht zu sehr in den Schatten geriet.

Damals begriff ich noch nicht, daß meine Mutter in einer Welt lebte, die ihr Strahlen, ihre Art, *in vollen Zügen* das Leben zu genießen, nicht zu schätzen wußte – jedenfalls nicht in dem Maße, wie sie es brauchte. Deshalb schuf sie sich ihr eigenes Sonnensystem mit den anderen Ya-Yas und lebte darin so intensiv sie nur konnte.

Meinem Vater war eigentlich keine Umlaufbahn in diesem System zugedacht. Die Ehemänner der Ya-Yas lebten in einer Welt für sich, abgetrennt von den Ya-Yas und uns Kindern. In dieser heiteren Welt am Spring Creek verbündeten wir uns gegen die Männer, machten uns über sie lustig und hörten unseren Müttern zu, wie sie unsere Väter am Lagerfeuer nachahmten. Wir beobachteten, wie sie unsere Väter als Autoritätspersonen behandelten, oder als Idioten, hin und wieder auch als ihren Schatz. Aber nie erlebten wir, daß die Ya-Yas mit ihren Männern wie Freunde umgingen.

Vielleicht war Mama, mehr noch als Necie, Caro oder Teensy, darauf angewiesen, von ihren Freundinnen das zu bekommen, was ihr die Ehe nicht gab oder nicht geben konnte. Ich glaube ganz sicher, daß meine Mutter auf ihre Art meinen Vater liebte, trotz der Probleme, die sie hatten, und daß mein Vater auf seine

Art wiederum sie liebte. Nur die Art, wie sie ihre Liebe ausdrückten, entsetzte mich.

Die Ya-Yas vertrieben sich die Zeit am Fluß mit Plaudern, Dösen, Eincremen und Kinderhüten. Abwechselnd paßten sie auf uns auf, wenn wir im Wasser planschten und tauchten, wenn wir hineinplumpsten und hechteten, wenn wir Wassertreten spielten oder Toter Mann, und wenn wir kämpften. Diejenige Ya-Ya, die mit dem Aufpassen an der Reihe war, konnte nur mit halbem Ohr an der Unterhaltung teilnehmen, weil sie sich ständig darauf konzentrieren mußte, die Köpfe im Wasser zu zählen. Zusammen waren wir sechzehn Petits Ya-Yas. Necie hatte sieben Kinder, Caro drei – alles Jungen; Teensy hatte einen Jungen und ein Mädchen. Und dann waren noch wir vier. Alle halbe Stunde stand die diensthabende Ya-Ya auf, schaute übers Wasser und blies in ihre Trillerpfeife, die an einer alten Kette aus unechten Glitzersteinen um ihren Hals hing. Beim Klang der Trillerpfeife mußten wir augenblicklich mit dem, was wir gerade taten, aufhören und abzählen.

Jedem Kind war eine Nummer zugewiesen, die man laut rufen mußte, wenn man an der Reihe war, und die Ya-Ya paßte auf, daß sich alle meldeten. Nach dem Abzählen durften wir wieder weiterspielen, und die Ya-Ya konnte sich nach getaner Arbeit wieder auf der Decke niederlassen. Obwohl die Damen, auch wenn sie Aufsicht hatten, nicht auf Alkohol verzichteten, muß man sagen, daß in all diesen Jahren am Fluß kein einziges der Petits Ya-Yas ertrunken ist.

Wenigstens zweimal in jedem Sommer mußte einer von uns auf Anordnung Mamas so tun, als würde er im Spring Creek ertrinken, damit sie ihre Rettungsschwimmergriffe üben konnte. Lange bevor wir auf die Welt kamen, hatte sich Mama zur Rettungsschwimmerin ausbilden lassen. Alle drei Jahre mußte ihr Schein vom Roten Kreuz verlängert werden, aber Mama fühlte sich verpflichtet, sich jedes Jahr selbst zu testen. Wir rissen uns darum, wer den Ertrinkenden spielen durfte – wegen der besonderen Aufmerksamkeit, die dem Opfer zuteil wurde.

Im Grunde mußtest du folgendes tun: hinaus ins Tiefe schwimmen und dann wie in Panik auf- und untertauchen, wild mit den Armen fuchteln und so laut schreien, als ob du wirklich kurz vor dem Ertrinken seist.

Mama stand, wie abgesprochen, am Ufer. Sie hatte ihre Shorts und ein Hemd über ihrem Badeanzug an, und sobald sie Schreie hörte, hob sie die Hand, um die Augen gegen die Sonne abzuschirmen. Dann suchte sie den Horizont ab, wie eine indianische Prinzessin, bis sie dich entdeckte. Gleichzeitig hatte sie auch schon begonnen, sich Hemd und Hose herunterzureißen und die Tennisschuhe wegzuschleudern. Dann rannte sie zum Rand und hechtete ins Wasser mit einem ihrer berühmten, flachen Rettungsschwimmersprünge. Sobald sie im Wasser war, wurdest du ruhiger und sahst ihr zu, wie sie schnell und zielstrebig zu der Stelle schwamm, wo du gerade am Ertrinken warst.

Sobald sie dich erreicht hatte, rief sie: »Mehr um dich schlagen, Liebling! Mehr!« Du fuchteltest dann nur noch wilder und strampeltest und brülltest wie am Spieß. Dann umfaßte Mama ganz souverän mit ihrer Hand dein Kinn, legte deinen Kopf auf ihre Brust, und dann rettete sie dich, indem sie euch beide mit kraftvollen, kurzen schnellen Beingrätschen durchs Wasser beförderte.

Am Ufer kniete sich Mama neben dich und legte ihr Ohr an deine Brust. Dann tastete sie mit den Fingern in deinem Mund herum, um sicherzugehen, daß nichts die Atmung behinderte. Und danach folgte der dramatische Höhepunkt der Rettungsaktion: die Mund-zu-Mund-Beatmung. Der Kuß des Lebens. Oder, wie wir es nannten, »Mund-zu-Mund-Vivi-Belebung«. Dies war die kritische Phase des Rettungsversuchs, denn hier ging es um Leben oder Tod. Mama klemmte deine Nasenlöcher zusammen, legte eine Hand auf deine Brust und blies ihren Atem in dich hinein. Dann drückte sie mit der flachen Hand auf deinen Brustkorb, danach blies sie wieder ihren Atem in dich hinein. Wenn sie zufriedengestellt war, stand sie auf, die Hände in die Hüften gestemmt, die Haare ganz naß und glatt nach hinten wie eine rettungsschwimmende Meerjungfrau, und verkündete stolz lächelnd: »Fast wärst du hinübergewesen, Schätzchen, aber jetzt hast du's, glaube ich, geschafft!«

Manchmal bekam eines der kleinen Kinder bei so einer Rettungsaktion Angst, weil es noch nicht verstand, daß alles nur gespielt war. Mama hatte es sich deshalb zur Gewohnheit gemacht, daß jedes Petit Ya-Ya sich zu dem Geretteten hinunterbeugen durfte, um den Atem aus seinen Nasenlöchern zu spüren. Nachdem sich dann alle vergewissert hatten, gab es Applaus. Dann hüpfte Mama auf einem Bein, damit das Wasser aus den Ohren lief, und sagte: »Wußte doch, daß ich's noch kann.«

Noch Tage nach der Errettung vor dem sicheren Tod durch Ertrinken mußte man immer wieder an das aufregende und spannende Ereignis denken. Wie selbstsicher sie einen durchs Wasser gezogen hatte. Man erinnerte sich an ihren Geschmack und ihren Geruch. Noch Tage später bekam man ein mulmiges Gefühl, wenn man sich dem tiefen Wasser näherte, denn das »Fast-Ertrinken« war sehr lebendig gewesen. *Vivi-lebendig.* Plötzlich fürchtete man sich vor den Alligatoren, selbst im sicheren Bereich des Bayous. Unwillkürlich fragte man sich, was denn wäre, wenn du ertränkest und keine Mama hineinspränge und dich retten würde. Angenommen, *sie wäre einfach fortgegangen.* Wie damals, als du klein warst und Bronchitis hattest und es immer nur regnete. Damals, als du immer wieder aus dem Fenster schautest, doch sie kam nicht. Du warst böse gewesen, sie schlug dich und ging einfach fort.

Mama war nicht die einzige gute Schwimmerin. Auch Caro war Rettungsschwimmerin gewesen und bewies bei bestimmten Schwimmstilen sogar noch mehr Ausdauer. Sie trug ihr braunes, rotgesträhntes Haar zu einem chicen Bob geschnitten, und ihr Teint war olivenfarben. Sie war am Golf aufgewachsen und konnte stundenlang schwimmen. Ihre Bäder im Fluß waren klitzekleine Abenteuer verglichen mit den weiten Strecken, die sie im Meer zurückgelegt hatte. Mama sagte immer: »Caro ist zweifellos die ausdauerndste Langstreckenschwimmerin, die ich je erlebt habe oder je *erleben werde.*«

Caro ermunterte Mama, ihre Courage zu zeigen. Caro selbst war fast einsfünfundsiebzig groß, das war damals, als zierliche Frauen in Mode waren, für eine Frau furchtbar groß. Sie hatte lange Beine, und ihre Figur war ideal für Hattie-Carnegie-Kostüme, die sie noch trug, als ich Kind war, obwohl sie schon damals nicht mehr neu waren.

Mit ihrem flachen Busen und den breiten Schultern sah sie in den Kleidern hinreißend aus, obwohl sie sich von allen Ya-Yas am wenigsten etwas aus ihnen machte. Sie besaß ein einziges schwarzes, schulterfreies Abendkleid, das hinten hoch geschlitzt war, so daß man beim Tanzen ihre Beine sah. Dieses Kleid trug sie bei jeder Ya-Ya-Party, an die ich mich erinnern kann. Sie legte sich dazu eine Federboa um, der meine Schwester Lulu und ich hinterherliefen, als ob sie lebendig wäre. Einmal, an Mamas Geburtstag, kombinierte sie das Kleid mit Cowboystiefeln und einem Cowboyhut und sah darin aus wie eine Kreuzung aus Marlene Dietrich und Annie Oakley.

Caro ist meine Taufpatin, und immer wieder hat man mir die Geschichte erzählt, wie sie am Schluß der Taufzeremonie aus heiterem Himmel das Lied pfiff »When You Wish Upon A Star«. Sie nannte jedermann »Freundchen«. »He, Freundchen«, sagte sie, »was gibt's?« Nun denkt man bei dem Wort »Freundchen« wohl eher an New Yorker Taxifahrer oder an Gangsterkreise aus den dreißiger Jahren, aber wenn Caro dich so nannte, dann war man in ihren besonderen Kreis der Bohemiens aufgenommen.

Wegen ihr wurde auch ich im Alter von acht Jahren ein Bohemien. Ich weigerte mich strikt, etwas anderes anzuziehen als mein schwarzes Tanztrikot mit Strumpfhosen und eine schwarze Sonnenbrille, die jemand bei einer Cocktailparty meiner Eltern vergessen hatte, und nannte mich nunmehr Madame Voilanska. Wenn jemand mich mit Sidda anredete, gab ich einfach keine Antwort. Als die Nonnen Mama deswegen zu sich bestellten, meinte sie nur, wenn ich auf den Namen bestände, dann sollten sie mich lieber Madame Voilanska nennen. Sobald ich von der Schule heimkam, zog ich sofort mein tiefschwarzes Ensemble an und fügte dem als Accessoire eine Zigarette hinzu. Ich trug meine Haare zum Pferdeschwanz hochgebunden, saß stundenlang vor den Glasschiebetüren, die auf die Terrasse führten, und betrachtete mein Spiegelbild. Ich tat nicht so, als ob ich die Zigarette wirklich rauchte (so etwas würde Lulu machen), sondern ich benutzte sie als Requisit, um meinen Gesten Nachdruck zu verleihen. Ich hielt sie zwischen Daumen und Zeigefinger und stieß damit Löcher in die Luft, als ob ich wichtige und unanfechtbare Argumente zu vertreten hätte. Jene brachte ich dann in meinen ureigenen Gedichten zum Ausdruck.

Eines dieser Gedichte hat meine Mutter dem Album beigefügt. Es ist in meiner Schulmädchenhandschrift geschrieben und datiert aus dem Jahr 1961, ich war damals also acht Jahre alt. Als ich es wiedersah, war ich schockiert und gerührt. Meine Mutter ist immer für eine Überraschung gut.

Freiheit

von Madame Voilanska

26mal bin ich um das Haus gegangen!
Ich klatschte in die Hände und sang!
Dann standen mir die Haare zu Berge!
Und ich ging nicht wieder hinein!

Seit die Nonnen uns das Ausrufezeichen beigebracht hatten, liebte ich es. Ich wollte beim besten Willen nicht einsehen, warum ich meine Sätze nicht mit Ausrufezeichen beschließen durfte. Schwester Rodney Marie kreiste sie immer mit gemeiner roter Tinte ein und schrieb an den Rand: »Verwende Punkt, nicht Ausrufezeichen.« In der Schule zwang ich mich schließlich dazu, nur noch ein Ausrufezeichen pro Absatz zu verwenden. Aber wenn ich zu Hause meine Gedichte niederschrieb, verteilte ich sie an allen möglichen Stellen. Später auf der Oberschule fand ich heraus, daß der großartige Walt Whitman Ausrufezeichen ebenso liebte wie ich. Deswegen, und wegen seiner Fähigkeit zum Staunen und zum Überschwang, wegen seiner liebevollen Fürsorge für sterbende Soldaten, nahm ich ihn in den Kreis meiner Helden auf.

Mir war bekannt, ein wahrer Bohemien trägt immer eine Sonnenbrille. Das war das auffälligste an Caro, und es wies sie als den führenden (und einzigen) Bohemien Thorntons aus. Damals mußte Caro immer und überall eine Sonnenbrille tragen. Zugegeben, alle Ya-Yas trugen Sonnenbrillen, wenn sie verkatert waren, selbst zur Messe Sonntag morgens. Caro jedoch litt vorübergehend an einer Krankheit, die sie nicht das geringste Sonnenlicht ertragen ließ. Eine Zeitlang mußte sie ständig, sogar nachts, eine Sonnenbrille tragen. Selbst an den allertrübsten Tagen ging sie nie ohne Sonnenbrille aus dem Haus. Die Bewohner von Thornton kamen allmählich zu der Überzeugung, sie sei auf eine seltsame Art nicht ganz dicht. Viele wußten gar nicht, daß sie ein medizinisches Problem hatte, und dachten, sie sei ein Snob, der gerne Filmstar geworden wäre. »Für wen hält die sich eigentlich?« hörte man die Leute sagen. Einige der unangenehmeren Mitmenschen – »erwachsene Männer«, laut Caro – gingen tatsächlich auf sie zu und sagten: »Nehmen Sie die Brille ab, damit man Ihre Augen sieht.« Sie benahmen sich, als ob sie gegen eine Art Sonnenbrillen-Verordnung verstoßen hätte.

Für mich war Caro mit ihrer Sonnenbrille einfach das Größte. Sie war mein Vorbild, und deshalb trug ich zu Hause in Pecan Grove meine Sonnenbrille auch abends und nahm in Kauf, daß ich dauernd gegen Möbelstücke rannte.

Teensy hatte pechschwarzes Haar und fast ebenso dunkle Augen. Sie war gerade mal einsfünfzig groß, hatte einen olivfarbenen Teint und winzige Füße, fast wie ein Kind. Sie und Mama hatten im Alter von vier Jahren im Wartezimmer des Arztes Freundschaft geschlossen. Die Geschichte erzählt man sich in Thornton immer noch, denn dabei spielte eine große Pekannuß eine Rolle, die Teensy sich in das Nasenloch gesteckt hatte, »um zu sehen, ob sie paßte«. Sie paßte, und Dr. Mott mußte sein ganzes ärztliches Können aufwenden, um sie wieder zu entfernen. Die Nuß war in seiner Praxis in einem Schaukasten ausgestellt mit der Beschriftung: »Fremdkörper, welche bei Kindern entfernt wurden.« Unter der Pekannuß stand: »Nuß aus dem linken Nasenloch von Teensy Whitman. 18. Juni 1930.« Teensy hatte damit eine gewisse Berühmtheit unter uns Schulkindern erlangt.

Teensy hatte eine perfekte Figur, und wir alle kannten sie auswendig. Eine ihrer exzentrischen Neigungen bestand darin (wenn die Truppe wirklich gut drauf war, der Bourbon in Strömen floß und sie spürte, daß der richtige Moment gekommen war), einen kunstvoll in die Länge gezogenen, erotischen und sehr witzigen Striptease hinzulegen. Wir hatten ihn bei manch einer Ya-Ya-Party selbst erlebt, und wir hatten Gerüchte über den einen im Theodore Hotel gehört anläßlich der ausgelassenen Feier von Caros und Blaines fünftem Hochzeitstag. Zu uns Petits Ya-Yas sprach man darüber nur als »Teensys *deshabillage*«.

Teensy trug immer die allerknappsten Bikinis. Die Ya-Yas nannten sie Bikini Queenie, und mit ihren gewagten kleinen Fetzchen war sie im Kreis Garnet Gesprächsthema Nummer eins. Ich stellte mir immer vor, daß sie sich diese Bikinis direkt aus Paris schicken ließ.

Sie schwamm immer nur auf dem Rücken. Auf dem Rücken in ihrem unkatholischen Bikini. Immer mal wieder strampelte sie heftig mit den Beinen und erzeugte mit ihren kostbaren winzigen Zehen weißen Schaum. Sie ließ sich mit dem Schwung eine Weile dahingleiten, bis sie zum Stillstand kam. Dann breitete sie die Arme aus und führte sie mit großer Anmut durch das Wasser, als ob sie das Legato einer Wasser-Sinfonie dirigierte. Wenn sie es satt hatte, drehte sie sich herum und tauchte sauber kopfüber ins Wasser, und ihre Zehen zeigten wie kleine Pfeile himmelwärts. Und dann schwamm sie unter Wasser, tagelang wie es schien, und wir alle gingen Wetten ein, an welcher Stelle sie denn wieder auftauchen würde. Wenn ihr hübsches schwarzes Köpfchen wie ein Seehund wieder hochkam, dann hieß es immer: »Wo *nimmt* Teensy denn bloß all die Luft *her*?!«

Teensy hatte immer Geld, und sie gab davon jedem von uns, was er brauchte. Als ihr Vater starb, hinterließ er ihr ein dickes Bündel Coca-Cola-Aktien. Ihr Mann Chick hatte ebenfalls Geld geerbt, und zwar so viel, daß er nur deshalb in sein Büro in der Stadt fuhr, um mit anderen Männern im River Street Café Kaffee zu trinken. Es war Teensy, die Lulu das Startkapital zur Verfügung stellte, als sie sich als Innenarchitektin selbständig machte. Und Teensy war es auch, die mir – ohne daß ich sie darum gebeten hätte – zehntausend Dollar schickte, als ich sie nach Ablauf meines ersten Jahres in New York anrief, weil ich pleite war, Panik hatte und keinerlei Aussicht auf einen Job. Es war Teensy, die sich anbot – sie war zu dem Zeitpunkt ziemlich beschwipst –, jeder Ya-Ya eine Therapie zu finanzieren. Das war auf meiner Abschlußparty von der High-School gewesen, einer Gemeinschaftsfeier zu Ehren von Teensys Sohn Jacques, Caros Sohn Turner und mir.

Niemand von uns ging damals auf ihr Angebot ein, ich habe das oft bereut, denn ich hätte mir mit dem Geld, das ich dadurch gespart hätte, irgendwo ein schönes Stück Land kaufen können. Teensys einzige Tochter Genny, die Freundin meiner Kindertage, hatte sich bis dahin bereits mehr Therapien unterzogen (sowohl stationär als auch ambulant), als sich einer von uns vorstellen konnte. Als wir von der High-School abgingen, befand sie sich tatsächlich bereits zum zweiten Mal in einer privaten Nervenklinik. Aber das ist eine andere Geschichte. Genny war auf eine zarte, zerbrechliche Art verrückt, die schon ans Visionäre grenzte, und sie erinnerte mich an Geschichten, die ich über Teensys Mutter Genevieve gehört hatte. Diese Familie hatte weiß Gott ihr Päckchen zu tragen.

So wuchsen wir in bester Ya-Ya-Manier auf, unzertrennlich verflochten, in diesem drittrangigen, rückständigen Bundesstaat, wo unsere Familien die *haute monde* darstellten, deren Sünden man Charme zubilligte und ansonsten nicht erwähnte.

Als die Petits Ya-Yas – außer meinen Geschwistern – *en masse* zur Vorstellung von *Frauen und ihre Töchter* erschienen, kam es mir vor, als sei mein Status als Waise in gewisser Hinsicht revidiert. Obwohl Mamas Zorn die eigentlichen Ya-Yas davon abhielt, sich das Stück anzusehen, kamen doch wenigstens deren Kinder. Irgendwie hatten sie es sogar fertiggebracht, Genny dafür aus der Klinik in Boston wegzuholen.

Mamas Album besteht nicht allein aus den Bildern ihres Lebens und denen der Ya-Yas, sondern leitet unweigerlich in die folgende Generation über. Wir waren ein gemeinschaftlich organisierter Stamm, ein kleines primitives, matriarchalisch geführtes Dorf. Das gilt natürlich besonders für jene Sommer am Spring Creek, wenn die Männer in der Stadt blieben, ihrer Arbeit nachgingen und nur an den Wochenenden zu Besuch kamen.

Necie war diejenige der Ya-Yas, die am ehesten wie eine Mom aussah, aber auch sie hatte ihre Besonderheiten. So trug sie als einzige unter den Müttern ihr Haar lang. An ihrer Frisur erkannte man sofort, daß sie eine der Ya-Yas war. In den fünfziger und frühen sechziger Jahren hatten Ehefrauen und Mütter einfach nicht so schönes langes Haar. Jedenfalls nicht in Thornton.

Necie hatte eine Fülle von dichtem, braunem Haar, und wenn sie es offen trug, war es ihr schönster Schmuck. An den Sommermorgen am Spring Creek, wenn sie gerade aufgewacht war und mit den anderen auf der Terrasse Kaffee trank, fiel ihr Haar in ungezähmten Kaskaden auf die Schulter und fing die Morgensonne ein, und ich durfte stundenlang mit ihrem Haar spielen, ohne daß sie Notiz davon nahm. Ich saß dann einfach da, hörte den Stimmen der Frauen zu, spielte mit Necies dichter, gepflegter Mähne und roch ihr Shampoo. Ich hob die Strähnen hoch und begrub meine Nase in ihnen, nur um des Dufts willen. Dieser natürliche, unschuldige, sinnliche Akt mit einer Frau bereitete mir stillen Genuß, und ich bedauere sehr, daß diese Freuden verlorengingen, als ich älter wurde.

Ich liebte es, wenn die Ya-Yas aus dem Fluß stiegen und ihr Haar ganz naß war. Sie sahen so geschmeidig und elegant und schön aus, wie exotische Wassertiere, wilde Wasserfrauen, die irgendwo in der Tiefe der Lagune ein geheimnisvolles Dasein führten.

In jenen Tagen am Fluß machte Mama nie viel Aufhebens um ihre Frisur. Sie trug einen frechen Kurzhaarschnitt, den sie ihre »Vier-Kinder-Kappe« nannte. Ihr Haar war von Natur aus blond, und ohne Make-up hatten ihre Brauen und Wimpern dieselbe Farbe. Jahre später, als Mia Farrow ihr Haar ganz kurzgeschnitten trug, behaupteten die Ya-Yas, sie kopiere meine Mutter.

Mamas Augen waren von einem dunklen, rötlichen Braun, und sie verliehen ihrem Gesicht eine Ausstrahlung, eine Intensität, die es sonst nicht gehabt hätte. Von ihrem hellen Haar und der hellen Haut ließ man sich anfangs dazu verleiten, sie für zart und zerbrechlich zu halten. Wenn man ihre Augen sah, wußte man, daß mit ihr nicht zu spaßen war.

Wenn Mama aus dem Wasser stieg, rubbelte sie ihr Haar mit einem Handtuch trocken, legte wieder Lippenstift auf und griff nach ihrem großen, weißen Sonnenhut, denn – so hat es Mama uns beigebracht – echte Blondinen können in der Sonne liegen, aber nur mit einem *sehr* breitkrempigen Hut. Mama liebte solche Hüte.

Zu jener Zeit kannte ich Mamas Körper von Kopf bis Fuß, bis

hin zu den in »Rich Girl Red« lackierten Zehennägeln. Sie war ein hellhäutiger Typ. Sie hatte an den Oberarmen und Wangen winzige zimtfarbene Sommersprossen, und die Haut darunter war von einem so milchigen Weiß, daß man unwillkürlich an eine dünne Sahneschicht dachte. In einem gewissen Licht war Mamas Haut sogar *durchsichtig*, und man sah die blauvioletten Venen darunter. Das erschreckte mich jedesmal sehr.

Mama bewegte sich wie eine Tennisspielerin, die sie ja tatsächlich war. Shorts standen ihr besonders gut, und sie trug sie auch zu Gelegenheiten, bei denen andere Damen dies nicht wagten. In die Shorts steckte sie ein Hemd aus einem frischen Baumwollstoff oder Leinen, dazu zog sie weiße Tennissocken und weiße Turnschuhe an. Das war ihre Sommeruniform, ganz in Weiß, wie eine Tennisspielerin.

Meine Mutter war eine große Frau in einem kleinen Körper. Sie war ungefähr einszweiundsechzig groß und wog nie mehr als zweiundfünfzig Kilo, außer wenn sie schwanger war. Sie war stolz auf ihr Gewicht und stets darauf bedacht, es zu halten. Ihre Gliedmaßen schienen die einer größeren Frau zu sein. Nicht daß sie für ihren Körper zu lang waren, aber trotz ihrer Festigkeit wirkten sie irgendwie schlaksig. Man hatte immer den Eindruck, daß das, was in Mamas Innerem loderte und brannte, nicht so recht zu ihrer hellen Haut paßte. »Ich muß jetzt gleich aus der Haut fahren«, sagte sie immer. Und als ich klein war, fürchtete ich, sie würde das tatsächlich tun.

Sie war nicht so wie die Mütter aus Büchern oder Filmen. Außer ihrem für ihre Statur erstaunlich üppigen Busen war nichts Rundes oder Molliges an ihr. Sie war muskulös und drahtig. Sobald sich mit den Jahren irgendwelche Pölsterchen einzunisten versuchten, wurden sie rigoros mit Gymnastik oder Diät bekämpft. Necie fragte meine Mutter einmal nachsichtig: »Vivi, warum willst du denn unbedingt so dünn bleiben? Wir sind doch keine *achtzehn* mehr.« Mama antwortete Necie, ganz von ihrer eigenen Logik überzeugt: »Wenn ich mal von hier verschwinde, will ich keinen schweren Koffer dabeihaben.«

Wenn ich die Augen zumache, sehe ich den Körper meiner Mutter vor mir, genau so, wie er in meiner Kindheit ausgesehen hat. Und ich höre ihre volltönende, rauchige Stimme, in der etwas von Scarlett, Katherine Hepburn und Tallulah mitschwang.

Ich habe keine Ahnung, wie ihr Körper jetzt aussieht. Sie soll nun doch »ein wenig fülliger« geworden sein, aber ob das stimmt, weiß ich nicht. Über zwanzig Jahre habe ich sie nicht ohne Kleidung gesehen. Ich bin nicht einmal sicher, ob ich ihren Körper wiedererkennen würde, wenn ihr Gesicht und ihre Stimme verborgen wären. Das macht mich sehr traurig.

Wenn ich mir jetzt die Vivi meiner Kindertage vorstelle, bin ich überwältigt. Sie hat innerhalb von drei Jahren und neun Monaten vier Kinder auf die Welt gebracht – eigentlich fünf, wenn man meinen verstorbenen Zwillingsbruder mitrechnet. Vom Zeitpunkt ihrer Eheschließung an hatte ihr Körper folglich nie Gelegenheit, sich von den wilden Hormonsprüngen einer Schwangerschaft zu erholen. Es bedeutet auch, daß sie fünf oder sechs volle Jahre lang nie genug Schlaf bekommen hatte. Und weiß Gott, sie liebte ihren Schlaf (wie ich übrigens auch). Sie sagte immer, sie könne den Schlaf tatsächlich auf der Zunge *schmecken*, er sei so köstlich wie ein frisches Baguette mit Speck, Salat und Tomate.

Selbst als Kind war mir klar, daß sie nicht dafür geschaffen war, vier Kinder wie Orgelpfeifen zu bekommen. Ich merkte, ich verlangte zu viel, wenn ich so neben ihr stand und sie bedrängte und an ihr zerrte und darauf bestand, daß sie hersah. »Schau, Mama! Schau mal, was ich *da* mache. Und schau mal, was ich *jetzt* mache.«

Aber in jenen Sommern mit den Freundinnen war Mama die Königin des Flußufers. An manchen Tagen lag ich ihr zu Füßen. Manchmal hätte ich sie am liebsten zerrissen, nur damit sie endlich ihre Aufmerksamkeit von den Ya-Yas weg auf mich richtete. Und manchmal war ich so eifersüchtig, daß ich wünschte, Caro, Teensy und Necie wären tot. An anderen Tagen wiederum waren Mama und ihre Freundinnen auf der Picknickdecke die Säulen, die meinen Himmel trugen.

Wenn ich die Augen schließe und mich konzentriere, kann ich, hier in dieser Hütte, 2500 Meilen von Louisiana und viele Jahre von meiner Kindheit entfernt, tatsächlich meine Mutter und die

Ya-Yas riechen. Es kommt mir vor, als ob mein Körper die verschiedenen Düfte der Ya-Yas auf einer verborgenen Flamme leise am Sieden hält, und immer wenn ich am wenigsten darauf gefaßt bin, steigt dieses Aroma auf und vermischt sich mit den Gerüchen meines jetzigen Lebens, bis ein neues und doch vertrautes Parfüm entsteht. Ich rieche die verwaschene Baumwolle aus einer Wäschetruhe, Tabakrauch in einem Angorapullover, Handcreme von Jergen, geschmorte Zwiebeln mit grünem Paprika, den süßen, nußartigen Duft von Erdnußbutter und Bananen, das Eichenaroma eines guten Bourbon, eine Mischung aus Maiglöckchen, Zeder, Vanille und dem schweren Duft von Damaszenerrosen. Diese Gerüche sind älter, als ich denken kann. Gewiß hatten Mama, Teensy, Necie und Caro auch ihren ganz eigenen Duft, aber alles zusammen ergibt das würzige Ya-Ya-Potpourri. Ein Fläschchen dieses Parfüms trage ich innerlich ständig bei mir.

Ihre vier individuellen Düfte standen miteinander im Einklang, ihre Körper harmonierten miteinander.

Natürlich hatten sie es dadurch leichter, gegenseitig Nachsicht zu üben und sich Dinge zu verzeihen. Sie mußten nicht ständig alles auf- und verarbeiten, so wie wir heute. Ich habe so etwas mit anderen Frauen nie erlebt, und es ist schwer genug, es mir vorzustellen. Aber gesehen habe ich es. Und gerochen.

Mamas Parfüm wurde, als sie sechzehn war, eigens für sie von Claude Hovet zusammengestellt, dem *parfumier* im French Quarter. Es war ein Geschenk von Genevieve Whitman, ein Duft, der provoziert und beruhigt zugleich. Es ist der Geruch von reifen Birnen, Vetiver, ein Hauch Veilchen, und noch etwas ist dabei, etwas Würziges – fast stechend und sehr exotisch.

Einmal roch ich diesen Duft auf einer Straße in Greenwich Village. Ich blieb stehen und sah mich um. Von wo kam er? Von einem Geschäft? Den Bäumen? Einem Passanten? Ich konnte es nicht sagen. Ich weiß nur, daß ich zu weinen anfing. Ich stand da auf dem Gehsteig in Greenwich Village, die Leute eilten vorüber, und ich fühlte mich plötzlich sehr jung und empfänglich, als ob ich auf etwas wartete. Ich lebe in einem Ozean von Gerüchen, und dieser Ozean ist meine Mutter.

6

Nachdem Sidda dies in ihr Tagebuch geschrieben hatte, wurden ihr die Augen schwer. Ihr Kopf sank auf die Tischplatte, und sie schlummerte ein. Dabei glitt Vivis Album von ihrem Schoß zu Boden, und ein kleiner Schlüssel, der irgendwo zwischen den Seiten gesteckt hatte, fiel neben ihren Fuß.

Das erste, was Sidda sah, als sie aufwachte, war der Schlüssel. Er war klein, etwa wie ein Pekannuß, das Metall war angelaufen, und er hing an einer Kette. Was mochte er wohl aufschließen? Ein Schmuckkästchen? Einen kleinen Koffer? Ein Tagebuch? Sie schob die Glastür zur Seite und ließ Hueylene hinaus. Es dämmerte bereits, aber über dem See lag so dichter Nebel, daß das gegenüberliegende Ufer nicht zu erkennen war.

Als sie so auf der Veranda stand und in die Nebelschwaden starrte, hielt sie den Schlüssel in der Hand. Ein paar winzige Buchstaben schienen in dem Metall eingraviert zu sein, aber sie konnte sie nicht entziffern. Sie rief ihren Hund zurück, hielt dabei den Schlüssel zwischen die Handflächen gepreßt und blies hinein. Dann tat sie etwas Seltsames, sehr Kindliches: Sie roch und leckte an dem Schlüssel. Sein metallischer Geschmack ließ sie ein wenig erschauern, sie verspürte dieselbe Aufregung wie damals als Kind beim Lesen von Abenteuergeschichten.

Sie verbrachte den Tag mit Spazierengehen, Essen und Schlafen. Ihr war gar nicht bewußt gewesen, daß sie so erschöpft war. Gegen vier Uhr nachmittags schließlich ging sie nach Quinault zu dem kleinen Laden, der die Gegend hier versorgte, um den Münzfernsprecher zu benutzen.

Sie schlug ein kleines Kreuzzeichen, ehe sie die Nummer ihrer Eltern wählte.

Als das tragbare Telefon in Pecan Grove, Louisiana, läutete, war dort gerade Cocktailzeit. Vivi Walker saß in einem hölzernen Lehnstuhl im Gemüsegarten ihres Mannes Shep und sah ihm zu, wie er Gemüse für das Abendessen erntete.

»Hallo«, sagte Vivi.

»Mama, hier ist Sidda.«

Vivi nahm einen Schluck von ihrem Bourbon mit Mineralwasser. Sie bekam augenblicklich ein schlechtes Gewissen, weil sie ihren Schwur, dem Alkohol zu entsagen, so schnell gebrochen hatte. Sie holte tief Luft und sagte: »Siddalee Walker? Die von der *New York Times* so oft zitierte Siddalee Walker?«

Sidda mußte schlucken. »Ja, Madam, genau die. Ich hab dich angerufen, Mutter, um dir zu danken.«

»Seit wann sagst du ›Mutter‹ zu mir?« fragte Vivi.

Shep sah von einer Reihe Paprikapflanzen zu ihr herüber. Als Vivi mit den Lippen das Wort »Sidda« formte, ging er zu seinen Bohnenstangen, weiter weg von seiner Frau. Er war es gewesen, der mit Vivis Reaktion auf den Artikel in der *Times* leben mußte. Sie hatte ihn dermaßen erschreckt, daß er mit ihr freiwillig einen Ausflug unternommen hatte. Ein Arzt hätte sonst womöglich eine Luftveränderung verordnet.

Shep Walker verstand seine Frau nicht, und er hatte sie auch noch nie verstanden. Sie kam ihm vor wie ein fremdes Land, für das er zur Einreise ein Visum brauchte. Er wußte, er würde niemals herausfinden, was in ihr eigentlich vorging. Mit ihr zu leben war schwieriger, als mit Baumwolle nach der Ernte umzugehen, und das war, weiß Gott, wegen des intensiven Aufwands schwierig genug. Aber, selbst nach zweiundvierzig Jahren, konnte sie ihn immer noch überraschen. Sie wußte, wie man ihn zum Lachen brachte, und das konnten nicht viele. Wenn sie mit ihm zusammen durch die Felder fuhr, auf dem Beifahrersitz in seinem Pickup, *hörte* sie ihm tatsächlich *zu*, wenn er lang und breit über seinen Reis oder die Baumwolle oder die Krebse oder die Sojabohnen schwafelte. Und hin und wieder, wenn sie sich ihm zuwandte und dabei den Kopf leicht zur Seite neigte, um ihn etwas zu fragen, dann fühlte sich Shep wieder wie ein junger Mann. Sie hatten sich früher, als sie jung waren, mächtig zueinander hingezogen gefühlt. Der sexuelle Reiz war inzwischen fast verschwunden – nicht einmal so sehr wegen der Jahre, die vergangen waren, sondern weil es tatsächlich viel Kraft kostete, den anderen überleben zu wollen.

»Ich habe Frauen nie getraut, die ihre Mama Mutter nennen«, sprach Vivi in das Telefon.

»Tut mir leid. Ich ruf dich an, weil ich dir sagen wollte, daß ich – Mama, ich bin einfach überwältigt, daß du mir das Album geschickt hast. Das ist unglaublich großzügig.«

»Es ist das mindeste, was ich für das amerikanische Drama tun konnte«, sagte Vivi. »Aber denk dran, Clare Booth Luce war viel, viel älter als die Ya-Yas. Und die Ya-Yas *lieben sich*, im Gegensatz zu diesen Weibern, über die Luce geschrieben hat.«

»Ich bin sehr gerührt, daß du dich von den ›Göttlichen Geheimnissen‹ getrennt hast, Mama.«

»Nachdem ich durch dich in den ganzen Vereinigten Staaten von Amerika in Verruf gekommen bin, finde ich auch, daß das ziemlich *prima* von mir ist.«

»Nicht nur prima, Mama. *Großartig.*«

Es folgte für einen Moment Schweigen, in dem Vivi auf eine Entschuldigung wartete.

»Mama, das alles tut mir so leid. Ich wollte dich nicht verletzen.«

»Ich möchte nicht darüber sprechen«, antwortete Vivi. »Was ist denn jetzt mit deiner Hochzeit?«

»Ich möchte nicht darüber sprechen«, antwortete Sidda.

»Alle fragen mich schon und machen mich ganz verrückt«, sagte Vivi. »Nun, ich *habe* in den vergangenen zwanzig Jahren oder so unzählige Hochzeitsgeschenke für alle Mädchen deiner Klasse gekauft, manchmal für drei verschiedene Hochzeiten. Die Leute wollen einfach wissen, wo sie die Geschenke hinschicken sollen.«

»Dein Album ist im Moment das wichtigste Geschenk für mich, Mama.«

»Und ich habe immer gedacht, ich schreibe mal meine Memoiren in das Ding«, meinte Vivi. »Aber wer hat schon Zeit, Memoiren zu schreiben. Ich bin immer noch dabei, meine Memoiren zu *leben*.«

»Ich fände es wunderbar, wenn du über diese ganzen Erinnerungen schreiben würdest, Mama. Ich möchte dich so vieles fragen. Die Sachen in dem Album sind faszinierend, aber es gibt noch so viel, wovon ich keine Ahnung habe. Die ganzen Geschichten. Da ist dieser Schlüssel, zum Beispiel. Der ist aus dem Buch gefallen, und ich möchte allzu gerne wissen, wofür er ist. Er hängt an einer kleinen Kette.«

»Ach, wirklich?« fragte Vivi.

»Hast du eine Ahnung, wofür der ist?«

»Könnte für alles mögliche sein.«

»Mutter, es würde mir so viel helfen, wenn du dich einfach hinsetzen und über dein Leben *schreiben* würdest. Was dich geprägt hat, wie es zu dieser lebenslangen Freundschaft mit Caro, Teensy und Necie gekommen ist. Deine Gefühle, Geheimnisse, Träume. Die Geschichten hinter diesen Ya-Ya-Erinnerungsstücken.«

»Ich habe dich darum *gebeten*, mich nicht *Mutter* zu nennen. Das klingt so nördlich. Und ich glaube mich zu erinnern, daß ich dich gebeten habe, mich nicht anzurufen. Punkt. Ich bin keineswegs dazu verpflichtet, für dich eine Abhandlung über mein Leben zu schreiben. Noch dazu, wenn du es anscheinend als deine Verpflichtung ansiehst, Lügen über mich hinauszuposaunen.«

»O Gott, Mama. Darauf hatte ich keinen Einfluß. Bitte laß uns nicht streiten.«

Vivi nahm einen Schluck.

In zweitausend Meilen Entfernung konnte Sidda die Eiswürfel in Vivis Glas klirren hören. Falls je einmal ein Film über ihre Kindheit gedreht werden würde, dann wäre das die passende Filmmusik. Sie sah auf die Uhr. Wie konnte sie nur vergessen haben, daß jetzt in Louisiana Cocktailzeit war?

»Vergiß es, Mutter.«

»Nein«, sagte Vivi. »*Du* sollst es vergessen. Wenn du dich in Einzelheiten zerpflücken möchtest, bitte sehr. Aber mich wirst du nie auseinanderfieseln. Herrgott noch mal, ich hab dir meine

›Göttlichen Geheimnisse‹ geschickt, was willst du jetzt noch mehr – mein Blut vielleicht?«

»Tut mir leid, Mama. Ich wollte wirklich nicht undankbar erscheinen, aber –«

»Weißt du noch, wie entsetzt du warst, als du als kleines Mädchen das Wort ›Vivisektion‹ im Wörterbuch gefunden hast? Wie du zu mir gerannt kamst, tränenüberströmt, weißt du noch? Verdammt noch mal, Sidda, ich bin kein Frosch. Du kannst nicht meine Gehirnwindungen analysieren. Ich kann das auch nicht. Sidda, es ist das *Leben*. Es läßt sich nicht analysieren. Man setzt sich einfach drauf und *reitet* das verdammte Biest.«

»Ich paß gut auf das Album auf, du bekommst es wieder zurück, wie du gesagt hast«, sagte Sidda.

»Ich möchte es vor meinem Geburtstag zurückhaben, hast du mich verstanden?« gab Vivi zur Antwort.

»Ja, Madam.«

»Und bitte tu mir einen Gefallen«, sagte Vivi. »Ruf mich nicht mehr an und führ dich auf, als ob du für eine dieser gräßlichen Talkshows recherchieren müßtest. Auf den Bekanntheitsgrad, den du mir verschafft hast, kann ich weiß Gott verzichten.«

Nachdem Sidda an jenem Tag noch zügig fünf Meilen auf einer langen, ebenen Straße in das Quinault Valley gegangen war, saß sie nun spätabends auf der Veranda und starrte in den Himmel hinauf. Den ganzen Tag über war es bedeckt gewesen, und auch jetzt waren keine Sterne zu sehen. Sie trank Sekt mit Orangensaft und kaute an einem Käsebrot und dachte nach, was Connor jetzt wohl gerade machte. Ihr Körper sehnte sich nach seinem. Sie mußte daran denken, wie er sie einmal in seinem kleinen Büro im Opernhaus von Seattle verführt hatte, als sie gerade an seinem Arbeitstisch stand und Zeichnungen begutachtete. An sein Lächeln, an seine Berührungen. Sie vermißte und begehrte ihn. Und sie ärgerte sich darüber, daß jeder Gedanke an ihn sie erregte.

Als sie sich umdrehte und in das Zimmer hineinblickte, sah sie auf dem Tisch Vivis Album. Sie preßte ihr Gesicht gegen die Schiebetür, wie es ein Kind machen würde, und prostete mit ihrem Glas dem Album zu. Irgend etwas an ihm zog sie wie magisch zurück ins Haus.

Sie beugte sich über das Album und schlug eine Seite ziemlich weit vorne auf. Zum Vorschein kam ein Pappschildchen mit der Zahl 39 darauf. Daneben war ein Blatt Papier, auf das mit Kinderschrift etwas geschrieben war, das wie der Anfang eines Zeitungsartikels aussah:

Vivis wichtige Informationen und Nachrichten
1. Ausgabe
Samstag, 8. Dezember 1934
Mädchen furzen und werden disqualifiziert

Von Viviana Abbott. 8 Jahre alt

Sidda lächelte und drehte die Seite um, aber sie war leer. Es gab keine Geschichte darüber, nur diese Überschrift. Sie durchforstete die benachbarten Seiten nach mehr Hinweisen, fand aber nichts über »Vivis wichtige Informationen und Nachrichten«. Sie wußte genau, um welche Mädchen es sich handelte. 1934. Der Höhepunkt der Großen Depression. Huey Long war damals Gouverneur von Louisiana – oder dessen Diktator, je nachdem welcher politischen Couleur oder Gemeinde man angehörte. Sie wußte, daß Eugene O'Neills Stück *Days Without End* in diesem Jahr Uraufführung gehabt hatte und daß Pirandello der Literaturnobelpreis verliehen worden war. Aber sie hatte nicht die leiseste Ahnung, wovon ihre Mutter disqualifiziert worden war oder wer das getan hatte.

Kopfschüttelnd beugte sie sich hinunter, um Hueylene zu streicheln. Wenn dieses Album nur sprechen könnte. Bei Unserer Lieben Frau von Cherubim Tritsch-Tratsch, wenn es nür sprechen könnte.

7

Vivi Abbott Walker wußte genau, daß sie weder trinken noch rauchen sollte. Deswegen verspürte sie eine geradezu diebische Freude, als sie sich, nachdem sie den Tisch abgeräumt und Shep gute Nacht gesagt hatte, mit einem Gläschen Courvoisier und einer Zigarette auf die hintere Veranda zurückzog. Sie setzte sich an den schmiedeeisernen Terrassentisch und stellte die Alphabettafel für ihre spiritistischen Sitzungen auf. Sie zündete die Kerzen auf dem silbernen Leuchter an, den sie von Teensys Mutter Genevieve unter anderem zur Hochzeit bekommen hatte. Dann versetzte sie sich ein bißchen in Trance.

Sie stellte keine Fragen. Sie saß einfach nur so da mit ihrer Tafel, beim Schein der Kerzen und dem Gesang der Zikaden, und genoß die Vorstellung, ein Medium zu sein.

Ihre Hand ruhte sacht auf dem Zeiger, und Vivi lächelte, als er über die Tafel glitt und die Zahlen »1«, »9«, »3« und »4« erschienen.

Ach ja, dachte Vivi, meine erste Begegnung mit Hollywood.

Vivi, 1934

Man muß *exakt* sechsundfünfzig Ringellocken eindrehen, um überhaupt eine Chance zu haben, den Shirley-Temple-Doppelgängerwettbewerb zu gewinnen. Ich und meine besten

Freundinnen Caro, Teensy und Necy verbrachten den ganzen Vormittag im Schönheitssalon, damit unsere Frisur *einfach perfekt* wurde.
In Miss Beverlys Schönheitssalon ging es zu wie in New York. Teensys Mutter, Genevieve, hatte uns dort hingebracht, damit unsere Strähnen in Ringellocken verwandelt würden. Es war Genevieve, die uns allen dabei half, daß wir die Frisuren und Kleider für den Shirley-Temple-Doppelgängerwettbewerb hinbekamen. Gestern früh hatte sie allen die Haare auf Papilloten aufgedreht, und wir sollten sie den ganzen Tag und auch die Nacht über drinbehalten.
Aber Caro riß ihre Papilloten im Schlaf heraus. Als wir im Schönheitssalon ankamen, lagen ihr die Strähnen am Kopf wie steife Brettchen. Sie meinte: »Mit diesen Papilloten hat meine ganze Kopfhaut gejuckt, und sie haben meine Augen hochgezogen, und ich sah damit aus wie ein Chinese, deswegen hab ich sie herausgetan und in den Abfall geworfen.«
Ich weiß, was sie meint. Ich habe immer noch schmerzhafte Zuckungen an den Schläfen, und ich hoffe nur, daß sie vergehen, bevor ich erwachsen werde.
»Ich setze Lowells Fliegermütze auf«, sagte Caro. Sie schnappte sich die Mütze ihres Bruders, stülpte sie sich auf den Kopf und versteckte ihre Haare darunter.
»Ausgezeichnete Idee«, meinte Genevieve. *»Très originale!«*
Genevieve sagt immer solche Sachen, weil sie am Bayou aufgewachsen ist, in der Nähe von Marksville. Sie läßt sich von allen, selbst von den Kindern, mit ihrem Vornamen anreden. Immer wenn wir Mädchen beieinander stecken, sagt sie: »Ya-Ya-Suppentopf!« Das heißt soviel wie »alle sprechen gleichzeitig«, womit sie bestimmt recht hat.
Genevieve wäre gar nicht hier, wenn sie nicht Mr. Whitman geheiratet hätte, den Besitzer der Garnet Savings und Loan Bank. Sie hat ihn in New Orleans kennengelernt, wo sie ein reicher Freund ihres Vaters hingeschickt hatte, damit sie dort bei den Ursulinerinnen lernte, wie man eine Lady wird. Aber, dem Himmel sei Dank, sie ist nach Thornton gekommen! Wir beten sie an. Ihr Haar ist pechschwarz, genau wie ihre Augen, ihre Haut ist ganz glatt, und sie beherrscht jeden Tanz, den es auf der

Welt gibt. Außer dem Cajun Twostep hat sie uns noch den Jitterbug, Praise Allah und Kickin' the Mule beigebracht. Von all den Erwachsenen, die ich kenne, ist Genevieve am lustigsten – außer wenn sie ihre *attaque de nerfs* bekommt und bei heruntergelassenen Jalousien den ganzen Tag im Bett bleiben muß. Wenn ich mal groß bin, möchte ich genau so wie Genevieve sein.
Ich paßte genau auf und zählte mit, als Miss Beverly die Papilloten aus meinen Haaren nahm und jede Locke mit den Fingern ausrollte. Ich wollte nicht, daß sie alles verpatzte, indem sie mir achtunddreißig statt sechsundfünfzig Ringellocken machte. Dann spazierte Jack herein, Teensys Bruder. Er kam einfach in diesen Schönheitssalon, wo Jungs nie hinkommen.
»He!« sagte er. »Donuts für alle! Ganz frisch aus dem Ofen von Mr. Campos Bäckerei. Vivi, für dich hab ich einen mit Schokolade, weil du die so gern ißt.«
Dieser Jack ist so süß. Nicht Baby-süß. Einfach süß. Er ist der beste Baseball-Pitcher der ganzen Stadt. Und weil er so gut trifft, nennen ihn alle T-Babe, als Abkürzung für Little Babe, weil er auch so einen harten Schlag wie Babe Ruth hat. Jack kann auch die Cajun-Fiedel spielen, aber sein Daddy erlaubt ihm das zu Hause nicht. Mr. Whitman verbietet auch, daß Jack mit seinem richtigen Namen, Jacques, gerufen wird. Und Genevieve darf in Mr. Whitmans Beisein kein akadisches Französisch sprechen. Er sagt: »Sprich Englisch, Genevieve! Um Gottes willen, sprich doch korrektes Englisch!«
»Ihr seid alle viel hübscher als Shirley Temple«, sagte Jack. »Im Vergleich zu euch sieht die aus wie ein kleines Stinktier. *Mais oui*, ihr alle stellt doch Shirley in den Schatten.«
Es war Caro, die als erste von dem Shirley-Temple-Doppelgängerwettbewerb gehört hatte, weil ihrem Vater das *Bob* gehört, eines der zwei Kinos in Thornton. Mr. Bob gehört auch das *Bob* in Royalton und das *Bob* in Rayville, beide an der Hauptstraße. Sein größtes Kino befindet sich in New Orleans: das *Robert*. Von all den Bob-Lichtspielhäusern der Welt ist es das prächtigste.
Vor einem Monat wurde offiziell angekündigt, daß das *Bob* als Sponsor des Wettbewerbs auftreten werde und daß deswegen eigens einer von Shirley Temples Leuten aus Hollywood an-

gereist käme. Das Mädchen, das den Wettbewerb gewinnt, darf mit dem Zug nach New Orleans fahren und unsere Stadt dort in dem landesweiten Shirley-Temple-Doppelgängerwettbewerb vertreten. Dieses Mädchen darf dann auch im Pontchartrain Hotel absteigen und wird die ganze Zeit über wie eine Prinzessin behandelt.

Die Mädchen kamen aus den abgelegensten Käffern herbeigeströmt. Sogar etliche Farbige wollten sich anmelden, aber die Regeln schreiben vor, daß nur Weiße zugelassen sind. Die Anmeldung kostet zehn Cents, aber Mr. Bob gestattete es einigen Mädchen, sich ohne Bezahlung anzumelden. Einige von denen, die heute ins *Bob* kamen, bezahlten mit Eiern und Kartoffeln. Alle acht Nugent-Kinder, die die Matineevorstellung des Betty-Boop-Clubs am Samstag besuchen, bezahlen mit einem Bund Grünzeug.

Genevieve hatte ihre Schneiderin Cecile damit beauftragt, uns allen bei unseren Kostümen zu helfen. Ich habe ein ganz reizendes blau-weiß kariertes Kleid mit einer kleinen roten Krawatte, das mir haargenau paßt. Darüber trage ich einen kleinen Mantel im gleichen Blauton und dazu ein schwarzes Hütchen. Shirley Temple hatte genau das gleiche an, als sie »On the Good Ship Lollipop« sang. Gestern abend gab ich Vater darin eine kleine Vorstellung, und als er mich so sah, meinte er: »Komm mal her und gib deinem Vater eine Umarmung.« Normalerweise mag er nicht umarmt werden, wenn er abends nach Hause kommt; ich war ganz schön überrascht. Ich schlang also meine Arme um seinen Hals, und dann schenkte er mir zwei Dollar.

Caros Kostüm ist so toll! Sie hat eine kleine braune Lederjacke von ihrem Bruder, und die trägt sie über einer ganz weiten Latzhose, und auf dem Kopf hat sie eine Fliegermütze. Sie sieht genau so aus wie Shirley, als sie zu Loops Flugzeug kommt in dem Film *Lachende Augen.* Ach, Caro ist so hübsch. Alle meine Freundinnen sind so hübsch.

Necie hat einen Mantel in leuchtendem Gelb und trägt dazu ein weißes Baskenmützchen. Ach, und Teensy, die hat ein rosarotes Tutu, so eines, wie Shirley in diesem Film zum Geburtstag bekommt.

Insgeheim glaube ich, daß ich Shirley am ähnlichsten sehe. Ich bin schließlich diejenige, die blond ist. Aber das wage ich natürlich niemandem zu sagen.
Als uns Genevieve heute nachmittag in den Kinosaal gebracht hat, mußten wir uns erst beim Eingang melden, und eine Frau gab jeder von uns ein Papptäfelchen, das wir uns an einer Schnur um den Hals hängen sollten. Auf dem Täfelchen stand unsere offizielle Teilnehmernummer. Ich habe die 39, Caro hat die 40 und Teensy 41, irgendwie hat dann jemand was durcheinandergebracht, denn Necie hat die Nummer 61. Ich hasse dieses Stück Pappe um meinen Hals, es verdeckt die Knöpfe von meinem kleinen blauen Mantel.
Der Preisrichter des Shirley-Temple-Doppelgängerwettbewerbs macht nichts anderes, als mit dem Zug landauf, landab zu fahren und zu schauen, wer wie Shirley Temple aussieht und wer nicht. Er heißt Mr. Lance Lacey, aber Caro nennt ihn einfach Mr. Hollywood. Er kam gestern an, und Caro und ihre Mutter und ihr Vater holten ihn vom Bahnhof ab. Sie nahmen ihn mit zu sich nach Hause, und er zog sich um und zog ein Hemd an von pudrigem Blau und weite, lose fallende Hosen, die, wie Caro sagte, wie Schlafanzughosen aussahen. Während des Abendessens kamen drei Ferngespräche für ihn. Wir bekommen drei Ferngespräche nicht einmal in einem Monat! Alle saßen da, Caro und ihre Eltern und Lowell und Bobby, ihre Brüder, und warteten darauf, daß Mr. Hollywood vom Telefon zurückkam, damit sie fertigessen konnten. Und heute morgen war schon wieder ein Ferngespräch für ihn da, noch vor dem Frühstück!

Ich habe schon immer auf der Bühne des *Bob* stehen wollen, und jetzt bin ich da! Ach, ich bin zum Filmstar geboren! Im Rampenlicht zu stehen, hoch über den Zuschauern. Überall Lichter! Besser noch als Weihnachten. Man kann im Zuschauerraum nur schwer jemanden erkennen, aber ich weiß genau, wo mein Bruder Pete sitzt, weil er ganz laut »He, Stinky!« gerufen hat.
Ich möchte aus der Reihe dieser anderen kleinen ringellockigen Mädchen heraustreten und tanzen. Ich möchte, daß alle

mich ansehen, nur mich! Aber man muß in der Reihe bleiben. Wir sollen einfach nur da oben stehen und versuchen, wie Shirley Temple auszusehen. Ich hasse das, wo ich doch so viele andere Talente besitze! Ich kann singen, tanzen, kann »Hieroglyphe« buchstabieren, kann Coleridges *Alten Seefahrer* vortragen, kann pfeifen und selbsterfundene Geschichten darstellen. Die da unten wissen gar nicht, was ihnen alles entgeht.
Die Stimme von Mr. Hollywood tönt ganz samtig aus dem Mikrofon. Er sagt: »Shirley Temple präsentiert das Beste von Amerika. Ihre Unschuld und ihr Lächeln leuchten wie Sonnenstrahlen über unsere achtundvierzig Bundesstaaten. Und wenn auch die Zeiten nicht gerade die besten sind und der einfache Mann sich nicht mal mehr einen Kaffee leisten kann, so können doch Shirleys Grübchen selbst die allerärmsten Teufel der Wirtschaftskrise ein wenig aufmuntern. Unser kleiner Sonnenschein hat die Herzen von Millionen Menschen erobert und reißt mit ihrem ganz besonderen Liebreiz unser Land aus seiner Niedergeschlagenheit.«
Dann schaut er kurz zu uns Mädchen her und deutet auf uns. »Und nun bereitet es mir großes Vergnügen, in Ihrer schönen Stadt verweilen zu dürfen, um mir diese Auslese an kleinen Mädchen anzusehen. Es ist meine Aufgabe herauszufinden, welche dieser jungen Damen am ehesten Shirley Temples gesunde Ausstrahlung und Unschuld besitzt. Welche von ihnen besitzt den meisten Charme, damit sie, wie der Liebling Amerikas, unsere große Nation wieder auf andere Gedanken bringen kann?«
Oh, wenn ich meine wahren Talente nur zeigen dürfte, dann könnte ich diese Nation schon aufmuntern! Ich würde meine Geschichte vom Alligator-Girl erzählen, das den Kopf und die Schultern eines Mädchens besitzt, aber der Rest ist ausschließlich Alligator. So eine Art Meerjungfrau, aber bösartig. Ach, ich bin die beste Gruselgeschichtenerzählerin der Welt! Wenn man mich nur machen ließe, würde ich nicht nur diesen, sondern auch den Wettbewerb in New Orleans gewinnen. Dann bekäme ich meinen privaten Eisenbahnwaggon mit eigener Badewanne und Samtvorhängen, und dann würde ich Caro, Teensy und Necie zu einer Fahrt durch Amerika einla-

den. Wir kämen nach Washington, D.C., wo der Präsident und Mrs. Roosevelt schon auf uns warteten und mich beknieten, von den Tomatensandwiches ohne Rinde zu nehmen. Ich würde ihnen erzählen, daß die große Wirtschaftskrise nun schon zu lange dauerte, und dann würde ich ihnen meine Vorstellungen davon vermitteln, wie man den armen Leuten von *Ollie Trotts Trailerparadies*, die ihr richtiges Zuhause verloren hatten, helfen könnte. Ach, ich würde allen zuwinken, und niemand würde sich an den Namen Shirley Temple überhaupt mehr erinnern!

Mr. Hollywood wendet sich uns zu, er hält die Hände an den Mund und dehnt seine Lippen auseinander. Hat er sich verletzt? Nein, er versucht uns nur beizubringen, daß wir breiter lächeln sollen. Er gibt dem Klavierspieler ein Zeichen, und der beginnt mit »On the Good Ship Lollipop«. Dann umkreist er uns und hält vor einem Mädchen in einem flauschigen weißen Pelzmantel. Sie muß sich einmal im Kreis drehen, und er schreibt etwas auf sein Klemmbrett. Er spricht dabei kein einziges Wort, sondern taxiert sie nur wie ein Pferd.

»Mein Mund tut schon ganz weh von diesem dauernden Lächeln«, flüstere ich Teensy zu. Daraufhin, ich habe nicht die leiseste Ahnung, warum, holt sie aus und tritt mir auf die Zehen. Natürlich trete ich gleich zurück und drücke noch ein wenig nach.

»Aua!« brüllt Teensy. So etwas liebt sie. Das ist ihr Lebenselixier. Sie dreht sich zu einem anderen kleinen Mädchen um und streckt ihm die Zunge raus. Und dieses kleine Baby fängt daraufhin natürlich an zu heulen.

»Putzi-Baby! Mein kleines wutz-wutz Putzi-Baby!« flüstert Teensy. Und dann – ohne irgendeine Vorwarnung – *läßt Teensy einen fahren!* Einen der größten Pupse, den man je gehört hat! Man kann sich gar nicht vorstellen, daß ein so kleines Mädchen einen so großen Pups von sich geben kann. Ihr steht der Schock ins Gesicht geschrieben. Sie sieht sich um, als könne sie nicht glauben, daß sie das gewesen ist. So wie wenn unser Hund pupst und sich zu Tode erschrickt.

Die anderen Mädchen haben es aber auch alle gehört und weichen natürlich vor uns zurück. Als ob Teensys Pups lebendig wäre und sie gleich umwerfen und über sie herfallen könnte. Teensy und ich fangen an zu lachen und können nicht mehr aufhören.

Mr. Hollywood kann den Pups eigentlich nicht gehört haben. Er ist noch auf der anderen Seite der Bühne und begutachtet dort die Mädchen. Als er unser Lachen hört, schaut er in unsere Richtung, und ich sehe, wie er den Mund bewegt und das Wort »Ruhe« formt.

Jetzt müssen wir natürlich noch mehr lachen, und Caro und Necie machen auch mit.

»Sch!« signalisiert Mr. Hollywood und hält seinen Sch!-Finger vor den Mund. Dann nimmt er denselben Finger und dreht damit seinen Mundwinkel zu einem großen strahlenden Lächeln und will uns dazu bringen, daß wir es ihm gleichtun. Beim Anblick des auf diese Weise lächelnden Mr. Hollywood brechen wir vollends zusammen und schütten uns aus vor Lachen. So ein Gebrüll veranlaßt unsere Mütter immer, uns aus dem Zimmer zu jagen.

Da dreht sich Mr. Hollywood auf seinen modischen Absätzen um und kommt zu uns herüber. Jetzt kann uns nichts mehr halten. Selbst wenn wir wollten, könnten wir nicht mehr aufhören zu lachen.

Abrupt bleibt Mr. Hollywood vor uns stehen. »Augenblicklich haltet ihr den Mund!« zischt er.

Seine Augen treten hervor, der Mund steht ihm offen, und wir entdecken einen, zwei, nein *drei faule braune Zähne!* Die anderen sind weiß und glänzend, aber die hinteren sind verfault! Wir schreien und toben vor Lachen. Als wir uns nicht beruhigen, wirft er sein Klemmbrett – peng – einfach auf den Boden, macht einen Schritt auf uns zu, und einen kurzen Moment glaube ich, er will uns schlagen. Aber dann besinnt er sich anders.

Er gibt dem Klavierspieler das Zeichen, etwas leiser zu spielen. Dann tritt Faulzahn ans Mikrofon und sagt: »Ein paar von euren Möchtegern-Shirleys finden anscheinend etwas sehr komisch. Nummer 39, 40, 41 und 61, würdet ihr bitte mal hier zum Mikrofon kommen?«

Als wir vor dem Mikrofon stehen, ruft plötzlich Pete ganz

laut: »Das ist Stinky!« Ich werfe Kußhändchen in den Zuschauerraum.
Mr. Hollywood Faulzahn schaut uns an und lächelt sein breites, unechtes Lächeln. »Mädels, wenn das so lustig ist, worüber ihr lacht, dann wollen wir es alle erfahren.«
Wir vier schauen uns an. Dann tritt Caro näher ans Mikrofon. Sie nimmt ihre Fliegermütze ab und hält sie in der Hand. Ihr Haar ist platt wie ein Bettvorleger. »Wollt ihr wirklich wissen, was so lustig ist?« fragt sie ins Mikrofon.
Mr. Hollywood lehnt sich gegen das Mikrofon und antwortet: »Ja, Nummer 40, das wollen wir.«
»Gut, okay«, sagt Caro und schaut direkt ins Publikum. Sie öffnet den Mund und sagt laut und deutlich: *»Teensy hat gefurzt.«*
Das ganze Theater platzt vor Lachen! Alle brüllen und schreien, und eine ganze Truppe in der vorderen Reihe – ich wette, angestiftet von meinem Bruder – fängt an, mit den Händen Pupsgeräusche zu machen. Bald stimmen andere Reihen mit ein, und schließlich klingt es so, als ob wir in einem riesigen Theater voller Pupser säßen! Die paar, die keine Pupsgeräusche machen, brüllen: »He! Teensy!«
Alle anderen Mitbewerberinnen haben sich in den hinteren Teil der Bühne verzogen. Mir bleibt vor Lachen fast die Luft weg.
Mr. Hollywood wedelt mit seiner Klemmtafel vor Caros Gesicht herum und tönt ins Mikrofon. »Eure Namen, Mädchen? Nummer 39, 40, 41, 61, nennt mir augenblicklich eure Namen!«
Wir starren ihn einfach an. Es ist so spaßig anzuschauen, wenn ein Erwachsener durchdreht.
»Ich sagte: Nennt mir eure Vornamen!«
Ich lechze immer noch danach, endlich alleine ins Mikrofon sprechen zu können, und trete einen Schritt vor. Ich hole tief Luft und schenke dem Publikum mein strahlendstes Lächeln. »Mein Name«, verkünde ich, »ist Pupsi Pupsenburger.«
Stürmischer Applaus bricht los! Für mich. Wellen des Applauses wogen auf die Bühne und schlagen gegen meine neuen Schuhe. Ich wußte doch, sie würden mich lieben, wenn ich nur den Hauch einer Chance bekäme!

Mr. Faulwood stößt mich zur Seite und lehnt sich gegen das Mikrofon. »Ihr seid alle vier disqualifiziert! Habt ihr mich verstanden? Disqualifiziert!«
Seine Hände zittern und können das Klemmbrett kaum noch halten. Sein Mund ist ganz verzerrt, und die Adern in seinem Gesicht scheinen fast zu platzen! Und das alles wegen mir!
Im Saal herrscht ein Mordsspektakel. Alle schmeißen mit Popcorn, Bonbons landen auf der Bühne, und eine Gruppe Jungens schreit: »Los, Pupsi!« Platzanweiserinnen eilen die Gänge auf und ab und versuchen, die Kinder davon abzuhalten, ihre Coca-Cola-Becher in die Luft zu werfen. Die schreien: »Wir wollen Pupsi! Wir wollen Pupsi!« und klettern über die Sitze und stampfen mit den Füßen! Es ist einfach großartig!
Die anderen kleinen Mädchen heulen und rufen nach ihren Müttern. Etliche Mütter stürmen auf die Bühne. Wir hören, wie sie zu uns sagen: »Ihr solltet euch was schämen!«
Aber ich schäme mich überhaupt nicht. Der ganze Saal spielt verrückt, und *das alles wegen mir.*
»Vorhang runter!« ruft Mr. Faulwood ins Mikrofon.
Und dann steht auf einmal Mr. Bob am Mikrofon und sagt: »Kinder, beruhigt euch jetzt. Ihr seid jetzt alle ein wenig durcheinander, aber ich habe was Schönes für euch. Hört mir mal genau zu. Wer von euch möchte eine Extrafolge von *Flash Gordon* sehen? Wenn ihr euch jetzt alle wieder schön hinsetzt, dann zeige ich euch eine spontane, nicht geplante Vorführung, die eigentlich erst nächste Woche dran ist, und zwar *Flash Gordon und der Planet Mongo.*« Er gibt dem Klavierspieler ein Zeichen, daß er etwas Beruhigendes spielen soll. Das Popcorn-Kreuzfeuer ebbt ab, und die Kinder setzen sich wieder auf ihre Plätze. Sobald du hier *Planet Mongo* erwähnst, halten die Leute die Klappe und hören zu.
Dann geht Mrs. Bob ans Mikrofon und sagt: »Alle Mütter mögen bitte vorkommen und ihre Töchter abholen. Diejenigen Mädchen, deren Mütter nicht anwesend sind, kommen bitte mit mir in die Garderobe. Es ist alles in Ordnung.«
Teensy, Caro, Necie und ich wollen von der Bühne runtergehen, aber Teensy hält das nicht aus. Sie läuft mitten auf die

Bühne zurück, dreht sich um, reckt dem Publikum ihren kleinen Popo entgegen und wackelt damit, so gut sie nur kann.
Also, jetzt stürmt Mr. Lance Faulzahn Lacey auf Teensy zu, packt sie und reißt ihr fast dabei den Arm aus. Dann legt er Teensy übers Knie, und seine Hand ist schon in der Luft, und er will ihr gerade eine auf ihren winzigen kleinen Hintern verpassen!
Da hält ihn Mr. Bob zurück. »Mein Junge, ich glaube, Sie sollten besser auf Ihre Manieren achten. Das ist nicht Ihr Kind.«
»Ist mir verdammt egal, wem sie gehört«, sagt Mr. Faulgebiß. »Sie hat mir diesen offiziellen Shirley-Temple-Doppelgängerwettbewerb kaputtgemacht! So was habe ich noch nie erlebt!«
Old Hollywood hat nun eine ganz veränderte Stimme. Jetzt klingt er nicht mehr wie ein Filmstar mit Samtvorhangstimme, sondern eher wie einer von diesen Typen, die mit dem Zirkus rumziehen und eine feuchte Aussprache haben.
»Nun, das mag schon sein, mein Junge«, sagte Mr. Bob, »aber deswegen vergreifen Sie sich noch lange nicht an einer unserer Töchter. Ihr Vater kann ihr eine Tracht Prügel verpassen, wenn er das für richtig hält.«
Mr. Hollywood rückt seine breite Krawatte gerade und zupft die Manschetten seiner Ärmel zurecht. »Ich bin froh, daß *Sie derjenige sind,* der hier ein Provinzkino führt in diesem Provinzkaff mit diesen minderjährigen Provinzzicken. Ich jedenfalls verschwinde mit dem nächsten Zug von hier.«
Dann will er gehen, aber Mr. Bob sagt: »Sie können sich darauf verlassen, daß ich Ihre Freunde von Twentieth Century Fox anrufe, und sie wissen lasse, daß Sie unterwegs sind. Wenn sie mich fragen, wer den Wettbewerb gewonnen hat, dann sage ich nur, daß wir uns nicht auf ein einziges Mädchen festlegen wollten, weil alle unsere Mädchen so hübsch sind.«
Genevieve ist hinter der Bühne, hat unsere Mäntel im Arm, und wie wütend sie aussieht! »*Que méchante,* Teensy!« empört sie sich. »Mit diesem kleinen Hinternwackeln zum Schluß bist du zu weit gegangen! *Que faiseur d'embarras!*«
Genevieve stößt die Tür zum Bühnenausgang auf, und wir treten in die kalte frische Luft hinaus. Jack steht da, um uns abzuholen, er bläst auf seine Finger, stampft mit den Füßen, lacht.

»Los, Pupsi«, sagt er, »die Pupsis aus dem Kreis Garnet sind die besten!«
»Wir sind Tempel des Heiligen Geistes«, sage ich, und schon prusten wir wieder los.
»Jetzt reicht's aber«, findet Genevieve. »Ich bringe euch Mädels jetzt nach Hause. Jack, bitte geh und sage Mr. und Mrs. Bob Bescheid, daß wir später zu ihnen rüberkommen.«
»Ja, Madam«, antwortet Jack und will gehen. Aber zuvor blinzelt er mir noch zu und schenkt mir eine Schachtel Bonbons. Ach, ich mag ihn schon sehr, diesen Jack.

Unsere Locken sind verschwunden.
Alle 168.
Genevieve hat sie ausgebürstet. Unsanft.
Wir vier stehen im Wohnzimmer in Caros Haus. Mr. Bob sitzt in seinem Sessel, Mrs. Bob sitzt in ihrem Schaukelstuhl.
»Bob«, sagt Genevieve, »ich möchte, daß du diese Mädchen bestrafst.«
Zum ersten Mal in meinem Leben bekomme ich Angst.
»Mädels«, sagt Mr. Bob, »ich habe über alles gründlich nachgedacht. Ihr habt euch in meinem Lichtspieltheater einfach schrecklich benommen. Ihr habt vielen kleinen Mädchen, und auch ihren Müttern, den Tag verdorben. Und das ist noch längst nicht ausgestanden. Das Telefon läutet seitdem Sturm.«
Genevieve sagt: »Denkt doch mal an *les petites pauvres.* Ihr habt den armen Kindern alles verdorben. Monatelang nichts zu essen außer Zwiebeln und Rüben, *non?* Und bei etlichen sind die *pères* schon seit zwei, drei Jahren arbeitslos. Das sind die *enfants* von den kleinen Farmpächtern, die einmal in der Woche in die Stadt kommen, damit sie *Flash Gordon* sehen können. Die wollen wirklich nicht euren *derrière* sehen, *filles. Comprendez-vous?* Ihr solltet diesen armen kleinen Mädchen mehr Respekt entgegenbringen.«
Ich schaue Genevieve an, weil sie mich immer auf Sachen aufmerksam macht, die ich am liebsten vergessen würde.
»Genevieve hat recht«, meint Mr. Bob. »Dieses Land befindet sich in einer Wirtschaftskrise, auch wenn ihr vier Prinzessinnen davon nichts mitbekommt.«

»Ihr müßt endlich anfangen, euch wie Ladys zu benehmen«, sagt Mrs. Bob. »Ihr seid doch keine Babys mehr. Ihr seid doch schon junge Damen. Und manche Sachen tut man, und manche tut man eben nicht. Das, was ihr euch heute geleistet habt, das tut man eben nicht. Ihr wollt doch nicht in den Ruf kommen, böse Mädchen zu sein, oder?«
»Aber Mrs. Bob«, platze ich heraus, »es macht so viel *Spaß*, ein böses Mädchen zu sein.«
»Vivi«, sagt sie, »hättest du lieber, wenn ich deine Mutter und deinen Vater anrufe, damit die mit dir sprechen?«
Nein, ich möchte nicht, daß sie meine Mutter anruft, und meinen Vater schon gleich gar nicht, weil der überhaupt nichts dazu *sagt*. Der nimmt einfach seinen Gürtel ab und läßt den für sich sprechen.
»Nein, Madam«, sage ich.
»Wenn ihr in dieser Stadt mit den anderen auskommen wollt, müßt ihr euch endlich wie Ladys benehmen«, sagt Mrs. Bob. »Wie bekomme ich das nur in deinen Schädel rein, Caro?«
»Aber Mama«, protestiert Caro, »wir können doch nichts *dafür*, daß Teensy gepupst hat.«
»Ich weiß, ich weiß«, sagt Mrs. Bob, »gegen die Natur kann man nicht ankämpfen. Aber ihr vier hättet es wenigstens dabei belassen können.«
Ich lasse den Kopf hängen, aber insgeheim denke ich, wie *originell* der Name Pupsi Pupsenburger doch ist.
»Dachte schon, ich müßte Hilfe holen«, meint Mr. Bob. »Noch nie im Leben hab ich solche Schwierigkeiten gehabt, ein Publikum zu beruhigen. Ihr kommt mir nicht so einfach davon. Einen Monat lang – das heißt vier Samstage nacheinander – werdet ihr bösen kleinen Mädchen das Kino nach den Matineevorstellungen aufräumen. Ihr kehrt mir jedes einzelne Stückchen Popcorn und jedes Bonbonpapier weg, das auf dem Fußboden liegt. Darüber hinaus ist euch der Zutritt zum *Bob* verwehrt, außer ihr kommt zum Putzen. Keine Filme, solange ihr euren Strafdienst ableistet. Und außerdem spreche ich mit Mr. Hyde vom *Paramount* und bitte ihn, seinem Personal strikte Anweisungen zu geben, euch vier ja nicht in sein Kino einzulassen. Erst wieder in einem Monat.«

Als ich wieder zu Hause in meinem Zimmer bin, denke ich über alles nach. Je mehr ich nachdenke, desto wütender werde ich. Das ist alles so unfair! Ich steigere mich so in meine Wut hinein, daß mein Gehirn sich ganz zusammenkrampft und die glänzendste Idee meines Lebens bis dato hervorpreßt! Ich werde ein eigene Zeitung gründen, in der NICHTS ALS DIE WAHRHEIT gedruckt wird! Und in einem Geistesblitz fällt mir auch der Name der Zeitung ein! *»Vivis wichtige Informationen und Nachrichten«*, abgekürzt V.W.I.N. Ausgesprochen »Vau-Win.« Ich spitze meinen Bleistift, hole meinen Block heraus und lege einfach los. Ich muß die Geschichte dieser schrecklichen Ungerechtigkeit veröffentlichen.

8

An jenem Abend bildete sich Sidda ein, trotz des leichten Nieselregens am Ufer des Sees ein Feuer anzünden zu müssen. Sie hatte so etwas das letzte Mal gemacht, als sie neun Jahre alt und bei den Pfadfinderinnen gewesen war – damals, als Vivi und Necie Trupp 55 der Girl Scouts angeführt hatten und mit Necies Kombi rückwärts in den Fahnenmast gefahren waren.

Sie hantierte mit Zweigen und Zeitungspapier, verbrauchte acht Streichhölzer und blies, bis ihr schwindlig wurde. Dann gab sie auf, hockte sich nieder und kam sich ziemlich idiotisch vor. Sie wollte doch nur ein kleines Lagerfeuer haben. Ihre Unfähigkeit gab ihr das Gefühl, im grandiosen Nordwesten fehl am Platz zu sein. Mit einemmal sehnte sie sich nach dem lauten Manhattan und seinen urbanen Annehmlichkeiten zurück.

Wäre ihre *Mutter* jetzt hier, die würde ein großartiges Feuer in Gang bringen. Mama *oder* Caro. In den Nächten am Spring Creek hatten sie Feuer angezündet, um Hot Dogs zu grillen, oder Schokosandwiches, manchmal hatten sie auch ein paar Kracher hineingeworfen. Damals sangen sie Lieder, erzählten sich Gruselgeschichten, machten Pfänderspiele oder veranstalteten Limbo-Wettkämpfe, wobei der Besen immer tiefer herabgelassen wurde, bis er fast die Kiefernnadeln berührte. Später saßen sie dann, mit Mückenlotion eingerieben, an ihre Mütter gelehnt um das Lagerfeuer herum und sahen den tanzenden Flammen zu.

»Kiefernharz ist der Trick, damit ein Feuer in Gang kommt«, sagte Vivi immer. »Es sei denn, du hast Kerosin.«

Sidda war ganz überrascht, daß sie diese Anweisung überhaupt im Gedächtnis behalten hatte.

»Nimm einen Kienspan aus der Mitte eines Weihrauchkiefernstumpfs, falls du so etwas findest, Sidda, dann kann eigentlich nichts schiefgehen.«

»Nur leider gibt es hier keine Weihrauchkiefern, Mama.«

Sie stand auf und sah sich um. Hier wuchsen Sitkafichten, Rotzedern und Hemlocktannen, aber sie wußte sie nicht zu unterscheiden. Sie hatte sich nie vorher über Bäume Gedanken gemacht. Außer über die alte virginische Eiche in Pecan Grove, deren Krone einen Durchmesser von fast vierzig Metern hatte. Dieser Baum konnte jedes Mitglied ihrer Familie zu Tränen rühren, wenn über ihn gesprochen wurde. Als Sidda klein war, stellte sie sich immer vor, daß, falls sie je heiraten sollte, die Hochzeit unter diesem Baum stattfinden würde.

Harz, dachte Sidda. Ich muß Harz finden. Das richtige Harz.

Es gab kein richtiges Harz, aber Sidda fand tatsächlich einen morschen Baumstumpf. Keine eineinhalb Meter von der Stelle entfernt, an der sie gesessen war. Sie sah ihn sich genau an, und da, in der Mitte, entdeckte sie den harzigen Kern, der am langsamsten verrottete. Sie brach ein paar Späne ab und trug sie zu ihrer ursprünglichen Feuerstelle.

»Die Zweige locker aufschichten, Sidda«, hörte sie ihre Mutter (oder Caro) sagen. »Fang mit einem kleinen Tipi an und leg die kleinsten Zweige auf ein paar Späne. Gut. Und jetzt nimmst du die Zweige, die etwas größer sind, und baust die nächste Schicht. Mach immer so weiter, ganz vorsichtig, während dein Feuer allmählich größer wird.«

Sidda machte es genauso, wie ihre Mutter es ihr gezeigt hatte. Aber das Holz wollte nicht anbrennen. Es war einfach alles zu feucht. Mittlerweile war es dunkel, nur auf der gegenüberliegenden Seeseite konnte man winzige Lichter erkennen. Der Himmel war immer noch bedeckt, kein Stern zu sehen. Wo doch jetzt angeblich die beste Zeit für Sternschnuppen war. May hatte ihr erzählt, die Olympic Peninsula sei bekannt dafür, daß man im Spätsommer viele Sternschnuppen sehen könne. Ihr Pech, daß sie ausgerechnet in einem Sommer hierhergefahren war, wo der Himmel immer von Wolken bedeckt war. Diese stille Feuchtigkeit überall wirkte auf Sidda irgendwie feierlich. Und irgendwie deprimierend.

Als sie wieder in ihrem Holzhaus angelangt war, schlüpfte Sidda in ein Paar trockene, warme Trainingshosen und zündete ein Feuer im Kamin an. Sie legte eine CD von Ricky Lee Jones auf mit Songs aus den vierziger Jahren, goß sich einen Brandy ein und versuchte sich dazu zu bringen, ein Buch von Jung über die Ehe zu lesen. Nach drei Seiten klappte sie es wieder zu.

Sie ließ sich vor dem Kaminfeuer nieder und streichelte Hueylene. Eine Weile starrte sie in die Flammen, dann griff sie nach den »Göttlichen Geheimnissen«. Eine Glückwunschkarte fiel heraus: *Alles Gute zum Jahrestag, Ya-Yas! Alles Liebe von den Ya-Ya-Männern.* Verrückt. Aber so war es jedes Jahr gewesen: Die Ya-Yas gaben eine Party, um einen weiteren Jahrestag ihrer Freundschaft zu feiern. Und die Männer machten ihnen Geschenke! An diese Partys erinnerte sich Sidda deutlicher als an die Geburtstage von Vivi und Shep.

Ein Reklamezettel von der feierlichen Eröffnung des Southgate Einkaufszentrums in Thornton steckte neben dem handgeschriebenen Rezept für ein Käsesoufflé. Das Rezept war durchgestrichen, und am Rand stand die Bemerkung: »Vergiß es! Mach dir einen Drink und geh Hamburger holen!«

Als nächstes stieß sie auf ein Foto der jungen Caro, die ein kleines Kind auf dem Arm trug. Caro hatte ein flottes Baskenmützchen auf und machte mit dem Daumen das Okay-Zeichen. Das Kind saß sicher in ihrer Armbeuge, und sie stand anscheinend vor einer Statue oder etwas Ähnlichem. Sidda überlegte, welches der wilden Petits Ya-Yas das wohl sei.

Als sie weiterblätterte, fielen aus dem Buch winzige Splitter, die offensichtlich von Walnußschalen stammten. Sidda stellte sich ihre Mutter vor, wie sie vor vielen Jahren, Nüsse naschend, Sachen in ihr Album geklebt hatte. Sie wollte die Schalensplitter schon wegwerfen, aber dann besann sie sich anders. Sie hob sie wieder vom Boden auf und gab sie in das Buch zurück, wo sie schon wer weiß wie lange gelegen hatten.

Im Geiste ging sie die symbolischen Bedeutungen einer Nuß

durch, aber dennoch erriet sie den Zauber gerade dieser Walnußschalen nicht.

So wie die verschiedenen Gerüche von Waldmeister, brennendem Erlenholz und dem Wasser des Sees sie umgaben, so wurde sie umhüllt von den Details aus dem Leben ihrer Mutter. Aber nicht auf die Art, wie es Sidda gewollt hätte, nein, vielmehr wurden auf magische Weise durch all diese verborgenen Dinge plötzlich Welten sichtbar, die Sidda nicht erwartet, aber dennoch herbeigesehnt hatte.

Vivi, 1937

Mutter verbietet es Caro und mir, in der neuen Hängematte zu spielen, bis wir das Gesicht der Statue der Heiligen Jungfrau, die Vater von der Insel Kuba mitgebracht hat, abgewischt haben.

»Dieses Terpentin stinkt«, sagt Caro. »Ich sehe nicht ein, wieso wir so was tun müssen.«

»Fest reiben«, sage ich. »Dann läßt uns Mama die neue Hängematte ausprobieren.«

Die Statue steht vorne auf der Veranda, genau an der Stelle, wo sie in einer Holzkiste angeliefert wurde, neben Vaters Gepäck. Vater ist gerade erst aus Kuba zurück, wohin er mit seinen reichen Freunden anläßlich einer Pferdeschau von Tennessee-Sattelpferden gefahren war. Er wohnte auf einer großen Hazienda mit Dienern. Kuba ist das Paradies, sagt Vater, mit weißen Stränden und orangeroten Blumen überall und wilden Papageien, und alle Leute sind glücklich. Seine reichen Freunde haben auf der Insel das Sagen, und Vater meint, nächstes Mal nimmt er mich mit. Er sagt, Mutter ist immer so angezogen wie eine Hausangestellte, und deshalb nimmt er sie nicht mit. Aber ich weiß, wenn Mutter das Kopftuch abnehmen und die Staublappen aus ihrer Schürzentasche ziehen würde, wäre sie schön.

Vater hat die kubanische Heilige Jungfrau für Mutter mitgebracht. Die Statue war prächtig, mit brauner Haut! Sie hatte Ohrringe und eine Halskette, und sie war so bunt, wie ich

noch nie eine Gottesmutter gesehen hatte. Große rote Lippen und violette Farbe auf den Lidern, als ob sie gerade auf eine Fiesta gehen wollte. Mutter hat sie von Anfang an gehaßt.
Gleich nachdem Vater heute morgen ins Büro gegangen war, hat meine Mutter die großen runden Ohrringe abgeschraubt und die hübsche rote und gelbe Kette vom Hals Unserer Jungfrau genommen und hat alles auf einen Haufen geworfen drüben beim Hühnerstall. Während sie das gemacht hat, hat sie die ganze Zeit über den Kopf geschüttelt, als ob die Statue was angestellt hätte.
»Die Heilige Jungfrau ist keine Negerin«, sagte meine Mutter. »Das sieht den Ausländern ähnlich, daß sie die Mutter Gottes wie ein billiges Flittchen ausstaffieren. Man muß diese Statue reinigen! Stellt euch mal vor, was Pater Coughlin sagen würde, wenn er sie sehen könnte.«
Mutter hört Pater Coughlin immer im Radio. Wenn Pater Coughlin etwas sagt, dann gilt es, als ob Moses damit vom Berg zurückgekommen wäre.
»Du hörst auf diesen Radiopfarrer mehr als auf den eigenen Ehemann«, tadelt Vater sie immer.
Sie sagt: »Wenn Dämon Rum nicht von deiner Seele Besitz ergriffen hätte, dann würde ich dir vielleicht eher zuhören.«
Mutter sagt, Vater verbringt zuviel Zeit mit seinen Pferdefreunden und hat sich von Gott abgewandt. Mutter weigert sich strikt, ihn zu einer Pferdeschau zu begleiten, und so nehme ich immer ihren Platz ein. Ich liebe die Damen dort in ihren Reithosen und Stiefeln, und die Picknicks mit Wodka Gimlets für die Großen und rosa Limonade für mich, und alle sind fein angezogen. Vaters Tennessee-Sattelpferde gewinnen überall Preise. Jedesmal, wenn diese Pferdeleute sich treffen, gibt es eine Party.
»Reibt mit den Fingern jedes Fleckchen Farbe von den Wangen Unserer Lieben Frau«, weist uns Mutter an.
Ich schütte noch ein bißchen mehr Terpentin auf meinen Lappen und reibe kreisförmig, damit das Rouge von den Wangen abgeht.

Nachdem Mama ins Haus zurückgegangen ist, können wir endlich über unsere geheimen Pläne reden. Heute ist der Tag

vor der Nacht unseres göttlichen, feierlichen Rituals, das Caro und Teensy und Necie und ich schon ewig und ewig planen.
»Glaubst du denn, daß Necie kneift?« frage ich Caro.
»Sie hat Angst, daß wir gekidnappt werden wie das Lindbergh-Baby«, antwortet Caro. »Sie traut sich nachts nicht in den Wald.«
»Ich geh immer in der Nacht allein in den Wald.«
»Tust du nicht!«
»Tu ich doch. Ich geh da immer hin. Ich bin so tapfer wie Amelia Earhart. Manchmal schlaf ich auch dort ganz allein.«
»Vivi, du lügst, lügst, lügst!«
Ich lächle nur.
Mutter kommt raus, um unsere Arbeit zu inspizieren. »Jetzt sieht sie schon eher aus wie Unsere Unbefleckte Jungfrau. Gut gemacht, Mädchen, die Heilige Maria ist stolz auf euch.«
»Wir haben eine weiße Dame aus ihr gemacht«, sagte Caro und sieht die Statue prüfend an.
Mutter lächelt. »Die Heilige Jungfrau ist keine Farbige. Sie ist die Mutter Gottes. Sie steht sogar noch über den Weißen.«
»Wieso haben wir dann die ganze braune Haut abreiben müssen?« fragt Caro. Caro glaubt nicht alles, was die Erwachsenen ihr erzählen. Caro macht sich ihre eigenen Gedanken.
»Kleine Mädchen sollten nicht so viel fragen, Carolina«, entgegnet Mutter meiner Freundin.
»Bonjour!« ruft da Teensy und kommt zu uns herauf. Sie trägt einen niedlichen Strandanzug, den Genevieves Cousine am Bayou für sie geschneidert hat, aus Geschirrtüchern. Necie begleitet sie, sie halten sich an der Hand, und sie kommen zum Spielen.
»He! Freunde!« ruft Caro.
»Hallo, Mädels«, begrüßt sie Mutter, als sie die Veranda erreicht haben. Sie streckt die Hand aus, um Teensys hübsche dunkle Locken zu streicheln, aber Teensy dreht sich weg. Sie kann meine Mutter nicht mehr leiden, seit die ihren Popo versohlt hat, weil sie auf der Party an meinem sechsten Geburtstag ihre Kleider ausgezogen hat und splitternackt herumgetanzt ist und ein Lied für mich gesungen hat.
»Oh, wer ist die?« fragt Teensy und deutet auf die Statue.

»Das ist die Heilige Jungfrau, die diese artigen Töchter Mariens wieder heimgeholt haben. Sie war eine verwahrloste farbige Kubanerin mit rotgeschminkten Wangen wie eine Circe, aber wir haben uns darum gekümmert, nicht wahr, Mädels?«
»Ja, Madam«, antworten Caro und ich.
»Vorher war sie eine prächtige dunkelhäutige Dame«, sage ich.
»Na, jedenfalls sieht sie jetzt aus wie ein Gespenst«, bemerkt Teensy. »Wieso habt ihr denn ihren Mund weggewischt?«
»Was meinst du, Denise?« fragt meine Mutter Necie.
»Habt ihr das mit einem Radiergummi gemacht?« fragt Necie.
Mutter lacht. »Nein, Liebes, zuerst nahmen wir Clorox und dann gingen wir über zu Terpentin.«
»Dürfen wir jetzt bitte in der Hängematte spielen, Madam?« frage ich.
»Ja«, antwortet Mutter. »Aber zuerst macht ihr eine Kniebeuge vor Unserer Gottesmutter.«
Wir machen also alle eine Kniebeuge vor der Statue, die aussieht, als hätte sie was Schreckliches gesehen, weil alle Farbe aus dem Gesicht gewichen ist. Dann entdeckt Teensy den Schmuck, den Mutter der Jungfrau abgenommen hat. Blitzschnell, damit Mutter nichts merkt, schnappt sie ihn sich. Die hat schon ein flinkes Händchen, unsere Teensy, und Schmuck scheint sie auch nicht zu verachten.
Jetzt sind also ich und Caro und Teensy und Necie allein auf der seitlichen Veranda. Harrison, der für uns arbeitet, hat gerade die Hängematte angebracht, die Vater mir geschenkt hat. Sie hängt an der blaugestrichenen Decke der Veranda, genau vor Vaters Arbeitszimmer.
»Keine von euch hat so 'ne Hängematte wie die hier. Die ist nämlich aus *Kuba.*« Ich klettere hinein, lege mich zurück und schaue in Richtung Straße.
Caro fragt: »Okay, bist du bereit?«
»Aber natürlich«, geb ich zur Antwort, und sie krabbelt zu mir in die Hängematte.
»Necie, jetzt du.«
Als Necie hochklettert, hält sie ihr Kleid fest, damit wir ihre Unterhosen nicht sehen können.

»Necie, wer glaubst du guckt dir unter den Rock?« fragt Teensy.
»Ich weiß nicht«, sagt sie und verdreht die Augen.
Da wendet sich Teensy um und hebt ihr Kleid hoch, damit wir ihre Unterwäsche sehen können. Sie wackelt mit dem Hintern in Richtung Straße, und es ist ihr egal, ob es jemand sieht.
»Höschen auf der Veranda!« singt Teensy. »Höschen auf der Veranda!« Und Necie ist ganz rot geworden. Es macht uns allen Spaß, sie in Verlegenheit zu bringen.
Sie liegt eingeklemmt zwischen Caro und mir, ihr Kopf auf meiner Höhe. Ich gebe ihr ein Küßchen auf die Wange.
»Gut, Necie, paßt ganz genau«, sag ich zu ihr.
»Teensy, jetzt kommst du rauf und legst dich hin, wo noch Platz ist.«
Teensy krabbelt hoch und legt sich einfach auf uns drauf, als ob wir ihre Kissen wären.
»He! Runter da!« schreie ich.
»Du hast doch gesagt, ›wo noch Platz ist‹«, lacht sie, und ich stoße sie, und sie stößt zurück. Teensy stößt immer zurück. Wenn man Necie stößt, dann sagt sie nur Entschuldigung. Manchmal ist sie die reinste Erholung verglichen mit uns.
»Laßt den Quatsch«, bittet Necie.
»Teensy«, sagte Caro, »zwäng dich hier rein bei meinem Arm, und laß die Beine über den Rand hängen.«
Teensy gehorcht, quetscht sich rein, und wir liegen da wie die Ölsardinen. Durch das Netz der Hängematte sehen wir den Boden der Veranda, und durch die Schlitze im Boden die hellen Streifen von Sonnenlicht auf der Erde darunter. Ich ziehe an dem Seil, das Harrison für uns angebracht hat, damit wir schaukeln können, ohne aufstehen zu müssen.
»Das ist toll!« meint Caro.
Und das ist es auch, als ob wir in einer riesigen Wiege zusammen schaukeln würden.
»Ich möchte auch so eine Hängematte«, sagte Teensy.
»Dann mußt du deinem Daddy sagen, er soll nach Kuba fahren und dir eine mitbringen«, sage ich ihr.
»Das mach ich auch, heute abend. Und ich sag ihm, daß er mir auch so eine kubanische Heilige Jungfrau schenken soll. Und

ich reib ihr auch nicht das Gesicht ab. Ich kleb ihr ein paar von *mamans* falschen Wimpern an.«
Es ist ungefähr zehn Uhr vormittags und schon ziemlich heiß. Man kann riechen, wie die Morgensonne auf das Gras scheint und Zitrusdüfte entstehen läßt. Wo ich auch gerade bin, immer lege ich den Kopf zurück und fange Gerüche ein. Gerüche sind für mich wie eine Person, die unsichtbar ist und deren Existenz die meisten Menschen deshalb ganz vergessen haben. Lieber wäre ich blind, als daß ich meinen Geruchssinn verlieren wollte.
»Ich kann es gar nicht mehr erwarten, bis wir unsere Indianernamen kriegen«, sagt Teensy.
»Heute nacht ist es soweit«, sagt Caro, schließt die Augen und lehnt sich erwartungsvoll zurück.
»Ooooh«, meint Necie, »hoffentlich ist es nicht zu dunkel im Wald.«
»*Natürlich* ist es dann dunkel«, erwiderte Teensy.
»Die Nacht wird schwarz wie *Samt* sein«, sage ich.
Necie bekommt ganz große Augen. Caro greift nach ihr, als ob irgendein Monster sie überfallen würde, und Necie stößt einen Schrei aus.
Ich kann die vielen Blumen meiner Mutter riechen, und ich kann alles hören von meinem Platz in der Hängematte aus: ein paar Häuser weiter klopft jemand einen Teppich aus; viele, viele Vogelstimmen; das Summen einer Fliege; den Lastwagen von Mr. Barnage draußen auf der Straße. Ich kenne die Geräusche aller Autos und Lastwagen in unserer Nachbarschaft.
Mutters Geißblatt vermischt sich mit dem Geruch der Gardenien und Ingwerpflanzen, und deswegen duftet es so stark hier draußen auf der Veranda. Die Kletterrose der Sorte Rose of Montana, die sie oben an der Veranda entlangwachsen läßt, blüht üppig. Mutter nimmt die Abschnitte von Pflanzen, die andere Leute wegwerfen, und pflanzt sie als Stecklinge in alte Kaffeebüchsen, und sie gedeihen und überziehen in kurzer Zeit unsere Veranda und den Vorgarten mit ihren Blüten. In Mutters Händen gedeihen alle Pflanzen der Welt, und sie kennt all ihre Namen. Der Garten ist voll mit Kamelien, Mutters Freude und ganzer Stolz. Sie hat auch viele Arten von Ro-

sen und weiße und rosa Immergrün und eine Kumquat im Topf, die sie im Winter ins Haus holt, damit sie keinen Frost abbekommt. Wenn es etwas gibt, das meine Mutter wirklich gerne macht, dann ist es die Gartenarbeit. Mein Vater und Großmutter Delia ziehen sie deswegen immer auf. Sie sagen, sie sieht aus wie eine Landarbeiterin. Necies Mama fragt Mutter immer wieder, warum sie nicht dem Gartenverein beitritt, aber Mutter will nicht. Sie sagt, ihr Verein ist der Kirchenverein. Die meisten von Mutters Blumen landen demzufolge auf dem Altar unserer Kirche, Divine Compassion, und nicht in unserem Haus.

Im Frühling und Sommer lebe ich auf dieser von Blumen umgebenen Veranda. Sobald es warm genug ist, stellen Mutter und Delias Dienstmädchen Ginger am Ende der seitlichen Veranda, wo an der Decke ein Moskitonetz befestigt ist, zwei Betten auf. Daneben kommt ein Nachttischchen mit einer Lampe, und wir schlafen dann abwechselnd draußen. Wenn meine Freundinnen zum Übernachten bleiben dürfen, dann müssen Pete und seine Freunde in sein Zimmer, und wir dürfen alle draußen schlafen. Das sind mir die allerliebsten Nächte überhaupt, wenn meine Freundinnen bei mir zu Besuch sind. Ich schlafe dann immer sehr tief und habe nur selten Alpträume.

Übernachten auf der Veranda ist überhaupt das Größte. Du schläfst ein beim Gezirpe der Zikaden, und du wachst bei Vogelgezwitscher wieder auf. Wenn man noch nicht richtig wach ist, hört sich das an wie ein Wasserfall. Wenn Huey Long persönlich zu uns zu Besuch käme, würde ich ihn dort unterbringen. Wir haben hier in Thornton keine Diener, die uns Luft zufächeln, obwohl wir manchmal Ginger, das Dienstmädchen meiner Großmutter, dazu bringen wollen, uns mit Delias Handfächern aus geflochtenem Vetiver zuzufächeln. Aber sie sagt nur: »Geht und wascht euch den Kopf, damit ihr euch wieder beruhigt.«

Es ist Abend, nach dem Essen spielen wir alle auf der Veranda Karten mit Pete und Mutter. Vater hat geschäftlich zu tun, und deshalb ist er heute wieder nicht zum Essen heimgekommen.

Mein Bruder Pete ärgert uns die ganze Zeit. Dauernd gibt er uns irgendwelche Namen. Zu Teensy sagt er »Tinky«, und mich nennt er »Stinky«. Zu Caro sagt er »Karo Sirup« und zu Necie »Knie-sieh« und deutet dabei auf seine Knie und dann auf die Augen, als ob er Scharade spielen würde. Pete ist zwei Jahre älter als wir und groß und stark, und an seinem Fahrrad hat er Fuchsschwänze hängen.

Nach vier Runden Mau-Mau sagt Mutter, es ist Zeit fürs Bett. Wir sagen gute Nacht und ziehen unsere Nachthemden an, und Mutter kommt und kontrolliert, ob das Moskitonetz wirklich dicht um unsere Betten festgesteckt ist. Sie stellt uns ein kleines *pissoir* bereit, damit wir zur Toilette nicht den ganzen Weg ins Haus und die Treppe rauf müssen.

Wir tun so brav und wohlerzogen, daß Mutter denkt, wir wären kleine Engel.

»Habt ihr alle der Gottesmutter dafür gedankt, daß sie euch heute durch den Tag begleitet hat?« fragt sie.

»Ja, Madam«, flöten wir aus unseren Betten.

Mutter steht auf der anderen Seite des Moskitonetzes und läßt bereits ihren Rosenkranz für das Abendgebet durch die Finger gleiten. »Nun, dann sagt euren Schutzengeln gute Nacht.«

»Gute Nacht, Schutzengel«, sagen wir.

»Gute Nacht, ihr kleinen Mädchen«, sagt Mutter.

Wir liegen ganz still und sehen zu, wie sie die grauen Holzdielen der Veranda überquert und im Haus verschwindet.

Als sie außer Sichtweite ist, meint Caro: »Wir sind keine kleinen Mädchen, sondern indianische Jungfrauen königlicher Abstammung.«

»Anstatt der Heiligen Maria zu danken, solltet ihr euch vielleicht lieber bei ihr dafür entschuldigen, daß ihr ihr das Gesicht weggewischt habt«, sagt Teensy.

Daraufhin müssen wir alle kichern.

»Ihr habt ihr die Lippen weggeschrubbt und die Haut mit Terpentin eingelassen«, sagt Teensy. »*Imbéciles.* Ich wette, diese Kubaner hätten deinem Vater die Statue nie und nimmer verkauft, wenn sie gewußt hätten, daß man ihr das schöne Gesicht ruiniert.«

»Sch!« mache ich. »Vielleicht ist Mutter im Wohnzimmer und

hört uns zu. Wenn wir leise sind, denkt sie, daß wir tief schlafen, und geht nach oben.«

Wir sagen keinen Ton mehr und liegen einfach eine Weile still da, die Bündel mit unserer Ausrüstung haben wir unter den Betten verstaut.

»Gehen wir jetzt in den dunklen Wald?« murmelt Necie.

»Nein«, flüstere ich, »wir müssen warten, bis alles im Haus schläft.«

»Wie sollen wir das wissen?« fragt sie.

»Ich merke das«, erwidere ich. »Häuser schlafen ein, genau wie Menschen. Ich merke das.«

Nach einer Weile steige ich aus dem Bett, um nachzusehen. »Die Luft ist rein!«

Wir holen unsere Sachen unter den Betten hervor, schieben die Nachthemden hoch und reiben uns gegenseitig den Körper mit einer rohen Zwiebel ein, damit die Moskitos sich nicht auf uns stürzen. Gut, daß der Sommer bis jetzt so trocken gewesen ist, sonst könnten wir nie im Leben nachts in den Wald gehen, ohne daß die Moskitos uns auffressen.

Dann schleichen wir uns von der Veranda in den Vorgarten.

»Daß uns ja niemand sieht!«

Wir nehmen die Abkürzung über den Garten der Munsens, gehen ein paar hundert Meter, holen tief Luft, und dann verschwinden wir im Wald.

Unsere Lichtquellen sind Petes Taschenlampe und der Halbmond. Ich suche in der Tasche meines Nachthemds nach dem Zettel. Auf ihm steht die Geschichte unseres Stammes geschrieben. Heute nacht bin ich die Herrin der Legende.

»Und wenn wir auf ein Lager von Hobos stoßen?« fragt Necie.

Caro trägt die Lampe, weil sie am größten ist. Sie hat auch ein paar Stücke Holz in ihrem Rucksack. Heute nacht ist sie die Herrin des Feuers.

»Die Hobos halten sich näher bei den Eisenbahngleisen auf.«

»Mein Vater sagt, seine Freunde bei der Polizei haben längst alle Hobos aus Thornton rausgeworfen«, meint Teensy.

»*Maman* und er haben sich deswegen fürchterlich gestritten.«

»Mama hat vor ein paar Tagen ein paar Hobos was zum Essen

gegeben, an unserer Hintertür«, sagt Necie. »Aber ich soll nicht mit den Hobos reden, ich soll ihnen nur was geben.«
»Die Hobos kommen immer zu euch, weil deine Mutter ihr Zeichen an eurer Tür nicht wegmacht. Obwohl der Bürgermeister es allen geraten hat«, sage ich. »Meine Mutter gibt ihnen jetzt nur noch einmal in der Woche was zu essen. Weil Mutter sagt, sonst geht es uns noch so wie ihnen, wegen der Mengen, die unser Pete verdrückt.«
Necie ist die einzige von uns, die eine Ahnung vom Kochen hat, und sie hat in einer Papiertüte Toffee mitgebracht. Sie ist die Herrin des Proviants. Teensy, die Herrin des Tanzes, hat vier leere Hafergrützebüchsen in ihrem Rucksack mitgenommen, zum Trommeln. Und ich habe die Nadel.
Wir gehen immer weiter, bis wir den Rand des Bayous weit hinter Teensys Haus erreicht haben. Alle helfen Caro, ein kleines Feuer zu entfachen. Caro ist eine großartige Feueranzünderin, so gut wie ein Junge. Mr. Bob hat es ihr beigebracht, und ich hab's von ihr gelernt.
Sobald unser Feuer schön brennt, setzen wir uns alle im Kreis herum.
Ich starre in die Flammen und beginne mit meiner Geschichte des göttlichen Stammes der Louisiana Ya-Yas.

Die geheimnisvolle Geschichte der Louisiana Ya-Yas

Lange vor dem Weißen Mann durchkämmte der mächtige Stamm der Ya-Yas, eine Vereinigung von starken und aufrechten und schönen Frauen, das weite Land von Louisiana. Leoparden waren die Gefährten unseres Schlafs, und Bären reichten uns mit ihren Tatzen Honig, und Fische sprangen uns auf die Hand, weil sie uns zur Nahrung dienen wollten. Die Bäume standen so dicht, daß wir auf ihren Kronen von New Orleans bis Shreveport gelangen konnten, und das taten die Ya-Ya-Indianerinnen, Hunderte von ihnen bewegten sich in den Wipfeln der Bäume fort.
Unsere Mutter war eine Affenfrau mit Namen Lola, sie fand uns am Anfang aller Zeiten in einer Höhle, und sie zog

uns wie ihre eigenen Kinder auf. Wir liebten sie wie eine Mutter. Die Menschen ließen sich besser nicht mit den Schwestern vom Stamm der Ya-Yas ein.
Aber dann kam Hurrikan Zandra, der schlimmste Hurrikan aller Zeiten, und entwurzelte alle Bäume und ließ Bäche zu Strömen anschwellen und tötete alles und jeden, auch unsere Mutter Lola. Nur vier von uns überlebten. Wohin wir uns auch wendeten, überall lauerten böse Alligatoren und wollten uns fressen. Nirgends gab es ein Versteck, denn diese Alligatoren konnten sich vom Wasser aufs Land begeben und waren überall gleich böse. Wir litten Hunger, so sehr, daß unsere Knochen hervorstanden, und wir fanden vierzig Tage lang keinen Schlaf. Am Ende waren wir so schwach, daß wir einfach aufgaben.
Da freuten sich die Alligatoren und krochen zu dem Platz, an dem wir hilflos dalagen. Sie kamen uns so nahe, daß wir direkt in ihre alten, häßlichen Augen sehen konnten. Das Mondlicht spiegelte sich in ihnen. Wir taten, was wir konnten, aber all unsere Kraft war dahin. Da kam hinter dem Mond eine wunderschöne Frau hervor. Wir konnten sie von unserem Sterbelager aus sehen. Sie schaute auf uns herab und merkte, daß wir an einem seidenen Faden über dem Abgrund des Todes baumelten! Und die Mondfrau ließ Silberpfeile aus ihren Augen schießen, die so heiß und stark waren, daß die Alligatoren mitten in ihrem schäbigen Vorhaben verbrutzelten. Sie hat diese häßlichen Biester wie Spiegeleier gebraten, einfach da auf der Straße. Wir konnten das Zischeln hören.
Und die Mondfrau sagte: »Ihr seid meine über alles geliebten Töchter. Ich werde immerdar mein göttliches Auge auf euch ruhen lassen.«
Wir, die Ya-Yas, hatten unsere Dschungelheimat verloren, und unsere Stadt nimmt nicht wahr, daß wir von königlichem Blut sind, aber wir kennen das Geheimnis unserer Geschichte, und wir werden immer treu zu unserem Stamm stehen, in guten und in bösen Tagen. Und so war es gestern, und ist es heute und in Ewigkeit. Ende.

Dann schaue ich jeder in die Augen und sage: »Jetzt ist es offiziell: Von heute an heißen wir nur noch die Ya-Yas!« und alle applaudieren.
»Manches klingt ein wenig wie aus der Bibel«, sagt Necie.
»Du sollst die Herrin der Legende nicht anzweifeln«, antworte ich.
»Klar«, stimmt Teensy mit ein. »Der Bibel *gehören* diese Worte doch nicht allein.«
»Vergiß es«, sagt Necie. »Wer möchte Toffee haben?«
»Danke sehr, Herrin des Proviants.«
Und wir beißen herzhaft in das Schoko-Pekan-Toffee.
»Ich hasse diese blöden Alligatoren«, sagt Caro und schaut in Richtung Bayou.
»Hu«, sagt Necie, »ihr glaubt doch nicht, daß es in diesem Bayou hier Alligatoren gibt, oder?«
»*Maman* hat die Alligatoren hinter unserem Haus mit einem Zauber belegt«, meint Teensy. »Wir brauchen keine Angst haben. *Maman* hat uns ja schließlich unseren Namen gegeben! Sie sagt doch immer ›Ya-Ya-Suppentopf‹!«
»Das sind wir!« ruft Necie aus.
»*Exactement!* Von nun an bis ans Ende aller Zeiten heißen wir Ya-Yas. Niemand kann uns den Namen wieder wegnehmen!«
Dann holt Teensy die leeren Hafergrützebüchsen aus ihrem Rucksack, und wir fangen alle zu trommeln an. Und zum Schlagen der Trommeln brüllen wir in die Nacht hinaus und in den Wald und in das Feuer, daß wir von nun an die Ya-Yas sind.
Dann gibt uns Necie, die Herrin der Namen, feierlich unsere Ya-Ya-Indianernamen, die wir uns vorher ausgedacht haben. Ich heiße Königin Tanzender Fluß. Caro Herzogin Schwebender Falke, und Necie ist Gräfin Singende Wolke. Jedesmal wenn Necie unsere neuen Namen ausspricht, besprengt sie uns mit Wasser aus einer alten, von Mutters Bügelbrett ausgeliehenen Rot-Kreuz-Flasche, in deren Verschluß ein Loch gestanzt ist.
Wochenlang hat Teensy uns ihren indianischen Namen verschwiegen. Als sie schließlich an der Reihe ist, überreicht sie

Necie ein Kuvert, alles ganz geheim. Necie öffnet es, und als sie Teensys Namen sieht, bekommt sie Augen so groß wie die von Popeye und wird über und über rot. Eine Minute lang sagt Necie nichts. Von ferne hört man einen schreienden Ziegenmelker, und Caros Feuer zischelt leise.

Necie wendet sich wieder Teensy zu, die noch breiter als gewöhnlich grinst. »Ich taufe dich Prinzessin Nackt-wie-der-Eichelhäher.«

Und die Prinzessin legt sich mächtig ins Zeug.

»Hot-cha-cha!« brüllt Teensy und fängt an, sich im Kreis zu drehen. Sie reißt sich das Nachthemd runter und bringt uns dazu, daß wir es ihr nachmachen. Necie will kneifen, und Teensy und ich müssen ihr das Hemd über den Kopf ziehen.

»Hört mal, vielleicht ist das eine Todsünde«, sagt sie.

»Klar!« antworte ich begeistert. »Eine königliche Ya-Ya-Todsünde!«

»Alle bereit für die Kriegsbemalung?« fragte Teensy, mit einem Blick, der nichts Gutes verheißt.

»Was?« Das ist im Programm nicht vorgesehen, aber die vom Stamm der Ya-Yas handeln spontan.

Teensy greift in ihren Rucksack und holt allerlei Tuben und Tiegel von *Max Factor of Hollywood* und verschiedene farbige Stifte und Lippenstifte hervor, und, oh, lauter hübsche kleine Sachen, die meine Mutter für vulgär hält.

Teensy gibt mir eine Dose mit Rouge. Caro bekommt ein Töpfchen mit brauner Farbe, Necie kriegt Lippenstifte, und Teensy behält die verschiedenen Farbstifte. Gegenseitig malen wir uns an, bis man uns für echte Indianer halten könnte. Rote und braune Linien quer über die Stirn und schwarze Sterne auf die Backen, und dann hat Teensy plötzlich die Idee, daß wir auch Bauch und Brust bemalen könnten. Ich ziehe eine senkrechte schwarze Linie in der Mitte meines Körpers und beschmiere die eine Seite über und über mit Lippenstift und lasse die andere hautfarben. Teensy zieht mit dem Lippenstift Kreise um ihre Brustwarzen!

»Necie«, sagt Teensy, »nimm die Hände runter von deinem Busen. Wir haben ihn alle vorher schon mal gesehen. Ist überhaupt nichts Neues.«

Als weitere Steigerung zieht unsere Teensy die Ketten und Ohrringe hervor, die wir der farbigen kubanischen Mutter Gottes abgenommen haben.

»Ah«, rufe ich, *»der geheimnisvolle Schatz der Ya-Yas,* jahrhundertelang verschollen und erst kürzlich wiederentdeckt von Prinzessin Nackt-wie-der-Eichelhäher, der weltberühmten Archäologin!«

Wir reißen uns um den Schmuck, und schon bald folgen wir alle Teensys Beispiel und schlagen uns auf die Oberschenkel und hüpfen herum und brüllen: »Hi-ho, Silver!«

Dann hören wir mit dem Tanzen auf, um uns mit der Nähnadel in den Daumen zu stechen. Die Herrin des Feuers hält die Nadel in die Flamme eines Streichholzes, und dann lassen wir uns der Reihe nach von Caro einen winzigen Tropfen Blut nehmen.

Wir halten die Hände hoch über den Kopf, reiben unsere Daumen aneinander und sprechen laut unseren Eid: »Ich bin ein Mitglied des königlichen und wahren Stammes der Ya-Yas. Niemand darf zwischen uns treten und keine darf sich von den anderen trennen, denn wir haben alle dasselbe Blut. Ich schwöre feierlich, daß ich meinen Ya-Ya-Schwestern treu bleibe, daß ich sie liebe und für sie sorge und mit ihnen durch dick und dünn gehe, bis zum Tage meines Ablebens.«

Natürlich sagt Teensy an dieser Stelle statt »Ableben« »Abheben«.

Sie sagt: »Bis zum Tage meines *Abhebens*«, ganz laut, nur weil sie ungezogen sein will.

Mein Herz klopft ganz wild, ich sehe, wie mein Brustkorb sich hebt und senkt. Und ich sehe das gleiche bei Teensy und Caro. Unsere Augen funkeln.

»Und jetzt«, gibt Teensy uns Anweisungen, *»jetzt schlecken wir das Blut an unseren Daumen ab.«*

Ich starre sie an. Das war nicht geplant.

Teensy fängt an zu lecken, und ich mache es ihr nach. Ich fahre mit der Zunge sacht über den Tropfen Blut an meinem Daumen.

»Und jetzt schlucken!« Die Worte sprudeln einfach aus mir heraus, ohne daß ich sie vorher gedacht habe.

Alle schlucken wir das winzige Tröpfchen vom Blut der anderen. Wie bei der Heiligen Kommunion, aber es ist nicht das Blut von Jesus Christus, sondern *unser eigenes.*
Wenn ich mal Babys habe, dann fließt in ihnen Caros und Teensys und Necies Blut! Und wir sind alle verwandt. Und wenn ich alt bin und sterbe, dann bin ich trotzdem noch am Leben, solange das Herz einer Ya-Ya noch pumpt. Unser Blut ist eins geworden.
Dann meint Necie leise: »Kann ich jetzt meine göttliche Walnuß-Schluß-Zeremonie machen?«
Ich hatte ganz vergessen, daß Necie noch eine Überraschung für uns bereit hat.
Wir folgen ihr an den Rand des Bayous, sie zieht aus ihrer Tasche vier Walnußschalenhälften, und jede von uns kriegt eine. Dann bekommen wir Kerzenstummel, die wir anzünden sollen.
»Laßt ein wenig Wachs in die Schale tropfen und steckt die Kerze fest hinein.«
Wir alle sind überrascht, daß Necie so was eingefallen ist. Jedesmal, wenn ich glaube, ich kenne meine Freundinnen, dann überraschen sie mich. Sie sind voller Geheimnisse, von denen ich keine Ahnung habe.
Die Streichhölzer streifen an der Schachtel entlang, und wenn sie Feuer fangen, gibt es ein kleines Geräusch – puf. Wir zünden alle unsere Kerzen an und schauen Necie zu. Sie beugt sich hinunter und legt ganz behutsam ihre Nußschale mit der brennenden Kerze auf das Wasser. Dann gibt sie ihr einen kleinen Schubs, und die Schale schwimmt auf das dunkle Wasser des Bayous hinaus.
Alle machen es ihr nach, bis vier Nußschalen mit winzigen Lichtern auf dem Wasser schwimmen. Sie sehen aus wie die Boote kleiner Elfen. Der Anblick ist so schön, daß ich weinen möchte. Wir halten uns an der Hand, wir, die erhabenen und mächtigen Ya-Yas, Nachkommen eines königlichen Geschlechts, dessen Blut wir immer weitergeben.

Als wir wieder daheim bei meinem Haus sind, steht die weiße Statue immer noch auf der Veranda. Das Licht der Deckenlampe scheint auf sie herab, und Junikäfer schwirren mit einem leisen Knistern gegen die Glühbirne. Wir vier bleiben wie angewurzelt stehen. Wir knien uns vor der Maria nieder, und Teensy reicht uns verschiedene Dinge aus ihrem Rucksack.

Caro, Teensy und ich nehmen das gleiche Tönungs-Make-up, das auch Carole Lombard und Norma Shearer verwenden, und verteilen es auf Gesicht, Hände und Füße der terpentingetränkten Heiligen Jungfrau. Das Make-up fühlt sich an wie Wachs und riecht wie Genevieves Boudoir. Meine Finger gleiten über das glatte Holz der Gottesmutter.

Nachdem ihre Haut wieder braun ist, greifen wir in die Töpfchen mit Rouge und schminken ihre Wangen. Mit blauem Lidschatten färben wir die Augenlider und die Falten ihres Gewandes. Für ihren Mund wählen wir einen Lippenstift, auf dessen Hülse »Harem Red« steht. Dann nehmen wir den Schmuck von unseren königlichen Gestalten und geben ihn der Gottesmutter zurück.

Als wir endlich fertig sind, treten wir zurück und betrachten ehrfürchtig unser Werk. Necie, die die Statue bisher noch kein einziges Mal angerührt hat, kniet vor ihr nieder, um, wie wir glauben, ein Gebet zu sprechen. Aber sie nimmt den Lippenstift aus Teensys Hand und malt damit zu guter Letzt kleine rote Punkte auf die Zehen der Jungfrau, wo sie unter dem Kleid hervorschauen. Sie lackiert die Zehennägel Unserer Lieben Frau knallrot! Selbst den Kubanern war das nicht eingefallen.

Ich beuge mich zu Necie rüber und drücke ihr einen Kuß auf die Backe. Caro küßt die andere Seite. Und Teensy gibt unserer Necie einen dicken, schmatzenden Kuß direkt auf den Mund.

Als wir wieder im Bett liegen, fühle ich Caros Körper neben mir. Ich höre ihren Atem und spüre ihren Herzschlag. Sie riecht nach Caro, ein Geruch nach kochendem Reis und frisch gemähtem Gras.

Das Mondlicht scheint auf meine Freundinnen und mich. In der Luft hängt der Duft von Oliven, als ob ihn jemand ausatmet. Ich betrachte meine schlafenden Gefährtinnen. Auf ihren Gesichtern sind immer noch Spuren von Make-up, obwohl wir es, so gut wir konnten, mit den Bettlaken abgewischt haben, damit Mutter nichts merkt. Die Ya-Yas sind meine wirkliche Familie. Ich bin Königin Tanzender Fluß, eine mächtige Kriegerin. Ich gehöre zum großen und königlichen Stamm der Ya-Yas, und kein Weißer wird mich jemals besiegen. Die Mondfrau ist meine Mutter.

Am nächsten Morgen ziehen wir die Betten ab, noch bevor Mutter auf die Veranda kommt, um uns zu wecken. Wir sind seit Sonnenaufgang wach, als die Farben des Tages wieder lebendig wurden, und haben die Moskitonetze zurückgeschlagen. Es ist unser erster Morgen als richtige Ya-Yas.

»Mädels«, meint Mutter, »ihr hättet die Bettwäsche nicht abzuziehen brauchen. Ihr müßt sie wirklich nicht waschen. Gebt mir das Bündel. Eure Mütter denken sonst, ihr müßt in der Waschküche stehen, wenn ihr bei Vivi übernachtet habt.«

Wir möchten gern die Laken vor ihr verstecken, weil sie über und über mit Make-up verschmiert sind.

»Mrs. Abbott«, sagt Necie und lächelt honigsüß. »*Bitte* lassen sie mich die Wäsche mit heimnehmen und waschen. Es ist meine Art, Buße zu tun.«

Was für ein Schlitzohr unsere Necie ist, wenn's darauf ankommt.

»Denise, das ist ja großartig. Ich wollte, Viviane würde sich an dir öfter ein Beispiel nehmen. Auf jeden Fall machst du die Heilige Jungfrau damit heute sehr glücklich.«

Necie lächelt Mutter zu und schlägt die Augen nieder wie eine echte Tochter Mariens, eine wahre Zierde unseres Stammes.

»Jetzt kommt rein, frühstücken. Es gibt frische Pfirsiche aus Ruston, die Mr. Barnage uns gebracht hat.«

Wir folgen Mutter um die Veranda. »Einen Augenblick noch, Mädels. Ich möchte nur schnell sehen, ob die Gardenie neue Blüten hat.«

Und Mutter geht um die Ecke, dahin, wo die Statue steht.

»Jesus, Maria und Joseph!« Wir folgen ihr dicht auf den Fersen. Mutter hält eine Hand vor den Mund und macht mit der

anderen das Kreuzzeichen. Dann fängt ihr ganzer Körper unter ihrem Hauskleid zu zittern an.
»Wer kann das gewesen sein!« ruft sie aus. »Wer um alles in der Welt?!«
Teensy stellt sich vor Mutter hin, schaut ihr direkt in die Augen und sagt: »Mrs. Abbott, vielleicht ist das ein *Wunder.*«
»Ein Wunder«, flüstert Mutter, als ob die Statue weinte oder aus den Handflächen blutete.
Einen Augenblick sieht Mutter selbst aus wie eine Statue, dann fängt sie an, Blüten vom Geißblatt abzureißen und von der Rose of Montana, Zweige vom Olivenbaum – alle Büten, die sie gerade greifen kann – und überschüttet damit die kubanische Jungfrau. Sie rennt in den Hof und reißt ganze Äste von der Magnolie herunter, Tuberosen- und Hibiskusblüten, und sammelt sie in ihrer Schürze ein. Nie zuvor habe ich sie so fahrig gesehen, als ob sie irgendwie besessen wäre. Sie stürmt auf die Veranda zurück und legt die Blüten zu den bemalten Füßen der Statue nieder, dann greift sie nach oben und schüttelt die Ranken der Kletterrose, damit ihre Blüten auf die Statue herabregnen. Nie zuvor war unsere Veranda so üppig geschmückt mit den Blumen meiner Mutter. Sie hat aus der Veranda einen Altar für die prachtvolle farbige Jungfrau Maria gemacht.
»Heilige Mutter Gottes!« murmelt sie. »Kniet euch hin, Mädels, kniet nieder und betet.«
Und ich und Caro und Teensy und Necie fallen auf die Knie neben meiner Mutter, die aus ihrer Schürzentasche einen Rosenkranz gezogen hat. Sie betet:

Gegrüßet seist Du, Stern aller Meere,
Gegrüßet seist Du, Mutter aller Blumen,
Benetze uns mit dem süßen Duft
Deiner Liebe und Barmherzigkeit,
Du, die Du in Deinem Schoß
den getragen hast,
der vom Himmel herabgestiegen ist!

Meine Freundinnen und ich knien neben meiner Mutter. Gnädig sind wir errettet worden vor den teuflischen Alligatoren, dem wütenden Sturm. Wir sind die einzigen Überlebenden. Der mächtige und erhabene, verloren geglaubte, aber auf wundersame Weise wieder zum Leben erweckte Stamm der Ya-Yas ist von Wundern nur so umgeben.

9

Am nächsten Tag, als Sidda und Hueylene zum Postamt nach Quinault aufbrachen, nieselte es. Es war kein richtiger Regen, kein Regenschauer und auch kein Sprühregen. Sondern Nieselregen. Wenn Sidda ein Wort für Niederschlag eingefallen wäre, das auf eine passive Weise aggressiver war als »Nieseln«, hätte sie es verwendet. Zum ersten Mal begann sie zu verstehen, was May Sorenson gemeint hatte, als sie sagte, im Nordwesten wird sogar die Seele eines Menschen von Mehltau befallen.

Sie benutzte die Telefonzelle außerhalb des Postgebäudes, um sich bei ihrem Agenten zu melden. Er versicherte ihr, daß wegen ihres kurzen Urlaubs weder ihre Karriere den Bach hinunterginge noch die Erde seitdem aufgehört hätte, sich zu drehen.

Im Fach für postlagernde Sendungen wartete eine Karte von Connor auf sie, die er aus einer seiner Aquarellskizzen für einen Bühnenbildentwurf gebastelt hatte. Auf der Rückseite stand geschrieben:

Liebe Sidda,
jetzt wo Du fort bist, ist das Bett zu groß für mich geworden. Ich kann nicht schlafen, wenn ich mich auf mehr als dem üblichen Sechzehntel der Matratze ausbreiten kann. Habe die Entwürfe für den zweiten Akt fertig, die Zusammenarbeit mit dem Seattle Team ist gut. Im Garten unserer derzeitigen Bleibe fangen ungefähr eine

Million Trompetenblumen an zu blühen. Hast Du das Paket gefunden, das ich in den Wagen gelegt habe? Kraule unseren Boss Hueylene in meinem Namen am Bauch.

Ich liebe Dich.

Connor

Zu Hause in ihrer Hütte trocknete Sidda die langen Ohren von Hueylene, die gewellten Lappen glichen. Sie machte Tee und zog trockene, warme Socken an. Dann ging sie die CDs durch, die sie mitgebracht hatte, und ihre Wahl fiel erneut auf Ricky Lee Jones und die alten Evergreens aus Vivis Jugend. Sie ging ans Fenster, blickte auf den See hinaus und summte »Spring Can Really Hang You Up The Most«.

Sie nahm eine Ansichtskarte mit dem Bild einer riesigen Geoduck-Muschel und zeichnete ein paar Flügel an das Tier, so daß das eher unziemlich aussehende Schalentier aus dem Nordwesten einem riesigen Penis glich, der im Begriff war abzuheben. Auf die Rückseite schrieb sie:

Süßer,
Du übertreibst. Ich habe Dir mindestens *ein Viertel* jedes Bettes überlassen, in dem wir je geschlafen haben. Ich vermisse Dich auch. Ja, Mamas Karton befindet sich in meinen Händen. Nun, nicht gerade in meinen Händen – sagen wir, er ist hier. Und dort. Und überall. Mehr darüber später. Ich liebe Dich.

Sidda

Nachdem sie die Karte an Connor frankiert hatte, holte sie das Album hervor. Sie grübelte nach über vier schmale Streifen Leder, die mit Bindfaden zusammengebunden waren. Ein Penny von 1941 steckte in einem kleinen Schlitz in jedem Lederstreifen. Sidda warf den Kopf zurück und lachte leise. Vier aus Schuhleder geschnittene Streifen! Sie konnte sich die Ya-Yas gut vorstellen, wie sie in einem feierlichen Ritual in die Lederstreifen aus ihren abgetragenen Mokassins Schlitze für einen Penny schnitten. War das damals eine bei allen Kindern beliebte Marotte oder eher eine Besonderheit der Ya-Yas gewesen?

Auf derselben Seite befand sich ein Foto der vier Freundinnen, aufgenommen auf der seitlichen Veranda des Hauses der Abbotts in der Compton Street, ebenfalls aus der Zeit der Penny-Lederstreifen. Nachdem Sidda das Foto eine Weile betrachtet hatte, legte sie das Album beiseite und ging in die Küche. Sie durchsuchte alle Schubladen, ehe sie wieder in das große Zimmer zurückkehrte. Dort, in der zweiten Schublade eines alten Vorratsschranks, die Spielkarten, ein Monopoly-Spiel und eine Schneckensammlung beherbergte, wurde sie schließlich fündig.

Sidda wandte sich wieder dem Album zu, hauchte das Vergrößerungsglas an und rieb es mit ihrem Sweatshirt blank, dann studierte sie das Foto. Eine Kletterrose der Sorte Rose of Montana überwucherte das Geländer der Veranda, und ihre überreiche Blütenpracht hatte damals wahrscheinlich sogar dem Licht einen rosa Schimmer verliehen. Auf einem ausladenden Rattansofa mit breiten, geschwungenen Armlehnen und Chintzpolstern lagen Vivi, Necie, Caro und Teensy, jeweils zwei auf einer Seite, die Füße in der Mitte, und in dem Wirrwarr der Beine konnte Sidda nicht unterscheiden, wessen lackierte Zehennägel zu wem gehörten. Vivi trug ein gestreiftes, im Nacken gebundenes Oberteil und Shorts. Sie hatte die Haare hochgesteckt, und in der feuchten Hitze hatten sich einige blonde Strähnchen aus der Frisur gelöst. Neben dem Sofa stand ein schmiedeeiserner Tisch mit einem schwarzen Ventilator darauf. Vier hohe Teegläser mit langstieligen Löffeln standen auf dem Boden.

Sidda studierte jedes Detail. Wer hatte das Foto wohl gemacht? Was passierte gerade neben dem Bildausschnitt? Was ging der Szene auf dem Bild voraus?

Sie legte das Vergrößerungsglas einen Moment zur Seite, um die Augen zu entspannen, und das Bild verschwamm. Ein Nachmittag bei Eistee und Müßiggang. Diese Ya-Yas sind nicht von der Stelle zu bewegen. Sie liegen einfach da, im Schatten der virginischen Eichen. Europa befindet sich im Krieg, aber unsere Ya-Yas gehen noch auf die High-School und ihr Leben findet auf der Veranda statt. Gemeinsam geben sie sich dem Nichtstun hin. Wie bequem. Wie angenehm. Schaut euch diese vier doch einmal an. Keine von ihnen trägt eine Armbanduhr.

Diese Veranda-Mädchen hatten keine Ahnung, daß sie sich auf dem Sofa plazieren würden, bis zu dem Moment, als ihre jungen Körper sich tatsächlich in die Polster fallen ließen. Sie haben keine Vorstellung, wann sie von diesem Sofa wieder aufstehen werden. Sie planen nicht, was als nächstes passiert. Sie wissen lediglich, daß ihre Körper sich berühren, wenn sie einen kühlen Fleck ergattern wollen. Sie wissen nur, daß der kühlste Fleck, den sie finden können, hier vor diesem Ventilator ist.

Ich möchte auch so daliegen, einfach dahingleiten, planlos, ohne Ehrgeiz oder Sorgen. Ich möchte mein Leben bewohnen wie eine Veranda.

Damals waren eine Veranda und die Zeit, die man auf der Veranda verbrachte, etwas Selbstverständliches. Jeder hatte eine Veranda, ein Zimmer unter freiem Himmel, noch nicht auf der Straße, aber auch nicht mehr drinnen im Haus. Wenn die Veranda, wie bei den Abbotts, um das ganze Gebäude herumlief, gab es dort drei verschiedene Welten, je nachdem, ob man sich auf der vorderen, seitlichen oder rückwärtigen Veranda aufhielt. An der Seite, so wie die Ya-Yas auf dem Foto, war man ganz privat, angenehm abgeschirmt. Dort hielten sich die Ya-Yas auf, wenn sie Lockenwickler im Haar hatten oder wenn ihnen nicht nach Winken oder einem Plausch mit den Vorübergehenden zumute war. Dort seufzten sie, dort träumten sie. Dort konnten sie stundenlang liegen, versonnen ihren Bauchnabel betrachten, schwitzen, dösen, ab und zu eine Fliege verjagen, Geheimnisse austauschen in der heißen, feuchten Mädchenwelt der Veranda. Am Abend, wenn die Sonne unterging und über den Kamelien sich die Glühwürmchen zeigten, dann lullte ihr schwacher Schein die Ya-Yas noch tiefer ein in ihre Veranda-Träumereien. Träumereien, die hartnäckig in ihren Körpern verblieben, auch wenn diese alterten.

Jahre später traf man sie wieder, als sie Babys auf der Hüfte trugen. Oder, noch später, bemerkt man, daß ihre Hände zitterten und eine grabestiefe Traurigkeit, die niemand benennen konnte, von ihnen Besitz ergriffen hatte. Man konnte nicht genau definieren, was diese bestimmte Aura war, aber man wußte, diese Frauen teilten sich geheimnisvolle Lagunen des Wissens. Geheime Kodes, Überliefertes und Verschlüsseltes aus dieser schwül-warmen Zeit, als noch keine Klimaanlagen diese schwere, drückende Feuchtigkeit über den Veranden Louisianas trocknete, damals, als Baumwollblusen im Nu naßgeschwitzt waren und die Haut von den Schweißperlen kitzelte, die auf ihr herabrannen, und die Menschen zu einer langsameren Gangart gezwungen waren, damit die Eindrücke von außen ganz allmählich auf sie einwirken konnten. Diese gehaltvolle Brühe des Lebens ging direkt in den Blutkreislauf der Menschen über, und exzentrische, träge Gedanken brodelten in ihrem Inneren. Solche Gedanken wollten sich nicht wieder einstellen, nachdem die Veranden verglast, die Temperaturen unter Kontrolle gebracht und die Fenster dicht geschlossen waren; nachdem die Geräusche der Nachbarn übertönt wurden vom Lärm der Fernsehapparate.

Vorbeischauen. So nannten die Ya-Yas ihre spontanen Treffen, als Sidda noch ein Kind war. Die vier Walker-Kinder zwängten sich mit Vivi in den T-Bird, donnerten in die Stadt zu Caros oder Teensys oder Necies Haus, fuhren wild hupend die Auffahrt hoch und brüllten: »*Wehe, ihr seid nicht da!*« Dann erschien auch gleich ein Tablett mit Bloody Marys, Frischkäse mit Pickapeppa und Kartoffelchips, es gab literweise Limonade und Oreo-Schokoladenkekse für die Kinder, Sarah Vaughan tönte aus der Stereoanlage, und schon war eine Party im Gange. Ohne lange Planung, ohne telefonische Ankündigung.

Bei solchen Gelegenheiten zog Sidda manchmal ein Negligé aus der Aussteuer der Ya-Yas an und ließ sich von Vivi in verwegenem, hinreißendem, von Isodora Duncan inspiriertem Ausdruckstanz unterweisen. Sie wedelte mit einem Meterstab, der mit Hilfe eines Sterns aus Metallfolie zum Zauberstab umfunktioniert war, und drehte sich wie ein Derwisch auf der Veranda derjenigen Ya-Ya, die sie gerade besuchten. Himmlisch, wenn Vivis Glanz auf sie abstrahlte! Der Nachmittag wurde zum Abend und dann zur Nacht, und ehe man sich's versah, war der Tag zu Ende, und Vivi und die Kinder schlängelten sich heimwärts nach Pecan Crove und hatten die Wagenfenster heruntergekurbelt, um kühle Luft hereinzulassen.

»Na, Kinderchen, hat das nicht Spaß gemacht?!« rief Vivi ihnen dann zu.

Und sie antworteten jedesmal: »O ja, Mama, eine Menge Spaß!«

Sidda nahm wieder das Vergrößerungsglas und studierte die Augen ihrer Mutter auf dem Photo. Wann fing das Unglück an? Wie kam es, daß Vivi einmal von Licht und dann wieder von Dunkelheit umgeben war?

Für jeden dieser zauberhaften Momente gab es eine düstere Entsprechung, angsteinflößende Cocktailstunden, in denen Vivis Bourbon mit Wasser sie in Gefilde trug, die sehr weit von ihren Kindern entfernt waren, obwohl sie gar nicht aus dem Haus ging.

Jene Abende, an denen Vivi ihr Schlafzimmer nur verließ, um sich einen neuen Drink zu machen, und zu den Kindern sagte: »Bleibt mir von Leib; ich ertrage es nicht, euch anzusehen.«

Sidda lernte, am Ball zu bleiben, auf dem Seil zu balancieren. Sie perfektionierte ihre Fähigkeit, ein Zimmer zu betreten und augenblicklich die Stimmung, Bedürfnisse und Wünsche eines jeden Anwesenden auszuloten. Sie brachte sich bei, die Temperatur einer bestimmten Szene zu messen, einer Person, einer Unterhaltung, einer einzigen Geste, und daran festzustellen, was gebraucht wurde und wann und wieviel davon. Vivi tanzte schwungvoll ihre Walzer mit den Engeln und führte mit dem gleichen Elan ihre Lanze gegen die Dämonen, und ihre Tochter lernte aus diesem Hin und Her die Choreographie eines Dramas kennen. Ihre Tochter lernte das raffinierte, unstete, vom Gefühl inspirierte Patois, das jeder gute Theaterregisseur in seiner künstlerischen Arbeit beherrschen muß.

Aber Sidda war es leid, immer in Bereitschaft, hellhörig und auf der Hut sein zu müssen. Sie sehnte sich nach Veranda-Freundschaften, nach dem Gefühl vertrauter Mädchenbeine, die sich klebrig und heiß wie selbstverständlich auf die ihren legten. Sie hatte Sehnsucht nach dieser kindlichen Unbeschwertheit, nach ungeplanter, improvisierter Faulenzerei. Sie wollte das Wort »Zeiteinteilung« aus ihrem Lexikon streichen. Sie wollte sich dem fruchtbaren, moschusduftendem Sumpf des Lebens überlassen, sich ihm hingeben, und voll Urvertrauen in seine unerforschte Schönheit hineingleiten.

10

Im Regen brach Sidda von Mays Hütte auf. Zuerst nahm sie den Pfad am See entlang, dann ging sie tiefer in den Regenwald hinein, wo die Baumkronen ein dichtes Dach bildeten und den Regen nicht durchließen. Die Dunkelheit und die Stille beruhigten und erschreckten sie gleichzeitig. Sie kam sich vor wie ein Kind im Halbdunkel einer stillen Kathedrale.

Als sie im Postamt von Quinault ankam, saß hinter dem Schalter eine Angestellte, die auf ein winziges Fernsehgerät starrte. Die Frau hob den Kopf.

»Postlagernd?« fragte sie.

»Ja, bitte, haben Sie etwas für Sidda Walker?«

Die Frau griff in ein Regal und zog ein kleines Päckchen hervor, dabei ließ sie das Fernsehgerät nicht aus den Augen.

»Aus Louisiana. Eingeschrieben.«

»Lecker, lecker!« entfuhr es Sidda, und sie wurde wegen ihrer Bemerkung etwas verlegen.

»Die Forstverwaltung sagt, daß wir diese Woche Sonne kriegen«, meinte die Angestellte, als sie Sidda das Päckchen aushändigte.

»Das wäre ja herrlich!«

»Feuchtigkeit hat man ja wirklich genug im Regenwald.«

»Na, wenigstens ist es gut für die Haut«, erwiderte Sidda und wandte sich zur Tür.

»Das sag ich meinen Freundinnen auch immer.«

Diese Bemerkung ließ Sidda aufhorchen, und sie drehte sich um und sah sich diese Frau noch einmal an, ehe sie hinausging. *Meinen Freundinnen,* hatte sie ganz beiläufig gesagt. Sidda fühlte fast so etwas wie Neid hochsteigen.

Unter dem Vordach des Postgebäudes betrachtete Sidda das Päckchen. Ein eingeschriebenes Päckchen von Mrs. George E. Ogden, ihr besser bekannt unter dem Namen Necie. Sidda war versucht, es auf der Stelle aufzureißen, aber dann wollte sie doch lieber warten, bis sie wieder zurück im Haus war. Sie steckte es unter ihren Goretex-Parka und machte sich auf den Heimweg.

Kaum hatte sie die Hütte betreten und den nassen Parka ausgezogen, als sie auch schon das Päckchen öffnete. Sie hatte nicht erwartet, von einer der Ya-Yas etwas zu hören. Keine von ihnen hatte sich bei ihr gemeldet, nachdem der Artikel in der *New York Times* erschienen war.

Auf dem Briefbogen, blau mit goldenem Rand und Necies Monogramm oben, stand folgendes:

16. August 1993

Liebe Siddalee,
ich sende Dir meine besten Wünsche zu Deiner bevorstehenden Hochzeit – wann immer sie stattfindet. Laß Dir Zeit, Liebes. Es tut mir nur leid, daß Ihr nicht unten bei uns den Bund fürs Leben schließt, sonst könnte ich Dich nämlich sehen und Deinen Traummann kennenlernen – und Dein Kleid begutachten und so.
Herzlichen Glückwunsch zu Deinem großen Theatererfolg! Es tut mir leid, daß George und ich nicht zur Aufführung kommen konnten. Frank und seine Frau und die anderen Petits Ya-Yas, die sie gesehen haben, waren einfach begeistert – und es hat sie sehr gefreut, Dich wiederzusehen. Auch wenn ich nicht dabeisein konnte, sollst Du wissen, daß meine Brut mir alles darüber berichtet hat.
Ich bin so stolz, Sidda. Ich habe immer gewußt, daß Du was Großes leisten kannst.
Liebes, ich persönlich finde es wundervoll, daß Du so großes Interesse am Leben der Ya-Yas hast. Ich habe es Liza, Joannie und Rose erzählt, und die fanden es merk-

würdig. Meine Töchter interessiert die Vergangenheit wenig, aber sie haben sich ja auch nicht ein Leben am Theater ausgesucht. Ich soll Dich übrigens herzlich von ihnen grüßen. Malissa hat wieder gesagt, wie sehr es sie gefreut hat, Dich letztes Jahr in New York zu treffen, als sie mit Stephen zu dieser Tagung gefahren war. Ich schwöre Dir, er ist einer der nettesten Ehemänner, den sie je gehabt hat.

Ich hoffe, die Ya-Ya-Souvenirs Deiner Mama sind Dir eine Hilfe. Der Artikel in der *New York Times* hat sie fürchterlich aufgeregt. Ich bin sicher, Du weißt das. Zeitungen übertreiben ja immer, aber das ist natürlich keine Entschuldigung.

Deine Mutter hat mir ihr volles Einverständnis gegeben, Dir alles zu überlassen, was von Interesse für Dich sein könnte, und deshalb schicke ich Dir ein paar ihrer Briefe, die ich aufgehoben habe.

Ich habe eine Novene begonnen an den heiligen Francis Patrizi, den Schutzpatron der Versöhnung, für Dich und Deine Mama, Siddalee. Wir alle lieben Dich, Schatz, und beten für Dich die ganze Zeit.

Ich küsse und umarme Dich.

Deine Necie

P. S. Ich habe Deiner Mama geschworen, daß ich mir von Dir versprechen lasse, daß Du diese Briefe zusammen mit dem Album an sie zurückgibst. Ich weiß, daß Du gut auf sie aufpaßt.

Necies Briefe steckten in einem Ziploc-Plastikbeutel, und als Sidda ihn aufmachte, betete sie, daß ihre Absichten ehrlich seien. Sie betete nicht darum, daß sie rein seien – das wäre zuviel verlangt gewesen.

Mit Vivis Mädchenhandschrift auf unliniertem Briefpapier geschrieben, stand folgender Bericht:

12. Dezember 1939
11.15 Uhr vormittags
Im *Southern Crescent*, auf dem Weg nach Atlanta

Liebe Necie,

Mensch, Zuckerstückchen, Du kannst Dir nicht vorstellen, wie sehr wir Dich vermissen! Im Ernst. Die Ya-Yas sind ohne Dich einfach nicht dasselbe. Du hast mich gebeten, Dir über jede Kleinigkeit zu berichten, und das werde ich auch tun. Ich hebe alles auf, und dann können wir es in die »Göttlichen Geheimnisse« kleben, wenn wir wieder zu Hause sind! Auch wenn Deine Mama Dich nicht mitkommen hat lassen, weil sie denkt, Ginger ist keine richtige Anstandsdame, wirst Du das Gefühl haben, daß Du bei uns dabei bist. Wir sind alle sauer auf Deine Mama. Immerhin sind wir *dreizehn Jahre alt.* Julia Capulet war erst vierzehn, ich bitte Dich. Und Ginger ist so gut wie eine richtige Anstandsdame, obwohl sie nur ein Dienstmädchen ist.

Mensch, Mädchen, Zugfahren ist herrlich! Als wir von Thornton abgefahren sind und Dir gewunken haben, war ich sehr traurig darüber, Dich zurücklassen zu müssen. Als der *Southern Crescent* dann in Fahrt war, ach, das war toll. Du hast das Gefühl, du kommst überallhin, wenn du in einem Zug sitzt. Wie wenn Thornton nicht mehr der einzige Ort auf der Welt ist, sondern nur noch einer von vielen. Das hier ist meine erste Reise mit dem Zug ohne Papa und Mama, und ich muß mir alles anschauen. Die Rückseiten der Häuser, und die Frauen, die dort Wäsche aufhängen, und die kleinen Städtchen, an denen wir vorbeifahren. Ich möchte zu gerne wissen, was die Leute dort so alles machen. Ich würde gerne einfach an so einem alten Bahnhof aussteigen und in die Stadt gehen und denen erzählen, ich wäre jemand ganz anderes, und dann würde ich ein völlig neues Leben ausprobieren! Du könntest dir aussuchen, wer du sein möchtest, und niemand würde je erfahren, wer du wirklich bist.

Süße, wir haben ein Abteil mit vier Plätzen ganz für uns allein. Das war unheimlich lieb von Dir, daß Du uns diese Plätzchen gebacken hast. Wir haben zwei Schuhkartons mit gebratenem Hähnchen und Keksen, die Ginger uns eingepackt hat. Es gibt einen ganzen Waggon nur für die Farbigen, und dort ist auch Ginger. Sie war ganz schön besorgt, wie sie uns verlassen mußte. Sie hat sogar versucht, den Schaffner zu überreden, daß sie bleiben darf, weil sie für uns verantwortlich ist, aber er hat gesagt: »Ich wollte, ich könnte, aber es wäre gegen das Gesetz, und der Boß würd mir das Fell über die Ohren ziehen.« Dann hat Ginger gesagt: »Also, Miz Delia zieht *mir* mein Fell über die Ohren, wenn den weißen Mädchen da was passiert.«
Ich war noch nie mit jemand Farbigem verreist und wußte nicht, daß es für sie einen eigenen Waggon gibt, damit sie nicht gegen das Gesetz verstoßen. Na ja, Ginger ist jetzt jedenfalls dort, und wir sind allein! Es ist, als ob wir überhaupt keine Anstandsdame dabeihaben.
Du solltest sehen, wie die Leute Ginger anstarren. Die können nicht fassen, daß eine Schwarze rote Haare hat, wie die in Thornton auch nicht.
Ich will Dir was sagen, süßes Mäuschen, wir haben ein Luxus-Schlafwagenabteil. Es hat zwei Betten zum Runterklappen, das sind zusammen vier Betten, und deswegen sind wir auch so untröstlich, weil wir ein leeres Bett haben, das eigentlich Deins wäre, Gräfin Singende Wolke. Heute nacht, wenn wir schlafen gehen, richten wir das Bettzeug und tun so, als wärst Du da.
Teensy hat das neueste Heft von *Modern Screen* dabei, und wir lesen alles über *Vom Winde verweht.* Das Bild von Miss Yankee Vivien Leigh ist überall, und das bricht uns schier das Herz. Wir haben denen immer noch nicht verziehen, daß sie nicht Tallulah für die Rolle genommen haben. Vivien Leigh ist überhaupt keine Südstaatlerin, sie ist nicht einmal Amerikanerin!
Oh, und all diese Hüte! Die haben Bilder von Scarletts Kleidern und Hüten in *Modern Screen,* und du machst

Dir fast in die Hose, weil du es nicht mehr erwarten kannst, das alles in Wirklichkeit auf der Leinwand zu sehen. Wir sind solche Glückspilze, daß wir zur *Premiere* gehen können!
Teensys Tante Louise und ihr Onkel James in Atlanta sind so stinkreich. Er war mit Hoover befreundet, und ihm gehört praktisch die ganze Coca-Cola-Abfüllanlage! In Atlanta ist er der Boß! Teensys Vater hat sie gebeten, ob sie uns einladen könnten.
Mein geheimer Traum ist, Margaret Mitchell zu treffen. Sag es nicht weiter, aber ich will sie beim Ball um ein Autogramm bitten. Ich schleich mich einfach weg und such sie, und dann sag ich ihr, wie sehr ich ihr Buch liebe, und bitte sie um ein Autogramm. Was hältst Du davon?
Gräfin, ich muß jetzt Schluß machen, weil die Herzogin und Prinzessin Eichelhäher mit mir Karten spielen möchten.
Sie alle schicken Dir Küßchen, und wir haben Dich wahnsinnig lieb und vermissen Dich jede Sekunde.
Ich schreibe Dir später noch mal.

Viviane

Bebend vor Aufregung legte Sidda den Brief nieder und ging ins große Zimmer. Sie nahm das Album und fing an darin zu suchen. Sie war sich sicher, in den Souvenirs ihrer Mutter irgend etwas über Atlanta gesehen zu haben. Sie blätterte Seite für Seite durch, bis sie fündig wurde. Es war ein Zeitungsausschnitt aus dem *Atlanta Journal* vom 15. Dezember 1939. Die Überschrift lautete: *Der Ball der Junior League – der Glanzpunkt schlechthin in der Geschichte Atlantas.*

Dann hieß es:

Ein glanzvolles gesellschaftliches Ereignis sondergleichen, wie es bisher in der bewegten Geschichte Atlantas nicht stattgefunden hat, war der Kostümball *Vom Winde verweht* der Junior League am vergangenen Donnerstag in der Stadthalle. Es war ein Ball der Superlative in puncto Eleganz der Räumlichkeiten, Qualität des Festprogramms

und der anwesenden Prominenz, eine in jeder Hinsicht außergewöhnlich gelungene Veranstaltung, deren Glanz und Glamour von keiner bisherigen Festivität auch nur annähernd erreicht wurde.
Clark Gable, Vivien Leigh, Olivia de Havilland, Claudette Colbert, Carole Lombard und Dutzende von Gouverneuren, Angehörige des Geldadels, illustre Gäste von Maine bis Kalifornien, Wirtschaftsbosse, deren Unternehmergeist wir eine mächtige Filmindustrie zu verdanken haben, Politiker, Schriftsteller und Schauspieler, alle ausnahmslos festlich gewandet, erfreuten sich an einer Serenade von Spirituals, vorgetragen von einer Gruppe Schwarzer in Plantagenkostümen aus der Ebenezer Baptistengemeinde. Bei der anschließenden Promenade traten fünfzig Angehörige der Junior League einzeln vor den Vorhang, und jede trug ein hinreißendes Ballkleid wie in den Tagen Scarlett O'Haras.

Der Artikel ging noch weiter, aber Siddas Aufmerksamkeit wurde angezogen von einem Abschnitt weiter unten im Text, der rot umrandet und mit einem Pfeil versehen war. An den Rand hatte jemand geschrieben: »Wer das wohl gewesen ist?« In dem markierten Abschnitt stand:

Auf der Tanzfläche, umgeben von ungefähr 3000 anderen Tänzern, bemerkten die weiblichen Gäste bald, daß ihre Reifröcke die Tendenz hatten, sich seitlich oder nach hinten hochzuschieben. Eine junge Dame in einem Reifrock aus dunkelblauem Rips und grünem Taft, die auf die Tanzfläche wollte und sich auf dem Weg dahin an einem Paar auf dem ersten Rang vorbeizwängen mußte, stellte zu ihrer Bestürzung fest, daß ihr Reifrock sich regelrecht über den Kopf der vor ihr sitzenden Person gestülpt hatte.

Sidda mußte laut lachen. Gespannt wandte sie sich wieder den Briefen ihrer Mutter zu.

Später
11 Uhr nachts
in unserem Schlafwagen-Bett

Necie-o,

ich liege oben in meinem Bett, und Caro und Teensy sind auch hier. Die Vorhänge sind offen, wir sehen im Vorbeifahren die Felder, in Mondlicht getaucht. Wir haben unsere Nachthemden an, und wir haben Deine Plätzchen hier oben bei uns. Wie versprochen ist Dein Bett für Dich gemacht, als ob Du Dein liebes Köpfchen gleich auf das Kissen legen würdest. O Necie, wenn Du doch hier wärst! Du solltest unbedingt hier sein!

Du wirst nicht glauben, was vor nur einer halben Stunde hier passiert ist! Wir haben ein wenig gesungen, und es wurde etwas laut, aber auch nicht lauter als sonst, und dann plötzlich, wie aus heiterem Himmel, klopfte es an unsere Tür! Wir wußten nicht, wer das sein sollte, wir hatten ja schon unsere Nachthemden an, und wir fingen an zu kichern, und dann flüsterte Caro auf einmal, daß es Clark Gable wäre. Und dann rollten wir in unserer Schlafkoje herum und küßten die Kissen und stöhnten »Rhett, o Rhett!«. Und dann hörten wir wieder ein Klopfen, und wir haben uns fast in die Hose gemacht. Dann sprang Caro herunter, riß die Tür auf und sagte: »Was wollen Sie?« Und ich und Teensy haben uns runtergebeugt und geguckt, und da stand der Schaffner. O je! Ich dachte schon, er würde uns vorhalten, daß wir zu laut sind! Aber alles, was er sagte, war: »Will nur nachsehen, ob bei den jungen Damen alles in Ordnung ist. Euer Vater hat mich gebeten, ein Auge auf euch zu haben.« Und wir haben ihm versichert, daß es uns gutgeht. Aber dann fragte Teensy plötzlich: »Glauben Sie, ob wir vielleicht bitte etwas kalte Milch zu unseren Plätzchen haben könnten?« Du kennst ja Teensy, die bittet immer um was, egal wo. Und der Schaffner sagte, er würde mal sehen, was sich machen läßt.

Und Caro kletterte wieder in die Koje und sagte, weil sie

diejenige war, die die Tür aufgemacht hat, deshalb müßte ich jetzt so tun, als ob ich Rhett wäre. »Küß mich, Rhett«, sagte sie, und ich gab ihr einen Kuß, und sie sagte daraufhin: »Rhett, o Rhett.« Und dann legte ich meinen Finger über die Oberlippe, so wie wir es immer machen, wenn wir so tun, als hätten wir Clark Gables Schnurrbart. Und da klopfte es wieder an die Tür.

Und wir haben alle gedacht, es wäre wieder der Schaffner, und ich kletterte also runter und öffnete die Tür. Es war ein farbiger Kellner mit einem Tablett mit drei Gläsern Milch für uns. Ich hab mich bedankt, und dann fragte er, ob wir die Schuhe geputzt haben wollen. Wir antworteten alle: »Ja, danke.« Und ich nahm alle unsere Schuhe und gab sie ihm. Dann flüsterte er: »Ginger möchte wissen, ob alles in Ordnung ist bei euch. Sie sagt, ihr sollt zwei Wagen zurücklaufen, wenn was ist, und sie kommt dann helfen.« Wir waren ganz überrascht, daß er Ginger kannte, aber Ginger kommt viel herum, Du weißt ja. Ich dankte ihm, und er sagte: »Mein Name ist Mobley, wenn ihr was braucht.«

Und so ist also Mobley gerade mit unseren Schuhen verschwunden, und wehe er bringt sie nicht zurück, denn sonst müssen wir auf Socken in der Früh in den Speisewagen gehen!

Zugfahren ist eine feine Sache. Ich habe beschlossen, daß ich in einem Zug leben möchte. Ach, Du solltest mal sehen, wie die Welt aussieht, wenn man so dahinrollt. Ich weiß nicht genau, wo wir jetzt gerade sind. Irgendwo auf dem Land, denke ich, in Richtung der Stadt, die das Eingangstor zum Süden ist.

Wir alle wünschen Dir eine gute Nacht, schlaf gut, und angenehmes Flohbeißen.

Vivi

13. Dezember 1939
Atlanta, Georgia
3 Uhr nachmittags

Liebstes Necie-Mäuschen,
heute morgen um 9.17 Uhr sind wir in Atlanta eingetroffen. Der Bahnhof ist gigantisch. Unser Bahnhof in Thornton würde wahrscheinlich dreimal in den hier hineinpassen, und dann wäre immer noch Platz für eine kleine Tanzveranstaltung.
Teensys Tante Louise hat uns vom Zug abgeholt. Sie trug einen riesigen Pelzmantel mit passendem Hut und Muff, und sie hatte Teensys Cousin James Junior dabei. Sie hat uns alle sehr höflich begrüßt, aber ich konnte auf der Stelle sehen, daß sie ein Snob ist. Sie ist zwar ein netterer Snob als ihr Sohn, aber trotzdem ein Snob. Dieser James Junior ist ein Snob, der nicht einmal den Anstand hat, es zu verbergen. Er machte eine häßliche Bemerkung über mein Gepäck, da waren wir noch nicht einmal aus dem Bahnhof draußen, und als er Ginger sah, führte er sich auf, als ob es was Ungesetzliches wäre, daß sie keine Dienstmädchenkleidung trägt. Teensy erklärte ihm, daß es in Thornton gang und gäbe ist, daß Dienstmädchen keine besondere Kleidung haben. Und da sah er sie an, seine leibhaftige Cousine, als ob sie Läuse hätte. Also Necie, ich habe beschlossen, ihr Verhalten zu ignorieren, weil wir bei ihnen zu Gast sind.
Laß Dir sagen, Mädchen, die ganze Stadt ist völlig aus dem Häuschen! Es knistert richtig in der Luft. In jedem Schaufenster sieht man Kinoplakate, und es kommt einem vor, als ob ganz Atlanta eine einzige Kinowerbung ist. Ich habe gehört, daß Miss Mitchell seit letzten Oktober ihre Wohnung nicht mehr verlassen hat, weil der ganze Trubel einfach zuviel für sie ist. Sie muß viel ruhen und alle halbe Stunde eine Aspirin nehmen. Ich kann mir vorstellen, wie ihr zumute ist, nach allem, was sie durchgemacht hat, bis sie das beste Buch der Welt fertig geschrieben hatte, und jetzt soll sie den Film präsentieren und

alles. Ach, wenn ich doch nur Miss Mitchell kennenlernen könnte. Ich würde alles dafür geben. Mir ist, als ob ich sie bereits kennen würde, aber ich möchte sie noch besser kennen.

Als wir dann Tante Louises Haus sahen, mußten wir erst einmal unsere Kinnladen wieder hochklappen. Es ist ein richtiges Herrenhaus. Teensy sagt, Genevieve nennt es insgeheim den »Coca-Cola-Palast«. Also, so was gibt es in ganz Thornton nicht. Es hat eine riesige, kreisförmige Auffahrt, und die Veranda ist so ausstaffiert, daß du dir wie in einem Speisesaal vorkommst. Und drinnen erst, oh, Necie, du denkst du bist im Kino! Die sind so reich, daß das gesamte farbige Personal gestärkte Dienstkleidung trägt und ganz vornehm englisch tut. Überhaupt nicht so wie zu Hause, wo wir in der Küche mit Ginger oder Shirley oder wem auch immer Karten spielen.

Gleich nachdem wir angekommen waren, befahl Tante Louise einer ihrer Angestellten: »Geh, und zieh diesem Dienstmädchen aus Louisiana die passende Kleidung an.« Als ob sie Gingers Namen nicht wüßte, obwohl ich beide miteinander bekannt gemacht hatte, als wir aus dem Zug stiegen. Tante Louise hat Gingers Kleid gemustert, als ob es voller Flöhe oder Käfer oder sonst was wäre. Und Du weißt, daß das nicht stimmt, weil Delia es nie dulden würde.

Als wir Ginger wiedertrafen, zog und zerrte sie an diesem schwarzen gestärkten Kleid mit der weißen Rüschenschürze herum. Und auf dem Kopf hatte sie so ein kleines weißes Häubchen! Ich zog sie auf und sagte: »Ginger, ich mache jetzt ein Foto von dir, damit alle daheim sehen, wie du dich in Schale geworfen hast.« Und da hat sie ganz komisch getan, als ob sie mich nicht kennen würde. Delia würde sich schieflachen, wenn sie Ginger in dieser französischen Aufmachung sehen würde.

Wir alle drei wohnen in einem bezaubernden riesigen Zimmer hier im Herrenhaus mit eigenem großzügigen Badezimmer und einem Kamin und einem Erkerfenster, das auf den rückwärtigen Garten hinausgeht. Unsere

Kleider mit den Reifröcken im Stil der Zeit vor dem Bürgerkrieg hingen bereits im Schrank. Ich kann es kaum erwarten, bis ich mein dunkelblaues Ripskleid anziehen darf! Hier ist alles ganz anders als zu Hause, Necie. Es ist noch viel viel chicer als Teensys Haus. Die haben hier winzige Seifestückchen in der Form von Tennisschlägern in einer silbernen Seifenschale im Badezimmer, so stinkreich sind die.

Caro und ich schlafen in dem großen Bett, und Teensy nimmt die Liege mit der jadefarbenen Satinsteppdecke. Der Butler, oder wer auch immer das war, hat unser Gepäck heraufgebracht, und hier sitze ich nun und schreibe das alles für Dich nieder, damit Du das Gefühl hast, Du wärst hier bei uns. Mir gefällt es, wenn ich das alles aufschreiben muß, weil ich mich dann garantiert an alles erinnere. Es gibt so viel zu sehen und zu unternehmen und all diese Eindrücke zu verarbeiten, daß mir schon ganz schwindlig ist!

Nun, andere Länder, andere Sitten.

Später mehr.

Vivi

Später
halb elf Uhr in der Nacht

Necie-Mädchen,

beim Dinner, wo es ganz förmlich zuging, lernten wir Onkel James kennen. Die haben Fingerschalen und silberne Serviettenringe mit ihrem protzigen Monogramm drauf.

Dieser entsetzliche James hat während des ganzen Essens zu mir herübergefeixt. Es ist mir ein Rätsel, wie dieser Bengel mit Teensy und Jack verwandt sein soll.

Teensy hat sich ganz ausgezogen, Du solltet sie jetzt sehen können. Sie liegt ausgestreckt auf dem Bett, die Beine übereinandergeschlagen, und sie hat den Kopf zurückgeworfen und sagt: »Schäl mir eine Traube, Beulah!« Du kennst sie ja. Sie wollte, daß wir alle drei in die große Badewanne mit den Löwenfüßen steigen und zusammen baden, nachdem wir nach oben gegangen waren. Sie hat die ganze Karaffe mit dem französischen Badesalz ins Wasser gekippt! Die ganze Karaffe. Wir lagen einfach da in dieser Badewanne und haben uns in dem Wasser geaalt, bis wir ganz blöd waren. Ich weiß, ich sollte Dir das eigentlich nicht erzählen, weil Du wahrscheinlich mittlerweile schon ganz puterrot bist, Necie-Pu-Bär. Du bist so viel sittsamer als wir. (Aber wir lieben Dich trotzdem.)

Vivi

P. S. Unsere Bettdecken waren zurückgeschlagen, als wir ins Zimmer kamen. Da habe ich Mutter vermißt. Sie dreht immer mein Kissen auf die kühle Seite, wenn sie zu mir kommt zum Gutenachtsagen.

P. P. S. Mensch, fast hätt ich's vergessen! In der *Atlanta Constitution* heute abend stand, was Miss Mitchell bei der Premiere tragen wird: »ein Kleid aus rosarotem Crêpe de Chine, mit mehreren Lagen rosaroten Tülls darüber, und einem enganliegenden Oberteil mit herzförmigem Dekolleté.« Ich kann Dir den Artikel leider nicht schicken, weil Tante Louise ihn für ihr *Vom-Winde-verweht*-Album braucht. Aber ich habe das da für Dich abgeschrieben: »Rosenfarbige Kamelien, die Blumen des Old South schlechthin, schmücken ihr Kleid, und winzige silberne Schuhe spitzen unter den Falten des weiten, gebauschten Rocks hervor.« Nachdem ich vorhabe, Miss Mitchell persönlich zu treffen, kann ich Dir anschließend ausführlicher über ihren Auftritt berichten!

14. Dezember – ach nein! 15. Dezember 1939
zwei Uhr morgens!

Liebe Necie,

Mädchen, Mädchen, Mädchen! Eben sind wir nach Hause gekommen, nach dem aufregendsten Tag meines Lebens. Ginger hatte schon auf uns gewartet und war ganz durcheinander und fast am Weinen, weil sie uns nicht überallhin begleiten darf und weil sie fürchtet, daß sie ihre Aufgabe als Anstandsdame nicht richtig erfüllt. Wir haben Ginger kaum gesehen, seit wir im Coca-Cola-Palast wohnen. Sie sagt, Delia wird sie umbringen, wenn wir alle wieder nach Hause kommen. Ich sagte: »Ginger, ich will nicht einmal ans Heimfahren denken! Würdest du jetzt bitte nach unten gehen und mir einen Milchkaffee machen, weil ich wach bleiben muß, um Miss Necie zu schreiben.«

Hier schreibe ich Dir nun vom großen Bett aus, Caro schläft schon tief und fest, und Teensy schnarcht wie immer in ihrem Bett. Ich bin immer die letzte, die einschläft, egal, wo ich auch bin. Aber Süße, ich muß Dir jetzt über alles berichten.

Als erstes heute morgen frühstückten wir, und weißt Du, was Tante Louise bereits anhatte! Ja, ein tolles Kleid im Stil der Vorkriegsmode, bereits am Frühstückstisch. Und diese miese Ratte James Junior trug eine verschlissene Bürgerkriegsuniform, die Tante Louise irgendwo aufgestöbert hat. Onkel James war bereits unterwegs nach Coca-Cola, so weiß ich nicht, was er anhatte. Ich weiß nur, daß Tante Louises Kleid, wie sie uns anvertraute, aus dem wirklichen Film stammt! Eine ganze Schar ihrer Freundinnen aus der Junior League sind Statisten bei der Basar-Szene (erinnerst Du Dich ans Buch?) und sind im Film zu sehen. Stell dir das mal vor!

Dieser Schwachkopf James Junior ist dann mit einigen seiner zwölfjährigen schwachköpfigen Freunde losgezogen, und Tante Louise eröffnete uns, daß sie heute den ganzen Tag mit ihren Freundinnen die verschiedenen Festivitäten besuchen würde, ehe sie die Stadthalle, wo der Ball stattfindet, begutachten müßten. Das hieß also, daß Ginger und eine von Tante Louises Hausmädchen uns begleiteten, als William, der Chauffeur, uns herumkutschierte.

Mädchen, in den Straßen von Atlanta liefen bereits die Leute herum in Bürgerkriegskleidung und Reifröcken!

Wir hatten das Autoradio an, und sie berichteten über jede Kleinigkeit, als ob Franklin Delano Roosevelt selbst zu Besuch käme. Eine ganze Schar Stars kam am Bahnhof an, einschließlich Claudette Colbert, aber wir verpaßten eine Menge Neuigkeiten, weil wir um 10.15 Uhr an der Ecke Whitehall und Alabama Street standen wegen der feierlichen Zeremonie zur Entzündung der Lampe. Ich wußte das vorher auch nicht, aber ebendiese Lampe ist nach Shermans Belagerung von Atlanta übriggeblieben. Und ebendiese Lampe wurde wieder angezündet, um zu demonstrieren, daß der Geist der Konföderation nicht tot ist. Wir drei waren immer nur am Heulen und gedachten der Konföderation. Und dann gab der Gouverneur allen Leuten den restlichen Tag frei, indem er den Premierentag zum staatlichen Feiertag erklärte.

Und dann fuhr uns der gute alte William zur Peachtree Street und er fand ein schönes Plätzchen für uns, und wir saßen auf dem Autodach und sahen uns die Parade an. Ach, es gab so viele Leute, sie standen Kopf an Kopf in Achter- und Zehnerreihen an der Straße. Und dann fing die Parade an. Necie, es müssen mindestens fünfzig oder sechzig Wagen gewesen sein, und die Stars saßen hinten in den Cabrios und sahen aus wie königliche Hoheiten. Clark Gable war da! Süße, im Ernst! Ich habe ihn mit eigenen Augen gesehen. Und er ist genauso wunderbar, wie ich ihn mir vorgestellt habe. Carole Lombard saß neben ihm, und sie winkten und lächelten uns zu, und Necie, ich schwör's Dir, *er hat mich direkt angesehen*. Teensy und Caro wollen das immer noch nicht wahrhaben, aber die sind nur neidisch. Ich sage Dir ganz ehrlich: *Clark Gable hat direkt zu mir hergeschaut und mir zugelächelt.*

Aber zurück zu der Parade. Ich habe mehr Stars in fetzigen Autos gesehen, als Du Dir vorstellen kannst. So ein Anblick läßt einen vergessen, daß man das Wort Depression je gehört hat. Nachdem die Parade zu Ende war, brachte uns William auf Schleichwegen zum Georgian Terrace Hotel. In diesem Hotel waren ohne Übertreibung die Gouverneure von fünf Südstaaten versammelt und hielten Reden. Wir mußten warten, bis all diese alten Männer fertig waren, und dann ging Clark Gable persönlich hinauf! Alle schrien und kreischten und klatschten und brüllten den Rebellenruf. Da ließen auch wir drei unseren Rebellenruf los, Du weißt ja, wie das klingt, und ich gab ein paar von meinen berühmten Pfiffen zum besten. Du wärst von all dem Hurrageschrei einfach in Ohnmacht gefallen.

Wir waren fix und fertig, als wir wieder zu Hause waren, und wir aßen englischen Kuchen und tranken Cola in unserem Zimmer, und dann legten wir uns ein bißchen hin. Wir taten so, als wären wir die Südstaatenschönheiten auf Twelve Oaks während der Schlummerszene. Wir sagten: »Ginger, geh und suche einen Fächer und fächle uns zu wie die auf Twelve Oaks!« Und diese Ginger antwortete: »Jetzt ist es Dezember. Ihr braucht keinen Fächer. Seid ruhig und schlaft.«

Teensy flüsterte: »Delia würde Ginger sogar noch einen Mord durchgehen lassen!«

Aber Ginger hat sie verstanden (die hört sogar eine Katze über den Teppich schleichen), und sie meinte: »Miss Teensy, Sie legen sich jetzt besser aufs Ohr, sonst werden Sie gleich merken, was Mord ist.«

Wir konnten gar nicht lange schlafen, weil das Mädchen von Tante Louise reinkam und uns aufweckte, damit wir uns für den Ball fertig machen konnten. Tante Louises Schneiderin war auch da, und wir mußten unsere Reifröcke anziehen, weil Tante Louise sehen wollte, ob irgendwas geändert werden mußte. Mein dunkelblaues Ripskleid mit dem grünen Taft ist das Allertollste, *wie Du ja weißt*. Aber ich sage Dir, diese Reifröcke haben es in sich. Ich hab mich nur umgedreht, und schon fiel so ein betuliches Nippesfigürchen von seinem etepetete Wandtischchen im Coca-Cola-Palast herunter. Gott sei Dank ist es nicht zerbrochen!

Und schließlich waren wir alle ausstaffiert in unserer Bürgerkriegsaufmachung, und wir setzten uns zu William in

den Packard, und in einem weiteren Wagen befanden sich Tante Louise und Onkel James, und so fuhren wir alle in die Stadthalle zum Kostümball, dem größten gesellschaftlichen Ereignis der Südstaaten. Dieser Stinker James Junior war auch dabei, und er machte uns alle wahnsinnig. Er ist nur ein Jahr oder so jünger als wir, aber er benimmt sich wie ein großes dickes Baby. Um ihm zuvorzukommen, fing ich an, Grimassen zu schneiden. Zu Teensy sagte er, sie würde in ihrem weißen Taftrüschenkleid doof aussehen, und daraufhin tat Teensy so, als würde sie ihren Rotz an seiner blöden Konföderiertenuniform abwischen. Wir mußten so lachen, daß einige Häkchen am Rückenteil meines Kleides ausgerissen sind. Ich kann gar nicht glauben, daß Scarlett und die anderen in diesen Dingern überhaupt mal so richtig gelacht haben.
Als wir zum Ball kamen, habe ich alles andere vergessen! In einem kleinen Park vor der Stadthalle standen Tausende von Leuten. Onkel James meinte, es wären die, die keine Tickets bekommen haben, und daß sie besser zu Hause geblieben wären, wie Bürgermeister Hartsfield es angeraten hatte. Sie standen da draußen in der Kälte, und sie sahen aus wie die Leute, die in Ollie Trotts Trailerpark bei uns in Thornton leben, so mit schlechten Zähnen und alles. Als die Polizei ihnen schließlich Anweisung gab zurückzutreten, taten sie das auch. Wir gingen ganz nahe an ihnen vorbei, Necie. Tante Louise hat uns gedrängt, daß wir uns beeilen, aber wir hatten alle Probleme mit unseren Reifröcken. Mag schon sein, daß man in ihnen wie eine Lady aussieht, aber eins laß Dir sagen, schnell bist du in diesen Dingern nicht.
Mein Gott! Innen war alles dekoriert wie im Old South! Die Stars waren in eigenen Logen unter sich. Gable der King und Vivien Leigh, die so ein schwarzes Samtkleid mit vierundachtzigtausend Hermelinschwänzen an den Ärmeln anhatte. Und Carole Lombard hatte ihre Haare unter ein schwarzes Haarnetz gesteckt. Und Olivia de Havilland kam zu spät und mußte zu ihrer Loge hinauf-

gehoben werden. Teensy und Caro und ich, wir rauften uns um die Operngläser, damit uns ja nichts entging! Ach, all die Stars waren da. Aber Prissy oder Pork oder Big Sam nicht, nicht einmal Mammy. Sie konnten nicht nach Georgia kommen, weil sie Farbige sind.
Tante Louise hat uns genau erklärt, aus welchen Stoffen die Kleider der Stars gemacht waren, und sie konnte uns auch sagen, welche von dem Kerl entworfen waren, der auch die Filmkostüme gemacht hat, und welche nicht. Tante Louise weiß das alles, weil sie sich mit *Vom Winde verweht* schon seit zwei Jahren ausgiebig beschäftigt. Sie ist sogar mit der Schauspielerin befreundet, die die India Wilkes im Film spielt, weil diese Dame aus Atlanta stammt. Tante Louise sagt, ihrer Meinung nach ist ihre Freundin gar keine so gute Schauspielerin, aber wenigstens repräsentiert sie den Süden.
Schließlich habe ich Tante Louise gefragt, ob sie eine Ahnung hätte, wo Miss Mitchell sei. Und weißt Du was, diese Tante Louise (die Hexe) hat mich nur angeschaut und geantwortet: »Kümmere dich nicht um diesen undankbaren Schreiberling, Vivi. Sie ist nicht erschienen.« Ich sagte: »Was?! Was meinen Sie damit, Miss Mitchell ist nicht erschienen?! Das ist doch ihr Fest! Sie ist ein ebenso großer Star wie Vivien Leigh!«
Aber Tante Louise hat nur kurz gelacht, als wüßte sie es besser.
Auf dem ganzen Nachhauseweg und während wir unsere Kleider auszogen, habe ich immer an Miss Mitchell denken müssen. (Ich habe tatsächlich die Häkchen gesprengt, und das Kleid ist unter den Ärmeln gerissen, und ich habe fürchterlich geschwitzt. Anscheinend darf man sich weder bewegen noch atmen, wenn man diese Kleider anhat.) Ich kriege Miss Mitchell nicht aus dem Kopf. Ich habe Caro und Teensy gefragt: »Warum?! Warum ist sie nicht gekommen? Warum um alles in der Welt ist sie nicht erschienen?« Teensy meinte: »Vielleicht war ihr schlecht.« Aber ich glaube, es steckt mehr dahinter. Eine so bedeutende Schriftstellerin wie Miss Mitchell hat ihre Gründe.

Ich werde herausfinden, was los ist, und wenn es mich umbringt.
Das also war unser Tag, Gräfin Singende Wolke. Und jedes Wörtchen ist wahr. Wenn wir nach Hause kommen, werden wir alles für Dich nachspielen – die Art, wie sich Gable und Lombard bewegt haben und miteinander gesprochen haben, als sie Arm in Arm gegangen sind, und wie der Schauspieler, der Scarletts Vater spielt, irgendwie so tanzt wie Dein Onkel Collie. Aber jetzt ist erst einmal Schlafenszeit.

Mit Scarlett-lichen Grüßen
Deine Viviane

5. Dezember
3 Uhr nachmittags

Liebe Denesie-oh,

Caro und Teensy fragten mich heute morgen: »Vivi-Schatz, was schreibst du denn da alles an Necie?«
Ich antwortete: »Ich zeichne all unsere göttlichen Geheimnisse auf für später, wenn wir unsere Memoiren schreiben!«
Weil, Necie, ich glaube, daß alles, was wir vier tun, von *Bedeutung* ist. Ich bin überzeugt, daß viele Jahre später die Leute etwas über uns *erfahren* wollen. Also, wir sind sehr spät aufgestanden, besonders ich, ich bin überhaupt nicht aus den Federn gekommen, nachdem ich die ganze Nacht aufgeblieben bin, um Dir zu schreiben.
Als ich wach geworden bin, war Tante Louise schon vom Mittagessen des Presseclubs zurück, und sie war völlig überdreht. Wir gingen alle hinunter, und sie hing am Telefon und hat mit Hunderten von Freundinnen telefoniert. Wir haben zwar versucht, nicht hinzuhören, aber eigentlich blieb uns nichts anderes übrig. Weil wir neben dem Telefon bleiben mußten, weil es im Haus so kalt war und die Heizrohre beim Telefon am wärmsten waren, und auch, weil wir einen Knopf suchen mußten, den Caro genau an der Stelle verloren hatte. (Ha, ich mach nur

Spaß, ich *mußte* einfach mithören, falls sie über Miss Mitchell redete.) Tante Louise hat zwar immer so komisch zu uns herübergesehen, aber wir haben sie ignoriert und haben einfach die Ohren gespitzt. Gerade als es so klang, als wollte sie ein Gespräch beenden, liefen wir in die Küche und schauten im Eisschrank nach, ob es etwas zu essen gab.

Das Hausmädchen hatte uns Roastbeefsandwiches und eine Platte mit Käse und Obst zurechtgemacht, und wir öffneten gerade ein paar Colas, als Tante Louise hereinkam.

Sie sagte: »Nun, ich nehme an, daß ich euch nicht zu erzählen brauche, weswegen ich so aufgewühlt bin.«

Wir taten so, als ob wir keine Ahnung hätten, was um alles in der Welt sie denn meint, als ob wir nicht die Lauscher aufgestellt hätten bei ihrem schwülstigen Geschwafel, als sie mit der gesamten Bevölkerung von Atlanta telefonierte.

Teensy machte einen auf besorgt und fragte: »Tantchen Lou, was ist denn passiert?«

Daraufhin griff sich Tante Louise eine Keksdose ganz hinten aus der Speisekammer und nahm eine Flasche Brandy heraus.

Sie goß sich ein Glas ein und sagte: »Nenn mich nie wieder Lou. Mein Name ist Louise. Ich denke doch, daß ich das kürzlich klargestellt habe, Aimee.«

Und Teensy lächelte ihre Tante honigsüß an und sagte: »Bitte, Madam, nennen Sie mich nicht Aimee. Mein Name ist Teensy.«

Unsere Teensy ist so raffiniert.

Tante Louise hat Teensy einfach ignoriert, sie setzte sich an den Küchentisch und erzählte uns, daß Miss Mitchell ihrer Meinung nach der Junior League, die der Sponsor des Kostümballs war, durch ihr Nichterscheinen eine Ohrfeige versetzt hat. Nach allem, was sie für sie und ihr Buch getan hatten. Und das alles nur, weil damals, in den frühen zwanziger Jahren, als Miss Mitchell Debütantin war, sie auf einem Wohltätigkeitsball die Beherrschung verloren und so einen zügellosen und gewagten Apachentanz vorgeführt hat, der alle Damen der Atlanta Junior League dermaßen schockierte, daß man sie notgedrungen dahingehend bestrafen mußte, ihr jegliche Teilnahme bei der Junior League in Zukunft zu untersagen. Und jetzt versuchte Miss Mitchell eben, es ihnen heimzuzahlen, indem sie beim Ball nicht erschienen war, obwohl sie als Ehrengast geladen war.

»Was ist ein Apachentanz?« fragte ich. Ich muß so etwas wissen. Ich handle hier als Reporterin, Necie. Ich brauche Einzelheiten.

»Ich sehe keine Veranlassung, euch Mädchen mit den gräßlichen Details zu konfrontieren«, antwortete sie, und das machte mich nur noch neugieriger.

»War sie *nackt* wie eine Wilde?« wollte Teensy wissen.

»Nun, eigentlich nicht, Margaret war nicht direkt unbekleidet«, sagte Tante Louise und legte sich die Hand an die Stirn.

»Warum dann das gaze Getue?« fragte Caro.

»Alles, was ich euch sagen kann, ist, daß Miss Margaret Mitchell einen, wie sie es später nannte, ›indianischen Paarungstanz‹ vorgeführt hat. Für eine Dame war so etwas völlig inakzeptabel. Es spielte keine Rolle, daß ihre Familie in dieser Stadt etabliert war, sie konnte sie vor den Konsequenzen dieser Tat nicht bewahren. Die Junior League hat ihre festen Grundsätze, und ich hoffe, daß auch ihr Mädchen das niemals vergeßt.«

»Aber nein, Madam, wir vergessen das nie«, antwortete Caro, dann drehte sie Tante Louise den Rücken zu und machte ein Gesicht, als ob sie sich jeden Moment übergeben müßte.

Da mußten wir kichern, und Tante Louise befahl uns, nach oben zu gehen und uns dort weiter zu unterhalten. Also Necie, findest Du es nicht auch wunderbar, daß sie ihnen einen Rüffel gegeben hat? Aber trotzdem ist es jammerschade, daß ich sie gestern abend nicht getroffen habe, und ich werde alles menschenmögliche tun, damit es heute abend bei der Premiere klappt.

Ich muß jetzt schließen, weil wir drei jetzt noch die Weihnachtsdekoration in der Gegend anschauen gehen, ehe wir uns für die Premiere fertigmachen müssen.

V. A.

Später
10.45 abends

Liebe Gräfin Singende Wolke,
ich weiß nicht, ob ich die passenden Worte finde, aber ich will es versuchen. Wir sind soeben von der Premiere des größten Films aller Zeiten nach Hause gekommen. Ich nehme jede Silbe zurück, die ich je gegen Vivien Leigh gesagt habe. Ich liebe sie. Ich bete sie an. Vivien Leigh *ist* Scarlett. Als ich reinging, nahm ich mir vor, sie auf keinen Fall zu mögen, ich dachte, ich könnte ihnen nie verzeihen, daß sie nicht unserem Tallulah-Schätzchen die beste Rolle auf der Welt gegeben haben. Aber das alles ist nun vergessen. Sobald ich Miss Leigh dort auf den Stufen der Veranda in Tara mit den Tarleton-Zwillingen an ihrer Seite sah, und sie sagte: »Melanie Hamilton, was hat diese Unschuld schon für ein Geheimnis«, war's um mich geschehen. Ach, Süße, ich weiß gar nicht, wie ich Dir den Film beschreiben soll. Du mußt ihn Dir einfach selber ansehen. Ich hatte keine Ahnung, wie bewegend er sein würde. Ach, wenn sie sich küssen! Ach, wenn sie so tut, als ob sie nicht wüßte, wie man den Hut richtig aufsetzt! Ach, und wenn er sie hochhebt und auf seinen Armen die Treppe hinaufträgt (er war dabei sehr viel netter als im Buch). Oh, und wenn ihr einfällt, daß sie die Vorhänge runternehmen und dieses Kleid daraus schneidern könnte! Vivien Leighs rechte Augenbraue schnellt in die Höhe, und man sieht geradezu, wie ihr der Gedanke durch den Kopf schießt. Und die ganze Zeit, als die Ya-Yas immer »fiddle-dee-dee« gesagt haben und wie wir uns geärgert haben, weil eine Engländerin dazu auserkoren ist, diese Worte zu sprechen. Das war verkehrt, Necie, total, total verkehrt, und ich scheue mich nicht, es zuzugeben.

Ich möchte in diesem Film leben, Necie! Für diese Art Drama bin ich geboren.
Laß Dir schnell so viel wie möglich erzählen. Ich bin immer noch so aufgeregt und ganz fertig vom Weinen und Klatschen. Aber keine Sorge. Es lohnt sich, alles aufzuschreiben.
Ich habe Dir noch gar nichts über das Kino erzählt! Diese Hollywood-Leute haben es so hingekriegt, daß die Vorderseite von *Loew's Lichtspielhaus* genauso aussieht wie die Front von Tara. Und irgendwie war da plötzlich ein richtiger Rasen, den sie über die Peachtree Street wachsen ließen, damit all diese Stars darauf gehen konnten. Sie gingen den ganzen Weg auf diesem neuen Gras. Mr. Gable war so galant, Necie, er hat genau das gesagt, was ich mir von ihm gewünscht hätte. Er sagte, diese Nacht sei nicht die seine, sondern *gehöre Miss Mitchell*. Ach, das hat mir so richtig gezeigt, aus welchem Holz Mr. Gable geschnitzt ist. Daraufhin habe ich mich in ihn so unsterblich verliebt, daß ich nie darüber hinwegkommen werde. Er sah so gut aus, ach, Mädchen, er hatte einen schwarzen Mantel an und dazu dieses weiße Halstuch, und Miss Lombard trug ein Kleid aus schimmerndem Goldlamé, das einen fast geblendet hat.
Dann war der Moment da, auf den ich mein ganzes Leben lang gewartet hatte. Eine Limousine so lang wie ein Häuserblock fuhr vor, und heraus stieg Miss Mitchell. O Necie, sie ist ganz winzig. Neben ihr sieht unsere Teensy wie ein Riese aus. Und sie sprach ein paar Worte, dankte praktisch jedem, und dann betrat sie das Kino. Um die Wahrheit zu sagen, ich glaube, sie war nervös. Ich wollte schon auf sie zugehen und sie um ein Autogramm bitten, aber irgendwie war das kein günstiger Moment, selbst wenn es mir gelungen wäre, mir einen Weg durch die Menschenmenge zu bahnen. Aber es war schon aufregend genug, sie einfach nur zu sehen.
Dann gingen wir alle ins Kino hinein, das bereits gerappelt voll war. Man roch das Haarwasser der Herren und das Parfüm der Damen, und man hörte das Rascheln der

schimmernden Kleider. Caro und Teensy und ich hielten uns an der Hand. Ich glaube, ich habe auch den Atem angehalten, denn als der Vorhang aufging, war mir, als würde ich umkippen.
Oh! Riesige Buchstaben fegten über die Leinwand, als ob sie vom Wind getrieben wären, und dann erklang diese Musik, die mich zum Weinen brachte, noch bevor der Vorspann zu Ende war. Und danach habe ich, glaube ich, stundenlang nicht mehr geatmet, bis Scarlett draußen auf dem Feld war mit dieser Rübe und sich geschworen hat, nie mehr Hunger leiden zu müssen, und Gott sei ihr Zeuge! Und dann wurde die Musik immer lauter, und bald darauf war Pause, und die Lichter gingen an, und alle applaudierten wie verrückt, und dabei war der Film erst zur Hälfte vorbei! Während der Pause hielten wir drei uns an der Hand, wir konnten gar nichts sagen. Nur mit Mühe kriegten wir die Erfrischungen runter, die Onkel James uns reichte, so sehr waren wir noch in Gedanken in Tara. Wie hätten wir Punsch trinken sollen, wo unsere Scarlett doch am Verhungern war?
Ach, und dann diese ganze Traurigkeit. O Necie, mir ist deswegen das Herz in tausend kleine Stückchen zersprungen, die alle auf dem Boden von *Loew's Lichtspielhaus* verstreut liegen. Ich mußte immer nur weinen, und Caro und Teensy auch. Wir haben alle unsere Taschentücher aufgebraucht, und ich konnte immer nur daran denken, wie sehr ich doch wie Scarlett bin, die auch nie ein Taschentuch hat, wenn sie eins braucht. Süße, warum hat sie ihn so schlecht behandelt? Warum? Rhett liebte sie. Hat sie das nicht erkannt? Ich werde so etwas in meinem Leben nie nie geschehen lassen. Wenn ich mal meinen eigenen Rhett treffe, werde ich ihn wiederlieben, auch wenn ich dabei umkomme.
Ach, Necie, nun kann ich nicht mehr schreiben. Ich bin hundemüde, und gleich fange ich wieder an zu weinen, wenn ich wieder an alles denke. Ich werde mich jetzt schlafen legen, nach dem aufregendsten Tag meines Lebens. (Ich habe mich geirrt: Ich hatte geglaubt, gestern

wäre der aufregendste Tag in meinem Leben gewesen, aber er ist heute. Ich kann mir gar nicht vorstellen, daß es mal noch einen aufregenderen Tag in meinem Leben geben könnte.)

Fiddle-dee-dee und Küßchen
Deine Vivian

(Ich werde von nun an das »e« in meinem Namen weglassen, damit er mehr so ist wie der *ihre*.)

3 Uhr morgens im Coca-Cola-Palast
16. Dezember 1939

Necie,
dieses Haus ist viel zu groß, und man hört auch unheimliche Geräusche hier. Ich habe schlecht geträumt, ich glaube, von Scarlett. Ich lief mit ihr durch den Nebel. Ich wachte schweißgebadet auf und wußte nicht, wo ich war. Die anderen schliefen fest, ich stieg aus dem Bett und machte mich auf die Suche nach Ginger. Ich wollte sie aufwecken und sie dazu bringen, mit mir Karten zu spielen, wie wir es zu Hause bei Delia immer machen.
Ich habe eine Ewigkeit gebraucht, bis ich ihr Zimmer gefunden habe. Eigentlich ist es gar nicht ihres, denn sie schläft im Zimmer eines anderen Dienstmädchens. Ich klopfte, aber als niemand antwortete, stieß ich die Tür auf, und da lag Ginger auf einer schmalen Pritsche.
Necie, stell Dir vor, *sie weinte*. Ginger weinte.
Necie, weißt Du, ich habe noch nie vorher einen Farbigen weinen sehen.
Sie fuhr zusammen, als sie mich sah, und sie sagte: »Miz Vivi, warum denn sind Sie hergekommen?«
»Ich kann nicht schlafen, Ginger«, antwortete ich und setzte mich neben ihrem Bett auf den Boden.
Ginger sah ganz anders aus als tagsüber. Sie hatte eines von Delias abgelegten alten Flanellnachthemden an, so eines wie Mama hernimmt, um es zu Putzlumpen zu zerschneiden.

»Warum weinst du, Ginger?« fragte ich.
»Ich weine, weil ich Sehnsucht habe nach meiner Familie.«
»Du vermißt Delia?« fragte ich.
Und da schaute sie mich an, als ob ich ihr ins Gesicht geschlagen hätte.
»Ihre Großmutter ist nicht meine Familie«, sagte Ginger. »Ich hab 'nen Mann und zwei Mädchen. Die kennen Sie nicht.«
Und dann fing sie wieder an zu weinen.
»Hör auf zu weinen, Ginger«, befahl ich ihr. Necie, es machte mir angst, sie so zu sehen. Sie ist doch unsere Anstandsdame. Sie darf nicht weinen. Sei weinte so bitterlich, daß sie keine Luft mehr bekam, als ob jemand sie erwürgen würde. Ich konnte es nicht ertragen, sie in diesem Zustand zu sehen.
»Ginger«, tröstete ich sie, »morgen fahren wir heim. Wir sind schneller in Thornton, als du denkst.«
Sie sagte kein Wort, saß nur da auf ihrem zerwühlten Laken und weinte immer weiter.
»Steh auf, Ginger«, befahl ich ihr. »Spielen wir Karten, wie zu Hause. Komm jetzt, ich will Karten spielen.«
Da hörte sie auf und lag einfach still da.
»Ich möchte heiße Schokolade, Ginger. Stehst du jetzt auf und machst sie mir? Du kannst auch welche haben. Ich will heiße Schokolade haben, wie du sie mir zu Hause immer machst.«
Und Necie, stell Dir vor, sie sah mich an, wie mich noch nie im Leben ein Farbiger angesehen hat, und sagte:
»Mach's doch selber.«
Dann heulte sie wieder los und wischte sich die Tränen mit dem Bettlaken ab.
Ich stand auf und ging in unser Zimmer zurück. Aber hier schlafen alle tief und fest. Ich habe solche Angst, Necie, und ich weiß nicht, warum.

Deine Vivi

16. Dezember
8 Uhr abends
Im Zug, auf der Heimreise

Liebe Necie,
wir sitzen wieder im Zug, und ich bin fix und fertig. Im letzten Teil dieser Reise ist alles anders geworden. Ich rede nur sehr ungern darüber, wie sie geendet hat, aber ich habe geschworen, Dir alles zu erzählen, und meinen Schwur halte ich auch.

Heute morgen wachten wir auf, packten unsere Sachen und gingen hinunter zum Frühstück. Der Hintergrund meiner Augäpfel tat weh, wie immer, wenn wir die ganze Nacht aufbleiben und reden, wenn ich bei Dir zu Hause übernachte.

Das Frühstück war im Speisezimmer angerichtet, und da saß schon Tante Louise und las in der *Atlanta Constitution*, und machte dauernd ooh und aah, als sie die Bilder ansah, und James Junior, dieser großkotzige Blödmann, war auch da.

Teensy sagte: »Wir danken dir ganz herzlich dafür, daß wir bei dir wohnen und zu allen Veranstaltungen gehen durften, Tante Louise. Alle daheim werden uns beneiden!«

Ich stimmte mit ein: »Wir können es gar nicht erwarten, bis wir wieder zu Hause sind und unserer lieben Freundin Necie alles erzählen können.«

Und Caro dankte ihr ebenfalls.

Ich wollte gerade noch etwas hinzufügen, da fing dieses Würmchen James Junior an, jedes Wort, das aus meinem Mund kam, nachzuplappern.

Ich sagte: »Entschuldige mal, Blaine, was soll das?«

»Ich versuche reden zu lernen wie ein Hinterwäldler, bevor ihr alle abreist«, sagte er.

Ich sah zu Tante Louise hinüber und wartete darauf, daß sie ihn zurechtwies, aber sie sagte keinen Ton. Sie biß nur ein Stück von ihrem Brötchen ab.

Ich wollte noch etwas sagen, aber James Junior war nicht zu bremsen. Er machte einfach weiter.

Da kam Ginger aus der Küche. Das überraschte mich, wir hatten sie während unseres Besuchs hier kein einziges Mal im Speisezimmer gesehen. Necie, sie trug auf einem Tablett eine Tasse mit heißer Schokolade. Nur für mich. Sie ging auf meinen Platz zu, und ich wollte ihr gerade danken, da machte James Junior sein Schandmaul auf.

»Niggerweib«, sagte er, »wer hat dir erlaubt, deinen schwarzen Louisiana-Arsch in unser Speisezimmer hereinzutragen? Mach dich fort!«

Ginger blieb wie angenagelt stehen. Sie rührte sich nicht von ihrer Stelle auf dem Perserteppich. Sie starrte nur gerade vor sich hin, als wäre sie allein im Zimmer, als ob niemand von uns da wäre. Ich sah zu Tante Louise hinüber, ob sie diesem James Junior nicht endlich eins hinter die Löffel gab, aber diese Frau rührte einfach weiter in ihrem Kaffee herum.

Ich hörte das leise Klirren der Tasse mit der Schokolade auf dem Untersetzer, während Ginger dastand. Und dann ging alles blitzschnell. Ehe ich begriff, was ich tat, packte ich meinen Teller und warf ihn auf James Junior. Dieser Teller aus Limoges-Porzellan mit meinen Eiern und Krümeln und Schinken und Brötchen und eingemachten Feigen flog über den Tisch und landete auf dieser miesen zweibeinigen Ratte.

»Halt deine erbärmliche fiese Klappe, du hochnäsiges, armseliges Muttersöhnchen, du!« brüllte ich ihn an. »Hat dir deine Mutter keine *Manieren* beigebracht?!«

Ehe Ginger das Zimmer verließ, glaube ich gesehen zu haben, daß sie kurz zu mir hergeschaut und mir zugezwinkert hat, aber ich bin mir nicht sicher, ob ich mir das nicht nur eingebildet habe.

Es war ungeheuerlich. Tante Louise schrie, und das andere Hausmädchen stürmte herein, und James Junior heulte los. Er fing wirklich zu weinen an, Necie. Weißt Du, der Teller hat ihn nicht einmal verletzt oder so. Ich meine, er hat nicht geblutet.

Dann riß mich Tante Louise von meinem Stuhl hoch und schüttelte mich so heftig, daß ich schon Angst hatte, die

Zähne würden mir rausfallen und über den Boden schlittern, wie wenn jemand ein Blatt mit lauter Buben auf den Tisch knallt. Und Necie, so wie die mich geschüttelt hat, daran merkte ich, daß sie das schon die ganze Zeit tun *wollte*, seit sie mich das erste Mal gesehen hat, daß sie nur auf eine günstige Gelegenheit gewartet hat. Sie hat sich nur zurückgehalten, weil sie in der Junior League ist. Dann bekam sie sich wieder in die Gewalt und ließ mich los. »Du bist in diesem Haus nicht mehr erwünscht, Viviane Abbott! Weder hier noch in den Häusern meiner Freunde in Atlanta!! Nach allem, was ich für euch drei getan habe! Ich tat mein Bestes, um euch einer kultivierten Lebensweise näherzubringen. Alles nur, weil mein Bruder mich um einen Gefallen gebeten hat. Und weil Teensy kulturell verkümmert bei dieser geschmacklosen Genevieve! Ich habe keine Mühe gescheut und versucht, euch Provinzgänsen etwas beizubringen, damit ihr nicht zum Gespött Atlantas werdet. Nun, ich wasche meine Hände in Unschuld. Geht doch zurück in euer armseliges kleines Kaff, ihr werdet dort aufwachsen, ohne auch nur eine Vorstellung von guten Manieren und feiner Lebensart mitzubekommen. Ihr vier seid ein Quartett der Peinlichkeit! Aimee, ich telegraphiere deinem Vater, daß ich von dir genug habe! Von dir und deinem unchristlichen Görenpack.«
»Wir sind keine Gören, Tante Lou, *wir sind Ya-Yas*.«
Teensys Antwort hatte so viel Biß und Schärfe, daß Caro spontan applaudierte.
Tante Louise tat so, als hätte sie Teensy überhaupt nicht gehört, und sagte: »Ich habe dir bereits erklärt: Mein Name ist *Louise*.«
Dein Name ist Miststück, dachte ich bei mir. Aber weil ich ihr Gast war, sprach ich es nicht aus.
Tante Louise beauftragte William, uns frühzeitig zum Bahnhof zu bringen, nur damit sie uns los wurde. Necie, weißt Du, ich war nur noch am Heulen. Ich hatte so ein schlechtes Gefühl. Caro und Teensy mußten mich die ganze Zeit halten. Als wir aus dem Bahnhof fuhren,

waren wir völlig verstört, und die Straßen von Atlanta kamen uns auf einmal so vor, als ob da meilenweit Tausende sterbender konföderierter Soldaten lägen, und ich mußte immer daran denken, wie erschöpft und hungrig Scarlett war und wie sehr sie ihre Mutter gebraucht hätte. Ich konnte nicht mehr aufhören zu weinen, bis mir plötzlich ein Gedanke kam: Necie, ich bin wie Miss Mitchell, die sie aus den Reihen der Junior League ausgestoßen haben, wegen dieses indianischen Liebestanzes. Und dann dachte ich mir, daß Miss Mitchell vielleicht genau gewußt hat, was sie tat, als sie diesen Tanz vorführte. Vielleicht *wollte* sie sogar aus dem Verein ausgeschlossen werden, um frei zu sein für das größte Buch aller Zeiten.
Ja, ich bin zu der Überzeugung gekommen, daß ich wie Scarlett bin und auch wie Miss Mitchell. Keine von uns kann blutleere, scheinheilige Schwachköpfe leiden, und wenn das der Junior League nicht paßt, nun, dann können wir auch nicht helfen.

In Liebe
Vivian (Denk dran: »e« weglassen!)

Später
12.07 mittags

Necie-oh,

wir rollen gerade durch den Staat Alabama. Vorhin war ich hinten im Waggon für die Farbigen, um zu sehen, wie es Ginger ging, und um ihr eine Cola zu bringen. Und weißt Du was, die hat sich prächtig amüsiert. Sie rauchte Zigaretten und kaute Kaugummi und trank aus einer Flasche, die die Runde machte zwischen vier oder fünf anderen Farbigen, während sie Karten spielten. Sie lachte dauernd, und als sie mich sah, grinste sie mich an und meinte: »Jetzt fahren wir heim, Chili-Baby! Is das nicht toll?«
»Wirklich toll«, antwortete ich und gab ihr die Cola.
»Danke, Baby«, sagte sie und nahm einen kleinen Schluck Cola und einen großen aus der Flasche.

»Ginger«, sagte ich, »eine Dame raucht nicht und trinkt nicht und kaut nicht Kaugummi mit Fremden.«
Und Ginger schaute die anderen an, und dann prusteten sie alle los, als würden sie sich schon ewig kennen.
»Miz Vivi«, erklärte sie dann, »die alte Ginger braucht sich keine Sorgen machen, ob sie ’ne Dame ist. Das ist dein Problem, Baby, das ist deins.«

Necie, ich habe vom Reisen die Nase voll. Ich kann es gar nicht mehr erwarten, bis wir zu Hause sind. Ich liebe Dich. Wir alle lieben Dich. Wir haben Sehnsucht nach Dir. Heute nacht hat Caro gesagt, daß Du ein bißchen wie die Melanie bist. Ich kann ihr da nicht zustimmen, aber eins weiß ich, ich liebe Dich, so wie Scarlett gemerkt hat, daß sie Melanie liebt, als Melanie sterbend im Bett lag. Du bist unsere Blutsschwester, vergiß das nicht, und Blutsschwestern sind nie richtig voneinander getrennt, auch wenn das Pfeifen des Zugs einsam durch die Nacht klingt.
In Liebe, jetzt und für alle Zeiten

Deine Vivi

11

Sidda faltete sorgfältig die Briefe zusammen und steckte sie in den Plastikbeutel zurück. Als sie vom Sessel aufstand, war sie ganz benommen, wie wenn man nach dem Kino ins grelle Sonnenlicht hinaustritt. Sie ließ ihren Blick durch die Hütte wandern, über die behagliche Einrichtung, die Fotos an den Wänden, das unverkennbare Flair des Nordwestens, und plötzlich erschien ihr alles fremd. Eine Welle von Heimweh überkam sie, wie schon seit Jahren nicht mehr. Sie beugte sich hinunter zu Hueylene, die auf dem Sofa lag, und streichelte ihren Bauch. Hueylene drehte sich vor Wonne auf den Rücken und wollte mehr.

»Komm, mein Freund, gehen wir spazieren.«

Nach ihrem Spaziergang betrat Sidda den Quinault-Kaufmarkt, einen Laden, der die Gegend mit allem Notwendigen versorgte. Zu ihrer Überraschung entdeckte sie, daß man sich dort das Video *Vom Winde verweht* ausleihen konnte.

Als sie ihr Geld aus der Jackentasche zog, meinte der Mann an der Kasse: »Wenn man schon Videos im Laden führt, dann müssen es unbedingt die gute Scarlett und ihr Rhett sein. Selbst die Japaner sind scharf darauf.«

Zu Hause in ihrer Hütte zündete Sidda ein Feuer im Kamin an. Draußen regnete es in Strömen. Mit einer Schüssel Popcorn und einer Cola light machte sie es sich auf dem Sofa bequem und schaltete mit der Fernbedienung *Vom Winde verweht* ein.

Immer wieder ließ sie das Band zurücklaufen und sah sich etliche Szenen erneut an. Dann wiederum nahm sie mit Hilfe des Vorlaufs einige Szenen vorweg, und wenn sie sie gefunden hatte, ließ sie das Band mit normaler Geschwindigkeit weiterlaufen, um Dialog, Beleuchtung, Tempo und Hintergrund zu analysieren. Abermals spulte sie dann zurück und studierte den Aufbau des gesamten Films. Dann wiederholte sie bestimmte Einstellungen, Einzelheiten, die ihr möglicherweise entgangen waren. Bei einigen Szenen nahm sie sogar den Ton weg, um sich voll auf den visuellen Eindruck konzentrieren zu können.

Sechs Stunden später hatte sie einen Krampf in der Hand, weil sie die Fernbedienung wie einen Schraubstock umklammert hielt. Sie schaltete den Fernsehapparat aus, streckte sich und ließ Hueylene nach draußen. Als sie auf ihre Armbanduhr sah, war sie überrascht, wie schnell die Zeit vergangen war. Sie dachte an Connor und stellte sich vor, wie er aussah, wenn er schlief. Ob er sich wohl auch so unruhig im Schlaf wälzte wie sie hier, ganz allein, ob ihm wohl auch das Schmusen fehlte, eng aneinandergekuschelt?

Sie hob Hueylene zu sich aufs Sofa, und zu zweit lagen sie da und starrten in das verlöschende Feuer. Obwohl sie *Vom Winde verweht* heute nach vielen Jahren zum ersten Mal wieder gesehen hatte, kam es ihr vor, als hätte sie sich den Film in irgendeinem verborgenen persönlichen Vorführraum an jedem Tag ihres bisherigen Lebens angeschaut.

Sidda mußte daran denken, wie sie sich als Teenager andauernd Gedanken darüber gemacht hatte, ob der Junge, in den sie gerade verliebt war, ein Rhett oder eher ein Ashley war. Wenn er ein Ashley war, sehnte sie sich nach einem Rhett. Und wenn er ein Rhett war, hätte sie lieber einen Ashley gehabt. Jede neue Freundin unterzog sie einem Scarlett-Melanie-Vergleich. Wenn das Mädchen sie an Melanie erinnerte, empfand sie Mitleid. Wenn der Zeiger zugunsten Scarletts ausschlug, traute sie dem Mädchen nicht.

Sie hatte den Film zum ersten Mal in der Neubearbeitung im Jahr 1967 gesehen, unter ganz anderen Umständen als ihre Mutter. Sie war mit einem Jungen verabredet gewesen, an dessen Namen sie sich nicht mehr erinnerte. Aber sie wußte noch genau, wie er ihre Hand gehalten hatte, wie seine schwitzige Handfläche sie gestört hatte. Während der spannendsten Szenen hatte sie ihm ihre Hand entzogen, weil sie sich ganz auf das Geschehen konzentrieren wollte.

Als Sidda so auf dem Sofa lag, stellte sie sich Vivi als Mädchen vor, Hand in Hand mit ihren Freundinnen, eingebettet in den dunklen Schoß von *Loews' Lichtspielhaus.* Sie sah, wie Vivis rötlich-braune Augen immer größer wurden, als der Film in Technicolor plötzlich auf der Leinwand erschien, und eine »Zeit der Damen und der Kavaliere, der letzten« ankündigte. Sie spürte die Gänsehaut ihrer Mutter, als Big Sam in der ersten Szene des Films die anderen Sklaven zurechtwies: »Ich sein Vorarbeiter. Ich haben zu sagen wenn Feierabend.«

Sidda kraulte Hueylene am Kinn. Vivien Leigh und Victor Fleming und David Selznick und Clark Gable packten Mama und ließen sie nicht mehr los, bis drei Stunden und achtundvierzig Minuten vergangen waren, abgesehen von der Pause nach der Hälfte des Films, in der Vivi zu benommen war, um sich eine Erfrischung zu holen. Mama war dreizehn Jahre alt und wußte nicht, daß ihre Verwirrung zum Teil davon herrührte, daß sich drei oder vier verschiedene männliche Regisseure auf Margaret Mitchells Liebesroman gestürzt hatten. Mama hatte keine Ahnung, wie eng der affektive Hintergrund der Geschichte mit Margaret Mitchells eigenem Leben verknüpft war. Mama wußte nicht, daß sie einen zweiten Aufguß der Historie des legendären Südens vorgesetzt bekam.

Mama dachte nicht; Mama fühlte. Ihre schwitzigen Hände hielten die ihrer Freundinnen umklammert. Tränen stiegen ihr in die Augen, der Herzschlag wurde schneller, sie verfolgte jede Bewegung Vivien Leighs. Ganz unbewußt hob auch Mama ihre rechte Augenbraue und fing an zu glauben, jeder Mann auf der Welt läge ihr zu Füßen. Ohne es zu wissen, zog Mama sich die zierlichen Schnürstiefel von Scarlett O'Hara an. Und Mama würde von nun an alles mögliche tun, um dieses Drama am Leben zu erhalten.

Ich möchte in diesem Film leben, Necie! Für diese Art Drama bin ich geboren.

Mama hing an Clark Gables Lippen, die metergroß auf der

Leinwand erschienen, und konnte weder stoppen, zurückspulen oder vorlaufen lassen. Sie war dem Mythos ausgeliefert.

Aber nicht völlig. Mama hat diesen Teller geworfen. Sie hätte womöglich gar nicht erklären können, wieso, aber sie holte aus und warf diesem James Junior den Teller an den Kopf, diesem ungezogenen, fiesen, hohlköpfigen Abkömmling einer weißen, rassistischen Gesellschaft.

Ach, Mama, du bist der Star deines eigenen Films. Du winkst mir zu vom Rücksitz des Cabrios. So gern ich auch möchte, ich kann bei dieser Szene nicht Regie führen.

Sidda dachte über Ginger nach. Sie erinnerte sich an die Geburtstagspartys, die Buggy für Ginger gab, seit Delia damit angefangen hatte. Zu Lebzeiten Delias hatten sich alle auf diese Partys gefreut. Nach ihrem Tod trafen sich Vivi und Jack, die verschiedenen Cousins und Cousinen, Onkel und Tanten stets bei Buggy, um zu feiern. Ginger war immer die einzige Farbige unter den Anwesenden.

Sidda hatte Ginger als willensstarke Frau in Erinnerung, die einen Narren an Vivi gefressen hatte. Wie Delia machte sich auch Ginger nicht viel aus Buggy. Bei den Partys steckten Vivi und Ginger immer zusammen und rauchten, und Ginger gab wilde Geschichten zum besten, wie sie mit Delia, nach dem Tod von Siddas Urgroßvater, im ganzen Land herumgereist war.

Sidda wußte noch genau, wie sehr es Buggy mißfiel, daß Vivi und Ginger sich so prächtig verstanden; wie sie ihre Tassen mit dem Geburtstagspunch mit Gin aufpeppten und sich zugrinsten und zublinzelten, nur um Buggy auf die Palme zu bringen.

Ginger hatte immer zu Sidda gesagt: »Miz Vivi hat gekriegt das Temperament von Miz Delia. Miz Buggy hat nix abgekriegt. Temperament ist gleich rüber zu deiner Mama.«

Sidda stand vom Sofa auf. War denn in dem Album nirgends ein Foto von Ginger?

Sie blätterte das Buch durch, aber ohne Erfolg. Aber sie fand ein Foto von sich als kleines Kind. Sidda wußte, daß es sie war, weil darunter stand: »Sidda Baby mit Melinda«. Melinda, eine füllige dunkelhäutige Frau in der gestärkten Tracht einer Krankenschwester, trug Sidda auf dem Arm. Melinda lächelte nicht, sondern blickte nur geradeaus in die Kamera, als müsse sie vor etwas auf der Hut sein.

Schwarze Frauen, dachte Sidda. Sie wechselten meine Windeln, fütterten mich, badeten mich, zogen mich an. Sie brachten mir das Krabbeln, Sprechen, Gehen bei und zeigten mir, wie man Gefahren ausweicht, selbst wenn die Gefahr die Gestalt meiner Mutter hatte. Sie wuschen meine feine Unterwäsche mit der Hand und durften dafür meine abgelegten alten Kleider ihren eigenen Töchtern zu Hause anziehen. Sie taten das gleiche für meine Mutter, und jetzt tun sie es für meine Nichten.

Sidda mußte an Willetta denken, jene Schwarze, die sie praktisch aufgezogen hatte. Willetta, über einsachtzig groß, mit einem Gesicht, das indianische Züge aufwies, und einem Lächeln, das schiefe Zähne und ein gütiges Herz offenbarte.

Willetta, du hast deinen Job riskiert und das Dach über deinem Kopf, als du in das große Haus gekommen bist, um uns an jenem Sonntagnachmittag vor Mama in Schutz zu nehmen. Du warst es, die meine Haut mit Salbe bestrichen hat, da, wo der Gürtel Spuren hinterlassen hatte. Als Mama die Beherrschung verlor. Haßte Mama uns vier gar, in irgendeinem verborgenen Winkel ihres Herzens?

Willetta, die mittlerweile fast achtzig war, putzte immer noch für Vivi und Shep. Sidda und Willetta standen weiterhin in Briefkontakt. Vivis Eifersucht wegen ihrer Zuneigung konnte Willetta und Sidda nicht davon abhalten, sich zu lieben.

Ist Eifersucht eine genetische Veranlagung, die vererbt wird, wie blondes Haar oder braune Augen?

Sidda kann nicht an ihre Mutter denken, ohne daß Willetta im Bild auftaucht. Und noch ist sie kaum fähig, die Beziehung zu ihrer weißen Mutter zu durchschauen, geschweige denn die zu ihrer schwarzen.

Worum geht es in meinem persönlichen Bürgerkrieg? Ist es ein Krieg zwischen der Furcht, nicht mehr weglaufen zu können aus der Geborgenheit einer liebenden Familie, und der Furcht, im Nebel herumzuirren auf der Suche nach Liebe? Jede Option ist auf ihre Art beängstigend, jede fordert ihr Pfund Fleisch.

Fleisch. Jetzt kommen wir der Sache näher. Die Frage lautet: Kann ich Connor denn lieben, wo er doch eines Tages, oder auch schon morgen, sterben wird und der Geruch seiner Schultern dann nur noch in meiner Erinnerung fortbesteht. Kann ich mich erweichen lassen für die Liebe, wenn ich weiß, welches künftige Leid ich damit bewußt in Kauf nehme? Thomas Merton hat einmal gesagt, daß die Liebe, die für uns am bedeutendsten ist, uns zwangsläufig große Schmerzen bereiten wird. Denn diese Liebe ist vergleichbar mit dem Einrichten von Knochenbrüchen.

Aber ich möchte diese Liebe zur Aufführung bringen. Ich möchte bei jeder einzelnen Szene Regie führen.

Sidda legte sich wieder aufs Sofa und hatte nichts dagegen, daß Hueylene sich neben ihr zusammenrollte. Als sie am Eindösen war, stellte sie sich die Ya-Yas im Coca-Cola-Palast vor.

Das also ist meine Mutter im Bad mit ihren schwesterlichen Freundinnen, in der dampfenden Badewanne mit den Löwenfüßen. Ihre Haut ist rosig vom heißen Wasser. Ihr feuchtes Haar ringelt sich an den Schläfen. Lange bevor ihr Körper meinen in seinem Inneren getragen hat. Als ihr Schambein noch hervortrat und ihre Bauchdecke nach innen gewölbt war. Ehe ihr Körper, auf seiner Suche nach Frieden, den Bourbon entdeckte, und seinen Trost und seine Fesseln.

Um vier Uhr morgens wachte Sidda auf dem Sofa auf und dachte daran, wie sich Vivi während ihrer ganzen Kindheit über den Begriff Junior League lustig gemacht hatte. Bis zu ihrem achten Lebensjahr glaubte Sidda, daß der Name Junior League ein Wort sei: »dschunialiig«. Und sie war überzeugt, es bedeute soviel wie »dumm« oder »gräßlich«.

Dieser Glaube wurde nie in Frage gestellt, bis sie eines Abends bei ihrer Freundin M'lain Chauvin zu Gast war. Sie waren gerade alle um den Eßzimmertisch versammelt, als einer der Chauvin-Buben plötzlich eine Vipernatter aus seiner Brusttasche zog und allen Anwesenden damit einen gehörigen Schreck einjagte. Alle waren schockiert, und um ihren Abscheu auszudrücken, rief Sidda laut: »Oh, wie dschunialiig!«

Das Hausmädchen entfernte umgehend das Tier, und Mrs. Chauvin starrte Sidda stirnrunzelnd an.

»Was hast du da gerade gesagt, Siddalee?«

»Dschunialiig«, erklärte Sidda. »Es bedeutet etwas ganz Schreckliches.«

Mrs. Chauvin zog eine Augenbraue hoch und warf ihrem Mann einen vielsagenden Blick zu.

Später, als Siddas Busen voll entwickelt war und junge Männer ihr Orchideen ans Ballkleid steckten, und als es ein brennendes Problem wurde, was man zum Kotillon trug, merkte sie allmählich, welche Machtposition die Junior League im gesellschaftlichen Leben von Thornton, Louisiana, innehatte – und wie sehr Mrs. Abby Chauvin, *geborene* Barbour in dieses Leben hineinpaßte.

An diesem heutigen Abend jedoch, in einem Holzhaus zweitausendfünfhundert Meilen von Thornton entfernt, beschloß Sidda, zu ihrem ursprünglichen Verständnis des Begriffs zurückzukehren:

Def. dschunialiig: Begriff aus der Ya-Ya-Terminologie
für Firlefanz, Humbug. *Urspr.* 1939.

Sidda stand vom Sofa auf, putzte sich die Zähne und ging zu Bett.

Ich muß jetzt schlafen, sagte sie sich. Engel der südlichen Mondsichel, bitte, schüttelt mein Kissen auf. Möge der Mond mich im Schlaf mit seinem Licht übergießen. Ich bin eine Ya-Ya der zweiten Generation und befinde mich auf einer langen, langen Reise.

12

Am nächsten Tag gegen Mittag wachte Sidda auf, weil draußen jemand sehr laut und sehr falsch sang. Wade Coenen und May Sorenson warteten auf der Veranda und brüllten aus Leibeskräften alte Discosongs, bis Sidda endlich aufstand und die Tür aufmachte.

Sidda starrte sie schlaftrunken an. Mays zentimeterkurzes Haar stand in kleinen Büschelchen vom Kopf ab, und Wades lange blonde Locken fielen ihm auf die Schultern und sein ärmelloses T-Shirt. May trug weite Shorts mit Hawaii-Muster und ein T-Shirt, bedruckt mit dem Bild einer Frau mit erschrockenem Gesichtsausdruck, aus deren Mund eine Sprechblase kam mit den Worten: »Ach herrje! Ich habe vergessen, Kinder zu kriegen!«

Beide trugen große Einkaufstaschen mit Lebensmitteln.

»Hallo, meine Freundin«, sagte Wade. »Du willst zwar nicht, daß Connor dich besucht, aber von uns hast du kein Wort gesagt.«

Sidda begrüßte beide mit einem Kuß. »Ihr habt die Sonne mitgebracht. Ich kann's gar nicht glauben! Wir hatten tagelang nur Goretex-Wetter.«

»Wir sind Experten darin, das Wetter der jeweiligen Gemütslage anzupassen«, meinte May.

»Kommt doch rein.«

Beschwingt betrat Wade als erster die Hütte. »Welch ungemein rustikales nordwestliches Flair!« bemerkte er.

»Das kannst du laut sagen!« antwortete May. »Wir sind die Sorensons.«

»Hier ist es wirklich phantastisch, May«, sagte Sidda und spitzte in die Einkaufstasche. »Hm. Lecker.«

»Wir hoffen nur inständig, daß wir hier nicht irgendeine tiefgründige, existentielle Seelenforschung unterbrechen«, sagte Wade und marschierte schnurstracks in die Küche.

»Von Connor.« May zog einen Briefumschlag und zwei Flaschen Veuve Cliquot aus ihrer Tasche. »Er hat gesagt, wir sollen dich in Ruhe lassen und daß du nur Briefkontakt wünschst, aber als wir ihm nicht gehorchten, hat er uns das für dich mitgegeben.«

Sidda betrachtete das Kuvert, das verziert war mit Connors kunstvoller Schönschrift und mit kleinen Blumenzeichnungen. Beim Anblick seiner Handschrift packte sie die Neugier, doch sie steckte schnell den Brief weg, um ihn später in Ruhe zu lesen.

»Danke«, sagte Sidda. »Ich stell nur eben den Schampus in den Kühlschrank.«

»Du meine Güte, Madame Voilanska«, meinte Wade. »Wie unerhört rüde von Ihnen! Ihr Geliebter sendet Ihnen dies göttliche Elixier, und Sie haben die Stirn, es in die kühle Höhlung des Frigidaires zu verbannen?! *Au contraire!* Wir müssen es sofort trinken. Champagner hat die Eigenschaft, sehr schnell zu verderben, wenn man in der Nähe eines Regenwaldes weilt. Stimmt Ihr mir nicht zu, hitzige Königin des Mai?«

»Na klar«, sagte May ungerührt.

»Ihr beide redet genau wie meine Mutter«, bemerkte Sidda kopfschüttelnd.

»Deine Mutter?« fragte May. »Ich wußte gar nicht, daß deine Mutter so –«

»So ›versoffen‹ –?« fragte Sidda.

»Nein!« sagte Wade. »So verzaubert von den Perlen des Champagners ist!«

Wade trällerte eine alte Billie-Holiday-Version von »Bewitched, Bothered, and Bewildered«.

»Hueylene«, sagte Sidda, »unser asketisches Eremitenleben ist jäh unterbrochen worden.«

»Mein Gott!« rief May aus und stürzte auf die Veranda, wo Hueylene in der Sonne lag. »Ich habe vergessen, Huella zu begrüßen.«

Sie zog einen Hundeknochen aus ihrer Tasche und gab ihn Hueylene.

Sie mixten Champagner und Orangensaft in einem Krug, richteten Prosciutto und Melonenspalten auf einer Platte an und verzogen sich damit auf die Veranda. Die Sonne wärmte Siddas Beine, die sie auf das Geländer gelegt hatte.

»Wie ich höre, ist das ursprünglich geplante Hochzeitsbacchanal abgeblasen worden?« Wade senkte den Kopf, zog eine Augenbraue hoch und blickte Sidda fragend an.

»Wade«, erwiderte Sidda, »das klingt so, als ob ich vorgehabt hätte, *mit dir* Hochzeit zu feiern.«

»Aber Darlingissima, das hast du doch. Du wolltest mit mir feiern und mit May und Louise und mit deinem ewig ungebärdigen neunzigjährigen Schauspiellehrer, diesem Maurine. Du wolltest mit Gervais und Lindsay feiern und mit Jason, falls er gut drauf ist, und mit den Baileys und ihrer Brut von halslosen Monstern mit ihrer Kinderfrau mit dem Oberlippenbart. Du hattest Alain eingeladen, die extra deswegen aus *England* kommen wollte, vorausgesetzt, sie ist bis dahin noch frei, und Ruthie Mueller *und* Stephan, obwohl die immer noch nicht miteinander reden. Ganz zu schweigen von der gesamten Besetzung und dem Team von *Frauen und ihre Töchter*, und von den Intendanten von mindestens drei Provinztheatern, die geplant hatten, anläßlich der Hochzeitsfeierlichkeiten einzufliegen und ihren Besuch mit einem New Yorker Theatertrip zu verbinden. Ich will jetzt gar nicht die zahlreichen anderen Freunde aufzählen, die dich anbeten und denen nun diese beklagenswerte Nachricht schier das *Herz zerreißt*.«

Wade holte tief Luft, ehe er einen Schluck aus seinem Glas nahm.

»Wenn man schon eine Hochzeit feiern will«, fuhr er fort, »dann nur mit einer *Orgie* von Leuten, Sidda. *Was*, so sprich, ist los?«

Wenn Sidda nicht gewußt hätte, wie sehr Wade sie schätzte, hätte sie diese Tirade als anmaßend empfunden. Sie waren nun schon fast fünfzehn Jahre befreundet. Sie hatte ihm geholfen, seinen Geliebten, der im Sterben lag, zu pflegen; er hatte sie unzählige Male wieder aufgerichtet, nach privaten oder beruflichen Tiefschlägen.

Sie stand auf, kniete sich neben Wades Stuhl auf den Boden und neigte den Kopf. »Vergebt mir, Baba Wade, vergebt mir. Ich weiß nicht, was ich tu.«

»Oh, das weißt du ganz genau. Steh jetzt bitte auf. Du weißt, daß so was mich nicht anmacht, wenn Mädchen es tun.«

Sidda stand auf und wischte sich die Knie ab. »May, wann wird er endlich aufhören, uns Mädchen zu nennen?«

»Ich hab's längst aufgegeben«, antwortete May.

»Ist es das, *was du getan hast,* Herzblatt?« fragte Wade. Hast du's aufgegeben – zu lieben?«

»Nein, das ist es nicht. Überhaupt nicht.«

»Was ist es dann?«

»Wade«, warf May ein, »hör auf zu bohren. Vielleicht möchte Sidda einfach nicht mit uns darüber reden.«

»Danke, May«, sagte Sidda.

»Ein Bühnenautor, Ms. Sorenson, mag für diese Bereiche vielleicht sensibel genug sein«, sagte Wade. »Aber als unbedeutender Bühnenbildner, der sich sogar so weit herabläßt, zwischenzeitlich für *Las Vegas* zu arbeiten, kann ich nicht umhin, dir die brüske Frage zu stellen: *Sag mal, hast du den Verstand verloren?!*«

»Also, das habe ich mich auch schon gefragt«, antwortete Sidda.

»Siehst du, ich hab dir doch gesagt, daß sie sich das auch schon gefragt hat«, sagte May.

»Weil«, fuhr Wade fort, »zeitweiliger Wahnsinn der *einzige* Grund ist, den mein schwacher Verstand gelten lassen kann, um deine Hochzeit mit Connor McGill zu *›verschieben‹*, was immer das heißen mag. Falls du es vergessen hast, mein kleines Praliné, wir sprechen von einem Mann, der in jeder Beziehung zu dir paßt – psychologisch, beruflich, geistig, und – *wenn* ich mich recht erinnere, und ich glaube, das tue ich, auch *sexuell.* Ich habe keineswegs vergessen, wie du ganze sechs Monate lang gezittert hast, wenn du nur in seine Nähe gekommen bist, ehe du zugeben konntest, daß du ihn zumindest ganz gut leiden kannst. Aber der gute alte Onkel Wade läßt sich nicht so leicht täuschen. Warum nicht? Onkel Wade kennt dich schon sehr lange und hat beobachtet, daß du so viele Männer gehabt hast, daß man mit ihnen nicht nur eine, sondern *zwei* Rugbymannschaften aufstellen könnte. Ich habe die Taschentücher für dich ausgewunden, wenn du mal wieder in Tränen aufgelöst warst wegen irgend so einem Kerl, und das war bei mindestens einem Drittel dieser Charaktere der Fall, von denen ich etliche nicht gerade als Neandertaler bezeichnen würde, aber zumindest, würde ich meinen, mangelte es ihnen an einer gewissen Selbstbeherrschung. Ich darf mir die Bemerkung erlauben, daß kein einziger dieser Männer dir auch nur einen Bruchteil der Liebe und des Respekts entgegengebracht hat, wie Connor dies tut.«

Sidda schlug sich mit der flachen Hand an die Stirn. »Ich habe völlig vergessen, daß du nicht nur ein Bühnenbildner, sondern auch ein Wanderpriester und Seelendoktor bist. Wie konnte mir das nur entfallen, Reverend Dr. Coenen?«

Wade stellte sein Glas auf den Tisch.

May räusperte sich.

Sidda sah erst Wade, dann May an. »Ist euer Besuch ein Auftrag oder was?«

»Nein«, antwortete May leise. Nach einer Weile fuhr sie fort: »Du weißt doch, daß man, wenn man mit anderen Menschen zusammen ist, irgendwie auf einmal wieder mehr Hoffnung bekommt. Daß sie einem das Gefühl geben, die Welt ist gar nicht so verrückt, wie sie eigentlich ist, oder?«

»Wie wenn man auf einer Tanzfläche ein Paar sieht, das wirklich Walzer tanzen kann«, fügte Wade hinzu. »Du sitzt und wartest, bis die Musik aufhört, und dann möchtest du am liebsten auf sie zugehen und sie beglückwünschen.«

May strich Sidda sanft übers Haar. »Wir alle freuten uns auf diese Hochzeit. Ich meine, wir waren schließlich Zeugen, wie du und Connor euch verliebt habt, nach all den Jahren, die wir zusammengearbeitet haben.«

»Genau«, sagte Wade, »und jetzt kommt es uns so vor, als hättest du mit *uns* Schluß gemacht.«

Sidda griff nach Mays Hand. »Mein Gott, es tut mir so leid.

Ich hab überhaupt nicht an euch gedacht. Aber ich habe mit niemandem Schluß gemacht. Ich brauche nur ein wenig *Zeit.* Heiraten hat schließlich seine Tücken.« Sie stand auf und ging zum Rand der Veranda. »Von *euch* heiratet ja auch keiner.«

Wade ging zu Sidda hinüber und legte den Arm um sie. May tat dasselbe. Wenn jetzt jemand zufällig unten am Weg vorbeigekommen wäre, hätte er sie für zwei Schwestern und ihren Bruder halten können; oder auch, da er nicht ausreichend informiert war, für eine *ménage à trois.*

»Ach ja«, seufzte Wade. »Ich glaube, Gertrude Stein, die Mutter von uns allen, hat recht: ›Wenn man wirklich in Betracht zieht, wie gefährlich alles ist, ist wirklich nichts sehr erschreckend.‹«

Im weiteren Verlauf des Nachmittags redeten die drei Freunde nicht mehr über die Hochzeit. Sie pumpten drei kleine Badeboote auf und gingen damit hinunter zum See. Es war heiß, der Himmel war strahlend blau, das nordwestliche Grau der vergangenen Tage wie weggefegt. Sie lachten und plauderten und schauten in den Himmel, und hin und wieder paddelten sie zurück zum Steg, wo sie ihre Kühltasche und ein paar Snacks zurückgelassen hatten. Die Szene hätte genausogut dreißig Jahre früher an einem Fluß in den Südstaaten spielen können, nur das Wasser war diesmal kälter.

Als der Tag sich dem Ende zuneigte, fanden sie sich bei Sonnenuntergang wieder auf der Veranda ein und grillten dort Lachs. May gab Geschichten aus ihrer Kindheit zum besten, wie sie zusammen mit ihren vier Brüdern die Sommer am Lake Quinault verbracht hatte. Sidda lächelte. Sie mochte diese Frau. Durch ihr berufliches Engagement hatte sie nur wenige Freundinnen, aber als sie May so betrachtete, erkannte sie in ihr eine verwandte Seele, eine Schwester, und sie war dafür dankbar.

Später holte Sidda das Album ihrer Mutter hervor.

»›Die göttlichen Geheimnisse der Ya-Ya-Schwestern‹!« rief May aus. »Ich wollte, mir würde so ein Titel einfallen. Wie alt war Vivi-Schätzchen, als sie das geschrieben hat?«

»Jung«, antwortete Sidda. »Mama war schon immer sehr phantasievoll.«

»Das ist ja *sagenhaft*, Sidda!« meinte Wade und blätterte in dem Album. »Mein Gott, das macht ja fast den Schuldspruch wieder wett, den sie über dich verhängt hat.«

Alle Freunde von Sidda sprachen von ihrer Mutter nur als »Vivi-Schätzchen«, weil Sidda sie so nannte, wenn sie Geschichten aus dem Kreis Garnet erzählte. Sowohl Besitzerstolz als auch das Bedürfnis, das Buch ihrer Mutter gut behandelt zu wissen, schwangen mit, als Sidda verkündete: »Jeder darf sich eine Seite ansehen.«

Dann wurde sie rot, als sie merkte, wie kindisch sie geklungen hatte.

»In welche Klasse gehst du denn, meine Kleine?« wollte Wade wissen.

»In die zweite, vielleicht sogar schon in die dritte«, antwortete Sidda.

May entdeckte ein Foto, auf dem Vivi zusammen mit Sidda, Little Shep, Lulu und Baylor auf einer Decke im Garten von Pecan Grove saß, irgendwann in den frühen sechziger Jahren. Sidda schaute May über die Schulter, als diese das Foto aufmerksam betrachtete.

»Wer das Foto wohl gemacht hat?« fragte May.

»Ich kann mich wirklich nicht erinnern«, erwiderte Sidda.

»Wo ich wohl so eine Sonnenbrille bekomme, wie deine Mutter sie da trägt«, meinte Wade.

»Du warst ein ziemlich ernsthaftes Kind, oder?« fragte May.

»So behauptet man«, antwortete Sidda.

Aufs Geratewohl blätterte Wade weiter und stieß auf einen Zeitungsausschnitt aus dem *Thornton Town Monitor.*

»Erwachsene stürmen Ball«, lautete die Überschrift.

Wade überflog den Artikel und schüttete sich aus vor Lachen.

»Ist das wirklich *wahr*?« fragte er und drehte prüfend das Blatt um. »Oder ist das eine von diesen reißerischen Schlagzeilen?«

»Entschuldige mal«, entgegnete Sidda und nahm ihm den Zeitungsausschnitt aus der Hand. »Das ist der *Thornton Town Monitor,* der schon seit über hundert Jahren jeden Bürger Cenlas unter Kontrolle hat. Gott ist mein Zeuge, daß Mama und die Ya-Yas und deren Ehemänner den Kotillon-Ball in meinem vorletzten Jahr an der High-School gestürmt haben. Der Zutritt war ihnen verboten worden, weil sie sich mehrere Jahre lang ungebührlich verhalten hatten.«

Sie machte eine Pause.

»Langweile ich euch auch nicht? Mama hat mir dieses Album geschickt, und natürlich interessiert es mich, aber wenn –«

»Sidda«, entgegnete May, »nach so einer Einleitung? Natürlich interessiert uns das.«

Sidda fuhr fort: »Es galt die Regel, daß auf diesen Bällen kein Alkohol ausgeschenkt werden durfte. Natürlich hat sich jeder privat einen Flachmann mitgebracht und dann auf der Toilette einen Drink gemixt. Aber wenn die Ya-Yas die Schirmherrschaft hatten, dann betrachteten sie gerne das Ganze als ihre *private* Party. Natürlich dachten sie nicht im Traum daran, ihre alkoholischen Getränke zu verstecken, und sie gaben auch jedem Jugendlichen, der etwas wollte, einen oder zwei oder fünf Drinks. Das ging zwei Jahre so, im zweiten Jahr gab es schon ein gewisses Problem, weil die Jungen uns Mädchen in unseren Ballkleidern auf ihre Schultern setzten, damit wir die Pinatas aus Papiermaché aufreißen konnten. Sobald wir aber da oben saßen, fanden wir bald Spaß daran, uns gegenseitig von den Schultern unserer Begleiter herunterzustoßen. Mann, da ging's dann bald ziemlich handgreiflich zu. Meterweise wurden Tüll und Taft zerrissen. Etliche der Femmes fatales krachten auf den Boden, auch ein paar Zähne wurden ausgeschlagen. So in dem Stil.

Danach hat das Ballkomitee Mama, Teensy, Caro und Necie und deren Ehemännern die Schirmherrschaft nicht mehr angetragen. Praktisch wurde es ihnen sogar untersagt, überhaupt zu erscheinen. Zugegeben, man muß sich natürlich an gewisse Regeln halten, aber diese Frauen im Komitee waren die schlimmsten – Miss Alma Arschgeigen. In der Ya-Ya-Sprache heißt das spießige, wichtigtuerische Leute.«

»Das mußt du mir nicht näher erläutern, mein Goldstück«, erwiderte Wade. »Die internationale Vereinigung der Miss Alma Arschgeigen unterhielt eine sehr rührige Filiale in meiner Heimatstadt Kansas City. Es gab daneben auch eine brüderliche Entsprechung: die Internationale Gesellschaft der Mister Albert Arschgeigen.«

»Spann uns nicht so auf die Folter, Miss Walker«, bat May. »Was geschah weiter?«

»Man sollte meinen, die Menschen in meiner Stadt hätten wissen müssen, daß man den Ya-Yas nichts verbieten kann. Im Jahr darauf erschienen sie wieder in ihren Ballkleidern, die Männer im Smoking, und marschierten ungerührt am Ballkomitee vorbei, das zur Begrüßung am Eingang stand und vor lauter Schreck nicht reagieren konnte. Sobald sie drinnen waren, nahmen sie einen großen Tisch in Beschlag, richteten eine kleine Bar ein und wurden natürlich zum Mittelpunkt des Interesses. Ich war entsetzt.«

»Gab es eine Szene?« wollte Wade wissen.

»Erst als die Polizei anrückte. Als sie hinausgeführt wurden, zuckten überall im Ballsaal des Theodore Hotels die Blitzlichter auf. Man schrieb das Jahr 1969, und meine Mutter nannte ihre Clique von da an im Stil der Zeit die »Cotillon Eight«.

»Das hast du erfunden«, sagte May.

»In einer großen Stadt gibt es unzählige Geschichten. Das hier ist nur eine von vielen.«

Sidda wollte das Album schon schließen, da interessierte sich Wade noch für ein weiteres Foto.

»Ah, Vivi-Schätzchen als Teenager. Und das da ist dein Vater?«

Sidda sah sich das Bild an und entdeckte zu ihrer Überraschung einen gutaussehenden jungen Mann, der Geige spielte. Er war schlaksig und anmutig und lehnte an einem dicken Baumstamm. Seine Augen waren groß und dunkel, und er hatte die sinnlichsten Lippen, die Sidda je bei einem Mann gesehen hatte. Er trug ein Hemd mit aufgerollten Ärmeln und Khaki-Hosen, und er schien glücklich und ganz in seine Musik vertieft. Links von ihm wuchs aus dem Stamm ein niedriger Ast, wie das bei den alten immergrünen Eichen in den Südstaaten oft der Fall ist. Auf dem Ast saß die sechzehnjährige Vivi. Sie trug eine Folklorebluse, einen weiten Rock und Sandalen. Statt den Geigenspieler anzusehen, hatte sie den Kopf ein wenig zur Seite und nach unten geneigt. Sie hielt die Augen geschlossen und lächelte, ganz der Musik hingegeben. Wer auch immer dieses Foto gemacht hatte, hatte einen sehr intimen Moment eingefangen, und

Sidda war es fast, als hätte sie um Erlaubnis bitten müssen, sich dieses Bild anzusehen.

»Nein, das ist nicht mein Vater, das ist Jack Whitman. Mein Vater hat nie Geige gespielt.«

»Glaubst du nicht auch, er hat eine verblüffende Ähnlichkeit mit –«, da wurde Wade von May unterbrochen.

»Ich weiß nicht, wer dieses Foto aufgenommen hat, aber man merkt, daß er seine beiden Objekte geliebt haben muß.«

Sidda sah erst May, dann das Bild an. Sie wünschte, sie könnte sich in die Zeit zurückversetzen, könnte unsichtbar neben der jungen Frau auf dem Bild schweben, könnte der Musik lauschen und miterleben, wie ihre Mutter anfing, die Liebe zu entdecken.

Trotz Siddas Einladung, im Holzhaus zu übernachten, brachen Wade und May nach dem Abendessen auf, weil sie leider bereits im Kalaloch Resort an der Küste Zimmer reserviert hatten. Sidda begleitete sie zu Mays Oldtimer Mustang Cabriolet, und die zwei Frauen umarmten sich.

»Paß auf dich auf in der ehemaligen Tschechischen Republik«, sagte Sidda.

»Und in Griechenland und in der Türkei und wo immer sie sich niederzulassen gedenkt«, fügte Wade hinzu.

»Deine Mutter kann ja nicht ewig wütend auf dich sein, Sid«, meinte May. »Mein Gott, ich wünschte, sie würde sich das Stück einfach *ansehen.* Laß ein Hintertürchen offen, Mädchen. Solange ihr beide noch atmet, besteht noch eine Chance.«

»Danke, May.«

»Paß du auf dich auf«, sagte May. »Schicke ein Fax mit eventuellen Ideen zu *Frauen* – siehst du, darüber haben wir uns überhaupt nicht unterhalten! – an Jeremy. Er weiß, wo ich zu erreichen bin.«

Wade umarmte Sidda. »Tut mir leid, daß ich so ein Biest war. Aber ich möchte alle meine Kinder glücklich sehen. Und Connor McGill ist so ein geiler – Entschuldigung! Ich wollte sagen genialer Bühnenbildner.«

»Hab dich lieb, Wadey.«

»Hab dich lieb, Siddkins.«

Sidda war überrascht, wie traurig sie darüber war, daß ihre Freunde wegfuhren. Wenigstens hatte sie noch Hueylene zu ihrer Gesellschaft. Es war die erste Nacht seit ihrer Ankunft, in der es warm genug war, um bei offenem Fenster und nur mit einem T-Shirt bekleidet zu schlafen. Sie ließ sich ins Bett fallen, zog die Decke hoch und konnte es nicht erwarten, Connors Brief zu öffnen.

Er hatte ihren Namen wunderschön geschrieben, aber erst jetzt fiel ihr auf, daß er in die Buchstaben kleine Blumen hineingemalt hatte. Mit feiner Feder hatte er Wickenblüten in die »d's« ihres Namens gezeichnet. Er war ein Wesen aus einer anderen Zeit. Als sie das Kuvert öffnete, fand sie darin den Samenkatalog einer Firma, die sich »Ihre Fachgärtnerei für Wickensorten, Birdbrook, Halstead, Essex« nannte. Die Ecke einer Seite war umgeknickt, und als Sidda den Katalog an der Stelle öffnete, sah sie, daß folgender Artikel markiert war:

»LIEBESFREUD. Eine der wertvollsten Edelwicken der letzten Jahre; robuste Spitzensorte. Starkwüchsig und überaus gesund. Ein herrliches Farbenspiel in leuchtendem, reinem Lachsrosa, überhaucht mit schimmerndem Orange. Nicht verblassend, äußerst wetterfest. Empfehlenswert sowohl zur Zierde als auch zum Schnitt. Liebhabersorte mit ausgewogenen Blüten auf langen, anmutig gebogenen Stielen (wohlriechend).«

In dem Katalog steckte ein einziger Bogen Papier, auf den Connor geschrieben hatte: »Klingt nach Dir.«

Sidda schloß die Augen und lehnte sich in ihre Kissen zurück, überrascht, wie sehr der Brief sie erregte. Connor wußte einfach, wie man an sie herankam. Sie sah den unglaublichen Dachgarten vor sich, den Connor in seinem Loft in Tribeca angelegt hatte. Sie wußte noch genau, wie sie ihn dort zum ersten Mal besucht hatte. Es war an einem Sonntag vormittag im Februar 1987 gewesen. Im Ofen knisterten die Holzscheite, und an einer rohen Ziegelwand hing ein handgenähter Quilt. Zum Brunch gab es Austern und eiskaltes Bier. Und dann war plötzlich ein Ruck durch ihren Körper gegangen, als sie sich eingestanden hatte, daß sie sich niemals zuvor auf der Insel Manhattan so zu Hause gefühlt hatte.

Sie knipste das Licht aus und schob den Samenkatalog unter das Kopfkissen. Vielleicht wuchs in der Nacht daraus ein riesiger Stengel hervor, an dem sie aus ihrer Unentschlossenheit herausklettern konnte. Sie *mußte* einfach herausfinden, was sie tun sollte.

Aber als sie in der Dunkelheit zur Ruhe kommen wollte, ließen sich zu ihren Füßen ihre Engel nieder. *Zuerst,* flüsterten sie, mußt du dein orange überhauchtes Lachsrosa lieben; laß es leuchten in schimmernder Reinheit. Und Sidda berührte sich. Sie berührte ihre Blüte, bis sie sich, aus reiner Liebe zu sich selbst, entfaltete und vibrierte. Dann schlief sie ein.

13

May hatte recht: Die Person, die das Foto von Vivi und Jack geknipst hatte, damals im Jahr 1942, hatte sie in der Tat geliebt. Genevieve St. Clair Whitman bannte die beiden aufs Bild, ohne die zwei jungen Menschen zu stören. Sie drückte schnell und entschlossen ab und schickte beim Weiterspulen ein Stoßgebet zum Himmel für ihren Sohn und für Vivi Abbott. Sie hegte keinerlei Zweifel daran, daß die zwei jungen Leute füreinander bestimmt waren. Sie hatte das niemals in Frage gestellt, seit sie die beiden einmal im Jahr 1938 beobachtet hatte, wie sie zusammen auf einer Schaukel saßen, Hand in Hand, schweigend, ganz dem sanften Rhythmus der Schaukel hingegeben. Sie wußte, ihr Sohn war mit unerschöpflicher Zärtlichkeit ausgestattet, die in der Welt ihres Mannes eher als Fluch galt. Genevieve hielt Vivi, mehr als jedes andere Mädchen, wegen ihrer Stärke und Lebensfreude für auserwählt, Jacks Zärtlichkeit anzunehmen und sich daran zu erfreuen. Genevieve zweifelte nie an ihrer Intuition, und so akzeptierte sie die Sache mit Jack und Vivi als Tatsache und stellte sich ihnen nicht in den Weg.

Nun, hin und wieder mußte sie schon wachsam sein. Vivi hielt sich ständig in ihrem Haus auf, aber Genevieve brachte es fertig, ihre Aufsicht diskret, mit leichter Hand, zu führen. Sie vertraute den beiden, aber gleichzeitig richtete sie es so ein, daß sie zur rechten Zeit abgelenkt waren. Beide waren ja so beschäftigt – Jack mit Basketball und Leichtathletik, Vivi mit Tennis und Cheerleading und der Schülerzeitung –, so daß sie sich gewöhnlich keine Sorgen machte. Wenn sie betete, dankte sie der Heiligen Jungfrau dafür, daß sie ihren Sohn bereits so früh im Leben die Liebe erfahren ließ.

Sidda konnte das nicht wissen. Als sie am nächsten Abend das Album erneut hervorholte, mußte sie das Foto wieder ansehen, weil der Ausdruck auf dem Gesicht ihrer Mutter sie faszinierte. Sidda konnte ja nicht wissen, wie es gewesen war, an jenem Herbstnachmittag Anfang der vierziger Jahre am Bayou Saint Jacques, Genevieves Heimat. Sie wußte nichts von dem pikanten Aroma des *cochon de lait*, hatte nicht gesehen, wie dieses Schwein am Spieß über einer niedrigen Glut gebraten wurde, wie in großen Wasserkesseln Maiskolben gekocht wurden. Sie hatte die unverhüllte Freude nicht erlebt von Genevieves und Jacks und Teensys *cousins* und *cousines, tantes* und *oncles*, und all der anderen Cajuns, jenen Nachfahren der aus Akadien eingewanderten französischen Siedler, damals, an diesem Samstag abend, vor mehr als einem halben Jahrhundert: die frische, herbstliche Luft; das ungezwungene, scherzende Geplauder; die kleinen Mädchen, die mit ihren Großvätern tanzten; die größeren, die Genevieves und Teensys dunklen Teint hatten, in ihren weiten Röcken und Blusen; die Allgegenwart des Bayous; das Gefühl der feuchten, mit Wasser getränkten Erde Louisianas; die Sprache dieser Menschen, die bei der bloßen Erwähnung, Genevieve käme mit ihren beiden Kindern zu Besuch, ein *fais do-do* inszenierten.

Immer wenn Vivi mit den Whitmans das Bayou besuchte, hatte sie dieses Gefühl, entkommen zu sein, eine andere Welt betreten zu haben. Und sie hatte schreckliche Angst, jemand könnte ihr diese Freude anmerken und sie ihr wegnehmen.

An jenem Tag am Bayou beugte Vivi den Kopf zurück, als Jack sie sanft auf den Hals küßte, während sie zu »Little Black Eyes« Walzer tanzten.

»Ich werde dich immer lieben, Vivi«, sagte er. »Es gibt nichts, was du tun könntest, um mich davon abzuhalten.«

Diese Worte fuhren Vivi in die Knochen und ins Blut und in die Muskeln, ihr Körper entspannte sich, und als ihre Füße den

Boden das nächste Mal berührten, fühlte sich die Erde anders an, als hätte sie Wurzeln geschlagen, die weit hinunterreichten, bis sie sich in etwas verankerten, das zärtlich und rein war.

An jenem Spätnachmittag im Jahr 1941 hatte Vivi zum ersten Mal das Gefühl: *In mir steckt mehr Gutes als Schlechtes. Jack liebt mich. Er wird mich immer lieben.* Niemand, der Vivi zusah, wie sie sich lächelnd im Tanz drehte, hätte vermutet, daß die Liebe ihr soeben das verführerische Angebot gemacht hatte, auf sie zu bauen, und niemand merkte, mit welcher Verzweiflung sie sich darauf eingelassen hatte, wie unerschütterlich sie daran glaubte, daß Jack Whitman selbst ihr Fundament war.

Jacks Liebe konnte Vivi für alles entschädigen, was ihr selbst nicht gegeben worden war. Jedes Spiegelbild ihres Ichs, das nicht in den Augen ihrer Mutter reflektiert wurde, jede neugierige Frage, die ihr Vater unterlassen hatte zu stellen, jede Heimsuchung des Lederriemens auf ihrer hellen Haut konnte damit wiedergutgemacht werden. An diesem Nachmittag, als Vivi sich mit schwingendem Rock und wehenden Haaren im Tanze drehte, dachte sie über diese Versprechen nicht nach, aber sie krümmten und ringelten sich in ihrem Herzen und bissen sich schließlich daran fest.

Wer Vivi ansah, bemerkte wohl kaum die tektonische Verschiebung, die an diesem Nachmittag in ihrem Inneren stattfand. Aber sie würde verwundbarer daraus hervorgehen, als ihr lieb sein konnte. Unzählige Risse und Sprünge würden entstehen, die möglicherweise so tief waren, daß sie sie weitervererbte, wie braune Augen etwa oder eine mathematische Begabung.

Aber Siddalee konnte das alles natürlich nicht wissen. Sie konnte nur das Bild ansehen und sich tausend Fragen stellen.

Sie legte das Album beiseite, nahm Briefpapier und schrieb an Connor:

Mein unvergleichlicher Connor,

wie Du weißt, bin ich keine Gärtnerin, aber der Duft dieser Wicken strömte durch meine Träume. Im Schlaf bereitete ich den Boden vor (Du weißt, daß ich nicht weiß, wie man das macht) und stieß andauernd auf dichtes, verfilz-

tes Wurzelwerk. Es gefiel mir nicht, daß meine Hände schmutzig wurden (das wird Dich kaum überraschen), aber dennoch entwirrte ich die Wurzeln und schüttelte die Erde von ihnen ab. Normalerweise ist mir so etwas zu mühsam, doch diesmal tat ich es gern, denn ich konnte die ganze Zeit den Duft der Wicken riechen.
Wie kommt es, daß Du so genau weißt, wie Du mich in Entzücken versetzen kannst?
May und Wade brachten mich zum Lachen. Sie haben mir darüber hinaus die Augen geöffnet für meine eher peinliche Tendenz, Mist zu bauen.

Sidda

P. S. Junge, Junge, Ihr Gärtner wißt schon, wie man Blumen sprechen läßt. Du hältst mich ganz schön in Atem, Du…

14

Die zerknitterte Seite sah aus, als hätte sie jemand aus einem Ringbuch gerissen. Darauf stand zu lesen:

MISS ALMA ANSELLS INSTITUT FÜR
CHARME UND SCHÖNHEIT
KURS: WIE WERDE ICH CHARMANT UND ATTRAKTIV
WINTERHALBJAHR 1940

LEKTION 4: WEINEN VERBOTEN!

Tränen sind sehr von Nachteil. Niemand findet trübe, matte, müde Augen ohne Glanz und Feuer, die noch dazu eingebettet sind in geschwollene Lider und Tränensäcke, attraktiv. Die Herren der Schöpfung wollen strahlende, lebendige, leuchtende Augen sehen, die nicht durch dunkle Ringe, Kummer oder Traurigkeit verunstaltet sind. Sollten Sie es dennoch einmal für unerläßlich halten zu weinen, dann baden Sie bitte gleich anschließend Ihre Augen in Borwasser, und daraufhin legen Sie Kompressen aus Baumwolle auf, die mit einer Lösung aus lauwarmem Wasser und Rosenblütenauszug getränkt sind. Sodann nehmen Sie ein wenig regenerierende vitaminhaltige Creme und klopfen Sie diese mit den Fingerspitzen ganz behutsam in die Haut rund ums Auge ein. Hierauf gönnen Sie sich ein entspannendes Bad, gefolgt von einem kurzen Schläfchen, wobei Sie die Augen mit Kompressen bedecken, die mit einer Lösung aus halb Eiswasser, halb Hamameliswasser getränkt sind. Lassen Sie diese Pads zwanzig Minuten einwirken, und denken Sie immer daran: *Ausreichend Schlaf ist unerläßlich, und es ist von entscheidender Bedeutung,* NIEMALS ZU WEINEN. Als Frau müssen Sie ohnehin genügend Hindernisse überwinden, bis Sie den Mann fürs Leben gefunden haben. Tränen sind dabei wahrlich keine Hilfe.

Sidda wußte nicht, ob sie lachen oder weinen sollte. Sie lag auf dem Sofa, unter einem Ventilator, blickte auf den See hinaus und aß von einem Teller, den sie auf ihrem Bauch abgestellt hatte, in Spalten geschnittene Jonagold-Äpfel und Häppchen von Stilton-Käse. All die Jahre hatte sie geglaubt, ihre Mutter hätte den Namen »Miss Alma Arschgeige« frei erfunden, aber sicherlich war sie dazu von dieser Miss Alma Ansell und ihrem Institut für Charme und Schönheit inspiriert worden.

Winterhalbjahr 1940. Mama war damals vierzehn Jahre alt gewesen. Kurz nachdem die Clique die Premiere von *Vom Winde verweht* gesehen hatte. Interessant.

Tränen sind sehr von Nachteil.

Obwohl Sidda nicht gern aus der Bibel zitierte, gab es eine Stelle bei Lukas, die ihr immer schon gefallen hatte: »Selig seid ihr, die ihr jetzt weint, denn ihr werdet lachen.« Sidda fand das Zitat wunderschön, seine Leichtigkeit beeindruckte sie. Lukas, oder wem immer es tatsächlich zuzuschreiben war, hatte weder Wohlergehen noch Errettung verheißen. Aber er garantierte, daß man, wenn man weinen mußte, früher oder später wieder lachte.

Sie legte Miss Almas Lektion in das Album zurück und ließ ihren Gedanken freien Lauf. Wie sie so dalag auf dem Sofa in der Hütte am See, dem Ort, wo sie zu einer Entscheidung über ihr zukünftiges Leben kommen wollte, dachte Sidda über Tränen nach.

Sidda erinnerte sich an den Tag, an dem Lizzie Mitchell in ihr Leben getreten war, an einem Spätsommernachmittag des Jahres 1961. Vivi hatte seit fast vierzehn Tagen ihr Zimmer nicht verlassen. Sidda war erleichtert darüber, daß ihre Mutter wenigstens wieder zu Hause war nach dieser langen, unerklärlichen Abwesenheit, in der sich alle furchtbar verloren und verstört vorgekommen waren.

Eine goldene Nachmittagssonne lag auf den Feldern, auf denen Chaney und Shep und eine ganze Schar weiterer Arbeiter Baumwolle ernteten. Die Luft war warm und kühl zugleich. Unter normalen Umständen hätte Sidda an so einem Nachmittag im Garten Pekannüsse gepflückt, dem Hund vorgesungen oder davon geträumt, Missionarin in Afrika oder Schauspielerin an einer Londoner Bühne zu werden. So aber war sie drinnen im Haus, saß auf dem Fußboden vor Vivis Schlafzimmer mit einem Buch auf dem Schoß und spitzte die Ohren für irgendwelche Geräusche oder Bitten, die eventuell aus diesem Zimmer zu hören waren. Schon seit Wochen ging das so, es war ihre Aufgabe.

Lizzie Mitchell fuhr in einem schwarzen 1949er Ford, dessen Fenster auf der Beifahrerseite einen Sprung hatte, die Auffahrt von Pecan Grove hinauf. Als Sidda die Türglocke hörte, sprang sie von ihrem Posten vor Vivis Zimmer auf und rannte zur Haustür. Vivi wollte keinen Menschen sehen, und Sidda hielt Wache. Nur die Ya-Yas durften zu Vivi, und manchmal konnte Vivi nicht einmal sie ertragen.

Vor Sidda stand Lizzie Mitchell in einem blauen Hemdblusenkleid mit einem grauen Pullover, den sie über die Schultern geschlungen hatte. Sie war erschreckend mager, hatte traurige blaue Augen und wirkte auf eine zerbrechliche Art schön. Ihr Gesicht, ja ihr ganzer Körper machten einen erschöpften Eindruck. Sie war Anfang Zwanzig, hatte einen makellosen Teint, aber ihre Zähne waren schlecht, und – selbst Sidda fiel es auf – ihr Lippenstift hatte die falsche Farbe. In der Hand hielt sie einen Koffer, und Sidda meinte erst, sie sei auf der Durchreise und erkundigte sich nach dem Weg.

Sobald sie Sidda sah, zauberte sie ein kleines, gezwungen wirkendes Lächeln in ihr Gesicht und sagte: »Guten Tag, ist die Dame des Hauses zu sprechen?«

Sidda starrte die Frau an. Schließlich antwortete sie: »Ja, meine Mutter ist zu Hause, aber sie ist beschäftigt.«

»Würdest du ihr bitte ausrichten, daß eine Vertreterin der Firma für die fortschrittlichsten Kosmetikprodukte, die derzeit im Handel erhältlich sind, sie gerne sprechen würde?«

»Einen Augenblick, bitte«, erwiderte Sidda und ließ die Frau vor dem Haus warten.

Sachte klopfte sie an Vivis Tür.

»Mama?« flüsterte sie. »Schläfst du?«

Als sie keine Antwort bekam, öffnete sie die Tür und ging hinein. Vivi lag zusammengerollt auf dem Bett. Das Tablett mit dem Snickers-Riegel, dem Club-Sandwich und dem Cola, das Sidda für Vivi nach der Schule auf das Fernsehtischchen gestellt hatte, war nicht angerührt worden.

»Mama, da will dich eine Frau sprechen.«

»Ich möchte niemanden sehen«, antwortete Vivi und rührte sich nicht. »Wer ist es denn überhaupt?«

»Es ist eine Vertreterin der Firma für die fortschrittlichsten Kosmetikprodukte, die derzeit im Handel erhältlich sind.«

»Was?«

»Das hat sie gesagt. Und sie hat einen Koffer dabei.«

Langsam richtete Vivi sich auf und schob sich ihr altes Daunenkissen in den Nacken.

»Sie will mir wahrscheinlich bloß was verkaufen. Kannst du sie nicht abwimmeln?«

Sidda sah ihre Mutter an. Sie war immer noch so blaß wie nach ihrer Heimkehr. Die meiste Zeit hatte sie nur ihr Nachthemd an. Nicht einmal einen ihrer sagenhaften Hüte hatte sie in der letzten Zeit getragen, weil sie kaum das Haus verließ.

»Nein, Madam, ich kann sie nicht wegschicken.«

»Warum nicht?«

Sidda überlegte. Sie sah auf den Einband ihres Buchs hinunter.

»Weil ihr Lippenstift die falsche Farbe hat.«

»Sie verkauft Kosmetik und trägt den falschen Lippenstift?«

»Ich glaub, du solltest mit ihr reden, Mama.«

»Na gut, laß sie für einen Moment reinkommen.«

Als Vivi in die Küche kam, saß Lizzie Mitchell mit Sidda an der Eßtheke. Kaum hatte Vivi den Raum betreten, als Sidda auch schon von ihrem Hocker aufsprang.

»Guten Tag«, sagte Lizzie. »Sind Sie die Dame des Hauses?«
Vivi hatte sich ihren grüngestreiften seidenen Morgenmantel übergezogen und stand barfuß da. Sie stützte sich an der Theke auf, als ob sie Halt brauchte.

»Kann ich was für Sie tun?« fragte Vivi.

»Ja, Madam«, antwortete Lizzie zaghaft. Ihre Augen starrten einen Moment ins Leere, dann griff sie in die Tasche ihres Kleids und zog einige Blättchen Papier heraus, auf die ein paar Notizen gekritzelt waren. Alsdann begann Lizzie ihre Werbesprüche herunterzurasseln, wobei sie vergeblich die Tatsache zu verbergen suchte, daß sie sie von den Notizblättern ablas.

»Ich bin gekommen«, begann sie mit erschrockenem Stimmchen, »um Ihnen die einmalige Gelegenheit anzubieten, die exklusivste Kosmetikserie kennenzulernen, die je für die Haut einer Frau entwickelt wurde. Die Produkte von *Beautiere* sind das Elite aller Kosmetikprodukte, und sie sind gedacht für die anspruchsvolle Dame, die größten Wert auf ihr Äußeres legt.«

»*Die* Elite«, sagte Vivi.

»Ja, Madam«, wiederholte Lizzie, und ihre Hände zitterten, »sie sind das Elite.«

»Grammatikalisch korrekt müßte es heißen *die* Elite«, erklärte Vivi automatisch.

»Wie bitte?« fragte Lizzie mit bebender Stimme. Die gesamten Notizblätter fielen ihr aus der Hand und landeten auf dem Küchenboden. Verlegen bückte sie sich, um sie aufzuheben. Da bemerkte Sidda, daß sie sich nur schwer wieder aufrichten konnte. Als ihr Kopf schließlich wieder oben war, rollten ihr Tränen über die Wangen.

Sidda hätte sie am liebsten geohrfeigt. Das hatte gerade noch gefehlt, daß diese Frau ihre Mutter aufregte. In der letzten Woche erst war Vivi im Supermarkt fast umgekippt, und Sidda hatte Caro anrufen und sie bitten müssen, sie abzuholen. Vivis Bewegungen waren schwerfällig, als ob sie gerade eine ernste Grippe durchmachte, sie wirkte müde und unsicher, sie rationierte ihre Kräfte, anstatt, wie früher, verschwenderisch mit ihnen umzugehen. Sowohl ihr Vater als auch ihre Großmutter hatten Sidda ans Herz gelegt, daß es an ihr, der Ältesten, läge, alles, was ihre Mutter aufregen könnte, von ihr fernzuhalten.

Mit Überraschung nahm Sidda nun zur Kenntnis, wie ihre Mutter die Frau sachte am Ellbogen berührte.

»Bitte, entschuldigen Sie, wenn ich unhöflich war. Ich bin Vivi Abbott Walker, und das ist meine älteste Tochter Siddalee. Nehmen Sie doch bitte Platz.«

Die Frau setzte sich wieder an die Küchentheke, ohne Vivi in die Augen sehen zu können.

»Wie wär's mit einem Täßchen Kaffee? Ich persönlich rühre keinen Kaffee mehr an nach zehn Uhr morgens. Ich denke, ich nehme einen leichten Cocktail. Möchten Sie auch einen? Etwas Leichtes?«

Lizzie konnte nicht aufhören zu weinen und schluchzte: »Kaffee, bitte, wenn es nicht zu viele Umstände macht.«

»Überhaupt nicht«, antwortete Vivi. Sie holte Eiswürfel aus dem Gefrierfach.

»Sidda-Schatz, wärst du so lieb und würdest Kaffee machen?«

»Ja, Madam«, antwortete Sidda, erleichtert darüber, daß ihr nun eine Aufgabe zugewiesen war.

Vivi füllte die Eiswürfel in einen Behälter aus Kristall, dann gab sie ein paar davon in ihr Glas. In das Glas goß sie Orangensaft und ein halbes Schnapsglas Wodka.

Sidda setzte Wasser auf und gab eine abgemessene Menge stark gerösteten Spezialkaffees in den Filteraufsatz der Chemex-Kaffeekanne. Sie gab sich Mühe, nicht auf die bloßen Füße ihrer Mutter zu sehen. Der Nagellack war abgesplittert, so etwas wäre in normalen Zeiten bei Vivi niemals vorgekommen.

»Entschuldigen Sie bitte, aber ich habe Ihren Namen nicht verstanden«, sagte Vivi.

»O nein, entschuldigen Sie bitte«, sagte Lizzie und bedeckte ihr Gesicht mit den Händen. »Das erste, was man tun muß, ist, sich der Kundin vorzustellen.«

»Nun, versuchen wir's mal«, meinte Vivi und rührte in ihrem Drink. Sidda bemerkte, wie ihre Hände immer noch zitterten. Vivi holte aus der Tasche ihres Morgenmantels eine riesige Vitamin-B-12-Tablette und schluckte sie.

Die Frau nahm die Hände vom Gesicht und sagte leise: »Erlauben Sie, daß ich mich vorstelle. Mein Name ist Lizzie Mitchell, und ich bin Ihre *Beautiere*-Kosmetikberaterin.«

»Angenehm, Lizzie Mitchell«, erwiderte Vivi und nahm neben der Frau Platz.

»Ich bin sehr erfreut, Sie kennenzulernen, Mrs. Walker. Dich auch, Siddalee.«

»Nehmen Sie Sahne und Zucker?« fragte Sidda.

»Ja, bitte. Wenn es nicht zu viele Umstände macht.«

Sidda wollte eben die großen blauen Keramiktassen aus dem Schrank holen, als Vivi meinte: »Schätzchen, warum nehmen wir nicht das Porzellan?«

Sidda goß Kaffee in eine Porzellantasse und stellte sie auf die Theke nebst Zucker, Sahne und einem kleinen Löffel. Dann machte sie in einem Töpfchen etwas Milch warm und bereitete für sich einen Milchkaffee zu. Sie kletterte auf einen Stuhl und holte aus einem der oberen Schränke eine Packung Oreos, die sie dort vor den anderen Kindern versteckt hatte. Sie legte die Plätzchen auf einen Teller und setzte sich dann zu der Frau an die Theke.

»Sagen Sie, Mrs. Mitchell, wie sind Sie denn Kosmetikberaterin geworden?« fragte Vivi.

Lizzie Mitchell, die eben ihre Kaffeetasse zum Mund führte, stellte sie wieder auf die Untertasse zurück. Sie wollte antworten, aber statt dessen mußte sie erneut weinen.

»Es tut mir leid«, schluchzte sie. »Ich habe mit dem Verkaufen eben erst angefangen. Sam – das ist mein Mann –, Sam ist vor vier Monaten gestorben. Bei einem Unfall im Sägewerk von Tullos. Habe zwei kleine Jungen und keine Versicherung.«

Lizzie Mitchell starrte ihre Tasse an und kämpfte mit den Tränen. Anscheinend war sie über sich selbst erschrocken, daß sie Vivi gegenüber einfach damit herausgeplatzt war. Als wollte sie sich in einem letzten Versuch als respektable Kosmetikberaterin etablieren, spähte sie wieder auf ihre Notizen und begann aufs neue mit ihrer einstudierten Verkaufsmasche.

»Es ist mir eine besondere Ehre, Ihnen die *Beautiere*-Kosmetik vorstellen zu dürfen. Wenn ich nicht hundertprozentig von ihrer Qualität überzeugt wäre, würde ich sie nicht verkaufen. Nun, falls –«

»O mein Gott«, unterbrach Mama sie, »was haben Sie durchgemacht! Wie alt sind Ihre Jungen?«

»Sam Junior ist vier, und mein Jed wird jetzt drei.«

Sidda betrachtete Vivis Finger, die das Glas umklammerten. Es war ihr peinlich, daß die Nägel ihrer Mutter so vernachlässigt waren. Vivis Hände, Fingernägel, alles an ihr, war immer so gepflegt, so schön anzuschauen gewesen. Sidda konnte nicht verstehen, was mit ihrer Mutter geschehen war.

»Mama«, fragte Sidda, »möchtest du ein Plätzchen?«

»Nein danke, Schatz.«

Dann richtete Vivi ihren Blick auf Lizzie und fragte: »Wo sind Ihre Jungen denn jetzt? Wer paßt auf sie auf?«

»Sie sind bei meiner Schwägerin Bobbie. Ihre Freundin Lurleen hat mich auf die *Beautiere*-Kosmetik gebracht. Lurleen hat ein eigenes Konto, und es hat ihr so gut gegangen mit dem Verkaufen, daß sie ihr den Rosa Chrysler als Prämie gegeben haben.«

»Es *ist* ihr so gut gegangen«, sagte Sidda.

Vivi sah zu ihr hinüber und schüttelte den Kopf.

»Ja, Madam, Lurleen hat es wirklich gutgegangen.«

»Aha«, meinte Vivi.

»Die stellen rosa Chrysler her?« fragte Sidda.

»Die Leute von *Beautiere* tun die Autos besorgen, und dann lassen sie sie für die besten Vertreterinnen rosa lackieren. *Beautiere* ist die Kosmetikserie mit dem höchsten wissenschaftlichen Anspruch.«

Lizzie nahm einen Schluck von ihrem Kaffee.

»Wissenschaftlich«, wiederholte Vivi und nahm einen Schluck von ihrem Drink.

»O ja, Madam, in der heutigen Zeit muß man wissenschaftlich sein.«

Dann richtete sich Lizzie kerzengerade auf, als hätte ihr der Kaffee neue Lebensgeister verliehen. Sidda bemerkte die Notizen im linken Ärmel ihres Kleids. Lizzie strengte sich an, so natürlich wie möglich zu erscheinen, und fing abermals an, ihren Werbetext herunterzuleiern.

»Die *Beautiere*-Serie ist viel preiswerter als wie die *Avon*-Produkte, aber Tausende von Frauen in Mississippi, Arkansas – und jetzt auch in Louisiana – tun sich mittlerweile von der hohen Qualität unserer kosmetischen Präparate überzeugen lassen«, fuhr Lizzie Mitchell fort, als wäre sie ein zitterndes Aufziehpüppchen.

Vivi zündete sich eine Zigarette an. Sidda rutschte von ihrem Stuhl und holte einen Aschenbecher. Dann, als sie wieder auf ihrem Platz saß, beobachtete Sidda abwechselnd Lizzie Mitchell und ihre Mutter. Es war schon sehr lange her, daß Vivi so starkes Interesse an einer anderen Person gezeigt hatte.

»Madam«, plapperte Lizzie, »wenn Sie mir nur fünf Minuten Ihrer kostbaren Zeit zur Verfügung stellen, kann ich Ihnen einige der fortschrittlichsten, wissenschaftlich fundiertesten Kosmetikprodukte vorstellen, die derzeit im Handel sind, und ich verspreche Ihnen, Sie werden es nicht bereuen.«

Lizzie Mitchell zögerte einen Moment, dann griff sie hinunter zu ihrem Koffer mit den Pröbchen. Der Koffer sah wie ein gewöhnlicher kleiner Reisekoffer aus, aber auf dem Deckel waren die Konturen zweier Frauen im Profil, die sich ansahen, in Pepto-Bismol-Pink abgebildet. Sie schob ihre Tasse beiseite, legte den Koffer auf die Theke, betätigte die Schnappverschlüsse, und der Deckel sprang auf. Dann plötzlich, als habe sie in seinem Inneren etwas Schreckliches gesehen, etwas, das man vor aller Augen verbergen müsse, ließ sie den Kopf hängen und begann hemmungslos zu weinen. Ihre knochigen Schultern bebten, und ihr Weinen klang fast wie das eines Hündchens.

Langsam legte Vivi ihre Zigarette in den Aschenbecher. Sie beugte sich zu der Frau hinüber, umfaßte behutsam mit einer Hand ihr Kinn und hob es ganz sanft hoch.

»Mädchen, was ist denn?«

Lizzie Mitchell sah zu Vivi auf. »Es ist wegen meinem Ältesten«, sagte sie kaum hörbar. »Sam Junior. Er nimmt es am schwersten. Er möchte die ganze Zeit in meiner Nähe bleiben, er hält's nicht aus, wenn ich weggeh.«

Sidda sah, wie ihre Mutter die Augen schloß und zuhörte.

»Als ich ihn heute nachmittag bei Bobbie gelassen habe, da hat er gebrüllt und geschrien, hat sich an meine Beine geklammert und wollte nicht loslassen. Den ganzen Weg zur Tür tat er so an mir dranhängen. Ich und Bobbie, wir haben ihn wegreißen müssen, weil ich doch auf meine Verkaufstour mußte.«

Einem Impuls folgend zerknüllte Lizzie Mitchell ihre *Beau-*

tiere-Notizen zu einem Ball, damit sie sie nicht länger ansehen mußte.

»Er denkt, Sie gehen fort und kommen nie, nie mehr zurück, wie sein Daddy«, sagte Vivi sanft.

Lizzie Mitchell nickte. »Ja, deswegen. Mein Sam ist halt einer von den Sensiblen.«

Dann holte Lizzie tief Luft, und ein Zittern lief durch ihren Körper.

»Ich weiß, was das heißt«, flüsterte Vivi. Mittlerweile weinte auch sie.

Ebenso Sidda, aber weniger wegen Sam Junior.

Vivi wischte sich die Tränen mit der Hand weg und sagte: »Sidda-Goldstück, schau mal, ob du ein paar Kleenex für uns findest.«

Als Sidda in die Küche zurückkam, preßte Vivi ihre Handflächen gegen die Backen, und es sah aus, als versuche sie ihr Gesicht zusammenzuhalten. Sidda hielt die Schachtel mit den Kleenex-Tüchern Lizzie hin. Obwohl das Gesicht dieser Frau tränenüberströmt war, nahm sie nur ein einziges, als hielte sie es für unhöflich, mehr zu nehmen.

»Sie können so viele nehmen, wie Sie brauchen«, sagte Sidda. »Wir haben jede Menge.«

»Danke.« Sie zog noch ein paar weitere aus der Schachtel und trocknete sich die Augen.

Dann bot Sidda ihrer Mutter die Kleenex-Tücher an, und Vivi nahm sich eine Handvoll.

Sie wischte sich über die Augen, ihre Wimperntusche war völlig verschmiert. Obwohl sie sich seit ihrer Heimkehr hatte gehenlassen, vergaß sie nie, Wimperntusche und ihren hellbraunen Augenbrauenstift zu verwenden. Ohne Make-up waren ihre blonden Wimpern so hell, daß sie, wie sie behauptete, wie ein Albino aussah.

Vivi betrachtete stirnrunzelnd ihre verschmierten Papiertücher. Dann verglich sie sie mit denen, die Lizzie gebraucht hatte.

»Schaut mal! Schaut euch das mal an!«

Lizzie Mitchell und Sidda starrten auf die Tücher, die Vivi zum Beweis hochhielt.

»Jedes Strichelchen Make-up, das ich heute morgen aufgelegt habe, befindet sich auf diesem Tuch. Ich sag nur: billig! Die ganze sündteure Wimperntusche ist auf diesem Kleenex gelandet. Und ich sehe nun aus wie ein haarloser Hund! Und das ist mir nicht zum ersten Mal passiert, das sag ich euch.«

Sie zeigte auf ihre Augen, und wirklich schienen ihre Wimpern und Brauen regelrecht verschwunden zu sein.

»Man sollte es verbieten, daß man Augen-Make-up verkaufen darf, das bei der geringsten Beanspruchung abgeht.«

Vivi holte eine weitere Lucky Strike aus der Packung. Sie klopfte damit mehrere Male auf den Tisch. Sie ließ sich mit dem Anzünden Zeit, betrachtete das Feuerzeug aus Sterlingsilber auf dem Tisch, als sähe sie es heute zum ersten Mal.

»Sie führen in Ihrem Sortiment nicht zufällig eine Wimperntusche?«

Lizzie musterte ihr zusammengeknülltes Kleenex. Es war feucht von ihren Tränen, aber ansonsten war nicht die geringste Spur von Mascara zu sehen. Sidda beobachtete sie, wie sie aus ihrer Tasche eine billige Puderdose aus Plastik zog. Sie klappte sie auf und betrachtete aufmerksam ihr Gesicht im Spiegel.

Als sie aufsah, ließ ihr Blick Sidda an ein riesiges Tor denken, dessen Flügel sich soeben weit öffneten. Sidda neigte den Kopf ein wenig, ihre Lippen öffneten sich einen Spalt, und sie dachte: Meine Mutter ist ein guter Mensch.

Lizzie klappte ihre Puderdose wieder zu, holte tief Luft und öffnete erneut ihren Musterkoffer. Sie zog ihren Stuhl näher zu Vivi heran, und als sie zu sprechen anfing, klang es, als wäre sie geradewegs zu neuem Leben erwacht.

»Ja, Madam, *Beautiere* führt in seinem Sortiment eine wunderbare Wimperntusche – *die* Elite, sozusagen. Wir nennen sie ›Zauberstab der Schönheit‹, Wand of Beauty. Es würde mich freuen, sie Ihnen vorführen zu dürfen. Sie bekommen sie zu einem äußerst günstigen Preis, wenn Sie die vorteilhafte Kombi-Geschenkpackung von *Beautiere* nehmen.«

Wenige Tage nach Lizzie Mitchells erstem Besuch fing Vivi plötzlich an, sich morgens wieder ganz normal anzukleiden. Nach etwa einer Woche war sie, obwohl sie immer noch ein wenig wackelig auf den Beinen war, zu einer kleinen Dinnergesellschaft bei Teensy zu bewegen. Wenn Sidda und die anderen Kinder nun nachmittags nach der Schule nach Hause kamen, fanden sie Vivi nicht länger in ihrem Bett bei verschlossener Tür vor. Statt dessen telefonierte sie mit Freundinnen und Bekannten und pries in höchsten Tönen die Kosmetikpräparate von *Beautiere* an, insbesondere die Wimperntusche mit dem Namen Wand of Beauty, der aus Vivis Mund so ähnlich wie ein Frauenname klang: Wanda Beauty.

An jenen Herbstnachmittagen saß Sidda gewöhnlich in der Küche und lauschte Vivis Telefongesprächen, da sie weiterhin ihre Mutter im Auge behalten wollte.

»Du mußt dir *unbedingt* von Lizzie Mitchell diese *Beautiere*-Kosmetik zeigen lassen. *Phantastisch,* sage ich dir. Du kannst damit duschen, schwimmen und dir einen traurigen Film anschauen. Du kannst heulen solange du willst, und trotzdem verwischt sie *kein bißchen.*«

Offensichtlich taten diese Worte Vivi gut, egal, wie oft sie sie auch immer wiederholte. Es war, als hätte sie eine Arznei für eine Krankheit gefunden.

Auf Vivis Einladung hin kam Lizzie nun zwei- bis dreimal in der Woche mit ihren zwei Jungen. Während die Kinder Krebse fingen oder mit Little Shep und Baylor auf den Shetlandponys ritten, feilte Vivi mit Lizzie an einer besseren Verkaufsstrategie.

»Lizzie-Schätzchen«, hörte Sidda, wie ihre Mutter Lizzie instruierte, »wenn du diese Jungs ernähren willst, dann mußt du aufhören ›nie nicht‹ zu sagen.«

Vivi half Lizzie dabei, ein peppiges Verkaufsgespräch einzustudieren, das nicht gekünstelt wirkte und Lizzie nicht mehr so dastehen ließ, als hätte sie es auswendig gelernt.

»Du machst das ganz toll«, sagte sie ihr immer wieder. »Jede deiner Kundinnen wird entzückt sein, wenn du vor der Tür stehst.«

Sidda und Lulu lachten sich schief, als sie die Namen der weiteren Kosmetikprodukte von Lizzie hörten. Estra-Glo war offensichtlich eine Hormoncreme mit einem hohen Anteil Östrogen. Skin Sublime war dekorativ verpackt in einer Dose in Lippenform. Das Haarshampoo von *Beautiere* hieß Hair Magic und roch ein bißchen wie Evening in Paris. Jede der Ya-Yas erstand Lizzies Kombi-Geschenkpackung – sie hätten es nicht gewagt, nein zu sagen. Aber die meisten Kundinnen für Lizzie fand Vivi unter den Farmersfrauen, die mit den Baumwollfarmern verheiratet waren, die dieselbe Entkörnungsanlage wie Siddas Vater benutzten.

Sidda und Lulu fanden es witzig, die *Beautiere*-Gesichtscreme »Lizzie Lotion« zu nennen, aber als Vivi das hörte, reagierte sie ziemlich sauer.

»Wagt es ja nicht, euch über diese junge Frau lustig zu machen. *Sie bemüht sich, etwas aus sich zu machen.*«

Mit jedem Besuch schien Vivi etwas von ihrer alten Energie wiederzubekommen. Mitte November hatte Caro sie bereits zu einem Tennismatch im Country Club überreden können. Sidda konnte dieses Phänomen zwar nicht beschreiben, aber anscheinend war die *Beautiere*-Kosmetik so etwas wie ein Rettungsanker. Sowohl für Lizzie Mitchell als auch für Siddas Mutter.

Eines Nachmittags kam Sidda nach Hause und sah Lizzies Wagen in der Auffahrt stehen. Sie erwartete, Vivi mit Lizzie wie gewöhnlich an der Küchentheke sitzend vorzufinden, doch zu ihrem Erstaunen war der Raum wie ausgestorben. Sie mußten im Arbeitszimmer sein. Aber als Sidda hineingehen wollte, blieb sie starr vor Schreck stehen.

Ihre Mutter lag da auf Sheps La-Z-Boy-Liege. Sie war mit Laken bedeckt, und hinter ihr stand Lizzie, die Hände um Vivis Hals gelegt. Vivi lag vollkommen regungslos da, ihre Augen waren mit Baumwoll-Kompressen bedeckt, die Hände hielt sie über der Brust gekreuzt. Die beiden Frauen sagten kein einziges Wort, sie schienen so konzentriert, daß sie Sidda offensichtlich überhaupt nicht bemerkt hatten. Einen entsetzlichen Augenblick lang glaubte Sidda, ihre Mutter sei gestorben.

Sie hielt den Atem an und näherte sich den beiden. Ihr Magen krampfte sich zusammen, das Herz schlug ihr bis zum Hals. Da sah sie, daß Vivi ihre Hand bewegte, und nun konnte sie auch wieder atmen. Dann bemerkte sie, daß Lizzie mit etwas Rosarotem ganz behutsam die Haut am Hals ihrer Mutter eincremte. Mit kreisenden Bewegungen massierte Lizzie die rosarote Lotion in Vivis Hals, dann vorsichtig höher bis an die Schläfen.

Noch nie zuvor hatte Sidda erlebt, daß ihre Mutter mit so viel Zärtlichkeit berührt worden war.

Als Lizzies Kundenliste immer länger wurde und Vivi ihr altes Leben allmählich wiederaufgenommen hatte, wurden die Besuche langsam seltener. Einige Jahre waren inzwischen vergangen, als Sidda eines Nachmittags nach Hause kam und einen fast nagelneuen, glänzenden rosaroten Chrysler in der Auffahrt von Pecan Grove stehen sah.

Lizzie trug ein kleines Kostümchen und eine Frisur wie Jackie Kennedy.

»Schaut mal alle her!« rief Vivi ihren Kindern zu. »Lizzie hat den rosa Chrysler gewonnen!«

Daraufhin breitete Lizzie die Arme weit aus, wie in einer Fernsehshow.

»Ich bin eine der besten Vertreterinnen bei *Beautiere*! Und ich hätte das nie im Leben ohne eure Mutter geschafft.«

»Wir machen eine kleine Spritztour«, verkündete Vivi und stieg in den Wagen. Sidda beobachtete, wie Lizzie den großen Chrysler rückwärts die Auffahrt hinunterfuhr. Die beiden Frauen rollten an ihr vorbei und nahmen die lange Schotterstraße in Richtung Stadt. Sidda sah die Umrisse ihrer Köpfe vor dem grünen Hintergrund der Felder mit der Baumwolle ihres Vaters. Ihr kam kurz der Gedanke, daß sie wie Schwestern aussahen.

Sidda biß in ein Käsehäppchen und stand vom Sofa auf. Sie ging auf die Veranda hinaus und machte ein paar Dehnübungen. Um zu entspannen, bewegte sie den Kopf sachte hin und her. Sie dachte daran, wie sie viele Jahre nach Lizzie Mitchell einmal von der Louisiana State University in den Ferien nach Hause gekommen war. Auf der Suche nach geeigneten Kartons, um Geschenke einzupacken, war sie auf den Dachboden gegangen. In einer Ecke des bitterkalten Raums fand sie einen riesigen Karton. Als sie ihn öffnete, sah sie, daß er weitere kleine Schachteln in sehr gutem Zustand enthielt. »Perfekt, genau das, was ich brauche.«

Als sie sie herausholen wollte, merkte sie jedoch, daß die kleinen Schachteln nicht leer waren. Sie hielt eine in der Hand, aber es dauerte einen Moment, ehe sie die rosagraue Verpackung erkannte, die Konturen der beiden Damen im Profil gegenüber. In dem Moment aber, als sie sie öffnete, sah sie alles wieder vor sich.

Es war eine der Geschenkpackungen mit *Beautiere*-Kosmetik. In dem großen Karton befanden sich an die dreißig davon, ungeöffnet. Daneben fand Sidda einen weiteren großen Karton. Als Sidda hineinspähte, entdeckte sie, das auch er Geschenkpackungen enthielt.

Liebe Lizzie Mitchell, dachte Sidda. Du tratst in das Leben meiner Mutter, als sie sich in ihrem Schlafzimmer versteckte, als sie versuchte, über eine Trauer hinwegzukommen, die sie seit langem quälte, die unter ihrer Lebensfreude wie ein geheimer Strom fließt. Mama sah dich, wie du getrauert hast um deinen Mann, wie du gekämpft hast, um deine beiden Kinder durchzubringen, indem du billige Kosmetik mit hochtrabenden Namen an Frauen verkauftest, die sich nie schön genug vorkamen. Als diese häßlichen Tränen aus deinen Augen flossen, weinte meine Mutter mit dir.

Mit Hilfe eines Zauberstabs für die Schönheit, jener wissenschaftlich fundierten Wimperntusche, die es einem ermöglichte zu weinen, zeigte mir meine Mutter, was es bedeutet, eine Frau zu sein.

Mutter hat mich auch ganz andere Lektionen über Weiblichkeit gelehrt. Einige davon haben Spuren hinterlassen, die auch die beste Kosmetik nicht vertuschen kann. Meine Mutter hob Lizzies Kinn hoch und fragte: »Mädchen, was ist denn?« Meine Mutter schlug mich auf die Wange, und manchmal spüre ich die Stelle heute noch. Meine Mutter legte ihre weiche, von *Beautiere* gepflegte Hand an mein Gesicht und hielt es zärtlich umfaßt, aus lauter Liebe.

Ich steige auf den Dachboden und entdecke meine Mutter. Sie ist eine Kombi-Geschenkpackung.

15

Es war Freitag nachmittag, Sidda absolvierte gerade ihr tägliches Walking-Pensum am Seeufer, als sie die Gruppe kleiner Mädchen entdeckte, die auf der Wiese unten am Strand des Quinault Lodge Hotels spielte.

Zweimal ging sie an den Kindern vorbei, ehe sie haltmachte. Sidda zog ihre Baseballkappe tiefer ins Gesicht, damit sie nicht bemerkten, wie sie sie während ihrer Dehnübungen beobachtete. Es waren fünf kleine Mädchen, zwischen fünf und acht Jahren, die da herumliefen und spielten. Zwei von ihnen trugen nichts außer Shorts, eine steckte in einem Badeanzug, an den ein Röckchen angenäht war. Ein Mädchen mit Zöpfen trug ein kurzes Kleidchen, das klitschnaß an ihr klebte, und das letzte, das älteste Mädchen, hatte die Hosenbeine ihrer Jeans hochgerollt und trug dazu ein kleines Bikinioberteil.

In einiger Entfernung saß unter einem Sonnenschirm auf einer Decke eine Frau in Siddas Alter. Sie lehnte mit dem Rükken an einer riesigen Kühlbox und malte mit Aquarellfarben auf einen großformatigen Skizzenblock. Ab und zu sah sie zu den Kindern hinüber, ob alles in Ordnung war.

»Schaut mal!« rief plötzlich eines der Mädchen. »Da ist es!«

Daraufhin rannten die fünf geradewegs in den See hinein und zogen und zerrten an einem riesigen Stück Treibholz. Gemeinsam schafften sie es schließlich, den Stamm an Land zu ziehen und auf einem großen Stein zu plazieren. Das dauerte jedoch eine Weile, und sie gaben sich gegenseitig Anweisungen und Ermunterungen. Als das Holzstück schließlich auf seinem Platz auf dem Stein lag, stellten sich die Mädchen bewundernd davor.

»Eine Wippe!« rief das Mädchen mit den Zöpfen aus.

»Eine Wippe am Wasser«, sagte eines der Mädchen mit nacktem Oberkörper.

Daraufhin stürmte das andere halbnackte Mädchen auf die Frau auf der Decke zu und verkündete stolz: »Wir haben eine Wippe gebaut!«

»Fein!« sagte die Frau. »Das ist toll!«

Da lief das Mädchen zu den anderen zurück. Irgendeinem Impuls folgend ließen die Kinder ihr Bauwerk plötzlich im Stich und rannten lachend und schreiend ins Wasser hinein.

Kurz darauf hörte Sidda, wie jemand rief: »Hallo! Ihr da!«

Sie drehte sich um und sah eine Gruppe von zwei Frauen und drei Männern den kleinen Weg vom Hotel zum Strand hinuntergehen. Eine der beiden Frauen zeigte auf ein älteres Paar, das winkend auf dem Rasen stand, und begann dann, die Kinder einzusammeln.

Sie gingen alle hinunter zu der Frau auf der Decke, und ganz plötzlich veränderte sich die Szene. In Windeseile wurden Decke, Kühlbox, Sandalen, Badetücher und Sonnenschirm eingepackt, und die Gruppe machte sich auf in Richtung Treppe.

Beim Weggehen hörte Sidda, wie eine der beiden Frauen sagte: »Haferflockenkekse für die Rasselbande.«

Sie beobachtete, wie die Frau in ihre Tasche griff und jedem der Mädchen einen Keks gab. Nachdem die Gruppe die Treppe hinaufgegangen war, umarmte das ältere Paar, das oben auf sie gewartet hatte, die Mädchen der Reihe nach, dann verschwanden alle in Richtung der kleinen Ferienbungalows.

Sidda stand da und starrte ihnen nach, als ob sie auf die Rückkehr der Gruppe wartete. Als sie nicht wiederkam, kauerte sie sich neben die Wippe, die die Mädchen gebaut hatten, und verschränkte die Arme vor der Brust.

Ein unbändiges Verlangen nach den warmen, südlichen Gewässern ihrer Kindheit befiel sie. Von Sehnsucht überwältigt dachte sie an die lauten, wilden Sommer am Spring Creek, an die Kinder und die Mamas und die Schlafanzüge, deren Ober- und

Unterteil nicht zusammenpaßten, und das Noxema auf ihrer Nase während der Nacht. Sie wollte zu einer Gruppe gehören, wie sie sie heute erlebt hatte. Sie wollte zu einer Familie gehören. Wie kam es, daß sie mit vierzig noch keine eigene Familie hatte?

Ihr Leben erschien ihr plötzlich ohne jeglichen Sinn: ihre Karriere, ihre Wohnung, die kleinen Welten, die sie auf der Bühne entstehen ließ. Warum nur hatte sie die vergangenen zwanzig Jahre damit zugebracht, fiktiven Charakteren zum Leben zu verhelfen, statt Kindern aus Fleisch und Blut, die schrien und über den Sand stürmten und einen umarmten, wenn man ihnen Haferkekse gab? Warum nur stand sie nun allein da, hier am Rand dieses Kontinents, während diese anderen Frauen bereits Familien hatten und umgeben waren von Freunden, die es genauso gemacht hatten? Was stimmte nicht mit ihr?

Ihre Einsamkeit empfand sie als Makel. Sie sehnte sich nach Lärm und Übermut, nach Geselligkeit und fröhlichem Überschwang, so wie sie es in ihrer Kindheit erlebt hatte. Bei dem Gedanken, daß sie ständig am Grübeln war, daß sie sich ständig hinterfragte, wurde ihr übel.

Vielleicht sollte ich einfach Mays neues Stück zu Ende bringen, New York verlassen, nach Seattle ziehen und eine eigene Familie gründen?

Die Kühnheit dieser Vorstellung erschütterte Sidda dermaßen, daß sie sich auszog bis auf den Badeanzug, den sie unter ihren Shorts und dem T-Shirt trug. Dann ging sie auf den Steg hinaus und sprang ohne zu überlegen in den eiskalten nordwestlichen See. Beim Eintauchen in das eisige Wasser spürte sie zuerst einen kurzen Moment gar nichts. Aber als sie prustend wieder an die Oberfläche kam, machte ihr die Kälte auf schmerzhafte Weise bewußt, wie lebendig sie war, und sie fühlte sich aufgeladen mit neuer Energie. Sie nahm das tiefe Blau des Himmels und das endlose Grün der Bäume entlang des Ufers wahr. Sie legte sich auf den Rücken, strampelte kräftig mit den Beinen und breitete die Arme weit aus. Doch wie stark sie auch immer mit den Beinen schlug, das Lachen jener kleinen Mädchen klang ihr immer noch im Ohr.

Sie ließ sich unter die Wasseroberfläche sinken, schloß die

Augen und schwamm hinunter zum Grund des Sees. Die eisige, fließende Welt um sie herum empfand sie als reinigend. Wenn dieses klare Wasser doch Verwirrung, Zweifel, Sünde einfach wegwaschen könnte.

Sie blieb solange sie konnte unten, dann tauchte sie nach Luft schnappend wieder auf und begann Kraul zu schwimmen. Beim Einatmen drehte sie den Kopf zur Seite, wobei sie das Gesicht fast nicht aus dem Wasser hob, und die Hände tauchten genau im richtigen Winkel ein. Sie schwamm Kraul, wie ihre Mutter es ihr beigebracht hatte.

Ich war doch bereits mit mir ins reine gekommen, dachte sie. Ich wollte nie Kinder haben, weder als Mädchen noch als junge Frau zwischen zwanzig und dreißig, noch jetzt – nicht wirklich. Auch für Connor ist das kein Problem, er hat das von Anfang an klargestellt. Warum stören mich dann diese Familien von vorhin? Warum kidnappe ich in meiner Phantasie diese ungestümen kleinen Mädchen, und wenn es nur für ein Wochenende wäre?

Freitagnachmittage gingen Sidda an die Nieren. Wenn sie sich nach einer eigenen Familie sehnte, geschah das immer an einem Freitagnachmittag. Dieses heftige Verlangen schockierte sie jedesmal, und nie war sie dagegen gefeit. Freitagnachmittag. Dieses Gefühl, wenn die Schule aus ist und ein ganzes unbeschwertes Wochenende vor einem liegt. Selbst in Manhattan überkam es sie, wenn sie die Mütter sah, die ihre Kinder an der Upper West Side von der Montessori-Schule abholten.

Sie hatte immer noch Sehnsucht nach diesen unzähligen Freitagnachmittagen in Pecan Grove. Pecan Grove war so etwas wie eine Anlaufstelle der Kinder gewesen. Dreihundertsechzig Hektar Land, wirklich Platz genug, um zu schreien, zu toben, Ponys zu reiten, Krebse im Bayou zu fangen, mit den Hundewelpen in der riesigen Scheune zu spielen und auf die alte virginische Eiche zu klettern. Ein Garten mit Bäumen, an denen Schaukeln befestigt waren, auf denen man bis auf das Bayou hinausschwingen konnte. Ein ausrangierter Golf-Caddie, den ihr Daddy den Kindern zur Verfügung gestellt hatte, damit sie durch die ganze Plantage fahren konnten, wenn sie keine Lust hatten zu reiten. Ein geräumiges Haus von oben bis unten voll mit Spielzeug, Musikinstrumenten und tonnenweise guten Sachen zum Essen, die Vivi allwöchentlich im Supermarkt für das Wochenende einkaufte.

Und Vivi selbst, die sie an glücklichen Wochenenden mit ausgebreiteten Armen im Garten erwartete, voll Vorfreude auf Kinder, auf Toffee, auf *Samstagabende im Kino* und Kartenspiele, bei denen sie und vielleicht die eine oder andere Ya-Ya mit den Buben um Geld spielten und entzückt waren, wenn sie ihnen ein paar Pfennige abknöpfen konnten.

Es war nichts Besonderes, daß fünf oder sechs andere Kinder das Wochenende auf Pecan Grove verbrachten. Vivi führte ein offenes Haus, sehr zur Freude von Siddas kleinen Freundinnen. Fritierte Krabben im Überfluß gab es zum Abendessen an einem Freitagabend, und so viel eisgekühltes Coca-Cola wie man nur wollte. Im Winter saßen sie stundenlang vor dem offenen Kamin im Arbeitszimmer und spielten Ouija mit Vivi, während die ab und zu an ihrem Bourbon nippte. Oft kamen Kinder ohne irgendein Übernachtungsgepäck, denn sie wußten, Vivi-Schätzchen konnte sie mit allem versorgen, was sie brauchten.

»Ich habe 84 000 zusätzliche Schlafanzüge und 64 000 Gästezahnbürsten. Aber bringt ja keine Läuse mit«, pflegte Vivi zu sagen.

Wie konnte da Sidda Walker an einem Freitagnachmittag *nicht* an Familie denken?

Während Sidda schwamm, rechnete sie sich aus, wie es zeitlich hinkäme, wenn sie jetzt eine Familie gründete. Wenn meine Kinder groß genug sind, um bei Freunden zu übernachten, bin ich siebenundvierzig. Okay. Wenn sie sich das erste Mal verlieben, bin ich fünfundfünfzig. Reizend. Wenn sie ins College kommen, geh ich auf die Sechzig zu. Und wenn sie selbst Kinder bekommen, bin ich verkalkt.

Sie ging zum Brustschwimmen über und konzentrierte sich auf ihre Beingrätsche. Sie rief sich in Erinnerung: Ich mache nur die letzten schmerzhaften Zuckungen eines völlig normalen und nicht zu umgehenden biologischen Drangs durch. Ich habe diese Schmerzen schon öfter gehabt, und immer haben sie wieder aufgehört. Mein Leben ist nicht ein einziger kolossaler Irrtum. Ihr Engel am nächtlichen Himmel, etwas möchte geboren werden, ich weiß nur nicht genau, was.

Als Sidda wieder daheim im Holzhaus war, nahm sie schnell im Stehen eine Kleinigkeit zu sich und hörte dabei eine CD von Bonnie Raitt. Sie betrachtete das Photo, das sie gefunden hatte, als Wade und May zu Besuch gekommen waren: Vivi im Garten, umgeben von ihren vier Kindern. War das auch an einem Freitag aufgenommen worden? Nein. An einem Freitag wären zweimal so viele Kinder dagewesen, Übernachtungsgäste von allen vier Walker-Kindern. Es muß ein normaler Werktag gewesen sein.

Ende September, 1962. Ihre Mutter sitzt auf der rosakarierten Picknickdecke. Dort im großen Garten, der zum Bayou hin abfällt. Sidda ist in der vierten, Little Shep in der dritten, Lulu in der zweiten und Baylor in der ersten Klasse. Sidda weiß, wenn Vivi auf der Picknickdecke sitzt, ist ihre Stimmung gut. Wenn Vivi sich in ihr Zimmer einsperrt, dann läßt man sie besser in Ruhe, außer man hat das Glück und findet die richtigen Worte, um den Bann zu brechen. Es gibt kein Rezept dafür. Was Vivis Stimmungen auslöst und wie man sie überwindet, das wissen die Götter.

»Was habt ihr denn heute alle so in der Schule gemacht?!« Vivi will es wirklich wissen, als ob die Kinder große Neuigkeiten zu berichten hätten. »Werft eure Schultaschen hin und setzt euch zu mir.«

Die vier Walker-Kinder lümmeln sich auf die Decke.

»Heilige Madonna, ihr seht richtig *verhungert* aus.«

»Verhungert« ist einer von Vivis Ausdrücken, den Sidda genüßlich in ihrem Mund zergehen läßt wie einen Bonbon.

»Was haben sie euch denn zum Mittagessen gegeben? Doch nicht wieder diese ekligen, dicken grünen Erbsen? Ah, ich wette, es war auf jeden Fall scheußlich. Ich frage mich, was diese Nonnen mit dem vielen Geld machen, das wir ihnen zahlen.«

»Für dich, Little Shep.« Vivi fängt an, Sandwiches zu verteilen. »Du bist der Mann für die Erdnußbutter. Sidd-o: ganz viel

Erdbeermarmelade für dich. Lulu, du magst von allem ganz viel, das da ist für dich, aber du kriegst nur *eins*, verstanden? Gib mir mal die Becher, Schätzchen! Bay, Süßer, du kriegst das geviertelte. Schon gut, ich habe bei allen die Rinde weggeschnitten, ihr Sklaventreiber. Lulu, dräng dich nicht vor. Es ist genug für alle da.«

Vivi schenkt aus der Thermosflasche eisgekühlte Limonade ein. Die Kinder halten ihre Sandwiches in kleinen goldfarbenen Servietten, auf denen gedruckt steht: »Alles Gute zum 10. Hochzeitstag, Vivi und Shep!« Vivi schenkt sich aus einer eigenen Thermosflasche nach, die ihre »Hustenmedizin« enthält.

Sidda lehnt sich zurück und ißt ihr Sandwich. Auf diesen Augenblick hat sie sich den ganzen Tag gefreut. Der Geschmack der Marmelade und des weichen frischen Weißbrots macht sie glücklich. Sie betrachtet Vivi, die gegen einen Stapel Kissen gelehnt daliegt. Sie beobachtet Vivi, wie sie raucht und zum Himmel hinaufblickt. Rauchen und zum Himmel hinaufsehen gehören zu den Dingen, die ihre Mutter am liebsten mag. Außerdem Matinee-Vorstellungen, wirklich gute Hamburger, Spring Creek, im Bett liegen und ein gutes Buch lesen, sich schön anziehen, ausgehen und sich amüsieren.

Sidda liebt die Hände ihrer Mutter. Besonders die Fingernägel. Es sind hübsch gerundete Nägel, die Vivi andauernd poliert, während sie telefoniert.

Sobald Sidda mit ihrem Sandwich fertig ist, dreht sie sich auf den Bauch. Vivi greift zu ihr hinüber und kitzelt sie am Rücken unter der Schuluniformbluse.

Vivi hat die richtigen Fingernägel dafür. Niemand kann sie so gut am Rücken kraulen wie Vivi. Es müssen schon Nägel sein wie die von Vivi, damit sich Sidda wirklich wohl fühlt.

Sidda legte das Foto beiseite und klappte das Album zu. Sie ging ins Schlafzimmer und zog sich aus. Als sie dann im Bett lag, sah sie auf ihren Bauch hinunter. Selbst nach dem Sandwich war er immer noch flach. Sie sah ihre Schambeine auf beiden Seiten hervortreten. Sie tat ja weiß Gott einiges dafür, damit ihr Bauch flach blieb. Langsam ließ sie die Hand über die Haut gleiten. Zum ersten Mal seit sie erwachsen war, mißfiel ihr die konkave

Wölbung ihrer Bauchdecke. Der Anblick gab ihr das Gefühl, einsam zu sein, nicht in Anspruch genommen, als sei sie eine der Frauen, die Reisevorbereitungen lieber hatten als die Reise selbst.

Sie dachte wieder an das Foto im Garten. Es war zu jener Zeit aufgenommen worden, als ihre Mutter dem Erstkläßler Baylor einen ihrer Hüfthalter in die Schule mitgegeben hatte für das Spiel »Zeigen und Erklären«. Als Konsequenz hatte die Schulleitung bei Vivi angerufen und sie zu einer Aussprache mit Baylors Lehrerin gebeten. Offensichtlich war Vivi in deren Verlauf mit der Nonne in Streit geraten und hatte beim Wegfahren mit dem Auto die Statue des Jesuleins von Prag gestreift, die nahe beim Parkplatz vor der Kirche stand.

Sidda erinnerte sich, daß alle damals bei Caro gelandet waren. Vivi war ziemlich aufgebracht gewesen, aber Caro ließ den Bourbon nicht versiegen und stärkte sie mit riesigen Portionen Chili. Als Vivi vor dem Kamin unter Caros mildem Blick die Geschichte erzählte, lachte und weinte sie abwechselnd. Der Abend endete damit, daß die beiden Frauen den Kindern mit Hilfe einer Anleitung auf Schallplatte den Cha-Cha-Cha beibrachten. Sidda hatte das Bild noch genau vor Augen, wie sie damals getanzt hatten, völlig außer Atem, in Caros modernem Wohnzimmer mit dem nierenförmigen Couchtisch und dem Kamin, der wie ein schwarzer Trichter aussah.

»Hört mal her, Kinder«, sagte Vivi. »Ich habe heute das Jesulein von Prag gerammt. *Aber das darf niemand wissen außer uns. Es ist unser Geheimnis.*«

Eins-zwei-drei, Cha-Cha-Cha. Es war nicht das einzige Geheimnis, das wir für uns behielten, dachte Sidda. Auch wenn man uns bestochen und gefoltert hätte, wir hätten deine Geheimnisse nicht verraten, Mama. Es gibt manches, das man weder zeigt noch erzählt.

16

Die beiden Zeitungsausschnitte aus dem *Thornton Town Monitor* waren zusammengeheftet und an den Rändern mit zahlreichen Pfeilen und Ausrufezeichen versehen. Verwundert schüttelte Sidda den Kopf. Was gäbe sie jetzt darum, wenn Wade und May bei ihr in der Hütte wären. Wenn sie zusammen die Nachricht von Vivis Einstieg ins Verbrecherleben lesen könnten.

Der erste Artikel lautete:

DONNERSTAG, 3. AUGUST 1942
TÖCHTER PROMINENTER BÜRGER WEGEN ORDNUNGSWIDRIGEN VERHALTENS IM GEFÄNGNIS

Viviane Joan Abbott, 15, Tochter von Mr. und Mrs. Taylor C. Abbott; Carolina Eliza Bennett, 16, Tochter von Mr. und Mrs. Robert L. »Bob« Bennett; Aimee Malissa Whitman, 15, Tochter von Mr. und Mrs. Newton S. Whitman III; und Denise Rose Kelleher, 15, Tochter von Mr. und Mrs. Francis P. Kelleher, wurden gestern nacht festgenommen und wegen Erregung öffentlichen Ärgernisses im Stadtgefängnis unter Arrest gestellt. Sie werden bezichtigt, gegen die Gemeindeverordnung 106 verstoßen zu haben: vorsätzliche Verunreinigung öffentlichen Eigentums und unsittliches Entblößen. Die Mädchen gaben für ihre Taten keinerlei Erklärungen ab.

Immer hatte Sidda gewisse Gerüchte gehört, die Ya-Yas wären einmal während ihrer High-School-Zeit im Gefängnis gewesen, aber sie hatte nie etwas Konkretes darüber erfahren. Wie gern hätte sie sich in die Zeit vor fünfzig Jahren zurückversetzt und Mäuschen sein wollen.

Der zweite Artikel lautet:

DIENSTAG, 9. AUGUST 1942
KLATSCHGESCHICHTEN
ALICE ANNE SIBLEYS GESELLSCHAFTSKOLUMNE

Wie wir aus geheimer Quelle erfahren haben, gab Mrs. Newton L. Whitman III (ehemalige Genevieve Aimee St. Clair, Tochter von Mr. und Mrs. Etienne St. Clair aus Marksville) eine spontane Gartenparty für ihre Tochter »Teensy« am vergangenen Samstag von 16.00 Uhr bis 19.00 Uhr im Hause der Whitmans in der Willow Street. Ebenfalls anwesend waren Teensys Busenfreundinnen Vivi Abbott, Caro Bennett und Necie Kelleher, die »Ya-Yas« also, wie sie hier in der Stadt genannt werden. Die Clique hat in jüngster Zeit mit einer Eskapade auf sich aufmerksam gemacht, die selbst für Ya-Ya-Maßstäbe als besonders gewagt zu bezeichnen ist.

Unter den Gästen der abendlichen Festivität befanden sich Mary Gray Benjamin, Daisy Farrar und Sally Soniat. Die High-School war vertreten mit Dicky Wheeler, John Pritchard und Wyatt Bell, des weiteren Lane Parker aus St. Petersburg, Florida. Mr. Parker befindet sich derzeit in unserer Stadt auf Besuch bei seiner Tante und seinem Onkel Mr. und Mrs. Charles Simcoe.

Serviert wurden frische Shrimps, Maiskolben, Tomaten mit Zwiebeln in Dillmarinade und frisches Baguette. Jack Whitman, mehrfach ausgezeichneter Basketballspieler der High-School von Thornton, spielte auf der Geige und unterhielt die Gäste mit Melodien in der Tradition der französischstämmigen Einwohner Louisianas. Wie Mrs. Whitman uns erklärte, gebe sie diese spontane Party zur Einweihung eines kürzlich erworbenen Springbrunnens. Das entzückende Werk, dessen Wasserfontänen zwei bezaubernde Nixen entspringen, soll

ihren Innenhof zieren, neben ihren preisgekrönten American Beauty Rosen.
Mr. Whitman war nicht zugegen, da er bereits letzten Donnerstag zu seinem Militärlager Dolphin Island in Alabama aufgebrochen ist. Man fragt sich, warum er sich eine Abendgesellschaft dieser Art tatsächlich entgehen lassen wollte.

Was für eine Geschichte! Ich will mehr, mehr, mehr darüber hören, dachte Sidda. Es machte sie schier verrückt, daß sie nur einen Teil der Geschichte kannte. Es machte sie kribbelig. Es machte ihr den Mund wässerig. Und sie verspürte aufs neue den Wunsch, Mitglied einer Mädchenclique zu sein, über die man in der Zeitung liest.

In der Nacht des 3. August 1942, keine fünf Stunden nachdem Jack Whitman angekündigt hatte, er habe sich als Freiwilliger beim Army Air Corps gemeldet, schloß ein verlegener Polizist die Zellentür des Gefängnisses von Thornton hinter Vivi Abbott und den Ya-Yas.

Etwa einen Monat zuvor hatten amerikanische Torpedobomber japanische Flugzeugträger vor den Midway-Inseln angegriffen und waren von der Flak abgeschossen worden; sie hatten, wie die Kamikaze-Flieger, ihr junges Leben regelrecht geopfert. In den größeren und kleineren Städten an beiden Küsten wurde Verdunkelung angeordnet, desgleichen in vielen Orten im Landesinneren. In Louisiana kam einem der Pazifik sehr weit entfernt vor, und niemand wußte, wie man die fremd klingenden Namen der Inseln aussprechen sollte. Doch Unterseeboote der Nazis hatten in Florida Spione an Land gesetzt, und die Menschen in Thornton erzählten sich endlose Geschichten über die U-Boote, die sich angeblich im Golf von Mexiko aufhielten, obwohl Washington es nie offiziell bestätigte.

Vivi träumte von Roosevelt, Rommel und Robert Taylor. Auf dem Tennisplatz schlug sie Lobs übers Netz, die wie Bomben Hitler töten sollten. Als sie nachts im Bett lag, nach langen Spaziergängen mit Jack, feucht vor Erregung, betete sie zur Madonna des Friedens für all die angsterfüllten jungen Männer, die in den Schützengräben in der Fremde lagen, und auch für jene, die in den Zügen kreuz und quer übers Land fuhren. Sie aß wenig Butter, kaum Rindfleisch, keinen Speck, und wenn sie aus dem Haus ging, malte sie sich Strumpfnähte auf die nackten Beine. Jeden Freitag spendete sie Blut, samstags sammelte sie Altpapier; mittwochs Alteisen.

Sie hörte täglich die Nachrichten. Während die Frontberichte eher düster klangen, stellten die Modezeitschriften fest, daß die neuen Uniformen des Army Corps für Frauen das Ansehen der Miederwarenindustrie erhöhten, da Hüfthalter und Büstenhalter Bestandteil der offiziellen Bekleidung waren. Die katholische *Commonweal* sprach sich gegen die Rekrutierung von Frauen aus. Ein Artikel, den Buggy Vivi zum Lesen gab, behauptete, »die Entfernung der Frauen von Familie und Heim verwandle sie in heidnische Göttinnen lustvoller Sterilität«.

Vivi befürwortete Kriegsanleihen und die Umwandlung der Parks in Gemüsegärten. Sie glaubte, daß die Nazis und Japs böse waren. Sie glaubte an die Demokratie um jeden Preis. Aber was sie brauchte, war Zärtlichkeit und Leidenschaft, und deshalb glaubte sie nicht, daß Jack Whitman in den Krieg ziehen sollte.

Die Augustnacht war heiß und schwül. Es war fast acht Uhr abends, und das Thermometer war immer noch nicht gefallen. Der Mond war annähernd voll, allgegenwärtig war der Geruch von Gras, von Flußwasser, von Hochsommer im tiefen Süden. Im Südpazifik bereiteten die Marines die Landung auf Guadalcanal vor; in Europa machten sich die Bombenflugzeuge startklar für den ersten amerikanischen Luftangriff.

In Thornton, Louisiana, saßen Vivi und Jack in Jacks blaugrünem Buick, Baujahr 1940, vor LeMoynes's Hamburger Drive-In. Vivi lehnte mit dem Rücken gegen die Innenseite der Beifahrertür und hatte die Füße auf Jacks Schoß gelegt. In der zitternden Hand hielt sie eine Flasche Dr. Pepper.

Nachdem er erklärt hatte, er habe sich freiwillig gemeldet, war ihre erste Reaktion gewesen: »Warum verläßt du mich?«

»Es ist meine Pflicht. Außerdem möchte ich fliegen.«

»Du lügst. Du hast überhaupt nie vom Fliegen gesprochen.«

Dann setzte sie sich auf und schlug ihm mit der Faust ins Gesicht. Sie holte tief Luft und kämpfte mit den Tränen. »Du willst gar nicht Pilot sein. Du willst nur deinem Vater imponieren.«

Eine Weile sagte Jack gar nichts. Als er ihr schließlich antwortete, konnte er ihr nicht in die Augen sehen: »Mais oui.«

Vivi und Jack kannten einander, seit sie vier und er sieben gewesen war. Während der letzten acht Jahre hatte sie mindestens zweimal in der Woche bei seiner Familie zu Hause übernachtet. Es gab nicht viel, was er vor ihr verbergen konnte, selbst wenn er es gewollt hätte. Andererseits kannte auch er sie wiederum sehr gut. Er kannte die unsichtbaren Spuren, die das anklagende, eifersüchtige Schweigen ihrer Mutter auf ihr hinterließ, besonders seitdem ihre Schwester Jezie geboren war. Und er kannte auch die weniger unsichtbaren Spuren, die der Gürtel ihres Vaters auf ihrer Haut zurückließ.

Er schaute sie an in der Hoffnung, sie würde Verständnis für ihn aufbringen. »Wenigstens einmal muß ich dem Alten was recht machen, versteh doch.«

Vivi verstand, aber es gefiel ihr nicht, hatte ihr noch nie gefallen. Sie hatte Jacks Vater noch nie ausstehen können. Er war arrogant, und er machte sich über Genevieves Akzent lustig. Außerdem erlaubte er nicht, daß in seinem Haus »Bayou-Französisch« gesprochen wurde. Jack durfte nicht mit seinem französischen Vornamen angesprochen werden, und schon gar nicht durfte er in seiner Gegenwart die akadische Geige spielen. Auch hatte sie nicht Mr. Whitmans gönnerhafte Süffisanz vergessen (obwohl sie das damals mit Worten nicht so auszudrücken vermochte), als er, damals, nach ihrer Rückkehr aus Atlanta, die Ya-Yas zu diesen endlosen quälenden Samstagnachmittagen bei Miss Alma Ansell gezwungen hatte, der die Aufgabe zugedacht war, aus ihnen reizende, wohlerzogene junge Damen zu machen.

»Es gibt nur eins, das du recht machen kannst, Jack«, flüsterte sie kaum hörbar. »Bleib bei mir und *liebe mich.*«

Jacks Nacken erschien ihr als das Wunderbarste auf der Welt. Sie hatte ihr Leben lang mit Hunderten von Jungen geflirtet und bildete sich etwas darauf ein, mehr Verehrer zu haben, als sie bewältigen konnte. Aber der Gedanke, Jack zu verlieren, zerriß ihr das Herz.

»Tut mir leid, *bébé*, ich kann's nicht mehr ändern.«

Vivi schloß die Augen. Als sie sie wieder aufmachte, konnte sie ihr Gleichgewicht nicht wiederfinden. Das Armaturenbrett vor ihr schien plötzlich zu schwanken, die Gegenstände um sie herum ließen sich nicht zum Stillstand bringen. Es war, als ob das hauchfeine Drähtchen, auf dem ihr inneres Gleichgewicht ruhte, eben fast unmerklich verbogen worden wäre. Irgendwie kam ihr dieses Gefühl vertraut vor. Sie schloß erneut die Augen und bewegte den Kopf hin und her, immer wieder, abrupt, heftig.

»Vivi, ist alles in Ordnung?« fragte Jack und zog ihren Fuß langsam auf seinen Schoß zurück.

Sie warf ihm einen kurzen, haßerfüllten Blick zu und wandte sich dann ab.

Da begann er ihren Fuß zu massieren, mit langsamen, streichelnden Bewegungen. Obwohl sie sich weggedreht hatte, sah sie im Geist seine Hände vor sich. Die langen schlanken Finger, die kurzen geraden Nägel. Große, graziöse Hände, die mit einem Basketball, einer Geige und ihrem jungen erwachenden Körper zärtlich und selbstsicher umgehen konnten.

»Wirst du zurückkommen?« fragte sie.

»Wie meinst du das? Glaubst du, ich könnte von dir wegbleiben? Natürlich komm ich zurück.«

»Schwörst du, daß du wiederkommst?«

Er wollte sie an der Wange berühren, aber sie wich ihm aus. »Ich versprech's dir, Vivi.«

Einen Augenblick saß sie ganz still da, ohne ein Wort, und starrte nach draußen. Als sie sich wieder zu ihm hindrehte, schenkte sie ihm ein strahlendes Lächeln.

»Ich glaube schon, daß ich mich dazu bringen könnte, einen Mann in Uniform zu lieben«, sagte sie augenzwinkernd, bemüht, kokett zu klingen. Aber irgendwie schien sie nicht ganz bei der Sache zu sein, als hätte sie in der kurzen Zeit, in der sie sich von ihm abgewandt hatte, etwas gesehen, das sie nicht mehr loswerden konnte.

Jack küßte sie auf den Fuß. Auf ihre lackierten Nägel. Sein schwarzes Haar fiel ihm in die Stirn, als er sich über ihren Fuß beugte, und als er wieder aufsah, bemerkte sie, daß ihm Tränen in den Augen standen. Er setzte sich anders hin, damit er seine Beine auf den Sitz legen konnte, und zog Vivi auf seinen Schoß. Eine Zeitlang saßen sie so da ohne ein Wort zu sagen. Aus einem Autoradio in der Nähe sang Ginny Simms »Deep Purple«. Ein Baumwoll-Laster mit rotem Fahrerhaus fuhr auf der Straße vorbei. Der Geruch nach Hamburgern und Barbecuesauce durchzog die drückende, schwüle Luft.

»Wenn du zurückkommst, wird alles wieder so wunderbar wie vorher, oder?«

»*Ma petite chou*, für eine Weile ist jetzt Uncle Sam der Boß, aber wenn ich heimkomme, hast du wieder das Sagen.«

»Vielleicht arbeite ich bis dahin bei einer Zeitung, Jack.«

»Wir könnten in New York leben, wie findest du das?«

»Das würde mir gefallen. Oder vielleicht in Paris, wenn der Krieg vorbei ist. Oder vielleicht bin ich auch ein Tennisstar und lebe in Rio de Janeiro.«

»In allen Zeitungen werden Bilder von dir sein.«

»Oder vielleicht bin ich an einem College und studiere wer weiß was.«

»Newcomb für dich und für mich Tulane. Vielleicht eine Wohnung im French Quarter. Und am Wochenende könnten wir zum Bayou fahren, klingt gut, was?«

»Wenn ich nur wüßte, wie lang dieser Krieg noch dauert.«

»Wenn dieser Krieg vorbei ist«, sagte Jack und streichelte ihr Gesicht, »würdest du mich dann haben wollen, Vivi?«

Diese Frage überraschte sie nicht, und sie antwortete ihm fast beiläufig, ohne irgendeinen Zweifel in der Stimme.

»Du bist der einzige Mann auf der Welt, mit dem ich je verheiratet sein will. Wenn ich dich nicht kriege, dann heirate ich die Ya-Yas.«

Jack lachte. Er sah ihr in die Augen.

»Du könntest alles machen, Vivi. Du könntest alles mögliche werden. Alles, was du willst.«

»Werden wir Kinder haben?« fragte sie. »Laute, hübsche Kinder?«

»Wenn du willst, kriegen wir welche. Wenn nicht, dann nicht. Wie *Maman* sagt: ›Nirgends in der Bibel steht geschrieben, daß jede Katholikin eine *ripopée* haben muß.‹«

»Was ist eine *ripopée?*«

»Eine Horde ungezogener Kinder.«

Vivi lachte.

»Ich kann so viele haben, wie ich will, oder?« sagte Vivi. »Oder gar keine.«

»In Ordnung.«

»Vielleicht ein Dutzend.«

»Okay, im Dutzend billiger.«

»Wir setzen sie alle in Kanus und fahren mit ihnen die Bayous hinauf und hinunter, wir bringen ihnen Geige spielen bei und Ziehharmonika –«

»*Maman* wird sie fürchterlich verziehen. Wir könnten eins nach ihr nennen.«

»Mann, wir sollten *zwei* nach ihr nennen! Teensy und ich werden dann richtige Schwestern. Wir kriegen ein Haus mit drei Stockwerken und züchten Collies, ja? Und was hältst du von einem Tennisplatz. Können wir auch einen Tennisplatz haben?«

Jack brachte Vivi mit einem Kuß zum Schweigen.

Mein Vater, dachte Jack, mein Vater wird schon sehen, was ich für ein Kerl bin, und er wird sehr, sehr stolz auf mich sein.

»Weil«, sagte Teensy, während sie einen Schuß Rum in ein Glas mit Coca-Cola goß und es Vivi reichte, »weil ich Jack habe *schwören* müssen, kein Sterbenswörtchen zu verraten, ehe er es dir nicht *selbst* gesagt hat.«

Nachden die Ya-Yas an diesem Abend von ihren diversen Verabredungen nach Hause gekommen waren, saßen sie nun, nur mit ihrer Unterwäsche bekleidet, auf der oberen Veranda der Whitmans, wo sie immer schliefen, und rauchten und plauderten.

»In diesem ganzen Louisiana gibt es keine einzige verdammte frische Brise«, meinte Caro. Sie hatte sich in die Polster eines Rattansessels fallen lassen, hatte die Füße gegen die Fliegendrahttür gestemmt und rauchte eine Zigarette.

»Er hat's nur *maman,* Vater und mir heute morgen erzählt«, fuhr Teensy fort. »Vater ist am Nachmittag von der Bank mit einer Flasche französischem Champagner heimgekommen, um zu feiern. Stellt euch mal vor – *französischer Champagner!*«

»Das kann auch nur dein Vater – an so was ranzukommen, mitten im Krieg«, meinte Caro.

»Ich habe noch nie erlebt, daß Vater um Jack soviel Getue gemacht hat. Weder als er Klassensprecher wurde, noch als sie ihn zum Kapitän der Basketballmannschaft ernannt haben. Papa sagt, er will, weil Jack sich freiwillig gemeldet hat, eine Ehren-Altmetallsammlung für ihn organisieren, wo alle schwarze Anzüge anhaben, und wir sollen uns auch in Schale werfen.«

»Was meint denn Genevieve überhaupt dazu?« fragte Vivi. Sie saß neben Necie auf der Verandaschaukel und preßte ihr Glas gegen die Schläfe.

»*Maman* hat gefragt, ob es zu spät dafür sei, seine Meinung zu ändern«, antwortete Teensy. »Vater hat sie unpatriotisch genannt. Papa sagte: ›Mein Gott, Weib, hier geht es um Frankreich, um eine freie Welt!‹ Ihr wißt, wie er sich in etwas hineinsteigern kann. Dann hielt er eine kleine Rede und trank auf Jacks Wohl. *Maman* hat den Champagner nicht mal angerührt, obwohl sie ihn sonst so schätzt. Sie ging nach oben, und nach einer Weile ging Jack zu ihr, um nach ihr zu sehen.«

Teensy lag auf einem der Betten und fächelte sich mit Genevieves Vetiver-Fächer Luft zu. »Der erste von uns, der sich gemeldet hat. Sicher machen es ihm jetzt viele nach, was meint ihr?«

Die anderen drei gaben keine Antwort.

»Meint ihr nicht? Ist das nicht toll?« fragte Teensy.

»Ja, richtig toll, aufregend, Jimmy Stewart«, sagte Vivi. »Nur wird er jetzt sehr lang sehr weit weg sein. Und er wird hoch in der Luft in einer kleinen Zigarre aus Metall sitzen müssen, während die Deutschen versuchen, ihn abzuschießen.«

»O Gott«, sagte Necie, »so hab ich das noch gar nicht gesehen.«

»Natürlich nicht, Miss Apfelblütenprinzessin«, sagte Caro.

»Jack ist zum Spring Creek gefahren, nachdem er mich hier abgesetzt hat«, bemerkte Vivi.

»Vater hat ihm ein ganzes Heft Benzinmarken gegeben«, sagte Teensy.

»Madonna im Himmel!« rief Caro aus. »Ist dein Vater der *Chef* vom Schwarzmarkt? Der kommt ja wirklich an alles ran.«

»Keine Ahnung«, antwortete Teensy. »Ich stelle nie Fragen.«

»Ein paar von den anderen Jungs sind auch dabei«, fuhr Vivi fort und zog an ihrer Lucky Strike. »Sie feiern eine Art Abschiedsparty, nehme ich an. Sie wollen draußen am Fluß übernachten.«

»Mann, die hätten uns mitnehmen sollen«, meinte Teensy. »Dort ist es immer viel kühler. Diese schwüle Feuchtigkeit hier macht mich völlig fertig. Ich wollte, jemand würde mich *auswringen!*«

»Vivi hätte er wenigstens mitnehmen sollen«, sagte Caro und ging in die entfernte Ecke der Veranda. Ihre nackten Füße tappten über die Holzdielen. Sie kehrte um und kam zu den anderen zurück, nahm ein Kissen und fächelte Vivi damit Luft zu.

»Wann fährt er?« fragte sie. »Wo kommt er hin? Wie geht's überhaupt weiter?«

»Ich finde, die beim Air Corps haben die hübscheste Uniform, was meint ihr?« fragte Necie.

»Mein Bruder braucht keine Uniform, damit er gut aussieht«, antwortete Teensy.

»Gibt's noch was zu trinken?« fragte Vivi und hielt ihr Glas hoch.

Teensy schenkte noch etwas von Mr. Whitmans Schwarzmarktrum nach, und der Vollmond leuchtete über Zentral-Louisiana. Es war kein schäbiger, billiger Mond. Es war ein Mond, vor dem man den Hut ziehen mußte. Ein riesiger, mächtiger, geheimnisvoller, wunderschöner, gebieterischer Mond. Einer, der alles auf dem Silbertablett serviert bekommt. Das Zirpen der Grillen und Zikaden und das Klirren der Eiswürfel gegen die Gläser der Mädchen mischte sich mit dem Klang ihrer Stimmen und Seufzer. Von ihrem Platz auf der Veranda aus konnten sie ein Paradies von Sternen sehen, das dem Mond in nichts nachstand.

Abwechselnd stellten sie sich vor den Ventilator und hielten sich nasse Handtücher vor den Körper. Sie versuchten, sich auf die Betten zu legen, aber selbst die Laken fühlten sich feucht an. Als nichts half, fing Teensy an zu stöhnen.

»Los!« kommandierte sie, »stöhnt mit mir. Ich garantiere euch, dann fühlt ihr euch besser, *mes chères!*«

Nun stöhnten also alle vier, bis irgendwo ein Hund zu jaulen begann und sie lachen mußten, weil es so klang, als wollte er sich mit ihrem Rudel unterhalten.

»Würde denn Tallulah hier sitzen bleiben und warten, bis sie vor Hitze umkommt?« fragte Teensy.

»Hör mal, Freundchen«, sagte Caro, »nicht mal Eleanor Roosevelt würde hier in der Hitze schmachten, und die ist eine von den ganzen Zähen.«

Die vier Mädchen hatten nichts am Leib außer ihren Höschen und alten Pyjamaoberteilen aus Seersucker, die ihre Väter ausrangiert hatten. Sie schoben Genevieves Cabrio die lange Auffahrt hinunter, und dann setzte sich Vivi hinters Steuer und ließ den Motor an. Sie hatten nur wenige Tropfen Benzin im Tank, konnten also nicht weit kommen.

»Ich weiß einfach, daß wir das nicht tun sollten«, sagte Necie. »Wir hätten *wenigstens* unsere Schlafanzughosen anziehen sollen.«

»Necie, hör mal, wie begehen hier keine Todsünde«, sagte Teensy.

»Ich entsinne mich nicht, daß das auf der Sündenliste des Baltimore-Katechismus aufgeführt ist«, sagte Vivi.

»Moses hat kein Wort von Schlafanzughosen gesagt, als er von dem Berg herunterkam«, sagte Caro.

»Eigentlich bedeckt so ein Oberteil mehr von unserem Körper als ein Badeanzug«, sagte Necie.

Im Fahren schien es Vivi, als ob nicht nur die Körper der Ya-Yas Wasser ausschwitzten, sondern auch die Erde und der Himmel. Die Luft, die sie atmeten, schien fast flüssig zu sein. Der Mond verströmte sein Licht auf die Schultern und Knie und Köpfe der vier Freundinnen, so daß ihr Haar aussah, als würde es Funken sprühen. Aus dem Radio tönte »Bewitched, Bothered, and Bewildered«. Vivi hatte keine Ahnung, wohin sie eigentlich fuhr, aber sie wußte, welche Richtung sie auch immer einschlug, ihre Freundinnen würden sie begleiten.

Sie parkte das Auto beim Stadtpark, neben einer Baumgruppe, nicht weit vom städtischen Wasserturm mit dem Hochbehälter. Sie schaltete Zündung und Licht aus und drehte sich um zu den anderen: »Jemand dafür, daß wir da hochklettern?«

»Super Idee«, sagte Caro und sprang einfach aus dem Cabrio, ohne die Wagentür zu öffnen.

»Oooo ja!« rief Teensy.

»Die mögen es aber nicht, wenn man da raufgeht«, sagte Necie.

»Das ist einer der Gründe, weswegen wir es machen, Gräfin«, meinte Caro.

»Nur die Männer von der Parkverwaltung dürfen da raufgehen«, sagte Necie. »Im Ernst.«

»Necie-Baby«, sagte Vivi und stieg aus dem Wagen, »halt die Klappe, *s'il vous plaît.*«

»Hört mal«, fuhr Necie fort, »wir *können* da nicht rauf. Das verstößt gegen das *Gesetz.*«

»Genau«, lachte Teensy. »Es ist *verboten.*«

Necie starrte die drei einen Moment ungläubig an, dann öffnete auch sie die Wagentür und schloß sich den anderen an.

»Ich möchte nicht einmal darüber nachdenken, was uns alles passieren könnte«, sagte sie.

»Dann tu's auch nicht, Herzchen«, sagte Caro und legte den Arm um sie.

»Dann denk ich mir eben schnell ein paar hübsche rosa und himmelblaue Gedanken«, seufzte Necie.

Sie gingen auf die Rückseite des Turms, wo eine einfache Leiter knapp zwei Meter über dem Boden endete. Gegenseitig gaben sie sich Hilfestellung, und weil Caro am größten war, kletterte sie als letzte hoch. Als Vivi sich hinaufkämpfte, klopfte ihr Herz wie wild, und der Schweiß lief ihr den Rücken hinunter. Wenn schon die drückende Hitze, der Rum und die späte Stunde nicht ausgereicht hatten, sie in Trance zu versetzen, dann tat es jetzt dieser vollkommene Mond.

Oben angekommen, kletterte Vivi auf einen schmalen Steg, der rings um den Wassertank führte. Es war ein alter, hölzerner Tank, wie ihn die Eisenbahn früher benutzte, der aber jetzt von der Stadt wieder verwendet wurde, weil der Wasserverbrauch durch die nahe gelegene England Air Force Base und das Lager von Camp Livingstone enorm angestiegen war. Von ihrem

Platz, etwa sieben Meter über dem Boden, sah Vivi auf Thornton hinunter.

Sie dachte an ihre Eltern, an Pete und an Jezie Baby und an ihr freudloses Zuhause. Wie steif und verkrampft Buggy wurde, wenn ihr Ehemann in die Nähe kam; die Art, wie sie mit verzerrtem, dünnlippigem Mund sagte: »Hier ist das Abendessen, Mr. Abbott.« Sie dachte daran, wie ihr Vater über ihre Mutter spottete, wegen ihrer Hauskleider, ihrer von der Gartenarbeit schmutzigen Fingernägel und ihrer geweihten Kerzen. Sie dachte an den leichten Geruch von Scotch aus seinem Mund, den auch das Mundwasser nicht ganz überdecken konnte. Sie dachte an das klirrende Geräusch der Metallschließe an seinem Ledergürtel.

Die Unzufriedenheit ihrer Mutter hatte sich in ihren eigenen Körper eingeschlichen. Seit der Geburt von Vivis kleiner Schwester Jezie schlief Buggy nur noch im Kinderzimmer auf einer Liege an der Wand. Obwohl Vivi das Gefühl nicht in Worte fassen konnte, merkte sie, wie erschöpft sie war von dem ständigen Bemühen, ihre Vitalität wenigstens zum Teil zu bremsen, damit sie ihre Mutter nicht noch trauriger machte. Mit fünfzehn beherrschte es Vivi Abbott bereits meisterhaft, große Teile ihres Ichs immerfort zu unterdrücken, obwohl sie nach außen hin stets ausgelassen und fröhlich wirkte.

Sie wußte nicht, daß diese Maskerade ihr nicht guttat. Und sie hatte auch keine Ahnung davon, wie früh ihre Mutter selbst hatte lernen müssen, ihr Inneres zu verschließen. Es gab vieles, was Vivi nicht über ihre Mutter wußte.

Sie hatte nie von dem Alptraum erfahren, der Buggy immer wieder quälte. Mit zwölf Jahren hatte Buggy ein Tagebuch geführt, dem sie ihre intimsten Gefühle und kleine selbstverfaßte schwärmerische Gedichte anvertraute. Sie schrieb über die Wut, die sie gegenüber ihrer Schwester Virginia und ihrer Mutter Delia empfand. Sie schrieb romantische, gefühlvolle Gedichte über Feen, die Liebe, die Jungfrau Maria und über ihre Liebe zu Pferden (die sie sich nicht zu reiten getraute).

In Buggys Alptraum spielte sich alles so ab, wie es tatsächlich im Jahr 1912 geschehen war. Delia fand das Tagebuch und war außer sich über Buggys geheime Gedanken. Sie zwang Buggy, ihr und Virginia in den Garten zu folgen. Dann riß sie die Seiten aus dem Buch und reichte sie, eine nach der anderen, Virginia, die sie ins Feuer warf.

»Buggy«, hatte Delia ihr erklärt, »du kannst nicht schreiben. In deinem erbärmlichen Leben gibt es nichts, über das es sich zu berichten lohnt. Wenn jemand schreiben kann, ist es Virginia.«

Als Buggy zusehen mußte, wie ihre Träume und Geheimnisse sich in Rauch auflösten, schwor sie sich, es ihrer Schwester heimzuzahlen. Sie hielt diesen Schwur. Mit neunzehn brachte sie es fertig, dank eiskalter Berechnung, Taylor Abbott ihrer Schwester Virginia auszuspannen und ihn dazu zu bringen, sie zu heiraten. Er sagte ihr, sie sei das süßeste kleine Ding im ganzen Kreis Garnet und sie möge doch für immer sein kleines Mädchen bleiben.

Aber Buggys Sieg hatte seine Tücken. Sie hatte einen Mann bekommen, der sie vom ersten Tag an belog.

Oben auf dem Wasserturm fühlte Vivi, wie sie sich allmählich entspannte. Was für ein netter kleinstädtischer Nervenkitzel das hier oben war, so als ob man vom obersten Stockwerk eines hohen Gebäudes aus einer Parade zusähe. Sie konnte die Bartflechten-Tillandsien sehen, die von den Eichen im Stadtpark herunterhingen. Sie konnte die Kamelienbüsche und Azaleen erkennen, die Salbeistauden, sie roch den nachtblütigen Jasmin. Sie schloß die Augen und stellte sich ihr Elternhaus vor. Sie sah in ihr Schlafzimmer hinein, sah das Himmelbett mit dem seidenen Baldachin, das Delia für sie in New Orleans gekauft hatte; sie sah den neuen Toilettentisch, den sie von ihrem Vater zum fünfzehnten Geburtstag bekommen hatte, auf dem ein Foto stand von Jack in seinem Basketballtrikot, die Geige in der Hand; sie sah den geräumigen Schrank, vollgestopft mit ihren Schuhen und Twinsets; den Deckenventilator; den Tennisschläger, der am Nachtkästchen lehnte; ihre Tennistrophäen; unzählige Fotos von den Ya-Yas und eines von Jimmy Stewart.

Neben dem Haus ihrer Eltern stellte sich Vivi ihre Straße vor, schließlich die ganze Gegend, in der sie wohnte. Sie beschwor alle Leute herauf, die sie kannte, und auch die wenigen, die ihr noch nicht begegnet waren. Sie sah, wie sie sich unruhig im Bett hin und her wälzten, weil es zu heiß zum Schlafen war. Sie sah die Lichter auf den Veranden; kleine Lichtstreifen, wo eben eine Kühlschranktür geöffnet wurde und jemand hineingriff unter dem Vorwand, eine Flasche Milch holen zu wollen, nur damit er die kühle Luft im Inneren fühlen konnte. Sie sah kleine Nachtlichter in den Kinderzimmern brennen, wo die Babys ihre Seersucker-Träume träumten, selig betäubt von der Hitze, die rosaroten Körperchen an weiche Baumwolle geschmiegt, ohne Furcht vor dem Krieg, die starken winzigen Herzchen pochend im Einklang mit den Bäumen und den Flüssen und den Bayous.

Vivi sah das Flackern der Kerzen für die Seelen der Verstorbenen in der Kirche; sie entdeckte die kleinen, glühendroten Punkte an den Enden der Zigaretten, die von den Lippen der übernächtigten Geschöpfe baumelten, die in den Gärten umherwanderten und auf den winzigsten Windhauch hofften; sie sah das schwache Licht der Radiogeräte, die die ganze Nacht angeschaltet blieben, falls eine Warnung durchgegeben wurde, falls die Nazis oder Japaner in dieser fieberheißen Nacht angriffen und die Schreckensvorstellungen wahr werden ließen, die in den Köpfen der Leute herumspukten, wenn die Bank ihre Schalter öffnete, wenn die Milch ausgefahren wurde, wenn die Hostie sich in Fleisch und Blut verwandelte.

Vivi flog immer höher, ließ die Stadt weit unter sich, bis sie nicht mehr die Bäume, die Straße, die entzückten oder bangen Gesichter sehen konnte. Sie erhob sich über all jene vergessenen Dinge, die zwischen den Menschen in der Luft schweben. Sie stieg immer höher, bis sie Bunkie und Natchitoches sehen konnte und daß der Cane River viel eher ein See war und wie der Garnet River in den Mississippi mündete; sie schwebte über dem Spring Creek, den kühlen, schattenspendenden Bäumen und den mit Kiefernnadeln bedeckten Pfaden, die zu der Hütte führten, in der Jack heute nacht schlief. Sie glitt hinweg über die Schwertlilien mit ihren graugrünen Knospenspitzen, über die trägen Wasser der Bayous mit den stummen Zypressen an ihren Ufern; über die Sümpfe; über die Baumwollfelder; über die armseligen Hütten, in denen die erschöpften schwarzen Männer und Frauen schliefen, die tagsüber den Rücken krumm machten, um die Baumwolle zu pflücken; über die Felder mit Reis, mit Rohrzucker; über die Sumpfmyrte; über die Millionen kleiner Mündungen, über die Krebse in ihren Betten aus Schlamm.

Dann ließ sie auch das hinter sich und stieg bis zu den Wolken empor, die, vollkommen in ihrem kühlen Dunst, dem Himmel nahe waren. Sie sah die ganze kleine Erdkugel unter sich, blau und weiß, die sich immerfort drehte in diesem schrecklich-schönen Weltall. Menschen nahm sie nicht wahr, nur Herzen, pochende Herzen, unzählige Herzen; und das Geräusch des Atmens.

In dieser Welt lebte Vivi Abbott, fünfzehn, labil und haltlos. Dergestalt waren die Orte, die sie bereiste, wenn sich nur ein winziges Tor in ihrem Inneren öffnete und ihr Geist sich plötzlich frei bewegen konnte. Diese Geschmeidigkeit ist Gnade und Fluch zugleich, und die Risiken sind beträchtlich.

Einen Moment hatte Vivi den Boden unter den Füßen verloren. Und dann kam der rasante freie Fall und vermittelte ihr das schockierende Gefühl, daß nichts von Dauer ist, und panikartig wurde sie sich plötzlich ihrer eigenen *Vergänglichkeit* bewußt. Sie wollte sich an die Wolken klammern, wollte den großartigen Überblick nicht verlieren. Sie wollte nicht auf die Erde zurück.

Als sie wieder auf dem Wasserturm stand, im Stadtpark, im Herzen Louisianas, kam Vivi der Gedanke: Mit Jack Whitman wird sich mein Leben verändern. *Du kannst werden, was du willst, Vivi. Alles mögliche,* hatte er gesagt.

Und dann dachte Vivi noch: *Wenn Jack im Himmel verschwindet, werde ich einfach verwelken und sterben.*

Caro war es, die herausfand, wie sich der Deckel des Wassertanks öffnen ließ. Es war schwierig und erforderte einige Anstrengungen, aber die Ya-Yas waren raffiniert, und sie kamen fast um vor Hitze.

Seersucker flatterte durch die unbewegte Luft und landete auf dem ausgedörrten Boden. Die Ya-Yas schlüpften aus ihren Höschen und vergaßen alles über Altmetallsammlungen. Sie redeten kaum, und noch weniger dachten sie. Sie ließen sich in die kühle, klare, fließende Umarmung des städtischen Wasserbehälters gleiten.

Eine kühle, andächtige Stimmung lag in der Luft, als die Ya-

Yas auf dem Rücken liegend ihren Kopf eintauchten und das Haar um ihre Schultern wogte. Sie blickten zum klaren Himmel hinauf, wo es keinen Krieg gab. Sie zählten die Sterne, fanden den Pegasus und entdeckten natürlich die Venus. Sie berührten sich mit den Zehen und streckten graziös die Beine himmelwärts wie Esther Williams.

Vivi gab sich voll und ganz dem Wasser hin. Ein schwarzer Stein, der in ihrer Brust wohnte, verschwand vorübergehend. Sie holte tief Luft, und beim Ausatmen war es, als blase sie eine Kerze aus. Ihr Magen entkrampfte sich, ihre Schultern entspannten, das Schwindelgefühl verließ sie. Dann begann sie zu weinen.

Nach kurzer Zeit, und ohne irgendeine Erklärung, gesellten sich zu Vivis Tränen die von Teensy. Dann die von Necie. Und auch ein paar von Caro. Die Tränen flossen über ihre Gesichter, hinein in das Gemeindewasser. Sie weinten, weil durch Jacks Eintritt in die Armee ihre festgefügte kleine Welt sich dem übrigen leidenden Universum geöffnet hatte. Sie weinten, weil sie in ihren hochempfindlichen Ya-Ya-Knochen spürten, daß sie nicht mehr dieselben waren.

Durch einen Tränenschleier sah Vivi den Mond an. Ein stummes Gebet für Jack kam ihr in den Sinn:

> *Mondlicht am Sommerhimmel, blicke herab auf meinen Geliebten. Scheine auf ihn, wenn er nicht in Gefahr ist, und scheine auf ihn, wenn er am feindlichen Himmel fliegt. Mögen seine Fahrten gen Himmel ihn in deine Nähe führen, damit er, wenn ich nicht bei ihm sein kann, in Sicherheit ist. Sag ihm, ich liebe ihn, sag ihm, ich sehne mich nach ihm, sag ihm, ich warte immer auf ihn. Dein milchiger Schein kann ihn vor jedem Feind schützen. Er ist ein empfindsamer Junge, laß ihn nicht leiden. Mondlicht über der einzigen Stadt, die ich kenne, bring mir meinen Geliebten zurück, so daß wir leben und glücklich sein können.*

Vivi wandte sich ihren Freundinnen zu, und sie sah Teensy und Caro und Necie, wie sie sie noch nie zuvor wahrgenommen hatte. Sie schienen von innen heraus zu leuchten, als ob in ihrem Körper eine Laterne brannte. Sie kamen ihr sehr alt und gleichzeitig sehr jung vor. Sie sahen unbesiegbar und doch wieder sehr sehr zerbrechlich aus. Ihre Körper waren die Masse und das Gewicht, die ihr Halt gaben, die sie der Wirklichkeit näher brachten. Sie sah sie an und liebte sie und war von Dankbarkeit überwältigt.

Officer Roscoe Jenkins wußte nicht recht, was er davon halten sollte, als er die vier Schlafanzugoberteile auf der Erde liegen sah. Er war gerade unterwegs auf Streife, als er das Cabrio am Rand des Rasens entdeckte, und er fragte sich, ob vielleicht jemandem das Benzin ausgegangen war. Die Nacht war so hell, daß er eigentlich gar keine Taschenlampe brauchte, aber als er sie auf die Schlafanzugjacken richtete und die gestickten Monogramme entdeckte, wuchs seine Verwirrung. Als er dann die Höschen fand, war er höchst alarmiert. Er nahm die Jacken an sich und sah sich um, konnte aber nichts Verdächtiges entdecken. Dann hörte er das gedämpfte Geräusch von plätscherndem Wasser. Er riß seine Taschenlampe nach oben in Richtung Wasserturm, und da meinte er, eine nackte Frau gesehen zu haben.

Als die Ya-Yas endlich eingewilligt hatten, vom Turm herabzusteigen, war Officer Roscoe Jenkins wieder jeder Zoll ein Gentleman. Diskret den Blick abwendend, überreichte er jeder von ihnen eine Schlafanzugjacke, ehe er sich selbst auf den Turm hinauf begab, um zu kontrollieren, ob sie auch wirklich den Deckel ordnunggemäß wieder angebracht hatten. Diese jungen Damen waren ihm nicht unbekannt. Das Whitman-Mädchen kannte er schon, seit sie es fertiggebracht hatte, sich eine Pekannuß die Nase hochzuschieben, als sie vier oder fünf gewesen war. Er blies die Backen auf und schüttelte den Kopf, eher verlegen als ärgerlich. Die Tatsache, daß er die Bande lieber in ihrem eigenen Cabrio hinter seinem Streifenwagen her zur Wache fahren ließ, war nicht ein Zeichen seines Vertrauens. Vielmehr machte ihn die Vorstellung, er müsse in einem Wagen mit diesen vieren sitzen, ehrlich gesagt ein wenig nervös.

In Genevieves Auto war eine kleine Diskussion im Gange

darüber, ob sie ihm wirklich nachfahren oder nicht lieber Gas geben und in die Berge verschwinden sollten (natürlich gab es überhaupt keine Berge).

Teensy gab schließlich den Ausschlag: »Na kommt schon, ich war noch nie im Kittchen!«

Als ihre Väter völlig verknittert und schwitzend in der Polizeiwache eintrafen, berieten sie sich miteinander.

»Zu schade, daß wir ihre Energie nicht nützlich einsetzen können. Es wäre ein Gewinn für die Alliierten«, meinte Caros Vater.

»Was mich so verblüfft, ist ihr totales Desinteresse daran, wie sie im Licht der Öffentlichkeit erscheinen«, sage Teensys Vater. »Mein Sohn hat etwas Lobenswertes getan, und nun entpuppt sich meine Tochter als gemeine Kriminelle. Die vier sind ein Quartett der Peinlichkeit, seit sie meine Familie in Atlanta gedemütigt haben.«

»Ich frage mich, wie das Wasserwirtschaftsamt es anstellt, diesen Wasserbehälter wieder sauberzukriegen«, sagte Necies Vater.

»Eine Nacht in der Zelle könnte nicht schaden«, sagte Mr. Abbott. »Vielleicht werden ihnen so die Flügel ein wenig gestutzt.«

»Anzeigen?« fragte Roscoe ungläubig.

»Anzeigen«, waren sich die Väter einig. Dann gingen sie.

»Anzeigen«, rief Teensy aus und umklammerte theatralisch die Gitterstäbe. »Ist das nicht *wunderbar* ausgedrückt!«

»Im *Knast!«* sagte Caro.

»Eingesperrt wegen unserer Überzeugungen«, sagte Vivi.

»O Gott«, sagte Necie.

Die Zelle, in die die Mädchen geführt wurden, war wahrscheinlich einer der kühlsten Schlafplätze in ganz Thornton. Im Kellergeschoß, mit Fenstern auf beiden Seiten und angelehnter Tür (ganz zu schweigen von dem Ventilator, den Officer Roscoe Jenkins von seinem Schreibtisch abgezogen und auf einem Tischchen gleich außerhalb der Zelle aufgestellt hatte), war die Zelle ausgesprochen angenehm. Ihre Haare waren immer noch feucht, ihre Körper noch kühl vom Wasser, und Roscoe brachte ihnen Soda aus dem Kühlschrank der Wache, für das sie sich höflich bedankten.

»Roscoe«, verkündete Vivi, »wenn ich mal meine Memoiren schreibe, werden Sie *weit* mehr als eine Randfigur sein.«

Die Ya-Yas lagen auf ihren Pritschen und tranken ihr Soda.

»Mein *père* hat nicht Spur, nicht die *Spur* Menschenverstand. Jack kann froh sein, daß er von ihm wegkommt«, sagte Teensy.

»Wir sind *keine* gewöhnlichen Kriminellen«, sagte Caro.

»Nichts an uns ist gewöhnlich«, sagte Necie.

Vivi blickte hinauf zur niedrigen Decke der Zelle. Manchmal muß man eben höheren Gesetzen als denen von Thornton gehorchen. Zu viele Menschen verkriechen sich in ihren Zimmern, wenn der Mond am hellsten scheint, wenn er sein strahlendes Licht über uns ausschüttet, ob wir wollen oder nicht.

Als die Ya-Yas in dieser Nacht im Stadtgefängnis von Thornton schliefen, liebte sie der Mond. Nicht weil sie schön waren, oder vollkommen, oder forsch, sondern weil sie seine reizenden Töchter waren.

17

Hätte Sidda Walker Vivi und die Ya-Yas im Schein dieses Sommermondes 1942 sehen können, ihre sich berührenden jungen Körper, die im Mondlicht schimmernden Brüste, wäre sie sich ihrer göttlichen Herkunft bewußt gewesen. Sie hätte gewußt, daß in ihrer Mutter eine besondere, elementare Kraft floß, einem unterirdischen Strom gleich, und daß dieser Strom auch in ihr floß. Welche Wunden auch immer Vivi ihr zugefügt hatte durch ihr unberechenbares Hin- und Herpendeln zwischen Lebensbejahung und Vernichtung, so hatte sie ihr doch andererseits eine immense Begeisterungsfähigkeit vererbt.

Beklemmung befiel Sidda, als sie die Stufen zum Lake Quinault hinunterging. Auch wenn der Mond sich großspurig aufblähte und zu einer mächtigen Kugel anschwoll, nahm Sidda doch nur ihre eigene Verwirrung und nervöse Entschlossenheit zur Kenntnis, den Dingen auf den Grund zu gehen. Aber ein Sommermond kann mangelnde Beachtung nur eine gewisse Zeit lang dulden. Gerade als Sidda den Fuß auf die nächste Stufe setzen wollte, berührte das Mondlicht sie sachte an der Schulter und zwang ihren Blick himmelwärts. Sie atmete ein, tief und lang, und als sie die Lungen wieder leerte, spürte sie auf einmal in ihrem Inneren eine nie dagewesene Weite.

Sidda bewunderte den perlweißen Zauber des Mondes und dachte, Madonna im Himmel, wegen so einem Mond wurde das Wort »wundervoll« erfunden.

Sie setzte sich auf die hölzernen Stufen zu Hueylene. Sidda fühlte das Pochen ihres Herzens und nahm das Gezirpe der Grillen am Seeufer wahr.

Zu ihrer eigenen Überraschung fing sie plötzlich an, eine Melodie zu summen. Schon lange hatte sie nicht mehr einfach vor sich hin gesungen. Sie begann mit »Blue Moon« und sang die zweite Stimme, die ihr vor vielen Jahren ihre Tante Jezie beigebracht hatte. Dann ging sie über zu »Shine on, Harvest Moon«, und als sie zu den Zeilen kam »I ain't had no lovin' since January, February, June, or July«, klopfte ihr Fuß den Takt leise mit.

Auch Hueylene pochte mit dem Schwanz gegen die hölzernen Stufen. Während Sidda den Hund streichelte, drehte sie sanft ihren Kopf von einer Seite auf die andere, und dabei merkte sie, wie verspannt sie im Nacken und in den Schultern war. Wieviel so ein menschlicher Kopf wohl wiegen mochte? Zwanzig, fünfundzwanzig Pfund? Sie hielt sich den zarten Stiel vor Augen, der ihren Kopf mit dem Herzen verband, und ein leises Gefühl der Dankbarkeit stieg in ihr hoch. Sie fragte sich, ob sich Angst wohl durch Dankbarkeit ersetzen ließ.

Aus Siddas Grübeleien erwuchs ein Summen. Allmählich entstand daraus eine Melodie: »Moon River«. Sie sang den Text und erinnerte sich, daß dieses Lied eine Zeitlang, Anfang der sechziger Jahre, kurz nachdem der Film »Frühstück bei Tiffany's« angelaufen war, das Lieblingslied ihrer Eltern gewesen war. Wenn sie mit Vivi und Shep in dieser Zeit das Chastain's Restaurant betreten hatte, war sie immer vor Stolz ganz rot geworden, weil der Mann am Klavier abrupt mit seinem Lied aufhörte und zu Ehren ihrer Eltern »Moon River« spielte. Wie hochgeboren dies ihre Familie erscheinen ließ. Nehmen wir mal an, es war ein Samstagabend – ungefähr im Jahr 1964. Der Sommer ging seinem Ende zu, und alle hatten den Schimmer der Sonne noch auf dem Gesicht. Angenommen, Vivi trug ein schmales Kleid aus beigem Leinen und Shep hatte ein sportliches Sakko über seinen Khakihosen an. Sidda und Lulu trugen ihre neuen Sommerkleider, und Little Shep und Baylor sahen frisch und adrett in ihren Polohemden aus. Angenommen, sie hatten Lobster bestellt und alles verlief zu ihrer Zufriedenheit. Auf dem Tisch standen Fingerschalen, und nach dem Essen sagte Shep wie üblich: »Vorzüglich. Ich bin *elefantös* gesättigt.«

»Two drifters«, trällerte Sidda, »off to see the world. There's such a lot of world to see.« Sie sang alle Strophen des Lieds, genau wie Vivi sie ihr beigebracht hatte.

Mama hat mir gezeigt, wie schön Singen ist, dachte Sidda. Heutzutage singt kaum jemand mehr so wie wir früher.

Sidda wußte nicht, daß die Leute noch viel mehr gesungen hatten in der Zeit, als Vivi selbst noch ein Kind gewesen war. So etwas steht in keinem Geschichtsbuch. Wie die Leute auch außerhalb ihrer Wohnung stets ein Lied auf den Lippen hatten. Damals, in den dreißiger und vierziger Jahren, konnte man in Thornton, Louisiana, nicht auf die Straße gehen, ohne daß man jemanden singen hörte. Singen oder pfeifen. Hausfrauen trällerten, während sie die Wäsche aufhängten. Die alten Sonderlinge und Käuze pfiffen ein Liedchen, während sie vor dem Gerichtsgebäude in der River Street herumlungerten. Gärtner summten vor sich hin beim Unkrautjäten oder Hacken. Kindern sangen aus voller Kehle, wenn sie auf ihren Fahrrädern die Gegend unsicher machten. Selbst seriöse Geschäftsleute betraten oder verließen fröhlich pfeifend die Bank. Damals hatten die Leute ein Klavier im Wohnzimmer stehen und keinen Fernsehapparat. Der Gesang war keineswegs immer ein Zeichen von Freude, gelegentlich hörte man Trauerlieder oder die alten Kirchenlieder. Und oft war es die Musik der schwarzen Bevölkerung, die in Vivi eine Traurigkeit auslöste, die sie nicht beschreiben konnte. Damals, schien es, gab es niemanden, der nicht gesungen hätte.

In Siddas Kindheit brachte Vivi ihnen Lieder bei, wenn sie den Bus verpaßt hatten und sie mit dem Auto in die Schule gefahren wurden. Jedes ihrer Kinder konnte pfeifen, noch bevor es buchstabieren konnte, und sie legte größten Wert darauf, daß sie alle ihre Lagerfeuerlieder und ihre Lieblingsmelodien der vierziger Jahre beherrschten. Sidda und ihre Geschwister konnten alle Strophen von »Pennsylvania 6-5000«, »Can't Help Lovin' That Man of Mine« und »Chattanooga Choo-Choo«, noch ehe sie Schleifen binden konnten.

An guten Tagen setzte sich Vivi an den Stutzflügel, den Buggy ihr geschenkt hatte, und tat so, als wäre das Wohnzimmer eine

Pianobar. Manchmal stimmte sogar Shep mit ein, wenn sie sang »You Are My Sunshine« oder »Yellow Rose of Texas«.

Dann wandte Vivi sich ihm zu und sagte: »Donnerwetter, du hast wirklich eine *wunderbare* Stimme. Du solltest viel öfter singen! Warum stellst du dein Licht so unter den Scheffel?«

Das machte Shep dann jedesmal verlegen, und er murmelte: »Du bist der Künstler in unserer Familie, Viviane.« Und dann zog er sich in die Küche zurück, um sich noch einen Drink zu machen.

Sidda genoß es sehr, wenn Shep bei der allgemeinen überschwenglichen Begeisterung mitmachte, die ihre Mutter unterstützte. Diese Gelegenheiten waren jedoch selten, da er sich im allgemeinen ziemlich rar machte. Shep liebte seine Kinder, und er liebte seine Frau. Aber er verstand viel mehr von der Landwirtschaft und der Entenjagd als vom Familienleben. Meistens beschränkte er sich darauf, nur das zu tun, was er wirklich gut konnte. Sidda konnte es an den Fingern abzählen, wie oft sie mit ihrem Vater allein gewesen war, und da war sie eigentlich schon erwachsen gewesen. Ihm war eine für ihn typische rustikale Poesie zu eigen, und doch wirkte er schroff, abweisend, wegen des Bourbons und einer Melancholie, die er nicht in Worte fassen konnte.

Shep Walker war längst nicht so überschäumend wie Vivi, aber immer mal wieder überraschte er die anderen durch seine höchst witzigen Einfälle. Wie damals an diesem Weihnachtsabend, als er mit Cowgirl- und Cowboykostümen nebst Hüten und Stiefeln für die gesamte Familie nach Hause kam. Selbst für ihren Cockerspaniel hatte er ein lustiges buntes Hütchen besorgt. Er war wegen dieser seiner Idee so entzückt über sich selbst, daß er so viel Charme aufbringen und Vivi dazu überreden konnte, daß alle (außer dem Hund) in dieser Cowboyaufmachung zur Christmette gehen durften. Nach der Kirche, als sich zahlreiche Freunde bei den Walkers einfanden, die wie eine verirrte Wildwest-Truppe wirkten, meinte Vivi lachend: »Der heilige Shep der Täufer hat sich gedacht, Unsere Liebe Frau von der Divine Compassion hat einen aufmunternden Tritt in den Hintern nötig gehabt.«

Als junger Mann war Shep Walker das Musterbeispiel eines

gutaussehenden, charmanten Gentlemanfarmers gewesen, der Vivi Abbott heiratete, weil er sich von ihrer nicht zu unterdrückenden Lebenskraft angezogen fühlte. Nie war ihm der Gedanke gekommen, sich zu überlegen, warum er ihre übersprudelnde Vitalität brauchte. Nie kam es ihm in den Sinn, daß Vivis Feuer auch eine dunkle Seite haben könnte. Dem jungen Shep Walker kam nie der Verdacht, Vivi würde ihn mit den Jahren vielleicht aufreiben. Während ihrer Verlobungszeit hatten sie sich körperlich ungemein zueinander hingezogen gefühlt, und diese sexuelle Anziehung hatte die Tendenz, immer mal wieder an die Oberfläche zu kommen, ungebeten, und manchmal gar ungewollt, selbst nach langen Dürreperioden voller Vorwürfe und sexueller Abstinenz.

Was Vivi betraf, so heiratete sie Shep Walker, weil sie den Klang seiner Stimme hinreißend fand, weil sie seinen zuversichtlichen Gesichtsausdruck liebte, wenn sie ihn geküßt hatte, und weil – zumindest am Anfang – er ihr das Gefühl gab, sie wäre ein Star. Und weil sie es mit vierundzwanzig nicht mehr für so wichtig hielt, wen sie heiratete.

Vivi hatte Sidda einmal erzählt: »Ich wollte eigentlich Paul Newman heiraten, aber Joanne Woodward hat ihn mir weggeschnappt. Danach war's mir so ziemlich egal.«

Dieser Veitstanz zwischen Sheps schweigsamer Melancholie und Vivis verrücktem Charme, beides geölt und in Gang gehalten von einem nie versiegenden Strom Jack Daniel's, hatte Siddas Vorstellung von der Ehe geprägt.

Später, als sie wieder zu Hause in der Hütte war, machte sich Sidda ein Glas Eistee. Sie trug eine Stehlampe und einen Stuhl auf die Veranda, damit sie den Mond weiter betrachten konnte.

Dann wandte sie sich wieder dem Album zu, atmete tief ein und schloß kurz die Augen. Öffne dich mir. Laß mich offen werden.

Als sie die Augen wieder aufmachte, fiel ihr Blick auf eine Karte aus weißem Bristol-Papier, auf der folgende Einladung gedruckt war:

Mr. Taylor Charles Abbott
erlaubt sich, Sie zu einem Ball
zu Ehren seiner Tochter
Miss Viviana Abbott
einzuladen.
Freitag, der achtzehnte Dezember
Eintausendneunhundertundzweiundvierzig
zwanzig Uhr, im Ballsaal des Theodore Hotels
Thornton, Louisiana

Dezember 1942. Es muß sich um einen Ball für Vivis sechzehnten Geburtstag gehandelt haben. Hatte man denn auch während des Kriegs an solchen Festivitäten festgehalten? Sidda drehte die Karte um. Wo in Gottes Namen stand der Name ihrer Großmutter? Das Fehlen von Buggys Namen machte sie stutzig. Handelte es sich um ein Versehen? Falls dieser Ausschluß ihrer Großmutter beabsichtigt war, was hatte das alles zu bedeuten?

Wieder einmal verspürte sie das Verlangen, den Hörer abzuheben und einfach ihre Mutter zu fragen. Aber Vivi hatte ihr eindeutig erklärt: keine Anrufe.

Sidda sah auf ihre Armbanduhr. Neun Uhr abends. Elf Uhr in Louisiana. Caro würde noch wach sein. Sie würde jetzt erst gerade auf Touren kommen, nachdem sie diesen starken schwarzen Röstkaffee getrunken hatte, den sie so schätzte. Die einzige wahre Nachteule unter den Ya-Yas konnte man um diese Zeit immer noch anrufen, es sei denn, ihr Leben hatte sich radikal verändert. Bis dieses Interview in der *New York Times* erschienen war, hatte Caro mit Sidda etwa alle zwei Monate telefoniert, immer nach Mitternacht. Aber seit dem üblen Artikel hatten sie nicht mehr miteinander gesprochen. Nicht seit Vivi *den Schuldspruch* verhängt hatte.

Sie holte eine Taschenlampe, griff sich Hueylenes Leine und machte sich mit ihrem Spaniel auf den Weg zur Telefonzelle beim Quinault-Kaufmarkt. Die Straße war menschenleer, die Campingurlauber schliefen längst. Als Sidda am Quinault Lodge vorbeiging, sah sie, daß in der Hotelhalle immer noch Licht brannte, und es beruhigte sie zu wissen, daß sie jederzeit dort hineingehen konnte, wenn sie des Alleinseins überdrüssig wurde. Die nächtliche Hochstimmung, die sie fühlte, gefiel ihr genauso wie der *Schauder*, der sie erfüllte, als sie sich aufmachte, mehr über Vivi Abbott, sechzehn Jahre, herauszufinden.

»Was werd ich schon groß machen, ich esse Käse-Cracker und spiele mit dieser verdammten CD-ROM«, sagte Caro und atmete keuchend und emphysematisch. »Und wie steht's mit dir, Freundchen?«

»Caro«, antwortete Sidda, »ich befinde mich hier am Rand der Vereinigten Staaten und versuche herauszufinden, wie mein restliches Leben aussehen soll.«

»Das ist eine schlechte Angewohnheit für so ein reizendes Mädchen wie dich«, sagte Caro in einem nahezu perfekten Groucho-Marx-Tonfall.

Sidda lachte und hatte Caro vor Augen, wie sie achselzuckend einen Kommentar dieser Art von sich gab. »Ich kann nichts dafür, es ist eine Sucht.«

Sidda saß auf dem kleinen Bänkchen im Inneren einer der wenigen altmodischen Telefonzellen aus den fünfziger Jahren, die es noch in den Staaten gab. Sie machte Hueylene von ihrer Leine los und befahl ihr zu sitzen.

»Treib keinen Mißbrauch mit dem Wort ›Sucht‹, verdammt noch mal«, sagte Caro. »Ich kann es nicht mehr hören, alle behaupten auf einmal, sie sind süchtig. Du *grübelst* einfach gern, das ist alles, das hast du schon immer getan, seit du vier warst. Liegt in deinem Charakter. Was gibt's sonst Neues?«

»Du klingst gar nicht überrascht, von mir zu hören.«

»Sollte ich das denn sein?«

»Also – nach dieser ganzen Geschichte mit –«

»Mit dieser fettärschigen New Yorker Journalistin? Ich bitte dich, für wen hältst du mich?«

»Für die beste Freundin meiner Mutter.«

»Stimmt. Aber ich bin auch deine Patin.«

»Du bist nicht böse auf mich?«

»Nein.«

»Warum hast du dann nicht angerufen? Oder geschrieben?«

»Also, um diesen idiotischen Eierkopf George Bush zu zitieren, es wäre unklug gewesen.«

»Caro, wann bist du jemals klug gewesen?«

»Was Freunde angeht, gelte ich schon gelegentlich als klug.«

Sidda schwieg, während sie sich eine passende Antwort überlegte.

»Ich habe Blaine und Richard hingeschickt, damit sie sich dein Stück ansehen«, sagte Caro. »Das weißt du doch, oder? Ich habe meinen Exmann und seinen Liebhaber geschickt, damit sie sich deine *tour de force* ansehen und mir berichten.«

Sidda konnte sich nie genug wundern über Caro. Während ihrer Kindheit hatten sich die Leute im French Quarter schon nach Blaine umgedreht. Aber als er Caro verließ, da er insgeheim in New Orleans ein Verhältnis mit einem Mann hatte, hatte dies das gesamte Ya-Ya-Universum von Grund auf erschüttert. Das war jetzt acht oder neun Jahre her. Nachdem Caro Blaine mit einem ungeladenen Revolver bedroht und eine ganze Mappe seiner Architekturpläne für ein Haus, das er gerade entwarf, zerfetzt hatte, verzieh sie ihm schließlich.

Vor zwei Jahren, als Sidda zum letzten Mal zu Hause gewesen war, hatte sie erklärt: »Klar ist es ein Schock, aber es überrascht mich nicht. Und außerdem, ich *mag* diesen Richard wirklich. Der Mann kann *kochen,* verdammt noch mal. Niemand hat für mich gekocht, seit meine Mutter gestorben ist.«

Blaine zog nach New Orleans, um mit Richard zusammenzuleben, aber sie fuhren regelmäßig nach Thornton, um Caro zu besuchen, vor allem, seit man bei ihr ein Lungenemphysem diagnostiziert hatte.

»Ich weiß, daß Blaine und Richard das Stück gesehen haben. Schließlich sind Connor und ich ja nachher mit ihnen in New York ausgegangen. Aber wie meinst du das, du hast sie *geschickt?*«

»Damit will ich sagen, daß ich die verdammten Karten für das Stück bezahlt habe und daß ich diesen Turteltäubchen klargemacht habe, daß sie, wenn sie nicht mit einer detaillierten Beschreibung von *Frauen und ihre Töchter* zurückkommen würden und mit konkreten Einzelheiten darüber, wie du aussiehst, klingst und dich verhältst, ich sie dem Sittendezernat der Kirchengemeinde übergeben würde.«

»Und dann?«

»Die beiden Freunde meinten, ich bräuchte mir keine Sorgen zu machen. Sie meinten, du wärst charmant, würdest gut aussehen, wenn auch ein bißchen dünn. Des weiteren, daß du traurig wärst wegen deiner Mama, aber stolz auf deinen Erfolg. Und daß sie Connor McGill, ich zitiere, *›anbeteten‹*. Wenn ich mich recht entsinne, meinte Richard, ›er sieht aus wie eine Kreuzung aus Liam Neeson und dem jungen Hank Fonda nach ein paar Sitzungen beim Psychiater‹.«

»Mein Gott!« meinte Sidda. »Wie hältst du die beiden nur aus?! Entschuldige 'nen Moment, Caro. Hueylene, komm sofort her!« Sidda rief ihren Spaniel zurück, der sich eben über die Straße in Richtung See davontrollen wollte.

»Entschuldige, der Hund wollte eben abhauen«, sagte sie dann.

»Ist das irgendeine kodierte Nachricht?« fragte Caro.

»Nein!« lachte Sidda, als sie merkte, daß die Ya-Yas einen Satz wie diesen verwendet hätten, um sich etwas mitzuteilen, das Außenstehende nicht verstehen sollten. »Das ist Hueylene, der Theaterhund.«

»Schleppst du diesen Hund etwa immer noch mit dir herum?«

»Ja, er hat so was wie Epilepsie, weißt du. Ich möcht ihn nicht einsperren. Connor nennt es ›Struppilepsie‹. Er kriegt ständig Beruhigungsmittel.«

»Willst du damit andeuten, du bist einer von diesen Spinnern geworden?« fragte Caro.

»Ausgerechnet du mußt reden, Caro! Wer war denn das, der einen Wurf von *vier* Beaglehunden großgezogen hat?«

»Also, was ist jetzt mit diesem Prachtstück Connor?«

»Du hast immer noch nicht meine Frage beantwortet«, meinte Sidda und wollte das Thema wechseln. Sie hatte keine Lust, mit Caro darüber zu diskutieren, daß sie die Hochzeit verschoben hatte. »Wie kommst du mit Blaine und Richard aus?«

»Ich komme nicht nur mit ihnen aus, ich *genieße* sie. Blaine ist zehnmal witziger als früher. Jedesmal wenn mich die beiden besuchen, kochen sie, stellen meine Möbel um und geben eine Party für mich. Wie sollte ich sie da verdammt noch mal nicht genießen?«

Dann fing Caro zu husten an. Es war ein fürchterlicher, keuchender Husten, der selbst Sidda in der Brust weh tat. Sie stellte sich Caro vor, wie sie sie aus ihrer Kindheit in Erinnerung hatte: groß, braungebrannt, athletisch, eine Frau, die nach ihren Schwimmrunden in Teensys Pool nach der Zigarette griff, ehe sie sich abgetrocknet hatte. Von Baylor wußte sie, daß Caros Kampf mit dem Lungenemphysem ein ständiges Auf und Ab war.

»Es tut mir leid, daß ich nicht angerufen habe, Freundchen«, sagte Caro leise. »Aber es war einfach so verdammt schwierig hier mit Vivi. Wir haben ihr schwören müssen, nicht mit dir zu reden. Deine Mama hat fürchterliche Angst, man könnte sie hintergehen. Übrigens, mach dir keine Sorgen wegen meiner Husterei, klingt schlimmer als es ist – nachts wird es immer stärker.«

Sidda schwieg einen Moment. »Hast *du* das Gefühl, ich hätte sie hintergangen?«

»Nein. Aber ich glaube, daß die *New York Times* und alle anderen frauenhassenden Verlage in diesem Land liebend gern jeder Mutter die Titten aussaugen würden, um ihnen vorzuwerfen, sie hätten keine Milch. Aber nein, ich denke ganz sicher nicht, daß du deiner Mutter weh tun wolltest.«

»Danke.«

»Du brauchst mir nicht zu danken, Sidda.«

»Darf ich dich was fragen?«

Caro mußte wieder husten, ehe sie antwortete. Sidda zuckte zusammen.

Caro klang vorsichtig: »Kommt drauf an, was es ist.«

»Ich habe so eine Einladung in Mamas Album gefunden. Zu einem Ball an ihrem sechzehnten Geburtstag. Der Name meiner Großmutter steht nicht auf der Karte. Es klingt so, als wäre Buggy überhaupt nicht mehr am Leben gewesen.«

»Hast du schon Vivi gefragt?«

»Sie möchte nicht über das Album sprechen. Und eigentlich möchte sie mit mir überhaupt nicht sprechen. Sie sagt, sie hat die ›Göttlichen Geheimnisse‹ geschickt und das reicht.«

»Und?«

»Und was?«

»Reicht das Album nicht?«

»Nein, ganz und gar nicht. Es ärgert mich, frustriert mich, wenn ich das Buch durchblättere und nur Andeutungen, *Bruchteile* von Informationen kriege. Keinerlei Erklärungen, keine Gliederung des Ganzen! Wo ich doch *weiß*, daß es Geschichten geben muß, Erzählungen, die mir vielleicht zu einer Lösung – na ja, nicht gerade zu einer Lösung, aber eventuell zu einer *Erklärung*... Mama ist mir verdammt noch mal wenigstens ein paar Hinweise *schuldig*.«

Sidda räusperte sich, verlegen wegen dieses Ausbruchs.

Caro schwieg, dann sagte sie: »Meinst du, daß deine Mama was damit zu tun hat, daß du jetzt kalte Füße wegen Connor McGill gekriegt hast?«

»Ich weiß nicht. Ich bin ein bißchen schockiert über die Heftigkeit meiner Reaktionen auf dieses Thema, um ehrlich zu sein.«

»Ich überhaupt nicht. Schließlich habt ihr beide, du und Vivi, euch gegenseitig ins Herz getroffen. Aber während ihr euch jetzt bekriegt, möchte ich dich daran erinnern, daß du auch einen Vater *hattest – hast*, Sidda. Es ist ja verständlich, daß du ihn ganz vergessen hast, so wie er sich immer dünnmacht. Aber darin unterscheidet er sich ja nicht von den anderen Ya-Ya-Ehemännern.«

»Ja, aber Mama war der Star. Daddy hatte immer nur eine Nebenrolle.«

»Wie lang, sagtest du, bist du schon beim Psychiater?«

»Sagen wir mal so: Mit dem Geld, das ich ausgegeben habe, um damit zurechtzukommen, wie Mama mich verkorkst hat, hätte ich mit dreißig Privatier werden können.«

»Laß dir eins gesagt sein, Freundchen: Deine Mutter ist dir nichts *schuldig*. Du bist *erwachsen*. Sie hat dir zu essen gegeben, dich gekleidet und dich in den Arm genommen, auch wenn sie dabei einen Drink in der Hand hielt. Und wie sehr sie dich auch verkorkst haben mag – ich bestreite das gar nicht, denn jede Mutter verkorkst ihre Kinder –, die Art und Weise, wie sie es getan hat, hatte wenigstens Klasse, verstehst du mich?«

Sidda bückte sich und zog Hueylene näher zu sich heran. Psychiater *haben doch auch ihr Gutes*. Vor fünf Jahren wäre ich ausgerastet, wenn jemand mir so unverblümt die ganze verrückte Wahrheit gesagt hätte.

»Atmest du noch?« fragte Caro leise.

»Klar.«

»Ich denke dieser Tage viel übers Atmen nach. Unzählige Atemzüge in meinem Leben habe ich als selbstverständlich betrachtet.«

Caros Worte strömten in Sidda hinein mit der Luft, die sie einsog, und machten ihr das eigene Atmen bewußt. Einen Augenblick sagte Sidda nichts. Sie ließ sich einfach auf ihrem Atem dahingleiten, wie ein Surfer auf einer nachmittäglichen Woge. An entgegengesetzten Ecken des Landes atmeten sie und Caro wortlos in ihre Telefonhörer hinein.

Schließlich fing Caro an: »Also gut, die Sache mit diesem sechzehnten Geburtstag: das war schlimm.«

»Was meinst du damit?«

»Möchtest du wirklich darüber reden?«

»Bist du müde?«

Caro atmete röchelnd. Hätte Sidda nicht Bescheid gewußt, hätte sie gedacht, dahinter stecke eine theatralische Absicht.

»Der gute Mann hatte irgend so einen großen Fall abgeschlossen, was weiß ich, und wollte mit seinem Geld herumprotzen. Deine Großmutter Buggy wollte keinen Ball haben. Dein Großvater hat ihn angeordnet, aus purer Böswilligkeit ihr gegenüber. Mein Gott, Taylor Abbott behandelte seine Frau wie ein Stück Dreck. Sie war zwar ziemlich merkwürdig, aber so was hatte sie nicht verdient. Hat sie jahrelang betrogen. Alles, was einen Rock anhatte in der Gemeinde, wußte Bescheid. Seine Pferde hat er besser behandelt als seine Frau. Ach, was weiß ich. Deine Mutter hat den Mist ihrer Eltern eben abgekriegt.«

Caro schwieg einen Moment, ehe sie fortfuhr:

»Dieser Ball. Taylor Abbott schenkte Vivi diesen Wahnsinnsbrillantring. Es war das letzte große Fest, bevor wir Jack verloren haben. Kein Geburtstag, an den man sich gern erinnert.«

Sidda wartete darauf, daß Caro noch etwas dazu sagen würde, aber Caro schwieg.

»Ist das alles, Caro? Was geschah denn dann? Was passierte mit Mama?«

»Der nächste Geburtstag deiner Mama wird großartig werden, das sag ich dir«, antwortete Caro, ohne auf Siddas Bohren einzugehen. »Wir wollen bereits im Oktober feiern, weil deine Mama verlauten hat lassen, sie möchte eine Party im Freien haben. Und im Dezember ist es schon zu kalt. Ich werde die Einladungen auf meinem Macintosh schreiben.«

Caro hustete wieder.

»Du bist die Königin der Ablenkung«, sagte Sidda.

»Die Patin der Ablenkung«, erwiderte Caro erschöpft.

»Du bist müde. Ich habe dich zu lange aufgehalten.«

»Stimmt, Freundchen, ich bin müde.«

»Danke, daß du meine Frage beantwortet hast.«

»Ich habe deine Frage nicht beantwortet.«

»Nein, hast du nicht.«

»Sidda, es gibt keine Antwort. Es gab nie eine Antwort. Es wird nie eine Antwort geben. Das ist die Antwort – Gertrude Stein.«

»Du bist der zweite Mensch in dieser Woche, der mir gegenüber Gertrude Stein zitiert.«

»Das Leben steht nie nicht im Baltimore-Katechismus, Freundchen – Caro Bennett Brewer.«

Sidda mußte lachen. Von ihrem Platz aus konnte sie teilweise den Mond sehen, hinter der tintenschwarzen Silhouette der mächtigen Douglastannen, die den See säumten.

»Caro«, sagte Sidda zögernd, »da ist noch was.«

»Was denn?«

»Es gibt da ein Foto – sieht aus, als wär's aus den frühen sechziger Jahren. Es ist ein Gruppenbild nach dem Ostereiersuchen, wahrscheinlich bei Teensy aufgenommen. Wir stehen alle mit unseren Körben aufgereiht da, alle im Sonntagsstaat. Alle sind da – du, Blaine, die Buben, Teensy, Necie, die ganzen Petits Ya-Yas. Chick hat so einen komischen Hasenanzug an – und eine Zigarette in der Hand! Die ganze Necie-Sippe ist dabei, alle außer Frank, der wahrscheinlich fotografiert hat. Daddy und wir vier sind dabei. Baylor sieht aus, als ob er gerade wie am Spieß brüllt, und ich habe so ein Organdy-Dings an, mit Hut und so, wie aus Alice im Wunderland. Ich habe meine Arme um Little Shep und Lulu gelegt, und wir sehen alle ein bißchen gequält aus. Das merkwürdige ist, daß Mama fehlt. Sie war an diesem Ostern nicht da, oder? Wo war sie?«

Caro antwortete nicht.

Schließlich sagte sie ausweichend: »Ach ja, damals, die zigarettenrauchenden Hasen.«

»Das Bild macht mich traurig«, fuhr Sidda fort. »Ich glaube, es war, nachdem wir Mama aus dem Haus getrieben haben.«

»Was?«

»Als wir zuviel für Mama wurden. Als sie fortging.«

»Hast du mit Vivi nie darüber gesprochen, Sidda?«

»Nein, nie.«

Caro schwieg.

»Sie ging wegen mir fort, nicht wahr, Caro?«

Da fing Caro zu husten an, und Sidda bekam Schuldgefühle.

»Nein, Freundchen«, sagte Caro schließlich. »Sie ist nicht wegen dir gegangen. Im Leben geht's viel komplizierter zu.«

»Wie meinst du das, Caro?«

»Es gibt vieles, was du in keinem Album finden wirst. Und jetzt tu dir was Gutes. Wie Necie immer sagt, denk dir –«

»Ich denk mir ein paar hübsche rosa und himmelblaue Gedanken.«

Daraufhin schwiegen beide.

»Das soll heißen: Ich liebe dich, Siddalee.«

»Ich weiß, ich liebe dich auch, Caro.«

Ein Hustenanfall folgte. Dann sagte Caro: »Schlaf gut, hab keine Angst vor dem schwarzen Mann; ich habe unter dem Bett ausgeräuchert.«

Es gibt eine historische Wahrheit, und es gibt die Wahrheit dessen, was ein Mensch im Gedächtnis behält. Als Sidda so dasaß am Ufer des Lake Quinault, schwebten um sie herum die Blüten der Erinnerung, ungehemmt, wortlos, als stieße sie sie mit ihrem Atem aus, Vögeln gleich, die sich nicht um Staatsgrenzen scheren, oder gar darum, ob sich das Land mit dem Nachbarn im Krieg befindet.

18

Sidda saß in der Telefonzelle und atmete bewußt tief ein und aus.

Du bist erwachsen.

Erwarte ich, daß Mama sich für mich und mein Leben verantwortlich fühlt?

Erwarte ich von ihr, weil sie meinen Körper geboren hat, daß sie auch meinen Geist zur Welt bringt? Habe ich ihr noch immer nicht verziehen, daß ich aus dem Schoß der Unschuld verstoßen und schreiend in diese Welt geschleudert wurde mit ihren harten, grausamen, großartigen Anforderungen? Erwarte ich, daß Connor das übernimmt, was Mama nicht tun konnte oder wollte? Habe ich Angst, daß ich ihn nicht verdiene? Habe ich Angst, verlassen zu werden, falls ich nicht gut genug bin?

Sie wählte Connors Nummer. Das Telefon läutete fünfmal, dann hörte sie seine Stimme auf dem Anrufbeantworter.

»Hallo. Hier ist der Anschluß von Connor McGill und Sidda Walker. Wir sind im Moment nicht zu Hause, würden uns aber über eine Nachricht freuen.«

Der Klang seiner Stimme erregte sie.

»Hallo, du Mann meiner Träume«, sprach Sidda zärtlich ins Telefon. »Hueylene, der vierbeinige Boß, vermißt dich. Es ist spät. Es riecht nach Harz und Heckenrosen. Immer noch keine Sternschnuppen. Ob das nur Gerede ist von den Sternennächten hier?«

Sie hauchte ein Küßchen in den Hörer und legte auf. War Connor denn noch im Theater oder in der Oper? Oder war er ausgegangen und amüsierte sich großartig an irgendeinem tollen Ort ohne sie? *Idiotin.* Warum hast du ihn denn einfach allein gelassen.

Als sie mit Hueylene den Weg zur Hütte zurückging, fielen ihr plötzlich ihre Kindergeburtstage ein. Sie konnte sich noch gut erinnern, wie es gewesen war, morgens aufzuwachen, damals, mitten im Winter in Pecan Grove.

Das erste Geräusch, welches sie an jenen Morgen immer vernommen hatte, waren der gemischte Chor der Stimmen von Vivi, Little Shep, Lulu und Baylor gewesen, wenn sie »Happy Birthday« für sie angestimmt hatten.

Es war immer sehr früh am Morgen gewesen, die Felder und das Bayou waren dann noch in Dunkelheit gehüllt. Baylor und Lulu waren noch gar nicht richtig wach, standen augenreibend da, ihre Stimmen vom Schlafen belegt, die Schlafanzüge verdreht. Little Shep, der immer sofort hellwach war, sobald er die Augen aufschlug, hüpfte wie ein Wilder in der Tür ihres Schlafzimmers herum. Dann öffnete Sidda die Augen, und ihr Blick fiel auf die vier Menschen, die sie auf der Welt am liebsten hatte. Ihre Gesichter waren erhellt vom Schein der Kerzen auf der Geburtstagstorte in Vivis Hand. Sidda sah zu Vivi hoch, die noch ihr rosa Nachthemd anhatte und deren Gesicht von *Beautiere*-Nachtcreme glänzte. Sidda roch den Duft der brennenden Kerzen, fühlte die weichen Baumwollaken, das Gewicht der Decke, die wohlig angenehm ihren Körper umhüllte. Sie setzte sich im Bett auf und registrierte den Eben-erst-wachgeworden-Geruch ihrer Familie. Der ihres Vaters war nicht darunter, weil er nicht dabei war. War er schon auf dem Feld? Schlief er noch? War er in seiner Jagdhütte, seinem zweiten Zuhause?

An jenen Morgen blieb Sidda erst einmal im Bett sitzen und staunte mit offenem Mund über die leuchtende Schönheit der winzigen Geburtstagskerzen im Dunkel des Zimmers. Nachdem sie das Lied zu Ende gesungen hatten, beugte sich Vivi zu Sidda hinab und küßte sie. *»Ich bin so froh, daß ich dich geboren habe«*, flüsterte sie ihrer Tochter, wie jedes Jahr, ins Ohr.

An manchen Geburtstagen war Vivis Stimme heiser vom Rauchen oder von Tränen oder beidem. Bisweilen war die Anspannung so groß, daß Vivis Stimme in Siddas eben wach gewordenem Körper geradezu vibrierte. An manchen Geburtstagen war Vivi so verkatert, daß sie beim Singen das Gesicht verzog. In dem Jahr, nachdem Vivi krank geworden und fortgegangen war, sahen ihre Augen immer rot und verquollen aus, die Stimme klang schwach, ihre Panik war so offensichtlich. Obwohl Sidda damals noch ein Kind war, spürte sie, welche Anstrengung es ihre Mutter kostete zu singen, in der Dämmerung einen rosenverzierten Geburtstagskuchen vor sich herzutragen und zu flüstern: »Siddalee Walker, ich bin so froh, daß ich dich geboren habe.«

Wenn Sidda dann die Kerzen ausblies und sich dabei etwas wünschte, kletterten Little Shep, Lulu und Baylor zu ihr auf das Bett. Erneut zündete Vivi die Kerzen an, und Sidda blies sie ein zweites Mal aus, diesmal unter Mithilfe der anderen. Anschließend ging Vivi hinaus und kam mit einem Tablett zurück, auf dem sich Kuchenteller aus dem guten Porzellanservice befanden, Gabeln und vier hohe Kristallgläser mit Milch. Sie knipsten das Licht wieder an, und Sidda griff gierig nach der schönsten Zuckerrose auf dem Kuchen und stopfte sie sich in den Mund. Danach entschied sie großzügig, welche der restlichen Rosen wem zufielen. Vivi forderte das jeweilige Geburtstagskind stets zu absoluter Maßlosigkeit auf, doch der Gedanke, daß Sidda an diesem Tag *nicht* zu teilen brauchte, erweckte in ihr den Wunsch, es dennoch zu tun. Während die Kinder ihre Zuckerrosen naschten, nahm Vivi ihnen das Versprechen ab, ihrem Vater nichts davon zu erzählen. Shep Senior behauptete nämlich, Kuchen am frühen Morgen sei das »Frühstück einer Hure«. Den übrigen Familienmitgliedern war das völlig egal. Sie waren glückliche kleine Prostituierte, die keinen Krümel übrigließen. Sie wußten, Vivi bestellte für diesen Tag beim Konditor nicht nur eine, sondern zwei Torten. Eine für die morgendliche Orgie, und die andere für die Geburtstagsparty am Nachmittag.

Vivi schuftete schwer, damit jeder Kindergeburtstag ein Erfolg wurde. Es schien, als hätte sie einen Vertrag mit sich geschlossen, alles, was in ihrer Macht stand, zu tun, damit kein einziges dieser Geburtstagsfeste ein Reinfall wurde.

Als Sidda am See entlangging, stieß sie dann und wann auf dicke, ineinander verflochtene Baumwurzeln, die über den Pfad wuchsen. Obwohl sie eine kleine Taschenlampe dabeihatte und der Mond sehr hell schien, stolperte sie, wenn sie nicht aufpaßte, weil sie durch die lebhaften Bilder und Erinnerungen in ihrem Kopf abgelenkt war.

Hier auf der Olympic Penisula fühlte sie sich sicher. Schon viel zu lange hatte sie nicht mehr eine derartige Geborgenheit empfunden. Als junges Mädchen war sie nachts oft so am Spring Creek unterwegs gewesen, behütet vom Fluß und den Kiefern und den Zikaden. Nach all den Jahren in der Großstadt tat es gut zu spüren, wie sich ihre Schultern entspannten. Es tat gut, sich nicht mehr alle paar Schritte nach möglichen Räubern umsehen zu müssen.

Ihr fiel ein Seminar über die Theorie des Dramas ein, an dem sie an der Schauspielschule teilgenommen hatte und in dem über Schwellenmomente auf der Bühne gesprochen wurde; jene Momente außerhalb der Zeit, wenn man derart von etwas gepackt wird, mitgerissen wird, völlig in dem aufgeht, was man gerade tut, daß die Zeit aufhört für einen zu existieren.

Jene frühen Stunden meiner Kindergeburtstage waren solche Schwellenmomente, dachte Sidda. Mama wußte, wie man sie herbeizauberte. Trotz oder vielleicht gerade wegen ihrer emotionalen Salti lehrte sie mich Überschwang und Begeisterungsfähigkeit.

Wie wohl Mamas eigene Geburtstage sich abspielten, als sie ein junges Mädchen war? Dieser sechzehnte Geburtstag zum Beispiel? Ob Buggy ihr je einen Kuchen ans Bett brachte? Höchst unwahrscheinlich. Was war geschehen? Gab es in ihrer Familie ein übles, häßliches Band der Eifersucht, das von der Mutter auf die Tochter vererbt wurde, so unsichtbar und lebensbedrohend wie Krebs?

Sidda wollte nicht gern über Eifersucht und Vivi nachdenken. Ihr Psychiater, ihre Freunde hatten sie schon längst auf diese Möglichkeit hingewiesen. Sidda konnte nicht einmal das Wort

»Eifersucht« ausstehen; abergläubisch vermied sie seinen Gebrauch.

Je intensiver Sidda sich bemühte, gewisse Gedanken aus ihrem Kopf zu verbannen, desto weniger nahm sie Notiz von der süß duftenden Sommerluft am See um sie herum. Wie sie so dahinwanderte, versuchte sie, sich eben ein paar hübsche rosa und himmelblaue Gedanken zu denken. Doch alte, graue Gedanken verfolgten sie mit schweren Tritten und hefteten sich an ihre Fersen.

Du bist kein Kind mehr.

Als Sidda zum ersten Mal mit der vollen Bedeutung des Wortes Eifersucht konfrontiert wurde, hatte sie das Gefühl, jemand habe sie mit voller Wucht in die Magengrube geschlagen. Es war am Abend ihres Debüts als Regisseurin gewesen, einer Inszenierung des Stücks *Tod eines Handlungsreisenden*, gespielt von der Portland Stage Company in Maine, mitten im Winter. Zufällig hatte sie an diesem Tag ihren vierundzwanzigsten Geburtstag.

Vivi war nach Boston geflogen, und von dort hatte sie einer von Siddas Freunden nach Portland gefahren. Sidda hatte bis zur letzten Minute mit ihrer Besetzung geprobt und traf Vivi erst etwa eine Stunde vor der Aufführung. Alles schien in bester Ordnung. Vivi hatte sich einen von Teensys Pelzmänteln ausgeliehen und amüsierte sich damit, den Kragen hochzuschlagen und im Tonfall von Marlene Dietrich zu fragen: »Was steht einer Legende am besten?«

Die Premiere klappte wie am Schnürchen, obwohl sich Sidda umfangreiche Notizen machte und für den folgenden Tag eine Probe einberief, um einige Änderungen in der Choreographie auszuprobieren. Sie wußte noch nicht, daß man sich als Regisseur lieber zurücknehmen und die Aufführung auf eigenen Füßen stehen lassen sollte.

Einer aus der Intendanz, dem ein riesiges viktorianisches Haus mit Blick auf den Hafen gehörte, richtete die Premierenfeier aus. Es gab mittelmäßigen Wein und Häppchen im Überfluß. Die Schauspieler waren glücklich, die Atmosphäre war entspannt, im Kamin prasselte ein Feuer, im Salon spielte man klassische Gitarrenmusik. Besetzung, Bühnenpersonal, Theaterabonnenten und die Intendanz waren zufrieden, und Sidda fühlte sich erleichtert und stolz und nervös.

Vivi führte in ihrem Reisegepäck drei Flaschen Jack Daniel's mit sich, wie immer, wenn sie verreiste. Bei der Premierenparty hatte sie eine Brustflasche aus Sterlingsilber dabei. Das war das erste, was Sidda auffiel. Das und die Tatsache, daß Vivi ihren Pelz nicht ablegen wollte.

Sidda beobachtete ihre Mutter aus den Augenwinkeln und fragte sich, wie lange es wohl dauern würde, bis die Stimmung umkippte. Little Shep hatte diesen Besuch arrangiert, nachdem er Sidda angerufen und ihr erklärt hatte, wie gern Vivi kommen würde. Sidda hatte ihre Zweifel gehabt, hatte aber schließlich zugestimmt. Schließlich war es ihr Debüt als Regisseurin, selbst wenn es weit oben im Norden stattfand, und sie wollte ihre Mutter gern dabeihaben und sie stolz machen.

In ihrer Kindheit hatte Sidda immer bei den Ya-Ya-Partys zugeschaut, wenn die Frauen ihre »Nummern« aufführten – witzige, mit leichter Hand arrangierte Interpretationen von Songs, die sie gern mochten und die sie eine Spur unrein im Ton, aber sehr erfrischend im Stil der Andrews Sisters vortrugen. Vivi übernahm dabei stets den Part der Patty Andrews, schnitt Grimassen, rollte mit den Augen und alberte herum, während sie sang. Wenn die Ya-Yas in Mutters Zimmer an ihren Auftritten feilten, war Sidda immer dabei, lehnte an der Schranktür und schaute zu.

»Wie sehen wir aus, Schätzchen?« fragte Vivi sie oft. »Irgendwelche Regievorschläge?«

Sidda hatte immer eine Idee parat, manchmal übernahmen sie die Damen, und dann überflutete Sidda eine Woge von Freude, Macht, wohlschmeckender Autorität. Später, im verrauchten Wohnzimmer, im Kreis der Erwachsenen, beim Klirren der Eiswürfel in den kristallenen Cocktailgläsern, konnte Sidda dann das Ergebnis ihres Vorschlags begutachten, und das prickelnde Gefühl, das sie dabei empfand, ließ sich nicht in Worte fassen. Auch heute kann sie es immer noch nicht erklären. Siddas Leidenschaft für das Theater und die verworrene Beziehung zu ihrer Mutter kreuzen sich an einem Ort in Sidda, der sich jeder Regieanweisung widersetzt.

Bei der Premierenfeier in Portland achtete Sidda peinlichst darauf, ihre Mutter möglichst vielen Leuten vorzustellen. Aber die Zahl der Partygäste war groß, und es ließ sich nicht vermeiden, daß sie sie aus den Augen verlor. Als der Intendant auf Siddas Wohl anstieß und der Gastgeber eine Geburtstagstorte hervorzauberte, die mit den Zwillingsmasken der Tragödie und der Komödie, in Zucker nachgebildet, verziert war, wurde Sidda vor Freude über und über rot. Sie sagte ein paar Worte, dankte ihrer Besetzung und dem Bühnenpersonal, machte ein Späßchen darüber, daß sie es gewagt hatte, beim großartigen Arthur Miller Regie zu führen, und verkündete, diese Party sei die wunderbarste Geburtstagsfeier, die sie sich vorstellen könne. Sie vergaß, Vivi zu erwähnen.

Als sie später am Kamin mit dem Beleuchtungstechniker, einem jungen Mann aus Großbritannien, plauderte, fiel ihr eine Menschenansammlung drüben bei den Fenstern auf.

Wade Coenen, der die Kostüme entworfen hatte, bahnte sich einen Weg zu Sidda. »Mama trinkt wohl gern ein Gläschen?«

Sidda errötete.

Wade war geistreich und berühmt für seine phantastischen Diana-Ross-Parodien. Er hatte Sidda dazu überreden wollen, mit ihm im Fitneßstudio der Stadt Krafttraining zu machen, mit der Begründung, Regisseure müßten Muskeln haben.

»Welches ist das Gift ihrer Wahl?« fragte er.

»Bourbon«, antwortete Sidda. »Guter Bourbon.«

»Mein alter Herr hat sich mit gutem Scotch umgebracht.«

»Beim Geruch von Bourbon wird mir schon übel.«

»Ich schau mal, vielleicht kann ich Mama zu einem Stück Kuchen überreden«, sagte Wade. »Probier doch inzwischen die Spinattäschchen – und vergiß nicht, heute ist dein Geburtstag.«

»Danke, Wade«, sagte sie und küßte ihn auf die Wange. »Und danke für deine zusätzliche Arbeit mit den Kostümen. Ich werde nie vergessen, was wir alles aufgetrieben haben, um unser Budget einzuhalten. Du bist großartig.«

»Das ist noch gar nichts. Wenn du erst meine Heilsarmee-Abendkleid-Kollektion sehen würdest, Süße.«

Sidda plauderte gerade mit einem Ehepaar, das sie darüber ausfragte, wie es denn einer Frau am Theater so erginge, als sie den unverwechselbaren Klang der Stimme ihrer Mutter hörte. Sie schloß die Augen und lauschte. Sie kannte diesen Tonfall nur allzugut: die Kakophonie nach fünf Gläsern Bourbon.

Vor dem Kamin, mitten auf der Bühne sozusagen, führte Vivi gerade eine kunstvolle Promenade auf, während der sie Teensys Pelz auf dem Boden hinter sich herzog. Sie hatte den Kopf in der grotesken Imitation einer Diva zurückgeworfen und redete laut im Tonfall von Tallulah.

»Man sollte es *Kindern* verbieten, Regie zu führen. *Kinder* sollten die Finger von einem amerikanischen Klassiker wie Arthur Miller lassen!«

Sie warf den Pelz schwungvoll über den Kopf, geriet dabei so nahe an den Kamin, daß der Pelz um ein Haar Feuer gefangen hätte, und starrte in die Menge. Dann heftete sie ihren betrunkenen Blick auf Sidda: »Wer hat dir überhaupt *erlaubt,* Regie zu führen?«

Es wurde totenstill im Raum.

Sidda biß sich auf die Lippen. Sie ging einen Schritt auf ihre Mutter zu.

»Ich habe dich verdammt noch mal was *gefragt,* Siddalee Walker«, lallte Vivi.

Sidda spürte, wie alle Blicke im Raum auf sie gerichtet waren. Plötzlich schien die Luft heiß und stickig. Als hätte alles Leben abrupt geendet.

»Niemand hat es mir erlaubt, Mama«, sagte Sidda leise. »Ich habe einen Vertrag.«

»Oh, pardon«, antwortete Vivi laut. »Du hast einen *Vertrag?*«

Dann wiederholte sie mit großer, übertriebener Geste vor der Menschenmenge: »Sie hat einen *Vertrag.*«

Sidda fühlte die Tränen hochsteigen, aber der Teufel sollte sie holen, wenn sie jetzt zusammenbrechen würde. Sie holte tief Luft und wandte sich zum Gehen.

In diesem Moment erschien Wade Coenen mit einem Teller vom Buffet. »Wissen Sie«, sprach er Vivi an, »den ganzen Abend schon versuche ich verzweifelt, Sie allein anzutreffen. Es gibt da etwas, was ich Ihnen *unbedingt* erzählen muß, und in diesem Raum gibt es niemanden sonst, dem ich das wirklich anvertrauen könnte.«

Völlig überrumpelt starrte Vivi ihn mit kindlichem Erstaunen an.

»Was? Was könnten Sie niemandem sonst anvertrauen?«

»Bitte folgen Sie mir«, flüsterte Wade theatralisch und nahm ihren Arm. »Das ist strikt *entre nous.* Und Sie *müssen* diese Spinattäschchen probieren«, sagte er, während er sie aus dem Zimmer führte. »Sie sind absolut himmlisch.«

Mit offenem Mund beobachtete Sidda, wie ihre Mutter, offensichtlich entzückt von seiner Gesellschaft, Wade folgte. Ihre Tochter schien sie völlig vergessen zu haben.

An jenem Abend hielt Sidda nur die Kameradschaft ihrer Freunde aufrecht. Sobald Vivi und Wade verschwunden waren, stimmte die Schauspielerin, die die Rolle der Linda Loman hatte, spontan eine irische Weise an, die ihr angeblich ein Schauspiellehrer beigebracht hatte, der einmal James Joyce begegnet war.

Sodann legte Shawn Kavanaugh, der alternde Exfernsehstar, der selbst gern und oft zu tief ins Glas schaute und der einen ergreifenden und irgendwie heroischen Willy Loman verkörperte, den Arm um Sidda.

»Ach, mein hübsches Kind, die Kirche hat nicht recht. Verzweiflung ist nicht die schlimmste aller Todsünden, die Eifersucht ist es. Die ist vielschichtiger.«

Dann neigte er seinen Kopf vor Sidda, als ob er ihr huldigen wollte: »Phantastische Premiere, Ms. Walker. Herzlichen Dank für Ihre kühne Regiearbeit. Mir scheint, Ihre familiären Umstände sind Ihrer Theaterarbeit äußerst zuträglich. Aber vergessen Sie nicht: Gebrauchen Sie Ihre Ellbogen!«

Nach der Party ging Sidda allein zu dem alten Haus mit dem langgezogenen Dach zurück, das sie vorübergehend zusammen mit Wade und seinen Mitarbeitern bewohnte. Es war bitterkalt geworden.

Als sie das malerische Haus der Theaterleute erreichte, telefonierte Wade gerade in der Küche. Er lächelte, warf ihr eine Kußhand zu und deutete nach oben, zu ihrem Schlafzimmer. Sidda ging hinauf und sah, daß Vivi bereits im Bett lag und schlief. Sie hatte ihr Nachthemd an, war sorgfältig abgeschminkt, und ihr Gesicht glänzte von ihrer Nachtcreme.

Sidda betrachtete ihre schlafende Mutter. Was auch passiert, nie vergißt du, deine Haut zu pflegen. Heilige Mutter Gottes, bitte für uns Sünder!

Sie ging wieder in die warme Küche hinunter. Ein alter Song von Stevie Wonder tönte aus dem Radio.

»Danke«, sagte Sidda schlicht und berührte Wade sanft an der Schulter.

»Mach es dir zunutze«, sagte Wade.

»Stimmt«, erwiderte Sidda und überlegte, wie oft sie diese Forderung von Stanislawskij schon Schauspielern gepredigt hatte. *Mach dir alles in deinem Leben zunutze für deine Kunst.*

Sidda setzte sich an den hölzernen Küchentisch. Sie wollte vor ihrem Kostümbildner gelassen und souverän erscheinen. Eine zynische Bemerkung oder ein Shakespeare-Zitat war jetzt angebracht. Statt dessen brach sie in Tränen aus.

Wade schenkte ihr einen Brandy ein. »Ach, das Theater«, sagte er. »Es ist wunderbar. Es bietet den verschiedensten Waisenkindern ein Zuhause.«

19

Caro legte sich in ihrem Liegestuhl zurück und ließ ihre Gedanken in eine frühere Zeit abschweifen, als die Welt noch ganz anders gewesen und das Atmen ihr leichtergefallen war.

Jener Geburtstag damals war ihr von Anfang an merkwürdig vorgekommen. Es paßte einfach nicht zu den Abbotts, etwas derartig Extravagantes zu inszenieren.

Sie hatte Taylor Abbott nie ausstehen können, Buggy nie richtig gemocht. Sie hatte sie nicht gehaßt, wie Teensy das tat, sondern einfach nichts für sie übrig gehabt. Und ihr auch nicht getraut. Buggy verhielt sich wie eine Hausangestellte. Haushalt, Garten, in die Kirche gehen, das waren die einzigen Interessen dieser Frau. Kein Mittagessen mit Freundinnen, nicht einmal ein Kinobesuch. Sie sagte immer, sie sei zu beschäftigt.

Und Taylor Abbott. Wenn dieser Mann abends nach Hause kam, mußte der ganze Haushalt den Atem anhalten, mußte aufhören zu leben. Wenn Vivi mit den Ya-Yas ins Wohnzimmer marschierte – lachend und kichernd, wie üblich –, würdigte er sie keines Blickes. Er sagte dann nur: »Viviane, mach keinen Lärm.« Da wurde Vivi immer stumm wie ein Fisch. Sie mußten auf Zehenspitzen den Raum verlassen, die Treppe hoch in Vivis Schlafzimmer schleichen, und durften keinen Muckser machen, ehe nicht die Tür hinter ihnen ins Schloß gefallen war. Taylor Abbott verlangte in seinem Haus Ruhe, wie in einer Bibliothek oder einem Museum, damit er ungestört Zeitung lesen konnte.

Bis er abends nach Hause kam, durften die Mädchen so laut sein, wie sie wollten, durften alles machen, wonach ihnen der Sinn stand. Buggy scherte sich nicht darum, sondern ging einfach weiter ihrer Arbeit nach. Dieser Frau machte es jahrelang, vom vierten Lebensjahr der Ya-Yas bis zu ihrer Heirat, nicht das geringste aus, daß zig Kinder ständig im Haus hin und her liefen. Als sie auf der High-School waren, wurden an den Nachmittagen die Teppiche aufgerollt, die Möbel beiseite geschoben und die neuesten Tanzschritte geprobt, stundenlang. Buggy hatte immer jede Menge zu essen vorrätig, egal, wie viele Kinder aufkreuzten.

Aber Buggy betrachtete dies als ihren *Job.* Sie war nicht knickrig mit dem Essen, im Gegenteil, aber die Art, wie sie es ihnen vorsetzte, wie sie die Kinder in ihre Küche hineinführte, ließ einen glauben, sie *arbeite* hier, sie sei bezahltes Personal, und nicht die Dame des Hauses, wie man die Frauen früher nannte.

Am Abend von Vivis Geburtstag war es sternenklar und bitter kalt. So kalt, daß Vivi die Stola aus Zobelpelz trug, die Genevieve ihr geliehen hatte. Jack hatte Urlaub bekommen und war am Nachmittag des Vortages eingetroffen. Er sah stattlich und attraktiv aus in seiner Fliegeruniform, und es war wie ein Wunder, daß er so früh Weihnachtsurlaub bekommen hatte und Vivis Geburtstag mitfeiern konnte.

Der Ballsaal des Theodore Hotels war geschmückt mit Weihnachtssternen und funkelnden Lichtern. Stan Lemoine und seine Rhythm Kings, scharfe Typen in modischen Sakkos, hatten einen phantastischen Trompeter dabei, der »Happy Birthday« im Swing-Rhythmus spielte. Vivi stand neben dem Tisch, der beladen war mit Geschenken, der Geburtstagstorte und Gläsern voll Likör, der aus mysteriösen Quellen stammte. Sie trug ein atemberaubendes, schulterfreies Abendkleid aus mitternachtsblauem Samt und Organdy, das eigens für diesen Abend geschneidert worden war. Während die Gäste ein Geburtstagsständchen für sie sangen, stand sie da, mit leuchtenden Augen, flankiert von ihrem Vater und Jack Whitman, ein strahlendes Lächeln im Gesicht. Wären Fotos von dieser Szene aufgenommen worden, hätte man vergeblich Buggy gesucht. (Und auch

Vivis Großmutter Delia. Aber Delia, in der Hand einen Drink und ihre Zigarettenspitze, war zu der Zeit gerade damit beschäftigt, heftig mit zwei Männern zu flirten, die dreißig Jahre jünger waren als sie.)

Vivi war mit sich übereingekommen, daß der Ball all die vorausgegangenen elterlichen Streitigkeiten wert war. (»Und ich gebe für meine Tochter einen Ball, wenn es mir gefällt, du alte Hexe!« hatte Mr. Abbott eines Abends während des Essens Buggy beschimpft.) Vivi, die nach väterlicher Anerkennung hungerte, fühlte sich wegen dieser seltenen und unerwarteten Zuwendung schuldig und wurde über und über rot. Sie verschluckte sich beim Essen. Ihr Vater hatte bis dahin kaum Notiz von ihr genommen. Wie aus heiterem Himmel schien Taylor Abbott auf einmal den Drang zu verspüren, das Frauwerden seiner Tochter lauthals zu verkünden, und die sechzehn Jahre, die Vivi sich abgemüht hatte, seine Aufmerksamkeit zu erringen, machten sich nun offenbar endlich bezahlt. An diesem einen wunderbaren Abend war sein Interesse an ihr so unvermutet gewachsen, daß Vivi dem Ganzen nicht traute. Sie hatte Angst, sie würde ihren Vater enttäuschen, ohne genau zu wissen, wie und warum. Wegen der schieren Maßlosigkeit des Ganzen war ihr fast übel.

Der richtige Moment für den Ehrentanz kam kurz vor der ersten Orchesterpause. Die Band spielte abschließend »Deep Purple«, einen Song, den Vivi und Jack liebten. In Jacks Armen ließ Vivi sich dahingleiten und empfand selige Geborgenheit. Sie hielt die Augen halb geschlossen, um ihren Mund spielte ein kleines Lächeln, und sie fühlte sich wie eine Königin. Das Verlangen, diesen Moment für immer festhalten zu wollen, wich vorübergehend purer Freude. Ein ganzer Ballsaal voller Menschen feierte ihren Geburtstag. Es war wie im Märchen. Ein kleines Königreich für Vivi Abbott in Thornton, Louisiana.

Als die Gäste »Happy Birthday« zu Ende gesungen hatten, scharten sich die Ya-Yas mit ihren Tanzpartnern um Vivi. Sie sahen zu, wie Mr. Abbott, der sich kerzengerade in seinem Smoking hielt, in die Tasche griff und ein kleines, in Geschenkpapier eingewickeltes Päckchen hervorzog. Mit einer kleinen Verbeugung überreichte er es seiner Tochter und drückte ihr einen Kuß auf die Wange.

Caro beobachtete die Szene unbeeindruckt. Sie stand neben ihrem Tanzpartner, Red Beaumont, der einen Kopf kleiner war als sie, und dachte darüber nach, daß sie noch nie zuvor erlebt hatte, daß Mr. Abbott Vivi einen Kuß gab. Wohl hatte sie gesehen, daß er sie geschlagen hatte, aber geküßt – niemals. Und Mrs. Abbott hatte ihre Tochter, soweit ihr bekannt war, auch nie geküßt.

Als die Band »White Christmas« spielte, sah Caro zu, wie Vivi das Geschenk auspackte. Sie studierte das Gesicht ihrer Freundin, als diese den Deckel eines kleinen Samtetuis aufklappte.

»Heilige Madonna!« rief Vivi aus und hielt einen Brillantring hoch. Sie umarmte ihren Vater: »Ist der wirklich für mich?«

Mr. Abbott rückte seinen Kummerbund zurecht, als wäre ihm die Umarmung unangenehm gewesen. Caro stieß Red Beaumont mit dem Ellbogen in die Seite: »Zigarette, bitte«, sagte sie, ohne die Augen von Vivi abzuwenden.

Red zündete zwei Zigaretten an und gab ihr eine. Caro nahm sie, dann ließ sie ihren Tanzpartner einfach stehen und trat näher an die Abbotts heran. Pete war umringt von seinen Freunden und scherzte mit seiner Partnerin. Ginger, Delias Hausmädchen, stand etwas abseits von der Familie und hatte die dreijährige Jezie Abbott auf dem Arm.

Buggy trug ein Kleid aus grauer Spitze und Tüll. Ihr Haar war hochgesteckt, und ausnahmsweise hatte sie Lippenstift aufgelegt. Aber sie hielt die Arme über der Brust verschränkt, die Stirn war gerunzelt, sie wirkte verkrampft, als mache es sie verlegen, dabei erwischt worden zu sein, daß sie hübsch aussah.

»Mutter!« rief Vivi aus und umarmte sie. Dann streckte sie ihr die Hand hin. »Schau mal, ist der nicht *phantastisch*? Hast du ihn mit ausgesucht?«

Der Ring war eine Pracht. Fünf Brillanten in einer runden Fassung, vierundzwanzig Karat. Sein Funkeln war exquisit, vielleicht eine Spur zu prachtvoll.

Einen Moment sah es so aus, als wollte Buggy Vivi eine Ohrfeige geben. Dann packte sie Vivis Hand, besah sich kurz den Ring und stieß die Hand ihrer Tochter wieder weg, als ekelte es sie vor ihr.

»Mr. Abbott«, sagte Buggy, »das ist kein passendes Geschenk für ein *Mädchen.*«

Taylor Abbott starrte seine Frau an, dann, als hätte er sie nicht gehört, drehte er sich um und begann, mit den Gästen zu plaudern. Buggy bemühte sich, ihre Fassung wiederzugewinnen, als Delia sie am Arm packte.

»Führ dich nicht auf wie eine Närrin«, zischte Delia sie an. »Wenn du dich nicht wie ein bigottes altes Weib benehmen würdest, dann würde dein Mann sogar *dir* Brillanten schenken!«

Buggy Abbott ließ den Kopf hängen. Sie sah aus, als hätte Delia ihr soeben ins Gesicht geschlagen. Sie ließ den Blick über den riesigen Saal schweifen, über den Tüll, den Satin, die tanzenden jungen Leute, und mußte sich am Tisch festhalten.

Dann wandte sie sich wieder ihrer Tochter zu, die umringt von den Ya-Yas war. Sie griff abermals nach Vivis Hand und sagte ausdruckslos: »Bist du nicht das glücklichste kleine Mädchen auf der Welt.«

Anschließend drehte sie sich abrupt zu Ginger um und riß ihr Jezie aus dem Arm. Jezie fing wegen dieser groben Behandlung zu weinen an, und Buggy versuchte sie zu trösten. Sie flüsterte Ginger etwas ins Ohr, daraufhin verließen sie zusammen den Saal, während Buggy besänftigend auf Jezie einredete.

Caro bekam Buggy den ganzen restlichen Abend nicht mehr zu Gesicht.

Caro erhob sich von ihrer Liege und ging langsam in die Küche hinüber. Sie holte eine Flasche St. Pauli Girl aus dem Kühlschrank und nahm sie mit zurück ins Schlafzimmer. Dort stellte sie den CD-Spieler lauter und ließ sich wieder in den Liegestuhl fallen. Sie trank einen Schluck Bier und dachte, das Leben ist gar nicht so schlecht, wenn man immer noch ein eiskaltes Bier aus der Flasche genießen kann.

Dann grübelte sie weiter über diese Nacht von damals nach und fühlte wieder die alte Traurigkeit hochsteigen. Die Erinnerung an Jack konnte sie immer noch wie ein Hieb mitten auf die Brust treffen. Sie sah ihn vor sich, wie er an jenem Abend neben Vivi gestanden hatte, jung, gutaussehend in seiner Uniform, verliebt in ihre beste Freundin. Wenn dieser Verlust ihr immer noch derartig zu schaffen machte, wie mochte es da erst Vivi gehen.

Caro wußte noch genau, wie Vivis Schlafzimmer in der Compton Street ausgesehen hatte: die hohen Wände, die Fenster, die vom Boden bis zur Decke reichten. Gleich vor dem Haus stand eine mächtige virginische Eiche, und Caro dachte daran, wie in jener Nacht, als der Wind blies, ihre Zweige über die Fensterscheiben strichen. In der Nacht nach der Geburtstagsfeier war es ziemlich kalt geworden, und die vier Freundinnen lagen aneinandergekuschelt in Vivis Himmelbett aus Mahagoni, um sich gegenseitig zu wärmen.

Die Ya-Yas hatten seit Wochen geplant, nach dem Ball bei Vivi zu übernachten. Sie hatten sich darauf gefreut, lange aufzubleiben, sich mit Schinkensandwiches und eiskalter Milch zu stärken und noch mal alle Einzelheiten durchzugehen, wer was getragen, gesagt, getan und wer mit wem getanzt hatte.

Caro erinnerte sich, wie unverkrampft und selbstverständlich sie neben ihren besten Freundinnen gelegen hatte. Ihr alternder Körper wußte noch immer, wie überaus beruhigend die Nähe von Vivis und Teensys und Necies Körper auf sie gewirkt hatte. Niemals hatte ein Mann ihr ein derartiges Wohlgefühl verschaffen können, weder ihr Ehemann noch die zwei Liebhaber, die sie während ihrer Ehe gehabt hatte. Sie wünschte, sie könnte sich mit ihren Freundinnen noch einmal so hinräkeln wie damals, ein Altweiberkörper neben dem anderen, die Beine mit den Krampfadern auf die der anderen gelegt, Zehen, die sich berühren, Gerüche, die sich mischen. Der Stamm wieder vereint.

Wahrscheinlich hatten wir in jener Nacht von Jack gesprochen. Wie wunderbar es war, ihn wiederzusehen. Wie aufgeregt wir wurden bei dem Gedanken, daß er die ganzen Weihnachtsferien über bei uns blieb.

Caro konnte immer noch hören, wie damals die Tür zum Schlafzimmer aufgerissen wurde und Buggy eintrat und jäh den Kokon zerstörte, in den sich die vier Freundinnen eingesponnen hatten. Ihr Plaudern hörte abrupt auf, ihr Lachen hing noch in der Luft.

Buggy hatte ihren Bademantel an und einen Rosenkranz um

die Finger geschlungen. Sie ging zu dem Bett mit den vier Mädchen.

»Viviane, gib mir deine Hand!«

Vivi sah verwirrt zu ihr auf.

»Er ist schön, Mutter, nicht wahr?« sagte Vivi, immer noch voller Hoffnung, Buggys Einverständnis gewinnen zu können.

Aber statt den Ring zu bewundern, zog Buggy ihn von Vivis Finger. Sie musterte die aneinandergekuschelten Ya-Yas. Dann heftete sie den Blick nur auf Vivi und sagte: »Was du auch immer getan hast, um deinen Vater dazu zu bringen, dir diesen Ring zu geben, ist eine Todsünde. Möge Gott dir vergeben.«

Dann drehte sie sich um und marschierte aus dem Zimmer.

Vivi fing an zu zittern. Caro fühlte ihr Beben gegen ihren Körper. Vivi zog den Kopf ein und verkroch sich unter der Decke.

Den Freundinnen hatte es die Sprache verschlagen.

»Ich habe nichts Böses getan«, flüsterte Vivi. »Der Brillantring ist von meinem Daddy. Er hat ihn mir geschenkt.«

Mehr als fünfzig Jahre später fühlte Caro immer noch, wie sie damals aus dem Zimmer stürzen und Buggy Abbott den Korridor entlang nachlaufen wollte, um sie zu packen. Sie wollte diese Frau schütteln, ihr den Ring abnehmen und ihr sagen, daß man mit Leuten nicht so umgehen durfte. Während Caro ihr Bier trank, dachte sie: Meine Freundin hat nie gewußt, wie sehr ihre Mutter sie gehaßt hat. Wenn sie es gewußt hätte, glaube ich, hätte sie es nicht ertragen.

»Sie ist eine böse Hexe«, hatte Caro in jener Nacht gesagt.

Aber Vivi versteckte sich weiterhin unter der Decke, zog sich in ihr Schneckenhaus zurück.

Teensy versuchte, sie wieder daran zu erinnern, welchen Spaß sie bei der Geburtstagsfeier gehabt hatten.

»Wißt ihr noch, wie sie »Begin the Beguine« gepielt haben? Wie du und Jack als erste getanzt habt?«

»Vivi«, sagte Necie, »kann ich dir irgendwas holen, Süße? Irgendwas?«

Aber Vivi gab immer noch keine Antwort, sie lag einfach da, und das Zittern wollte nicht aufhören. Und daher legten sich die Freundinnen neben sie und versuchten, sie im Arm zu halten.

Sie steckten die Bettdecke um ihre Schultern fest, so wie man es mit einem Baby macht, das verstört ist und nicht verstehen kann, warum.

Als sie den Lärm und das Geschrei von unten hörten, nahmen sie zuerst an, es sei Vivis Bruder Pete, der mit seinen Freunden Radau machte. Der Krawall, so spät in der Nacht, überraschte sie zwar, aber Pete hatte immer ein paar Freunde dabei, die bei ihm übernachteten. Da ging es meistens ziemlich handgreiflich zu. Taylor Abbott hatte viel weniger gegen laute Buben einzuwenden als gegen laute Mädchen.

Es war nicht Pete. Einen Moment herrschte Stille, dann ging der Streit von neuem los. Die Ya-Yas hörten Taylor Abbotts laute dröhnende Stimme und dann Buggys Weinen. Auf einmal gab es einen Schlag, daraufhin war es wieder still. Plötzlich: *»Verdammtes Miststück!«*

Vivi lag bewegungslos da, als wäre sie ein Geist, und lauschte mit jeder Faser ihres Körpers.

Caro hatte Angst. Ihre Mutter und ihr Papa stritten sich zwar auch, aber nicht so. Sie hatten durchaus ihre Meinungsverschiedenheiten, aber sie trugen sie offen aus, und sie versöhnten sich schnell wieder. Ihr Vater umarmte dann immer ihre Mutter, hob sie hoch und rief: »Du hast ganz schön Feuer, Madam, ganz schön Feuer!«

Der Streit der Abbotts war ganz anders. Caro bekam es mit der Angst zu tun. In diesem Haus fühlte sie sich nicht mehr sicher.

Es dauerte nicht lange, und die Tür zu Vivis Schlafzimmer wurde aufgestoßen, ohne Anklopfen, einfach so.

Mr. Abbott stieß seine Frau ins Zimmer. Sein Gesicht war rot, er atmete schwer. Buggys Nachthemd war an der Schulter zerrissen, und Caro sah die Konturen ihrer Brüste unter dem dünnen Baumwollstoff.

»Los, Buggy! Gib ihr den Ring zurück!«

Buggy stand einfach da und rührte sich nicht. Sie starrte auf ihre nackten Füße.

»Ich hab gesagt, gib dem Mädchen den verdammten Ring zurück, du erbärmliche katholische Närrin!«

Dann schob Mr. Abbott seine Frau hin zu dem Bett. Sie zitterte am ganzen Körper. Caro spürte nun Vivis Zittern und ebenso das von Buggy. Als ob ein Beben zwischen Mutter und Tochter hindurchlief, das auch die Ya-Yas nicht abblocken konnten.

Mr. Abbot nahm die Hand seiner Frau und bog gewaltsam ihre Finger zurück, einen nach dem anderen, bis der Ring auf den Boden rollte. Dann schlug Taylor Abbott seiner Frau ins Gesicht, einmal, mit voller Wucht.

»Heb ihn auf! Bück dich und heb ihn auf!«

Wie in Trance bückte sich Buggy Abbott und hob den Ring auf. Dann schleuderte sie ihn auf das Bett, wo er zwischen den Falten der Wintersteppdecke liegenblieb.

Vivi, die am Rand der Decke hervorlugte und die Szene schweigend beobachtet hatte, zog nun die Decke vollständig übers Gesicht, damit sie weder sehen noch gesehen werden konnte. Caro fürchtete, Mr. Abbott könnte auch Vivi schlagen. Es wäre nicht das erste Mal gewesen.

Mr. Abbott machte einen Schritt auf das Bett zu. Er war ein großer Mann und wirkte im Pyjama genauso furchterregend wie in Nadelstreifen. Caro spannte ihre Muskeln an, bereit, ihre Freundin zu verteidigen.

Caro rechnete damit, daß er sie schlagen würde, sie oder irgendeine von ihnen. Statt dessen fuhr er mit der Hand über die Steppdecke, bis er den Ring fand. Er steckte ihn unter die Decke, wo Vivi lag.

»Hier, Viviane. Ich hab dir diesen Ring geschenkt. Er gehört dir. Es ist ein Geschenk von mir an dich. Hast du verstanden?«

Seine Stimme klang fast verzweifelt.

Vivi reagierte nicht.

»Antworte mir, Viviane!«

»Ja, Sir, ich habe verstanden.«

Mr. Abbott warf einen kurzen Blick auf Necie, Caro und Teensy, die zusammengekauert auf dem Bett lagen. Er wirkte verlegen, wenigstens für seine Begriffe.

Dann sah er spöttisch zu seiner Frau hinüber und sagte: »Was hast du dir dabei gedacht? Dich so vor Vivianes Freundinnen zu blamieren?«

Buggy gab keine Antwort. Caro sah, wie sie die Lippen bewegte, wie so oft, wenn sie ein stummes Gebet zur Heiligen Jungfrau betete.

Plötzlich beugte sich Buggy hinunter und riß die Zudecke weg. Vivi lag eingerollt da wie ein Kätzchen, ihre Zehen schauten kaum unter ihrem Flanellnachthemd hervor. Vivis Anblick zerriß Caro schier das Herz.

Wortlos nahm Buggy den Ring und zwängte ihn an Vivis Finger. Ihre Tochter schrie vor Schmerz auf. Instinktiv wollte Caro Buggys Hand packen, aber Buggy drehte sich schnell um und ging rasch aus dem Zimmer.

Mr. Abbott folgte ihr. »Schlaft jetzt, Mädchen«, war alles, was dieser Mann herausbrachte.

»Zur Hölle mit euch«, sagte Caro, als sie draußen waren. »In der Hölle sollt ihr schmoren.«

Wenn es ihr möglich gewesen wäre, hätte Caro ihre Freundin Vivi von zu Hause weggeholt. Sie hätte sie aus diesem Haus voller Haß an die Golfküste gebracht, wo ihre Eltern ein kleines Strandhaus besaßen. Sie hätte sich um Vivi gekümmert, weil sie sie liebte. Sie hätte für Königin Tanzender Fluß gesorgt, in deren zusammengerolltem Körper soviel Leben steckte.

Die drei Freundinnen lagen aneinandergeschmiegt im Bett mit Vivi. Caro zog Vivi ganz nah zu sich heran und hielt sie im Arm. Necie begann zu weinen, und Teensy begann zu fluchen.

»Diablesse! Fils de garce! Miese Schweine, alle beide.«

Necie stand auf und holte ein Taschentuch. Sie trocknete Vivis Gesicht und sagte: »Vivi, Süße, wir lieben dich. Wir lieben dich ganz schrecklich.«

Vivi sagte kein Wort. Caro spürte, wie ihr Herz klopfte. Sie nahm zärtlich ihr Gesicht in ihre Hände.

»Ach, Freundchen«, flüsterte sie.

Dann stand Caro auf und zündete für alle Zigaretten an.

Necie weinte immer noch und riß ein Fenster auf.

»Komm, Vivi«, sagte Caro. »Rauchen wir eine und reden wir darüber.«

Vivi rauchte die Lucky Strike, die Caro ihr gab. Sie starrte auf ihren Toilettentisch, auf das Durcheinander von Ansteckblumen, Zetteln und einem Foto von ihr und Jack und den Ya-Yas am Strand an der Golfküste.

»Geht's wieder, Liebes?« fragte Necie.

»Du solltest hier raus«, meinte Teensy. »Komm und zieh zu uns. Genevieve wäre begeistert. Und Jack auch, das *weißt* du.«

Vivi schwieg.

»Vivi, deine Mutter ist verrückt, und dein Vater ist ebenfalls verrückt«, sagte Caro.

»Sie ist nicht verückt, sie ist ein eifersüchtiges Luder«, meinte Teensy.

»Meine Mutter liebt mich«, sagte Vivi.

»Dann soll sie sich auch so *verhalten*«, erwiderte Caro. »Du bist schließlich ihre Tochter.«

»Der Ring da ist eine Menge Geld wert«, sagte Teensy und berührte zärtlich Vivis Hand.

»Vater hat ihn mir gekauft. Er hat ihn selbst ausgesucht.«

Vivis mechanische Antwort ließ Caro erschrocken aufhorchen.

»Du kannst mit dem Ring machen, was du willst. Du kannst ihn auch verkaufen«, erklärte Teensy.

Caro und Necie schauten Teensy an.

»Der Ring gehört ganz allein dir«, sagte Carol

»Das ist genau wie Geld auf der Bank«, sagte Teensy.

Vivi nickte und sah ihren drei Freundinnen ins Gesicht. »Na so was«, sagte sie schließlich, »dann bin ich jetzt wohl reich, oder?«

»Ja«, antwortete Caro, »jetzt bist du reich.«

Vivis mitternachtsblaues Samtkleid lag hingebreitet auf dem Platz in der Fensternische. Die Zweige der alten Eiche strichen über die Fensterscheibe. Es war Mitte Dezember. Die ganze Welt befand sich im Krieg, und in Vivis Schlafzimmer wurde es allmählich kalt. Der Zigarettenrauch zog durchs Fenster ab in die Nacht hinaus.

Wenn jetzt Mr. oder Mrs. Abbott in das Zimmer zurückgekommen wären, wäre Caro aufgesprungen und hätte sie geschlagen, hätte sie die Treppe hinuntergestoßen.

In jener Nacht, bevor sie schließlich neben Vivi einschlief, hatte sie sich geschworen, sie würde mitten in der Nacht aufstehen, sich ins Schlafzimmer der Abbotts schleichen und ihnen etwas Fürchterliches antun. Irgendwie wollte sie ihnen weh tun, weil sie ihre Freundin so verletzt hatten.

Aber sie schlief die ganze Nacht durch.

Als Caro schließlich die Augen aufschlug, war Vivi bereits seit Stunden wach. Sie war schon angezogen zum Tennisspielen. Sie lächelte. Sie hüpfte im Zimmer umher, als stünde sie bereits auf dem Tennisplatz. Sie verhielt sich, als ob nichts gewesen wäre. Sie war sechzehn Jahre alt und einen Tag.

Caro stemmte sich aus dem Liegestuhl hoch, ging ins Badezimmer, ließ Wasser in ein Glas laufen und schluckte eine Handvoll Vitaminpillen. Sie träufelte etwas Mandelöl auf die Handfläche und massierte damit ihr faltiges Gesicht. Als sie den Pyjama anzog, dachte sie, ich erinnere mich wirklich nicht gern an all dieses Zeug, verdammt noch mal. Macht mich immer noch wütend. Sie holte eine Decke von ihrem Bett und breitete sie über sich, als sie sich wieder im Liegestuhl zurücklegte. Ehe sie das Licht ausschaltete, kontrollierte sie ein letztes Mal, ob ihr Inhalator in greifbarer Nähe war.

Buggy und Taylor Abbott leben nicht mehr, dachte Caro, die Ya-Yas sind alt geworden. Wenn wir sterben, werden dann unsere Kinder auch den Wunsch verspüren, sich noch an uns zu rächen, so wie ich mir wünsche, ich hätte es den Abbotts heimgezahlt? Oder werden sie uns unsere tausend kleinen Morde verzeihen? Als Sidda in dem Brief ihre Mutter um Einzelheiten aus unserem Leben bat, sagte ich: »Vivi-Schätzchen, schick es ihr! Was willst du mit diesem Album voller alter Erinnerungen anfangen! Ich weiß, daß du Sidda und die *New York Times* umbringen könntest. Aber schick's ihr! Das Leben ist kurz, Freundchen. So verdammt kurz.«

20

Nach Vivis Geburtstag wachte Buggy Abbott eine Woche lang jeden Morgen tränenüberströmt auf. Als ihr jüngstes Kind Jezie, in dessen Zimmer sie schlief, sie fragte: »Mama wehweh?«, konnte sie nicht antworten.

Schließlich drohte ihr Taylor Abbott: »Wenn du dich weiterhin so aufführen willst, dann nicht in meinem Haus!«

Daraufhin weinte sie nur noch im stillen und achtete darauf, daß ihr Mann sie nicht hörte. Buggy Abbott weinte, wenn sie allein war, und betete zur Heiligen Jungfrau um Antwort, wie sie das Problem mit ihrer Tochter lösen sollte.

Als Buggy den Vorschlag einer der Frauen des Kirchenvereins hörte, war sie überzeugt, die richtige Antwort bekommen zu haben. Eines Morgens, als sie gerade die Altarwäsche stärkten, hatte Buggy Mrs. Rabelais anvertraut: »Ich sage Ihnen, ich befürchte das Schlimmste für das Seelenheil meiner Tochter.«

»Sie sollten sie unverzüglich nach St. Augustine in Alabama schicken«, meinte Mrs. Rabelais. »Diese Nonnen dort wissen schon, wie man einem Mädchen die Flausen austreibt. Die dulden keine Albernheiten. Ich schicke ihnen jedes Jahr Geld, damit sie ihr Werk der Läuterung fortsetzen können.«

Das St. Augustine war ein altehrwürdiges katholisches Internat in Spring Hill, Alabama, das bereits seit dem Ende des Bürgerkriegs bestand. Es war fünf Stunden Fahrt von Thornton entfernt. Aus vier Staaten schickte man fromme katholische

Mädchen dort hin, wenn sie überzeugt waren, Buße tun zu müssen. Hinter die Mauern dieses Internats sperrte man auch diejenigen Mädchen, deren Eltern der Meinung waren, es mangelte ihnen an frommer Gesinnung. Und an Zucht.

Buggy wartete, bis alle aus dem Haus waren. Jezie schlief, und so holte sie Briefpapier hervor und setzte sich damit an den Küchentisch. Sie schlürfte ein Täßchen Kaffee und genoß es, den Stift übers Papier gleiten zu lassen. Seit langem schon hatte sie nichts anderes mehr geschrieben als Einkaufslisten.

In sorgfältiger Schreibschrift, auf schlichtem weißem Papier, nach vier verschiedenen Anläufen, war schließlich folgender Brief zustande gekommen. Sie brachte ihn zur Post, sobald Jezie aufgewacht war:

31. Dezember 1942
322 Compton Street
Thornton, Louisiana

An die Schwester Oberin
St. Augustine Internat
Spring Hill, Alabama

Sehr geehrte Schwester Oberin!
In diesem Brief spricht eine besorgte Mutter zu Ihnen und bittet Sie inständig, ihre Tochter, Viviane Joan Abbott, noch während des laufenden Schuljahres in Ihr Institut aufzunehmen. Ich bin keine große Briefeschreiberin, Schwester Oberin, aber mit Gottes und Unserer Heiligen Mutter Hilfe will ich mein Bestes versuchen.
Meine Tochter gibt sich mit einer laxen Schar von unerzogenen Halbwüchsigen ab. Die Clique von Freundinnen, mit denen sie verkehrt, fördert nur ihre Eitelkeit. Sie folgt mir nicht, ihrer Mutter. Vivi und diese Mädchen stecken immer zusammen, Schwester Oberin, und üben gegenseitig einen schlechten Einfluß aufeinander aus. Sie rauchen und fluchen und flanieren herum und kennen überhaupt keine Scham. Und die örtliche High-School behandelt sie, als wären sie heidnische Prinzessinnen. Diese Mädchen

stellen ihre Freundschaft vor die Liebe zu Gottvater. Ich fürchte um das Seelenheil meiner Tochter wegen all dieser Popularität, mit der sie an der High-School überhäuft wird.
Sie machen zu viel Aufhebens um sie, Schwester Oberin. Sie haben Viviane Joan Cheerleader werden lassen und haben sie zur beliebtesten Schülerin und zur hübschesten Schülerin gewählt, und im Tennisteam der Schule ist sie und bei der Schülerzeitung. Das verkraftet so ein junges Mädchen nicht. Die High-School in Thornton ist nicht schlecht. Meinem Jungen tut sie sehr gut. Aber meine Tochter ist in höchster Gefahr. Sie unterstützen ihre Eitelkeit so sehr, daß sie meint, sie brauche sich nicht mehr Unserer Barmherzigen Mutter, Fürbitterin und Zuflucht der Sünder, vor die Füße zu werfen.
Im Schlafzimmer meiner Tochter deutet nichts auf Gott hin. Wohin ich mich auch wende, ich sehe nur Tand, Tennisschläger und Bilder von Filmstars. Und überall Fotos von dem Jungen, in den sie glaubt verliebt zu sein. Sie dient den Götzen, Schwester Oberin. Sie verwirkt die Gnade Gottes.
Mein Gemahl, Mr. Taylor Abbott, Rechtsanwalt und nicht katholisch, hat Viviane nach Strich und Faden verzogen, seit sie wußte, wie man einen Schmollmund macht. Mr. Abbott ist noch schlimmer geworden seit der Geburt meines Babys Jezie, als mir noch einmal spätes Mutterglück zuteil wurde. Er schenkte Viviane einen Brillantring, Schwester Oberin, wo sie doch erst sechzehn ist. Das hätte er nie tun dürfen. Ein Brillantring gebührt der durch das Heilige Sakrament der Ehe angetrauten Gemahlin, und nicht einer halbwüchsigen Tochter.
Sie steht zu sehr unter dem Einfluß von Mr. Abbott. Er gehört der Episkopalkirche an, Schwester Oberin, und er geht immer nur aus. Er trinkt Rum und gibt sich mit den Leuten ab, die Tennessee-Sattelpferde züchten. Er ist nicht der Mann, den ich zu heiraten geglaubt hatte, als ich jung war.
Gegen seinen Willen habe ich mein Baby Jezie bekom-

men. Es ist nicht meine Schuld, daß ich den Glauben nicht so leben kann, wie ich es vor dem Altar geschworen habe. Jeden Tag bitte ich Gott um Vergebung, daß ich ihm nur drei Kinder schenken konnte.

Schwester Oberin, ich kann nicht sagen, welche Sünden meine Tochter genau begangen hat. Mein Mann verbietet mir jedes Wort darüber. Als Mutter kann ich nur das allerschlimmste Vergehen annehmen. Mr. Abbott verbietet mir, weiterhin nachzubohren. Er sagt, eine Frau müsse ihrem Mann gehorchen. Aber ich kann nicht anders. Ich habe ein bohrendes Wesen.

Verehrte Schwester Oberin, es ist nicht wegen dem, was meine Tochter *mir* angetan hat. Es ist das Vergehen gegen Unsere Heilige Mutter Kirche, gegen die Heilige Jungfrau persönlich, das mich so schmerzt. Wenn Viviane nur mir weh getan hätte, würde ich diesen Brief nicht schreiben. Viviane muß Demut lernen, sie muß umgeben sein von anderen, die keusch und rein an Körper und Seele sind. Sie braucht die Zucht, die nur die Nonnen von St. Augustine ihr geben können.

Ihr Institut muß meine Tochter aufnehmen. Ich danke Unserer Himmelskönigin von Herzen, daß ein Internat wie St. Augustine existiert.

Ich flehe Sie an, Schwester Oberin, in Ihrer Weisheit, bitte erlauben Sie meiner Tochter, so bald wie möglich in Ihr Institut eintreten zu dürfen. Bitte zögern Sie nicht, sondern handeln Sie schnell, im Namen der Mutter Gottes, damit meine Tochter gerettet wird. Sie ist eine von Gott erschaffene Blume, aber sie welkt dahin. Und wenn ich sie nicht dem Zugriff der weltlichen Versuchungen entziehe, wird sie sterben, noch bevor sie die Chance hatte, im Geiste voll zu erblühen.

Im Namen Christi
durch die Fürsprache unserer Heiligen Jungfrau

Ihre
Mrs. Taylor Abbott

P. S. Mein Mann und ich haben erfahren, daß momentan am Wohntrakt der Schulschwestern eine Erweiterung vorgenommen wird. Wir freuen uns, dem Baufonds von St. Augustine eine Spende überweisen zu dürfen, sobald Viviane sich in ihrer Klasse eingefunden hat.

21

Als Sidda in dem Album zwei Bündel Briefe mit der Adresse ihrer Mutter in St. Augustine entdeckte, fühlte sie sich wie eine Archäologin, die gerade auf einen wichtigen Fund gestoßen ist. Der erste Brief war von Necie, auf der Rückseite des Kuverts sah man drei verblaßte Abdrücke von Lippen.

Als Sidda den Umschlag öffnete, flogen ihr die Worte auf dem Briefbogen entgegen wie aufgeschreckte, ärgerliche Vögel. An den Rändern waren Flecken und Tintenspritzer, wo die Schreiberin zu stark aufgedrückt hatte. Sidda begann zu lesen.

21. Januar 1943

Allerliebste Vivi,
ach, Süße, ich hätte nie gedacht, daß mein erster Brief im neuen Jahr so traurig sein würde. Ich habe geglaubt, 1943 ist das Jahr, wo wir den Krieg gewinnen werden, aber statt dessen ist es das Jahr, wo wir Dich verlieren. Mein Herz zerschellt in tausend kleine Stückchen auf dem Küchenboden, wenn ich mir vorstelle, wie Du mit diesem Zug die Stadt verlassen hast, als ob Du nicht geliebt würdest, was Du aber wirst. Wir sind jetzt hier bei Caro. Mr. Bob versuchte uns aufzuheitern mit drei Freikarten für *Sein oder Nichtsein*, aber wir können uns über nichts freuen.

Dein großer Bruder war ebenfalls ganz niedergeschlagen.

Ich habe Pete nie so traurig erlebt. Als er und Caro heute morgen bei uns vorbeikamen, bin ich in Tränen ausgebrochen und stieg einfach ins Auto – im Schlafanzug – und fuhr mit ihnen zu Teensy. Pete hat sich x-mal entschuldigt, weil er derjenige war, der Dich zum Bahnhof bringen mußte, ohne daß auch nur einer Deiner tausend Freunde Dich verabschieden durfte! Als er es mir erzählte, hat er selbst fast weinen müssen. Ach Vivi-Mäuschen, alle wären wir am Bahnhof gestanden, um Dir Lebewohl zu sagen. Wir hatten alles mögliche geplant. Hier in der Küche steht ein ganzer Schuhkarton voll Pralinen und Sauerrahmplätzchen, die ich extra für Dich gebacken habe. Ich hatte alles schon so schön eingepackt, und nun bist Du unterwegs zu den Nonnen ohne ein Zeichen unserer Liebe. Ach, ich muß schon wieder weinen. Wir sind alle gegen Mittag zu Deinem Haus gegangen, zur Tür, die in die Küche führt, wie immer. Wir wollten Deiner Mutter anständig die Meinung sagen. Aber die Tür war *zugesperrt.* Wir klopften und brüllten, bis Buggy schließlich nach unten kam, und als sie die Tür öffnete, weinte sie. Da haben wir es uns noch mal überlegt, ob wir sie wirklich verfluchen sollten. Sie sagte uns, sie wäre krank.

»*Mais oui*«, entgegnete Teensy. »Wir sind alle krank. Unser Herz ist krank, weil wir Vivi verloren haben.« Und dann sagte Deine Mutter, sie müsse ins Haus zurückgehen, weil sie jeden Moment ohnmächtig werden könnte. Caro wollte ihr schon was erzählen, aber ich hielt sie zurück, und dann gingen wir fort.

Ach Vivi, wir fühlen uns zerrissen, als ob ein Teil unseres Körpers plötzlich herausgefetzt worden ist.

Bitte, glaube ja nicht, nicht einmal für eine Sekunde, daß wir nicht gekommen wären, um Dich zum Abschied zu küssen und zu umarmen und Dich anzuflehen, bei uns zu bleiben, da, wo Du hingehörst.

In Liebe, tausend Küsse und Gebete
Necie

P. S. Ich laufe jetzt damit zur Post. Caro und Teensy schreiben ihre Briefe, wenn sie sich ein bißchen beruhigt haben. Sie sitzen mit Deinem Bruder Pete auf Eurer hinteren Veranda und rauchen Zigaretten, in der Eiseskälte, und weinen. Caro möchte noch mal zu Deiner Mutter und es ihr zeigen, egal, ob sie nun krank ist oder nicht. Ach, Süße, wir lieben Dich ganz schrecklich.

Sidda kam es vor, als hätte sie eine andere Welt betreten. Sie nahm die Briefe mit hinüber zum Sofa, setzte sich und faltete jede Seite sorgfältig auseinander. Der nächste Brief lautete:

21. Januar 1943

Stinky!
Schwesterchen, tut mir so leid. Lieber wäre ich mitten in ein Nest voller Japse gefahren, als Dich heute morgen zum Bahnhof zu bringen.
Daß die Dich dort ja gut behandeln, hörst Du. Ich komm mit meinem Taschenmesser, wenn die nicht anständig zu Dir sind.

In Liebe
Dein Bruder Pete

P. S. Caro hat zu Mutter gesagt, wenn die Schwestern von dem verdammten St. Augustine Dir dumm kommen, dann werden die Schwestern von St. Ya-Ya sie sich vorknüpfen. Mutter ist schnell ins Bett zurückgerannt, ohne ein Wort zu sagen.

Zuletzt öffnete Sidda ein Western-Union-Kuvert und fand folgendes Telegramm:

22. Januar 1943

MISS VIVI ABBOTT – ST. AUGUSTINE INTERNAT SPRING HILL ALABAMA – CHÈRE – WIR LIEBEN DICH – RUF AN WENN DU WAS BRAUCHST – QUE LE BON DIEU VOUS BENIT WIRKLICH SEHR GENEVIEVE ST. CLAIR WHITMAN

Sidda legte den ersten Packen Briefe beiseite, stand auf und streckte sich. Hueylene saß da, starrte aus der Glastür und verfolgte gebannt, wie zwei Krähen sich geräuschvoll und scheinbar grundlos zankten. Sidda wandte sich wieder den Briefen zu und holte ein dickes Bündel hervor, das mit einem vergilbten blauen Bändchen verschnürt war.

22. April 1943

Liebe Vivi,
wir haben seit zehn Tagen nichts von Dir gehört. Geht es Dir gut? Ich habe Dir vier Briefe geschrieben. Hast Du sie nicht bekommen? Freundchen, wir machen uns Sorgen.
Deine Eltern sollen in der Hölle schmoren dafür, daß sie Dir das angetan haben. Deine Mutter gehört erschossen.
Melde Dich, Königin Tanzender Fluß.

Küßchen
wir lieben Dich
Caro

24. April 1943

Vivi, *chère*,
ich glaube, meine zwei letzten Briefe hast Du vielleicht gar nicht bekommen, weil ich mich weigerte, »Joan« auf das Kuvert zu schreiben. Aber diesmal habe ich es gemacht, obwohl es mir überhaupt nicht gefallen hat. Ich möchte nämlich sichergehen, daß Du diesen Brief auch wirklich erhältst. Baby Doll, ich habe letzte Nacht sehr schlecht von Dir geträumt, und ich bin weinend aufgewacht. Ich habe es *maman* erzählt, und die meinte, ich solle versuchen, Dich anzurufen. Heute morgen haben wir sofort telefoniert, aber diese Nonne wollte uns nicht mit Dir sprechen lassen. Sie sagte, Schülerinnen dürfen nur Gespräche mit ihrer Familie führen, und auch nur sonntags. Was *ist* das bloß für ein Ort, wo sie Dich nicht mit den Leuten sprechen lassen, die Dich lieben? Dann ging *maman* ans Telefon und wollte die Nonne zur Vernunft bringen, aber die ist einfach nicht darauf eingegangen.

Maman macht sich Sorgen. Weißt Du, sie war nämlich auch bei den Schulschwestern, wie sie klein war, aber so was hat es da nicht gegeben. Sie meint, Du mußt wirklich an ein paar ganz schlimme geraten sein da oben. Jack sagt, Deine Briefe klingen immer noch fröhlich, aber ich weiß, daß Du ihm zuliebe so schreibst, um ihn aufzumuntern. Dabei hättest *Du* doch Aufmunterung nötig, *bébé.*
Maman möchte wissen, wie sie Dir helfen kann. Soll sie versuchen, mit Deinen Eltern zu reden? Bitte sag es uns.
Mais oui, Vivi, wir vermissen Dich mehr, als Du Dir vorstellen kannst. Dein Weggehen hat ein großes Loch in unsere Mitte gerissen. Unsere ganze *communauté des soeurs* leidet. Und die Ya-Yas sind nicht die einzigen, die so fühlen. Die ganze Schule ist nicht mehr das, was sie war, seit Du weg bist. Die Stimmung in der Klasse ist den Bach runter. Sogar Anne Prahl-Arsch McWaters und ihre Clique fragen dauernd nach Dir.
Ich weiß gar nicht, wen ich mehr vermisse, Dich oder meinen Bruder in der Armee. Das kann ich Dir sagen, jetzt, wo Ihr beide nicht mehr hier seid und dieser schreckliche Krieg nicht aufhört, bin ich nur noch traurig die ganze Zeit. Schreib bitte sofort zurück.

Küßchen
Teensy

P. S. Hast Du das Päckchen mit den *Silver Screens* bekommen? Tut mir leid, daß ich nicht mehr Schnaps beschaffen konnte, werd's weiter versuchen.

Stirnrunzelnd stellte Sidda sich vor, wie die junge Vivi damals dieser schwesterlichen Gemeinschaft entrissen und wie beschädigtes Stückgut in einer Klosterschule deponiert worden war. Während sie die Briefe liebevoll zusammenfaltete und in die Umschläge zurücksteckte, hätte sie am liebsten die sechzehnjährige Vivi in den Arm genommen und getröstet. Sie spürte das Verlangen, ihre Mutter zu halten, diese Blume, die in voller Blüte mit den Wurzeln ausgerissen und auf kargen Boden geworfen worden war.

Wenn Caro, Teensy und Necie dermaßen erschüttert wegen Vivis Abreise waren, wie mochte es da erst Vivi selbst ergangen sein? Was hatte sie wohl in ihren Briefen geschrieben? Ach, könnte sie nur erfahren, wie es aus Vivis Sicht gewesen war. Sidda stand vom Tisch im großen Zimmer auf, an dem sie gelesen hatte.

Ihr Nacken war verspannt, sie massierte ihn und lockerte ihre Schultern. Das ganze Leben, alle historischen Ereignisse passieren im Körper. Ich bin dabei, etwas über die Frau zu erfahren, die mich in ihrem Körper getragen hat.

Sidda brauchte Bewegung. Sie nahm Hueylene an die Leine und machte sich auf zu einem Spaziergang am See entlang, dann weiter in den Wald hinein, wo das Licht der Vormittagssonne durch die dichten Baumkronen sickerte.

Mit jedem Schritt dachte Sidda an ihre Mutter. Was war geschehen? Weswegen wurde Vivi überhaupt fortgeschafft? Was konnte sie denn getan haben, das eine derartige Bestrafung rechtfertigte? In ihrem Inneren hatte sich eine tiefe Wut gegenüber ihrer Mutter aufgestaut, nicht allein wegen des jüngsten Liebesentzugs, sondern wegen früherer, älterer Verletzungen. Doch wie sie so dahinwanderte, spürte sie, wie sich diese Wut allmählich auflöste und in Trauer und Zorn *zugunsten* ihrer Mutter verwandelte. Aber ebenso unvermutet war plötzlich die alte Wut auf Vivi wieder da.

Bewußt setzte sie einen Fuß vor den anderen. Sie dachte über den Körper ihrer Mutter nach und über ihren eigenen Körper, wie ähnlich sie einander waren. Sie konzentrierte sich auf ihre Beine, überlegte, wie die Beine sich an den Rumpf anschlossen. Sie war nicht jemand mit einem Körper, nein, sie *war* ihr Körper, ein Körper, der neun Monate in dem von Vivi zugebracht hatte. Sidda fragte sich, ob nicht im Unterbewußtsein zwischen Mutter und Tochter ein Strom von Kenntnissen und Erfahrungen fließt. Im vorsprachlichen Stadium, wo Geschichten ohne Worte erzählt werden, die wie Blut, wie Sauerstoff in die Plazenta strömen, in den dunklen Schoß, in dem das kleine Mädchen heranwächst. Ob es möglich war, daß sie vierzig Jahre später immer noch Informationen von ihrer Mutter erhielt, durch irgendwelche psychischen Verbindungen, die sie über

Tausende von Meilen und unzählige Mißverständnisse hinweg miteinander verknüpften?

Es war ein kühler, regnerischer Tag, und zwischen den mächtigen immergrünen Baumriesen stieg Nebel hoch. Plötzlich fiel ihr Blick auf den abgestorbenen Ast einer Hemlocktanne vor ihr, dessen dürre, nadelige Zweige sie an ein feines Gespinst von Spitzen erinnerten. An jedem Ende der winzigen, gefiederten Zweige hing ein Wassertröpfchen, als ob sie mit Brillanten besetzt wären, wie ein feiner Stoff für ein kostbares Abendkleid. Freiliegende Baumwurzeln, die quer über ihren Pfad wuchsen und die in der Nässe violett schimmerten, erinnerten sie an die hervortretenden Venen auf dem Handrücken einer alten Frau. Oder an den Garnet River mit seinen zahlreichen Nebenflüßchen und Windungen, wie man ihn von den Flugzeugen aus sah, die zur Schädlingsbekämpfung über den Farmen im Deltagebiet eingesetzt wurden. Wie sie so auf Mutter Erde dahinwanderte, betete Sidda: Hilf mir, mich auszudehnen, damit die göttlichen Geheimnisse, die in meiner Mutter, in mir, in der Erde ruhen, genügend Platz in meinem Inneren finden, so daß sie wachsen und Früchte tragen können.

Buggy hatte Vivi am Morgen geweckt, als es noch dunkel war.

»Viviane Joan«, sagte sie und schaltete die Deckenlampe ein, »wach auf. Wach sofort auf.«

Das Licht tat Vivis Augen weh, und bei dem barschen Ton ihrer Mutter krampfte sich ihr Magen zusammen. Sie umklammerte ihr Kissen und wünschte, sie könnte weiterschlafen. Sie hatte geträumt, daß sie mit Jack in Marksville getanzt hatte. Es war Sommer, alles war grün, und sie trug ein weißes Kleid. Sie spürte seine Hand im Rücken an ihrer Taille und roch seinen Atem, als ihre Wangen sich berührten.

»Viviane Joan«, sagte Buggy und schleuderte ihr den vollen Namen entgegen wie eine Anklage. »Steh auf und zieh dich an.« Buggy bückte sich und hob ein paar verstreute Kleidungsstücke vom Boden auf. »Dein Vater hat beschlossen, daß du den Frühzug nehmen wirst.«

»Was?« fragte Vivi entsetzt und setzte sich mit einem Ruck auf.

Das ist doch nicht wahr, dachte sie.

»Aber Mutter, alles ist doch für den Nachmittagszug geplant. Wo sich die anderen von mir verabschieden wollen. Der Zug um 14.56 Uhr. So ist es *geplant.*«

»Du hast mich doch gehört«, sagte Buggy und bückte sich seufzend, um einen Schuh unter dem Bett vorzuholen.

»Vater hat das beschlossen?« Vivi stockte der Atem. Wie konnte ihr Vater sie nur so hintergehen?

»Ja«, antwortete Buggy, ohne Vivi anzusehen. »Steh auf. Ich muß dein Bett abziehen.«

Vivi gehorchte. Sie blieb neben dem Bett stehen und spürte die Kälte des Fußbodens an ihren bloßen Füßen. Sie sehnte sich nach der warmen Decke zurück. Buggy wirkte anders an diesem Morgen, irgend etwas war in ihrer Stimme, eine Art Erregung vielleicht. Buggy war schon für die Messe angezogen und trug ihren Andachtsschleier.

Buggy zog die Decke ab, dann das Laken. Rasch und geschickt wie eine Krankenschwester schüttelte sie die Kissen aus den Überzügen und legte die baumwollene Matratzenauflage zusammen.

Mit jeder Geste signalisierte sie, welch grenzenlose Wut sie gegenüber ihrer Tochter empfand. Wortlos drückte sie mit jedem heftigen Ruck am Bettzeug ihren Abscheu gegenüber Vivis straffem, blühendem und jungem Körper aus, der eben noch dieses Bett gewärmt hatte.

Obwohl kein Wort gesprochen wurde, fühlte Vivi all dies. Instinktiv verschränkte sie die Hände vor der Brust, als brauche sie einen stärkeren Schutz als ihr Flanellnachthemd, um sich gegen Buggy zu wappnen.

»Wann hat Vater das beschlossen? Mir hat er gestern abend nichts davon gesagt.«

»Dein Vater muß dir nicht alles sagen. Du bist nicht seine Frau. Er hat es mir gesagt, kurz bevor er ins Bett ging. Er möchte, daß du den Zug um 5.03 Uhr heute früh nimmst.«

Buggy klemmte sich die Kissen unter den Arm und streckte das Kinn vor, gespannt, wie ihre Tochter das aufnehmen würde. Zuerst schwieg Vivi. Mutter und Tochter standen sich gegenüber und starrten sich an. Ihre Muskeln waren angespannt wie für einen kommenden Kampf, den beide nicht verstanden.

Einen kurzen Moment schoß es Vivi durch den Kopf, ihre Mutter könnte lügen. Aber der Gedanke war zu ungeheuerlich, um ihn auszusprechen.

Statt dessen sagte sie: »Ich möchte das kleine Kissen da mitnehmen, bitte«, und deutete auf ein kleines Kissen aus Gänsedaunen, das Delia mit Gingers Hilfe genäht hatte. Sie hatte es in einer seidenen Hülle Vivi geschenkt, bevor der Krieg einen Luxus wie Seide verboten hatte.

»Das brauchst du nicht«, sagte Buggy und hielt das Kissen fest. »Die haben Kissen in St. Augustine.«

»Ich möchte es aber, es ist ein Geschenk von Delia.«

Vivi hätte alles darum gegeben, wenn ihre Großmutter jetzt bei ihr hätte sein können. Sie hatte Delia geschrieben, sobald sie von Buggys Plänen bezüglich St. Augustine erfahren hatte, aber Delia besuchte gerade Miss Lee Beaufort auf ihrer Ranch in Texas und hatte nicht geantwortet. Vivi war überzeugt, allein ihre Anwesenheit hätte sie beschützt. Aber Delia war nie da.

Vivi verspürte das Verlangen, sich auf ihre Mutter zu stürzen, sie zu schlagen, zu treten, sie wegen ihrer Grausamkeit und Ungerechtigkeit an den Pranger zu stellen.

»Ist Vater unten?«

»Nein, dein Vater schläft noch. Er ist erschöpft, Viviane Joan. Du hast ihn ausgelaugt.«

Taylor Abbott hatte seit dem Abend von Vivis Geburtstag nur wenig gesprochen. Nachdem Buggy ihm ihre Idee mit St. Augustine unterbreitet hatte, hatte er nur einen einzigen Versuch unternommen, sein Veto einzulegen.

»Wir können Vivi hier ebensogut die Flügel zurechtstutzen wie die in Alabama«, hatte ihr Vater gemeint. »Mädcheninternate sind seltsame Brutplätze.«

Buggy ließ sich nicht zum Schweigen bringen. Diesmal machte sie keinen Rückzieher. Taylor Abbott signalisierte schließlich sein Einverständnis, indem er sich umdrehte und in sein Arbeitszimmer ging. Damit war das Thema für ihn abgeschlossen.

Am Abend vorher war Vivi ins Wohnzimmer gegangen, wo ihr Vater in seinem Sessel saß und die Kriegsnachrichten im Radio hörte.

Sie wartete, bis die Sendung durch Werbung unterbrochen wurde, ehe sie fragte: »Vater, darf ich dich kurz stören?«

Jeder im Haushalt der Abbotts mußte erst um Erlaubnis bitten, bevor man mit Taylor Abbott sprechen durfte.

»Ja, Viviane«, antwortete er und war mit halbem Ohr noch bei der Radiosendung.

Vivi hatte sich vorgenommen, ruhig und logisch ihren Fall vorzutragen, wie es ihrem Vater, dem Rechtsanwalt, gefallen würde. Statt dessen brach es einfach aus ihr hervor, und sie sagte mit bebender Stimme:

»Muß ich wirklich gehen, Vater? Muß ich? Muß ich wirklich diesen Zug morgen nachmittag nehmen? Bitte Vater. Du könntest es doch ändern. Du weißt, daß Mutter tun muß, was du sagst.«

Er sah sie kurz an, und Vivi schöpfte neue Hoffnung.

»Es ist bereits alles arrangiert, Viviane. Du gehst nach St. Augustine.«

Augenblicklich gab sich Vivi einen Ruck, so daß sie mit geradem Rücken dastand. Sie brachte ihre Stimme unter Kontrolle.

Ich muß mich zusammenreißen, dachte sie, sonst hört er mir gar nicht zu. Wenn ich nur gelassen erscheinen könnte, wenn ich nur so lächeln könnte, wie er es mag, so unerschütterlich meine Sache vortragen könnte, wie er es bewundert, dann würde Vater mich vielleicht wahrnehmen. Ein einziger wirklicher Blick ist alles, was ich brauche. Ein einziger kurzer Blick, und er wird einsehen, daß er mich nicht einfach fortschicken kann.

Aber als sie den Mund öffnete, sprudelten die Worte in einem verzweifelten Schwall hervor.

»Vater, bitte, bitte«, rief sie, den Tränen nahe, »ich tue alles, was Du willst. Aber bitte schick mich nicht fort.«

Taylor Abbott musterte seine Tochter, wie sie da vor ihm stand, das blonde Haar mit einem Tuch zurückgebunden, der Schlafanzug ein wenig verdreht, so daß man die sommersprossige Haut an ihrer Schulter sehen konnte. Ihre Lippen bebten, in den Augen standen Tränen. Ihre Haut wirkte fahl, fast bläulich um die Augen, und ihre zarte Blässe kam ihm heute beinahe anämisch vor, eine zerdrückte Geranienblüte. Derart bloßliegende Gefühle ertrug er nicht, sie verursachten ihm körperliches

Unwohlsein. Das war es, was er an seiner Frau so haßte, zusammen mit ihrem Schweiß, ihrem Geruch, dem Blut alle vier Wochen.

»Vivi«, sagte Taylor Abbott, »bettle niemals.«

Dann drehte er sein Radio lauter, lehnte sich im Sessel zurück, schloß die Augen und widmete sich wieder seinen Kriegsnachrichten, als wäre seine Tochter gar nicht mehr im Zimmer.

Vivi blieb einfach stehen und studierte die Muster im Teppich. Sie hörte sich alle Berichte an über die britischen und indischen Truppen in Burma. Endlich öffnete Taylor Abbott die Augen und wandte sich ihr erneut zu.

Aufmunternd sagte er: »Du wirst es schon schaffen, Viviane. Ich mache mir um dich keine Sorgen. Muß ich nicht. Du gerätst nach den Abbotts.«

Dann stand er auf, schaltete das Radio aus und ging die Treppe hinauf. Alles was Vivi sah, war sein Rücken. Alles was sie sah, waren ein weißes Hemd und ein Paar Hosenträger.

»Beeil dich und zieh dich an«, sagte Buggy im Hinausgehen. »Du hast gerade noch Zeit, um den Zug zu erreichen. Pete bringt dich zum Bahnhof.«

»Was ist mit Vater? Kommt er nicht? Ich möchte mich von ihm verabschieden.«

»Dein Vater hat mich gebeten, ihn nicht zu wecken, Vivian Joan. Bitte. Mach uns nicht noch mehr Scherereien.«

»Aber ich werde die Ya-Yas nicht mehr sehen können, Mutter. Ich *kann* einfach nicht abreisen, ohne ihnen auf Wiedersehen zu sagen. Wir haben es so *geplant.*«

»Ihr vier sagt euch doch schon eine Woche lang auf Wiedersehen.«

»Die Ya-Yas sind meine besten Freundinnen, Mutter. Ich *muß* sie einfach noch mal sehen.«

Plötzlich, als könne sie ihre Wut nicht länger im Zaum halten, nahm Buggy die Kissen und die Bettwäsche, die sie gerade abgezogen hatte, und schleuderte sie gegen Vivi.

»Hör auf damit!« rief Buggy heftig, zornig. »Ich möchte kein Wort mehr hören über diese wunderbaren Ya-Yas! Hast du sonst nichts im Kopf?!«

»Mama«, sagte Vivi und ging über zu einer weniger förmlichen Anrede. »Tu das bitte nicht. Es sind meine besten Freundinnen. Ich kann einfach nicht so weggehen!«

Buggy zupfte ihr Kleid zurecht, dann ihren Pullover. »Hast du in diesem Haus nicht schon genügend Unheil angerichtet? Einmal muß Schluß sein.«

Während Buggy hinausging, dachte Vivi: *Es ist nicht Schluß, Mutter. Niemals.*

Im Buick war es warm, als Pete den Wagenschlag für Vivi öffnete.

»Hab's angewärmt, damit du nicht frierst«, sagte er. »Ist Buggy das Miststück noch drinnen?«

»Schaut noch mal nach Jezie. Vielleicht verpassen wir den Zug.«

Pete sah auf seine Armbanduhr, dann ging er hinüber auf die Fahrerseite und setzte sich ans Steuer. Er sah bedrückt aus, sein sonst so federnder, athletischer Gang wirkte schwerfällig.

Er schloß die Tür und drehte sich zu seiner Schwester: »Magst 'ne Zigarette?«

»Ja«, antwortete Vivi und sah zu, wie ihr Bruder zwei Luckys mit einem Streichholz anzündete, das er am Daumennagel anriß.

»Tut mir leid, daß ich's bin, der dich fahren muß, Kumpel«, sagte er und gab ihr eine Zigarette.

»Kannst nichts dafür.« Vivi tat einen tiefen Zug.

Pete zupfte einen Tabakkrümel von seiner Zunge. »*Du* kannst nichts dafür für all den Mist hier.«

»Was meinst du damit?«

»Ich meine, daß du nie was getan hast, was rechtfertigt, daß man dich jetzt wie ein Paket zu den Pinguinen verfrachtet, Vivi.«

Vivi versuchte zu lächeln. »Wenn Mutter mitkriegen würde, daß wir die Nonnen Pinguine nennen, würde sie in die Luft gehen.«

»Nö, sie würde für uns Buße tun. Verdammt noch mal, diese Frau ist ganz scharf darauf, Buße zu tun.«

Pete klopfte seine Jacke ab, als suche er etwas. Dann spähte er nervös in den Rückspiegel. »Sie wartet schon seit Jahren auf eine Gelegenheit, dich zu bestrafen.«

Vivi zählte die Gepäckstücke auf dem Rücksitz. Sie betrachtete den Garten, Buggys Garten, der jetzt im Winter fast tot war. Die Ranken der Rose of Montana und der Clematis waren welk und braun.

»Was hast du da gesagt, Pete?«

»Schwesterchen, ich bin dein Freund, das weißt du doch, oder?«

»Klar, Pete.«

»Dann hör auf mich. Paß auf wegen Mutter. Die meint's nicht gut mit dir. Streck die Ellbogen raus.«

Sie ist meine Mutter. Sie liebt mich. Oder?

Pete griff nach Vivis Hand und drückte sie fest. Er sah sie tieftraurig an und zuckte die Achseln: »Werde dich vermissen, Stinky.«

Dann holte er unter seiner Jacke eine Brustflasche hervor. »Für die Reise. Speziell für dich aus Vaters Likörschrank geklaut.«

Vivi nahm die Flasche wie ein Liebespfand entgegen und steckte sie in ihre Tasche. »Ich werde sie wie einen Freund bei mir tragen.«

Als sie Pete auf die Wange küßte, sah sie, wie ihre Mutter in ihrem grauen Mantel auf den Wagen zuging.

»Ich werde kein Wort über das Rauchen verlieren«, bemerkte Buggy anklagend, als sie sich auf den Rücksitz fallen ließ.

»Gut, Mutter«, sagte Pete, »aber halt dich auch dran.«

Sobald sie es sich bequem gemacht hatte, begann Buggy leise vor sich hin zu summen. Vivi meinte die Melodie von »Salve Regina« zu erkennen. Pete begann zu pfeifen, um das Lied zu übertönen. Während sie dahinfuhren, klappte Vivi den Make-up-Spiegel herunter, um zu sehen, ob sie etwas im Auge hatte. Aber sie wollte nicht ihr eigenes Gesicht betrachten. Sie wollte das Gesicht ihrer Mutter studieren, die wortlos hinten im Wagen saß. Vivi wußte nicht genau, was sie zu finden hoffte, aber sie dachte, wenn der richtige Ausdruck über das Gesicht ihrer Mutter huschen würde, dann wüßte sie auch, was sie sagen, tun, wie sie *sein* müßte, um dieser Verbannung zu entgehen.

Ich möchte ihr sagen, sie soll mit diesem blöden Gesumme aufhören. Ich möchte ihr mit meinem Koffer auf den Schädel schlagen. Ich möchte sie wie eine Kuh anbinden und in den Straßengraben werfen. Dann setz ich mich ans Steuer, mache kehrt, fahre laut hupend durch die Straßen meiner Stadt und verkünde meine Befreiung von dieser Frau auf dem Rücksitz, die sich für eine moderne Märtyrerin hält.

Aber Vivi konnte sich nicht rühren. Sie war zu traurig.

Sie mußte all ihre Kraft aufbieten, um zu fragen: »Können wir nicht schnell bei Caro halten? Sie stehen früh auf. Oder ganz schnell bei Teensy? Es liegt doch auf dem Weg. Manchmal bleibt Genevieve die ganze Nacht auf und liest, wenn sie nicht schlafen kann.«

»Zu dieser Tageszeit platzt man bei niemandem herein. Dein Vater hat ausdrücklich angeordnet, daß wir ohne Umwege zum Bahnhof fahren sollen.«

Du lügst, wollte Vivi antworten, aber sie konnte nicht. Wenn sie es laut ausgesprochen hätte, dann hätte sie die Grausamkeit ihrer Mutter zugegeben.

Vivi sah auf ihre goldene Armbanduhr, auf die grünen, giftig leuchtenden Pünktchen. Viertel nach vier. Von nun an wird nichts mehr so sein, wie es war.

Sie beobachtete ihre Mutter, wie sie gegen die hohen geschwungenen Rückenpolster des Buick gelehnt an ihrem Rosenkranz herumspielte.

Sie lügt nach Strich und Faden, dachte Vivi. Sie lügt, und sie ist glücklich. Wieso ist sie so froh?

Es war noch dunkel, als sie beim Bahnhof an der Ecke Jefferson – Eighth Street ankamen. Pete stieg aus, ging um den Wagen herum und öffnete die Tür für Vivi.

Als sie auf dem Bordstein neben dem Wagen stand, konnte Vivi ihren Atem in der morgendlichen Luft sehen. Während Pete ihr Gepäck in die Schalterhalle brachte, preßte sie ihre Tasche an sich und spürte die Flasche mit dem Bourbon. Das Vorgefühl auf diese Tröstung bewahrte sie davor, ohnmächtig zu werden.

Buggy kurbelte das Fenster herunter und sagte: »Na, willst du dich nicht von mir verabschieden?«

»Auf Wiedersehen«, sagte Vivi.

Dann öffnete Buggy die Wagentür. Sie drehte ihren Körper

ein wenig, als würde sie eventuell aussteigen und hin zu ihrer Tochter gehen.

Vivi wäre am liebsten auf ihre Mutter zugestürzt und hätte den Kopf in ihrem Schoß vergraben. Sie wollte sich an ihr festklammern und nicht wieder loslassen. Sie beugte sich ins Auto, berührte Buggys Hand und fragte: »Mama, wofür betest du?«

Da legte Buggy ihre Hand an Vivis Wange. Mit sanfter Stimme sagte sie: »Ich bete für dich, Viviane. Ich bete für dich, weil du die Gnade Gottes verwirkt hast.«

Dann war auf einmal Petes Hand unter Vivis Ellbogen. Er richtete sie auf und legte den Arm um sie.

»Ma, hör endlich auf, meine Schwester zu drangsalieren!«

Dann knallte er die Wagentür zu und ließ seine Mutter auf dem Rücksitz mit ihrem Rosenkranz allein.

Die Schalterhalle war leer, bis auf vier Soldaten, die die Beine auf ihre Matchsäcke gelegt hatten und schliefen. Ihr Anblick ließ Vivi an Jack denken.

Nachdem sie ihre Fahrkarte gekauft hatten, setzten sie sich auf eine der langen Holzbänke. Vivi versuchte sich vorzustellen, sie wäre im Kino. *Das hübsche junge Mädchen vermißt den Geliebten.* Die Kamera kommt näher. *Sie sitzt in der Schalterhalle eines Bahnhofs mit ihrem Bruder und wartet darauf, daß der Krieg aufhört. Tieftraurig und einsam greift sie nach dem einzigen Trost, der ihr bleibt.*

Sie spähte zur Tür, um sicherzugehen, daß ihre Mutter nicht doch noch in den Bahnhof kam, nahm die Brustflasche heraus und reichte sie Pete.

»Erst du, Kleine«, sagte er, und Vivi nahm einen Schluck.

Der Bourbon lief die Kehle hinunter wie Öl. Sie wartete einen Moment, dann nahm sie einen weiteren Schluck und spürte, wie sich in ihrem Körper eine Wärme ausbreitete, wie sie den Geschmack von Whiskey mit den guten Zeiten assoziierte, mit ihren ersten kleinen sexuellen Erlebnissen, damals, als man sie begehrte. Nach dem dritten Schluck wünschte Vivi, sie hätte noch eine Brustflasche, nein lieber eine ganze Flasche, oder zwei, in ihrem Gepäck versteckt.

Sie reichte Pete den Bourbon, der einen kleinen Schluck davon nahm und ihn ihr dann zurückgab.

»Gib mir deine Hand«, sagte er.

Vivi streckte ihm die Hand hin. Pete legte etwas Kompaktes, Schweres hinein. Vivi spähte nach unten und erkannte sein Taschenmesser, ein kostbarer Besitz, den sie immer bewundert hatte. Sie befühlte das rot-silberne Heft, sie hielt den Griff an die Nase und roch daran. Er roch nach Pete, nach Kindheit.

»Man muß immer ein Taschenmesser bei sich haben, Viv-o. Es kann dir helfen, wenn's mal brenzlig wird. Wenn einer von diesen Pinguinen dir zusetzt, dann stich ihn damit in den Hintern und hau ab so schnell du kannst!«

Vivi versuchte zu lächeln. »Danke, Pete-o.«

Weil sie noch ein bißchen Zeit hatten, schnitzte Vivi ihren Namen in die Holzbank, auf der sie saßen.

»V-I-V-I A-B-B-O-T-T«

»Die Vivi-Abbott-Gedächtnis-Bank«, bemerkte Pete.

»Jetzt kann mich niemand mehr vergessen«, sagte Vivi.

Pete trug ihre kleine Reisetasche und stieg mit seiner Schwester in den Zug. Als sie einen Platz gefunden hatte, nahm Pete sie so fest in den Arm, daß ihr fast die Luft wegblieb. »Hab dich lieb, Stinky.«

»Hab dich lieb, Pete.«

Pete wandte sich an den schwarzen Schaffner, der sich eben an ihnen vorbeizwängen wollte, und sagte: »Sie passen auf meine kleine Schwester auf, ja? Sie haben kostbare Fracht an Bord.«

»Ja, Sir«, antwortete der Schaffner und lächelte Vivi zu.

Nachdem Pete den Zug verlassen hatte, griff Vivi nach der Brustflasche, nahm zwei Schluck von dem Bourbon und fing an zu weinen.

Viviane Joan Abbott, sechzehn Jahre alt, saß im Southern Crescent, bekleidet mit einem himmelblauen Angorapullover und einem cremefarbenen Faltenrock. Sie zog ihren dunkelblauen Wollmantel mit dem hübschen Fuchskragen enger um den Körper. Sie versuchte sich vorzustellen, ihre eigenen Arme wären die von Jack, der sie umschlungen hielt. Es fiel ihr immer schwerer zu glauben, daß alle sie bewunderten.

26. Januar 1943

Liebe Caro,
jedes Mädchen an dieser Schule ist häßlich. Nicht unscheinbar oder reizlos, sondern schlicht und einfach *häßlich.* Das hier ist eine von diesen Schulen, wo es zwei Gruppen von Schülerinnen gibt: 1. Töchter von katholischen Spinnern und 2. böse Mädchen, die bestraft werden sollen. Ich nehme an, ich passe in beide Kategorien.
Die sind alle häßlich hier und stinken. Der ganze Bau stinkt nach Sauerkraut und alten Männersocken. Der Geruch allein reicht schon aus, um vierundachtzigtausend Todsünden abzubüßen. Gehorche der Kirche, beichte deine Sünden und stirb, so lautet das Programm. Für das Ganze verantwortlich ist die Schwester Oberin, der Boris Karloff unter den Ordensschwestern.
Mein Zimmer hier ist kein Zimmer. Es ist nicht einmal ein Kämmerchen. Es ist ein Loch, ein Kabuff, eine Zelle. Darin befinden sich eine Pritsche, ein Stuhl und eine kleine Kommode mit einer Waschschüssel darauf. An der Wand ein paar Kleiderhaken, kein Schrank.
Ich fragte die Nonne, die mich herbrachte, wo denn mein Schrank sei. Sie antwortete schroff: »Du hast keinen Schrank.« Als ob ich um eine Suite im Grand Hotel gebeten hätte.
»Ich *muß* aber meine Kleider aufhängen«, sagte ich und deutete auf meine Koffer.
Sie glotzte mich an, als hätte ich eine Hasenscharte.
»Dieses Gepäck ist dein Kreuz, das du tragen mußt.«
Caro, ich überlege, ob ich im Fegefeuer bin oder ganz einfach in der Hölle.

In Liebe
Vivi

Vivi brauchte eine Woche, ehe ihr klarwurde, daß die anderen Mädchen in St. Augustine sie haßten. Sie brauchte eineinhalb Wochen, bis sie merkte, daß die Nonnen sie ebenfalls haßten.

Sie versuchte es zuerst mit Lächeln, aber das war nur eine vergebliche Anstrengung der Gesichtsmuskeln. Niemand, keine einzige, lächelte zurück. Sie musterten sie von oben bis unten und flüsterten Bosheiten, die sie nur undeutlich verstehen konnte. Für ihren Geschmack waren Vivis Haare zu blond, ihre Augen zu strahlend, ihre Sprüche zu flott, und vor allem haßten sie die Kleider, die sie dabeihatte. Vivi versuchte, andere böse Mädchen ausfindig zu machen, mit denen sie hätte Freundschaft schließen können, aber vergebens.

Der Korridor roch nach Hafergrütze mit Lysol. Die schlechte Luft erfüllte Vivi mit Ekel. Vivi nahm ihre Umgebung vor allem durch ihre feine Nase wahr. Sie merkte allein am Geruch eines Menschen, ob er Angst hatte oder ob er Pfirsiche gegessen hatte. Sie brauchte nur zu schnuppern und wußte, ob jemand in der Nacht zuvor genügend Schlaf bekommen hatte. Sie nahm im Haar eines Menschen den Geruch von Tuberosen wahr, noch Tage nachdem derjenige sich in der Nähe dieser Blumen aufgehalten hatte. In St. Augustine gab es keine Tuberosen.

Schwester Fermin, der Religionslehrerin, gefiel es, ihren Unterricht einzuleiten, indem sie Vivi ansah und sagte: »Diejenigen unter euch, die wegen sündhaften Betragens hierhergeschickt wurden, müssen besonders aufpassen. Ihr verdient die Liebe Gottes nicht, nach all dem Leid, das ihr euren Familien zugefügt habt, aber wenn ihr euch befleißigt und euch immer der Schande bewußt seid, die ihr in eurem Herzen tragt, werdet ihr vielleicht zu gegebener Zeit wieder der Liebe Gottvaters teilhaftig werden.«

Dann drehten sich die anderen Mädchen jedesmal nach Vivi um und glotzten sie an, als wäre sie eine Kindsmörderin oder ein Nazi. Vivi hätte ihnen am liebsten zugerufen, sie sollen sich zum Teufel scheren, aber es war nicht der Mühe wert.

In ihrer Zelle plazierte Vivi auf ihrem kleinen Schrankkoffer ein Foto von sich und Jack auf dem Mardi-Gras-Ball der High-School. Daneben arrangierte sie Fotos von den Ya-Yas am Spring Creek und an der Golfküste. Das Körbchen mit den getrockneten Blütenblättern der Rosen, die Jack ihr an dem Tag geschickt hatte, als er zur Grundausbildung fort mußte, stellte sie vor eine Aufnahme ihrer Familie.

Sie nahm ihr blau-samtenes Geburtstagskleid aus dem Koffer und heftete es an die Wand ihrer Zelle, wo es wie eine riesige

Blüte über dem Kruzifix hing, das zur Standardeinrichtung jedes Zimmers in St. Augustine gehörte. Sie mußte etwas Farbiges um sich haben, sonst würde sie eingehen. Wenn sie nach dem Kreidestaub und den eiskalten Klassenzimmern in ihre Zelle zurückkehrte, trank sie kleine Schlückchen aus Petes Brustflasche, starrte an die Wand und versuchte, sich in Stimmung zu versetzen.

Gott sei Dank hatte sie Delias Daunenkissen von Zuhause mitgebracht. *Man schläft hier nicht auf Kissen. Kissen verstoßen gegen die Vorschrift.* Dies erschreckte Vivi noch mehr als die kotzgrüne Farbe, mit der die Wände gestrichen waren. Jeden Morgen, wenn Vivi in dieser Besserungsanstalt aufwachte, mußte sie ihr Kissen verstecken, sonst hätte die aufsichtsführende Nonne es ihr tatsächlich weggenommen.

Schick sie doch zum Teufel, betete Vivi. Mitsamt dem hohen Roß, auf dem sie reiten. Laß nicht zu, daß sie mich kleinkriegen. Ich bin Vivi Abbott. Ich gehöre zum königlichen Stamm der Ya-Yas. Ich bin Cheerleader. Ich werde eines Tages in Wimbledon spielen. Ich habe einen ganz wunderbaren Jungen zum Freund, der mich liebt. Da, wo ich herkomme, hat man mich gern.

Heilige Mutter, voll der barmherzigen Tugenden, die Du geduldig bist und weise, verleihe mir die Kraft gegen meine Feinde. Mach, daß diese Kopfschmerzen verschwinden. Schick mir eine Berührung, eine Zigarette, einen Kuß, eine Umarmung. Hilf mir, damit ich nicht welke und sterbe.

1. März 1943

Liebe Caro, Teensy und Necie!
Ich bin jetzt fünf Wochen und drei Tage hier. Ich bin hier lebendig begraben. Ich kann nicht atmen. Sie wecken uns um fünf Uhr früh auf, indem sie an die Tür unserer Zelle klopfen. Ich soll kaltes Wasser in mein Gesicht schütten, mein Nachthemd ausziehen, meine graue, kratzige, wollene Schuluniform, die grauen Kniestrümpfe und die Halbschuhe anziehen, den Schleier für die Andacht anlegen und geradewegs in die Kapelle marschieren, ohne ein

einziges Wort zu sprechen. Ein Priester mit Basedowschen Augen liest die Messe und hört die Beichte. Kein Singen, Tanzen, überhaupt keine Musik. Ich habe noch nie in meinem Leben so lange nicht getanzt wie hier. Selbst Mutter hat nie etwas gegen unser Tanzen einzuwenden gehabt. Wenn ich zur Kommunion gehe, bleibt mir die Hostie am Gaumen kleben.

Sie erlauben uns hier nur *zwei Blatt Toilettenpapier,* weil jede *Verschwendung Sünde* ist. Die überwachen einen im Klo. Es gibt hier Mädchen, die reißen sich darum, Toilettenkontrolleur sein zu dürfen. Die denken, das ist was Großartiges, wie wenn man zum Klassensprecher gewählt wird. So krankhaft sind die hier.

Hier gibt es keine Badewannen oder so was, nur Duschen, die sich anfühlen, als ob einen jemand bespuckt. Keine Ya-Yas. Kein Jack. Ich würde einen Mord begehen für den Café au lait mit Honig, den uns Shirley bei Teensy in diesen großen Tassen ans Bett bringt. Und ich würde einen Doppelmord begehen, wenn ich dafür Euch drei und Jack sehen könnte.

Hier lacht niemand.

Ich bin ausgedörrt. Ich trockne aus.

Bittet Pete, er soll mit Vater über mich sprechen. Ich habe Mutter geschrieben, aber keine Antwort bekommen.

Ich sollte nicht so jammern, wo doch Krieg ist. Ich verstehe nicht, warum die mich so unglücklich sehen wollen.

Eure Vivi

P. S. Besorgt irgendwoher was Alkoholisches und schickt es schnell.

Dann schrieb sie ihrer Mutter einen Brief mit einer Variante dessen, was sie ihr schon mehrere Male mitgeteilt hatte, seit sie in St. Augustine angekommen war.

1. März 1943

Liebe Mutter,

bitte verzeih mir. Ich weiß nicht genau, was ich Böses getan habe, aber es tut mir leid. Ich wollte Dir keinesfalls weh tun. Wenn Du mich nach Hause kommen läßt, werde ich Dich nicht enttäuschen. Bitte, Mutter. Laß mich wieder nach Hause kommen. Ich vermisse Dich, ich vermisse alle schrecklich.

In Liebe
Vivi

Nachdem sie etwas über einen Monat in St. Augustine zugebracht hatte, begann sich Vivis Magen dem Essen zu widersetzen. Alles schmeckte versalzen. Vier Tage lang mußte sie sich jedesmal nach dem Frühstück, das aus Hafergrütze bestand, übergeben, und danach saß sie nur noch da und spielte mit dem Haferbrei in der unschönen Schüssel. Sie trank ihren Saft und spielte mit dem Haferbrei.

Beim Mittagessen schmeckte die Suppe ebenso widerlich versalzen wie der Haferbrei, und somit konnte sie diese auch nicht mehr essen. Beim Abendessen roch der fade Kohl wie die Windeln ihrer Schwester Jezie. Das einzige, was Vivi noch mit Appetit zu sich nahm, war der Apfel, den sie zum Abendessen bekamen. Sie nahm ihn mit in ihre Zelle, öffnete das Fenster und legte die Frucht auf das Fensterbrett, damit sie in der Nachtluft kühlte. Dann holte sie Petes Taschenmesser hervor und zerteilte den Apfel in hauchdünne Spalten und steckte sie sich, eine nach der anderen, genüßlich in den Mund. Sie hätte alles für eine volle Brustflasche Bourbon gegeben.

Nachdem sie den Apfel verzehrt hatte, legte sich Vivi auf das harte Bett und plazierte das Kernhaus des Apfels neben sich auf Delias Kopfkissen, damit sie ihn riechen konnte, während sie schlief.

Sie hatte fürchterliche Sehnsucht nach ihren Freundinnen, nach Jack, Genevieve, nach Cola und Submarinesandwiches, nach Schlagzeugsolos von Gene Krupa. Sie vermißte die süßen Klänge von Harry James und ihre täglichen Gespräche mit den Ya-Yas und wie sie nebeneinander auf dem Teppich vor dem Kamin lagen oder draußen auf der Veranda. Ihr fehlte Beachtung und Musik und Lachen und Klatschgeschichten. Ihr fehlte das abendliche Kartenspielen in der Küche mit Pete. Sie vermißte sogar ihre Mutter und ihren Vater. Sie vermißte ihr Zuhause so sehr, daß sie schließlich aufgab.

Sie schrieb keine Briefe mehr, und wenn sie selbst welche bekam, hatte sie Angst, sie zu lesen, weil sie sie an all das erinnerten, was sie nicht hatte. Die Kriegsberichte von der Front machten sie nur noch trauriger, denn ihre Sorge um Jack wuchs. Sie fühlte, wie sie abrutschte, aber das Bemühen, sich festzuhalten, zehrte sie auf. Nach einigen Wochen konnte sie nicht einmal mehr Treppen steigen, ohne völlig erschöpft zu sein.

An einem Nachmittag im April erhielt sie den einzigen Brief, den ihr die Mutter während der ganzen Zeit nach St. Augustine schrieb:

24. April 1943

Liebe Joan,
es freut mich zu hören, daß Du jetzt mit dem Namen Deiner Namenspatronin angeredet wirst. Nicht ich habe Dir den Namen Viviane gegeben, sondern Dein Vater und Delia.
Die Schwester Oberin hat mir von ihrer Unterredung mit Dir letzte Woche berichtet. Aus tiefer Sorge um Dein seelisches Wohl heraus hat sie beschlossen, es sei Gottes Wille, daß Du von nun an ausschließlich unter dem Namen Deiner Namenspatronin geführt wirst: Joan. Die anderen Mädchen wurden instruiert, ausschließlich diesen Namen zu benutzen. Du wirst nur auf diesen Namen hören. Jeder an Viviane oder Vivi adressierte Brief wird ungeöffnet an den Absender zurückgeschickt.
Man hofft, daß Du durch diesen Appell an die heilige Johanna von Orleans mit mehr Erfolg den Dämon in Deiner Seele bekämpfen kannst.
Die Schwester Oberin hat mir auch berichtet, wie Du Dich ihr widersetzen wolltest, wie Du das Ganze ins Lächerliche gezogen hast, indem Du ihr sagtest, Du seist froh, daß Deine Namenspatronin nicht Hedwig heißt. Sie

hat mir ferner mitgeteilt, daß Du sie »Warzenschwein« genannt hast. Ich kann nur der Schwester Oberin aus vollem Herzen zustimmen, wenn sie sagt, daß das öffentliche Schulsystem Deine Achtung vor heiligen Idealen und Autorität zerstört hat. Du hast Zucht und Ordnung bitter nötig.

Nein, ich kann Dich nicht heimkommen lassen. Du wirst Dich schon in St. Augustine eingewöhnen. Es braucht einfach eine gewisse Zeit. Du mußt etwaige Unbequemlichkeiten unserem Herrn und Erlöser, der für unsere Sünden sein Leben hingegeben hat, als Opfer darreichen. Du schreibst, es täte Dir leid, daß Du mir weh getan hast. Du mußt begreifen lernen, daß nichts, was Du tust, mich verletzen könnte. Es sind die Heilige Jungfrau und das Jesuskind, denen Du weh tust. Vor denen solltest Du Dich auf die Knie werfen und um Vergebung bitten. Möge Gott der Herr Dich segnen und die Heilige Jungfrau Maria Dich immerdar lenken und leiten.

In Liebe
Mutter

An jenem Nachmittag erlitt Vivi während der Turnstunde einen Schwächeanfall. Die Beine gaben unter ihr nach, und sie schlug mit den Knien auf dem alten lackierten Boden auf, als sie zusammensackte. Es war ein richtig angenehmes Gefühl – einfach loslassen.

Die Nonne, die Sport unterrichtete, reagierte unwirsch und schroff, fast so, als sei Vivi wegen dieser Schwäche zu tadeln.

Vivi wurde es gestattet, den restlichen Tag in ihrem Zimmer verbringen zu dürfen, wo sie in einen fiebrigen Schlummer fiel. Als sie erwachte, war sie schweißgebadet, und die Laken fühlten sich naß auf der Haut an. Der leichte Kopfschmerz, der ihr seit Wochen zu schaffen machte, hatte sie nun endgültig besiegt und brach mit voller Wucht über sie herein. Sie versuchte aufzustehen, aber der Raum mit dem spärlichen Mobiliar drehte sich vor ihren Augen. Sie schaffte es nicht, die Dinge zum Stillstand zu bringen. Weder in ihrem Inneren noch außen.

Es überlief sie abwechselnd heiß und kalt, und sie wußte, sie mußte irgendwie in den Waschraum kommen. Sie zwang sich aufzustehen, aber die Beine gehorchten ihr nicht. Auf Knien krabbelte sie zur Tür. Von Schüttelfrost gebeutelt, versuchte sie erneut, sich aufzurichten. Diesmal knickten die Beine nicht ein, aber sie fand ihr Gleichgewicht nicht. Es kam ihr vor, als ob jemand die Kugel in ihrem Inneren, mit der sie normalerweise ihre Balance herstellte, weggestoßen hatte.

An die Wand des Korridors gelehnt, schob Vivi sich langsam vorwärts, die Türgriffe zu den Zimmern der anderen Mädchen drückten sich ihr in die Seite. Noch nie im Leben hatte sie sich so krank gefühlt. Sie kniete über der Toilettenschüssel und mußte so heftig erbrechen, daß durch die Krämpfe die Schmerzen bis in den Nacken und den Rücken fuhren. Ihr Kopf tat schrecklich weh, sie nahm keine Umrisse mehr wahr, sondern nur noch graue und schwarze Flecken. Sie hatte das Gefühl, ihr Inneres würde nach außen gestülpt und mit der Scheuerbürste bearbeitet.

Irgendwann öffnete sich die Toilettentür und Vivi weinte fast vor Erleichterung. Jemand kommt, um mir zu helfen! Ein gütiger Mensch kommt und streicht mir die Haare aus dem Gesicht und legt mir ein kaltes Tuch auf die Stirn, wie Mutter es macht, wenn ich krank bin.

»Du bist schon viel zu lange hier drin«, sagte die Stimme. »Ich werde dich der Schwester Oberin melden, weil du Toilettenpapier verschwendet hast, Joan Abbott.«

Vivi lag am Boden und konnte nicht antworten.

Als sie sich zum ersten Mal bewegte, hörte sie das Geräusch von Zweigen, die sanft über eine Fensterscheibe strichen, genau wie zu Hause in ihrem Zimmer. Durch ihren kranken Körper strömte die Gewißheit, wieder im eigenen Bett zu liegen. Vivi wollte lauthals lachen. Das Bett war weich, und sie hatte nicht eins, sondern zwei Kopfkissen. Aus irgendeinem Grund war sie vollkommen davon überzeugt, wenn sie jetzt nicht sofort aus dem Bett spränge, käme sie zu spät zu einem Tennismatch mit Caro.

Als sie die Augen öffnete, erwartete Vivi, ihren Schrank und ihren Toilettentisch zu sehen, die Chintzvorhänge mit dem Muster von Rosen und Blätterranken. Statt dessen fiel ihr Blick auf einen weißen Vorhang, der an einer Seite des Bettes, in dem sie lag, vorgezogen war. Auf der anderen Seite waren Fenster mit dicht geschlossenen Läden.

Einen Moment war sie ganz benommen. Und dann traf sie die Erkenntnis wie ein Keulenschlag: Sie war ja gar nicht zu Hause. Sie wußte nicht, wo sie war, aber zu Hause war sie nicht.

Sie weinte, bis ihr Gesicht, ihre Haare, ihr Nachthemd tränennaß waren. Sie konnte sich nicht erinnern, das Hemd angezogen zu haben, es gehörte ihr nicht. Sie mußte unbedingt die Nase putzen, aber sie hatte kein Taschentuch. Der Gedanke war zwar unerträglich, aber sie beschloß, sich in das Laken zu schneuzen.

Mein Gott, seufzte sie. Ich möchte nicht in einem Bett voll Rotz liegen. Ich möchte sterben. Ich möchte einschlafen und nie wieder aufwachen.

Da wurde der weiße Vorhang an der einen Seite des Bettes zurückgeschoben, und Vivi blickte in ein rundliches, lächelndes Gesicht, das jung und fast hübsch zu nennen war. Auf der kleinen Stupsnase saß eine randlose Brille. Die graublauen Augen waren fast mandelförmig geschnitten, die Wimpern und Brauen ganz hellblond. An den Rändern des Schleiers bemerkte Vivi einen leichten, ebenfalls blonden Flaum.

»Wie fühlst du dich, Viviane Joan?« fragte die Nonne und lächelte.

Zum ersten Mal seit über einem Monat nannte sie jemand bei ihrem richtigen Namen. Zum ersten Mal seit dem schwarzen Schaffner im Zug lächelte sie jemand an.

»Sind Sie eine Nonne von St. Augustine?« fragte Vivi mit heiserer Stimme. Ihr Ordensgewand und der Schleier unterschieden sich von dem der anderen Schwestern an der Schule, und die Tatsache, daß sie lächelte, wirkte fast wie ein Schock.

»Ich gehöre einem anderen Orden an – einem Orden, der sich der Krankenpflege widmet«, erwiderte die Nonne. »Ich heiße Schwester Solange.«

Ein französischer Name, dachte Vivi. Das kurze Gespräch hatte sie bereits erschöpft, sie schloß die Augen.

»Kannst du schon eine Kleinigkeit essen?« fragte Schwester Solange.

Die freundliche Stimme der Nonne verblüffte Vivi. *Es ist schon so lange her, daß jemand freundlich zu mir gewesen ist. In meinem früheren Leben war ich umgeben von Freundlichkeit. Ich betrachtete sie als selbstverständlich, wie Zucker vor dem Krieg.*

Vivi kämpfte mit den Tränen und schniefte vernehmlich.

»Oh, entschuldige bitte. Das erste, was du brauchst, ist ein sauberes Taschentuch.«

Die Nonne verschwand einen Augenblick und kehrte mit zwei weißen baumwollenen Taschentüchern zurück, die gebügelt und ordentlich gefaltet waren. Sie legte sie neben Vivis rechte Hand aufs Bett.

Vivi griff nach einem Taschentuch und hielt es an die Nase. Es roch nach frischer Wäsche und schwach nach irgendwelchen Blüten. Es war der erste schöne Duft, seit sie ihr Zuhause verlassen hatte. Langsam faltete sie es auseinander und wischte sich damit die Augen und das Gesicht ab. Dann putzte sie die Nase. Sie streckte die Hand nach dem zweiten Tuch aus, zögerte ängstlich und zog sie wieder zurück.

»Darf ich das zweite benutzen, Schwester?« fragte Vivi vorsichtig.

»Freilich. Du kannst einen ganzen Stapel Taschentücher haben.«

Als Schwester Solange wieder hinausgegangen war, versuchte Vivi ihr Gesicht zu säubern. Ihre Haut fühlte sich klebrig, häßlich an, und schon rollten ihr wieder neue Tränen die Wangen herunter und überdeckten die alten Spuren.

Schwester Solange kehrte mit einem Stapel frisch gewaschener Taschentücher an ihr Bett zurück. Es gab einmal eine Zeit, da hätte Vivi eine solche Geste wohl kaum wahrgenommen. Aber der Anblick dieser säuberlich gefalteten Baumwolltücher in ihrer Reichweite, zu ihrer Verfügung, schien ein solcher Luxus zu sein, daß sie sie instinktiv verstecken wollte, damit nicht jemand anderer sie ihr wegschnappte.

Als die Nonne ihr wieder den Rücken zukehrte, dachte Vivi: *Sie haßt mich nicht.*

Schwester Solange kam mit einer großen weißen Schüssel mit heißem Wasser zurück. Sie stellte sie auf das Nachtkästchen, tauchte einen Waschlappen hinein, wand ihn aus und beugte sich über Vivi. »Schließ die Augen, bitte«, sagte die Nonne und legte das warme feuchte Tuch auf Vivis Augen. Vivi tat einen tiefen Atemzug, der ihr ganzes Inneres ausfüllte. Sie fühlte, wie das Tuch die Stelle hinter ihren Augäpfeln wärmte. Sie fühlte, wie Freundlichkeit und Güte an die wunden Stellen um ihr Herz drangen. Sie fiel erneut in tiefen Schlaf.

Als sie wieder die Augen aufschlug, stand Schwester Solange mit einem Tablett neben dem Bett. Der einfache, angenehme Geruch von Brühe mit Kartoffeln, Karotten und Zwiebeln stieg Vivi in die Nase. Als sie in die dampfende Schüssel spähte, sah Vivi das Orange von Karotten und das Grün von Sellerie. Auf einem Teller lag eine dicke Scheibe selbstgebackenes Brot, daneben stand ein kleines Glas Apfelsaft.

»Bitte sehr«, sagte Schwester Solange. »Deine erste Mahlzeit auf der Krankenstation.«

Die Nonne wies Vivi nicht an zu essen. Sie setzte einfach das Tablett auf dem Nachttischchen ab, wo Vivi es argwöhnisch beäugte. Langsam setzte sich Vivi auf und gestattete es der Schwester, das Tablett vor ihr hinzustellen. Sie starrte die Schüssel an und mußte sich fast übergeben, als ihr das versalzene Essen in St. Augustine einfiel. Langsam führte Vivi einen Löffel an die Lippen. Was sie schmeckte, war unverfälscht und gut. Der alte vertraute Geschmack von gekochten Kartoffeln und Zwiebeln und das fast süßliche Aroma der gekochten Karotten taten ihr gut. Sie aß fast die halbe Schüssel leer, ehe sie erschöpft aufhörte.

Schwester Solange räumte das Tablett beiseite und zog aus ihrer Tasche – simsalabim – drei Äpfel hervor.

Sie legte sie auf das Nachtkästchen und sagte: »Falls du später Hunger bekommst.«

Vivi fiel erneut in tiefen Schlaf, und als sie wieder erwachte, wußte sie nicht, wieviel Zeit vergangen war. Schläfrig fiel ihr Blick auf die drei Äpfel. Sie war noch so benommen, daß sie sich einbildete, die drei Äpfel beobachteten sie und weckten sie aus ihrem tiefen Schlummer.

Schwester Solange erschien sogleich, und Vivi fragte sich, ob sie die ganze Zeit, während sie geschlafen hatte, auf der anderen Seite des Vorhangs gewartet hatte.

»Guten Morgen, Viviane Joan, möchtest du, daß ich dir die Toilette zeige?«

»Ja, Schwester.«

Als Vivi sich aufsetzte und die Beine aus dem Bett hob, kam der Schwindel wieder, und sie verlor das Gleichgewicht. Schwester Solange fing sie auf, legte den Arm um ihre Taille und stützte sie. Langsam führte sie Vivi in eine Toilette, die nicht wie die beim Schlafsaal aus einer Reihe von Kabinen bestand, sondern ein eigener Raum mit einer abschließbaren Tür war.

»Ich warte gleich da draußen, falls du Hilfe brauchst«, sagte Schwester Solange und zog die Tür zu.

Als Vivi fertig war, versuchte sie aufzustehen, aber es wurde ihr schwarz vor den Augen, und sie mußte sich wieder setzen. »Schwester«, rief sie leise, aber es kam keine Antwort. Die Nonne hatte sie doch nicht etwa allein gelassen, wo ihr so schwindlig und schlecht war und jeden Moment ein Toilettenkontrolleur kommen konnte? Diesmal würde sie sich zu einer Kugel zusammenrollen und sterben.

»Schwester«, rief Vivi ein bißchen lauter, »würden Sie mir bitte helfen?«

Die Tür ging auf, und Schwester Solange kam herein. Sie hielt den Blick gesenkt, um Vivi nicht in Verlegenheit zu bringen. Sie legte ihren Arm um sie und führte sie behutsam den Korridor zurück.

»Du bist so schwach wie ein neugeborenes Kätzchen, Viviane Joan, eines von Gottes kleinen Kätzchen.«

Vivi glaubte an Schwester Solange ganz schwach den Duft von Lavendel zu riechen. Genau, das war es, Lavendel. So hatten auch die Taschentücher gerochen. Wie war das möglich? Nirgends in St. Augustine hatte sie Lavendelbüsche gesehen. Vivi genoß den Geruch von Schwester Solange. Ein winziges Vergnügen, das sie mit Dankbarkeit erfüllte.

»Meinst du, ob du schon ein Bad vertragen könntest?« fragte die Nonne, als sie wieder zum Bett zurückkamen.

Ein Bad, dachte Vivi, gütige Madonna, *ein Bad.* »Meinen Sie ein richtiges Bad oder eine Dusche?«

»Ein richtiges Bad. Was anderes haben wir hier nicht auf der Krankenstation. Nur eine alte Badewanne.«

Das Wort »Bad« klang wunderschön, fast unerträglich luxuriös.

»Ja, Schwester, ich glaube, ich könnte ein Bad nehmen.«

»Also gut. Wir machen einen Vertrag. Du ißt eine Mahlzeit, das heißt eine angemessene Portion von einem richtigen Essen, und dann kannst du ein richtiges Bad nehmen.«

Diese Nonne versucht mich zu überreden, dachte Vivi. Noch nie hat mich jemand mit einem Bad bestochen, damit ich esse.

Langsam und bedächtig kauend aß Vivi fast eine ganze gebackene Kartoffel. Ihr sechzehnjähriger Körper, der so lange nicht gestreichelt, nicht gehalten worden war, sehnte sich nach dem Gefühl von heißem Wasser an ihrer nackten Haut, nach Dampfwolken, nach dem Versinken in die Arme eines anderen Elements. Es gab fast nichts, was sie für diesen Genuß nicht getan hätte.

Schwester Solange ließ sie einen Moment in der Wanne allein, um Handtücher zu holen. Vivi lag entspannt im Wasser, tauchte den Kopf ein, fühlte, wie die Wärme das Kinn bedeckte, dann die Nase, die Stirn.

Als sie wieder auftauchte, um Luft zu holen, kam sie sich nackt und kalt vor. Und so ließ sie sich wieder ins Wasser zurückgleiten, wie die Ya-Yas im Spring Creek, wenn sie bei Sonnenuntergang die Badeanzüge auszogen, um sich mit Ivory-Seife zu waschen, wenn das Flußwasser zwischen ihren Beinen strömte. Vivi tauchte unter, in eine andere Welt hinein. Sie sah den Schein der Oberlichte an der Decke und hörte kein Geräusch. Sie wollte einfach da unten liegenbleiben. Kein Grund, eiligst wieder aufzutauchen. Einfach versinken in dieser fließenden Welt, wo es keine scharfen Kanten gab. Herrlich.

»Viviane Joan!« schrie die Nonne und beugte sich über die Wanne.

Vivi tauchte auf. Sie war ärgerlich, weil sie zurück an die Oberfläche gerufen worden war. »Was ist denn?« fragte sie unwirsch.

»Ich habe eine Überraschung für dich«, erwiderte die Nonne.

»Eine Überraschung?« fragte Vivi argwöhnisch. Sie hatte bereits genug Überraschungen erlebt.

»Ja, aber du darfst es niemandem erzählen. Das muß wirklich unter uns bleiben.«

»Ja, Schwester«, antwortete Vivi und zeigte Interesse, obwohl ihr das gar nicht recht war.

Aus den Falten ihres Gewandes zog Schwester Solange ein kleines Mullsäckchen so groß wie eine reife Feige hervor.

»*Voilà!*« Sie ließ das Säckchen in Vivis Badewasser plumpsen.

»Was *ist* das?« fragte Vivi erstaunt.

»Schließ die Augen und atme tief ein.«

Vivi tat einen langen, langsamen Atemzug. Der Duft von Lavendel stieg ihr in die Nase und vereinigte sich mit dem Wasserdampf.

Lavendel in meinem Badewasser. Wie himmlisch. *Dieser Mensch weiß, wer ich bin.* »Lavendel«, war alles, was sie herausbrachte. »Mein Gott.«

»Ich ziehe ihn selbst«, vertraute Schwester Solange ihr an, als sie auf einem Hocker neben der Wanne Platz nahm. »Ich habe drei dicke Lavendelbüsche hinter dem Waschhaus.«

»Warum darf ich es niemandem sagen?«

»Nun, unter den Kindern Gottes gibt es unterschiedliche Auffassungen übers Heilen. Die anderen Schwestern könnten denken, ich sei ein wenig altmodisch. Oder … verzärtelnd.«

Diese Schwester Solange steckt voller Überraschungen. Jedesmal, wenn ich untertauchen will, zaubert sie wieder etwas neues aus ihrem Mantel hervor.

»Danke«, sagte Vivi. »Ich liebe Lavendel.«

»Ich weiß«, nickte Schwester Solange. »Ich habe gesehen, wie du an den Taschentüchern geschnuppert hast.«

Ein kleines Lächeln huschte über Vivis Gesicht.

»Viviane Joan.« Schwester Solange riß den Mund auf in gespielter Überraschung. »Das ist das erste Lächeln, das du mir in diesen drei Tagen geschenkt hast.«

»Drei Tage! Ich bin schon *drei Tage* hier?«

»Es werden bald vier. Freitag am Spätnachmittag haben sie dich zu mir gebracht. Heute ist Dienstag morgen. Du bist meine einzige Patientin seit letzter Woche. Manchmal geht's hier ziemlich ruhig zu. Aber ich denke, in ein paar Wochen, wenn die nächste Erkältungswelle kommt, wird's lebhafter werden.«

Schwester Solange schichtete die frischen Handtücher in ihrem Schoß um.

»Ist es Ihnen peinlich, Schwester?« fragte Vivi. »Ich meine, wenn ich so nackt daliege.«

»Du meine Güte, nein«, sagte Schwester Solange und rollte die Ärmel ihres Gewandes hoch. »Warum sollte mir das peinlich sein?! Ich bin Krankenschwester, Viviane Joan. Ich habe schon viele nackte Körper gesehen – Jungen, Mädchen, Männer, Frauen, die unterschiedlichsten Gestalten – alle sind Geschöpfe Gottes. Die Seele braucht den Körper. Es gibt keinen Grund, sich dessen zu schämen.«

Vivi schloß die Augen. So eine Nonne hatte Vivi hier wirklich nicht erwartet.

»Außerdem«, fügte Schwester Solange hinzu, »waren wir zu Hause fünf Schwestern. Wir haben immer zusammen gebadet, als ich klein war.«

»Fünf?« fragte Vivi. »Ich habe nur eine Schwester. Sie ist noch ganz klein. Aber ich habe drei beste Freundinnen. Die sind wie Schwestern für mich.«

»Ich wette, du hast eine Menge Freundinnen«, sagte Schwester Solange und stand auf. »Es ist wahrscheinlich am besten, wenn du nicht zu lange hier drin bleibst. Du möchtest doch nicht wie eine verschrumpelte Pflaume aussehen. Außerdem bist du noch sehr schwach. Möchtest du jetzt rauskommen?«

»Ich glaube, ich schaffe das alleine«, meinte Vivi. Sie war nicht sehr begeistert von der Vorstellung, daß jemand, und sei es eine Nonne, ihren Körper zu diesem Zeitpunkt zu Gesicht bekam. Es war ihr peinlich, wie mager sie geworden war.

»Nein, Viviane Joan«, sagte Schwester Solange bestimmt. »Ich bin für dich verantwortlich. Du läßt dir von mir helfen.«

Vivi gab nach und ließ zu, daß Schwester Solange ihr aus der Wanne half. Sie stützte sich und half Vivi, sich abzutrocknen, und im Nu war sie mit einem einfachen sauberen Hemd bekleidet.

Erschöpft schlief sie den ganzen restlichen Tag und wachte nur kurz auf, als die Nonne ihr etwas Reis und Gemüse zum Abendessen brachte. Vivi aß davon eine kleine Portion, und dann verzehrte sie ihren Apfel. Sie schnitt ihn nicht wie sonst in dünne Scheiben, sondern biß herzhaft hinein.

In der Nacht träumte sie, sie sähe das Gesicht ihrer Mutter. Buggy war so nahe, daß Vivi ihr Gesicht hätte berühren können, aber Buggy sah sie nicht. Sie schaute geradewegs an ihrer Tochter vorbei, als suche sie etwas, das sie verloren hatte.

»Mama!« schrie Vivi im Schlaf. »*Ich* bin's, Mama! Schau doch! Mama!«

Vivi wälzte sich unruhig hin und her, schweißgebadet, in Tränen aufgelöst. Sie zitterte am ganzen Körper und fuhr erschrocken zusammen, als Schwester Solange das Licht anknipste. Sie war immer noch nicht ganz wach. Die Nonne trug ein weißes Nachthemd, sie war ohne ihren Schleier. Ihr kurzgeschorenes, blondes Haar ließ einen an einen zerzausten Kanarienvogel denken, und etwas an ihr war anmutig und schön, ohne daß es ihr selbst bewußt gewesen wäre.

»Viviane Joan«, sagte sie und legte dem Mädchen die Hand auf die Stirn. »Mein liebes Kind.«

Sie sprach diese Worte mit großer Anteilnahme, und sie bewirkten, daß Vivi aus ihrem Alptraum erwachte. Aber sie wollte nur die Stimme ihrer Mutter hören, und sonst niemanden.

»Was quält dich so?« flüsterte die Nonne.

»Ich will heim, ich will zu meiner Mutter.«

Am folgenden Tag, Vivi war eingedöst, wachte sie vom Klang der Stimme der Schwester Oberin auf. Sie öffnete die Augen und konzentrierte sich darauf, die Lichtstreifen zu zählen, die durch die leicht geöffneten Jalousien hereinfielen. An der Art des Lichtes merkte sie, daß es um die Mittagszeit sein mußte.

Bereits wenig später half Schwester Solange Vivi beim Aufstehen und Anziehen. Sie preßte ihr verstohlen ein Lavendelsäckchen in die Hand und drückte ihre Hand länger als nötig, als sie sich verabschiedete. Sie wollte sie nicht gehen lassen.

Schwester Solange hat das Gelübde des Gehorsams abgelegt, sagte sich Vivi. Deswegen macht sie das. Deswegen bringt sie mich zur Tür, deswegen schickt sie mich fort.

Auf Anweisung der Schwester Oberin ging Vivi am Nachmittag unverzüglich in ihre Klasse zurück. Danach ließ sie das Abendessen aus und legte sich auf ihr Bett in ihrem Zimmer. In der Hand hielt sie das Lavendelsäckchen. Die Korridore waren wie ausgestorben, da die anderen Mädchen alle im Speisesaal waren. Vivi kam sich vor, als wäre sie ganz allein auf einem riesigen Schiff.

Nachdem sie die graue Schuluniform ausgezogen hatte, nahm Vivi das blaue Samtkleid von der Wand. Sie hätte gern einen Spiegel gehabt, aber so etwas gab es in St. Augustine nicht. Sie holte aus ihrem Koffer die kleine silberne Puderdose hervor, Genevieves Abschiedsgeschenk. Auf dem Deckel war eine Rose eingraviert, und der Puder innen roch süßlich, wie Genevieves Boudoir. Vivi klappte den Deckel auf und betrachtete ihr Gesicht in dem kleinen Spiegel, die Augen, die Nase, den Mund. Sie hätte gern ihren ganzen Körper gesehen. Sie stellte ihren Stuhl auf das Bett vor dem hohen Fenster. Dann stieg sie auf den Stuhl und hielt sich dabei das Kleid vor den Körper. Draußen war es dunkel geworden, aber da in ihrem Zimmer das Licht brannte, konnte Vivi sehen, wie sich ihr nackter Körper in der Fensterscheibe spiegelte. Sie zog das Kleid über den Kopf. Es war trägerlos und wurde mit kleinen Häkchen an der Seite geschlossen, aber inzwischen war es für ihren ausgezehrten Körper viel zu weit.

Jack konnte nicht die Finger von mir lassen, als ich dieses Kleid trug. Immer wieder streichelte er sanft über den Samt, wenn wir tanzten. Seine zärtliche Berührung jagte mir Schauer über den Rücken.

Vivi ließ das Kleid fallen und besah sich ihre Brüste im Fenster. Sie umfaßte sie mit den Händen. Dann ließ sie die Arme hängen und starrte ihr Spiegelbild an, bis sich das Zimmer vor ihren Augen zu drehen begann.

Vivi kletterte vorsichtig vom Stuhl herunter, stellte ihn an seinen Platz zurück und machte das Licht aus. Dann öffnete sie die Fenster weit und legte sich auf die kratzige Wolldecke auf ihrer Pritsche. Ihre Augen brannten. Was hätte sie jetzt für einen Bourbon gegeben. Bald fiel sie in einen tiefen Schlaf.

Sie träumte von Jack, wie sie nebeneinander auf einer rosaweiß karierten Decke am Spring Creek lagen. Sie hielten sich an der Hand und starrten in ein kleines Lagerfeuer. In ihrem Traum hatte sie einen Heißhunger auf das Essen, das sie immer draußen am Fluß zubereiteten. Plötzlich griffen die Flammen auf sie beide über, glühend heiß, alles versengend, begierig, sie zu verschlingen. Als sie sich zu Jack umdrehte, brannte er bereits lichterloh.

Schreiend wachte sie auf, in der Nase hatte sie den üblen Geruch von brennendem Stoff. Und dann erst wurde ihr klar, daß die Flammen am Fußende ihres Bettes echt waren. Ihr mitternachtblaues Samtkleid brannte wie Zunder, und das Feuer hatte bereits auf das Bettlaken übergegriffen.

Vivi floh aus dem Bett, torkelnd vor Schwindel und Panik, Delias Kissen an die Brust gepreßt. Auf einmal waren ihre Füße wie festgeschmiedet. Sie konnte sich nicht mehr rühren. Während die Flammen immer weiter auf das Bett übergriffen, starrte Vivi wie hypnotisiert auf ihr Ballkleid, dessen Gewebe zu einem Nichts zerfiel. Mit schreckengeweiteten Augen beobachtete sie das Feuer, ihr nackter Körper jedoch empfand seine Wärme als angenehm. Sie kam sich vor, als schaute sie bei einem dämonischen schaurig-schönen Ballett zu.

Obwohl sie keinen anderen Menschen neben sich sah oder hörte, spürte sie plötzlich, wie zwei starke Hände sie von hinten umfaßten und aus dem Zimmer zogen. Dann fand sie sich, ganz allein und nackt, auf dem dunklen, kalten Korridor wieder. Die Tür zu dem brennenden Bett war geschlossen. Sie hörte das Tappen von Füßen, als jemand den Gang hinunterlief, dann das Schlagen einer Tür. Sie hörte das Geräusch ihres Atems.

Sie fing zu schreien an und hörte nicht mehr damit auf. Sie schrie noch, als die anderen Mädchen auf den Korridor stürzten, um zu sehen, was los war, als eine Schar Nonnen in Panik herbeieilte, als das Feuer gelöscht war, als die Schwester Oberin eine Decke über ihren nackten Körper warf und sagte: »Bedecke deine Blöße!«

Sie haben mein Geburtstagskleid eingeäschert, dachte Vivi. *Sie möchten mich bei lebendigem Leib verbrennen.*

Die Schwester Oberin riß Vivi am Arm und stieß sie mit Gewalt in ihr Büro. Innen packte sie Vivi an den Schultern und schüttelte sie heftig. Die Wolldecke auf Vivis Haut kratzte. Alles an ihrem Körper juckte.

»Hör sofort auf zu schreien! Bring dich wieder unter Kontrolle!«

Erschrocken schlug ihr die Schwester Oberin hart ins Gesicht. Sie war wild entschlossen, das Mädchen zur Räson zu bringen, auf die einzige Art, die sie kannte.

Aber Vivi konnte nicht mehr aufhören zu schreien.

Schwester Solange kam in das Büro der Schwester Oberin gestürzt, ohne Schleier. Über ihr Nachthemd hatte sie in aller Eile ihren Umhang mit der Kapuze geworfen. Das Stirnrunzeln ihrer Vorgesetzten ignorierend, ging sie auf Vivi zu und nahm sie einfach in den Arm.

»Sie müssen sich um sie kümmern«, sagte die Schwester Oberin, und in ihren Brillengläsern spiegelte sich das Licht der Schreibtischlampe wider. »Das Mädchen ist ernstlich verwirrt.«

Hinter dem Pult der Schwester Oberin befand sich an der Wand ein Bild vom Heiligsten Herzen Jesu, blutend. Rechts davon hing ein Kruzifix. Unter dem Kruzifix stand zu lesen: »Das makellose Opferlamm.«

»Natürlich ist sie völlig verstört, Ehrwürdige Mutter! Das Bett, in dem sie schlief, wurde angezündet.«

Die Schwester Oberin fingerte an den Perlen des Rosenkranzes, der an ihrer Taille hing. »Joan könnte das Feuer selbst gelegt haben. Wir müssen der Sache nachgehen.«

Vivi bekam nur wenig von dem Gespräch mit. Sie hatte aufgehört zu schreien, aber sie zitterte noch am ganzen Körper. Nonnen kamen und gingen, Vivi jedoch nahm alles nur undeutlich wahr. Sie hörte, wie man diskutierte, ob Father O'Donagan hinzugezogen werden sollte, der Priester, der in St. Augustine die Messe las und die Beichte abnahm.

»Ehrwürdige Mutter«, fragte Schwester Solange, »sind Sie der Ansicht, man sollte besser ihre Eltern benachrichtigen?«

»Ich denke nicht, daß es sinnvoll ist, ihre Eltern deswegen zu beunruhigen. Diese Angelegenheit regelt man besser hier in St. Augustine.«

»Bei allem Respekt, Ehrwürdige Mutter, aber als Krankenschwester halte ich es für ratsam, ihre Familie zu verständigen. Viviane Joan ist sehr krank gewesen, und der Schock über das Feuer könnte sie vielleicht mehr verstört haben, als wir erkennen können.«

»Schwester Solange, ich habe mich entschieden. Ihre Eltern werden nicht angerufen.«

»Ja, Ehrwürdige Mutter.« Schwester Solange schaute von Vivi auf das Bild des Blutenden Herzens, dann auf den Boden. Ihr Gelübde des Gehorsams war heilig. Dann sagte sie:

»Vielleicht willigen Ehrwürdige Mutter ein, daß Vivi die Nacht in der Krankenstation verbringen darf, damit ich sie medizinisch betreuen kann.«

Die Schwester Oberin zog sich hinter ihren Schreibtisch zurück und steckte die Hände in die weiten Ärmel ihres Gewandes. »Die Einwilligung wird erteilt. Sie dürfen das Mädchen heute nacht behalten.«

Dann führte sie das kleine Kruzifix am Ende ihres Rosenkranzes an die Lippen und küßte es. »Und nun haben wir alle genug Aufregung für diese Nacht gehabt. Es ist Zeit, sich wieder zu Bett zu begeben. Betet, Schwestern, für die Seele dieser Tochter Mariens.«

Die beten hier nur für die Seele, dachte Vivi. Dein Körper kann ruhig verbrennen, das ist denen egal.

Auf der Krankenstation zog Schwester Solange Vivi ein langes, viel zu weites Flanellnachthemd über. Die Ärmel waren weit und gebauscht und saßen wie Wolken über Vivis dünnen Armen. Sie legte einen baumwollenen Schal um ihre Schulter und plazierte je eine Wärmflasche unter ihren Füßen und in ihrem Schoß. Zusammen saßen sie in ihrem kleinen Büro, ihre Stühle berührten sich fast. Auf dem Schreibtisch stand eine Vase mit Rosen, und zu beiden Seiten befanden sich Wandschränke mit gläsernen Türen, die verschiedene Tabletten und Tropfen enthielten.

Die Nonne hatte eine Tasse Tee und einen kleinen Teller mit Ingwerkeksen auf den Schreibtisch gestellt. Sie sah Vivi prüfend an: »Bitte, trink ein bißchen, Viviane Joan.«

Als Vivi die Tasse zum Mund führte, zitterte ihre Hand so stark, daß sie ein wenig Tee auf ihr Nachthemd verschüttete. Sie schien es nicht zu bemerken. Sie starrte auf ein paar winzige goldgelbe Kamillenblüten, die in der Tasse schwammen.

Nachdem Vivi einen Schluck genommen hatte, sagte Schwester Solange: »Sehr gut, und jetzt ein Plätzchen, bitte.«

Die Nonne beobachtete Vivi, wie sie, ohne abzubeißen, den Keks fixierte. »Jetzt müssen wir reden, Viviane.«

Der Klang ihres richtigen Namens riß Vivi aus ihrer Starrheit, und sie mußte die Nonne ansehen, so wie man unwillkürlich auf eine Metallschließe oder ein Fetzchen Metallfolie schauen muß, wenn ein Sonnenstrahl sie zum Aufblitzen bringt. Sie blickte die Nonne unsicher an.

»Wie rufen sie dich zu Hause?« fragte Schwester Solange.

Vivi meinte, die Nonne wirkte müde. Sie besah sich ihr blondes Haar, dann ihre Hände. Die Nonne umfaßte immer wieder mit einer Hand krampfhaft die Finger der anderen und ließ sie dann wieder los. Als sie merkte, daß Vivi dies beobachtete, verschränkte sie die Arme unter ihrem weiten Umhang.

»Daheim nennt man mich Vivi.«

»Vivi«, wiederholte Schwester Solange. »Ein Name voller Leben.«

Sie hielt eine Weile den Kopf gesenkt, als betete sie oder als dächte sie nach. Als sie Vivi wieder ansah, schienen ihre Augen noch müder geworden zu sein. »Vivi, bitte hör jetzt genau zu, was ich dir sage.«

Vivi lauschte dem Klang ihrer Stimme. Es war ein moosweicher, ruhiger Klang in vollkommenem Grünblau.

Die Nonne nahm ihre Hand und schaute Vivi prüfend an.

»Vivi? Drück meine Hand.«

Vivi sah zu Schwester Solange auf, aber sie schien sie nicht verstanden zu haben. Sie fing heftig an zu zittern. Die Nonne nahm ihr die Teetasse aus der Hand, weil sie verhindern wollte, daß sie sich verletzte.

Sie stand auf, nahm einen Schlüssel aus der Schreibtischschublade und öffnete damit eines der beiden Wandschränkchen. Sie wählte eine Flasche mit Tabletten und schüttete zwei davon heraus.

»Bitte schluck das, Vivi.« Sie hatte schon vorhin überlegt, ob man dem Mädchen nicht etwas Stärkeres als Tee gegen den Schock geben müßte, aber sie hatte es nicht gewagt, dies der Schwester Oberin vorzuschlagen. Aber Vivi war ja jetzt in *ihrem* Büro.

Vivi schluckte gehorsam die Tabletten. Die Nonne kniete sich neben sie. »Vivi«, sagte sie mit sanfter Stimme, »sag mir, wen ich bei dir zu Hause anrufen kann, damit jemand kommt und dir hilft.«

Vivi glaubte zunächst zu träumen. So viele Male hatte sie sich in den letzten vier Monaten gewünscht, daß jemand eben diese Worte zu ihr sprechen würde. Argwöhnisch beäugte sie die Nonne. War das etwa ein Trick? Wollte man sie in eine Falle locken und dann bestrafen?

Geduldig wartete Schwester Solange auf eine Antwort. Langsam hob sie die Hand und legte sie zärtlich an Vivis Wange. »Vivi, Liebes, sag mir, wen ich anrufen soll.«

Die Berührung von Schwester Solange flößte Vivi neues Leben ein.

»Rufen Sie Genevieve Whitman an, Highland 4270 in Thornton, Louisiana. Sprechen Sie nicht mit Mr. Whitman, nur mit Genevieve.«

»Ist sie verwandt?«

In panischer Angst, die Nonne könnte den Anruf verweigern, log Vivi und sagte: »Ja, sie ist meine Patin.«

»Danke, Vivi. Du bist ein liebes Mädchen, du hast den Segen Gottes.«

In dieser Nacht schlief Vivi wieder in ihrem alten Bett auf der Krankenstation. Sie träumte, sie säße mit Teensy und Jack auf der Kaimauer bei Biloxi und die Sonne streichelte zärtlich ihre Gesichter.

Am nächsten Morgen half Schwester Solange Vivi dabei, die Sachen anzuziehen, die sie aus der Kiste mit den Fundsachen gekramt hatte. Das Ensemble paßte hinten und vorne nicht zusammen, es war häßlich und kratzig, und die Nonne entschuldigte sich dafür, als sie die Kleidungsstücke Vivi aushändigte. »Das sind die Kleider von dem Mädchen mit den Schwefelhölzern«, lachte sie, »und nicht die einer Tennisspielerin.«

Vivi knöpfte eine vergilbte weiße Bluse zu, die Flecken unter den Achseln hatte. Darüber zog sie einen undefinierbaren braunen Trägerrock, der wie ein Sack an ihrer mageren Gestalt hing. An den Füßen trug sie Wollsocken und Halbschuhe zum Schnüren, Bestandteile der Schuluniform.

»Woher wissen Sie, daß ich Tennisspielerin war?« fragte Vivi Schwester Solange.

»Oh, du hast oft im Schlaf von Tennis gesprochen. Von Tennis und jemandem, der Jack Ya-Ya heißt.«

Vivi versuchte zu lächeln und mußte husten.

»Na, jedenfalls gibt es keinen Grund, daß so ein hübsches Mädchen wie du wie ein Büßerin aussehen soll. Aber das hier ist das einzige, womit ich dienen kann.«

»Was ist denn mit meinen eigenen Kleidern?«

Die Nonne biß sich auf die Lippen, ehe sie antwortete: »Vivi, die sind alle zu sehr beschädigt.«

»Alle?«

»Ja, was nicht verbrannt ist, ist durch den Rauch unbrauchbar geworden.«

»Außer meinem Kissen.«

»Außer deinem Kissen«, wiederholte Schwester Solange. »Dein Kissen hat es überlebt, und du wirst es auch.«

Der Anblick von Genevieve und Teensy im Büro der Schwester Oberin war fast zuviel für Vivi. Instinktiv wollte sie auf sie zulaufen, sie im Arm halten, sie riechen, das ganze Leben aufsaugen, das sie in sich trugen. Aber sie brachte keinen einzigen Schritt zustande. Sie stand wie angenagelt da, klammerte sich an Delias Daunenkissen und wirkte viel jünger als sechzehn Jahre.

Teensy und Genevieve stürzten auf sie zu und umarmten sie stürmisch. Alles war so plötzlich gekommen, Vivi war ganz benommen. Sie konnte überhaupt nicht reagieren. Sie kam sich vor, als ob die anderen Zuschauer seien und sie ein Wrack am Straßenrand.

»Mrs. Whitman«, sagte die Schwester Oberin, »ich kann Ihnen dieses Kind nicht überlassen. Sie sind nicht seine Mutter.«

»Sie sind auch nicht seine Mutter, *chère*«, schoß Genevieve zurück.

»Sprechen Sie nicht mit mir in diesem respektlosen Ton.«

»*Chère* bedeutet nicht, daß ich Sie nicht respektiere«, sagte Genevieve in einem milderen Ton, um die Nonne zu besänftigen. »*Chère* ist französisch und heißt ›meine Liebe‹.«

»Dann nennen Sie mich nicht ›meine Liebe‹«, antwortete die Schwester Oberin.

Genevieve ließ Vivi stehen und ging näher zum Schreibtisch der Schwester. Teensy drückte Vivi ermutigend die Hand, dann folgte sie ihrer *maman.*

Das Licht, das durch die Fenster hereinströmte, erschien Vivi ungewöhnlich strahlend. Von ihrem Platz aus konnte sie Genevieves Packard sehen, der draußen neben dem Bordstein geparkt war. Ein Auto, wie in einem Traum, dachte Vivi. Jeden Moment konnte es sich in ein Boot oder einen Vogel verwandeln.

»Wenn Sie weiterhin meine Wünsche ignorieren, werde ich Pater O'Donagan rufen müssen«, erklärte die Schwester Oberin Genevieve, als sei das Erscheinen des Priesters eine tödliche Bedrohung.

»Rufen Sie, wen Sie wollen, Schwester«, erwiderte Genevieve und nahm Vivi bei der Hand. »Aber Vivi fährt jetzt mit mir nach Hause.«

»Lassen Sie sofort die Hand dieses Kindes los«, befahl die Schwester Oberin.

Genevieve ignorierte sie einfach und führte Vivi aus dem Büro.

»Lassen Sie Joan los«, sagte die Nonne und folgte ihnen.

»Sie heißt nicht Joan, sie heißt Vivi«, sagte Teensy.

Genevieve führte die Mädchen den langen dunklen Korridor entlang. Vivi hörte die Schritte der Schwester Oberin, die ihnen folgte, sie hörte das Rascheln ihres Gewandes. Die Schritte wurden schneller, und schon war die Nonne auf ihrer Höhe und streckte ihre knochige Hand aus, um Vivis Hand aus der Genevieves zu lösen. Vivis Panik war so groß, sie konnte sie auf der Zunge schmecken. Vor lauter Angst pinkelte sie in ihre geborgten, unförmigen Unterhosen.

Genevieve schlug mit aller Kraft die Hand der Schwester Oberin weg. Die Nonne strauchelte und machte ein paar Schritte zurück, und als Vivi sie anschaute, sah es aus, als wäre ein Windstoß in ihren Schleier gefahren und hätte ihn in alle Richtungen ausgebreitet. Die Nonne war nun nicht mehr länger die Schwester Oberin, sondern ein plumper schwarzer Geier.

»Ich bin dafür verantwortlich, die *Seele* dieses Mädchens zu retten!« schrie die Nonne.

»Sie können froh sein, wenn Sie Ihre eigene retten können«, konterte Genevieve. »Und jetzt nichts wie raus hier! Los! Raus!«

Genevieve legte einen Arm um Vivi, den anderen um ihre Tochter, und zusammen verließen sie rasch, aber ohne zu rennen, das Gebäude. Sie gingen die Steintreppe hinunter und stiegen in den Packard. Genevieve setzte sich ans Steuer, Teensy schob Vivi auf den Beifahrersitz und kletterte dann selbst hinein. Als der Wagen zügig das Gelände von St. Augustine verließ, blickte keine von ihnen zurück.

Vivi hielt immer noch Delias Daunenkissen umklammert. Auf einmal meinte sie, den schwachen Geruch von Orangen und Kiefernnadeln und siedenden Krabben in einem Eisenkessel erkennen zu können. Sie dachte, sie könne Oktober in Louisiana riechen, während der Baumwollernte, an klaren, kühlen Freitagabenden. Sie dachte, sie könne wieder das Leben riechen.

Vivi betrachtete das Kleid, das Teensy unter ihrer pflaumenblauen Jacke anhatte. Es war dasjenige aus granatrotem Wolljersey, mit dem Schößchen in der Taille, das sie zusammen bei Godchaux ausgesucht hatten, als sie mit Genevieve in New Orleans waren. Vivi strich behutsam über den Stoff. Er schien sich auszudehnen und sich ihren Fingerspitzen entgegenzustrecken.

Teensy legte ihre Hand auf die von Vivi. »*Bébé*, dieses Zeug, das du da anhast, *muß verschwinden.*«

»Muß verschwinden«, wiederholte Vivi und versuchte im alten Tonfall der Ya-Yas zu sprechen.

»Muß verschwinden«, sagte Genevieve und zündete sich eine Zigarette an. In ihren Augenwinkeln standen Tränen.

Eine Meile etwa schwiegen sie, bis Genevieve sagte:

»Ecoutez, femmes.« Ihre Stimme klang wie das träg dahinfließende, übervolle Bayou, ihr Ton schwankte in einem ungewissen Bereich zwischen Tränen und Wut. »Gott mag nicht das Häßliche, *mes petites choux. Ça va?* Egal, was sie euch auch immer erzählen, *bébés!* Gott macht das Häßliche nicht, und er mag es auch nicht. *Le Bon Dieu* ist ein Gott der Schönheit, vergeßt das ja nie!«

»Ja, *maman*«, sagte Teensy.

»Ja, *maman*«, sagte Vivi.

»Und Vivi, *ma petite chou, écoute bien*: Das Leben ist kurz, aber vielfältig. Auch das hier geht vorüber.«

Diese religiösen Unterweisungen begleiteten Vivi, während Genevieve sie, Meile um Meile, nach Hause fuhr.

22

Das Mädchen auf dem Foto auf der ersten Seite der Schülerzeitung *Thornton High Tattler* vom 21. Mai 1943 sah so dünn und ausgezehrt aus, daß Sidda ihre Mutter nicht gleich erkannte. Mein Gott, dachte Sidda, wie eine Kriegswaise. Unter dem Bild stand folgender Artikel:

Liebling von Thornton kehrt heim

Vivi Abbott, Cheerleader des zweiten Jahrgangs, Augenweide, und Mitglied des Tennisteams der Schule, ist zurück aus dem Saint Augustine Internat in Springhill, Alabama, wo sie den größten Teil des vergangenen Semesters verbracht hat. Nachdem ihre gesamten Schulkameraden sie so schmerzlich vermißten, wird sie nun von allen Seiten herzlich willkommen geheißen, vom Fußballteam bis zur Suppenküche des Roten Kreuzes. Wir wünschen Dir einen wunderbaren Sommer, Vivi! Selbst wenn Jack nicht dabeisein kann, wissen wir, Du und die Ya-Yas, Ihr werdet in Höchstform sein!

Sidda lechzte nach mehr Information. Sie durchsuchte das Album, studierte jede Ansteckblume, jeden Kontrollabschnitt von Eintrittskarten, besessen von dem Wunsch, mehr über Vivis Abreise und Heimkehr aus St. Augustine zu erfahren. Sie versuchte sich vorzustellen, wie dieser Sommer 1943 für ihre

Mutter gewesen sein könnte. Schuhe waren rationiert worden, desgleichen Fleisch und Käse, aber welche anderen Einschränkungen hatte es noch gegeben? War es schwierig gewesen, wieder daheim zu sein, oder hatte Vivi »sich darüber hinweggesetzt«, wie sie später ihre Kinder immer anweisen sollte?

Als sie keine weiteren Hinweise fand, begann Sidda sich etwas auszudenken. Angenommen, Mama blühte in diesem Sommer auf. Sie war nicht mehr in Gefahr und wurde geliebt. Der Zeitungsartikel hat nichts verschwiegen: Sie war der strahlende Mittelpunkt, von allen herzlich willkommen geheißen. Angenommen, Mama schaute sich *Casablanca* an, das in diesem Sommer anlief, und schmuste mit dem Jungen neben ihr im Kino. Angenommen, sie war schön und blond und viel beliebter, als ich es je gewesen bin. Angenommen, sie wußte nicht, was sie erwartete, und wachte jeden Morgen mit einem fröhlichen Lächeln auf. Angenommen, es gibt keine Wahrheit, sondern nur Fetzen, die wir mühsam versuchen zusammenzunähen.

Vivi Abbott lag bei leiser Musik auf dem Tisch des kleinen, rosafarbenen Zimmers ihres Fitneßclubs und wartete darauf, daß Torie, ihre Masseurin, sich ihren Körper vornehmen würde. Necie hatte Torie entdeckt, und nun vereinbarten alle Ya-Yas Termine bei ihr, um ihre alternden Körper auf dem Massagetisch verwöhnen zu lassen und sich dem sinnlichen Wohlgefühl hinzugeben, das die Kirche, in der sie aufgewachsen waren, als sündhaften Luxus, wenn nicht gar als Gelegenheit zur Sünde verdammt hätte.

Einmal die Woche zog Vivi die Kleider aus, legte sich nieder und brabbelte zehn Minuten lang nervöses Zeug. Dann wurde ihre Atmung allmählich tiefer, und sie gab sich den sehnsüchtig erwarteten streichelnden Bewegungen hin. Nie zuvor in ihrem Leben war Vivi mit so viel körperlicher Aufmerksamkeit überschüttet worden, ohne daß daran irgendwelche Bedingungen geknüpft waren.

»Das haben Sie sich wirklich verdient, Torie-Schätzchen«, sagte Vivi am Ende jeder Behandlung, wenn sie der Masseurin den Scheck nebst großzügigem Trinkgeld überreichte.

Nun, während Torie ihre Füße und Zehen massierte, spürte

Vivi, wie sie immer tiefer sank. Sie ertappte sich dabei, daß sie wieder, wie so oft in der letzten Woche, an Jack dachte.

Nach ihrer Rückkehr aus St. Augustine hatte sich Vivi alle Mühe gegeben, wieder an ihr altes Leben anzuknüpfen. Auf Zehenspitzen hatte sie sich auf den Tennisplatz zurückgeschlichen, wo ihr der Gewichtsverlust und ihre Kraftlosigkeit unsäglich peinlich waren. Sie hing vor dem Drugstore herum und ließ wie die anderen Erdnüsse in ihre Coca-Cola-Flasche plumpsen, ehe sie es trank. Sie schrieb fröhliche Briefe an Jack, zumindest alle paar Tage, und versuchte, ihrer Mutter aus dem Weg zu gehen. Buggy hatte in den ersten vier Wochen nach ihrer Rückkehr nicht einmal mit ihr gesprochen, aber allmählich, als der Sommer sich hinzog, kehrte im Haus der Abbotts wieder der Alltag ein, oder zumindest das, was man dort dafür hielt.

In regelmäßigen Abständen betete Vivi Novenen für Jack und versuchte, sich für die anderen Jungen zu begeistern, mit denen sie ausging. Aber selbst nachdem sie wieder angefangen hatte zu essen und ein Teil ihrer verlorengegangenen Energie zurückkehrte, war da noch etwas in ihrem Wesen, das zögerte, das sich zurückhielt, das auf Nummer Sicher ging. Sie wußte nicht mehr, wer sie war oder was man von ihr erwartete. Und sie konnte nicht sagen, wann sie diesen Schritt weg von ihrem ursprünglichen Selbst getan hatte. Sie wußte nicht, ob dieses permanente Müdigkeitsgefühl je wieder aufhören würde. Ihre Erschöpfung versteckte sie hinter einer leicht gezwungen wirkenden Vitalität. Sie wurde die Hohepriesterin der Selbstdarstellung und wurde auch überall deswegen belohnt. In der Stadt Thornton, Louisiana, schätzte man Selbstdarstellung über alles. Sie war wie eine Art Glaubensbekenntnis.

An einem Sonntag, in der dritten Juniwoche 1943, nicht lange nach Vivis Rückkehr aus St. Augustine, hatte Buggy die ganze Clique nachmittags zu selbstgemachtem Eis eingeladen. Jack war zu Hause auf Heimaturlaub, ehe er zu einem Jagdbomberstützpunkt irgendwo in Europa abkommandiert wurde.

Die ganze Woche schon waren die Badeausflüge, Grillfeste und Partys zu Ehren Jacks nicht abgerissen. Vivi, Jack, Caro, Teensy und Necie waren soeben von den Whitmans herübergekommen, wo Genevieve ein Sonntagsessen zubereitet hatte – von Cremesuppe mit Saint-Landry-Krebsen bis hin zu Biskuitrollen, mit Mai-Hagedorn-Gelee gefüllt.

Die Hitze war um diese Jahreszeit noch erträglich. Die Clematis stand in voller Blüte, und am Zaun entlang rankten sich die überreich tragenden Brombeeren. Ein Teil der Beeren, von Buggy gezupft und gewaschen, befand sich bereits in einer großen gelben Schüssel auf den Stufen der Veranda.

Vivis kleine Schwester Jezie, heute ausnahmsweise einmal etwas ruhiger, stand an das Bein ihrer Mutter gelehnt, während Buggy die Handkurbel des Eisbereiters drehte. Buggy trug das lila-graue Hauskleid, das sie jeden Sonntag nach der Messe anzog. Ihr Haar war zu beiden Seiten von Kämmchen zurückgehalten, und ihre Wangen waren leicht gerötet von der Anstrengung des Kurbelns. Pete hing über dem Geländer der Veranda und plauderte mit ein paar Freunden.

Vivi saß auf der Schaukel zwischen Teensy und Necie. Caro stand lässig an eine Säule gelehnt und hatte die Füße überkreuzt.

Jack saß auf einem Stuhl mit gerader Lehne, inmitten all der Freunde, und hielt eine Geige im Schoß. Nicht irgendeine Geige, sondern die handgeschnitzte Cajun-Fiedel, die sein Onkel LeBlanc für ihn gemacht hatte, als er neun Jahre alt war. Auf der er auf Anordnung seines Vaters zu Hause nicht spielen durfte, weil sie nach Bayou klang, nach einer Welt, die der gutsituierte Bankier nicht akzeptieren wollte.

Aber Jack, ach, der spielte auf dieser Geige, jedesmal, wenn er Genevieves Familie in Marksville, am Bayou, besuchte. Und er spielte sie im Haus all seiner Freunde. Und er spielte sie mitten auf den Feldern, wenn Genevieve ihnen ihren Packard borgte und sie zum Spring Creek hinausfuhren, beladen mit Picknickdecken und Bier in Sechserpacks.

In jenen Tagen vereinigte sich Jacks französische Fiedel mit den Klängen von Harry James, um Vivis Herz zu brechen. Einmal, als sie sich auf dem Tennisplatz den Knöchel verstaucht hatte und in denkbar schlechter Laune im Bett lag, hatte Jack unter ihrem Schlafzimmerfenster gespielt und ihr das Gefühl gegeben, sie sei seine Julia. Ein anderes Mal hatte sie ihn dazu gebracht, bei einem Basketballspiel in der Sporthalle der Thornton

High-School in der Halbzeit zu spielen. Jack Whitman war dagestanden, in seinem Basketballtrikot aus blau-goldenem Satin, mit seinen langen Beinen, und hatte den Bogen über die Saiten streichen lassen, mit zurückgeworfenem Kopf, der Musik hingegeben, mit einem breiten strahlenden Lächeln im Gesicht.

Und nun war er wieder zu Hause, der ganze Stolz seines Vaters. Nie zuvor hatte Vivi Jack so zufrieden erlebt. Sein Vater hatte die ganze Woche mit ihm geprahlt. Mr. Whitman selbst hatte einige der Partys für ihn organisiert. Sein Sohn würde Bombenangriffe über Frankreich fliegen. Jack war stolz, daß sein Vater stolz war.

Vivi war entzückt darüber, daß Buggy Eis zubereiten wollte. Es war nach außen hin die erste freundliche Geste ihrer Tochter gegenüber, seit Genevieve Mr. Abbott dazu überredet hatte, Vivi nicht mehr nach St. Augustine zurückzuschicken. Während Buggy an der Eismaschine kurbelte, hoffte Vivi, es sei ein Zeichen dafür, daß ihr Verhältnis nun besser wurde.

Die Sonne schien auf Jacks rabenschwarzes Haar. Seine Haut war gebräunt, er wirkte dünner als früher. Alles Überflüssige schien weggemeißelt. Er klemmte sich seine Fiedel unters Kinn und hob den Bogen. Aber bevor er zu spielen anfing, hielt er inne. Er sah Vivi an und lächelte ihr zu. Dann, aus einem Grund, den nur Jack in seiner sensiblen Zärtlichkeit spürte, sah er zu Buggy hinüber.

»Madame Abbott, wären Sie einverstanden, wenn ich diesen kleinen Walzer für Sie spiele?«

Es war die galanteste Geste, die Vivi je erlebt hatte. Wie sie so das Gesicht ihrer Mutter betrachtete, wurde ihr zum ersten Mal klar, daß niemand – jemals – Buggy Abbott ein Lied gewidmet hatte. Sie sah, wie ihre Mutter die Hand auf den Mund legte, schüchtern, verlegen und glückselig. Buggy ließ die Kurbel des Eisbereiters los, und das mahlende Geräusch von Eiswürfeln gegen Holz wurde abgelöst von Stille.

Dann fing Jack zu spielen an.

Er spielte »Little Black Eyes«, einen Walzer, den Vivi, wie er wußte, liebte.

An jenem Nachmittag auf der Veranda der Abbotts dachte man nicht an den Krieg. Es existierten nur die überquellenden

Töne der Cajun-Fiedel, süßes, klagendes Geigenspiel, das aus dem Herzen kam. Die Noten tanzten durch die Juniflut. Vivi spürte, wie sie sich auf ihr Haar und die Schultern legten, wie sie in sie eindrangen und sich in ihrem Mark festsetzten. Jacks Noten rieselten auf alle herab an jenem Nachmittag, als gäbe es irgendwo eine nie versiegende Quelle von Musik, die nur darauf wartete, daß man sich ihrer bediente.

Während Vivi der Musik lauschte, spähte sie zu Buggy hinüber und bemerkte auf dem Gesicht ihrer Mutter ein Lächeln, das sie nie zuvor gesehen hatte. Es war ein Lächeln eines jungen Mädchens, voll der eigenen Sehnsüchte und Freuden. Es war ein Lächeln, das man nicht für jemand anderen lächelte; ein Lächeln, das nicht mehr an Mutterschaft dachte, an die katholische Kirche, an das Kind, das sich an ihr Bein klammerte. Einen kurzen Augenblick lang konnte Vivi Buggy als Person wahrnehmen. Die Musik, das schwindende Nachmittagslicht, die Beeren in der gelben Schüssel, die Sonne auf Jacks Gesicht, ihr eigener magerer Körper auf der Schaukel im Kreis ihrer Freunde und ihrer Familie und der Ausdruck auf dem Gesicht ihrer Mutter – all das ließ ihr das Herz auflodern, und sie war erfüllt mit Liebe.

Sie schrieb es Jack zu. Jack hatte diese Gabe: Er wußte, wie man die Schale eines Menschen aufbrach, damit mehr Liebe eindringen konnte. Nur er konnte das Gesicht ihrer Mutter so verwandeln.

Als das Lied zu Ende war, applaudierten alle. Jezie, die wie hypnotisiert zugehört hatte, rief: »Noch eins, noch eins!« Pete und seine Freunde pfiffen und brüllten Bravo. Aber es war Buggy, die Vivi verblüffte.

Sie ging zu Jack hinüber und gab ihm einen Kuß auf die Wange. Das tat sie sonst nie, nicht einmal bei ihren eigenen Kindern. Sie sagte: »Danke, Jacques.«

Dann wischte sie sich mit dem Schürzenzipfel die Tränen aus den Augen und widmete sich wieder ihrer Eismaschine.

Eine Kleinigkeit nur. Niemand außer Vivi hatte es registriert. Selbst wenn es jemand bemerkt hätte, hätte er es wahrscheinlich als unbedeutend empfunden. Aber Vivi liebte ihre Mutter dafür. An dem Tag als Buggy starb, fast vierzig Jahre später, erinnerte sich Vivi an den Kuß, den ihre Mutter an jenem Tag ihrem Liebsten gegeben hatte, und an die Träne, die sie weggewischt hatte, und sie liebte ihre Mutter dafür. Sie verzieh ihr nicht, daß sie ihr nie die Liebe gegeben hatte, die sie gebraucht hätte, aber sie liebte sie für diesen einzigen Kuß.

Vier Monate später, im Oktober 1943, spielte Vivi Abbott gerade ein ausgezeichnetes Einzel gegen Anne McWaters. Sie war wieder ziemlich fit, aber noch nicht in Bestform, und hätte eigentlich an diesem Nachmittag gegen Caro antreten sollen, aber Caro hatte wegen einer Besprechung für das Schülerjahrbuch länger in der Schule bleiben müssen.

Anne McWaters, Vivis alte Rivalin, führte drei zu zwei, und das machte Vivi wahnsinnig. Seit ihrer Rückkehr aus St. Augustine hatte sie sich ganz dem Tennis verschrieben, und obwohl sie noch immer zu mager war, hatte sie fast wieder ihre ursprüngliche Kraft zurückgewonnen. Aber Anne McWaters führte ihr immer wieder ihre Grenzen vor Augen. Dieses Mädchen hatte einen tödlichen Aufschlag, und sie wußte, wie man den Gegner am Laufen hielt.

Vivi war entschlossen, den Rückstand aufzuholen, und sie glaubte schon, das Blatt würde sich wenden, als Pete auf einmal angeradelt kam. Normalerweise konnte das Eintreffen von Zuschauern Vivi nicht aus der Fassung bringen – im Gegenteil, sie spielte eigentlich lieber vor Publikum. Aber daß Pete hier aufkreuzte, ohne daß er zwei oder drei seiner Freunde im Schlepptau hatte, war ziemlich ungewöhnlich.

»Viv-o!« rief Pete, und seine Stimme klang angespannt.

Als Vivi nicht antwortete, ging Pete näher zu dem Drahtzaun, der die Plätze des Stadtparks umgab. Auf seinem kastanienbraunen Haar saß eine Baseballkappe, und seine Nase war sonnenverbrannt. Es war der 19. Oktober 1943, etwa fünf Uhr nachmittags. Teensy und Vivi hatten für den Abend eine Verabredung fürs Kino, um Orson Welles' *Jane Eyre* zu sehen. Ein grüner Wagen der Parkverwaltung mit schlechten Stoßdämpfern fuhr vorbei. Vivi erwartete in vollkommen konzentrierter Haltung den Aufschlag ihrer Gegnerin.

Anne McWaters' Aufschlag kam knallhart, und Vivi schlug

einen Return die Linie entlang. Seit ihrer Heimkehr hatte sie besonders ihre Rückhand trainiert, und sie konzentrierte sich ganz auf den Ball. Sie hatte sich dazu gebracht, sobald sie den Platz betrat, an nichts anderes als an diesen Ball zu denken. In den letzten Monaten seit Jacks Abwesenheit hatte sie sich noch intensiver dem Tennis gewidmet. Natürlich ging sie noch aus, sie hatte mindestens drei Jungen an der Hand, die behaupteten, in sie verliebt zu sein, aber Vivi verschwendete keinen Gedanken an sie, solange sie nicht unmittelbar vor ihr standen. Sie hatte nur Tennis im Kopf, den Krieg und Jack Whitman.

Als Anne McWaters einen Lob schlug, waren Vivis Gedanken beim Ball. Sie reagierte schnell, machte ein paar Schritte zurück, damit sie genau unter dem Ball zu stehen kam, und stand in perfekter Haltung bereit, diesen Punkt für sich zu entscheiden.

In diesem Moment flog ein Vogel ganz nah an den Ball heran. Er schien aus dem Nichts zu kommen, und er lenkte Vivi ab. Noch nie hatte sie gesehen, daß ein Vogel so nah an einen Tennisball herangeflogen war. Wie hypnotisiert starrte sie ihn an und vergaß einen Moment den Ball, das Spiel, alles, außer den graublauen Vogelschwingen, die sich gegen den Oktoberhimmel abzeichneten.

Vivi signalisierte Spielunterbrechung und ging vom Platz, hinüber zu Pete. »Verdammt, Pete! Was willst du?«

Pete sah seine Schwester kurz an, dann wandte er sich ab.

»Was willst du?« fragte sie noch mal.

»Sag mal, kannst du nicht für heute Schluß machen, Viv-o?« fragte Pete.

»Jetzt wo die McWaters führt? Du spinnst wohl.«

»Ju-huu!« rief Anne McWaters und ließ ihren Schläger herumwirbeln.

»Komme gleich!« rief Vivi zurück. »Ich bin *mitten* in einem Spiel, Pete. Entweder du sagst mir, was du willst, oder du läßt mich auf den Platz zurück.«

Sie wartete, daß Pete antwortete. Als er nichts sagte, drehte sie sich um und wollte zurückgehen.

Als ob es ihm jetzt leichter fiele zu sprechen, da sie ihm den Rücken zukehrte, sagte Pete: »Teensy hat gesagt, ich soll dich holen. Sie möchte, daß du zu ihnen rüberkommst.«

»Fein«, sagte Vivi, ließ den Ball auf ihrem Schläger hüpfen und lächelte ihrer Gegnerin zu. »Sag ihr, ich komme, sobald ich die McWaters geschlagen habe.«

»Ich glaube aber, du solltest gleich mitkommen, Stinky.« Er schüttelte eine Zigarette aus einer Packung Lucky, zündete sie an, und sein Gesicht wirkte blaß in dem dämmrigen Licht.

»Stimmt irgendwas nicht?« fragte Vivi und drehte sich wieder zu ihm hin.

Pete wich ihrem Blick aus und sagte: »Warum kommst du nicht einfach mit? Du kannst auf der Lenkstange mitfahren.«

»Nein, ich *will* jetzt nicht. Ich möchte dieses Spiel zu Ende spielen.«

Vivi nahm das Spiel wieder auf, konzentrierte sich und schlug den Ball hart zurück. In den paar Minuten, die sie brauchte, um das Spiel zu gewinnen, verschärften sich ihre Sinneseindrücke.

Sie gab Anne McWaters die Hand, dann suchte sie in aller Ruhe ihre Sachen zusammen, den Schlägerspanner, die Dose mit den Reservebällen, ihre Jacke. Sie ließ sich Zeit und trank ihr Wasser und ignorierte Pete völlig, der wartend danebenstand und jede ihrer Bewegungen beobachtete.

Schließlich schob Pete sein Fahrrad dahin, wo Vivi stand und sich ein Sweatshirt überzog. »Kommst du jetzt bitte mit, Viv-o? Bitte, Spatz.«

»Du bist ja so freundlich zu mir. Was ist denn los, sag mal.«

»Komm jetzt«, sagte er und deutete auf die Lenkstange. »Los, hüpf drauf.«

Sie hielt ihren Schläger im Arm, kletterte auf die Lenkstange und suchte die Balance. Während Pete dahinradelte, sah sie starr geradeaus, keiner sagte ein Wort. Als sie den Anfang der kreisförmigen Auffahrt zu Teensys Haus erreichten, fühlte sich Vivi schwindlig.

»Dreh um«, sagte sie.

»Was?« fragte Pete und fuhr weiter.

»Ich sagte ›dreh um‹, Pete. Ich möchte nicht reingehen.«

Pete hielt an.

Vivi sprang ab, ihr Atem ging in kurzen Stößen. Sie fühlte, wie ihr der Schweiß aus allen Poren brach, als wäre sie soeben acht Häuserblocks entlanggeradelt.

»Warum hast du mich hierher gebracht?« fuhr sie ihn anklagend an.

»Weil Teensy dich braucht.«

»Ich möchte wissen, *warum*. Sag's mir sofort.«

Pete legte sein Fahrrad auf die Seite. Vivi dachte, daß er dafür ungewöhnlich lange brauche, als ob alles in Zeitlupe abliefe. Sie sah ihn an, wie er auf sie zuging und die Hände auf ihre Schultern legte. Sein Atem roch nach Pfefferminzkaugummi und Tabakrauch.

»Es ist wegen Jack«, sagte er, und das Gewicht seiner Hände auf ihren Schultern wog bleischwer.

Vivi schien nicht verstanden zu haben. »Was hast du gesagt?«

Pete zog sie an sich. Sie roch frischen Schweiß und wußte nicht, ob es der ihres Bruders oder ihr eigener war.

»Es ist Jack, Schwesterchen.«

Vivi riß sich los.

»Genevieve hat ein Telegramm gekriegt«, sagte er mit erstickter Stimme.

»Du spinnst«, sagte Vivi und lachte kurz auf. »Du machst Witze.«

»Bei Gott, ich wollte, es wäre so.«

»Du verkohlst mich«, sagte Vivi und knuffte ihn am Arm, wie um ihm zu zeigen, daß es nun reichte. »Komm, schüttel den Kopf und sag, daß du mich nur verkohlen willst.«

»Ich verkohl dich nicht, Vivi«, sagte Pete und wischte sich mit dem Ärmel seiner Jacke übers Gesicht.

»Pete, schüttel deinen verdammten Kopf.«

»Vivi –«

Vivi umfaßte mit beiden Händen Petes Kopf und schüttelte ihn hin und her. Pete ließ sie einen Moment gewähren, aber als sie nicht aufhören wollte, ergriff er ihre Hände und preßte diese an seine Brust.

Er schaute sie an. Tränen liefen ihm die Wangen hinunter. »Du mußt mir zuhören, Schwesterchen. Ich habe mir das nicht ausgedacht. Es ist wahr.«

Vivi starrte ihre Hände an. Sie starrte auf ihren Tennisschläger, der am Boden lag, wo sie ihn fallen gelassen hatte. Sie dachte an selbstgemachtes Brombeereis und an Jacks Gesichtsausdruck, wenn er Geige spielte. Sie dachte an die Berührung seiner Hand, wenn er mit ihr tanzte. Ein langer Faden Schmerz drang durch ihre Füße in ihren Körper ein, kroch höher bis zu ihrem Herzen, und dort verknotete er sich und zog sich so fest zusammen, daß Vivi Petes Hände loslassen und sich die Kehle reiben mußte, damit sie wieder Luft bekam.

Shirley, das Hausmädchen der Whitmans, saß auf der untersten Stufe der geschwungenen Treppe. Sie hielt den Kopf in den Händen, und als sie zu Vivi und Pete aufsah, war ihr Gesicht von Tränen überströmt, die im dämmrigen Licht silbern glänzten.

Vivi hörte Genevieves Schreie aus dem Schlafzimmer. Sie stürmte an Shirley vorbei, die Treppe hoch, und als sie ins Zimmer trat, sah sie, wie Genevieve Mr. Whitman schlug, immer wieder, in sein Gesicht, auf den Hals, den Arm, was sie gerade erreichen konnte. Teensy stand abseits, beim Erkerfenster, und hatte die Hände vors Gesicht geschlagen.

»Mon fils de grâce!« schrie Genevieve und schlug auf ihren Mann ein. »Du hast mein *bébé* getötet. Du und dein blöder *Patriotismus!«* Ihre Reaktion war so heftig, daß man das Gefühl hatte, die Luft würde aus dem Zimmer gepreßt, alles andere hätte keinen Platz mehr.

Vivi wollte Genevieve in den Arm nehmen, wollte Teensy in den Arm nehmen. Sie wollte von beiden in den Arm genommen werden.

»Oh, Mann«, hörte Vivi Pete flüstern, als Genevieve Mr. Whitman das Gesicht zerkratzte und lange Spuren ihrer Fingernägel auf seinen Wangen hinterließ. Mr. Whitman machte nicht den geringsten Versuch, sich zu wehren, als sie anfing, nach ihm zu treten, ihn zu boxen, überall mit den Fäusten auf ihn einzutrommeln. Der Mann stand einfach reglos da in seinem Nadelstreifenanzug.

Pete nahm Vivi an der Hand und blieb mit ihr an der Tür stehen. Alles schien in Zeitlupe abzulaufen.

Dann hörte Genevieve abrupt auf und holte tief Luft. Mr. Whitman griff langsam in die Tasche und holte ein monogrammverziertes Taschentuch heraus. Wortlos wischte er seine Tränen und das Blut von den Lippen ab. Erst als er damit fertig war, bot er das Taschentuch seiner Frau an. Aber sie beachtete es gar nicht.

Jack hätte das Taschentuch zuerst Genevieve gegeben, dachte Vivi. Aus Höflichkeit.

Genevieve drehte sich um und sah ihre Tochter an, dann Vivi. Beide Mädchen gingen auf sie zu. Genevieve nimmt uns jetzt in den Arm, dachte Vivi. Sie legt die Arme um uns und sagt uns, daß alles wieder gut ist.

Aber Genevieve nahm niemanden in den Arm. Statt dessen stieß sie einen leisen, schrillen Schrei aus, schlug den Rock ihres Kleides hoch und verbarg ihren Kopf darin. Man sah ihren beigen Slip und die nackten Beine. Die Geste erinnerte an ein kleines Mädchen, das sein Gesicht verbergen will. Es war die Geste einer Frau, die ihr Leid nicht mehr aushalten konnte.

Je länger Genevieve mit hochgeschlagenem Rock dastand, desto schlimmer wurde Vivis Kummer. Dies war die Frau, an die sie sich wandte, wenn ihre Mutter sich verweigerte. Und jetzt ging auch diese Mutter fort.

»Mein Sohn«, hörte Vivi die Stimme von Mr. Whitman.

Pete ging einen Schritt nach vorne und fragte: »Sir?«

Pete kannte Mr. Whitman kaum, hatte ihn nur hin und wieder höflich in der Bank oder auf der Straße gegrüßt. Mr. Whitman kannte Pete auch nicht gut, hatte höchstens mal mit dem Kopf genickt, wenn er ihm begegnet war, hatte vielleicht den Touchdown erwähnt, den Pete am Freitag zuvor erzielt hatte.

Aber an jenem Tag, als Pete auf Mr. Whitman zuging, umfaßte der Mann den Jungen, und sie sanken sich in die Arme. Nie wieder würde Vivi eine derartige Geste zwischen zwei Männern erleben. Später sollte sie noch oft den Wunsch verspüren, ihre eigenen Söhne und ihr Mann könnten so innig miteinander umgehen, aber an jenem Nachmittag im Haus der Whitmans empfand sie nur blanken Neid. Neid deswegen, weil sie nicht von den Armen einer Mutter oder eines Vaters gehalten wurde.

Schließlich gab Vivi es auf, darauf zu warten, daß Genevieve ihr Kleid herunterließ und sie umarmte. Sie ging quer durchs Zimmer zu Teensy und schloß sie in die Arme. Die beiden Mädchen begannen zu weinen.

Torie bearbeitete gerade diverse Stellen an Vivis Nacken bis zu den Schulterblättern, als Vivi zu schluchzen begann. Torie blieb ganz ruhig. Es war nicht das erste Mal, daß ein Patient in ihrem Massageraum Tränen vergoß.

Vivi atmete tief ein. Sie lag auf dem Bauch auf dem Massagetisch. Ein Beben lief durch ihren Körper. An jenem Tag habe ich all meinen Patriotismus verloren, dachte sie. Vivi, den Cheerleader, gab es nicht mehr. Wenn ich von nun an für mein Team anfeuernd herumhüpfte, war das nur gespielt. Ich war eine verdammt gute Schauspielerin, nur gab es niemanden, der Oscars verteilt hätte.

»Entschuldigen Sie«, murmelte sie. »Ich muß mich erst wieder sammeln.«

Torie bearbeitete Vivis Schultern. Ihr Griff war so sicher, so völlig *ungehemmt*, daß die Tränen nur noch ungehinderter flossen. Vivis Körper bebte, und die Masseurin unterbrach kurz, um ihr ein Kleenex zu geben.

Vivi stützte sich auf die Ellbogen und putzte sich die Nase.

»Möchten Sie reden?« fragte Torie.

»Nein«, antwortete Vivi und nahm sich noch weitere Tücher.

»Okay«, meinte Torie.

Ich werde mir meine Massage nicht durch meine Heulerei verderben lassen, dachte Vivi. Aber je mehr sie sich bemühte, ihr Weinen zu unterdrücken, desto verkrampfter wurde sie. Als Torie ihre Schultern knetete, flossen die Tränen erneut.

»Machen wir einfach Schluß für heute«, meinte Vivi und hob den Kopf. »Anscheinend kann ich nur noch heulen. Es tut mir schrecklich leid.«

Torie schüttete aus einer kleinen Plastikflasche, die sie sich an einem Gurt um die Taille geschnallt hatte, noch etwas Massageöl in die Handfläche. »Von mir aus brauchen wir nicht aufzuhören. Sie können weinen und gleichzeitig massiert werden. Versuchen Sie doch, sich Ihre Tränen als sanften Regen vorzustellen.«

Vivi legte den Kopf zurück auf das Stirnpolster.

Behutsam strich Torie Vivis Rücken entlang und ließ die Muskeln ganz leicht vibrieren. Ihre Hände fühlten sich warm an, und wie Torie so massierte, wurde auch Vivis Atmung wieder gleichmäßiger. Manchmal konnte sie es gar nicht fassen, daß jemand ihren Körper in dieser Weise berührte, sie einfach nahm, wie sie war, mit so liebevoller Unvoreingenommenheit, ohne Gegenforderungen. Es gab Stellen, deren Berührung sie nicht ertrug. Ihr Bauch, zum Beispiel. Er stand viel zu weit heraus, sie schämte sich dafür, daß sein Anblick einfach häßlich sei. Es gab jedoch andere Stellen – die Beine, der Nacken, der Kopf –, die eine Massage in höchsten Zügen genossen. Es gab Momente während ihrer Behandlung durch Torie, die Vivi nur als Offenbarung beschreiben konnte. Momente, in denen sie zu ihrem Körper heimkehrte, auf eine Weise, die sie nie zuvor erlebt hatte – Momente, in denen er sie seine Schmerzen spüren ließ, seine Krampfadern, die Falten und Runzeln, auf eine so intime und behutsame Art, daß sie nur noch stöhnte vor unbeschreiblichem Glück. Flüchtige Momente, in denen Vivi klarwurde, daß ihr Körper, in all seiner Unvollkommenheit, ihr ureigenes, von ihr bewohntes Kunstwerk war. Sie lebte in ihm, und sie würde in ihm sterben. Ihr Körper hatte vier Kinder geboren. Fünf, wenn man, wie Vivi es immer tat, Siddas Zwillingsbruder mitrechnete.

»Ich möchte doch reden«, sagte Vivi kaum hörbar.

Und so vertraute sich Vivi der Masseurin an. Zwischen Seufzern und Tränen murmelte sie ihre Worte, zögernd manchmal, aber dennoch mit Erleichterung, die sie so in der Beichte nie verspürt hatte.

»Ich versuche zu glauben, daß Gott einem immer nur einen kleinen Teil und nicht die ganze Geschichte auf einmal gibt. Ich spreche von der Lebensgeschichte eines Menschen. Sonst würde einem das Herz weiter aufreißen, als man es ertragen könnte. Er reißt es nur so weit auf, daß man noch gehen kann, so wie jemand mit einem Gipsbein. Aber trotzdem, man hat diesen Riß, und der ist so groß, daß ein Pflänzchen daraus hervorwachsen könnte. Nur kann ihn sonst niemand sehen. *Niemand sieht ihn.* Die anderen denken alle, man ist heil und unbeschädigt, und deswegen gehen sie oft nicht so sanft mit einem um, wie sie es täten, wenn sie den Riß sehen könnten.«

Vivi schluchzte. Torie legte eine Handfläche auf den Nacken und die andere auf die Lendenwirbel und preßte leicht. Vivi kam es vor, als berühre die Masseurin ihr Rückenmark und sende die Botschaft aus, sich zu beruhigen.

»Ich denke gerade an einen Nachmittag in meinem Leben, als alle Risse offen dalagen, wie bei einem Scherbenhaufen.«

Torie ließ ihre Hände über Vivis Schultern gleiten. Vivi zuckte zusammen, als ob sie Schmerz verspürte.

»Eigentlich ist es meinem Wesen fremd, so zu sprechen.« Ihre Worte wurden wieder von Schluchzern unterbrochen.

»Aber vielleicht tausche ich in absehbarer Zeit meine Persönlichkeit gegen eine neue ein. Vielleicht sage ich dann: »Was kümmert's mich, ob ich beliebt bin oder nicht. Wenn ich euch nicht lustig genug bin, dann rutscht mir doch den Buckel runter.«

Vivi lachte kurz und gezwungen und setzte sich auf. »Mein Gott, jetzt rede ich schon wie Blanche DuBois: ›*Ich habe mich immer auf die Güte von Fremden verlassen!*‹«

»Vielleicht bin ich gar keine Fremde«, sagte Torie und preßte ihre Daumen an Vivis Schulterblätter.

»Au! Das tut weh.«

»Warum, glauben Sie, sind Ihre Schultern so verkrampft?«

»Ach, ich schleppe viel Gepäck mit mir herum, Schätzchen. Ganze Schrankkoffer.«

»Also, dann stellen Sie sie mal für eine Weile ab, während wir uns diese Verspannung da vornehmen«, sagte Torie. »Okay?«

»Okay«, erwiderte Vivi und ließ sich auf den Massagetisch zurücksinken. Dieser Tisch, so sagte sie sich, wird vom Boden gehalten, und der wird von dem Gebäude gehalten, welches tief in der Erde verankert ist, wo mein Zuhause ist.

23

Vivi setzte ihre Sonnenbrille auf, ehe sie den Massageraum verließ. Sie hatte keine Lust, mit irgendwelchen Bekannten im Fitneßclub zu reden. Weder mit den jungen Männern, die immer mit ihr flirteten, noch mit den jungen Frauen, die bei dem Kabelfernsehsender arbeiteten.

Sobald sie in ihrem kleinen Miata Cabrio saß, einer Überraschung von Shep, auf die sie ihn mit der Nase gestoßen hatte, nahm sie die Barbra-Streisand-CD aus dem CD-Spieler. Sie konnte jetzt nichts ertragen, was sie vielleicht zum Weinen gebracht hätte. Es war fast Abend, aber sie hatte keine Lust heimzufahren. Statt dessen fuhr sie zu Teensy.

Vivi und Teensy hatten nicht nur Jack verloren, sondern auch Genevieve. Noch Wochen nach dem Telegramm wollte Genevieve niemanden sehen, und wenn sie es dennoch tat, dann nur um ihre Überzeugung kundzutun, ihr Sohn sei gar nicht tot. Wie Genevieve glaubte, hatte Jack den Flugzeugabsturz überlebt und wurde mit Hilfe der Résistance von den Bewohnern eines Dorfs in Südfrankreich gepflegt. Von nun an verwendete sie nie mehr die englische Form des Namens ihres Sohnes, auf die ihr Mann immer bestanden hatte. »Unser Jacques ist am Leben«, sagte Genevieve. »Ohne jeden Zweifel.« Sie mußte ihn nur finden.

In den ersten Monaten nach Jacks Tod verhinderten Genevieves Phantasien Vivis eigene Trauer. Es war leicht, für jemanden mit Vivis Vorstellungskraft, in die traurige, trügerische Falle zu tappen, die Genevieve anbot. Nachts, ehe sie einschlief, stellte sich Vivi ihren Liebsten unter demselben Mond vor, der gerade in ihr Schlafzimmerfenster schien. Zusammen mit Teensy und Genevieve verbrachte sie unzählige Stunden damit, Landkarten von Frankreich zu studieren. Gierig stürzte sie sich auf alle möglichen Nachrichten über die französische Résistance. Sie half mit, ungezählte Briefe an das Army Air Corps aufzusetzen, die Genevieve sodann Mr. Whitmans Sekretärin zum Schreiben gab. Weil sie so gern glauben wollte, daß Jack noch am Leben war, wurde dieser Glaube für sie vorübergehend zur Realität. Sie beteiligte sich an Genevieves endlosen Spekulationen darüber, wie es Jack wohl ginge, welches Essen er bekäme, in was für einem Bett er schliefe, daß Vivi, wegen der Fiktion, die sie erschufen, manchmal ganz schwindlig wurde. Sie stimmte Genevieve zu, daß Jack, ja, natürlich, französische Volkslieder auf der Geige lernte. Er musizierte und dachte an die Zeit, wenn er endlich wieder heimkommen konnte.

Jedesmal, wenn Vivi weinen mußte, bekam sie Schuldgefühle, weil sie die Hoffnung aufgegeben hatte. Sie und Teensy trafen sich immer in der Schule nach dem Mittagessen auf dem Gang, bei den Garderobeschränken. An manchen Nachmittagen brachten sie es nicht fertig, am Geschichtsunterricht teilzunehmen, weil sie fürchteten, in Tränen auszubrechen. Statt dessen saßen sie draußen im Gras und weinten. Sie wollten nicht noch mehr Geschichte, sie hatten für eine Weile *genug* von Geschichte. Vivi wollte nicht, daß Jack ein Teil der Geschichte war. Sie wollte mit ihm Hamburger essen im Drive-In, sie wollte ihn um die Ecke biegen sehen, wenn sie in einer der Nischen des Drugstores saß, sie wollte sehen, wie seine Augen aufleuchteten, wenn sie das Zimmer betrat, sie wollte, daß er sie in die Arme nahm und ihr das Leben wiedergab.

Monatelang schlug Vivi alle Verabredungen aus und verbrachte jeden Freitag- und Samstagabend mit Teensy. Sie lagen dann nebeneinander auf dem Bett, tranken Cola, und, wenn Genevieve nicht in der Nähe war, weinten sie. Später am Abend schauten meistens Caro und Necie vorbei, und oft auch Chick,

Teensys Freund, dessen Ergebenheit den Ya-Yas gegenüber unerschütterlich war. Niemand fand etwas dabei in jener Zeit, wenn zwei junge Frauen zusammen in einem Bett lagen, in ihren Flanellnachthemden, und sich am Arm hielten. Sich gegenseitig hielten, bis sie wieder aufstehen und gehen und sprechen konnten und vielleicht sogar so tun konnten, als wäre aus ihrer Mitte nicht ein großes Loch herausgerissen worden.

Es war Buggy Abbott, die diesem Trugbild von Jack ein Ende bereitete, und Vivi war ihr deswegen ihr ganzes Leben lang dankbar und gram zugleich.

Etwas über drei Monate nach der Nachricht von Jacks Tod, an einem Samstagabend, klopfte Buggy an die Tür von Vivis Schlafzimmer und trat ein. Vivi und Teensy lagen auf dem Bett, um sie herum lauter Zeitungen ausgebreitet. Es war zu einem Ritual für beide geworden, am Wochenende nicht nur die Zeitung von Thornton, sondern auch den *Baton Rouge Daily Advocate* und die *New Orleans Times-Picayune* nach Artikeln über die französische Résistance zu durchforsten.

Buggy trug ein hochgeschlossenes Nachthemd und darüber einen Morgenrock. In der Hand hielt sie eine noch neue geweihte Kerze. Vivi war von ihrem Kommen überrascht. Selten betrat Buggy das Schlafzimmer ihrer Tochter.

»Vivi?« sagte Buggy.

»Ja, Madam?«

»Geht's euch gut?«

Vivi nickte. »Ja, Madam, es geht uns gut.«

»Wollt ihr irgendwas haben? Ich habe ein bißchen Ernußbutter-Toffee für euch aufgehoben.«

»Nein, danke«, antwortete Vivi. »Wir haben eben Cola getrunken.«

»Schau mal, Vivi«, sagte Teensy und hielt eine Zeitungsseite hoch. »Hier steht was über eine Eisenbahnlinie, die in Frankreich, außerhalb von Lyon, gesprengt wurde. Das waren die, Vivi. Ich weiß es.«

Vivi las mit größter Aufmerksamkeit den Artikel.

»Die Gruppe der französichen Résistance in Lyon war es, die Jack gefunden hat«, sagte Teensy erklärend zu Buggy.

»Sch –«, zischte Vivi, um Teensy, die ebensowenig wie Genevieve ihre Überzeugung von Jacks Rettung verheimlichte, zum Schweigen zu bringen.

Buggy Abbott blieb einen Moment in der Tür stehen, dann ging sie zu den Mädchen hin und setzte sich auf die Bettkante. »Ihr seid wohl ziemlich beschäftigt mit euren Nachforschungen, oder?« fragte sie befangen.

»Wir machen jeden Tag Fortschritte«, antwortete Vivi.

»Es gibt viel zu tun«, erklärte Teensy. »*Maman* meint, wir sollten mindestens vier Stunden täglich auf unsere Recherchen verwenden.«

Buggy nickte. Sie hatte Angst bei dem Gedanken, was mit ihrer Tochter passierte, aber sie wußte nicht, wie sie sich verhalten sollte. Sie beobachtete Vivi, wie sie den Artikel vor ihr studierte, ihn mit Rotstift markierte und ihn mit einer Nagelschere aus der Zeitung ausschnitt.

»Gib mir mal den Lyon-Ordner«, sagte Vivi zu Teensy.

Teensy gab ihr einen großen braunen Umschlag, einen der vielen, die Genevieve sich aus der Bank geholt hatte, um den wachsenden Stapel ihrer Unterlagen zu ordnen.

Als Vivi sich über den Umschlag beugte, fiel ihr eine Haarsträhne aus ihrem Pferdeschwanz ins Gesicht. Gerade, als sie sie zurückstreichen wollte, beugte sich Buggy zu ihr hinüber und tat es für sie. Für die Dauer eines Wimpernschlags ließ Buggy ihre Hand zärtlich auf der Wange ihrer Tochter verharren. Aber die Zeit reichte aus, um Vivi die unbeholfene Zärtlichkeit dieser Geste fühlen zu lassen. Sie sah auf und fragte: »Wofür ist die Kerze, Mutter?«

»Ich wollte euch fragen, ob ihr nicht heute abend mit mir beten wollt – ganz kurz nur.« Ihre Stimme klang unsicher, fast scheu.

Vivi sah Teensy an, die die Achseln zuckte.

»Okay«, sagte Vivi. »Wir beten mit dir.«

Buggy griff in die Tasche ihres Morgenmantels und zog Streichhölzer hervor. Sie zündete die Kerze an und stellte sie auf das Nachttischchen. Dann kniete sie sich neben das Bett ihrer Tochter und begann zu beten.

»Heilige Mutter Gottes«, betete sie leise in der Sprache der alten Marienandachten. »Heilige Jungfrau, der der Engel Gabriel die Botschaft gebracht hat, Licht der Schwachen, strahlender Stern in der Dunkelheit, Trösterin der Betrübten, Du kennst die Nöte all Deiner Kinder. Nimm unseren Schmerz in Deine Hände und segne ihn. Gnadenreiche Mutter, in Deiner unendlichen Güte wenden wir uns an Dich um Trost. Stehe uns bei in Zeiten der Trauer und zeige uns einen Weg aus der Dunkelheit. Heilige Mutter Maria, nimm Dich der Seele von Jack Whitman an, der in Deine liebevollen Arme heimgerufen wurde. Nimm Dich Newton Jacques Whitmans an, den wir geliebt haben.«

Mit diesen Worten brachte Buggy Abbott Genevieve Whitmans Wahnvorstellungen, die ihre Tochter gefangenhielten, wie eine Seifenblase zum Platzen. Die Kerze neben dem Bett flackerte, und ihre winzige Flamme erlöste Vivi.

In jener Nacht verschlimmerte sich Vivis Leid noch weiter, obwohl sie bis dahin geglaubt hatte, sie wüßte bereits, was Leiden bedeutet. Im Schlaf trennte sie sich von Genevieves Phantasien, und als sie am folgenden Tag erwachte, war die Welt eine andere geworden, eine Welt, in der ihr Verlust Realität war.

Als Vivi und Teensy versuchten, Genevieve damit zu konfrontieren, wie unwahrscheinlich es sei, daß Jack den Flugzeugabsturz überlebt haben konnte, schenkte sie ihnen einfach kein Gehör. »*Sans aucun doute,* ohne jeden Zweifel«, murmelte Genevieve immer wieder, als ob die Worte selbst eine Beschwörungsformel, ein Mantra wären, das ihrer Phantasie Realität verleihen könnte.

An all das erinnerte sich Vivi, als sie in Teensys Auffahrt einbog. Wie konnten fünf Jahrzehnte nur so schnell vergangen sein? Wie viele Jahre waren unbemerkt und ungenutzt vorübergegangen?

Schönbeerensträucher wuchsen nahe der Ziegelmauer, die Teensys und Chicks riesigen Garten umgab, und Reihen von dichtem Mondo-Gras und üppigen Kamelienbüschen säumten die kreisförmige Auffahrt. All dies war von Genevieve vor vielen Jahren gepflanzt worden.

Nimm dich der Seele von Jack Whitman an, betete Vivi, als sie die Tür ihres Miata öffnete. Nimm dich Newton Jacques Whitmans an, den wir geliebt haben.

Zehn Minuten später, als Vivi mit Teensy auf der Terrasse

beim Swimmingpool saß, fiel sie in die verkürzende Sprache ihrer langen Freundschaft. Über ihren Köpfen hing träge, gestützt von einer Pergola, die überreiche Blütenpracht eines Geißblatts, und um einen Springbrunnen, aus dem sich eine steinerne Meerjungfrau streckte, wuchsen in ungebändigter Fülle Kaladien, Fleißige Lieschen und Zungenfarn. Die Terrasse war alt, ebenso das geflieste Schwimmbecken, der Gesamteindruck war ausgewogen und harmonisch, als hätte sich jemand genau überlegt, wo man der Natur freien Lauf lassen und wo man ordnend eingreifen mußte.

»Wegen dieser Sidda-Sache mit dem Album kommt mir dauernd Genevieve in den Sinn«, sagte Vivi.

Teensy schwieg einen Moment, dann fragte sie: »›Ohne jeden Zweifel?‹«

»Genau«, nickte Vivi, und fühlte sich getröstet, weil sie offensichtlich nicht die einzige war, die sich mit diesen Erinnerungen herumschlug.

Chick erschien mit einem Tablett mit Drinks für die zwei Frauen. Er blickte Vivi und Teensy forschend an und versuchte herauszufinden, in welcher Stimmung sie sich befanden. »Soll ich euch ein paar Filets mignons machen?«

»Vielleicht in einer Stunde oder so, *bébé*«, antwortete Teensy und warf ihm eine Kußhand zu.

»Sans moi?« fragte er und betrachtete die beiden Freundinnen.

»Ja«, sagte Vivi und schenkte ihm ein Lächeln. *»Sans toi.«*

»Schreit, wenn ihr was braucht, *Mesdames*«, erwiderte er und machte eine gekonnte kleine Verbeugung. »Ich bin drinnen und mariniere – Gemüse, meine ich.«

Vivi und Teensy griffen nach ihren Drinks und saßen eine Weile schweigend da. Das zischende Geräusch des Rasensprengers und das sanfte Gluckern am Ablauf des Swimmingpools vermischten sich mit dem zunehmenden Gezirpe der Grillen und dem Plätschern des Springbrunnens. Die letzten Sonnenstrahlen des Tages schienen auf die Wasserfläche des Pools, während Vivi an ihrem Bourbon und Genevieve an ihrem Gin nippte.

Erstaunlich, welche Bedeutung dieser eine Ausdruck »ohne

jeden Zweifel« beinhaltete. Wie er an Genevieves langsamen Verfall erinnerte: an ihre Unfähigkeit, Jacks Tod zu akzeptieren; den Kurzwellensender in ihrem Schlafzimmer; die Anrufe im Weißen Haus, mitten in der Nacht; die »Strategie-Sitzungen«, die die ganze Nacht dauerten, um Jacks Rückkehr vorzubereiten; und schließlich, als der Krieg zu Ende war, an ihre katastrophale Reise nach Frankreich, wo natürlich keine Spur von ihrem Sohn zu finden war, sondern nur Verwüstung, Verwirrung, Verschleppung. Und dann die folgenden Jahre, in denen Genevieve überhaupt nicht mehr ihr Zimmer verließ, das zu einem Arzneimitteldepot geworden war.

»Es sind die Sachen, die nicht im Album stehen«, sagte Vivi elliptisch. »Die kleinen großen Sachen. Erkennungsmarken.«

Sie hörte, wie Teensy tief Luft holte.

»Ach, wenn nur *irgend etwas* dagewesen wäre, Teens«, fuhr Vivi fort. »*Irgend etwas.* Seine Erkennungsmarke, seine Stiefel, die Plakette mit dem heiligen Judas. *Irgend etwas.* Genevieve hätte es akzeptieren können, wenn es etwas gegeben hätte, das sie in die Hand hätte nehmen können, irgendein Stück, irgendeinen belanglosen kleinen Gegenstand. Ich habe meiner ältesten Tochter – dem Großinquisitor – unsere ›Göttlichen Geheimnisse der Ya-Ya-Schwestern‹ geschickt. Aber es gibt so viel, was ich ihr nicht gegeben habe. Was ich ihr nicht geben kann. Zumindest ich nicht.«

Vivi holte Luft.

»Ihr habt hier wahrscheinlich keine Zigaretten rumliegen, oder?« fragte sie. »Ich weiß, daß wir alle nicht mehr rauchen, aber ich bräuchte was zum Gestikulieren.«

Teensy stand auf und ging zu einem Geschirrschrank in der anderen Ecke der Terrasse, wo ein Grillplatz eingerichtet war. Sie kam mit einem silbernen Zigarettenetui zurück, das sie aufklappte und Vivi anbot. Vivi nahm zwei Zigaretten und gab eine davon Teensy.

»Sollen wir sie anzünden?« fragte Teensy.

»Und wenn Chick es merkt?« fragte Vivi und klang wie ein kleines Mädchen.

»Er weiß es«, antwortete Teensy.

»Dann rauchen wir sie«, meinte Vivi und sah zu, wie Teensy

ein Streichholz aus einer Schachtel auf dem Glastisch neben ihnen nahm und ihre Zigaretten anzündete.

»Jedesmal wenn ich mir neuerdings eine anstecke, bete ich ein ›Gegrüßest seist Du Maria‹ für Caro«, bemerkte Teensy.

Vivi musterte ihre alte Freundin. Teensy war immer noch sehr zierlich, ihr dunkles, chic geschnittenes Haar war erstklassig getönt, so daß gerade die richtige Menge Silbergrau durchschimmerte. Sie trug Röhrenhosen aus roter Seide und darüber ein schwarzes Oberteil. Ihre Füße steckten in schwarzweiß gestreiften Espadrilles der Größe 36. Auf ihrer kleinen Hand, die die Zigarette hielt, sah Vivi die zahlreichen Sommersprossen.

»Maman«, sagte Teensy, als sei dieses Wort an sich schon eine Beschwörungsformel. »Wir können unseren Müttern nicht entfliehen. Ich möchte das inzwischen gar nicht mehr.«

Vivi ließ ihren Blick über den Pool, dann über den Brunnen schweifen und dachte: Vielleicht ist es gar nicht so *gedacht,* daß wir unseren Müttern entfliehen sollen. Was für ein verdammt furchterregender Gedanke.

In ihrer Erinnerung wirbelte Genevieve singend und tanzend in ihrer Küche herum, mit einem Turban auf dem Kopf, während sie Flußkrebs *étouffée* zubereitete. Genevieve mit ihrem Cajun-Englisch, das mit französischen Ausdrücken gespickt war, ihrem besonderen Lachen, den frechglitzernden Augen. Sie dachte daran, wie Genevieve die vier Ya-Yas nach Marksville zu den Kanurennen gefahren hatte, an die heißen *boudins,* an die *cochons de lait,* an den starken schwarzen Kaffee um halb fünf Uhr morgens auf dem Weg zur Frühmesse der Fischer. Sie erinnerte sich, wie Genevieve sie aus dieser Hölle von Internat herausgeholt hatte. Ohne Genevieve Whitman wäre Vivi Walkers Leben anders verlaufen.

»Sidda würde sich nicht dauernd so viele Sorgen machen, wenn sie Genevieve gekannt hätte«, sagte Vivi.

»Mach dir nichts vor«, erwiderte Teensy. »*Maman* hat sich in irgendein Bayou in ihrem Kopf zurückgezogen, lange bevor Sidda auf die Welt kam.«

Vivi wußte, daß dies stimmte, aber dennoch wünschte sie sich, ihre Tochter hätte dieses Leuchtfeuer von Frau gekannt. Warum brachen die Erinnerungen über sie herein, als wäre in ihrem Inneren ein Damm gebrochen? War es das Alter? Oder der Konflikt mit Sidda?

Vivi rauchte und dachte an ihre Besuche bei Genevieve, als sie mit Sidda und dem anderen Zwilling schwanger war. Wenn es gute Tage waren, dann verbrachten die Ya-Yas manchmal ganze Nachmittage mit Genevieve in ihrem Zimmer: Vivi, im sechsten Monat schwanger, wirkte riesig; Teensy, im vierten Monat, die Schwangerschaft war kaum zu sehen; Necie, zum zweiten Mal schwanger, fing an, insgesamt rundlich zu werden; Caro, die größte unter den vieren, schien fit und stark und stämmig wie ein Pferd. Vier gestrandete Wale waren sie, wie sie sich da um Genevieves Bett versammelten, sich mit Sandwiches und Bloody Marys stärkten, die Shirley ihnen auf einem Tablett servierte. An guten Tagen herrschte in Genevieves Boudoir die Atmosphäre eines intimen, wenn auch leicht sonderbaren Bistros.

Genevieve saß dann immer im Bett, ein Kissen im Rücken, gewandet in eines ihrer umwerfenden Bettjäckchen, zehntausend Medizinfläschchen auf dem Nachttisch, das dichte schwarze Haar hochgetürmt, die Nägel perfekt manikürt, umgeben von Fresien, ihren Lieblingsblumen. Sie lauschte aufmerksam allen Einzelheiten der Schwangerschaften, kein Detail langweilte sie. Und dann gab Genevieve den Ya-Yas die ganzen Hausmittelchen preis, mit denen sie am Bayou aufgewachsen war, wobei sie unversehens in ihren Dialekt zurückfiel.

»Um den Satan fernzuhalten, muß man das *bébé* auf einer Kette aus Alligatorenzähnen herumkauen lassen. Man muß den Geistern zeigen, wer der Boß ist. Zum Zahnen nimmt man Krebsfleisch, damit reibt man das Zahnfleisch der *bébés* ein, dann brechen die Zähne ganz leicht durch.«

»Und denkt immer daran«, ermahnte Genevieve die schwangeren Ya-Yas: »Manchmal muß das *bébé* krank werden, damit es gut gedeiht.«

An schlechten Tagen wurde im Boudoir nicht einmal das Licht angeschaltet. Genevieves Zimmer blieb verdunkelt. Sie wollte kein Licht. Die schlechten Tage dehnten sich allmählich zu Wochen, dann zu Monaten aus. Am Ende war nur noch Teensy im Schlafzimmer ihrer Mutter willkommen.

Eines Nachmittags, als Sidda etwas über einen Monat alt war, schaute Vivi vorbei, um Genevieve das Baby zu zeigen. Es war das erste Mal, daß Vivi das Haus verließ, nachdem sie das Zwillingsbaby verloren hatte. Es war ein Versuch, aus ihrer Depression herauszukommen. Sie beabsichtigte, Genevieve zu bitten, Siddas Patin zu werden.

Caro hatte Vivi mit dem Baby zum Haus der Whitmans gefahren. Shirley begrüßte sie an der Haustür.

»Miz Vivi, Miz Caro, würden Sie so freundlich sein und im Wohnzimmer warten?«

Als Teensy die Treppe herunterkam, wirkte sie erschöpft. Mit ihrem geschwollenen Bauch sah sie aus, als hätte jemand einen Volleyball unter den Rockbund eines halbwüchsigen Mädchens gesteckt.

»*Maman* schläft heute«, sagte sie. »Es tut mir leid. Es geht ihr nicht so gut.«

»Schläft sie«, fragte Caro, »oder haben sie ihr wieder eine Spritze verpaßt?«

»Eine Spritze«, flüsterte Teensy. Sie hob die Babydecke hoch und spähte auf die schlafende Sidda in Vivis Arm.

»Himmlische Wimpern.«

»Wie die von Shep«, sagte Vivi.

»Kleines«, flüsterte Teensy dem Baby zu, »ich glaube nicht, daß meine *maman* deine *marraine* werden kann.« Sie legte die Decke wieder über Siddas Köpfchen, ganz schnell, als könne sie es nicht ertragen, das Gesicht des Babys auch nur eine Sekunde länger anzuschauen.

»Vivi, bitte Caro, Siddas Patin zu werden.«

»Warum?« fragte Vivi. »Es macht nichts, wenn Genevieve bei der Taufe nicht anwesend ist. Ich möchte, daß Genevieve –«

»Streite nicht mit mir, Vivi. Bitte.«

»Könnte ich nicht wenigstens Genevieve Sidda kurz zeigen?« fragte Vivi.

Teensy sah aus, als könne sie nur mit Mühe die Fassung bewahren. »Es tut mir leid, Vivi.«

Sidda sollte Genevieve St. Clair Whitman nie begegnen.

Seit Siddas Taufe war ein Monat vergangen. Vivi lag auf einer grün-blau karierten Decke auf der Couch. Neben ihr nuckelte

Sidda an ihrer Flasche. Es war ein Moment, in dem sie es geschafft hatte, den Verlust des Zwillingsbabys in Gottes Hände zu legen, wenigstens für ein paar Stunden, und sich zufrieden in ihr Leben einzurollen, und sie war dankbar. Shep stand in der Küche, mixte Drinks und schnitt Käse auf, den er mit Crackern servieren wollte. Er war es, der Chicks Anruf entgegennahm.

Vivi hörte, wie er am Telefon sprach, konnte aber nicht verstehen, was er sagte. Sie schwebte in einer süßen schwerelosen Traumwolke mit ihrem neugeborenen Baby. Mein Mann bringt mir gleich ein paar Appetithäppchen, dann brät er mir ein Steak. Ich sehe verdammt gut aus für eine Frau, die gerade erst ein Kind geboren hat.

»Baby«, sagte Shep und kam ins Zimmer mit ihrem Bourbon.

»Selber Baby«, sagte sie und klopfte auf das Bett. »Komm, setz dich.«

Vivi wollte, daß sich ihre kleine Familie um sie kuschelte. Sie war frischgebackene Mutter, hatte einen gutaussehenden Ehemann und eine schöne, gesunde, rothaarige Tochter. Zwar hatte sie ein Kind verloren, zwar setzten Dämonen ihr zu, aber an jenem Abend ging ein Leuchten von ihr aus, und sie wußte es. Sie fühlte sich im Zentrum eines strahlenden Lichts, das direkt von oben auf sie herabschien.

»Schau dir unseren kleinen Liebling an«, flüsterte sie Shep zu. »Schau ihn dir an.«

Vivi nahm einen Schluck von ihrem Drink und stellte dann das Glas auf den Tisch neben der Couch. Sie flüsterte Sidda zu: »Du hast so hübsche große Augen wie Teller und eine makellose Nase und wunderschöne kleine Lippchen. Du hast zehn süße Zehen und zehn süße Fingerchen und niedliche kleine Beinchen. Ich könnte dich einfach auffressen.«

Shep sah kurz seine kleine Tochter an, dann seine Frau. Er haßte es, daß er den zärtlichsten, innigsten Moment ruinieren mußte, den sie seit dem Tod des kleinen Zwillings hatten.

»Unsere liebe französische Lady hat uns verlassen, Vivi«, sagte er leise.

Vivi achtete nicht auf ihn. Sie weilte in Siddas lieblicher, pudriger kleiner Welt. Sie hielt das Fläschchen an Siddas hübsche

Lippen. Sie beobachtete, wie ihr die Augen schwer wurden, als sie leergetrunken hatte.

Shep beugte sich hinunter und wollte Sidda hochheben. Er legte eine Hand unter ihren winzigen Rücken.

»Heb sie noch nicht hoch, Baby«, sagte Vivi. »Laß sie ein bißchen eindösen, dann laß ich sie Bäuerchen machen und leg sie ins Bett.«

Normalerweise ließ Shep Vivi gewähren, wenn sie ihm sagte, wie er seine Tochter zu behandeln habe. Er rührte Sidda nicht an ohne Vivis Anweisung oder Erlaubnis. Dieses Mal jedoch ließ er zögernd die Hand unter Siddas Rücken liegen. Dann hob er das Baby hoch und nahm Vivi das Fläschchen aus der Hand.

»Was tust du da, Shep? Möchtest du sie zu Ende füttern?«

Shep stand da und hielt Sidda auf einer Hand in Höhe seiner Hüfte.

Vivi setzte sich auf, immer noch gut gelaunt, bereit, ihren Mann gewähren zu lassen.

»Vivi, Genevieve ist von uns gegangen«, sagte er und beobachtete seine Frau aufmerksam.

Vivi spürte im Mund den Geschmack von Eisen aufsteigen. Sie stand auf. Merkwürdig, dachte sie. Ich habe kein Eisen geschmeckt, als der Zwilling gestorben ist. Ich habe den Geschmack nicht gespürt, seit Jack gestorben ist.

»Was ist passiert?« fragte sie und wollte es gar nicht wissen.

Shep sah auf das Baby in seinem Arm. Er wollte seiner Frau nicht sagen, was er sagen mußte. »Babe, es tut mir so leid. Aber ich glaube, die Alligatoren haben sie erwischt.«

Vivi sah in Siddas schläfrige Augen. Einen Moment nahm sie nicht ihre Tochter wahr, sondern nur ihren eigenen schockierten Gesichtsausdruck, der sich in den großen, haselnußbraunen Augen des Babys widerspiegelte.

»Kann ich was tun, Vivi?« fragte Shep. »Gibt es irgend etwas, was ich für dich tun kann, Babe?«

Vivi schüttelte den Kopf. »Du kannst nichts für mich tun. Füttere deine Tochter zu Ende, dann schau, ob sie gewickelt werden muß. Ich bin im Schlafzimmer beim Telefon. Bitte stör mich nicht.«

Vivi drehte sich um und ging aus dem Zimmer. Sidda begann

zu weinen. Shep Walker stemmte das Baby in die Luft, so daß der kleine Körper knapp über seinem Gesicht schwebte. Er wußte nicht, warum sie weinte. Er wußte nicht, wie man sie dazu brachte, mit dem Weinen aufzuhören.

»He, du kleines Butterböhnchen, ist ja alles gut. Du hast die Augen von deinem Papa, weißt du das? Du hast die Lunge von deiner Mama und die Augen von deinem Papa.«

»Kann ich reden?« fragte Vivi leise Teensy, die mittlerweile die Schuhe ausgezogen und es sich in einem Liegestuhl bequem gemacht hatte.

»Was meinst du damit, *›kann ich reden?!‹*«, erwiderte Teensy. »Unsere einzige Chance, wenn wir nicht ins Betty kommen wollen, ist Reden.«

»Mir ist klargeworden, daß ich Unserer Heiligen Mutter Kirche nicht verzeihe. Ich dachte, ich hätte es getan, aber es stimmt nicht. Sie hätten uns erlauben sollen, Genevieve auf dem Friedhof von Divine Compassion zu beerdigen.«

»Die Kirche mag einfach keine Bühnenabgänge mittels eines Barbiturat-Wodka-Cocktails«, meinte Teensy und klang verletzt, trotz ihrer schnoddrigen Worte.

»Ich bin danach weiter in die Kirche gegangen, obwohl du ausgetreten bist. Obwohl Caro nicht mehr zur Beichte gegangen ist. Ich habe einfach weitergemacht, wie früher, wie Necie auch. Obwohl ich meinen Beichtvater wechseln mußte, nachdem Sidda öffentlich verkündet hat, ich wäre der Hitler unter den Müttern. Mein ganzes Leben bin ich süchtig gewesen nach diesem reinen, unbeschwerten Gefühl, das man zweieinhalb Minuten lang hat, wenn sie dir nach der Beichte die Absolution geben. Das Gefühl, daß, wenn man jetzt von einem Lastwagen überfahren werden würde, trotzdem alles gut ist.«

»Ich hab mit ihnen Schluß gemacht, als sie mir erklärt haben, mein Striptease sei eine Todsünde«, sagte Teensy.

»Du bist eben schlauer als ich, Teensylein.«

Teensy lachte. »Unter den Blinden ist der Einäugige König.«

Nachdem sie einen Schluck getrunken hatte, fuhr sie fort: »Ich bin nicht schlauer, Vivi. Aber ich weiß, daß *maman* mich geliebt hat. Sie hat sich nicht umgebracht, weil sie mich nicht liebte. Sondern weil sie glaubte, sie hätte es zugelassen, daß mein Vater meinen Bruder getötet hat. So ähnlich hat sie es in ihrem Abschiedsbrief geschrieben. Mein Vater ist derjenige, den sie am schlimmsten bestraft hat.«

Teensy seufzte und nahm einen Schluck von ihrem Gin.

»Vermißt du ihn?« fragte Vivi.

»Ich vermisse Jack jeden Tag aufs neue«, sagte Teensy leise. »Aber anders als du. Er war mein Bruder. Und ich verbringe mein Leben mit dem Mann, den ich liebe.«

»Wenn ich die Augen zumache, sehe ich immer noch Jack vor mir«, sagte Vivi. »Wie er mit dem Basketball über das Spielfeld läuft, wie er von diesem Schaukelstrick am Spring Creek runterspringt. Teensy, ich kann ihn mir immer noch genau vorstellen – ich weiß nicht, ob du dich überhaupt an die Zeit damals am Golf erinnerst, als –«

Vivi unterbrach sich und schaute zu Boden. »Gott, bin ich verrückt, weil ich immer noch so an damals hänge? Bin ich einer von diesen Spinnern, die nie von der High-School loskommen, verdammt noch mal?«

»Mein Bruder war deine große Liebe, *bébé*«, erwiderte Teensy.

»Ja«, antwortete Vivi und trank einen Schluck von ihrem Bourbon. »Und ich würde immer noch alles dafür geben, wenn ich noch einmal seinen Geruch riechen könnte, bevor ich sterbe.«

»Das ist es, was ich nicht verzeihen kann«, sagte Teensy.

»Was?«

»Daß Gott uns Jack genommen hat. Ich bin froh, daß wir den Krieg gewonnen haben, aber ich denke immer noch, daß mein Bruder in diesem Krieg nicht hätte sterben sollen. Deswegen haben du und ich auch diese jungen Leute so gut verstehen können, die gegen Vietnam protestiert haben damals. Patriotismus ist blanker Unsinn. Wahre Liebe nicht, aber Patriotismus schon, *chère.*«

»Die katholische Kirche und das Militär der Vereinigten Staaten sollten sich wirklich nicht in die Angelegenheiten der Ya-Yas einmischen«, sagte Vivi.

Die Tür vom Wohnzimmer auf die Terrasse ging auf und

Chick trat heraus. »Höre ich da was von einem Komplott gegen Staat und Kirche? Ich bitte dich, Teensy. Ich möchte nicht, daß das FBI uns wieder belästigt.«

Teensy und Vivi mußten lachen.

»Du verrückter Spinner«, sagte Vivi. »Was macht deine Marinade?«

»Sagen Sie einfach Julia Child zu mir«, antwortete Chick im Tonfall der berühmten Köchin. »Braucht ihr noch was zu trinken?«

»Oui, oui, s'il vous plaît«, erwiderte Teensy. »Und außerdem, *bébé,* könnten wir uns jetzt allmählich vorstellen zu essen. Sag uns, wie wir dir helfen können.«

»Hab schon alles fertig«, sagte Chick. »Ihr bleibt schön sitzen. Ich mache das gern.«

»Hab dich lieb«, sagte Teensy, stand auf und gab ihm einen Kuß, ehe sie sich wieder hinsetzte.

Als Chick ins Haus zurückging, heftete Vivi ihren Blick auf Teensy.

»Wie viele Jahre?« fragte sie.

»Fast schon Goldene Hochzeit.«

»Von Anfang an golden«, bemerkte Vivi.

»Er war von Anfang an dabei und hat alles mitgemacht, das brauch ich dir ja nicht zu erzählen. Ich hätte nach Jack und *maman* nicht mehr gewußt, wie es weitergehen soll, wenn Chick mir nicht zur Seite gestanden hätte. Chick und ihr drei.«

Vivi sah ihre Freundin an. »Gott hat es gut mit euch beiden gemeint.«

»Stimmt, und außerdem haben wir einfach Glück gehabt. Keiner von uns muß sich abplagen. Und dann hat es auch nicht geschadet, daß wir uns nie im Leben auch nur einen einzigen Tag lang Sorgen wegen unserer Finanzen machen mußten. *Mais oui,* meine Ehe hat überlebt, auch wenn es mal so ausgesehen hat, als ob meine Kinder nicht überleben würden.«

»Das ist es, was mich unter anderem so beunruhigt, was Sidda angeht – was sie in meiner Ehe alles mit ansehen mußte«, sagte Vivi.

»Ach komm, Vivi. Du und Shep, ihr habt's doch ganz gut durchgestanden.«

»Aber wir sind nie so wie du und Chick gewesen, aber das ist ja nichts Neues für dich.«

Sie wurden von Chick unterbrochen, der mit neuen Drinks auf die Terrasse kam.

»Wissen Sie«, sagte Vivi, »Sie sind ein himmlischer Ober. Wieviel bezahlen die Ihnen in dieser Kneipe hier?«

Er blinzelte ihr zu, bevor er ins Haus zurückging.

Vivi nahm einen Schluck und spürte, wie die Wärme des Bourbon sich in ihrem Körper ausbreitete. »Mein Gott, haben wir Vollmond, oder was?«

»Wer weiß«, meinte Teensy und zündete zwei neue Zigaretten an. »Es gibt Zeiten, da könnte ich schwören, daß wir ganze dreißig Tage Vollmond haben. Wo wir doch die Wechseljahre hinter uns haben und über dem Ganzen stehen sollten. Das soll ein Scherz sein.«

Sie reichte Vivi eine Zigarette. Wie aus einem Mund sagten beide: »Schlechte Angewohnheit.«

Dann zogen sie an ihrer Zigarette.

»Einmal hatte ich diesen Traum, als ich im selben Schlafzimmer mit Shep schlief«, sagte Vivi.

Sie überlegte, ob es Teensy recht wäre, wenn sie weiterredete. Als Teensy nickte, fuhr sie fort:

»Diesen Traum, wo Jack sein langes, langsames Lächeln lächelt. Du weißt schon, welches ich meine. Er schenkt mir dieses Lächeln vom Basketballfeld aus. Ich sehe sein kantiges Kinn und seinen dichten schwarzen Haarschopf. Und dann fühle ich genau dasselbe wie damals, diese Wärme in meinem Unterleib, das Herzklopfen, genau wie damals. Ich nehme den Kopf nach unten, um mir die Haare aus den Augen zu schütteln, so wie ich es früher immer gemacht habe, als ich noch den Seitenscheitel hatte. Und wenn ich den Kopf wieder hochnehme, ist Jacks Kinn weggeschossen. Immer wieder der gleiche Traum.«

Vivi trank einen Schluck Bourbon und blickte starr über den Pool. Sie holte tief Luft, ehe sie fortfuhr. »Shep legte seinen Arm um mich in dieser Nacht, als ich wieder davon geträumt hatte. Er stand auf und machte mir einen Drink, brachte ihn mir ans Bett. Ich war gerührt, wie Shep sich so um mich kümmerte, aber ich habe ihm nie erzählt, warum ich geweint habe.«

Stirnrunzelnd inhalierte Vivi den Rauch ihrer Zigarette und blies ihn langsam aus. »Kinder spüren alles. Meine Tochter weiß, daß ich mein innerstes Wesen ihrem Vater nie gezeigt habe, meinem Mann, mit dem ich über vierzig Jahre verheiratet bin. Sie weiß, daß meine Ehe einfach so vor sich hin gekümmert ist. Sie hat mitgekriegt, daß ich das, was an mir kostbar ist, das, was ich als Teenager in meinem Inneren vergrub, nie wieder hervorgeholt habe. Selbst wenn Sidda nicht mit mir in einem Zimmer war, hat sie das gespürt.«

»Vivi, jetzt gehst du aber zu streng mit dir um«, meinte Teensy.

»Nein«, erwiderte Vivi bestimmt. »Ich habe deinen Bruder nie losgelassen. Dieser Traum hat mich hunderte Male in den vergangenen fünf Jahrzehnten gequält. Nur in der Zeit, als meine Kinder klein waren, blieb ich davon verschont. *Und ich habe diesen Traum vermißt, Teensy. Ich wollte ihn zurückhaben. Ich bettelte diesen Traum an, wiederzukommen.* Und das tat er auch. Und er nahm fürchterlich Rache, 1963, als ich meinen Korb fallen ließ. Aber ein Teil von mir war *dankbar.* Denn sosehr mich dieser Traum auch zerstört, so gibt er mir doch diesen Teil meines Lebens *zurück.*«

Teensy schwieg. Sie stellte ihr Glas ab und hörte einfach zu.

Vivi drückte ihre Zigarette aus. »Was meine gründlich psychoanalysierte Tochter nicht versteht, ist, daß man nicht Tausende von Dollar für eine Therapie ausgeben muß, um diese Dinge zu verstehen. Ich denke nach. Ich versuche, mit mir ins reine zu kommen. Man muß nicht jemandem hundert Dollar die Stunde dafür zahlen.«

»Ich finde, meine Preise sind ziemlich moderat«, sagte Teensy trocken.

Vivi lachte, stand auf und gab ihrer Freundin einen Kuß. »Ich hab dich schrecklich lieb, Teens.«

»Sprich mit Sidda«, sagte Teensy.

»O nein. Nein, nein, nein. Nicht meine Art. Das ist *mein* Gepäck. Das sind *meine* Koffer.«

Sie ging zur Terrassentür, als ob sie nach Chick Ausschau hielte. »Ich trage diese Geschichten mit mir rum. Mein Namensschildchen steht da drauf.«

Sie ließ die Eiswürfel in ihrem Glas klirren und meinte: »Na wo *ist* denn jetzt dieser entzückende kleine Ober? Wir könnten etwas Bedienung gebrauchen in diesem Etablissement hier.«

Teensy sah zu ihr hoch. »Dein Gepäck, *bébé,* gehört dir nicht mehr allein, seit dieses Sperma auf diese Eizelle aufgetroffen ist.«

Vivi wandte sich von Teensy ab, damit sie die Wasserfontäne sehen konnte, die in einem kleinen Bogen aus der Brust der steinernen Meerjungfrau spritzte.

»Vermißt du sie denn nicht?« fragte Teensy.

»Ich vermisse Sidda fürchterlich. Ich denke die ganze Zeit an sie.«

»Dann warum, um alles in der Welt, rufst du sie nicht an, sprichst mit ihr, hörst ihr zu? Versuch, ihre Fragen zu beantworten.«

»Ich hab, verdammt noch mal, keine Antworten.«

»Dann vergiß die Antworten, erzähl ihr einfach, was passiert ist. Versuch, diese Sache wieder zu kitten.«

Teensy starrte in ihr Glas, nahm einen Eiswürfel heraus und steckte ihn in den Mund.

»Kau nicht drauf rum, Teensy, du ruinierst dir die Zähne.«

»Ich kau jetzt sechsundsechzig Jahre lang Eiswürfel, und ich hab immer noch alle meine Zähne«, entgegnete Teensy. »Das kann man nicht von allen Menschen behaupten.«

Und damit biß Teensy in ihren Eiswürfel und sah Vivi trotzig an.

»Was ist, warum schaust du mich so an?«

»Wenn du Sidda nicht von dem Krankenhaus, das niemand ein Krankenhaus nannte, erzählst, dann tu ich es. Es ist nicht angenehm, wenn man seine Mutter verliert, egal, in welchem Alter.«

Vivi musterte Teensy, ob sie es ernst meinte. »Das war nicht das einzige Mal, daß ich meine Kinder im Stich gelassen habe.«

»Ich weiß«, sagte Teensy leise.

Vivi schloß für einen Moment die Augen, dann sah sie Teensy an. »Okay. Es liegt in deiner Hand. Tu, was du für richtig hältst.«

»Ich habe keine Ahnung, was ich für richtig halte, *ma petite choux.* Ich weiß nur, daß es meiner Meinung nach eine Sünde wäre, wenn man nichts tut.«

»Nur laß uns nicht zu Sarah-Bernhardthaft dabei werden«, entgegnete Vivi und hielt Teensy die Hand hin.

»Okay. Einverstanden«, stimmte Teensy zu.

Dann wollte Vivi Teensy schnell noch eins auswischen und sagte zu ihr mit einem undefinierbaren europäischen Akzent: »Wieviel schulde ich Ihnen für die heutige Sitzung, Dr. Freud?«

»Mein Name ist Pupsenburger«, erwiderte Teensy, »Dr. Pupsi Pupsenberger.«

Als Chick, dessen Schürze mit dem Bild eines Krebses geschmückt war und der Aufschrift »Lutsch den Kopf!« auf die Terrasse trat, mit einer Platte Filets mignons in der Hand, hielten sich die beiden Damen im Arm und lachten und weinten zugleich. Das erschütterte ihn nicht. Er hatte sie so schon ungefähr achtundvierzigtausendmal vorgefunden.

24

Die Adresse auf dem Umschlag war nahezu unleserlich, doch Sidda erkannte die Handschrift sofort. Es waren die fast hieroglyphenartigen Buchstaben aus der Feder von Willetta Lloyd, der Schwarzen, die für Siddas Familie arbeitete, seit sie denken konnte. Der Umschlag war so dünn, daß die Schrift innen durchschimmerte. Der Brief lautete:

1. Dezember 1957

Liebe Miss Vivi Walker!
Wie ich so hinsitz denke ich an Sie und beschließe Ihnen zu schreiben und danken für den Kaschmirmantel, den ich gekriegt hab von Ihnen. Ist hübsch und schön warm. Ich hab ihn rauslassen am Ärmel und Saum und jetzt tut er passen. Chaney und mir geht's gut. Wir schicken Ihnen unsere guten Wünsche und Gebete und hoffen, daß es Ihnen und der Familie gutgeht.

In Liebe
Mrs. Willetta T. Lloyd

Wie sehr sich dieser Brief von den anderen im Album unterschied. Er war auf billigem linierten Papier geschrieben, das am oberen Rand eingerissen war, wo es vom Block abgetrennt wurde.

Welche schönen Sachen ihre Mutter Willetta auch immer

überlassen hatte, sie hatte sie, weiß Gott, verdient. Das Leben ihrer Mutter, ihr eigenes Leben wäre ohne Willetta unmöglich gewesen.

Sidda dachte über das Datum des Briefs nach. Was hatte ihre Mutter wohl bewogen, Willetta einen Kaschmirmantel zu schenken? Sie fragte sich, ob der lange, weiche, cremefarbene Mantel, den Willetta in ihrer Erinnerung jahrelang getragen hatte, derjenige war, auf den in dem Dankesbrief hingewiesen wurde. Mit dem Brief in der Hand ging Sidda in die Küche. Als sie, an die Arbeitsplatte gelehnt, sich überlegte, ob sie sich einen Happen zu essen machen sollte, erwartete sie fast, den besonderen Geruch Willettas zu riechen: eine Mischung aus Ajax und Lipton-Tee. Sie sah die große, stattliche Frau vor sich, die sie gefüttert, gekleidet, die ihre feine Unterwäsche mit der Hand gewaschen hatte, die mit ihr gespielt, gesungen, die ihr liebevoll zugehört hatte. Sie dachte an die in krakeliger Schrift geschriebenen Briefe, die sie immer noch von Willetta erhielt. Sie dachte daran, daß, jedesmal wenn sie mit Willetta telefonierte, diese ihr erklärte: »Oh, wir tun dich hier vermissen in Pecan Grove an jedem Tag.« Sie erinnerte sich an Willettas stattliche Länge von über einem Meter achtzig, an ihre leicht indianischen Gesichtszüge, und sie verspürte Sehnsucht nach dieser Frau, die wie eine Mutter zu ihr gewesen war.

Willetta hatte begonnen, auf die Walker-Kinder aufzupassen, als Sidda drei Jahre alt war. Ein paar Jahre später dann wurde sie ihr Hausmädchen und arbeitete ganztags für sie. Diese Berufsbezeichnung sagte jedoch nichts darüber aus, was Willetta für Sidda bedeutete. Durch äußere Umstände gezwungen, verbrachte Willetta mehr Zeit mit den Walker-Kindern als mit ihren eigenen zwei Töchtern. Und trotz des niedrigen Lohns, den sie für ihre Tage und oft auch für ihre Nächte bekam, liebte sie Sidda, was angesichts ihrer Beziehung zu Siddas Eltern ganz erstaunlich war.

Zu den zahllosen Grausamkeiten des Rassismus gehört die unausgesprochene Regel, daß weiße Kinder, sobald sie ein gewisses Alter erreicht haben, die unbändige Liebe, die sie für die schwarze Frau empfinden, die sie aufgezogen hat, verleugnen müssen. Man erwartete von uns zuzulassen, dachte Sidda, daß die nur unzulänglich verschleierte Eifersucht unserer leiblichen Mütter das Gefühl verdeckte, das wir für die Frauen empfanden, die sie selbst als Kindermädchen angestellt hatten.

Etwas an dem Kaschmirmantel beunruhigte Sidda. Einmal, vor vielen Jahren, hatte sie geträumt, sie sähe ihre Mutter in einer Tür stehen. Und als Vivi in dem Traum den Mantel aufknöpfte, war sie darunter nackt, und ihr Körper war mit klaffenden Wunden übersät, als wäre sie auf ein Bett gefallen, das mit Messern gespickt war.

Sidda stand in der Küche der Hütte und rief sich die Mahlzeiten ins Gedächtnis, die Willetta immer für sie gekocht hatte: gedämpfte Okraschoten und Tomaten auf Reis, geschmorte Schweinekoteletts mit Zwiebeln, frischgebackene Brötchen, die von Butter und Honig trieften. Plötzlich bekam sie Heißhunger nach einem Essen à la Willetta. Etwas, das tonnenweise Fett und Cholesterin enthielt, etwas, das lange vorhielt.

Aber sie nahm sich nur einen Apfel aus der hölzernen Schale auf dem Tisch. Dann trat sie auf die Veranda, hinein in einen warmen nordwestlichen Sommermorgen am Pazifik. Sie betrachtete die mächtigen Kiefern, die rings um die Hütte wuchsen. Sie biß in den Apfel. Ich weiß nichts, dachte sie. Gar nichts. Das einzige, was mir bewußt ist, ist der Geruch, den die unzähligen Nadeln dieser alten immergrünen Kiefern verströmen, wenn die Sonne auf ihre Zweige scheint.

25

Am nächsten Morgen begann Vivi wie eine Wilde, ihre Schränke auszuräumen. Sie machte sich eine Thermoskanne Kaffee, nahm sie mit in ihr Schlafzimmer und fing an, Kleider von den Bügeln zu nehmen. Sie sortierte sie in drei Kartons, einen für Willetta, einen für das Frauenhaus im Kreis Garnet und einen für ein munteres Mädchen in den Zwanzigern, das mit Vivi im Fitneßclub Hanteln stemmte. Das junge Ding würde begeistert sein von den gewagten Fummeln, die Willetta nicht paßten und die für das Frauenhaus nicht seriös genug waren.

Sobald sie mit den Schränken fertig war, stieg Vivi auf den Dachboden und fing an, eine Kleiderschachtel nach der anderen durchzusehen, die zum Teil schon seit den fünfziger Jahren da oben lagerten. Als sie auf eine Schachtel stieß mit der Aufschrift UMSTANDSJACKE CHARTREUSEFARBENES MOIRÉ, mußte sie eine Pause einlegen, um sich einen Drink zu machen.

Sie nahm den Karton mit hinunter in die Küche und steckte »Judy Garland Live at the Palladium« in den CD-Spieler. Sie mixte einen Drink, zündete sich eine Zigarette an und öffnete die Schachtel.

Die Jacke gehörte zu den Klamotten, die Vivi für sich entworfen hatte, als sie mit Baylor, ihrem letzten Kind, schwanger war. Sie war aus einem phantastischen Stoff gearbeitet, wie ein Malerkittel geschnitten, und hatte riesige Glassteine als Knöpfe. Sie hatte sie mit passenden Ohrringen, einer engen schwarzen

Hose und einem flotten Baskenmützchen aus goldenem Samt getragen.

Sie konnte die Jacke nicht lange anschauen.

Sie nahm ihren Drink mit ins Arbeitszimmer, setzte sich ans Fenster und starrte auf das Bayou hinaus.

Es ist nicht leicht, eine Mutter zu verlieren.

Sie stopfte sich im Sessel ein Kissen unter die Knie und schloß die Augen. Diese Umstandsjacke hatte die Vergangenheit wieder wachgerufen.

Vivi, 1957

Ich hielt das nicht mehr länger aus.

Siebzehn Tage ununterbrochen Regen in Zentral-Louisiana. November. Klamm und kalt. Eine Woche vor Thanksgiving, wenn die Schwiegereltern kommen und mich inspizieren würden. Vier Babys, die gerade so lange mit dem Schreien aufhörten, um zu essen und in die Windeln zu machen. Vier. Es wären fünf gewesen, wenn der andere Zwilling nicht gestorben wäre. Ich liebte sie, aber sie standen mir bis oben. Schöne Kinder können auch Kannibalen sein. Ich sehnte mich nach jemandem, der herabschweben und sie mir abnehmen würde, nur so lange, bis ich ohne Unterbrechung einen Gedanken zu Ende gedacht hatte.

Sidda, vier Jahre alt, hustete immer noch nach ihrer Bronchitis und löcherte mich mit ihren ständigen Fragen, daß ich das Bedürfnis hatte, ihr eine zu scheuern. Denn ich hatte keine Zeit zum Reden, weil Baylor da war, mit seinen drei Monaten, der immer noch nicht durchschlief in der Nacht. Und Little Shep, drei Jahre alt, der auf seinem Roller so schnell hin und her flitzte, daß ich ihn immer wieder aus den Augen verlor. Er zockelte auf seinen Beinchen schneller dahin, als Erwachsene gehen, und er war aus der Haustür draußen und auf der Straße, ehe ich mir den Hintern abwischen konnte. Lulu Walker, zwei Jahre alt, war *dauernd* am Essen. Hatte immer Hunger. Wenn sie das nächste Mal sagen würde: »Mama, ich hab Hunger«, würde ich ihr den Hals umdrehen.

Shep war die ganze Zeit draußen in seiner gottverdammten Hütte ohne Telefon, bei der Entenjagd.
Wenn ich den Vater meiner Kinder fragte, wann er denn gedenke zurück zu sein, antwortete er nur: »Ich *bin* zurück, wenn ich wieder zurück *komme.*«
Ich brachte es nicht einmal über mich, den Ya-Yas zu erzählen, wie satt ich meine vier kleinen Monster hatte. Ich wollte, daß nicht einmal meine besten Freundinnen erfuhren, wie sehr ich meiner Kinder überdrüssig war. Ich versuchte es einmal Caro zu erklären.
»Sag Shep, daß du öfter weg willst«, meinte sie.
Das war's nicht. Ich hätte ja jederzeit einen Babysitter haben können. Aber das reichte mir nicht. Die Verantwortung lag ja dann immer noch bei mir.
Eine Zeitlang hatte ich Melinda, eine große schwarze Säuglingsschwester, die die Kinder Lindo nannten. Sie kam nach jedem meiner Babys nach dem Krankenhaus mit mir nach Hause. Die Kinder waren schon an sie gewöhnt und mochten sie sehr.
Ich auch.
Melinda blieb drei Monate, um Baylor zu versorgen, und dann ging sie wieder. Sie mußte. Sie hatte ein neues Baby, um das sie sich kümmern mußte.
Ich flehte sie an zu bleiben. Ich stand in der Küche und sagte: »Ich brauche dich, Melinda. Kannst du nicht einfach Mrs. Quinn sagen, sie soll sich eine andere Säuglingsschwester suchen. Sie kann sich jemand anderes besorgen.«
»Das kann ich nicht machen. Ich hab schon zwei Babys von Miz Quinn gepflegt, und sie zählt auf mich. Hat schon mein Zimmer hergerichtet. Ein schönes Zimmer krieg ich bei Miz Quinn.«
»Willst du damit sagen, bei mir nicht? Ich weiß, es ist winzig – tut mir leid –, ich weiß, es ist kein richtiges Schlafzimmer. Aber wir haben hier kein anderes. Ich bestelle dir ein neues Bett, wenn du willst, neue Vorhänge, sag mir einfach, wie du's haben willst. Ich hatte keine Ahnung, daß dir das Zimmer hier nicht gefällt. Liegt es am Bett? Ich meine, ich weiß ja, daß das Bett nicht großartig ist.«

Sie stand einfach da, diese große braune Gestalt in dieser gestärkten schneeweißen Tracht, die so makellos war, daß man das Clorox roch, das sie verströmte.

»Das isses nicht, Miz Vivi. Ich krieg ein neues Baby, ich kann nicht bleiben. Bin jetzt drei Monate hier gewesen mit diesem neuen Baby, Baylor, genau wie mit allen anderen von Ihren Babys.«

Ausnahmsweise schliefen die Monster alle. Es war ruhig. Ich konnte das leise Summen des Kühlschranks hören. Es fiel mir schwer, eine Farbige um Hilfe zu bitten, aber ich konnte nicht anders.

»Melinda, ich flehe dich an. Bitte verlaß mich nicht. Ich kann nicht alleine diese vier Kinder versorgen. Bitte, bitte verlaß mich nicht. Ich zahle dir, was du verlangst. Ich laß dir von Mr. Shep ein eigenes Auto besorgen. Wir wäre das?«

Einen Moment lang dachte ich, ich hätte sie überredet, sie würde bleiben. Nach allem, was ich für sie und ihre Familie getan hatte, war ich der Meinung, sie könnte wenigstens bleiben und mir helfen.

»Miz Vivi, das sind Ihre Kinder, und irgendwann müssen Sie sich selbst drum kümmern.«

Ich stützte mich mit den Ellbogen an der Küchentheke auf und schlug die Hände vors Gesicht. Das ganze Haus roch nach Babynahrung. Babynahrung war das einzige, was ich in den letzten vier Jahren gerochen hatte. Babynahrung, Baby-Aa, Baby-Erbrochenes.

Melinda nahm drei Fläschchen aus dem Kühlschrank.

»Nimm den kleinen Topf und mach sie darin warm«, sagte ich. »Und dann mach noch eine Flasche für Sidda. Ich weiß, daß sie eigentlich keine mehr trinken soll, aber sie ist ruhiger, wenn sie beim Aufwachen wie die anderen eine kriegt.«

»Ja, Madam.«

Mein Puls ging schneller. Ich spürte die Faust in meinem Magen. Meine Haut juckte überall, sie war schon ganz rot, weil ich ständig kratzte. Ich hatte mir immer wieder vorgesagt, ich sei darauf gefaßt. Gefaßt darauf, daß Melinda mich mit diesen vier Ungeheuern allein ließ. Ich war doch bereits mit zwei Kindern fertig geworden, oder? Ich war mit dreien fertig geworden, während das vierte unterwegs war, oder? Ich war doch damit fertig geworden, oder?

»Miz Vivi, wollen Sie, daß ich Ihnen was aufwärme? Sie müssen was essen.«

»Nein, danke, Melinda. Vielleicht eß ich später was. Ich trink jetzt nur eine Cola.«

»Sie haben heute schon genug Coca-Colas getrunken, Sie brauchen was Festes im Magen.«

Ich nahm die Aluminium-Eiswürfelschale aus dem Gefrierfach und ließ Wasser drüberlaufen. Nahm eins meiner bauchigen Kristallgläser und füllte es mit Cola. Cola war mein Freund. Es beruhigte den Magen, es war das einzige, das ich drin behielt, egal, wie durcheinander mein Magen war. Ich trank so viel Cola, daß ich die Flaschen vor Shep und Mutter verstecken mußte. Ich wollte ihre Bemerkungen nicht hören.

Es dämmerte bereits und regnete immer noch, als ich die Kinder in den Wagen packte und Melinda heimfuhr. Ich hielt vor ihrem Haus und ließ den Motor laufen. Zwei langbeinige Buben kamen herausgestürmt, um Melinda zu begrüßen. Sie müssen wohl acht oder neun gewesen sein. Ich hatte keine Ahnung, daß sie noch so kleine Kinder hatte. Sie könnten genausogut ihre Enkel gewesen sein. Bei Farbigen weiß man ja nie.

»Melinda, bitte überleg es dir noch mal. Du könntest deine Familie besuchen, und dann hol ich dich später wieder ab.«

»Nein, Miz Vivi. Ich kann die Leute nicht im Stich lassen. Ich muß doch an meine *Arbeit* denken. Was wenn ich Sie *sitzenlassen* tät, wenn Ihr Baby jeden Moment kommen könnt?«

Ich traute meinen Ohren nicht. Ich sah dieser Farbigen ins Gesicht und hätte ihr eine Ohrfeige geben können. »In Ordnung, Melinda. Ich verstehe. Gott bewahre, daß ich deiner *Karriere* im Weg stehen wollte.«

Ich gab Melinda meinen letzten Zehner als Trinkgeld, und dann stieg sie aus und hielt sich eine Zeitung über den Kopf, damit sie nicht klatschnaß wurde.

»M'dea! Oh, M'dea!« riefen die kleinen schwarzen Jungen und fielen ihr um den Hals und rissen ihr den Koffer aus der Hand.

Jetzt kapierte auch Sidda, daß Melinda uns verließ, und fing an zu heulen. »Geh nicht weg, Lindo!« winselte sie und machte Anstalten, aus dem Auto rauszuklettern.

Man hätte meinen können, jemand würde dieses Kind fürchterlich quälen. Man hätte meinen können, daß *ich* sie verließ, und nicht so eine farbige Kinderfrau.

»Schhh, Schätzchen, bleib im Auto. Draußen regnet's. Mama kauft dir auch ein paar neue Ausschneidepuppen.«

Aber Sidda rappelte sich aus dem Sitz, und eh ich mich's versah, rannten sie und Little Shep hinaus in den strömenden Regen und hinter Melinda her.

O Gott, an der Ecke von Melindas Veranda standen nicht nur ein, sondern gleich zwei dreckige Hofhunde. Das fehlte mir noch, daß eins meiner Kinder von irgend so einem tollwutinfizierten farbigen Köter gebissen würde. Und das fehlte mir noch, daß sie noch kränker wurden, mit dieser verdammten Bronchitis.

»Marsch, zurück ins Auto!« brüllte ich. »Kommt sofort zurück!«

Als Baylor, das Baby, das neben mir auf dem Beifahrersitz lag, mich schreien hörte, fing er ebenfalls an zu brüllen. Gerade, wo Melinda ihn endlich während der Fahrt hierher beruhigt hatte. Nur Lulu benahm sich ordentlich, saß hinten im Auto und nuckelte an der dritten Flasche, seit sie aufgewacht war.

»Bleib einfach hier sitzen, Tallulah«, befahl ich ihr. »Mach keinen Muckser.«

Dann stieg ich aus dem Auto aus, mitten in eine Pfütze hinein. Hier in Samtown hatten sie nicht mal ein Trottoir, und ich hatte meine guten braunen Wildlederschuhe an.

Auf Melindas Veranda hing eine Truppe Farbiger herum, alle in Schale geworfen, wie für eine Party. »Hallo, Melinda!« brüllten und johlten und pfiffen sie. »Schau, daß du reinkommst, Mädchen! Wir haben auf dich gewartet, Süße. Du kriegst gleich gebratenes Hühnchen zwischen die Beißerchen!«

»Ooooh, Spitze!« rief Melinda und lief auf die Veranda zu, meine zwei Ältesten an ihrem Schürzenzipfel. »Ich krieg 'ne Willkommensparty!«

An ihrer Stimme merkte man, daß sie mich und meine Kinder bereits völlig vergessen hatte. Als würden wir gar nicht existieren.

»Melinda«, sagte ich mit tropfnassen Haaren, »hättest du vielleicht die Güte, mir zu helfen, meine kleinen Kinder zurück ins Auto zu schaffen, weg aus diesem strömenden Regen.«

»O ja, Ma'm«, antwortete sie und gab ihre Tasche einem dieser farbigen Jungen. »Ihr geht rauf und wartet auf der Veranda.«

Melinda nahm sowohl Sidda als auch Shep Junior auf den Arm und trug sie zurück zu meinem Auto. Diese beiden Blagen wollten einfach nicht aufhören mit dem Brüllen. Gott, wie ich ihr Brüllen haßte.

»Ihr tut jetzt eure Mama nicht mehr ärgern«, redete ihnen Melinda gut zu. Dann wischte sie sich den Dreck vom Kleid, den die Füße meiner Kinder darauf hinterlassen hatten.

»Danke, Miz Vivi«, sagte sie und knallte meine Wagentür zu. Knallte einfach die Tür zu und ging zu ihrem Haus zurück, das hell erleuchtet war und wo ihre Familie und Freunde sie erwarteten, um ihr zu Ehren eine Party zu geben.

Ich stieg wieder in mein Auto, mit meinen schreienden Kindern und meinen ruinierten Schuhen. Ich wußte, es machte nicht die Spur Sinn, aber meine Gefühle waren verletzt. Wenn Melinda schon mir nichts, dir nichts fortging und mich im Stich ließ, hätte sie wenigstens soviel Anstand haben und uns für einen Moment hineinbitten können.

»Mama, wo fahren wir hin?« fragte Sidda vom Rücksitz.

»Mama, wir holen Hamboigas!« sagte Little Shep. Ich weiß nicht, wo er das herhatte, aber so wie dieses Kind »Hamburger« aussprach, klang es, als wäre er in Brooklyn aufgewachsen.

Ich steckte mir eine Zigarette an. »Ich weiß noch nicht genau, wo wir jetzt hinfahren. Bleibt einfach sitzen und seid ruhig.«

Sowohl Sidda als auch Little Shep hatten Bronchitis. Wenn sie husten mußten, bebten ihre Körper, der Husten war so heftig, daß ich das Geräusch nicht ertragen konnte. Ich konnte den Ausdruck in ihren Augen nicht ertragen, wenn sie Schleim raufhusteten und fast daran erstickten.

»Spuckt's aus!« mußte ich ihnen sagen. »Schluckt's ja nicht

runter, meine Baby-Schätzchen, sonst werdet ihr noch kränker.« Aber sie verstanden das nicht. Gott sei Dank hatte ihnen Dr. Poché diesen Hustensaft verschrieben. Er stoppte den Husten und machte sie müde.

Das Besondere an Melinda war, sie wußte einfach, wann sie Baylor nehmen mußte. Sie spürte, wenn er mich soweit hatte, daß ich kurz vorm Durchdrehen war. Sie kam genau in dem Moment ins Zimmer, wenn ich ihn gerade schlagen wollte. Sie beugte sich dann einfach runter und nahm ihn mir aus dem Arm, wie so ein fetter schwarzer Engel, der ausgeschickt war, mich davor zu bewahren, meinem Baby weh zu tun. Sie machte das bei allen meinen Babys so. Manchmal fragte ich mich, woher sie das wußte. Vielleicht vibrierte was in ihrem gewaltigen Körper und sie fing die Wellen auf wie eine Funkstation, immer wenn ich so kurz davor war, die Kinder zu schlagen, nur damit sie endlich Ruhe gaben.

Ich prügelte nicht gern. Ich wollte es gar nicht tun. Es passierte einfach, ehe ich mich's versah. Ich konnte nicht darüber reden. Caro, die machte damals immer Spaß und wollte einem weismachen, sie wäre einfach weggefahren und hätte einen ihrer Jungs an der Tankstelle vergessen und erst am nächsten Tag wieder an ihn gedacht, aber das war nur ein Scherz. Ich konnte meinen Freundinnen nichts über die Dinge erzählen, die ich meinen Kindern antat, wenn sie mich zu weit getrieben hatten.

Wenn es zu schlimm wurde, schickte mir meine Mutter manchmal Ginger rüber, und manchmal Gingers Enkeltochter, Mary Lee, aber die war selbst noch ein Kind. Es reichte nicht. Nichts reichte. Wenn Delia noch am Leben wäre, würde sie schon dafür sorgen, daß ich nie jemanden um Hilfe bitten mußte.

Als ich an jenem Abend meine Kinder endlich daheim und im Bett hatte, war ich so erledigt, daß ich am ganzen Körper zitterte. Shep, dieser Hurensohn. Wie konnte er mich nur allein lassen, obwohl er *wußte,* daß es Melindas letzter Tag war.

Ich konnte nicht schlafen. Ich war zu überdreht. Ich fühlte, wie mein Inneres vibrierte. Ich spürte zwölf Millionen Nervenenden. Necies Kinder hatten die Masern, Caro hatte eine neue Marotte und ging jetzt immer ganz früh ins Bett. Also rief ich Teensy an, aber sie und Chick waren bereits ausgegangen.

»Wo sind sie denn hingegangen?« fragte ich Shirley, die auf die Kinder aufpaßte.

»In Mr. Chastains Restaurant.«

Ich rief das Restaurant an und ließ Teensy ausrufen.

»Ich brauche Erwachsene«, sagte ich.

»Ich fühle mich geschmeichelt, daß du glaubst, wir gehören in diese Kategorie, *chère*. Wir haben noch nicht bestellt. Möchtest du eine Suppe oder was als Vorspeise?«

»Ist egal, ich bin nicht sehr hungrig.«

Seit der Geburt von Baylor hatte ich keinen Appetit mehr. Mein Magen war ständig verstimmt, und etwas zu essen war eine Qual.

Ich hätte Mutter bitten können, auf die Kinder aufzupassen, aber ich hatte keine Lust auf diesen gequälten, anklagenden Gesichtsausdruck, mit dem sie mich fragen würde, warum ich denn nicht einfach zu Hause ein Abendessen kochen könne. Also rief ich Willetta Lloyd an, deren Mann Chaney für Shep und seinen Vater auf Pecan Grove arbeitete, wohin wir ziehen würden, wenn unser neues Haus endlich fertig war und wir dieses angemietete Rattenloch, in dem wir jetzt wohnten, endlich verlassen konnten.

Damals putzte Willetta für Dr. Daigre, aber sie paßte immer auf meine Kinder auf, weil die Daigre-Kinder schon fast groß waren.

»Bitte sag nicht nein, Willetta. Sag bitte nicht nein.«

Ich zog kamelhaarfarbene Wollhosen und einen schwarzen Pulli an, und zog die Lippen nach. Ich sah schwindsüchtig aus. Mein Haar wurde jeden Tag dünner. Morgens war mein Kopfkissen voller Haare.

Nachdem ich mein Dinner im Restaurant ausgetrunken hatte, konnte ich einfach nicht gute Nacht sagen. »Ach kommt, seid doch keine Spielverderber«, sagte ich zu Teensy und Chick. »Bitte, geht noch nicht heim. Wir könnten rüber ins Theodore fahren, auf einen Verdauungsdrink.«

»Würde ich gern, Vivi-Schätzchen, aber wir müssen heim und nachsehen, ob unsere *petits monstres* nicht schon die Möbel kurz und klein geschlagen haben.«

»Teensy, kannst *du* nicht bleiben? Ich will noch nicht zurück. Komm, mach mit.«

»Vivi, *bébé,* ich bin fix und fertig. Meine Kinderchen haben mich heute ganz früh geweckt, und zu meinem Mittagsschlaf bin ich auch nicht gekommen. Ein andermal, ja?«

»Aber *sicher*«, antwortete ich und gab beiden einen Gutenachtkuß.

»Vivi«, fragte Chick, »wieso bist *du* nicht müde? Wir haben nur zwei Kinder, aber, meine Güte, du hast vier.«

»Und von der Tatsache, daß Shep glaubt, er hätte überhaupt keine, wollen wir erst gar nicht reden«, fügte Teensy hinzu. Die Ya-Yas mochten die Art nicht, wie Shep mich einfach wegen der Entenjagd alleine ließ. Necie nannte mich immer die Enten-Witwe.

»Ich bin wirklich kein bißchen müde, ich würde am liebsten die ganze Nacht durchmachen.«

»Na, jedenfalls könntest du mir was davon abgeben, was immer es ist, das dich nicht müde werden läßt«, meinte Chick.

»Wenn wir es auf Flaschen ziehen, könnten wir 'ne Million damit machen.«

In Wahrheit war ich sehr müde, ganz tief unter meiner Haut. Ich war an einer Stelle müde, wo nicht einmal ich hinschauen konnte. Ich weiß nicht, wie es dazu gekommen ist. Wieso ich schließlich so geworden bin. Es ging alles so schnell.

Ich liebte den Klang von Sheps Stimme. Ich liebte es, wenn die Sonne auf die blonden Haare an seinen Unterarmen schien. Ich dachte: Wir werden schöne Kinder haben, er hat gute Knochen, gute Augen, er stammt aus einer alten Familie. Ich dachte: Er ist nicht Jack, aber Jack kann ich nicht haben.

Shep fuhr mit mir hinaus nach Pecan Grove. Er zeigte mir die dreihundertzwanzig Hektar von seinem Cabrio aus, wies auf die Stelle hin, wo er ein Haus bauen wollte. Es funkte zwischen uns. Ich spürte so etwas wie Liebe.

Ich wußte damals noch nicht, was es bedeutete, jeden Tag

Shep zu sehen, wenn ich morgens die Augen aufschlug. Er war nicht der Mann, den ich gewollt hatte, den ich wirklich liebte. Eigentlich gefiel es mir sehr, schwanger zu sein. Ich genoß es, in ein Zimmer zu rauschen mit den neuesten Umstandsklamotten, die ich selbst entworfen hatte und von Mrs. Boyette schneidern ließ.

Aber dann waren da auf einmal diese vier Geschöpfe, die sich auf mich verließen. Sie gingen nicht wieder weg. Man konnte sie nicht zurückgeben, nur weil sie dauernd Bronchitis hatten. Ich bin einfach in den Club der Mütter hineingetrieben, wie ein Schiff ohne Steuer. Ich hatte keine Ahnung, wie Muttersein riecht.

Ich wußte nicht, daß Muttersein bedeutet, daß man nachts dalag und von der Verantwortung gepeinigt wurde, die einem in die Haut biß. Machte ich es richtig? Gab ich meinen Kindern, was sie brauchten? Machte ich genug? Machte ich zu viel? *Würde ich in der Hölle schmoren müssen, wenn ich sie nicht vor alles andere stellte, das ich sagte oder tat?* Mußte ich die Heilige Jungfrau Maria sein, die Gebenedeite Mutter, durfte ich nicht mehr Vivi Abbott Walker sein?

Wenn ich gewußt hätte, was mich erwartete, hätte ich zu all dem nein gesagt. Ich hätte bei der bloßen Erwähnung des Wortes Baby die Beine in die Hand genommen und wäre getürmt.

Willetta ging, als ich vom Dinner zurückkam. Ich gab ihr ein Trinkgeld, weil sie so kurzfristig herübergekommen war. Sie wollte nicht die Nacht über bleiben, wie ich es ihr vorgeschlagen hatte. Diese farbigen Weiber sagten plötzlich alle nein zu mir. Chaney holte sie ab. Er kam zur Haustür mit einem zusätzlichen Pullover, dann drehten sie sich um und gingen den Gehsteig hinunter bis zu dem Pickup Truck mit der Aufschrift PECAN GROVE.

Ich hatte über vier Jahre lang nie mehr als fünf Stunden pro Nacht geschlafen. Früher schlief ich zehn, elf Stunden. Schlaf war für mich etwas ganz Köstliches, ich konnte ihn direkt auf der Zunge schmecken. Ein gutes Schläfchen schmeckte wie ein Sandwich aus gebratenem Speck, Salat und Tomaten auf frischem Baguette.

Es war nicht nur das Ausruhen, das ich vermißte. Mir fehlten auch meine Träume, weiß Gott, sie fehlten mir. Auch die dunklen. Selbst der Jack-Traum. Seit Jahren schon hatte ich nicht mehr geträumt. Immer wieder wurde ich herausgerissen, um ein Fläschchen zu wärmen oder ein schlaftrunkenes Kind auf die Toilette zu führen. Wenn ich dann wieder in mein Bett zurückkehrte, war ich fuchsteufelswild, weil ich wußte, ich würde am nächsten Tag wie gerädert sein.

In guten Nächten träumte ich, ich läge in einem Fluß, unterhalb eines Wasserfalls, und mein Körper konnte untertauchen und ohne Luft leben, dann tauchte er wieder auf und konnte fliegen. Während eines guten, tiefen Schlafs flog ich überallhin, und wenn ich aufwachte, lächelte ich.

Wegen der Kinder und Shep konnte ich nicht das tun, was ich wollte. Ich wollte mit einem Fremden weglaufen und reich sein, so richtig stinkreich. Ich wollte keinerlei Verantwortung haben. Nicht, daß Shep ein schlechter Ehemann gewesen wäre, nein, weiß Gott nicht. Wir bauten doch ein großes neues Haus auf dieser gottverdammten Plantage. Aber bis dahin wohnten wir in diesem Rattenloch von Mietwohnung, die seinem Vater gehörte. Sechs Personen in zwei Schlafzimmern, keine Luft zum Atmen.

Wieso haßte ich plötzlich Shirley dafür, daß sie die U.S. Meisterschaft im Dameneinzel gewonnen hatte? Früher liebte ich Sieger. Ich war selbst einer gewesen. Ich hatte selbst Tennis gespielt, wirklich gut gespielt. Ich war so stark, mein Bauch so flach, die Beine waren so braungebrannt, und das Haar war so blond.

Ich machte mir noch einen Drink, einen starken. Ich schaute fern bis Sendeschluß, weinte beim Abspielen von »The Star-Spangled Banner«. Steckte mir eine an im Bett. Versuchte zu lesen, aber dieser letzte Bourbon mußte stärker gewesen sein, als ich beabsichtigt hatte. Die Buchstaben verschwammen vor meinen Augen.

Also stand ich auf und schaute noch mal nach den vieren. Mein Gott, sie waren bildschön. Meine Kinder waren makellos, jedes einzelne viel entzückender, als ich zu hoffen gewagt hatte. Ich danke Gott, daß er mir kein häßliches Kind geschenkt hat. Es ist viel leichter, sie zu lieben, wenn sie schön sind. Ich habe gute Babys hingekriegt.

Lulu schnarchte wie ihr Vater, aber ihre Augen waren größer; Sidda mit ihrem Kirschmund, den perfekten kleinen Lippen und den roten Haaren, für das die Ya-Yas einiges gegeben hätten, ganz zu schweigen von diesen Wimpern; Little Shep mit seinem Spieltraktor, den er *unbedingt* jede Nacht mit ins Bett nehmen mußte; was für ein muskulöser kleiner Rabauke er war.

Baylor lag in seiner Wiege. Ich betrachtete seine Haare, die wie kleine Baumwollbüschelchen vom Kopf abstanden. Er lutschte an seinem winzigen Daumen, und sein Atem ging leise und leicht, als ob er Federn in die Luft bliese.

Das Nachtlicht brannte, aber ich ging auf Zehenspitzen durchs Zimmer und schaltete auch das Schranklicht an. Wenn sie aufwachten, würden sie sich nicht fürchten müssen. Ich wollte nie, daß meine Kinder sich fürchten müssen.

Als ich wieder in meinem Zimmer lag, dachte ich an Jack.

Ich stellte mir seinen Nacken vor. Ich stellte mir vor, wie er mich immer hoch in die Luft gehoben hatte, einfach so, aus purer Lebensfreude. Ich stellte mir vor, wie unsere Kinder ausgesehen hätten.

Ich muß eingedöst sein. Ich wurde aus dem Schlaf gerissen, weil jemand hustete. Ich wartete, daß der Husten aufhörte. Wo war Melinda? Warum kümmerte sie sich nicht darum?

Mein Körper war schwer. Ich versuchte, den Arm zu heben, aber er bewegte sich nicht. Dann war mir, als hätte ich das Bett verlassen und wäre in meinen Morgenmantel geschlüpft.

Noch mehr von diesem entsetzlichen Husten. Es war Sidda, sie konnte den Schleim aus ihrer Brust nicht abhusten. Ich mußte aufstehen, ich mußte zu ihr.

Ich dachte, ich wäre auf den Beinen. Dachte, es wäre mein Vater, der hustete. Ich brachte ihm heißen Zitronensaft an seinen Sessel beim Kamin in dem Haus an der Compton Street. Er sah mich nicht. »Vater«, sagte ich. »Hier, trink das.«

Da wachte ich auf und fuhr erschrocken hoch. Mein Vater war tot. Er hatte eine Kurve zu schnell genommen, als Sidda noch ganz klein gewesen war, kurz nachdem ich ihren Zwillingsbruder verloren hatte, nicht lange nachdem wir Genevieve verloren hatten.

Sidda stand an meinem Bett. Sie konnte nicht aufhören zu husten. Ich stellte mir vor, ich könnte das Innere ihres Körpers sehen, die zarten Rippen, die gleich brechen würden. Ich setzte mich auf, zog sie zu mir her und schlang die Arme um ihren Brustkorb.

»Baby«, flüsterte ich, »versuch, einmal ganz tief einzuatmen.«

Sie hustete nur noch stärker.

»Es tut weh, Mama.«

Ich griff nach dem Glas auf dem Nachttisch. »Liebling, da trink mal, einen kleinen Schluck wenigstens.«

Ich hielt das Glas an ihren Mund, und sie trank.

»Siehst du, mein süßes Baby, gut machst du das. Langsam runterschlucken, Liebes, so ist's gut.«

Sie verschluckte sich und spie die Flüssigkeit aus und hustete wie verrückt. Ich nahm ihr das Glas aus der Hand und roch daran. Es war kein Wasser, sondern Bourbon. Wenn ich ein Messer gehabt hätte, dann hätte ich es mir in die Brust gestoßen.

»Tut mir leid, mein kleines Kerlchen. Tut mir leid, was du alles mitmachen mußt.«

»Ist schon gut, Mama. Ich wollt dir nur sagen, daß Lulu und Baylor krank sind.«

»Was meinst du damit, Liebling, wie sind sie krank?«

»Sie haben alles voll Aa gemacht.«

Als ich ins Kinderzimmer trat, traf mich der Gestank wie ein Schlag ins Gesicht. Draußen regnete es in Strömen, die Fenster waren zu, die Hitze strömte aus der Fußbodenheizung nach oben, und der ganze Raum roch nach Exkrementen.

Lulu saß weinend auf dem Bett. Als ich näher kam, sah ich, daß sie Durchfall hatte. Es quoll aus ihrer Windel hervor, die Beine hinunter und auf die Zudecke. Irgendwie war es auch in ihre Haare geraten.

Ich hob sie hoch. »Oh, Baby, schhhh, Lulu-Kindchen, ist ja gut.«

Ihre Babykacke beschmierte mein Hemd, meine Arme. Baylor fing zu weinen an, als er meine Stimme hörte. Ich hatte

Lulu auf dem Arm, ging zu seiner Wiege rüber und fühlte an seiner Windel. Sie war voll. Die ganze Welt war voller Babykacke. Es war das einzige, was ich je zu riechen bekam.

»Baylor«, sagte ich zu meinem Jüngsten, als ob er es verstehen könnte, »ich bitte dich, fang nicht wieder an.«

Aber er tat es und brüllte aus Leibeskräften.

Dann begann Sidda wieder so dröhnend zu husten. Ich drehte mich zu ihr um, und in dem Moment mußte Lulu auf meinem Arm brechen. Ihr Baby-Erbrochenes durchweichte mein Nachthemd. Ich spürte, wie die Feuchtigkeit auf meine Brüste sickerte. Mein ganzer Körper fing an zu jucken.

Ich rannte mit Lulu ins Badezimmer, die Deckenleuchte schien grell und grausam. Als ich mich vorbeugte und sie über die Toilettenschüssel hielt, fiel mein Blick in den Spiegel, und ich erkannte mich nicht.

Ich hielt den nassen Waschlappen in der Hand. Was zuerst: Lulus Gesicht oder Hintern. Wann würde ich meinen beschmutzten Körper endlich saubermachen können?

Dann stand Sidda unter der Tür, das lange rote Haar fiel ihr auf die Schultern herab. Der Husten erschütterte ihren Körper, ließ ihre Schultern beben.

»Ist das alles, was du kannst, husten?« schrie ich. »Hör sofort auf damit! Siehst du nicht, daß ich keine Hand frei hab? Geh ins Schlafzimmer und hol deinen kleinen Bruder. Jemand muß mir in diesem Haus helfen!«

Meine vierjährige Tochter starrte mich an, schlug die Hand vor den Mund und gehorchte. Als sie wiederkam, hatte sie Baylor im Arm und Little Shep an der Hand. Warum taten sie mir das an? Ich hätte sie alle umbringen können.

Wo war mein Angetrauter? Wo war der Vater dieser vier Kinder? Zeigt mir mal, wo geschrieben steht, daß immer nur die Mütter die Kacke riechen müssen. Ich hätte ihn erschießen können, mich einfach so allein zu lassen.

»Sidda, wisch das Baby ab, nimm den Waschlappen, mach ihn naß und mach Baylor sauber.«

Heilige Maria, Mutter Gottes, wo sind Deine beschmutzten Gewänder? Hat Gottes Sohn denn nie alles vollgekackt, so daß sich der Gestank mit dem animalischen Geruch der Tiere

im Stall vermischt hat? Warum siehst Du immer so gottverdammt lieb und gelassen aus?
Sidda hatte Baylor auf dem Wickeltisch liegen und wechselte seine Windel, so gut sie konnte. Als sie wieder anfing zu husten, sagte Little Shep: »Böse Siddy. Mama sagt, nicht husten.«
Endlich hörte Lulu mit dem Erbrechen auf, und ich riß das Badezimmerfenster auf. Draußen schüttete es immer noch wie aus Eimern, es war bitter kalt, aber ich konnte den Gestank nicht mehr aushalten. Der Wind wehte herein auf uns fünf Gestalten, auf die kleine Heilige Familie, die kotzte und kackte und heulte und hustete und langsam aber sicher den Verstand verlor.
Schließlich waren alle wieder sauber. Ich hatte die mit Kacke, Erbrochenem und Rotz besudelten Laken und Windeln und Unterhemden und Schlafanzüge gewechselt. Ich hatte die Schlafzimmerfenster weit aufgerissen und den Thermostat auf 32°C hochgedreht.
Es regnete ununterbrochen weiter.
Lulu war vor Erschöpfung eingeschlafen, ihre pummeligen Beinchen schauten, wie jede Nacht, unter der Zudecke hervor. Ich hatte Little Shep, der jetzt hellwach war, eine Packung Zookekse gegeben, und da saß er nun in seinem Bett, spielte mit seinem Traktor und biß den Giraffen den Kopf ab.
Das Baby lag auf dem Bauch und schniefte mißmutig vor sich hin. Ich streichelte seinen Rücken mit kleinen, kreisenden Bewegungen. »Ist ja gut, Bay-Bay. Ganz ruhig. Sei jetzt bitte ganz ruhig für deine Mama.«
Siddas nächster Hustenanfall dauerte endlos, und ich schloß die Fenster, wenn auch sehr unwillig.
Ich ging an ihr Bett. Warum sah sie so spitz und abgehärmt aus. Sie war doch nur ein Kind. »Siddalee-Schätzchen, wann haben wir dir das letzte Mal Hustensaft gegeben?«
»Ich weiß nicht«, antwortete sie und hustete weiter.
Ich holte den Hustensaft aus dem Medizinschränkchen im Badezimmer. »Setz dich auf, Schätzchen. Warte, ich schiebe dir das Kissen in den Rücken.«
Ich goß etwas von der bernsteingelben Flüssigkeit in einen Löffel. »Hier, Sidda, langsam schlucken, ja?«

Der Husten hörte sofort auf. Ich beäugte den Saft und goß mir auch einen Löffel davon ein. Konnte ja nicht schaden.
Meine Hände zitterten. Ich strich Sidda die Haare aus dem Gesicht und legte meine Hände an ihre Wangen.
»Tut gut, Mama.«
»Du bist mein großes Mädchen, Sidda«, flüsterte ich. »Meine Älteste. Du mußt mir helfen, auf die Kleinen aufzupassen, versprichst du mir das?«
»Ja, Mama.« Und dann fielen ihr die Augen zu.

Ich lag ausgestreckt auf meinem Bett, die Augen weit offen. Erst nach einer Weile wurde mir klar, daß der Gestank diesmal von meinem Nachthemd kam, das ich noch immer nicht gewechselt hatte. Ohne aufzustehen, schlüpfte ich aus dem Hemd und lag nackt da. Ich sah auf meinen Körper herab und versuchte zu beten.
Aber der Geruch war zu intensiv. Ich stand auf und ging zum Schrank. Ich holte meinen knöchellangen, cremefarbenen Kaschmirmantel heraus, von Givenchy, den ich mir nach dem Tod meines Vaters von einem Teil meines Erbes gekauft hatte. Es war das einzige wirklich teure, extravagante Kleidungsstück, das ich mir je geleistet hatte. Ich zog Socken und Stiefel an und trat auf die kleine seitliche Veranda hinaus.
Es regnete immer noch, im Osten war bereits ein austernfarbiger Schimmer zu sehen. Es war naß und kalt, aber wenigstens stank es hier draußen nicht.
Heilige Mutter unseres Erlösers, wenn ich wenigstens einmal Flecken von Erbrochenem auf Deinen wunderschönen blauen Gewändern sehen könnte, wenn ich nur einmal merken könnte, wie es Dir in den Fingern juckt und Du am liebsten Unserem Herrn und Heiland eine scheuern würdest, wenn er nicht mit dem Heulen aufhört, dann vielleicht würde ich mir nicht so mies und dreckig vorkommen. Du verdammte Ewige Jungfrau, wenn Du endlich dieses fade, pastellige Lächeln für eine Sekunde ablegen und mir in die Augen schauen könntest, damit ich weiß, daß es Dir auch so ähnlich geht wie mir, dann wäre ich vielleicht nicht so verzweifelt.
Ich war keine Jungfrau. Ich stank. Meine Hände rochen nach

Babykacke, nach Erbrochenem und Tabak. Selbst mein Hovet Parfum konnte den Gestank nicht überdecken. Nichts konnte den Gestank überdecken, den man eben an sich hat, wenn man lebendig ist. Ich hatte Angst, meine Kinder könnten sterben, wir alle könnten sterben.

In der Dämmerung machte die kalte Luft meinen Atem sichtbar. Um mich herum war überall Nebel. Bald konnte ich nicht mehr die Hand vor den Augen sehen.

Ich beherrschte mich und rief erst um halb sieben Willetta an. Ich erzählte ihr, es sei ein Notfall, und sie kam. Während sie den Kindern das Frühstück machte, legte ich Lippenstift auf und kämmte mir die Haare. Ich kämpfte immer noch gegen die Tränen an. Dann öffnete ich die Schreibtischschublade, in der Shep sein Bargeld aufbewahrte, aber ich fand nur zwei Fünfer. Ich brauchte mehr als das.

»Madam«, sagte Willetta und strich Butter auf eine Toastscheibe für Sidda. »Wo gehen Sie denn hin in dem ganzen Regen?«

»Ich gehe zur Beichte. Ich muß mir Absolution erteilen lassen.«

»Diese alten Pfaffen mit den Katzenaugen sind bösartig«, murmelte Willetta. »Bei diesen Pfaffen tut man besser vorsichtig sein.«

»Ich bin in ungefähr einer Stunde zurück.«

Drüben in der Gemeinde von Saint Anthony kannte man mich nicht. Hier war alles italienisch. Die Kirche war dunkler und älter als unsere Kirche Divine Compassion, und diese Italiener hatten alles mit ihren Plastikblumen vollgestellt. Seit meiner Kindheit war ich nicht mehr hier gewesen, seit Buggy uns mal zu einem Begräbnis von einer ihrer Freundinnen mitgenommen hatte.

Unter meinem Givenchy trug ich nur einen BH und Höschen. Wer würde das schon merken? Es war keine Sünde. Außerdem hatte ich meinen Schleier auf dem Kopf.

»In Demut und Reue bekenne ich meine Sünden. Meine letzte heilige Beichte war vor zwei Wochen.«

Ich atmete tief ein, aber die Luft blieb mir im Hals stecken.

Mein Herz klopfte wie verrückt, ich konnte nicht atmen.
Ich kannte diesen Priester nicht, doch bei Unserer Lady of Divine Compassion konnte ich nicht beichten. Was ich zu sagen hatte, war für meine eigene Gemeinde einfach viel zuviel.
Ich konnte seinen Geruch riechen, wie er da hinter der Trennwand saß. Ich hielt die Nase näher ans Gitter und roch Weihrauch und ledergebundene Gesangbücher. Der schäbige Samtbezug der Fußbank scheuerte an meinen Knien. Ich fühlte mich unbehaglich. Mein ganzer Körper juckte, seit viereinhalb Tagen schon. Überall. Wenn das nicht endlich aufhörte, würde ich durchdrehen. Ich hatte bereits zwei Flaschen Zinklotion verbraucht, meine Kleider hatten überall Flecken bekommen, aber genützt hatte es überhaupt nichts. Ich hatte Dr. Beau Poché angerufen und ihn um ein stärkeres Mittel gebeten, das nun angeblich im Drugstore zur Abholung bereitlag. Gott sei Dank gab es Beau. Er war Kinderarzt, aber er kümmerte sich auch um mich.
Ich war neunundzwanzig, fast dreißig. Ich konnte nicht atmen. Meine Sünden hatten mir den Atem genommen. »In Demut und Reue bekenne ich meine Sünden. Seit meiner letzten heiligen Beichte sind zwei Wochen vergangen.«
Ich zog meinen Givenchy enger um den Körper. »Pater, ich bezichtige mich böser Gedanken gegenüber meiner Familie.«
»Waren diese Gedanken unkeusch?«
»Nein, Pater.«
»Hegen Sie Haß gegen Ihren Ehemann?«
»Ja, und auch gegen meine Kinder.«
»Wie oft haben Sie diese Haßgefühle Ihren Lieben gegenüber in sich getragen?«
»Ich weiß nicht, Pater. So oft, daß ich es nicht mehr zählen kann.«
»Von was handeln diese bösen Gedanken?«
Ich wußte, ich mußte ihm alles sagen. Er war Priester, Gesandter Gottes auf Erden. Ich mußte meine Sünden beichten. Dann konnte ich vielleicht wieder essen, schlafen.
Die Handflächen juckten, sie juckten bis tief in meine untersten Hautschichten. Ich preßte den Daumennagel in die

Handflächen, so fest ich konnte. Ich wollte meine intimsten Gedanken nicht vor diesem Priester ausbreiten. Ich traute diesem Geruch nach gekochtem Kohl nicht.
Aber ich brauchte die Absolution. Ich brauchte ein Gebet, damit ich wieder in das kleine Haus zurückkehren konnte, ohne daß ich diese vier lieben Kinder umbrachte.
»In meinen Gedanken«, flüsterte ich, »möchte ich meine Kinder im Stich lassen, möchte ich meinem Mann weh tun. Ich möchte weglaufen. Ich möchte ungebunden sein. Ich möchte berühmt sein.«
»Haben Sie den Mut, Opfer zu bringen?«
»Ja, Pater.«
»Besitzen Sie die nötigen gesundheitlichen Voraussetzungen und Anlagen, Ihren Pflichten als Ehefrau und Mutter gerecht zu werden?«
»Ja, Pater.«
»Nun, dann«, sagte er und rutschte auf seinem Stuhl hin und her. »Die eheliche Verbindung ist eine Straße, die auch über hügeliges Gelände führt. Sie haben in lebenslange Pflichterfüllung und Verantwortung eingewilligt, als Sie das heilige Sakrament der Ehe empfangen haben. Wertvolle Unterweisung in Geduld und Verzicht gibt uns Unsere Heilige Jungfrau Maria mit ihrer lebenslangen Sorge um ihren Sohn, Unseren Herrn Jesus Christus. Bitten Sie sie, Ihnen dabei zu helfen, Ihr Kreuz klaglos, geduldig und in vollkommener Unterwerfung unter den Willen Gottes zu tragen. Wir sind auf der Erde, um zu leiden. Gerade das Leiden beschert uns Glückseligkeit, Demut beschert uns einst die himmlische Herrlichkeit. Es ist Ihre höchste Pflicht, daß Sie in Liebe, Übereinstimmung und Treue mit Ihrem Ehemann zusammenleben und daß Sie Ihre Kinder im katholischen Glauben erziehen. Sie müssen diese bösen Gedanken aus Ihrem Herzen verbannen.«
»Aber, Vater, was ist, wenn ich sie nicht verscheuchen kann?«
»Dann versündigen Sie sich am Leiden unseres Erlösers. Zur Wiedergutmachung Ihrer Sünden lege ich Ihnen folgende Buße auf: Sprechen Sie drei Vaterunser und sieben Ave Maria und denken Sie bei jedem Gebet langsam über die Sieben Sorgen Mariens nach. Und nun, kraft des mir von Gott übertra-

genen Amtes spreche ich dich los von deinen Sünden im Namen des Vaters und des Sohnes und des Heiligen Geistes. Gehe hin in Frieden und sündige fortan nicht mehr.«

Ich verließ die Kirche und stieg in meinen Wagen. Er roch nach meinen Babys. Ich steckte mir eine Zigarette an. Man muß Buße tun, um Vergebung zu erlangen. Im Auto war es kalt. Ich schmiegte mich in den Givenchy Kaschmir und steckte mir noch eine an.

Ich starrte auf das Samtetui mit dem Ring, den ich zum sechzehnten Geburtstag bekommen hatte. Shep gehörte der Ring nicht. Nur mir. Mein Vater hat ihn mir gegeben. Ich hatte kein eigenes Geld, außer Shep gab mir welches. Zwar konnte ich überall zu seinen Lasten anschreiben lassen, aber um Geld mußte ich Shep bitten. Ich hatte kein Konto. Ich besaß nichts, außer diesem Ring.

Fünfhundert Dollar. Der Pfandleiher im Lucky Pawn gab mir einfach das Geld. Wollte gar nicht hören, woher ich den Ring hatte.

»Ihre Geschichte interessiert mich nicht, Lady. Ich möchte nur Ihr Pfand.«

Auf der Straßenkarte schien der Golf von Mexiko gar nicht so weit entfernt zu sein. Und doch war ich seit vielen Jahren nicht mehr so eine lange Strecke allein gefahren. Ich fuhr schnell. Schneller, als diesem Ford je zugemutet worden war. Diese Altweiber-Limousine hatte ich zum zweiten Baby bekommen. Beim Aussuchen war ich nicht gefragt worden. Sie stand einfach eines Tages in der Auffahrt mit einem Zettel von Shep, und dafür sollte ich auch noch danke sagen. Konnte mein Mann sich denn nicht an meinen Jeep erinnern? Wußte er nicht mehr, daß ich mal die Königin der Straße gewesen war, wenn ich früher immer in der Nacht mit den Ya-Yas durch die Dunkelheit gebraust bin, den nackten Fuß fest auf dem Gaspedal, die lackierten Zehennägel so signalrot wie die Anzeigen auf dem Armaturenbrett.

Niemand wußte, wo ich war. *Nicht einmal die Ya-Yas.* Ich würde einfach irgendwohin fahren und ein neues Leben anfangen, da, wo niemand mich kannte. Ich hätte keine Wurzeln. Ich würde Ehemann, Kinder, Mutter, diesen miesen Priester, sogar meine besten Freundinnen hinter mir lassen. Ich würde die Tafel sauber löschen, und dann stünde ich wieder ganz am Anfang, nackt und bloß, und würde versuchen herauszufinden, wer da überhaupt steht. Ich würde Vivi Abbott suchen, die als vermißt galt.

Ich fuhr ohne Unterbrechung bis zum Golf von Mexiko. Dann stand ich am Ufer, sah die riesige Wasserfläche, die sich bis nach Mexiko erstreckte. Die Luft war klar. Ich hatte die verkackten Windeln in Louisiana zurückgelassen. Vor mir war nichts als Wasser. Es wehte ein stürmischer Wind, es regnete leicht, aber ich sehnte mich nach einem Hurrikan. Ich war eine Frau, die Hurrikans liebte. Sie brachten mich in Stimmung. Ich bekam dann Lust, Austern zu schlürfen und mich überhaupt ganz liederlich aufzuführen.

Ich stemmte mich gegen den Wind und spazierte am Strand entlang. Ich war nicht der Typ, der den Mantel auszog und ins Meer hineinwatete und aufgab. Aber der Gedanke schoß mir durch den Kopf.

Ich dachte an jenen wunderbaren, unübertrefflichen Ausflug, den ich mit den Ya-Yas hierher an den Golf gemacht hatte. War es '42, '43 gewesen? Wir fuhren die ganze Strecke allein, ohne Begleitung, ohne Anstandsdame. Jack und seine Clique waren später nachgekommen. Wir übernachteten im Strandhaus von Caros Familie, wachten früh auf, zogen den Badeanzug an, und ab ging's geradewegs zum Strand.

Ich dankte Gott, daß es diesen Strand noch gab. Daß die Wellen immer noch tosten. Daß die Möwen das einzige waren, das schrie. Keine spuckenden Babys, keine Münder, die zu stopfen waren.

So wanderte ich stundenlang am Strand entlang und vermißte meine Kinder nicht eine Sekunde.

»Geben Sie mir Ihr bestes Zimmer«, wies ich den Portier im Hotel an der Golfküste an. »Meerblick.«

Ansichtskarten in einem kleinen Ständer an der Rezeption priesen das Hotel an als »Einrichtung, die im Einklang steht

mit der Erhabenheit und Schönheit der Golfküste. Inmitten eines tropischen Gartens, direkt am Strand.«
Ich trug mich ein als Babe Didrikson. Der Portier nickte nur. Blöd, ich hätte mich als Grace Kelly eintragen sollen.
»Bitte veranlassen Sie den Zimmerservice, daß er mir einen Bourbon mit Wasser hinaufbringt. Einen doppelten. Den besten, den Sie haben.«
Als erstes ließ ich mir ein heißes Bad einlaufen. Den Drink nahm ich mit in die Wanne. Als meine Finger endlich nicht mehr nach Babykacke rochen, kletterte ich wieder heraus. Ich rubbelte mich mit dem flauschigen weißen Handtuch trocken und rieb mich mit meiner Lotion ein. Ich schlüpfte in meinen Givenchy, zog die Lippen nach und ging nach unten, bemüht, vor den anderen Leuten nicht zu kratzen.
Vom Speisesaal aus sah man den Golf. Ich nahm Platz und legte die Leinenserviette auf den Schloß.
Ich bestellte noch einen Bourbon mit Wasser und trank ihn schnell. Meine Schultern entspannten sich.
Dann bestellte ich den dritten Bourbon. Als ich damit fertig war, fühlte ich, wie sich der Magen allmählich entkrampfte. Aber das Jucken war nicht vorbei.
Ich bestellte ein Dutzend Austern und aß sie mit einer höllischscharfen Cocktailsauce, mit extra viel Tabasco. Ich war niemandes Mutter. Ich war die Königin meines eigenen, unabhängigen Staates.
Ein Herr kam an meinen Tisch. Er hatte graue Schläfen, sah nicht übel aus, aber ich mochte seine Schuhe nicht, billig, ohne Klasse.
»Verzeihen Sie«, sagte er, »aber ich sehe, daß Sie ohne Begleitung sind, heute abend.»
Ich schaute ihm direkt in die Augen und antwortete mit britischem Akzent: »Ich schreibe an einem Artikel für die *London Times.*«
»*The London Times* schreibt eine Geschichte über die Golfküste?« erwiderte er beeindruckt.
»Sehr vertraulich. Tut mir leid.«
»Wie schade. So ein hübsches Ding wie Sie.«
»Hübsch, aber nichts weiter«, antwortete ich.

Der Mann ging weg.

Ich verdrückte die Austern, dann aß ich noch einen Salat, und zum Dessert bestellte ich Brotpudding.

»Eine Spezialität unseres Hauses«, bemerkte der Ober.

»Fein. Und ein Glas Brandy vor dem Schlafengehen, wenn Sie so nett wären.«

Ich saß an meinem Tisch und hatte jede Menge Raum zum Atmen. Nichts engte mich ein. Ich sollte mich immer so anziehen. Ich hätte schon längst meine Hüfthalter in den Müll werfen sollen. Mein Bauch war voll und rund, und mir wurden die Augen schwer.

Mein Schluchzen weckte mich.

Ich hatte den Geschmack und Geruch von Bananen und Erdnußbutter im Mund. Es war unser Lieblingssnack während dieses Sommerausflugs an die Küste. Necie und Caro und Teensy und ich sitzen am Strand und essen Bananen, mit Ernußbutter bestrichen. Ich spüre die weiche, süße Frucht, das nußige Aroma der Erdnußbutter, ihr Karamelbraun steht in Kontrast zur Blässe der Bananen. Die Sonne scheint auf meine Haut, meine Zehen graben sich tief in den Sand, wir hören unser Lachen. Jack kommt. Ich schlage ein Rad, klettere auf seine Schultern, wate mit ihm in den Golf hinein. Mein Körper ist agil, immer in Bewegung. Ich esse, wenn ich hungrig bin, schlafe, wenn ich müde bin. Werde geküßt, wann immer ich es will. Nie muß ich um etwas betteln.

Ich machte Licht und zündete eine Zigarette an. Als ich das Fenster öffnete, hörte ich den Golf. Kalte Luft schlug mir ins Gesicht.

Ich drückte die Zigarette aus und ging ins Bad. Ich drehte die Heizung voll an, stellte mich vor den Spiegel und betrachtete meinen Körper. So sah er aus. *Nicht weinen. Niemand findet eine Frau mit Tränensäcken attraktiv.* Aber ich konnte nicht aufhören zu weinen. Meine Brüste würden nie mehr straff sein.

Ich hatte meinen Kindern nicht die Brust gegeben. Das machten nur die Schwarzen. So war es eben in den fünfziger Jahren. Ich hatte vorgehabt, die Zwillinge eventuell zu stillen. Ich wollte die Zwillinge stillen. Aber nachdem mein Baby gestorben war, versiegte meine Milch.

Ich war vertrocknet. Ich konnte nicht zurück in dieses Haus voller hungriger Mäuler. Ich würde in einer anderen Stadt neu anfangen, mir einen Job bei einer Zeitung besorgen. Das gab es. Es gab Leute, die fingen noch mal von vorne an.

Ich umfaßte meine Taille. Ich mußte mich festhalten. Ich mußte meinen Körper festhalten, damit ich nicht vertrocknete und weggeweht wurde.

Im Bett hielt ich mich immer noch fest. Ich versuchte mich auf den Geruch der salzigen Luft zu konzentrieren, die durchs offene Fenster ins Zimmer strömte. Gebieterin des Himmels, betete ich, Huldvolle Herrin der Sänger, sende mir ein Zeichen. Sonst fahre ich, bis mir das Geld ausgeht, und werde Zeitungsreporterin in irgendeiner namenlosen Stadt. Liebliche Lady, die Du den Sohn Gottes empfangen hast, gib mir ein Zeichen.

Während ich schlief, kam mein Zwillingsbaby zu mir, mein kostbares Kind, das ich verloren habe, dessen Körper zu schwach war, um bleiben zu können. Melinda hielt ihn in den Armen. Sie trug ein blaues Gewand und eine Krone. Als sie mich sah, lächelte sie und setzte mein Baby auf der Erde ab. Er war noch so klein, aber er konnte allein stehen.

Er atmete tief ein, suchte meinen Blick und fing an zu singen. Ohne Begleitung, nur mit dieser vollkommen reinen, glockenhellen Stimme, sang er für mich ein Wiegenlied und Liebeslied in einem:

When the Deep Purple falls
Over sleepy garden walls,
And the stars begin to flicker in the sky,
Thru the mist of a memory
You wander back to me,
Breathing my name with a sigh.

In the still of the night,
Once again I hold you tight,
Tho' you're gone, your love lives on
When moonlight beams.

And as long as my heart will beat
Lover, we'll always meet
Here in my Deep Purple dreams.

Als mein Zwillingsbaby sein Traumlied beendet hatte, ging er mit ausgestreckten Armen auf mich zu. Ich beugte mich zu ihm herab und hob ihn hoch. Sein Blick war unverwandt, genau wie der meine. Ich drückte ihn einen Augenblick an meine Brust. Ich brauchte nichts anderes. Nach einer Weile machte er sich los und ging fort. Kurz bevor er verschwand, drehte er sich noch einmal um und sagte laut und bestimmt: »Wach auf!« Ich gehorchte.

Ich wachte auf und ging ans Fenster. Draußen war es hell, ich fühlte mich ausgeruht und hungrig. Das Jucken war verschwunden. Meine Brustwarzen waren rosig, Party-Girl-Pink.

Ich griff zum Telefon und sagte: »Guten Morgen, Zimmerservice, wie geht es Ihnen? Wären Sie so freundlich und würden Sie mir zwei pochierte Eier raufbringen, Weißbrot, und ein paar Scheiben Speck? Und einen großen Orangensaft und Kaffee? Oh – welcher Tag ist heute?«

»Freitag, Madam.« Ich hatte tagelang geschlafen.

»Wach auf«, hatte das Baby gesagt.

Ich hob meinen Mantel vom Boden auf und griff in die Tasche. Auf der Karte stand »Lucky Pawn Shop, Fultonville, Louisiana, Telephon: 32427«.

Ich hob den Hörer ab: »Ist dort der Empfang? Bitte geben Sie mir die Vermittlung für Ferngespräche? Danke, Schätzchen.«

»Hier spricht Vivi Abbott Walker«, sagte ich zu dem Pfandleiher. »Haben Sie noch meinen Brillantring? Ich habe ihn an Sie für fünfhundert Dollar verkauft.«

»Ja, Lady, das Ding haben wir noch.«

»Das ist kein *Ding.* Das ist ein vierundzwanzigkarätiger Brillantring, ein Geschenk von meinem Vater, dem Rechtsanwalt Taylor Abbott.«

»Hören Sie, Lady, ich will gar nicht wissen, wo meine Ware herkommt – «

»Ach, halten Sie den Mund und hören Sie mir genau zu. Heben Sie diesen Ring auf. Ich will ihn wieder einlösen.«
»Das Stück ist jetzt mein Eigentum«, sagte der Blödmann. »Wenn jemand kommt, der die Kohle dafür hergeben will, ist er weg.«
»Hören Sie gut zu: Wenn Sie den Ring verkaufen, dann schwöre ich bei der Polizei, daß Sie ihn gestohlen haben. Ich werde Ihren Hintern so schnell in den Gerichtssaal zerren, daß Ihnen Hören und Sehen vergeht. Ich kenne den Stadtrichter. Ich kenne alle Richter. Haben Sie mich verstanden?«
Schließlich sagte der Schwachkopf: »Ich will keinen Ärger. Bei mir geht alles sauber zu. Wann kommen Sie denn das Stück holen?«
»Morgen. Vielleicht übermorgen. Sie geben's nicht weg, bis ich da bin.«
»Ich heb's auf bis heute abend. Keinen Tag länger, Lady. Und jetzt verschwenden Sie nicht länger meine Zeit. Schließlich hab ich zu tun.« Damit legte er auf.
Ich war dreißig. Ich lebte noch. Ich würde große Teile meines Ichs einfach in einem kalten Keller einlagern. Wenn meine Kinder dann erwachsen sind, hole ich sie wieder hervor. Mein Zwillingsbub hat mir ein Zeichen gegeben.
Das Leben ist kurz, aber vielfältig. Das hatte ich von Genevieve gelernt.
Wenn ich heimkomme, dachte ich, gebe ich meinen Givenchy Mantel Willetta. Er hat seinen Zweck erfüllt. Willetta *verdient* einen kostbaren cremefarbenen Kaschmir. Sie verdient einen Nerz, verdammt noch mal. Wenn ich heimkomme, zieh ich meine Stepptanzschuhe an und tanze für Sidda und Shep Junior und Lulu und Baylor und gebe ihnen Erdnußbutter und Bananen zu essen, und wir reden vom Sommer. Wir reden vom Spring Creek, wo die Sonne so heiß auf die Kiefernnadeln brennt, daß sie, wenn man drauftritt, einen Duft verströmen, der so würzig ist, daß man sie am liebsten vom Boden aufheben und in die Tasche stecken möchte, damit man diesen köstlichen harzigen Duft immer in seiner Nähe hat. Ich möchte mich auf meinem sauberen Teppich mit meinen Klei-

nen kugeln und sie am Rücken kitzeln, und ich will ihnen Geschichten erzählen, wie ich in einem Boot, das ich selbst gebaut habe, durch einen wütenden Sturm gesegelt bin. Wir spielen Kolumbus und reisen zusammen in unbekannte Welten. Wenn ich heimkomme, bring ich diesen gottverdammten Ford Sedan auf den Autofriedhof. Ich bestehe auf einem neuen Thunderbird, koste es, was es wolle. Wenn ich heimkomme, nehme ich meine vier Kinder in den Arm und den Mann, den ich geheiratet habe. Ich werde mich bemühen, Dank zu sagen für die Geschenke in ihrer seltsamen, wunderschönen, scheußlichen Verpackung.

26

Zu behaupten, Sidda war überrascht, als sie die drei Ya-Yas in einem krickentenfarbenen Chrysler LeBaron Cabrio vor der Quinault Lodge vorfahren sah, wäre blanke Untertreibung. Sie verließ gerade durch den Haupteingang das Hotel, nachdem sie von dort aus mit ihrem New Yorker Psychiater, einem Jungianer, telefoniert hatte. Sie hatte ihm mehrere mysteriöse Träume dargelegt, hatte mit ihm ihre jüngsten Gefühle bezüglich Ehe, ihrer Mutter und der Frustration darüber, daß sie keine Antworten wußte, analysiert, und war deshalb kaum darauf vorbereitet, so unvermittelt mit dem Anblick, den Stimmen und dem Geruch der Ya-Yas konfrontiert zu werden.

Alle drei Damen trugen Sonnenbrillen. Necie und Teensy hatten Hüte auf, und auf Caros kurzem, silbergrauem Haar saß eine Basketballkappe der New Orleans Saints. Teensy hatte schwarze Leinenhosen und eine frische, weiße Leinenbluse an. Ihre Füße steckten in kleinen Robert-Clergerie-Sandalen, die wahrscheinlich mehr gekostet hatten als ihr Flugticket von Louisiana. Necie trug einen hellblau-weiß gestreiften Rock mit Bluse und sah sehr nach Talbot's aus. Caro hatte Khakihosen und ein weißes Hemd an – sie hätte in einer Anzeige für Gap auftreten können.

Der Rücksitz des Cabrios war beladen mit Gepäckstücken, die man normalerweise in den Hotels der Nationalparks im Westen der Vereinigten Staaten selten zu sehen bekam. Diese Art von Gepäck assoziierte man eher mit Südstaaten-Damen einer gewissen Ära, die es für ihre Pflicht ansahen, dafür zu sorgen, daß Pagen und Portiers ihr gutes Auskommen hatten, und für die es ein Ding der Unmöglichkeit war, irgendwo anzukommen, ohne daß ihnen für jeden etwaigen notwendigen Kleiderwechsel das passende Paar Schuhe zur Verfügung stand.

Einen Moment lang konnte Sidda nur stehen und staunen. Zwei junge männliche Radfahrer hatten bereits angehalten, um Teensy zu fragen, ob sie ihr bei ihrem Gepäck behilflich sein könnten. Necie plauderte inzwischen mit einer jungen Mutter, die ihr Baby in einer Rückentrage dabeihatte. Caro inspizierte unterdessen einen Totempfahl, in dem ein Meßgerät installiert war, das die Niederschlagsmenge anzeigte. Sidda konnte nur den Kopf schütteln angesichts der Unbefangenheit, mit der diese drei Frauen fremden Menschen begegneten. Sie wußte, später, wenn sie diese Leute im Hotel wieder trafen, würden die Ya-Yas sie wie alte Freunde begrüßen.

Sidda ging auf den Wagen zu und spähte über den Rand ihrer Sonnenbrille.

»Entschuldigen Sie«, sagte sie, »aber kenne ich Sie nicht von irgendwoher?«

»Mon Dieu!« rief Teensy aus. Dann entledigte sie sich rasch der beiden Radfahrer, indem sie sagte: »Entschuldigt, Jungs, aber der Grund, warum ich hier bin, steht hier.«

Dann drückte sie Sidda kurz und heftig an sich, bevor sie sie der sanfteren, ausgiebigen Umarmung Necies überließ. Caro legte die Hände auf Siddas Schultern und musterte sie, ehe sie sie liebevoll an sich zog.

»Du bist genauso schön wie früher«, sagte Teensy.

»Du bist so dünn«, sagte Necie.

»Du siehst verdammt gut aus für jemanden, der mitten in einer Midlife-crisis steckt«, sagte Caro.

Nachdem sie sich etwas gefangen hatte, sagte Sidda: »Ich nehme an, ihr seid gerade zufällig in der Gegend?«

»Exactement!« lachte Teensy. »Wir dachten, solange wir außerhalb...«

»Ich möchte ja nicht unhöflich klingen«, meinte Sidda, »aber was um alles in der *Welt* tut ihr eigentlich alle hier?«

»Wir sind hier«, erklärte Necie und holte vom Rücksitz eine rot-weiße Kühlbox, »in einer Ya-Ya-diplomatischen Angelegenheit.«

»Es ist jetzt vier Uhr nachmittags Pazifik-Normal-Zeit. Weiß meine Mutter, wo ihr seid?«

»Mehr oder weniger«, sagte Teensy.

»In ihrem Herzen weiß deine Mutter alles«, sagte Caro.

Nachdem die Ya-Yas sich an der Rezeption eingetragen hatten, gingen sie durch das Foyer des komfortablen Hotels aus den zwanziger Jahren zu ihrem Zimmer. Ein leicht verstört dreinblickender Junge im Teenageralter folgte ihnen mit ihrem riesigen Berg Gepäck. Caro hatte einen Sauerstofftank mitgebracht – für alle Fälle. Während sie auspackten und sich etwas frisch machten, ging Sidda nach unten in die Bar, um die gewünschten Drinks zu holen.

Geduldig erklärte sie der Frau hinter der Theke detailliert, wie Teensy ihren Gin Risqué und Necie ihren Betty Moore's Whiskey Cocktail wünschten. Caros Glenlivet mit einem Schuß Wasser war einfacher.

»Ich bekomme hier nicht viele Bestellungen von Drinks wo eingelegte Kumquats reingehören«, sagte die Barfrau trocken. »Diese Cocktails sind nicht zufällig für diese drei feurigen Damen, die gerade in dem Cabrio aufgekreuzt sind, oder?«

»Wie haben Sie das bloß erraten?« erwiderte Sidda.

»Sind das alte Filmstars oder so was Ähnliches?«

»Nein, das sind Ya-Yas.«

»Pardon?«

»Gute Feen.«

»Aha, so was hab ich mir schon immer gewünscht.«

Als Sidda mit den diversen Drinks ins Zimmer kam, lagen Teensy und Necie auf dem Bett und hatten sich Kissen unter die Beine geschoben. Caro stand am Fenster und schaute auf den Rasen hinunter, der sanft zum See hin abfiel.

»Dinner bei dir in eineinhalb Stunden?« fragte Teensy.

»Natürlich bringen wir das Hauptgericht mit«, fügte Necie hinzu.

»Natürlich«, erwiderte Sidda. »Aber seid ihr denn nicht müde?«

»Ein kleines Schläfchen – mehr brauch ich nicht«, antwortete Teensy.

Sidda lächelte. »Ich kann gar nicht fassen, wie munter ihr noch seid. Ich bin immer fix und fertig nach so einem langen Flug.«

»Ach du meine Güte«, rief Necie aus. »Wir sind nicht heute hergeflogen. Wir sind bereits gestern in Seattle angekommen. Caro hat uns eine Suite im Inn at the Market besorgt, und wir haben wunderbar im Campagne gespeist.«

»Draußen im Innenhof«, fügte Teensy hinzu. »Ganz köstliche *foie gras.*«

»Wir haben uns ausgeschlafen«, sagte Caro. »Und auf dem Weg zur Halbinsel haben wir zweimal haltgemacht. Wenn es nach Necie gegangen wäre, was ich verhütet habe, hätten wir viermal angehalten. Sehr bequemer Wagen.«

»Nicht unbedingt das Auto, das wir zu Hause fahren würden«, meinte Teensy und nahm ein Schlückchen von ihrem Drink. »Aber für ein Mietauto ist es ganz okay.«

»Wie sind eure Cocktails?« fragte Sidda.

»Mein Gin Risqué ist sehr *regenwäldlerisch*«, antwortete Teensy und zeigte mit einer theatralischen Geste auf die Bäume vor dem Fenster.

»Mein Scotch ist definitiv ein Teil des Ökosystems«, meinte Caro.

Sidda prustete los. Sie hatte ganz vergessen gehabt, daß von allen Geheimnissen der Ya-Ya-Schwestern der Humor das göttlichste war.

Eine Weile später, als Sidda wieder zu Hause war und nachdem die Ya-Yas sich ausgeruht hatten, rauschten die drei Damen in ihrem Cabrio vor der Hütte vor. Sidda wußte sofort, daß sie es waren, weil es niemandem sonst auf der Welt eingefallen wäre, so wild zu hupen. Die Frauen stiegen aus dem Auto, beladen mit zwei Flaschen Wein, die sie im Hotel gekauft hatten, und der Kühlbox, die Sidda schon zuvor aufgefallen war.

»Du brauchst das nur bei 180°C in den Backofen zu schieben«, sagte Necie und hob eine Kasserolle aus der Kühlbox.

»Was ist da drin?« fragte Sidda.

»Flußkrebs *étouffée* von deiner Mama, mit Krebsen, die dein Papa in Pecan Grove gezüchtet hat, und Mais-Succotash mit Mais, den er selbst angebaut hat«, erklärte Necie.

»Das hat Mama *mir* geschickt?«

»Nun«, sagte Teensy ausweichend, »sie hat nicht ausdrücklich *gesagt,* daß es für dich ist, aber sie hat es am Morgen bevor wir abflogen bei meinem Haus abgegeben. Es war ein Zettel dran, auf dem stand ›Seattle‹.«

Als Sidda den ersten Bissen Krebs *étouffée* im Mund hatte, sah sie im Geist ihre Mama in der Küche von Pecan Grove vor sich. Sie sah, wie Vivi in einer großen gußeisernen Kasserolle zuerst Butter zerließ, dann langsam Mehl einrührte, bis die Mehlschwitze eine goldbraune Farbe angenommen hatte. Sie roch die Zwiebeln, den Sellerie und die grünen Paprika, die Vivi hinzufügte. Sie sah, wie das Gericht seine Farbe änderte, als Vivi die Krebsschwänze hineingab, dann frische Petersilie und Cayennepfeffer, und das Ganze mit generösen Spritzern aus der unvermeidlichen Tabascoflasche abrundete. Mit jedem Bissen schmeckte Sidda ihre Heimat und die Liebe ihrer Mutter.

Als sie eine Pause machte, um sich die Tränen abzuwischen, sagte Sidda: »Toll scharf gewürzt. Mir tränen richtig die Augen.«

»So soll's auch sein«, sagte Teensy.

»Tabasco und Cayenne bringen das fertig«, fügte Necie hinzu.

Nach dem Essen machten die vier einen Spaziergang am See entlang, in südliche Richtung, wo ein schmaler Pfad in die Felsen gesprengt war. Durchscheinende rote Buckelbeeren hingen an ihren Büschen wie kleine Christbaumkugeln, und der rundblättrige Ahorn auf den Felsen oben färbte sich bereits orange. Die letzten Strahlen der Abendsonne glitzerten auf dem Wasser, während gleichzeitig der Augustmond aufging und sich sahnefarben vor dem Wedgwood-blauen Himmel abhob. Die vier Frauen blieben stehen und staunten.

»Hab ich noch nie gesehen«, meinte Caro. »Sonnenuntergang und Mondaufgang gleichzeitig. Muß was zu bedeuten haben.«

Als sie wieder in dem kleinen Holzhaus waren, die lange

nordwestliche Dämmerung hatte bereits eingesetzt, zog Necie ein Pfund ihres stark gerösteten Spezialkaffees aus ihrer Tasche.

»Wer möchte alles ein Täßchen?« fragte sie, ehe sie in die Küche ging, um den Wasserkessel aufzusetzen.

Als ob der eigens aus Louisiana eingeführte Kaffee nicht schon genug wäre, hielt Necie, als sie aus der Küche kam, eine Platte mit Törtchen in der Hand. »Kleines Pekantörtchen gefällig, mein Schatz?« sagte sie, während sie Sidda die Platte unter die Nase hielt.

»Mein Gott, Necie, wo hast du denn die her?«

»Hab ich in meinem Handgepäck mitgebracht.«

»Hat Mama die auch gemacht?«

»O nein, die hab *ich* gebacken. Deine Mama gibt sich nicht mit so süßem Zeug ab. Deswegen trägt sie auch immer noch Größe 38, während ich mit viel Überredung gerade noch in 42 passe.«

Caro hatte die Sammlung CDs studiert und wählte »Itzhak Perlman spielt Klassik mit Oscar Peterson«.

Teensy und Necie hatten es sich auf dem Sofa bequem gemacht, und Caro saß im Polstersessel. Hueylene war auf Teensys Schoß geklettert und sah zufrieden zu Sidda hinüber, als wollte sie sagen: Siehst du, wir sollten öfter Besuch haben. Sidda holte noch einen weiteren Stuhl und setzte sich so, daß sie die drei Frauen anschauen konnte.

Der starke Kaffee und die sündigen Törtchen mit der betörenden Aromamischung aus dunklem Maissirup, Nüssen und Puderzucker ließen Siddas Körper vor Zufriedenheit summen. »Die sind wirklich köstlich, aber ich nehm lieber nur ein Stückchen und ganz wenig Kaffee. Sonst liege ich die ganze Nacht wach.«

»Aha«, meinte Teensy, und dann fragte sie ganz beiläufig: »Und wo hebst du die ›Geheimnisse‹ auf?«

»Wie bitte?« fragte Sidda.

»Das Buch der ›Göttlichen Geheimnisse‹, *chère.* Komm, laß es uns anschauen.«

Als Sidda aus dem Schlafzimmer mit dem Album ihrer Mutter zurückkam, unterbrachen die drei Ya-Yas abrupt ihre Unterhaltung. Sidda gab ihnen das Album und beobachtete aufmerksam ihre Reaktion.

Die Frauen öffneten das Buch und blätterten kurz darin. Teensy meinte: »Da steht ziemlich viel drin.«

»Da gibt es ziemlich viel, was nicht drinsteht«, sagte Caro.

Sidda klappte das Album zu und legte es auf den Couchtisch zwischen ihnen.

»Sidda«, begann Necie, »Caro hat uns gesagt, du hättest einige Fragen.«

»Ja, Madam«, antwortete sie und fiel automatisch in die Floskel ihrer Kindheit zurück.

»Sidda, bitte, mit den ›ja, Madams‹ wollen wir doch endlich aufhören, okay, Freundchen? Das gehört in eine andere Zeit«, meinte Caro.

»Ist mir so rausgerutscht«, erwiderte Sidda und lachte nervös.

Teensy sah erst Caro, dann Necie an, bevor sie ihre gelbe Strohtasche öffnete.

»Mein Gott, Teensy, doch nicht noch mehr gute Sachen aus Louisiana!« rief Sidda.

»Nun, irgendwie schon«, entgegnete Teensy und zog einen großen braunen Umschlag heraus.

»Caro sagt, du möchtest mehr über die Zeit wissen, als deine Mama krank geworden und weggegangen ist.«

Sidda spürte einen Kloß im Hals.

»Ich habe hier ein paar Briefe, die du mir vor langer Zeit gegeben hast, als du noch ein kleines Mädchen warst. Du batest mich, sie an deine *maman* weiterzuleiten.« Teensy stockte. »Doch das habe ich nie getan.«

Teensy reichte Sidda den braunen Umschlag. »Es sind auch noch ein paar Briefe von deiner Mama dabei, die ich – die wir die ganzen Jahre aufgehoben haben.«

»Wir haben uns überlegt, ob wir sie dir schicken sollen«, fügte Necie hinzu. »Aber irgendwie wäre das nicht richtig gewesen. Ich weiß nicht, ob du noch zu den Heiligen betest, aber ich habe zum heiligen Francis von Patrizi gebetet –«

»Saint Frank Patrizi«, unterbrach Caro, »nicht Frankie von Assisi.«

» – er ist der Schutzpatron der Versöhnung«, fuhr Necie ungerührt fort. »Na ja, jedenfalls hielten wir es für besser, dabeizusein, wenn du die Briefe liest.«

Sidda blickte den Umschlag an, dann die drei Frauen. »Danke, ich freue mich drauf, sie zu lesen.«

»Warum fängst du nicht gleich damit an, Freundchen?« fragte Caro und stand auf. »Mach dir's bequem und lies sie, während wir abspülen.«

»O nein, das kann ich nicht zulassen. Ich mache später sauber. Schließlich habt ihr ja das Essen gestiftet.«

»Wir bestehen darauf«, erwiderte Necie. »Ein guter Gast hilft immer beim Aufräumen.«

»Aber seid ihr denn nicht alle müde?«

»Kein bißchen«, sagte Teensy, »ich bin hellwach.«

»Ich auch«, stimmte Necie mit ein. »Weißt du, hier ist es zwei Stunden früher als zu Hause.«

»Am Abend komme ich immer erst richtig in Schwung«, sagte Caro. »Nimm dir soviel Zeit, wie du brauchst. Wir gehen nicht weg.«

Während die Ya-Yas aufräumten, legte sich Sidda auf das Sofa und klemmte sich ihre alten Daunenkissen unter den Kopf. Es gab zwei Packen Briefe. Der erste enthielt ungestempelte Umschläge, von Kinderhand beschrieben. Es war ihr nicht gleich klar, daß es sich um ihre eigene Handschrift handelte. Sie studierte die großschleifigen Buchstaben auf dem ersten Kuvert. Der Empfänger lautete »Mrs. Shep Walker«, ohne weitere Adressenangabe. Der Name schien deplaziert, schief dazuhängen, im freien Raum zu schweben, ohne Koordinaten, mit deren Hilfe er sich hätte verankern können. Als sie die freie Stelle fixierte, wo die Adresse hätte stehen müssen, verkrampfte sich ihr Magen. Unbewußt zog sie die Knie näher an den Körper heran, damit sie kleiner wurde. In dem ersten Brief stand:

2. April 1963

Liebe Mama,
niemand gibt mir Deine Adresse. Teensy sagte, ich könnte meine Briefe ihr geben und sie gibt sie an Dich weiter, und ich hoffe, sie tut es. Mama, es tut mir so leid, daß wir böse waren und Dich geärgert haben. Buggy sagt, wir sind zu viel für Dich. Sie sagt, wir dürfen Dir nur fröhliche Briefe schreiben. Bitte werd bald wieder gesund.

Es tut mir leid, daß wir böse waren und Dich geärgert haben.
Ich paß gut auf die anderen auf.
Sonntag nacht waren wir bei Buggy. Dann kam Necie und hat mich und Lulu geholt. Little Shep und Baylor kamen zu Caro. Daddy ist fort. Ich weiß nicht, wo er hingegangen ist. Ich wollte, ich könnte bei Teensy und Chick wohnen, dann könnte ich in ihrem Swimmingpool schwimmen.
Als ich Necie fragte, wo Du bist, sagte sie, Du bist wo außerhalb der Stadt und wirst wieder gesund. Bist Du im Krankenhaus, Mama? Besuchst Du Freunde? Ich hab mir *Die kleinen Strolche* im Fernsehen angeschaut, und ich und Lulu haben mit Malissa und Annie Barbiepuppen gespielt. Wir schlafen in Necies Gästezimmer unter dem Dach. Es tut mir leid. Ich schreibe Dir bald wieder. Bitte schreib mir und komm bald heim.

In Liebe
Sidda

Sidda schloß die Augen. Sonntag abend, Winter. Dritte oder vierte Klasse. Der Cowboygürtel ihres Vaters in der Hand ihrer Mutter. Das Auftreffen der silbernen Spitze auf ihrer Haut. Ihre hektischen Bemühungen, die anderen Kinder zu schützen. Der Lederriemen auf ihren Schenkeln, quer über ihren Rücken. Der ganze schiere Wahnsinn; Vivis Gerede von der Hölle, vom Verbrennen; Siddas Scham darüber, daß sie ihren Urin nicht halten konnte; ihre heisere Stimme von all dem Schreien. Und über allem schwebend die Überzeugung, daß es wegen ihr dazu gekommen war.

Diese Bilder waren nichts Neues für Sidda. Ihr Körper kannte sie gut. Nichts – weder Distanz noch Karriere, noch Connor, noch die Meinung ihres Therapeuten, Vivi habe einen Nervenzusammenbruch gehabt –, nichts von all dem hatte Sidda wirklich von der Überzeugung befreien können, daß sie der Anlaß dieser sonntäglichen Strafaktion gewesen war.

Versunken in diese Bilder zuckte Sidda zusammen, als Necie sich zu ihr hinunterbeugte und behutsam eine leichte Baumwolldecke über sie ausbreitete. Sie öffnete die Augen und sah Besorgnis in Necies Blick. Wortlos wandte sie sich wieder den Briefen zu.

12. April 1963
Karfreitag

Liebe Mama,
Willetta kam mich heute besuchen, und rate mal. Sie brachte uns unseren Hamster Lucky, der ganz allein ohne uns zu Hause war. Er war einsam, sagte sie. Willetta fütterte ihn zwar jeden Tag, aber er wollte uns haben!!! Also ist er jetzt hier bei Teensy, wo wir inzwischen alle sind!! Er rennt wie verrückt in seinem Rad herum. Du solltest ihn sehen. Er vermißt Dich.
Ich warte auf einen Brief von Dir. Teensy sagte, sie denkt, ich könnte bald einen kriegen. Teensy hat mich mitgenommen, Hayley Mills im Paramount zu sehen. Die anderen sind nicht gegangen, nur ich und Teensy.
Ich habe für Dich am Kreuzweg gebetet. Diese Fastenzeit dauert so ewig lang. Ich kann gar nicht glauben, daß es nur vierzig Tage sein sollen. Nur noch einen Tag bis Ostern, und dann darf ich wieder Süßigkeiten essen. Ich habe mein Fastenopfer gehalten und keine M & M mehr gegessen. Bitte komm am Sonntag heim, okay?
Teensy hat für mich und Lulu Kleider für Ostern gekauft. Onkel Chick ist wirklich lustig. Wir werden Ostereier suchen und Du bist eingeladen. Shirley, ihr Hausmädchen, und wir haben schon vierundachtzigtausend Eier gefärbt. Ich hab gestern Willetta angerufen, und sie sagt, in Pecan Grove ist alles in Ordnung. Ich verstehe nicht, warum wir nicht daheim bei Daddy bleiben können. Es ist nicht alles in Ordnung, weil Du nicht da bist. Wir sehen Dich dann am Sonntag. Okay?

In Liebe
Sidda

Ostersonntag
14. April 1963

Liebe Mama,
wir haben uns fein angezogen und sind in die Messe um halb elf gegangen, und dann sind wir zu Teensys Haus zurück. Necie und Caro und alle kamen und waren zum Brunch eingeladen. Willetta und Chaney und Ruby und Pearl sind den ganzen Weg zu uns rausgefahren, um uns einen Osterkuchen zu bringen. Willetta hatte einen großen gelben Hut auf mit Blumen drauf. Daddy ist auch gekommen und hat mich hoch in die Luft geschmissen. Immer wenn ich nach Dir gefragt habe, hat er gesagt, ich soll ruhig sein und mit den anderen Kindern spielen.
Onkel Chick hat sich wie ein Osterhase angezogen. Wir haben überall nach Eiern gesucht im hohen Gras und auf dem Rasen und bei den Blumenbeeten und in den Blumentöpfen am Swimmingpool. Baylor hat das goldene Ei gefunden, und er hat einen großen Stoffhasen gekriegt, und wir anderen haben auch alle Preise gekriegt.
Die Erwachsenen haben am Pool was getrunken, und als Daddy wieder gehen wollte, hat ihn Lulu ins Bein gebissen. Dann sind alle verrückt geworden. Daddy hat gesagt: »So ein gottverdammter Mist.« Und dann hat Daddy zu weinen angefangen, Mama.
Dann ist Daddy geblieben und wir haben mit Teensy und Chick Sandwiches mit Schweinebraten gegessen und Ed Sullivan im Fernsehen angeschaut. Dann ist Daddy fort. Ich weiß nicht, wo er hingegangen ist.
SIE WOLLEN MIR NICHT SAGEN WANN DU HEIMKOMMST. Ich bin böse geworden. Ich saß auf Caros Schoß und hab ihr selbstausgedachte Geschichten über die Leute bei Ed Sullivan erzählt. Ich möchte nicht über die Leute bei Ed Sullivan reden. Ich hasse Ed Sullivan. Ich hasse alle Leute.

Siddalee Walker

23. Mai 1963

Liebe Mama,
wir wohnen jetzt alle bei Necie. Bitte komm und hol uns. Bei Necie ist es viel zu laut. Es sind jetzt elf Kinder hier im Haus, und ich hab überhaupt keinen Platz, wo ich ungestört bin. Ich kann meine Hausaufgaben nicht machen.
Du mußt jetzt heimkommen, okay? Lulu kaut wieder auf ihren Haaren rum, und ich schaff es nicht daß sie damit aufhört. Die anderen Kinder vermissen Dich so sehr. Little Shep ist in eine Rauferei geraten. Er hat Jeff LeMoyne mit der Faust die Nase blutig geschlagen, und die Nonnen haben ihn bestraft, und Caro hat ihn von der Schule abholen müssen. Lulu zieht ihre Schuluniform nicht mehr an, selbst Necie kann sie nicht dazu bringen. Baylor führt sich wieder wie ein Baby auf, Mama. Er spricht nur noch in der Babysprache und spuckt rum und alles. Also Du siehst, Du mußt jetzt wieder zurückkommen, okay? Wir vermissen Dich. Ich bin jetzt so brav, Du würdest mich gar nicht mehr kennen, Mama! Komm doch zurück, Du wirst es nicht glauben, wie lieb wir jetzt sind. Es tut mir leid, daß wir Dich so aufgeregt und krank gemacht haben. Hast Du Spaß ohne uns? Weil wir haben nämlich ohne Dich überhaupt keinen Spaß mehr. Du wirst schon sehen, wenn Du zurückkommst, wie wir uns geändert haben.
IM ERNST! Frag Daddy oder die Ya-Yas. Bitte, Mama.
In Liebe von Deiner ältesten Tochter,

Siddalee Walker

PS: Wir haben unsere Zeugnisse vor den Osterferien bekommen. Ich hab überall eine glatte Eins! (außer in Betragen). Ich bin besser als alle anderen!

6. Juni 1963

Liebe Mama,
Du hast mir nicht geschrieben. Ich dachte, Du würdest. Ich finde das nicht sehr nett, einfach weggehen und mir nicht schreiben. Ich schreibe Dir keinen einzigen Brief mehr. Die Schule ist vorbei und Du bist nicht daheim. Ich hasse Dich.

Sidda

7. Juni 1963

Liebe Mama,
es tut mir leid wegen meinem letzten Brief. Alles tut mir leid. Jeder hier vermißt Dich und möchte, daß Du wieder heimkommst. Du würdest mich nicht wiedererkennen, Mama. Ich bin so brav. Bitte komm heim. Okay? Necie möchte mit uns zum Spring Creek fahren, aber ohne Dich mag ich dort nicht hin. Tu so, als hätte ich diesen anderen Brief nie geschrieben, okay?

Ich liebe Dich
Deine Dich liebende Tochter
Siddalee

Sidda faltete den letzten Brief zusammen und steckte ihn ins Kuvert zurück. Ihr war heiß und schwindlig. Zorn erfüllte sie den Ya-Yas gegenüber, weil sie sie mit diesen schriftlichen Zeugnissen ihrer Vergangenheit konfrontiert hatten.

Aber ich habe darum gebeten.

Sie setzte sich auf und spähte über die Sofalehne. Die drei Ya-Yas saßen am Tisch, es war wahrscheinlich das erste Mal, daß sie sie zusammen erlebte, ohne daß sie pausenlos miteinander redeten. Necie arbeitete an einer Petit-point-Stickerei, Teensy legte eine Patience, Caro hatte ein Puzzle gefunden, in das sie vertieft war.

Sie halten Wache, schoß es Sidda durch den Kopf.

Teensy sah auf. »Wie geht's, *chère?*«

Sidda nickte.

»Schrei, wenn du was brauchst«, sagte Teensy.

»Möchtest du noch ein Pekantörtchen?« fragte Necie.

»Nein, danke. Lieber nicht.«

Caro sah von ihrem Puzzle hoch und meinte: »Mir kommt's vor, wenn ich meine Brille abnehme und mein Blick unscharf wird, dann fügen sich die Teilchen leichter zusammen.«

Sidda fühlte sich von der Anwesenheit der Frauen getröstet. Bis jetzt war ihr gar nicht bewußt geworden, wie einsam sie sich gefühlt hatte. Sie griff nach dem zweiten Packen Briefe.

Es waren drei Umschläge mit der Adresse jeweils einer Ya-Ya, von Vivis Hand geschrieben. Die Kuverts stammten aus Vivis persönlichem Crane-Briefpapier, sie fühlten sich selbst nach dreißig Jahren noch angenehm weich und samtig an. Doch als Sidda den ersten Brief herausnahm, bemerkte sie, daß er nicht auf Vivis Briefpapier geschrieben, sondern mit der Maschine auf gewöhnliches Schreibmaschinenpapier getippt war. Obwohl der Bogen an den Kanten und Falzen leicht vergilbt war, hoben sich die Buchstaben immer noch kräftig, schwarz und deutlich von dem Papier ab. Siddas Handflächen fingen an zu jucken, als sie zu lesen begann.

11. Juli 1963
2.30 Uhr morgens
mein 9. Tag zu Hause

Teensy Baby,
das einzige Wesen, das ich ertragen konnte in dem Krankenhaus, das niemand so nennt, meinte, es wäre gut für mich, wenn ich meine Gefühle niederschreiben würde – da ich anscheinend zum ersten Mal im Leben Probleme mit dem Sprechen habe. Daher hier meine alte Olivetti, die Shep mir vom Dachboden meiner Mutter geholt hat. Wenigstens bleibt Dir meine Schrift erspart, meine Hand ist nicht gerade ruhig.

Teensy, ich ertrag es nicht mehr, meine Kinder ins Bett zu bringen. Ich ertrage es nicht, sie zu halten, zu umarmen oder ihnen beim Zähneputzen zuzuschauen. Ich wage nicht, ihnen zu nahe zu kommen. Außer, wenn sie schlafen.

Ich warte, bis alles ruhig ist, und dann schleich ich mich auf Zehenspitzen in ihre Zimmer. Zuerst in das Zimmer der Buben mit seinem würzigen Geruch und den ledernen Baseballhandschuhen, die an den Bettpfosten hängen. Ich beuge mich über Little Sheps Bett. Mein wilder kleiner Rabauke. Dieses Kind schläft vielleicht fest! Spielt fest, schläft fest, alles was er macht, geschieht mit voller Kraft. Und dann betrachte ich mein Baby, Baylor. Mein Gott, Teensy, er rollt sich immer noch zusammen wie ein kleiner Igel.

Und dann geh ich ins Zimmer der Mädchen. Sobald du den Raum betrittst, weißt du, daß hier kleine Mädchen wohnen. Es riecht nach Puder und Crayolas und irgendwie nach Vanille. Da ist Lulu, die sich wirklich in jeder Nacht abdeckt. Da liegt sie, ihr kleiner, lieber, pummeliger Körper, sie schläft auf dem Bauch und hat dieses wunderhübsche Nachthemd mit den gelben Rosen an, das Du ihr gekauft hast. Sie liebt es über alles. Willetta bringt sie kaum dazu, es lange genug auszuziehen, damit sie es waschen kann.

Und dann meine Älteste. In denjenigen Nächten, in denen sie nicht keuchend aus ihren Alpträumen hochfährt, schläft sie, die Bettdecke bis unters Kinn hochgezogen, einen Arm um ein zweites Kissen geschlungen, den anderen über den Kopf gelegt. Dieses schöne weiße Nachthemd, das Du ihr geschenkt hast. Wo hast Du nur so etwas gefunden, das so vollkommen zu ihr paßt. Sie sieht darin aus wie eine kleine Dichterin. Unter diesem Hemd befindet sich eine Narbe auf dem Schulterblatt, die ich ihr zugefügt habe. O mein Gott, für sie war es am schlimmsten. Sie paßt immer noch auf die anderen auf, eine winzige kleine Mama. Die Schwester im Krankenhaus meinte, ich solle schreiben, auch wenn ich weinen müßte, ich solle einfach weiterschreiben. Necie hat mir erzählt, wie Du Sidda einmal die Woche abgeholt hast und mit ihr ins Kino gegangen bist, nur ihr beide. Und wie Du ihr versichern mußtest, daß es in Ordnung sei, wenn sie einfach dasitzt, in der Dunkelheit, Hayley Mills anschaut, ein Cola trinkt, und daß sie ruhig das Telefon im Foyer benutzen kann, um anzurufen, ob mit den anderen Kindern alles in Ordnung ist. Ach, am meisten möchte ich Dir für Siddas Nachthemd danken, weil es mich daran erinnert, daß sie noch ein kleines Mädchen ist.

Ich muß so aufpassen, Teensy.

Merci bien, merci beaucoup, mille mercis, danke.

Vivi

Sidda legte den Brief weg und preßte die Hand gegen die Brust, um ihre Atmung zu beruhigen.

Ich möchte Dir am meisten für Siddas Nachthemd danken, weil es mich daran erinnert, daß sie noch ein kleines Mädchen ist.

Sidda wollte sich verkriechen. Sie stand auf und gab vor, sich zu strecken. »Es wird mir ein bißchen unbequem auf dem Sofa. Ich denke, ich gehe ins Schlafzimmer.«

»Du möchtest allein sein?« fragte Teensy, die Stimme der Garbo imitierend.

»Ja.«

»Also, dann folgen wir dir einfach ins Schlafzimmer«, sagte Caro.

»Genau«, sagte Necie. »Wir gehen einfach mit dir mit.«

Hueylene blickte von ihrem Platz auf und schlug mit dem Schwanz gegen den Holzboden. Sidda kam sich umzingelt vor. Ihr üblicher Rückzug in die Isolation, wenn der Schmerz zu groß wurde, war gefährdet.

»Du bist jetzt lang genug hier am Rand von Nirgendwo«, sagte Teensy. »Wir sind gerade erst angekommen. Möchtest du, daß man dir daheim nachsagt, du wärst eine schlechte Gastgeberin?«

Versuch's mal mit gutem Benehmen.

»Bestimmt nicht«, erwiderte Sidda. »Darf ich ohne Begleitung auf die Toilette?«

»Nein, darfst du nicht«, sagte Teensy und grinste. Sie warf ihre Karten auf den Tisch, stellte sich direkt neben Sidda und heftete sich wie eine Klette an sie, als sie in Richtung Toilette verschwinden wollte. Als Sidda stehenblieb und sie entgeistert anstarrte, schloß Teensy sie fest in die Arme.

»Du kannst dich nirgendwo vor den Ya-Ya-Schwestern verbergen!« rief Caro.

Ungewollt mußte Sidda lachen und gab Teensy einen Kuß auf die Wange.

Als sie aus dem Badezimmer zurückkam, schauten die Damen nicht einmal auf. Sidda kuschelte sich unter die Baumwolldecke und griff wieder nach den Briefen. Ehe sie zu lesen begann, ließ sie ihren Blick durch den Raum schweifen, um die Atmosphäre einzufangen, die Gegenstände, die Geräusche um sie herum. Sie hörte das leise Klatschen der Spielkarten auf dem Holztisch, das Atmen der Frauen, Hueylenes leises Schnarchen, den Schrei eines Seetauchers irgendwo draußen. Sidda ließ die Geräusche auf sich einwirken, ehe sie sich wieder dieser trüben Fastenzeit widmete, die noch weit über Ostern hinaus andauerte. Der nächste Brief lautete:

14. Juli 1963

Caro-Schätzchen,
meine allerbeste Freundin, mir fehlen – wohl zum ersten Mal, seit wir uns kennen – die Worte, um Dir für alles zu danken, was Du für mich und meine Bande getan hast. Hast dich ganze drei Monate um meine Jungs gekümmert. (Für mich waren diese Monate alles andere als ganz.) Hast Shep zum Abendessen eingeladen, wann immer Du ihn finden konntest. Du bist einer der wenigen Menschen, bei denen er sich wohl genug fühlt, um sich ihnen anzuvertrauen. Als ich heimkam, sagte er: »Diese Caro ist nicht übel.« Das ist überschwengliches Lob aus dem Mund eines Mannes, der seinen Vorrat an Komplimenten bereits irgendwann um 1947 erschöpft hat.
Mädchen, alles liegt wie im Nebel. Ich erinnere mich, daß Du neben mir auf einem Korridor in dem Krankenhaus, das niemand so nennt, gestanden hast. Ich weiß noch, daß Du meine Hand gehalten hast. Shep hat mir erzählt, daß Du als erste gekommen bist, nachdem ich getan hatte, was ich getan hatte, nachdem ich getan hatte, was ich mir nie im Leben verzeihen werde. Nachdem ich meinen Korb fallen ließ und ihn nicht mehr aufheben konnte.
Willetta brachte meine Mädchen in mein Zimmer gestern abend, um mir einen Gutenachtkuß zu geben, und nach-

dem sie gegangen waren, betete ich, daß sie das Glück haben mögen, so eine Freundin wie Dich zu finden. Manche Mütter beten um einen guten Ehemann für ihre Tochter. Ich bete, daß Siddalee und Lulu wenigstens halb so treue und echte Freundinnen wie Dich finden.

Ich denke an Dich, Caro, wenn ich ins Bett gehe. Wenn ich die Arme um mich schlinge und mich in den Schlaf wiege, wie Du es mit mir gemacht hast, in der ersten Nacht, als ich wieder zu Hause war. Shep kann bisweilen recht mürrisch sein, aber seit ich wieder hier bin, überrascht er mich jeden Tag aufs neue. Wie er dich damals gebeten hat, in jener ersten Nacht bei mir zu bleiben. Ich glaube er spürt, daß er für mich nie so wichtig sein wird wie Du und die Ya-Yas. Wir dürfen den Männern nicht alles erzählen, weißt Du, sonst bricht die Welt in Stücke. Brauchst nur mich zu fragen, ich bin Expertin, was das Zerbrechen angeht. Und Du bist die Expertin, wenn es darum geht, dabei zu helfen, die Stücke wieder zusammenzukitten.

Ich liebe Dich, Caro. Ich liebe Dich, meine Herzogin Schwebender Falke.

Deine Vivi

Der letzte Brief war, wie Sidda schon vermutet hatte, an Necie geschrieben.

23. Juli 1963

Allerliebste Necie,

ich weiß nicht, wie Du das machst, Gräfin Singende Wolke. Wir ziehen Dich auf wegen Deiner rosa und himmelblauen Gedanken, wir lächeln über Deine Zerstreutheit, und doch bist Du diejenige von uns, die immer alles im Griff behält, und das Ganze auch noch mit Stil!

Ich kann nicht darüber reden, was passiert ist. Mein Leben war ein Korb, und ich ließ ihn fallen.

Du hast dafür gesorgt, daß unser Leben weiterging, während ich weg war. Wie hast Du das nur geschafft? Die zehntausend Basketballspiele und Ministrantenproben und Pfadfinderinnen- und Brownie-Treffen und Zahn-

arzttermine und weiß Gott was noch alles. Dein Kombi muß so was wie Dein Zuhause geworden sein, während Du Deine Kinder und *meine* herumkutschiert hast.
Hast meine Mädchen bei Dir aufgenommen, obwohl Dein Haushalt sowieso schon riesig ist. Hast ihnen dieses süße Zimmer unterm Dach überlassen mit den großen Fenstern und den Himmelbetten. Hast ihnen zu essen gegeben, hast dafür gesorgt, daß Lulu nicht auf ihren Haaren herumkaut, hast Siddas endlosem Klavierspiel zugehört. Und bist auch noch mit meiner Mutter fertig geworden und ihren Versuchen, meine Kinder zu »beruhigen«. Nicht zu vergessen Deine Novenen und Deine unzähligen Rosenkranzgebete.
Und Shep. Neulich, als die Kinder schon schliefen, briet er mir ein Steak, goß mir einen Drink ein – einen kleinen – und erzählte mir, was Du alles für ihn getan hast. Er schämt sich dafür, wie er sich benommen hat, nachdem er mich in das Krankenhaus, das niemand ein Krankenhaus nennt, gebracht hat. Für seine Trinkerei. Er erzählte mir, wie Du zu seiner Jagdhütte rausgefahren bist, als niemand ihn finden konnte. Wie Du ihm geholfen hast, nüchtern zu werden, und wie Du ihn in die Stadt zurückgeschafft hast. Wie Du dafür gesorgt hast, daß er für das Ostereiersuchen nüchtern blieb.
Liebes Mädchen, Du hast Dir meinen Mann zum lebenslangen Fan gemacht. Bitte sei geduldig mit ihm, denn er wird seinen Dank nur stotternd und zögernd ausdrücken. Aber vielleicht geht es uns allen so, wenn es ums Danken geht.
Mein Dank ist unbeholfen, aber kommt von Herzen. Du stehst mir sehr nahe.

Deine dankbare Vivi

Sidda blieb eine Weile reglos liegen, dann steckte sie alle Briefe in den braunen Umschlag zurück und legte ihn auf den Couchtisch. Sie rollte sich auf den Bauch und spähte über die Sofalehne, damit sie die Ya-Yas sehen konnte. »Hallo, ihr da«, sagte sie leise.

Alle drei Frauen sahen auf.

Da erst fing Sidda zu weinen an.

Schluchzend stand sie auf, das Kissen in der Hand, und ging zum Tisch hinüber. Ihr Haar war vom Liegen platt an den Hinterkopf gedrückt. Sie sah müde aus, traurig und verloren.

»Ich hab mir's überlegt«, sagte sie unter Tränen. »Kann ich bitte noch Kaffee und ein Pekantörtchen haben?«

»Natürlich«, erwiderte Necie und war schon unterwegs in die Küche. »Ich habe vierundachtzigtausend mitgebracht.«

Teensy räumte ihre Spielkarten beiseite und sah Sidda an. *»Ma petite chou*, komm setz dich her. Bring dein Kissen mit und setz dich zu mir.«

»Nun, Freundchen, wie geht's dir? Bist du sicher, daß du mit den angeblich Erwachsenen aufbleiben willst?« fragte Caro.

»Ich möchte die Wahrheit wissen«, sagte Sidda. »Die führen wir hier nicht«, antwortete Caro. »Aber ich hätte ein paar Geschichten für dich. Reicht das?«

»Ja«, sagte Sidda und biß in eins von Necies Törtchen. »Das wird reichen müssen.«

27

Caro schloß einen Moment die Augen, um Kräfte zu sammeln. Dann ließ sie der Erinnerung freien Lauf.

Es begann kurz vor Mardi Gras. Wir vier hatten uns vorgenommen, während der Fastenzeit keinen Alkohol zu trinken. Necie nahm es ernst – sie war die einzige, die sich die ganze Zeit daran hielt. Für mich war das Ganze ein Test meiner Willensstärke. Teensy wandelte ihren Vorsatz dahingehend ab, daß sie an jedem Tag *außer sonntags* abstinent bleiben wollte. Und deine Mutter wollte schließlich nur sonntags auf Alkohol verzichten – oder gar nicht, wenn man sich zufällig außerhalb der Gemeindegrenze von Garnet aufhielt.

Ich kann dir sagen, Freundchen, wir legten eine Menge Meilen mit Teensys Bentley zurück – wir fuhren nach Lafayette, Baton Rouge, selbst nach Tioga, nur um uns einen Drink genehmigen zu können. Egal, wo, Hauptsache, es lag jenseits der Gemeindegrenze. An einem Wochenende fuhren deine Mama und Teensy nach Marksville. Ich wäre mitgefahren, aber einer meiner Jungs hatte Streptokokken. Sie fuhren am Samstag in der Früh los. Machten ein paarmal halt in diesen Cajun-Tanzschuppen, wo man schon um neun Uhr morgens tanzen und Bier trinken kann. Den ganzen Tag zogen sie so rum, bis in die Nacht hinein. Auf dem Rückweg fuhren sie den Bentley in einen Straßengraben. Niemand war verletzt, nur der Wagen lag eben im Straßengraben, und die beiden waren zu betrunken, um was zu unternehmen. Sie riefen Necie an und baten darum, abgeholt zu werden, weil sie sich nicht trauten, Chick oder Shep um Hilfe zu bitten, und weil sie wußten, daß ich ein krankes Kind zu Hause hatte.

Necie fand Teensy und Vivi in Dupuy's Lounge, wo sie sich mit Blutwurst und Gin Tonic stärkten und sich ziemlich aufführten. Es war die zweite Fastenwoche, vielleicht die dritte, genau weiß ich's nicht mehr. Die Fastenzeit zieht sich lang hin, Freundchen, die zieht sich verdammt lang hin.

Necie bestellte einen Abschleppwagen für den Bentley, dann fuhr sie die beiden nach Thornton zurück.

Das nächste, was ich erfuhr, war, daß deine Mama zu irgendeinem neuen Pfarrer gegangen war, ich habe seinen Namen verdrängt. Er schickte sie zu Dr. Lowell. Der gehörte den Kolumbusrittern an, hatte dort ziemlichen Einfluß, und von überall her schickten ihm Priester neue Patienten. Ich hatte nie von diesem Mann etwas gehört, bis Vivi dieses Rezept verschrieben bekam. Dexamyl. Ich werde dieses Wort bis zu meinem Tod nicht vergessen. Putscht dich auf und zieht dich wieder runter. Angeblich sollte es deiner Mama helfen, vom Alkohol loszukommen und ein besserer Katholik zu werden, beides gleichzeitig.

Vivi liebte diese Tabletten. Pries sie dauernd in den höchsten Tönen. Gaben ihr neue Energie, sagte sie, ließen sie das Trinken vergessen, nahmen den Appetit weg, und sie konnte mit vier Stunden Schlaf auskommen. Vivi flog. Zu hoch.

Zwei Wochen vor Ostern nahm sie an so einem viertägigen Seminar teil, mit diesem Priester, irgendwo im hintersten Arkansas. Radikaler Entzug von Alkohol, dafür Medikamente und Buße. Daß ich damals nicht gemerkt habe, was mit ihr passiert! Freunde sind doch dazu da, daß sie auf den anderen aufpassen, daß sie einen darauf hinweisen, wenn man in die falsche Richtung steuert. Aber das ist eben nicht immer möglich, Freundchen.

Ich weiß nicht, was sich auf diesem Seminar alles abgespielt hat. So nach und nach, mit den Jahren, hat Vivi einiges erzählt. Sie kannte keinen Menschen dort. Alles katholische Frauen, nur Laien, keine Nonnen, nur dieser verdammte Priester. Der Ort, an dem es stattfand, war früher offensichtlich ein Lungensanatorium gewesen, stell dir das mal vor. Sie hatte ihren Vorrat an Dexamyl dabei, ihr Gebetbuch, Rosenkranz, eine Garnitur Kleider zum Wechseln, und einen Lippenstift. Ganztägige Unterweisung, Gebet, Fasten, Kommunion, jede Menge Beichte, da bin ich sicher. Dieser ganze Mist von »Leg deine Finger in die Wunden Christi«. Sie wollte reingewaschen werden.

Ich bin kein Psychologe, Freundchen. Ich weiß nicht, welches dünne Fädchen zu weit gedehnt wurde. Ich glaube, das Dexamyl hatte viel damit zu tun. Damals wußte man noch nicht, wie gefährlich das Zeug ist. Zehnmal schlimmer als Alkohol.

Caro stand auf und ging zu der Glasschiebetür, von wo aus man den See überblicken konnte. Sie fuhr sich mit der Hand durch das kurze Haar und begann zu husten.

Sidda machte sich Sorgen. Es war ein keuchender, trockener Husten. »Alles in Ordnung, Caro? Kann ich dir was bringen?«

»Ich nehme an, wir können das Ende dieser Geschichte nicht einfach überspringen, und ich verrat dir statt dessen mein weltberühmtes Rezept für Ramos Gin Fizz?«

Sidda legte die Arme um Caros Taille. »Das ist nicht leicht für dich, nicht wahr?«

»Nein«, flüsterte Caro.

Sidda sah Teensy und Necie an. »Warum seid ihr alle gekommen. Ich mein, das hier ist kein Picknick, oder?«

»Deine *maman* vermißt dich«, sagte Teensy, ging zum Sofa und schleuderte ihre Schuhe weg.

»Wir sind so was wie ihre Botschafter, verstehst du, was ich damit meine?« fragte Necie unsicher.

»Hat sie euch *geschickt*?«

»Also, so ausdrücklich nicht«, erwiderte Teensy.

»Warum seid ihr dann gekommen? Warum ist sie nicht selbst hier? Warum erzählt sie – warum *hat* sie mir diese Geschichte nicht schon längst selbst erzählt?«

»*Weil*«, sagte Caro. »Nur: *weil*.«

Sidda wartete, bis Caro mit einem Glas Wasser aus der Küche zurückkam und wieder im Sessel Platz genommen hatte. Es war ziemlich dunkel im Raum, und Caro holte eine Schachtel Streichhölzer aus der Tasche. Einen kurzen, schrecklichen Moment dachte Sidda, sie würde sich eine Zigarette anzünden. Aber Caro nahm eine Kerze, die auf dem Tisch neben ihrem Stuhl stand, und zündete sie an. Dann griff sie abermals in die Tasche, zog eine Zigarette heraus und steckte sie sich unangezündet zwischen die Lippen. Während sie nun ihre Geschichte weitererzählte, benutzte sie die Zigarette zum Gestikulieren.

Als Vivi nach Pecan Grove zurückkehrte, war sie überzeugt – jedenfalls hat sie sich das später so zusammengereimt –, daß ihre vier Kinder vom Satan besessen wären.

Caro unterbrach sich und sah Sidda an, die immer noch bei der Glastür stand. »Freundchen, warum machst du es dir nicht ein bißchen bequem? Komm her zu mir, ich bin hier ganz allein.«

Sidda ging zu Caros Sessel hinüber, legte mehrere große Kissen auf den Boden daneben und ließ sich auf ihnen nieder. Necie legte sich zu Teensy aufs Sofa gegenüber, so daß sie sich anschauen konnten. Caro stand auf und ging wortlos zu dem Tisch, auf dem Sidda ihr kleines Kissen hatte liegenlassen.

Schmunzelnd reichte sie es Sidda. »Bitte sehr, Sportsfreund.«

Caro setzte sich wieder. »Ich nehme an, daß du dich an den nächsten Teil erinnerst. Vivi hat euch vier fürchterlich geschlagen. Sie hat dich mehrmals mit einem Ledergürtel auf die nackte Haut geprügelt. Bis ich bei euch ankam, nachdem Willetta euch alle wieder saubergemacht hatte, waren die Striemen entsetzlich angeschwollen, und ihr vier standet kurz vor einem hysterischen Anfall. Willetta und ihr Mann hatten gesehen, wie sie euch im Garten geschlagen hatte, und waren zu eurem Haus rübergerannt, wo sie Vivi daran hinderten, weiterzumachen, und euch alle ins Haus brachten. Willetta hat deine Großmutter angerufen, und deine Großmutter mich. Auf Anweisung deiner Großmutter ging ich zuerst zu Willettas Haus.«

Hier machte Caro eine Pause.

»Caro«, fragte Sidda besorgt und stand auf. »Geht's dir gut? Ich mach mir Sorgen, wenn du soviel sprichst.«

Caro legte die unangezündete Zigarette weg und zog ihren Sauerstofftank näher. Schnell und unauffällig legte sie den Schlauch an, der vom Tank zu ihrer Nase führte.

»Kann ich was tun?« fragte Sidda. »Kann ich dir noch ein Glas Wasser bringen?«

Sidda konnte selbst nur mit Müh und Not ruhig atmen. Sie ging in die Küche, wo sie für Caro ein Glas Wasser eingoß. Es war dunkel im Raum. Sidda roch den starken Kaffee auf dem Herd. Sie legte einen Moment die Wange auf die kühle Arbeitsplatte und holte tief Luft.

Ruhig bleiben. Du hast das alles bereits hinter dir.

Caro nahm einen Schluck Wasser, dann einen Schluck Kaffee und fuhr fort.

Buggy nahm euch alle mit sich nach Hause, und ich ging in euer Haus rein. Ich fand Vivi nackt auf dem Küchenboden liegend. Ich dachte erst, ich könnte mit ihr vernünftig reden. Ich wollte sie mit aller Gewalt wieder auf den Boden zurückholen. Mein Fehler.

Ich liebe deine Mutter wie eine Schwester, wie wenn sie zu meiner Familie gehörte, genausosehr wie ich meine Kinder liebe, wahrscheinlich mehr, als ich meinen Mann je geliebt habe. Und zwar von dem Tag an, als ich sie zum ersten Mal sah, damals 1933, als sie am Kiosk im Kino meines Vaters eine Orangenlimonade kaufte und so ein gelbes Kleidchen mit roten Tulpen auf den Taschen anhatte. Als ich sie nun so auf dem Boden liegen sah, war das sehr schwer für mich.

Ich führte sie ins Bad und setzte sie auf die Toilette. *Und sie wußte nicht mehr, was man da tut.*

»Freundchen«, sagte ich. »Komm, versuch dich zu entspannen und laß es einfach laufen.«

Vivis Körper war so verspannt, daß man die Adern im Gesicht

heraustreten sah. Da hab ich mich dann entschlossen, Beau Poché anzurufen, den Kinderarzt von euch allen – du erinnerst dich wahrscheinlich an ihn. Ich hatte keine Ahnung, wo dein Vater steckte. Shep war nie zu Hause. Also rief ich selbst Beau Poché an, obwohl ich verdammt genau wußte, daß er nur ein Kinderarzt war. Aber er kannte uns alle schon seit Jahren, hatte in der Band Trompete gespielt, damals als wir noch auf der High-School waren, hatte bei allen unseren Kindern unzählige Hausbesuche gemacht. Nie im Leben hätte ich diese Hurensöhne aus unserer Stadt gerufen, die sich Psychiater schimpfen und Genevieve auf dem Gewissen hatten.

Innerhalb von dreißig Minuten war Beau da. Vivi lag auf dem Boden, nackt, ich hatte einen Bademantel über sie geworfen. Sie konnte Beau nicht sagen, welches Jahr wir hatten. Sie konnte ihren Namen nicht nennen. Er gab ihr eine Spritze – irgendein Beruhigungsmittel, und sie ließ es geschehen. Da fuhr ein Truck die Auffahrt hoch. Ich gab Beau ein Zeichen, daß ich nachsehen würde, wer da kam.

Es war inzwischen dunkel geworden. Ich ging zu deinem Vater hin, als er gerade aus seinem Truck ausstieg. »Shep«, sagte ich, »Vivi ist krank. Sie hat einen Zusammenbruch gehabt. Wir müssen ihr helfen.«

»Wo sind meine Kinder?« fragte er ungehalten. »Ist alles in Ordnung mit ihnen?«

»Sie sind bei Buggy«, erwiderte ich.

Er drehte sich um und ging wieder zu seinem Wagen.

»Du brauchst gar nicht denken, daß du da jetzt wieder einsteigen kannst«, erklärte ich ihm.

Dein Vater bedeckte mit der Hand seine Augen.

»Wo ist Vivi?«

»Drinnen mit Dr. Poché.«

»Du hast diesen Mann in mein Haus geholt?«

»Genau, das hab ich gemacht, und ich will kein weiteres Wort darüber hören.«

»Vielleicht schauspielert sie nur, Caro. Du weißt doch, wie Vivi manchmal sein kann.«

Als dein Vater ins Haus kam, ignorierte er Beau Poché. Er sprach zu Vivi.

»Vivi, Babe, du siehst aus, als ob du was Ordentliches zu essen brauchen könntest. Soll ich dir was zurechtmachen?«
Dann ging dein Vater in die Küche und briet ein Pfund Speck. Deine Mutter folgte ihm. Sie setzte sich auf den Fußboden neben dem Herd und starrte seine Füße an. Ich sah zu, wie dein Vater den Speck in die Pfanne gab, Tomaten schnitt, Salatblätter in kleine Stücke riß und Brot röstete. Ich saß am Küchentisch und beobachtete ihn, wie er sich zu deiner Mutter auf den Boden setzte und versuchte, sie dazu zu bringen, von dem Sandwich, das er gerade gemacht hatte, abzubeißen. Sie wußte nicht mehr, wie man kaut. Das Essen fiel ihr aus dem Mund.
Shep sah zu uns hoch, wie wir da auf diesen Rattanstühlen am Küchentisch saßen. »Könnte vielleicht einer von euch meine Frau dazu bringen, einen Bissen von diesem Speck-Salat-Tomaten-Sandwich zu essen?« fragte er, und die Tränen liefen ihm übers Gesicht.
»Nein, Shep«, antwortete Beau Poché. »Ich fürchte, das können wir nicht.«
Dann klaubte Shep die Speckstreifen von Vivis Schoß und wischte ihr die Mayonnaise aus dem Gesicht.
Das muß an diesem – warte mal – vierten Fastensonntag gewesen sein.
Chick fuhr am nächsten Tag Teensy, Shep, deine Mama und mich zu einer Privatklinik außerhalb New Orleans'. Necie paßte auf euch alle auf. Es war ein langer Tag. Im Krankenhaus wollten wir, daß Vivi sich selber anmeldet. Shep wollte ihr nicht das Gefühl geben, sie würde einfach abgeschoben.
Aber als der Mann in der Verwaltung sie nach ihrem Namen fragte, antwortete sie: »Königin Tanzender Fluß.«
Der Angestellte schaute deinen Vater an.
»Fragen Sie sie noch mal«, bat Shep.
Der Mann fragte wieder.
»Rita Abbott Hayworth«, antwortete Vivi, »Kind der Liebe von H. G. Wells und Sarah Bernhardt.«
Ich hätte gelacht, wenn Vivi bei diesen Worten nicht einen Briefbeschwerer vom Schreibtisch genommen und ihn auf den Angestellten geworfen hätte. Er verfehlte nur knapp seinen

Kopf. Augenblicklich schlang Shep die Arme um Vivi, als wollte er sie umarmen. In Wirklichkeit versuchte er sie zu fesseln, weil wir nicht abschätzen konnten, was sie als nächstes anstellen würde.

»Ich fürchte, Ihre Frau kann mir ihren richtigen Namen nicht nennen«, sagte der Mann. »Das ist dann eine unfreiwillige Einlieferung.«

Dein Vater trat dicht zu dem Mann hin. »Hören Sie mir mal genau zu, Sie Nimrod, Sie. Ich bezahle die Rechnung in diesem verdammten Schuppen hier, und wenn meine Frau sich anmelden will als der Präsident der Vereinigten Staaten, dann ist das allein ihre Sache, haben Sie mich verstanden? *Ihr Name ist Rita Abbott Hayworth.* Meine Frau kann sich eintragen, wie es ihr gefällt, und Sie werden verdammt gut auf sie aufpassen. Sie ist nämlich nicht irgendeine. Habe ich mich deutlich genug ausgedrückt?«

Mann, das war deutlich.

Dein Vater küßte Vivi auf die Stirn, bevor wir gingen. Dann weinte er den ganzen Weg bis ins Monteleone Hotel, dort betrank er sich wortlos und war hinüber, noch ehe wir das Abendessen bestellt hatten.

Es gibt keinerlei schriftliche Aufzeichnungen darüber, daß Vivi Walker jemals drei Monate in einer Nervenklinik zugebracht hat. Niemand hat es je erfahren, außer uns. Als Vivi nach drei Monaten wieder nach Hause kam, hat sie uns deutlich zu verstehen gegeben, daß sie nicht will, daß irgend jemand davon erfährt.

Als deine Mama heimkam, hatten die Halluzinationen aufgehört. Sie konnte wieder zusammenhängend sprechen. Sie hatte unglaublich abgenommen. Das einzige, was sie anfangs zu sich nehmen konnte, waren Pfirsiche.

Wir wollten sie dazu bringen, über ihren Zusammenbruch zu reden, aber sie blockte völlig ab. Nur hin und wieder gebrauchte sie den Ausdruck: »Ich habe meinen Korb fallen lassen.« Diesen Satz hat sie sich ausgedacht, und mit ihm umschrieb sie jene ganze Episode.

Nur ein einziges Mal, Jahre später, als Vivi und ich eines Nachts allein am Spring Creek waren, redete sie darüber. Es war spät, wir hatten Gin getrunken. Sie wollte, daß ich ihr detailliert beschrieb, in welchem Zustand ich euch vier Kinder an jenem Sonntagnachmittag vorgefunden hatte. Sie wollte, daß ich ihr alles schilderte – jedes einzelne Mal an euren Körpern. Sie beobachtete mich dabei die ganze Zeit, meinen Gesichtsausdruck, die Augen, und wartete, daß ich über sie urteilte. Aber ich tat es nicht. Damals nicht und heute auch nicht. Was ich am meisten bedaure, ist, daß keine von uns je mit dir, Sidda – oder mit Little Shep, Lulu oder Baylor darüber gesprochen hat. Wir haben uns hinter diesem archaischen Glauben versteckt, daß man sich nicht einmischt, wenn es um die Kinder von anderen geht.

Eine Weile schaute Caro Sidda schweigend an, dann sagte sie: »Ich möchte, daß du eins weißt: *Dich trifft nicht die geringste Schuld.* Irgend etwas ist in Vivi zerborsten. Vielleicht sind wir Menschen der Erde ähnlicher, als wir ahnen. Vielleicht haben auch wir Verwerfungen, die früher oder später unter Druck aufbrechen.

Und natürlich war deine Mutter Alkoholikerin. *Ist* Alkoholikerin. Ich gebe es zu. Ich weiß, daß das schwer für dich ist, Sidda. Ich bestreite das nicht im geringsten.

Aber unter all den verrückten, unvollkommenen Wesen, die einem im Leben über den Weg laufen, leuchtet meine Freundin Vivi Abbott Walker wie ein strahlender Stern. Wenn sie stirbt, wird es den übrigen drei weh tun, als hätte man uns einen Teil unseres Körpers herausgeschnitten.«

Caro sah zu Teensy und Necie hinüber und lächelte. »Wir sind die letzten Überlebenden eines geheimnisvollen Stammes, Freundchen.«

Dann heftete sie den Blick auf Sidda und sagte: »Du hast Ya-Ya-Blut in dir, Siddalee. Ob dir das nun gefällt oder nicht. Es hat seine Makel, sicher. Aber was im Leben ist schon makellos?«

Caro lehnte sich mit einem Seufzer der Erleichterung zurück. Niemand sprach ein Wort. Dann stand Sidda vom Boden auf und ging zur Glastür. Sie schob sie zur Seite und trat auf die Veranda hinaus. Die Hitze des Sommertages war der Kühle der nordwestlichen Nacht gewichen. Sie blickte über den See, und der Gedanke schoß ihr durch den Kopf, ob sie nicht die Treppe hinunter zum Uferweg gehen und einfach in die Nacht hinauslaufen sollte, ohne jemals wiederzukehren.

Sie drehte sich um und sah in das Zimmer hinein, wo die drei Frauen reglos sitzen geblieben waren. Die Kerze brannte noch. Hueylene wartete an der Tür, den Kopf auf die Seite gelegt, und versuchte, alle Anwesenden im Auge zu behalten.

Sidda kam sich sehr jung und sehr alt zugleich vor. Caro, Teensy und Necie erhoben sich nacheinander langsam von ihren Plätzen und kamen zu ihr auf die Veranda. Caro stützte sich auf Necie. Sidda rührte sich nicht, als die drei Frauen die Arme um sie legten. Sie atmete ihren Geruch ein, die Luft vom See, den Duft der alten Baumriesen. Sie atmete die ganze weite Welt des Leidens und der reinen verborgenen Liebe ein, und in ihrem Inneren tat sich eine Quelle des Mitgefühls auf. Der Mond versank allmählich hinter den Baumwipfeln am gegenüberliegenden Ufer. Etwas erregte plötzlich Siddas Aufmerksamkeit. Es war der kleine Schlüssel, den sie ans Fenster gehängt hatte und der nun im verblassenden Mondlicht aufleuchtete.

28

Es war bereits früher Nachmittag, als Sidda in dem großen Zimmer allmählich aufwachte. Sie war dort in der Nacht zuvor todmüde aufs Sofa gesunken, nachdem sie den Ya-Yas ihr Schlafzimmer überlassen hatte. Jemand pfiff »When You Wish Upon a Star«, und sie dachte zuerst, sie träume. Sie ließ sich wieder tiefer in die Kissen zurücksinken. Die Luft war warm, der Duft von Zedern und Lilien strömte durch die offene Terrassentür herein. Das Pfeifen drang immer wieder bis in ihre Träume, und allmählich wurde ihr klar, daß es auf der ganzen Welt nur einen Menschen gab, der »When You Wish Upon a Star« mit all seinen hinreißenden Walt-Disney-Variationen pfeifen konnte.

Hueylene roch Connor, bevor Sidda ihn sah. Der Spaniel sauste auf die Veranda, und sein Kläffen verwandelte sich bald in ein glückliches Begrüßungsgebell. Sidda schlug die Zudecke zurück und stand auf.

Connor stand auf der Veranda und streichelte Hueylenes Bauch. Sidda schlug das Herz bis zum Hals. Sie zögerte einen Augenblick und preßte die Hand auf die Brust, um es zu beruhigen. Es klopfte wie wild, und Sidda fürchtete schon, sie bekäme einen Herzanfall. Dann erinnerte sie sich daran, daß es ihr als liebeskranker Teenager andauernd so gegangen war. Aber mittlerweile war sie vierzig, und ihre Reaktion war so heftig, daß sie fürchtete, die Beine versagten ihr den Dienst. Sie holte tief Luft, und dann lief sie, nur mit einem übergroßen T-Shirt bekleidet, durchs Zimmer, auf die Veranda, auf Connor zu, warf die Arme um seinen Hals und schlang die nackten Beine um seine Taille. Connor umfaßte ihren nackten Po, wirbelte sie im Kreis herum, und dann küßten sie sich.

Er hatte nun fast zwei Wochen ununterbrochen an sie gedacht, aber er hatte ganz vergessen, wie geschmeidig ihr schmaler Körper war, wie stürmisch und spontan sie reagierte, wie lieblich ihre Haut duftete, wenn sie gerade aufgewacht war.

Hueylene tanzte tolpatschig und glücklich um sie herum, sprang vor Freude in die Luft und bellte aufgeregt und um Aufmerksamkeit heischend.

»Hueylene, Hueylene, du blonder Bomber, du gute alte Chefin, du«, sagte Connor zwischendurch, während er Siddas Lippen, Hals, Augen, Ohren mit Küssen bedeckte.

»Bin glücklich, glücklich, glücklich!« rief Sidda aus.

Behutsam setzte Connor Sidda auf dem Geländer der Veranda ab. »Bist ziemlich gut in Form für vierzig, kleine feurige Chili.«

»Ehemalige Cheerleader altern nicht, wir färben uns nur die Haare.«

Die beiden schauten sich an und konnten nicht aufhören zu lächeln.

»Hey, Sidd-o.«

»Hey, Conn-o.«

»Hey, ihr beiden«, sagte Caro und spitzte aus der Tür heraus. »Was sehen meine müden Augen?«

»Caro! Guten Morgen.«

»Eher Nachmittag, würde ich sagen«, erwiderte Caro und trat auf die Veranda heraus.

»Lebensmittellieferung?« fragte sie und spähte auf zwei große Einkaufstüten vom Pike Place Market, die in einer Ecke standen.

Sidda zerrte ein wenig verlegen am Saum ihres T-Shirts und lächelte Connor an. »Stimmt. Mein Lieferant ist den ganzen weiten Weg von Seattle hierhergefahren, um mir was Süßes zu bringen.«

»Und da behaupten sie immer, es gäbe keine Kavaliere mehr«, bemerkte Caro.

»Darf ich vorstellen: Connor McGill – Caro Bennett Brewer«, sagte Sidda.

Caro streckte ihm die Hand entgegen und meinte: »Wer hat Ihnen das Pfeifen beigebracht, Freundchen? Wirklich nicht schlecht.«

Connor schüttelte ihr die Hand und erwiderte. »Das war meine Mutter. Das Kompliment gilt eher ihr. Freut mich, Sie kennenzulernen.«

»Ach du lieber Himmel!« rief Necie aus. Sie wollte gerade mit Teensy auf die Veranda heraustreten. »Niemand hat mir gesagt, daß ein *Mann* hier ist. Und ich hab noch nicht mal Zähne geputzt!« Mit diesen Worten verschwand sie wieder im Zimmer und ließ Teensy in der Tür stehen.

Connor ging auf sie zu und sagte: »Ich wette, Sie sind Teensy. Nach Siddas Beschreibung würde ich Sie überall erkennen.«

Teensy starrte Connor gebannt an. Sidda glaubte schon, sie habe Connor nicht gehört.

»Teensy«, sagte Caro und stieß sie an, »wo sind deine Manieren geblieben?«

»*Excusez-moi*, ich – ah – Sie sehen jemandem sehr ähnlich, den ich früher mal kannte. Sind Sie Connor McGill, der *Verlobte*?«

Connor lachte und sah Sidda an. »Ja, zumindest glaube ich, daß ich das bin.«

»Das will ich doch hoffen«, erwiderte Teensy und gab Connor einen Kuß auf die Wange. »Sie sehen nämlich umwerfend aus.«

»Ich kann es gar nicht fassen«, sagte Necie eine Stunde später. »Diese Croissants sind einfach perfekt. Die machen einen voller Brösel, wie es sich gehört. Wo, sagten Sie, haben Sie die gekauft, Connor?«

Sidda, Connor und die drei Ya-Yas genossen ein *petit déjeuner* auf der Veranda, dank Connors Lebensmittellieferung.

Ehe Connor antworten konnte, sagte Necie: »Sie müssen uns *unbedingt* in Louisiana besuchen. Ich würde so gern ein paar von unseren typischen Spezialitäten für Sie kochen.«

Connor setzte seine Tasse ab und lächelte sie an. »Bei so einer Einladung kann ich nicht nein sagen.«

»*Versprechen* Sie's«, sagte Necie.

Jetzt habe ich ein Problem, dachte Sidda.

Nach dem Frühstück fuhren die Ya-Yas kurz zu ihrem Hotel, um sich umzuziehen und die Badeanzüge zu holen. Dann verbrachten sie alle fünf den Nachmittag am See. Sie schwammen, sonnten sich auf dem Steg, und die Damen verkündeten, daß Lake Quinault, auch wenn er nicht so warm sei wie ein guter Badesee zu sein habe, er doch durchaus seine diversen Qualitäten besitze. Später legte Connor ein paar Heilbuttsteaks auf den Grill, die er aus der Stadt mitgebracht hatte. Caro half ihm beim Feuermachen, und Necie deckte auf, wobei sie ihn eingehend beobachtete, um zu sehen, wie er sich als Koch anstellte. Teensy schenkte ihnen ständig Merlot nach, und Sidda war die Zubereitung des Desserts anvertraut worden – frische Blaubeeren, beträufelt mit Necies Courvoisier.

Es war noch nicht acht Uhr, als die Ya-Yas gute Nacht sagten. Der Reihe nach umarmten sie Sidda, und jede flüsterte ihr etwas ins Ohr.

»Er ist *au cœur tendre*«, wisperte Teensy.

»Heirate einen Mann, der gern kocht!« wisperte Necie.

»Mach dir keine Sorgen wegen deiner Mama«, wisperte Caro. »Ein Schritt nach dem anderen, Freundchen, nur so geht's.«

Dann, als sie allein waren, taten Sidda und Connor das, wonach sie sich schon seit Wochen gesehnt hatten. Als sie sich auszogen, konnte keiner den Blick vom anderen wenden. Auf dem Bett legte Connor zärtlich den Finger auf Siddas Unterlippe und drückte sie ein wenig nach unten, bevor er sie küßte. Diese Geste jagte ihr Schauer über den Rücken hinunter, und schon bald flogen ihre Körper dahin, wohin sie in ihrer Phantasie längst gereist waren.

Während sie sich liebkosten, streichelten und einander in Besitz nahmen, fühlte sich Sidda, als würde sie ihren Körper wieder neu kennenlernen. Je intensiver ihr Liebesspiel wurde, desto empfänglicher schien sie zu werden für sinnliche Freuden, aber auch für einen Kummer, der tief in ihrem Inneren steckte. Auf dem Höhepunkt ihres Liebestaumels, der fast gleichzeitig mit dem von Connor erfolgte, schrie Sidda auf. Erlöst fing ihr Körper an zu zittern, doch dann begann sie zu weinen. Sie kam sich entkleidet, entblößt, ausgeliefert vor. Als ob ihre schützenden Mauern gefallen wären und sie nun offen dalag, angreifbar in jeder Beziehung. Neben Liebe und Verlangen durchströmten sie Verlorenheit und Trauer, und dieser Aufruhr der Gefühle ließ sie wund und ungeschützt zurück.

»Tut mir so leid, tut mir leid. Immer bin ich nur am Heulen.«

»Meine Blume«, sagte er zärtlich, »was es auch ist, es macht nichts.«

Sidda bemühte sich zu lächeln, aber es mißlang ihr.

»Liebes«, fragte Connor, »was hast du denn?«

Sidda machte sich von ihm los und setzte sich auf. In kurzen Zügen erzählte sie ihm die Fastenzeitgeschichte der letzten Nacht. Er beobachtete sie, während sie sprach, und als sie geendet hatte, versuchte er, sie wieder an sich zu ziehen. Aber es gelang ihm nicht.

»Sie hätte es mir selbst sagen sollen.«

Connor fuhr ihr sanft übers Haar. »Sie hat doch ihre Boten geschickt.«

»Das ist nicht genug«, murmelte Sidda und mußte sich räuspern.

Sie stieg aus dem Bett. »Das hast du nicht verdient, Connor. Ich bin ein Wrack.«

Connor betrachtete ihren nackten Körper, ihre rosige Haut, als sie aus dem Zimmer ging und die Tür hinter sich ins Schloß fallen ließ. Er lag auf dem Bett und studierte das Zimmer, die Gegenstände: Siddas Bücher, ihren Bademantel an einem Haken an der Tür, lila und blaue Hortensien in einer Vase auf dem Nachttisch, die mit Randnotizen versehene, aktuellste Version von Mays Musical-Version der *Frauen*. Er liebte diese Gegenstände aus Siddas Leben, er liebte ihren vierzigjährigen Körper, ihren quicklebendigen Geist. Er nahm sich vor, nicht eher zu Sidda zu gehen, als bis die Drossel draußen vor der Hütte zu singen aufgehört hätte. Bis dahin blieb er auf dem Bett liegen und versuchte, die anderen Vögel zu bestimmen, die er in der Umgebung hörte.

Sidda stand an dem runden Eichentisch im großen Zimmer und schlug das Album auf. Die Nacht war immer noch ziemlich warm, und sie hörte das Geräusch der Motten, wenn sie gegen die Glasscheibe der Tür prallten.

Sie entdeckte ein Foto, auf dem Vivi, ungefähr Mitte Zwanzig, auf einer Picknickdecke im Gras lag. Ihre Mutter hatte das Kinn in die Hände gestützt und betrachtete versonnen ein kleines Baby, unter dessen Sonnenhütchen rotblonde Haarsträhnen hervorlugten. Das Baby erwiderte Vivis Blick. Beide schienen alles um sich herum vergessen zu haben. Ihre eigene Welt in diesem Augenblick war so klein, und doch schien sie so vollkommen.

Sidda drehte das Bild um. Auf der Rückseite stand: »Königin Tanzender Fluß mit erstgeborener königlicher Tochter.« Sie sah wieder das Foto an, und Tränen stiegen ihr in die Augen. Warum hatte sie das warme Bett ihres Geliebten verlassen, nur um wieder zu diesen alten Fundstücken zurückzukehren?

Sie legte das Foto beiseite und widmete sich dem Packen von Vivis Dankesbriefen an die Ya-Yas. Einen nach dem anderen nahm sie behutsam in die Hand und las ihn noch einmal genau durch. Allmählich erkannte sie die Liebe, die aus den Worten ihrer Mutter sprach. Ihr fiel ein Satz ein, auf den sie einmal zufällig gestoßen war: »Worte führen hin zu den Werken. Sie bereiten die Seele vor, machen sie empfänglich und führen sie hin zur Liebe.« Wer hatte das gesagt, war das nicht die heilige Teresa gewesen?

Sidda dachte an die unbeschreibliche Freude, die sie gespürt hatte, als sie das Gesicht ihrer Mutter nach deren Rückkehr zum ersten Mal wieder gesehen hatte; an die Freude, als sie ihren Geruch wieder wahrnahm, nach dieser so endlos scheinenden Trennung, für die man ihr keine Erklärung gegeben hatte. Sie sah Vivi in ihrem Baumwollnachthemd vor sich, ihre schmale Gestalt, als sie in der Tür stand, um Sidda gute Nacht zu sagen. Sie spürte wieder ihre Sehnsucht von damals, Vivi möge näher kommen, sich zu ihr ins Bett legen, sie im Arm halten und ihr versprechen, niemals wieder fortzugehen; dann Vivis Fußtritte auf dem Korridor. Das schmerzliche Verlangen nach der Nähe ihrer Mutter hatte allmählich die Oberhand gewonnen über die Wut, die sie wegen ihres Fortgehens auf Vivi empfunden hatte.

Sie hörte nicht, als Connor ins Zimmer trat. Als er sie an der Schulter berührte, zuckte sie zusammen. Sie wandte sich von ihm ab und zog den Baumwollüberwurf vom Sofa.

Die Lampe in der Ecke verströmte gedämpftes Licht. Sidda

wickelte die Decke eng um ihren nackten Körper und ging zum Tisch zurück. Connor stand nackt da, mit hängenden Armen.

»Ich habe mir gerade dieses Buch mit den angeblich so göttlichen Geheimnissen angeschaut«, sagte Sidda.

Connor blätterte ein paar Seiten um. Bei einem Foto hielt er inne und sagte: »Ya-Ya-Maiden in guter Hoffnung.«

Sidda betrachtete das Bild. Der Schnappschuß war ihr schon vorher aufgefallen, aber sie hatte ihn nie richtig beachtet. Unter dem Bild stand: »Schönheiten von 1952.« Die vier Ya-Yas waren darauf zu sehen, Anfang Zwanzig, alle hochschwanger, wie sie um einen Küchentisch versammelt saßen. Caro hatte die Füße auf den Tisch gelegt, ein Arm ruhte auf Vivis Stuhllehne. Necie hielt den Kopf ein wenig gesenkt, die Augen fast geschlossen, und lächelte. Teensy fuchtelte mit den Armen, als erzählte sie gerade irgendeinen unanständigen Witz. Sie hatte ihre Füße neben denen von Caro auf den Tisch gelegt. Vivi hatte den Kopf zurückgeworfen vor Lachen, ihr Mund stand weit offen, und man konnte die Zähne sehen. Jede der Frauen trug Umstandskleidung. Jede hatte in der einen Hand ein Glas und in der anderen eine Zigarette – mit Ausnahme von Necie, die Nichtraucherin war.

»Pränatale Kindsmißhandlung, eingefangen auf Kodak«, bemerkte Sidda.

Connor beugte sich näher zu dem Foto auf dem Tisch. »1952, sie war mit dir schwanger, Sidda.«

Er zeigte mit dem Finger auf Vivis riesigen Bauch. »Sieht so aus, als hätte der Stamm Spaß gehabt. Und du hast mit deinem Zwillingsbruder in diesem zweifachen Basketballbauch gelegen, nicht wahr?«

»Ich bin überzeugt, er gedieh prächtig mit all dem Alkohol und Nikotin.«

»Sieh dir nur diese Frauen an, Sidda. Die trinken zwar und rauchen, aber zählt das andere nicht auch? Schau doch. Schau dir das Bild genau an.«

Er hielt das Album näher an ihr Gesicht. »Schau es dir an, wie du Schauspieler betrachtest, ohne daß du dir selber im Weg stehst.«

»Hör auf, Connor.«

»Nein, ich höre nicht auf.«

Widerwillig betrachtete Sidda den Schnappschuß. Sie zwang sich hinzusehen, auf das Leuchten in ihren Augen, die Haltung der Köpfe, den Ausdruck auf den Gesichtern, die vollkommen entspannten Körper, die unverkrampften Gebärden. Sie ließ das Foto auf sich einwirken, wie sie es mit Schauspielern machte, bis sie die Energie spüren konnte, die von ihren Körpern ausging.

»Was siehst du?« fragte Connor.

Sidda umklammerte die Tischkante. »Wohlbehagen«, sagte sie kaum hörbar. »Ich sehe Leichtigkeit und Wohlbehagen. Ich sehe Leiden irgendwo in den Augen meiner Mutter, aber ich spüre auch die Kameradschaft. Lachen, Freundschaft.«

Connor beobachtete sie und hörte zu.

»Aber –«, sagte Sidda und unterbrach sich.

»Aber was, Sidda?« fragte Connor.

Sidda stand auf und wollte weggehen in Richtung Küche.

Connor packte sie am Arm und wiederholte seine Frage.

»Aber was?«

»Aber sie konnte mich nicht lieben, und ich kann dich nicht lieben.«

»O nein«, erwiderte Connor und zog sie zum Tisch zurück. »So läuft das nicht.«

Er zeigte abermals auf das Foto. »*Schau* sie dir an. Ich habe diese Frauen doch kennengelernt. Mit siebzig haben die immer noch die gleiche Leichtigkeit und dieses Wohlbehagen. *Und sie lieben dich. Sie möchten, daß du glücklich bist.* Ist mir schon klar, daß ich der göttlichen Vivi noch nicht begegnet bin, aber ich garantiere dir, sie fühlt genauso. Zählt denn ihr Lachen gar nicht? Sind dieser Schwesternbund und das Lachen und das Wissen, daß man nicht allein auf der Welt dasteht, denn überhaupt nichts wert? Hast du nicht durch die Nabelschnur, neben all dem anderen, nicht auch etwas von diesem Geist aufgenommen?«

Sidda wandte sich ab, aber Connor nahm ihr Gesicht in seine Hände und zwang sie, ihm in die Augen zu sehen. »Sid, ich bin nicht deine Mutter. Und ich bin auch nicht dein Vater. Und ich möchte dich haben, egal wie.«

Sidda schwieg, dann sagte sie: »Das gibt es, daß die Alligatoren manchen Leuten den Weg abschneiden.«

In Connors Augen standen Tränen, er atmete schwer. »Ich bin stärker als die Alligatoren. Und raffinierter.«

Ein Schluchzen erschütterte Siddas Körper. »Du sollst so was nicht für mich tun, Connor. Ich habe –«

»Ich möchte verdammt noch mal ja gar nichts für dich *tun*!« Abrupt wandte er sich ab. Er blieb vor der Verandatür stehen und verlagerte mehrmals sein Gewicht von einem Bein auf das andere, fast wie ein Boxer. Sidda hörte das Tappen seiner bloßen Füße auf dem Holzboden. Sie nahm seinen nackten, schlanken, muskulösen fünfundvierzigjährigen Körper wahr, der in seiner Intensität und Überzeugung völlig unbefangen wirkte.

Sein Blick heftete sich auf sie. »Ich möchte überhaupt nichts *tun*. Ich möchte dich nur lieben.«

Sie konnte nicht antworten.

»Schau mal, ich bin fünf Jahre älter als du, und ich *wollte* noch nie jemanden heiraten. Aber jetzt hol ich das nach. Glaubst du, ich hätte *eine* ruhige Minute gehabt, seit du die Hochzeit aufgeschoben hast? Ich fühle mich, als ob ich an einem Faden über dem Abgrund der Verzweiflung hänge, verdammt. Ich ertrage dieses Fegfeuer der Ungewißheit nicht, Sidda.«

Connor öffnete die Tür und ging auf die Veranda hinaus.

Eine schreckliche Zeile aus ihrem katholischen Katechismus fiel Sidda plötzlich ein: »Das Fegfeuer ist noch nicht die Hölle. Aber die Seelen der Neugeborenen leiden dort trotzdem, weil sie nicht das Antlitz Gottes sehen können.«

Als Sidda auf die Veranda trat, schoben sich dicke Kumuluswolken vor den Mond, der bereits wieder am Abnehmen war. Sie ging zu Connor, der, auf die Brüstung gestützt, auf den See hinausstarrte. Sie ließ die Baumwolldecke herabgleiten und schmiegte sich an seinen Rücken.

»Hab ich denn nicht zu viele Gespenster für dich?« flüsterte sie.

Connor McGill stand reglos da und blickte über den See. Er beobachtete die Wolken, die sich vor den Mond schoben, ihn kurz verdunkelten und dann weiterzogen, so daß sein schneeiges Weiß wieder zum Vorschein kam. Bedächtig wählte er seine

Worte: »Nein, du hast nicht zu viele Gespenster für mich. Nicht zu viele, und nicht zu wenige.«

Da umarmte ihn Sidda. Sie preßte ihn an sich und sog gierig die Bedeutung seiner Worte ein. Lange standen sie so da im Mondlicht, während Hueylene geduldig zu ihren Füßen wartete.

Schließlich fragte Sidda: »Was meinst du, sollen wir zu mitternächtlicher Stunde ein bißchen schwimmen gehen?«

Sie gingen die steile Treppe zum Steg hinunter und ließen sich splitternackt in das eisige nordwestliche Wasser gleiten. Zum Ufer zurück schwammen sie auf dem Rücken, damit sie den Mond betrachten konnten, und mit ihrem kräftigen Beinschlag schickten sie weiße Wasserfontänen in die Luft.

Als sie zur Hütte zurückgingen, waren beide hellwach. Während sie sich gegenseitig auf der Veranda trockenrubbelten, entdeckte Connor den kleinen Schlüssel, den Sidda ans Fenster gehängt hatte.

»Wofür ist der kleine Schlüssel?« fragte er.

Sidda frottierte gerade ihre Haare trocken und sah hoch. Als sie den Schlüssel erblickte, blieb sie wie erstarrt stehen. Sie hielt den Körper leicht nach vorn gebeugt und neigte ein wenig den Kopf zur Seite, als ob sie von irgendwoher ein schwaches Rufen vernehmen würde, mit dem sie jemand aus weiter Ferne erreichen wollte.

Dann löste sie sich aus dieser tranceähnlichen Erstarrung, ging in die Hütte hinein, stellte sich auf Zehenspitzen, griff nach dem Schlüssel und nahm ihn von seinem Platz herunter. Ein Lächeln huschte über ihr Gesicht. Wie ein Kind legte sie plötzlich die Hand vor den Mund. Sie sah aus, als hätte sie soeben einen verborgenen Schatz entdeckt.

Dann lachte Sidda glücklich auf. »Connor, hättest du Interesse, mit mir die Flasche Moet zu teilen, die seit zwölf Stunden mysteriöserweise in meinem Kühlschrank liegt?«

»Da laß ich mich nicht lange bitten.«

Als Connor mit dem Moet zurückkam, fand er Sidda im Mondlicht sitzend vor. Mit einer Hand streichelte sie Hueylene, mit der anderen spielte sie an dem Schlüssel. Schwungvoll präsentierte er zwei Gläser, die eigentlich für Marmelade gedacht waren, entkorkte die Flasche, schenkte den Champagner ein und stellte dann die Flasche in einen leeren Olivenölkanister, den er mit Eis gefüllt hatte.

»Auf was trinken wir?« fragte er.

»Auf Lawanda die Erhabene«, erwiderte Sidda und drückte den Schlüssel an die Lippen. Dann zeigte sie ihn Connor. »Dieser Schlüssel sperrt sie auf.«

»Lawanda?« fragte Connor ungläubig. »Gibt es eine Geschichte dahinter?«

»Daß du das überhaupt fragst.«

»Ich habe Zeit, die ganze Nacht. Und weitere Nächte.«

»Fein. Ich bin nämlich in Isak-Dinesen-Stimmung.«

»Nur zu, Ms. Walker«, sagte Connor, zog ihre Füße auf seinen Schoß und begann, ihre Zehen zu massieren. »Fliegen Sie mich zum Mond.«

Sidda schloß kurz die Augen, als ob sie sich besinnen müßte. Langsam führte sie das Glas an die Lippen und nahm einen Schluck Champagner. Sie spähte auf den kleinen Schlüssel in ihrer Hand. Dann weihte sie Connor ein.

29

Lawanda die Prächtige, ein riesiger, weiblicher Elefant, kam 1961 nach Thornton, damals im Sommer, als ich die zweite Klasse beendet hatte.

Ortsansässige Bauunternehmer hatten kurz vorher eine riesige Fläche Farmland eingeebnet und asphaltiert und darauf das Southgate Einkaufszentrum errichtet, das erste seiner Art in Zentral-Louisiana. Thornton hatte etwa zehntausend Einwohner. Wenn jemand ein Geschäft eröffnete, ganz zu schweigen von einem Einkaufszentrum, war das schon ein ziemliches Ereignis.

Damals gingen alle noch zum Einkaufen in die Stadt, in die Geschäfte am Fluß entlang. Dankbar betrat man die paar Läden mit dem Zeichen des Pinguins von *Kool*, unter dem stand: »Kommt doch rein. Hier ist es Kool.« Auf den Stühlen vor dem River Street Café saßen die alten Käuze und Schwätzer und lästerten über die neuesten Mätzchen von Earl Long. Der Trinkbrunnen für die Schwarzen befand sich noch hinter dem Haus, beim Lagerraum, obwohl damals schon einige der Wagemutigeren sich weigerten, ihn zu benutzen. Nur die Glücklichen und die Reichen hatten damals eine Klimaanlage im Haus, und obgleich meine Familie beides war, waren wir es gewohnt, in der subtropischen Hitze Louisianas zu schwitzen, wo man einen Tag als angenehm sommerlich empfand, wenn die Temperatur unter 36°C und die Luftfeuchtigkeit unter 98 Prozent sank.

Anläßlich der großartigen Eröffnungsfeier bot man allen weißen Kindern aus dem Kreis Garnet die Möglichkeit, kostenlos auf einem Elefanten zu reiten. Plakate mit dem Bild des Elefanten und der Aufschrift »Lawanda die Prächtige, aus dem tiefsten, wildesten Dschungel Afrikas« klebten an allen Ecken und Enden Thorntons. Seit Wochen hatte ich nur Elefanten im Kopf, ich träumte, las und sprach von nichts anderem, und als der Tag der feierlichen Eröffnung endlich da war, war ich völlig aus dem Häuschen.

Die Ya-Yas mit allen sechzehn Kindern im Schlepptau erschienen frühzeitig am neuen Einkaufszentrum und inszenierten rasch noch eine kleine Party auf dem Parkplatz, wobei die Kofferraumdeckel als Ablage für die Colas, Cocktails und Knabbereien dienten. Es war der größte Parkplatz, den ich je in meinem Leben gesehen hatte. Ich mußte blinzeln und mir die Augen reiben. Ich hatte die Orientierung verloren, denn da, wo bisher immer nur Baumwollfelder gewesen waren, befanden sich nun Geschäfte und asphaltbedeckte Flächen. Ich hatte noch nie gesehen, wie ein Feld einfach verschwand. Ich wußte nicht, daß so etwas möglich war. Ich dachte, ein Feld sei ewig. Damals dachte ich, alles sei ewig.

Als wir ankamen, spielte die Schulband der Thornton High-School, und halbwüchsige Mädchen in Stepptanzschuhen tanzten auf einer Bühne vor dem nagelneuen Walgreen's. An einem Tisch gab eine Dame, die direkt aus *Der Preis ist heiß* zu kommen schien, jedem Kind einen kleinen Schlüssel, so einen wie diesen hier in meiner Hand.

Sidda hielt den Schlüssel hoch, damit Connor ihn sehen konnte.

»Früher hing er an einer Schlüsselkette mit einem kleinen blauen Plastikelefanten dran. Auf dem Elefanten war eine Nummer aufgedruckt, damit man wußte, wann man mit dem Reiten an der Reihe war.«

»Den hat dir Vivi-Schätzchen geschickt?«

»Den hat mir Vivi-Schätzchen geschickt.«

Sidda nahm einen Schluck Champagner und lehnte sich wieder in den Stuhl zurück. Sie wußte es zu schätzen, wie geduldig und aufmerksam Connor ihr zuhörte.

Ich werde nie vergessen, wie ich Lawanda zum ersten Mal sah. Sie war ein riesiges, prächtiges Tier, ihr mächtiger Körper stand in einem ausgewogenen Verhältnis zu ihrer Größe. Ihre Bewegungen hatten etwas überraschend Graziöses an sich. Die Füße waren so groß wie ein Basketball. Sie hatte majestätische vorspringende Brauen und tellergroße Augen mit fußlangen Wimpern. Ihre Ohren waren so groß wie Kartentische, und ihre Zehennägel erinnerten an Platzteller. Wenn sie mit den Ohren wedelte, spürte ich einen Luftstrom. Natürlich habe ich keine Ahnung, wie groß sie in Wirklichkeit war – ich sah alles aus der Perspektive eines siebenjährigen Kindes.

Es war typisch, daß Mama und die Ya-Yas die einzigen Mütter waren, die darauf *bestanden*, zusammen mit ihren Kindern auf Lawanda zu reiten, und das nicht etwa aus mütterlicher Sorge. Sie wollten sich einfach nicht die Gelegenheit entgehen lassen, auf einem Elefanten zu reiten.

Als wir an der Reihe waren, stiegen wir ein paar Stufen auf ein hölzernes Podest hinauf, das man errichtet hatte, damit die Kinder leichter auf Lawandas Rücken klettern konnten. Mama stand neben mir und hielt Baylor, meinen kleinen Bruder, an der Hand. Er muß damals etwa vier gewesen sein. Ich weiß noch, daß Mama ihm ein rot-weiß gestreiftes Hemd angezogen und ein Strohhütchen aufgesetzt hatte. Natürlich hatte sie uns alle ausstaffiert, wie ihrer Vorstellung nach Elefantenreiter angezogen sein mußten.

»Siddo Kiddo! Jetzt bist du dran. Steig rauf!« rief Mama.

Ich beäugte Lawanda, auf deren Rücken bereits Lulu, Little Shep und Baylor saßen. Ich weiß nicht, was passiert ist, aber plötzlich erstarrte ich zu Eis.

»Komm schon, Mädchen«, sagte Mama.

Die Assistentin des Elefantenwärters streckte die Hand aus, um mir auf Lawanda hinaufzuhelfen. Aber ich war wie gelähmt.

»Sidda-Schätzchen«, sagte Mama. »Sei kein Spielverderber. Komm, steig zu uns rauf.«

Sidda nahm noch einen Schluck Champagner. »Muß ich dir erzählen, daß es eine der schlimmsten Sünden in Vivis Kirche war, ein Spielverderber zu sein? Es ist das elfte Gebot, das Moses oben am Berg vergessen hat: Du sollst kein Spielverderber sein.«

Sidda gab Hueylene einen leichten Klaps auf die Stirn und fuhrt dann fort.

»Ich kann nicht, Mama, ich hab so große Angst.«

»Kommst du allein zurecht?« fragte mich Mama.

»Ja, Madam«, flüsterte ich und ließ beschämt den Kopf hängen.

»Also gut«, meinte sie schließlich und kletterte auf Lawandas Rücken zu meinen drei Geschwistern.

Mit jedem Schritt, den Lawanda mit ihren gewaltigen Füßen zurücklegte, wuchs meine Panik. *Sie werden alle umkommen. Lawanda wird sie abwerfen und zertrampeln. Sie wird sie wie Ameisen zerquetschen und ihre Körper wie Ketchup auf dem neuen Asphalt verschmieren.*

Ich kletterte von dem Podest herunter, aber in dem Gewühl konnte ich nirgends die Ya-Yas entdecken. Das Gedränge war einfach zu groß. Wohin ich mich auch wendete, überall waren nur Fremde, und alle waren sie größer als ich. Zum ersten Mal in meinem kleinstädtischen Leben erfuhr ich, was eine Menschenmenge ist und was es bedeutet, wenn man niemanden trifft, den man kennt.

Ich arbeitete mich aus dem Getümmel heraus und blieb am Rand stehen. Wie sehr ich mich auch auf die Zehenspitzen stellte und streckte, nirgends konnte ich Lawanda und meine Familie entdecken. Mir war so heiß wie nie zuvor in meinem Leben. Auf der Teerdecke des Parkplatzes bildeten sich Blasen, so glühend heiß war es.

Ich umklammerte meine Elefantenschlüsselkette und suchte Mamas T-Bird. Ich hätte auf diesem Elefanten reiten sollen, sagte ich mir. Es war besser, mit Mama zusammen zu sterben, als ohne sie festen Boden unter den Füßen zu haben. Wenn ich Baylor und Little Shep und Lulu verliere, bin ich traurig. Wenn ich Mama verliere, muß ich sterben.

Ich ging Reihe für Reihe die geparkten Autos ab und hielt Ausschau nach dem roten Tuch an Mamas Antenne. »Heiliger Antonius, hilf mir geschwind, daß das, was ging verloren, ich

wiederfind.« Immer wieder sagte ich mir dieses Gebet vor, bis ich endlich unser Auto fand.
Der metallene Türgriff war so heiß, daß ich mir fast die Hand verbrannte. Drinnen im Wagen war die Hitze so unterträglich, daß ich fürchtete, ich würde umkippen, obwohl die Fenster alle heruntergekurbelt waren. Ich nahm das Strandtuch, das Mama im Wagen liegen hatte, und breitete es auf dem Fahrersitz aus. Dann drehte ich das Lenkrad hin und her und führte mich auf wie meine Mutter. Ich hupte, ich stellte das Radio an. Ich tat so, als steckte ich mir eine Zigarette an. Dann trat ich auf die Bremse und brüllte: »Verdammt noch mal! Hau ab, Mann!«
Ich konnte nichts gegen meine morbiden Gedanken machen. Was soll ich nur tun, wenn sie mir sagen, daß Mama tot ist? Wie soll ich Daddy finden? Ob die Ya-Yas mich adoptieren werden?
Ich schloß die Augen und schickte Lawanda eine Botschaft. *Tu's nicht, Lawanda. Bitte. Töte meine Mutter nicht.*
Ich roch Mama, noch ehe ich sie sah. Ich war auf dem Fahrersitz eingenickt, und ihr Geruch weckte mich auf. Ich erkannte ihn sofort: ihren individuellen Geruch, Coppertone, die Sonne auf ihrer Haut, und, ganz schwach, ihre Lotion von Jergen und ihr Hovet-Parfüm. Ich schlug die Augen auf, und ihre Hand lag auf meiner Schulter. Sie stand direkt neben dem Auto.
Ich sprang aus dem Wagen und begrub mein Gesicht in ihrem Schoß.
»Du bist nicht tot, Mama! Du bist nicht tot!«
Sie hob meine Haare hoch und blies auf meinen Nacken.
»Hat schon wieder jemand das Gerücht in die Welt gesetzt von meinem vorzeitigen Ableben?« fragte sie lachend. Dann holte sie aus der Kühlbox ein Bier und eine Cola heraus.
»Schätzchen«, sagte sie und preßte die eiskalte Colaflasche sanft gegen meinen Nacken, »du hast den Ritt deines Lebens verpaßt!«
Auf dem Heimweg, die Ya-Yas im Konvoi hinter uns, erklärte Mama: »Es ist mir egal, ob die hier ein Saks Fifth Avenue bauen oder nicht, denn den größten Spaß in diesem Einkaufs-

zentrum hab ich sowieso mit *Lawanda* gehabt! Schade, daß Lawanda nicht jeden Tag dort ist – statt diesem lächerlichen Singer-Nähzentrum für diese Berufsförderungstypen.«
»Lawanda geht wieder fort«, sagte Little Shep. »Lawanda war nur heute da.«
»Lawanda die Prächtige, ist sehr beschäftigt«, meinte Mama.
»Wird Lawanda mich wiedererkennen, wenn ich sie mal wieder treffe?« fragte Lulu.
Mama überlegte kurz, dann antwortete sie: »Die Frage lautet eher: Erkennst du *Lawanda* wieder?!«
Ich saß auf dem Beifahrersitz und hatte Baylor auf dem Schoß. Mit einem Schlag wurde mir bewußt, was ich alles verpaßt hatte. Ich hatte Lawanda in die riesigen Augen geschaut, und sie hatte meinen Blick erwidert. Ich hatte ihr die Botschaft geschickt, Mama nicht zu töten, und sie hatte mich gehört. Lawanda hatte mir die Chance geboten, auf ihren mächtigen Rücken zu klettern, *und ich hatte sie ausgeschlagen.*
Ich brach in Tränen aus.
»Sidda«, fragte Mama, »was ist denn mit dir los?«
»Es geht mir nicht gut«, murmelte ich. Ich wollte ihr nicht den Grund für mein Weinen sagen. Nicht vor den anderen, die mich vielleicht ausgelacht hätten, weil ich mich nicht getraut hatte.
Mama gab mir aus ihrer Tasche ein Kleenex, dann legte sie die Hand an meine Stirn. »Ich glaube nicht, daß du Fieber hast.«
Aber ich konnte nicht aufhören, hemmungslos zu weinen. Ich stieß Baylor von meinem Schoß und schob ihn nach hinten auf den engen Rücksitz des T-Birds zu den anderen.
Als wir in Pecan Grove ankamen, kletterten die anderen Kinder aus dem Wagen und spielten im Garten Elefant. Mama stieg ebenfalls aus, aber ich blieb sitzen. Ich zog das Oberteil meines Spielanzugs hoch und begrub mein Gesicht darin. Ich spürte, wie meine Tränen auf meinen warmen Bauch tropften.
»Strapazier nicht meine Geduld, Mädchen«, drohte Mama. »Entweder du sagst mir, was los ist, oder du hörst auf damit.«
»Ich will auf Lawanda reiten«, murmelte ich in meinen Spielanzug.
Mama beugte sich zu mir hinunter. »Nimm dein Gesicht aus

deinem Spielanzug und sprich lauter. Du wirst im Leben nie etwas bekommen, wenn du so murmelst.«

Ich hob den Kopf und sah Mama an. Mein Gesicht spiegelte sich in ihrer Sonnenbrille.

»Ich sterbe, wenn ich nicht auf Lawanda reiten kann.«

»Warum bist du nicht geritten, als du die Gelegenheit dazu hattest?«

»Ich weiß nicht. Ich hab Angst gekriegt.«

»Was hat dich so erschreckt, Schätzchen?« Sie setzte sich ins Gras neben der Auffahrt.

»Ich hab Lawanda angesehen, und dann hab ich Angst gekriegt, und dann seid ihr alle losgeritten und ich hab gedacht, sie trampelt euch jetzt alle tot.«

»Ach«, erwidert Mama, »die Alligatoren können dich immer erwischen, egal wie alt du bist, aber das schlimmste ist, wenn du vor Schreck ganz starr wirst. Verstehst du, was ich meine?«

»Ja, Madam.«

»Aha, du mußt also unbedingt auf *Lawanda* reiten. Hab ich recht?«

Ich nickte.

»Du kannst sonst nicht mehr in den Spiegel schauen, hab ich recht?«

»Ja, Madam, genauso ist es.« Ich fühlte mich wunderbar erleichtert, daß sie meine Gedanken lesen konnte. Ich hörte zu weinen auf.

»Okay«, sagte Mama, griff durchs Wagenfenster und hupte. »Dann müssen wir Plan 27-B anwenden.«

Caro, die mit den anderen Ya-Yas bereits ins Haus gegangen war, steckte den Kopf durch die Tür und fragte: »Was ist los, Freundchen?«

»Sidda und ich müssen uns mit jemandem wegen einem E-l-e-f-a-n-t-e-n unterhalten. Wir sind bald zurück. Im Kühlschrank sind Shrimps, der Wodka ist im Gefrierfach, und in der Keksdose sind Oreos. Mein Haus ist euer Haus.«

Ich setzte mich ins Auto neben meine Mutter, und wir brausten los, in Richtung Lawanda.

Der Parkplatz war fast leer. Der Besitzer des Elefanten spritzte ihm gerade die Beine mit einem Wasserschlauch ab, und die Assistentin schichtete vor ihm einen Ballen Heu auf. Ich stand wie angenagelt da und sah Lawanda zu, wie sie den Rüssel senkte, ein Büschel Heu damit umfaßte und es im Maul verschwinden ließ.

»Hallo, Sir«, grüßte Mama. »Ich weiß, Sie hatten einen langen Tag und Sie müssen völlig erschöpft sein. Aber könnten Sie sich irgendwie vorstellen, meine kleine Tochter freundlicherweise noch einmal reiten zu lassen?«

Er beäugte irgend etwas an Lawandas gewaltigem Fuß. »Ne«, sagte er.

Mama trat noch einen Schritt näher. »Bitte, Sie müssen. Sie hat Panik bekommen, als sie an der Reihe war, und jetzt will sie unbedingt noch mal reiten.«

»Pech«, meinte der Mann.

Ich betrachtete Lawandas Füße. Zwischen ihren Zehen steckten Teerbrocken.

»Nur ganz kurz?« fragte Mama. »Natürlich würde ich es Ihnen gerne bezahlen. Warten Sie einen Moment, ich bin gleich zurück.«

Mama rannte zum Auto und kam mit ihrer Tasche zurück. Sie kramte darin herum, bis sie ihre Brieftasche fand.

»Hier bitte sehr. Ich kann Ihnen zwei Dollar und zweiundsiebzig Cent geben.«

»Nichts zu machen«, erwiderte der Mann. »Da müssen Sie schon mehr rausrücken. Das Mädchen ist müde. Wir müssen heute nacht noch bis Hot Springs, Arkansas, fahren.«

Er nannte Lawanda ein Mädchen.

Mama suchte fieberhaft in ihrer Brieftasche nach mehr Bargeld, aber alles, was sie hatte, waren Daddys Kreditkarten. Während meiner ganzen Kindheit hatte Mama nie ein eigenes Bankkonto besessen. Sie war völlig abhängig von den zahlreichen Kundenkreditkonten meines Vaters und davon, wieviel Bargeld er ihr in die Hand drücken wollte.

»Ich nehme an, Sie könnten es sich nicht vorstellen, es zu Lasten meines Mannes anzuschreiben, nicht wahr?« sagte Mama in scherzhaftem Ton. »Wie wäre es mit ein paar Rabattmarken?«

»Sie verschwenden meine Zeit«, antwortete der Mann.

Ich war am Boden zerstört.

»Würden Sie so lange hier warten, bis ich mit dem Geld zurückkomme?«
»Kommt darauf an, wie lang das dauert«, erwiderte er.
»Geben Sie uns fünf Minuten Zeit.«
Wir sprangen in den T-Bird und rasten zu Johnsons Esso-Tankstelle, neben dem Einkaufszentrum. Dort tankten wir immer, es war eines der vielen Geschäfte, wo Mama einfach sagte: »Setzen Sie's Shep auf die Rechnung, Schätzchen.«
Mama fuhr direkt neben die Kasse der Tankstelle. Mr. Lyle Johnson saß an seinem Schreibtisch vor der Wand mit dem Kalender mit den Pin-up-Photos.
»Ich brauche schnell ein bißchen Bargeld, Lyle«, sagte meine Mutter. »Würden Sie einfach fünf Dollar auf Sheps Kundenkonto setzen und mir das Geld geben?«
Mr. Lyle nahm einen Scheibenwischer, der auf seinem Schreibtisch lag, und fing an, daran herumzufummeln. Er schaute Mama nicht an.
»Tut mir leid, Miz Vivi, das kann ich nicht machen.«
»Und warum, bitte schön, nicht?« fragte Mama. »Das haben Sie doch schon oft für mich getan.«
»Vor zwei Tagen ist Shep reingekommen und hat gesagt, ich soll Ihnen alles an Benzin und Service geben, was Sie brauchen, aber ich darf Ihnen kein Geld nicht mehr geben.«
Einen Augenblick lang dachte ich, Mama würde den Mann ohrfeigen. Sie biß sich auf die Unterlippe und sah kurz aus dem Fenster.
Dann wandte sie sich wieder Lyle Johnson zu und tat, als habe sie soeben erst gemerkt, daß er in Wirklichkeit Paul Newman sei.
»O Lyle«, flötete sie, »bitte, seien Sie ein Schatz und tun Sie's für mich. Ich werde es Ihnen ewig danken.«
»Tut mir leid. Shep sagt nur Benzin, kein Bargeld.«
Mama schickte sich an zu gehen. Sie war puterrot im Gesicht, und ich dachte schon, sie würde gleich anfangen zu weinen. Das tat sie aber nicht. Sie drehte sich noch mal um und sagte mit der tiefsten Stimme, die ich je bei ihr gehört hatte: »Hören Sie mir gut zu, Lyle: Ich brauche das Geld für meine Tochter.«

»Tut mir leid. Ich krieg meine Anweisungen von Shep. Er bezahlt die Rechnungen.«

Ich konnte die Demütigung meiner Mutter auf ihrem Gesicht ablesen. Sie vermischte sich mit meiner eigener Enttäuschung und Beschämung. Ich hätte Lyle Johnson dafür, wie er meine Mutter behandelte, am liebsten gegen das Schienbein getreten. Und meine Mutter hätte ich am liebsten angebrüllt, weil sie kein Geld in der Tasche hatte, im Gegensatz zu meinem Daddy.

Wir verließen Lyles Büro und blieben bei dem T-Bird stehen.

»Ich glaube, wir müssen aufgeben«, sagte ich.

Mama schaute mich an, und dann beobachtete sie mit zusammengekniffenen Augen, wie eine weiße Galaxy Limousine vor einer Zapfsäule vorfuhr. »Diesen Satz will ich von dir nie mehr hören«, sagte sie.

Sie nahm mich bei der Hand und ging mit mir zu dem Galaxy rüber.

»Guten Abend«, sagte Mama zu der Fahrerin.

»'n Abend«, antwortete die Frau.

Sie war ziemlich groß, und sie trug ein Männerarbeitshemd, das ziemlich ausgefranst war an den Stellen, wo die Ärmel abgeschnitten waren. Ihr Armaturenbrett war übersät mit Streichholzbriefchen, einer Fliegenklatsche und Bonbonpapieren.

»Ich möchte Ihnen ein Angebot machen, Schätzchen«, sagte meine Mutter.

Die Frau schaute sie von oben bis unten an, dann antwortete sie: »Moment mal, Süße, Sie sind doch nicht eine von diesen Irren, oder?«

»Bestimmt nicht!« antwortete Mama lachend. »Hören Sie, Sie bezahlen sicher mit Bargeld, oder?«

»Das stimmt.«

»Wieviel Benzin wollen Sie kaufen?«

»Für vier Dollar«, sagte die Frau und griff in ihre Brusttasche.

»Ich mache Ihnen einen Vorschlag. Ich setze fünf Dollar Benzin auf das Kundenkonto von meinem Mann, und Sie geben mir Ihr Geld dafür. Was meinen Sie dazu?«

Die Frau musterte uns beide, dann antwortete sie. »Na, es schadet ja niemandem.«
»Sie sind ein Engel vom Himmel«, sagte Mama.
»Davon versteh ich nichts«, erwiderte die Frau.
Auf Anweisung Mamas mußte Lyle persönlich die Frau bedienen. Als Vivi die Rechnung unterschrieb, sagte sie: »Lyle, ich freue mich schon auf den Tag, an dem Sie *mich* um einen Gefallen bitten müssen.«
Mama zwinkerte mir zu, ich zwinkerte zurück, dann stiegen wir mit dem Geld in den T-Bird, und ab ging's in Richtung Lawanda.
»Monsieur Elefantendompteur, wir sind wieder da. Mit Bargeld auf die flache Hand!« rief meine Mama.
»Der Mann lachte: »Wieviel haben Sie denn?«
»Vier große«, erwiderte Mama und zwickte mich in die Hand, um mir klarzumachen, daß sie handeln wollte.
»Vergessen Sie's.«
»Sagen wir viereinhalb.«
»Viereinhalb«, wiederholte ich.
Der Mann lächelte und meine Mutter lächelte zurück.
»Sechs«, sagte der Mann.
»Das ist Raub«, meinte Mama und schickte sich an zu gehen.
»Okay, fünfeinhalb.«
»Da haben Sie ein gutes Geschäft gemacht, Mister«, sagte Mama.
Mama und ich kletterten auf Lawandas prächtigen Rücken und begrüßten sie. »Guten Abend, wunderbare Lawanda«, sagte meine Mutter. »Du bist so schön wie nie zuvor.«
»Guten Abend, du prächtige, wunderschöne Lawanda«, sagte ich. »Danke, daß du auf uns gewartet hast.«
Ich umfaßte Mutters Taille, und los ging's im rosa-orangen Licht der Dämmerung dieses Sommertages quer über den Parkplatz. Der Besitzer von Lawanda ging neben uns, ein Stöckchen in der Hand. Weich leuchtete das Abendlicht auf Mamas Sommersprossen und auf Lawandas graue, von tausend Runzeln durchfurchte Haut. Wie Lawanda so dahintrottete mit ihrem langsamen, wiegenden Gang, kam es mir vor, als ob weiche Kissen unter ihren Basketballfüßen befestigt wären, so

lautlos und sanft war jeder ihrer Schritte. Es schien wie ein Wunder, daß ein Tier dieser Größe sich so anmutig bewegen konnte. Sie hätte uns ohne weiteres mit einem Schlag ihres Rüssels töten können. Aber sie hatte uns statt dessen auf ihren schönen, müden Rücken klettern und auf ihr reiten lassen.

»Siddalee«, sagte Mama, »schließ die Augen, nur für einen Moment.« Und dann sprach sie mit einer ganz geheimnisvollen Stimme, als ob sie eine aus der alten Welt stammende Hohe-Priesterin-Zigeunerkönigin-Wahrsagerin wäre:

»Lawanda, du Prächtige, zaubere Siddale und Vivi Walker hinweg von diesem glühendheißen Asphalt des Parkplatzes! Bring uns zurück zu dem grünen wilden Dschungel, aus dem wir einst gekommen sind!«

»Bist du bereit?« frage Mama. »Willst du?«

»Ja, Mama! Ich bin bereit und ich will!«

»Dann öffnet die Augen! Öffnet die Augen und seht Vivi und Sidda vom großen und mächtigen Stamm der Ya-Yas, wie ihnen auf dem Rücken der königlichen Lawanda die große Flucht gelingt!

Gütiger Himmel! Seht euch das an! Lawanda überspringt den Graben! Sie ist außerhalb des Parkplatzes! O mein Gott! Ich traue meinen Augen nicht. Wir überqueren die Autobahn. Sidda, schau hin! Schau, wie die Leute aus den Autos springen und uns zusehen! So was haben die noch nie gesehen – ein Elefant auf dem Weg in die Freiheit, mit königlichen Ya-Yas auf dem Rücken!

Sie sind von unserem Anblick überwältigt! Wink den Leuten zu, Schätzchen, wink ihnen, wie es einer Königin und einer Prinzessin ansteht.

O ja! Wir befinden uns auf dem Lawandamobil! Hör nur ihr Röhren und Trompeten! Halt dich fest! Schau nur! Wir rasen die Straße entlang, schneller als ein Flugzeug! Vorbei am Friseurladen, an Hampton's Beerdigungsinstitut, wo unser Anblick sofort alle Trauer vergessen läßt! Vorbei am *Thornton Daily Monitor*, der noch nie einen so außergewöhnlichen Zeitungsbericht drucken konnte! Vorbei an Vaters ehemaliger Anwaltskanzlei, an Whalen's Kaufhaus, wo es nichts gibt, was wir noch nötig hätten! Vorbei am River Street Café und –

Oh! Oh, Mädchen, halt den Hut fest! Wir klettern die Wand zum Damm hoch! Schau, der Himmel überzieht sich blauviolett, die Sterne kommen heraus. Da sind der Große und der Kleine Wagen. Dort drüben ist Pegasus! Greif hinauf, Mädchen, pflück dir mit der Hand ein paar Sterne! Hier, hoch oben auf Lawandas Rücken, ist der Himmel greifbar nahe!
Und jetzt geht's hinein in den Garnet River, den Fluß, der so rot dahinfließt. Was ist sie doch für eine kraftvolle Schwimmerin! Spürst du, wie sie eintaucht und durch ihren Rüssel atmet wie durch einen Schnorchel! Selbst den Alligatoren ist klar, daß sie sich besser nicht mit Lawanda einlassen! Sie könnte noch viel länger unten bleiben, aber sie taucht uns zuliebe auf, damit wir atmen können.
O nein! Sieh doch, da auf dem Damm! Da stehen sie, die neidischen Fieslinge, und lauern uns auf. Sie haben Speere und Kanonen dabei! Nun, unsere Alabasterkörper kriegen sie nicht, und auch nicht unsere gebrochenen Herzen! Wir sind keine Klunker für die Schmuckschatulle! O nein, sie werden ihren Kindern und Kindeskindern von uns erzählen, Mädchen! Das Gespann aus Mutter und Tochter, dem der Weg in die Freiheit geglückt ist!
Komm schon, liebe starke Lawanda, du schaffst es! Nur noch ein paar Meter bis zum anderen Flußufer, dann sind wir in Sicherheit. Ach ja, ja, wir haben es geschafft. Nun können wir uns ausruhen. Ruh dich aus, großer starker Liebling, das war's, ruh dich aus, iß, soviel du magst.
Meine liebe Tochter, endlich sind wir da! Zu Hause im wilden, grünen, dichten Dschungel. Fühlst du die *samtige* Luft?! *Fühlst* du sie auf der Haut? Riechst du die Bananen und die uralten Bäume? Hörst du die Paradiesvögel und die Millionen Affen? Siehst du, wie sie von Baum zu Baum schwingen? Hier ist unser wahres Zuhause, hier braucht man keine Klimaanlage, kein Bargeld, man geht einfach das ganze Jahr über barfuß. Hier kennen die Bäume und Tiere unsere Namen, und wir kennen die ihren. Jaaaaa! Sag's nach, Sidda! Sag's zusammen mit mir: ›Jaaaaa!‹ Hier gibt es nichts, nirgendwo etwas, wovor man sich fürchten muß! Lawanda liebt uns, und *wir fürchten uns nicht.*«

Sidda schwieg eine Weile. Sie betrachtete den Schlüssel in ihrer Hand.

»Wir hatten nichts anderes gemacht, als eine Runde auf diesem öden Einkaufszentrum-Parkplatz zu drehen, aber als dieser Ritt zu Ende war, war ich nicht mehr das kleine Mädchen von vorher.

Wir stiegen in den T-Bird und fuhren auf der Jefferson Street in die frühe Nacht hinein. Ich schaute meine Mutter an, wie sie hinter dem Lenkrad saß, barfuß, ein Lied summend. Ohne den Blick von der Straße zu wenden, streckte sie die Hand aus und legte sie auf meine. Sie fühlte sich kühl und weich an. Wir fuhren eine vertraute Straße entlang, vorbei an Häusern und Bäumen, die wir jeden Tag sahen. Aber die Welt außerhalb unseres Autos schien auf einmal mit einem Zauber behaftet zu sein, alles wirkte neu und aufregend.«

Sidda schaute ein letztes Mal den Schlüssel an. *Das ist das Leben, Sidda. Du steigst einfach auf das verdammte Biest und reitest es.*

Dann ging sie zu Connor, nahm ihm sein Champagner-Marmeladeglas aus der Hand, setzte sich auf seinen Schoß und schaute ihm in die Augen. Während sie aus dem Pullover schlüpfte, den sie nach dem Schwimmen übergezogen hatte, bedeckte sie ihn mit Küssen.

Sie begannen sich auf der Veranda zu lieben, während Sidda auf Connors Schoß saß. Später gingen sie ins Schlafzimmer hinüber. Als sie die Augen schloß, kam sich Sidda wie ein taumelnder Satellit im grenzenlosen All vor, aber sie fürchtete sich nicht. Dieses Mal hatte sie keine Angst mehr, sich diesem Mann, ihrem eigenen Ich, dem endlos weiten Universum zu öffnen, über das sie keine Kontrolle hatte. Diesmal weinte sie nicht, als sie gemeinam den Höhepunkt erlebten. Sie lachte laut auf, wie ein Kind, wenn es sich riesig und vorbehaltlos freut.

Nachdem Connor eingeschlafen war, stieg Sidda aus dem Bett. Sie ging ins große Zimmer und wählte aus ihren Musikkassetten eine aus. Dann nahm sie ein kleines tragbares Kassettengerät mit auf die Veranda und goß sich den restlichen Champagner ein. Sie legte die Kassette ein, die sie selbst aufgenommen hatte. Aaron Neville sang darauf immer wieder von neuem das »Ave Maria«. Nackt stand sie da im Mondlicht.

Meine Mutter und ich sind wie Elefanten, dachte sie. Durch die Stille der Nacht, außer Seh- und Hörweite, getrennt durch karge, dürre Savannen, sendet meine Mutter mir Botschaften. In meiner Trockenzeit, als ich angesichts der Liebe erstarrte, hat meine Mutter mich nicht verlassen. Meine Mutter ist keine Figur auf einer Bühne, die man anhand von Fragmenten beurteilt, und ich bin kein mageres ängstliches Kind, das auf die vollkommene Liebe wartet. Wir haben beide unsere Fehler und suchen Trost. Mama sehnte sich – sehnt sich immer noch – danach, diesem heißen, ausgedörrten Ort zu entfliehen, wo die Angst sie zur Verzweiflung bringt und der Bourbon sie benebelt. Sie sehnt sich immer noch danach, mit mir zusammen auf dem Rücken eines anmutigen Tieres in den dichten Dschungel zurückzukehren, wo üppige Wildnis wuchert.

Sidda hielt ihr Glas mit dem Champagner gegen das Mondlicht, damit sie die Perlen sehen konnte. Meine Mutter ist nicht die Heilige Lady. Die Liebe meiner Mutter ist nicht vollkommen. Die Liebe meiner Mutter ist gut genug. Die Liebe meines Geliebten ist gut genug. Vielleicht bin ich auch gut genug.

Es vergingen ungefähr zwanzig Minuten, bis sie eine Sternschnuppe entdeckte. Dann jagte ein wahrer Kometenschauer über den Himmel. Sidda stand vollkommen reglos da und schaute und lauschte. Hueylene kam nach draußen und ließ sich neben ihr nieder. Der Himmel war so klar, der untergehende Mond so gütig. Nirgends Lichter einer Großstadt, die störten. Das Licht der Sternschnuppen kam von so weit her und war älter, als sie sich vorstellen konnte. Es gab nichts, worüber man sich klarwerden mußte. Es gab Siddas klopfendes Herz. Es gab das klopfende Herz des Planeten. Es gab genügend Zeit. Sie fürchtete sich nicht.

30

Connor und Sidda saßen in Shorts und T-Shirt auf der Veranda, nachdem sie bis Mittag geschlafen hatten. Aus dem CD-Spieler tönte Van Morrison. Hueylene wurde von Connor mit Speckstückchen versorgt, und Sidda hatte er ihr Lieblingsfrühstück zubereitet: Arme Ritter aus frischem Sauerteigbrot mit Ahornsirup.

Sidda betrachtete ihren Geliebten und ihren Hund vor dem Hintergrund des Sees, der Berge und der Bäume, und ein Glücksgefühl stieg in ihr hoch. »Ich danke dir, Connor, fürs Zuhören. Und für deine Liebe.«

Ein Lächeln huschte über sein Gesicht, dann steckte er sich ein Stück Kantalupe-Melone in den Mund. »Was ist das für eine Geburtstagsfete, von der die Schwestern gesprochen haben?«

»Die Schwestern?« wiederholte Sidda lächelnd.

»Die Ya-Yas. Wenn du und deine Mutter wie Elefanten seid, dann sind die anderen drei die Schwesterelefanten. Du weißt schon, diejenigen, die mit rumziehen und den Müttern bei ihren Kälbern helfen.«

»Du erstaunst mich.«

»Na, hör mal. Ich seh ja schließlich fern. Wann hat denn Vivi Geburtstag?«

»Eigentlich im Dezember. Aber dieses Jahr feiern sie schon Ende Oktober, weil Mama sich eine Party im Freien wünscht, wenn es noch warm genug ist.«

»Warum gibst du ihr das Album nicht persönlich zurück?«

Sidda legte die Gabel weg und starrte Connor ungläubig an.

»Bist du verrückt? Sie ist immer noch wütend wegen der *New York Times.* Sie wird mich auf der Stelle umbringen, wenn sie mich sieht.«

»Weißt du, niemand würde vermuten, daß du beim Theater arbeitest, Sidda.«

»Bin ich etwa melodramatisch?« fragte sie lachend. »*Moi?* Niemals.«

»Natürlich nicht.«

»Natürlich nicht.«

»Über deinen Dad höre ich ja nicht viel«, bemerkte Connor und griff nach seiner Tasse mit Milchkaffee. »Er muß ziemlich tapfer sein.«

»Wieso? Wie meinst du das?«

»Na hör mal, heiratet eine Frau, die so stark ist wie deine Mutter. Und dann muß er sich auch noch gegen diese Clique von Frauen behaupten.«

Sidda langte nach einer Scheibe Melone. Wie sehr sie doch ihren Vater vermißte. »Er war eigentlich nicht oft da. Ich war immer so beschäftigt mit meiner Mutter, daß ich, glaube ich, auf Daddy nie richtig geachtet habe.«

»Vielleicht möchtest du das nachholen. Teensy hat mir erzählt, daß du seine Wimpern geerbt hast.«

»Das hat Teensy gessagt?«

»Ja. Sie hat gesagt, die Wimpern deiner Mutter verschwinden beim Schwimmen. Das hat sie gesagt, als wir am See gebadet haben.«

Sidda schüttelte den Kopf. »Gott, was wird sie dir noch alles erzählt haben, als ich nicht dabei war.«

»Das würdest du wohl gerne wissen.«

Sidda konnte nicht widerstehen und tauchte ihren Finger in den Rest Ahornsirup auf ihrem Teller. Dann steckte sie ihn Connor zum Abschlecken in den Mund.

»Weißt du«, sagte sie, »Oktober ist meine liebste Zeit im Süden. Und Halloween bei uns im schönen Louisiana ist überhaupt das Größte.«

»Necie hat gesagt, sie will für mich kochen, Teensy will mich mit der Musik der Cajuns vertraut machen, und Caro hat mich bereits zu einem Pfeilwettbewerb herausgefordert. Ich hör den Ruf Louisianas.«

»Oktober«, dachte Sidda laut, »Erntezeit. Nicht zu heiß, ideales Wetter. Bis dahin sind wir am Seattle Rep fertig. Die Fernsehbearbeitung ist dann auch unter Dach und Fach.«

Connor McGill blinzelte Sidda zu. Sie blinzelte zurück. Sie warf Hueylene das letzte Speckstückchen zu. Dann stand sie auf, ging zur vorderen Brüstung, von der aus sie den Lake Quinault überblicken konnte, und breitete weit die Arme aus.

»Hörst du mich, Heilige Lady?« rief sie. »Ihr großen und ihr kleinen Götter? Ihr Engel? Danke, daß Connor McGill und ich derselben Spezies angehören. Danke für seine Küsse, die so betörend sind wie Aaron Nevilles Falsett! Danke, daß ich nicht weiß, sondern nur vermute und ins Ungewisse springe!«

»Wenn ich recht verstehe, bedeutet das, wir fahren zusammen nach Louisiana«, sagte Connor.

»Hm, Impfschutz und Paß noch gültig?«

»Ich liebe die Gefahr.«

31

8. September 1993

Liebe Mama,
ich hab Dir nie richtig dafür gedankt, daß Du mich auf Lawandas Rücken gehoben hast; auch nicht für unsere Reise in den wilden Dschungel, für Deinen Mut, und dafür, daß Du auf dem heißen Asphalt des Einkaufszentrums zu mir gehalten hast. Es gibt viel, wofür ich Dir nie gedankt habe.
Die Ya-Yas haben mir von Deiner vorgezogenen Geburtstagsparty im Oktober erzählt. Ob eine auswärtige Tochter mit ihrem Liebsten wohl willkommen ist?
Danke auch für das Krebsgericht, das Du geschickt hast. Es trug Deine Handschrift, und Du hast das Beste, was die Küche Louisianas zu bieten hat, in einer Speise vereinigt. Es hat mich zu Tränen gerührt.

Ich liebe Dich,
Sidda

16. September 1993

Sidda-Schätzchen,
in der Tat verdiene ich es, daß man mir dankt. Aber auch Lawanda, der Mutter von uns allen, gebührt Dank. Bin froh, daß Du Dich ausnahmsweise mal an etwas Positives erinnerst.

Was meinen Geburtstag betrifft, so mußt Du es halt drauf ankommen lassen. Ich habe keine Ahnung, ob ich in der Stimmung sein werde, Dich freudig zu erwarten oder nicht. Es ist mein Geburtstag, und ich habe nicht das geringste Interesse daran, daß meine Party in den amerikanischen Medien breitgetreten wird.
Du *mußt* mir wegen Deiner Hochzeit Bescheid geben – findet sie nun statt, oder was?

In Liebe
Mama

20. September 1993

Liebe Mama,
die Hochzeitspläne sind immer noch auf Eis gelegt. Was die Party angeht, laß uns einfach spontan entscheiden, wenn es soweit ist, was meinst Du?

Ich liebe Dich,
Sidda

26. September 1993

Sidda-Schätzchen,
das Leben ist kurz. Schieb Deine Hochzeit nicht auf die lange Bank, sonst sitzt Du am Ende allein da.
Was meine vorgezogene Geburtstagsparty in Pecan Grove am 18. Oktober um ca. 19.00 Uhr angeht: Ich entscheide *immer* spontan.

In Liebe
Mama

Am Abend des 17. Oktober, einen Tag bevor Sidda und Connor von Seattle nach Louisiana fliegen sollten, fotografierte Sidda mit äußerster Sorgfalt die alten Schnappschüsse und Souvenirs aus den »Göttlichen Geheimnissen«. Am behutsamsten ging sie mit einem Foto um, das sie erst nach ihrer Heimkehr nach Seattle entdeckt hatte. Es steckte zwischen den letzten Seiten des Albums und zeigte das Abbild einer blonden Frau mit dunklen Augen auf einer Verandaschaukel, die ein Baby mit kastanienbraunem Haar auf dem Schoß hielt. Es war eine Gegenlichtaufnahme, beide trugen reizende Sommerkleider. Sidda lichtete das Foto mehrmals ab. Jedesmal, wenn sie den Film weiterspulte, wußte sie den Augenblick auf der Südstaaten-Schaukel, der da aufs Bild gebannt war, noch mehr zu schätzen. Als sie mit dem Fotografieren fertig war, drehte sie das Bild um und fotografierte auch den Text auf der Rückseite. In Vivis Handschrift waren folgende Worte zu lesen: »Vivi und Sidda, 1953. Ein herrlicher Tag, rosa Kleid. Fotografiert von Buggy.«

Nachdem Sidda acht Filme verknipst hatte, klappte sie das Album zu und legte es auf den Eßzimmertisch. Dann stellte sie zu beiden Seiten des Buches geweihte Kerzen auf, eine mit dem Bildnis Unserer Lieben Frau von Guadeloupe, die andere mit dem Bild des heiligen Judas. Sie schaltete alle anderen Lichter aus, zündete die Kerzen an und dankte der Heiligen Mutter und ihren Engeln mit einem kleinen Gebet. Behutsam nahm sie die »Göttlichen Geheimnisse der Ya-Ya-Schwestern« und steckte sie in eine seidene Kissenhülle, die sie wiederum in einem voluminösen Ziploc-Beutel verstaute. Dann legte sie das ganze Paket in die Tasche, die sie als Handgepäck mit ins Flugzeug nehmen wollte, zusammen mit einem winzigen, in Geschenkpapier eingewickelten Päckchen.

Zum vierten Mal, seit sie das Flugzeug bestiegen hatte, überprüfte Sidda ihr Handgepäck, um sicherzugehen, daß mit dem Album alles in Ordnung war. Dann nahm sie einen Schluck von ihrem Cola light und lehnte sich für den Abflug zurück.

»Hab ich den Verstand verloren?« fragte sie Connor. »Ich meine, Vivi-Schätzchen klingt immer noch wütend. Niemand kann sagen, was alles passieren wird.«

»Deiner Mutter gehört Louisiana ja schließlich nicht.«

»Doch, sie ist die Königin von Zentral-Louisiana. Aber sie wird alt. Sie lebt nicht ewig. Ich möchte sie sehen.«

»Was erwartest du dir von diesem Besuch?«

»Ach, einfach nur die vollkommene Heilung meiner Wunden, das Überwinden aller Schmerzen. So was in der Art. Was erwartest du dir?«

»Ich möchte dich in deiner Heimatstadt heiraten.«

Sidda verschluckte sich an einem Erdnußkern und trank schnell von ihrem Cola light. Als sie sich wieder erholt hatte, sagte sie: »Wir werden das vorerst nicht berühren, okay?«

»Auf gar keinen Fall darfst du ihn jetzt berühren. Nicht vor allen Leuten.«

Während sie über das Land hinwegflogen, über die vom Oktober rot und golden gefärbte Erde, spielten Sidda und Connor eine Runde Gin Rommé nach der anderen, und ihre Einsätze dabei variierten von Reisen in die Toskana bis hin zu Rückenmassagen und kleinen intimen Spielchen, die nur ihnen bekannt waren. Sie hörten nicht auf damit, bis die Boeing 707 in Houston landete – gerade noch rechtzeitig, denn das Wetter dort hatte sich dramatisch verschlechtert. Ein gemeiner, wütender Sturm, der irgendwo vor der Küste Afrikas enstanden war, hatte Houston fest im Griff.

Siddas ausgeklügelte Pläne – frühzeitige Ankunft in Thornton, Duschen und Umziehen im Hotel, dann strahlender Auftritt, gerade, wenn Vivis Party so richtig in Schwung kam – wurden weggefegt. Während der dreistündigen Wartezeit in einem Café am Flughafen hatte Sidda genügend Zeit, darüber nachzudenken, ob ihre Rückkehr in das Land tropischer Sturmtiefs ein einziger großer Fehler gewesen war.

»Schließlich gibt es in dieser Jahreszeit die meisten Hurrikans«, sagte sie zu Connor. »Wir hätten nie hierher kommen sollen. Mein Gott.«

»Als du das letzte Mal zu Hause warst – wann war das gleich wieder – vor ein paar Jahren? War das nicht auch im Oktober gewesen?«

»Genau. Als mein Patenkind Lee getauft wurde.«

»Damals gab's keinen Hurrikan, oder?«

»Nein«, erwiderte sie. »Nur die ganz alltäglichen psychischen Sturmböen und seelischen Taifune.«

»Nun«, meinte Connor und wollte sie testen, »vielleicht schaffen wir es am Ende gar nicht. Vielleicht sollten wir uns hier in Houston ein Hotel nehmen?«

»Spinnst du? Die Geburtstagsparty verpassen?! Nein, auf keinen Fall, wenn dieses Flugzeug nicht bald startet, dann mieten wir uns eben einen Wagen und fahren dorthin.«

»Das habe ich mir auch gedacht.«

»Klugscheißer.«

Als die kleine Kiste von Houston nach Thornton schließlich Starterlaubnis bekam, wertete Sidda das als gutes Omen: Die Sicht ist besser geworden, das bedeutet, meine Mutter wird mich nicht umbringen.

Als das Flugezeug endlich auf dem winzigen Flugplatz von Thornton landete, war es fast zehn Uhr abends. Sie gingen zu einem Autoverleih und fielen fast in Ohnmacht, als sich herausstellte, daß der einzige Wagen, der zu mieten war, eine riesige silberfarbene Chrysler New Yorker Fifth Avenue Luxuslimousine war mit burgunderroten Ledersitzen.

Als sie vom Highway 1 in die Jefferson Street einbogen, wünschte Sidda, sie wäre Raucherin. »Die Cocktailzeit ist bereits vorbei. Niemand weiß, in welcher Verfassung sich Vivi-Schätzchen befinden wird. Oder Daddy.«

»Du kannst doch improvisieren.«

»Ja«, antwortete Sidda und versuchte ihre Übelkeit unter Kontrolle zu bringen, »ich kann schon improvisieren, aber mir wäre, weiß Gott, ein fertiges Drehbuch in der Hand lieber.«

Als das Haus ihrer Eltern in Sichtweite kam, fuhr Sidda nur noch im Schneckentempo. Das langgestreckte Backsteingebäude auf der Anhöhe über dem Bayou sah anders aus, als sie es in Erinnerung hatte. Die Kiefern schienen höher zu sein. Die Pekanbäume und die Azaleenbüsche waren älter, und fast die ganze Rückseite des Hauses mit den sechs Schlafzimmern war mit Efeu überwachsen. Es strahlte Ruhe und Frieden aus, viel mehr als früher.

Sie sah am Rand der Felder das kleine Holzhaus stehen, in dem Willetta und Chaney lebten. Irgend etwas an dem kleinen Haus half ihr dabei, es bis zu dem viel größeren zu schaffen, in dem sie aufgewachsen war.

»Jetzt sind wir so weit gefahren«, sagte Sidda, als sie mit dem Wagen die Auffahrt hochschlich, »da sollten wir wenigstens mal kurz *reinschauen.*«

Sie fuhr langsam am Bayou vorbei zur Vorderseite des Hauses. Das erste, was sie sah, als sie den Motor abstellte, waren ihre Eltern. Sie saßen im Garten auf einer alten Holzschaukel unter zwei alten Pekanbäumen. Um das Schaukelgerüst waren weiße Weihnachtslichterketten gewunden, und inmitten des Scheins saßen Vivi und Shep. Vivi trug einen Hosenanzug aus braungoldener Seide, ihr aschblondes Haar war zu einem modischen Pagenkopf geschnitten und schwang hin und her, wenn sie den Kopf bewegte. Shep trug hellgraue Dockers und ein blau-grau kariertes Hemd. Beide waren in den vergangenen zwei Jahren gealtert.

Sidda beobachtete ihre Mutter, wie sie angeregt mit den Händen gestikulierte. Zu ihrem Erstaunen kannte sie die Person nicht, die gegenüber der Schaukel in einem hölzernen Armlehnstuhl saß. Sidda hatte immer geglaubt, sie würde jeden in ihrer Heimatstadt wiedererkennen, obwohl sie dort eigentlich seit über fünfundzwanzig Jahren nicht mehr lebte. Es standen nur noch wenige Autos da. Die meisten Gäste waren bereits gegangen.

Natürlich erkannten ihre Eltern den fremden Mietwagen nicht. Sie holte tief Luft, sprach ein Stoßgebet zur Heiligen Lady und ihrer Schar Louisiana-Engel und drückte auf die Hupe.

»Halte meine Hand und sag mir, daß ich nicht verrückt bin«, flüsterte Sidda Connor zu.

»Du bist nicht verrückt, und ich liebe dich.«

Als Vivi sich von der Schaukel erhob und auf das Auto zuging, bemerkte Sidda, daß ihre Mutter sich langsamer als früher bewegte. Sie schien auch ein wenig kleiner geworden zu sein, aber abgesehen davon wirkte sie äußerst rüstig. Jeder Schritt ließ Siddas Herz schneller klopfen.

Als sie den Wagen erreicht hatte, kurbelte Sidda das Fenster herunter. »Ich bin's, Mama.« Ihre Stimme klang fremd. Sie versuchte, sich nicht wie eine Fünfjährige zu fühlen, sondern wenigstens wie eine Elfjährige.

Als Vivi den Kopf ins Wageninnere steckte, roch Sidda Bourbon, gemischt mit dem fast schmerzlich vertrauten Geruch von Vivi.

»Sidda?« fragte Vivi ungläubig. »Bist du es wirklich?«

Erleichtert stellte Sidda fest, daß ihre Mutter nicht betrunken, sondern nur ein wenig beschwipst war.

»Ja, Madam, ich bin's.«

Vivi zeigte keine Reaktion. Sidda fragte sich, ob sie nun auf der Stelle kehrtmachen und weggehen würde.

Nach ein paar Sekunden steckte Vivi den Finger in den Mund und gab einen ihrer berühmten Ya-Ya-Pfiffe von sich. »Du Spinnerin! Was um alles in der Welt *machst* du hier unten?«

»Ich bin wegen deines Geburtstags gekommen. Ich bin einfach das Risiko eingegangen.«

»Heilige Madonna!« rief Vivi und drehte sich um zu Shep und dem anderen Gast. »Das ist ja nicht zu fassen! Es ist Siddalee! *Meine Älteste!*«

Sidda stieg aus ihrem Auto und fiel ihrer Mutter um den Hals. »Alles Gute zum Geburtstag, Mama«, murmelte sie. Sie hielten sich einen Moment im Arm, dann versteifte sich Vivi und machte sich los.

»Nicht zu glauben!« sagte Vivi nervös. »Du verrücktes Huhn! Ich hab nicht gedacht, daß du wirklich kommen würdest!« Sie ging auf die Beifahrerseite und spähte in den Wagen. »Und wer sind Sie?«

»Ich bin Connor McGill, Mrs. Walker«, entgegnete Connor und schenkte ihr ein breites Grinsen.

Als sie Connors Lachen sah, atmete Vivi tief durch und trat einen Schritt zurück, offensichtlich aus der Fassung gebracht.

Sidda wagte nicht, sich zu rühren.

Dann trat Vivi wieder zum Wagenfenster und sagte: »Ach du grüne Neune! Ich fasse es nicht! Was bleiben Sie da einfach sitzen, mein Lieber? Kommen Sie, steigen Sie aus und lassen Sie sich *anschauen!*«

Connor schwang seine langen Beine aus dem Auto und stellte sich vor Vivi hin. Neben ihm wirkte sie ausgesprochen winzig. Wie er so dastand, ganz natürlich und unbefangen, musterte sie ihn von Kopf bis Fuß. Während der ganzen Zeit hielt sie eine Hand an die Brust gepreßt, als ob sie ihr Herz festhalten wollte. Sidda hatte keine Ahnung, was ihre Mutter als nächstes sagen oder tun würde.

»Oh«, war alles, was Vivi vorerst sagte. »Oh«, ein zweites Mal, mit leiser, ganz jung klingender Stimme.

Dann schlang sie die Arme um den Körper, eine Geste, die Sidda nie zuvor bei ihrer Mutter erlebt hatte. Vivi schwieg sehr lange, und Sidda überlegte schon, ob sie vielleicht Schmerzen hatte.

Schließlich stemmte Vivi ganz abrupt die Hände in die Hüften. »Sidda, warum hast du mir kein Wort davon *gesagt*, daß Connor genauso aussieht wie Jimmy Stewart in *Mr. Smith geht nach Washington?*«

Connor lachte.

»Ach ja«, seufzte Vivi, als sie die Hand dem Geliebten ihrer Tochter entgegenstreckte. »Ich habe schon immer eine Schwäche für große Männer gehabt.«

Dann brachte Connor Sidda vollends aus der Fassung, als er sich weigerte, ihrer Mutter die Hand zu geben.

Statt dessen küßte er sie. Er beugte sich zu Vivis Hand hinunter und drückte einen Kuß darauf. Sidda war überwältigt.

»Es ist mir eine große Freude, Sie endlich kennenzulernen, Mrs. Walker.«

»Oh, *bitte*, nennen Sie mich Vivi, sonst geben Sie mir das Gefühl, daß ich schrecklich alt bin.«

»Du *bist* alt, Babe«, sagte Shep Walker und ging auf das Auto zu.

»Ach, halt den Mund«, lachte Vivi. »Du verrätst meine Geheimnisse. Shep, das ist Connor McGill. Connor, darf ich vorstellen, mein erster Mann«, sagte sie kokett, als ob sie mehrere gehabt hätte. »Shep Walker«, sagte Shep und gab Connor die Hand.

»Connor McGill, Sir. Sehr erfreut, Sie kennenzulernen.«

Einen Augenblick, während ihre Mutter die beiden Männer einander vorstellte, war Sidda aus diesem Dreieck ausgeschlossen. Sie stand an der Seite und sah ihrer Mutter zu, wie sie sich in ihrem Lieblingsmischungsverhältnis – zwei Männer zu einer Vivi – im altehrwürdigen Sport des Flirtens übte. Sidda bemerkte, daß ihr Vater auf ein Zeichen Vivis wartete, daß sie nichts dagegen hatte, wenn er seine Tochter begrüßte.

»So ein Glück, daß ihr es bis hierher zu uns geschafft habt, bei diesem fürchterlichen Sturm«, sagte Shep.

»Der Wind und der Regen in Houston waren ziemlich schlimm«, sagte Connor.

»Deswegen sind wir auch so spät dran«, bemerkte Sidda.

»Der Sturm hat sich erst in unsere Richtung bewegt«, sagte Shep. »Zum Glück hat er dann seine Meinung geändert und ist zum Golf abgezogen.«

»Der grandiose Golf von Mexiko«, fügte Vivi hinzu und hängte sich bei Connor ein. »Er hat schon viele Stürme geschluckt. Kennen Sie den Golf, Connor?«

»Nein«, erwiderte Connor. »Aber Sidda hat mir natürlich davon erzählt.«

Nach Connors sublimer Weigerung, Sidda noch länger aus ihrem Kreis auszuschließen, wandte sich Vivi ihrem Mann zu und fragte: »Shep, du erinnerst dich doch an Sidda, nicht wahr? Unser Kind mit den guten Beziehungen zu den Medien.«

Sidda und ihr Vater gingen gleichzeitig aufeinander zu. Shep umarmte seine Tochter schnell und stürmisch und flüsterte ihr ins Ohr: »Hab dich vermißt, Babe, schrecklich vermißt.«

Sidda war sich bewußt, daß ihre Mutter ihre Umarmung argwöhnisch beäugte. Ich muß wachsam bleiben, ermahnte sich Sidda. Mutter ist wie ein Hurrikan. Genauso wild und genauso schön. Und man weiß nie, wo sie zuschlägt.

»Ein schönes Fleckchen haben Sie hier, Mr. Walker«, meinte Connor.

Erleichtert erwiderte Shep: »Sie müssen bei Tageslicht wiederkommen. Da draußen auf dem Feld hab ich ein paar Überraschungen. Neben dem Reis und den Krebsen, natürlich.«

»Ach herrje, ich hab meine Gäste ganz vergessen!« rief Vivi plötzlich aus. »Meine Manieren gehen den Bach runter, so senil bin ich schon!«

»Schätzchen, komm augenblicklich hierher!« rief sie dem Gast zu, mit dem sie geplaudert hatten, als Connor und Sidda eintrafen.

Ein kleiner drahtiger Mann um die Siebzig ging auf den Wagen zu. Er trug ein exquistes, maßgeschneidertes Hemd mit einer karierten Fliege und sah aus wie eine Kreuzung aus einem alternden Jockey und Mr. Peepers. »Sidda, *bébé*«, sagte er und nahm sie ohne zu zögern lange und liebevoll in die Arme. »Teensy hat recht. Du siehst hinreißend aus.«

»Chick, wie schön, dich wiederzusehen.«

»Und Sie müssen Connor sein«, sagte Chick und gab ihm

nach europäischer Manier einen Kuß auf die Wange. »Ich bin die schlechtere Hälfte von La Teensy. Sie schwärmt von Ihnen. Herzlich willkommen in Thornton, wo die sündige Südhälfte unseres Staates auf die bußfertige nördliche Hälfte trifft.«

Chick legte erneut die Arme um Sidda und sah ihr prüfend ins Gesicht. »Und die Nase sieht umwerfend aus.«

»Die Nase?« fragte Connor.

»Sie ließ ein gutes Stück dieser entzückenden Stupsnase auf unserem Sprungbrett zurück, als sie zum ersten Mal einen Auerbach sprang«, erklärte Chick. »Bin hoch erfreut, daß sie nachgewachsen ist.«

Chicks Umarmung umhüllte sie. *Der rauchende Osterhase,* und sie dachte an das Osterfest damals, als er und Teensy geholfen hatten, daß ihre Familie nicht auseinanderbrach.

»Du bist ein ganz wertvoller Mensch«, sagte sie und lächelte ihn an. »Wo ist Teensy? Wo sind die ganzen Ya-Yas?«

»La Teensy braucht ihren Schönheitsschlaf. Necie und Caro sind gleich nach ihr gegangen. Ich bin der letzte Aufrechte, *chère,* aber auch das bin ich nicht mehr lange. Zeit für mich zu verduften. Ich habe eure Gastfreundschaft sowieso lang genug in Anspruch genommen.«

»Überhaupt nicht«, erwiderte Vivi. »Das weißt du.«

»Tolle Party«, meinte Chick, als er sich von Sidda weg zu Vivi wandte und ihr einen Kuß gab. »Noch mal meinen herzlichsten Glückwunsch, Viv-o. Kaum zu glauben, daß du neununddreißig geworden bist. Das verleiht dem Wort ›zeitlos‹ eine neue Dimension.«

Vivi lachte und küßte ihn ebenfalls.

»Nacht, Chick«, sagte Shep und legte den Arm um die Schultern des kleineren Mannes. »Danke für all deine Hilfe.«

»Bon soir, Sidda, Connor«, sagte Chick und ging hinüber zu einem perfekt restaurierten Bentley. »Sidda, bitte, tratsche nicht und verrat deinem *amoureux* nicht, daß ich ein *faux* Cajun bin. Daran ist nicht zu rütteln, daß ich nur der angeheiratete Prinzgemahl bin.«

Nachdem Chick weggefahren war, meinte Shep: »Ich glaube, ich zieh mich zurück. Mit mir ist neuerdings nach zehn Uhr abends nicht mehr viel los.«

»Ich bin schockiert, daß du es so lange ausgehalten hast«, erwiderte Vivi.

»Ein kleines Vögelchen hat mir erzählt, daß wir vielleicht heute abend eine kleine Überraschung erleben werden«, sagte er und zwinkerte Sidda heimlich zu. »Du weißt, wie die Ya-Yas reden.«

Sidda kniff ihren Vater liebevoll in die Wange. »Gute Nacht, Daddy. Hab dich lieb.«

»Hab dich lieb, mein Butterböhnchen, sehr, sehr lieb.«

Als Shep sich zurückzog, hörte Sidda auf einmal gedämpftes Gelächter von irgendwo hinter dem Haus. »Wer ist das? Sind dort noch andere Gäste?«

»Madonna im Himmel!« rief Vivi. »Die habe ich völlig vergessen. Das sind dein Onkel Pete und die Jungs draußen auf dem Steg. Die spielen schon ewig *Bourrée.*«

»*Bourrée?*« fragte Connor und bekam große Augen.

»Ja, natürlich«, erwiderte Vivi Walker und runzelte die Stirn. Sie führte sie hinunter zum Bayou. »Spielen *Sie,* Connor?«

»O nein, Ma'am.«

Sidda war baff, als sie Connor sagen hörte: »Nein, Ma'am.« Sie wußte, solche Worte waren noch nie über seine Yankee-Lippen gekommen.

»Sidda hat mir nur von *Bourrée* erzählt. Ich wollte schon immer mal bei einem Spiel zusehen.«

»Connor ist ein ganz prima Pokerspieler, Mama. Er hat seine regelmäßigen Pokerabende in New York, Maine und Seattle – an jedem Theater, für das er das Bühnenbild entwirft, wartet eine Pokerrunde auf ihn.«

Sidda wußte, daß Vivi Walker automatisch jeden mochte, der Karten spielte, auch wenn er ein Lügner, Betrüger oder Republikaner war. Wenn er ein anständiges Blatt spielen konnte, wurde er von Vivi akzeptiert.

»Was könnte Ihnen *Sidda* denn schon groß von *Bourrée* erzählen?« fragte Vivi. »Sie hat es doch nie in ihrem Leben gespielt.«

»Du hast ganz recht, Mama. Aber ich habe Connor erzählt, was für eine Spitzenspielerin *du* bist.«

»Sie sagte, Sie seien eine der besten im ganzen Staat«, fügte Connor hinzu.

Vivi hielt einen Moment inne, sah zuerst Connor an, dann Sidda und sagte mit breitem, dankbarem Lächeln: »Ihr wollt mir beide schmeicheln. Na gut, ist mir schon recht.«

Sidda war zu Tränen gerührt, als sie merkte, wie sehr diese kleine Mühe ihre Mutter erfreute.

»Ich bin tief beeindruckt, daß du dich mit einem Kartenspieler eingelassen hast, Siddalee«, sagte Vivi beim Weitergehen. »Ich freue mich schon darauf, wenn ich ihm in absehbarer Zeit sein sauer verdientes Geld abknöpfen werde.«

Vivi führte Connor und Sidda zu einem kleinen Steg, der hinter dem Haus der Walkers in das Bayou hinausragte. Auf dem Steg befanden sich ein Kartentisch und zwei alte Stehlampen, deren langes oranges Verlängerungskabel zu einem kleinen Spielhaus führte, in dem Sidda als Kind ihre Nachmittagstees veranstaltet hatte. Zwischen den beiden Lampen stand ein kleiner Campinghocker, auf dem eine Platte mit Snacks abgestellt war. Auf Klappstühlen um den Tisch herum saßen Siddas Brüder Baylor und Little Shep, Pete, der Bruder ihrer Mutter, und ihr Cousin John Henry Abbott. Neben einer Kühltasche stand ein tragbarer CD-Spieler, aus dem Blues-Songs ertönten, gesungen von Irma Thomas. Wie wirres Hexenhaar hingen die Flechten der Tillandsien von den Bäumen, deren Äste in das Bayou hineinragten.

Sidda dachte: Jetzt gibt es keinen Zweifel mehr, jetzt bin ich wirklich mittendrin im Herzen Louisianas. Sie hätte gerne das Tableau hochgehoben, es auf eine Bühne gesetzt und gesagt: *Da seht, von da komme ich her.* Aber das hier war keine Szene, bei der sie Regie führen konnte. Sie befand sich mittendrin in einer rührenden, schlampigen, unkalkulierbaren Improvisation.

Als die vier Kartenspieler Sidda entdeckten, fiel jedem von ihnen die Kinnlade herunter. Sidda wußte genau, was in ihren Köpfen vorging: Achtung, aufgepaßt – Vivi und Sidda befinden sich im selben Staat. Hätten sie Halfter getragen, hätten sie jetzt ihre Hände an die Pistolen gelegt.

Sidda wußte, was sie alles hatten durchmachen müssen, unmittelbar nach dem Ausbruch des Konflikts: Baylor, zum Beispiel, hatte sich geweigert, Vivi in einem Prozeß gegen Sidda zu repräsentieren. Dann hatte Vivi Briefe geschickt, per Einschreiben, an jeden, der auch nur im entferntesten mit ihr verwandt war, um mitzuteilen, daß sie ihre älteste Tochter verstoßen habe. Unter der höchsten Anteilnahme der Presse (in Thornton) hatte Vivi überdies ihren Rechtsanwalt gefeuert, der die Walkers seit Jahrzehnten vertreten hatte, weil er es gewagt hatte, ihr vorzuschlagen, noch einmal darüber nachzudenken, ob sie wirklich Sidda aus ihrem Testament ausschließen wolle. Ferner waren da noch Vivis monatelange Bemühungen, an Arthur Ochs Sulzberger Jr. heranzukommen, den Verleger der *New York Times,* um ihm mal ordentlich die Meinung zu sagen. Und obendrein hatte Vivi bizarrerweise die Gemeindebibliothek von Garnet zwingen wollen, ihr Exemplar – und den Mikrofiche – der Ausgabe der *New York Times* zu verbrennen, die den verletzenden Artikel enthielt. Als die Bibliotheksverwaltung sich geweigert hatte, diesem Ansinnen nachzukommen, hatte Vivi voll Verzweiflung ihren Leserausweis zurückgegeben. Später allerdings amüsierte sie sich köstlich darüber, daß es ihr gelungen war, sich unter falschem Namen einen neuen Leserausweis ausstellen zu lassen. Baylor hatte Sidda über all dies auf dem laufenden gehalten, in der Hoffnung, sie würde über dieses Kleinstadtdrama lachen können, aber sie kam sich nur noch mehr wie ein verstoßenes Kind vor.

Als sie nun die vier Männer vor sich sah, konnte sie verstehen, daß sie zögerten, bevor sie zu ihr sprachen.

Baylor war der erste, der das Schweigen brach. Er schlug ein Kreuzzeichen, knallte seine Spielkarten auf den Tisch und schlenderte langsam auf Sidda zu. Dann, als er vor ihr stand, hob er sie plötzlich hoch, wirbelte sie herum und tat so, als wolle er sie ins Bayou werfen.

»Los, mach schon!« brüllten die anderen *Bourrée*-Spieler. »Los! Sie ist schon viel zu lange trocken! Sie braucht eine Bayou-Taufe!«

»Untersteht euch!« rief Sidda entzückt aus.

Im letzten Moment hielt Baylor inne. Er setzte sie wieder auf der Erde ab und umarmte sie ungestüm. »Du kleine Heimlichtuerin, schleichst dich in unsere Stadt, ohne daß du mich, den großen Torwächter, informierst? Ich dachte, sie hätten deinen Paß konfisziert.«

»Das ist eine ganz Raffinierte«, sagte Vivi.

Sidda wandte sich Little Shep zu, der am Tisch sitzen geblieben war, und begrüßte ihn in barbarisch klingendem Latein: »Eheu, ipsey!«

»Komm in meine Arme, große Schwester, und herze mich. Dachte schon, wir würden dich nie wiedersehen«, sagte Little Shep, als er sie mit der ganzen Masse seiner fast zweihundert Pfund umarmte.

»Mein Gott, bist du hübsch!« fügte er hinzu, als er sie genau anschaute. Er strich ihr übers Haar. »Dein Haar, deine Haut. Wie kommt es, daß du so gut aussiehst?«

»Glück? Liebe? Ein kurzsichtiger, kleiner Bruder?«

Little Shep lachte. »Nein, im Ernst. Die Frauen hier bei uns halten sich nicht so gut wie du, Sidda.«

»Wie bitte, was hör ich da?« fragte Vivi entrüstet.

»Nicht doch, Mama«, beeilte sich Little Shep hinzuzufügen. »Ich meine die Frauen meiner Generation.«

»Halt lieber den Mund, solang du noch geduldet wirst, mein Sohn«, riet ihm Onkel Pete.

»Wie geht's dir, Shep?« fragte Sidda.

»Kann mich nicht beklagen, Schwesterchen. Ich nehm's, wie's kommt. Sei nicht bös, daß ich nie auf deine Briefe geantwortet habe. Du weißt ja, wie es manchmal so geht im Leben.«

»Sidda!« Onkel Pete ging auf sie zu und schloß sie in die Arme. »So schön, dich hier zu sehen. Es ist schon viel zu lang her.«

Unmittelbar nachdem Pete Sidda begrüßt hatte, legte er beschützend den Arm um Vivis Schulter.

»Geburtstagskind«, sagte er liebevoll. »Wie geht es meiner kleinen Stinky?«

Lachend zog Vivi die Hand ihres Bruders an ihr Herz. »Ich glaube, das wird wohl eines meiner schönsten Geburtstagsfeste sein. Alle sind gekommen, außer Lulu.«

»Wo *ist* denn Lulu?« fragte Sidda. Siddas jüngere Schwester hatte keinen Kontakt mehr mit ihr, und seit dem Wirbel in der *New York Times* hatte Sidda jede Spur von ihr verloren.

»Tallulah ist in Paris«, erwiderte Vivi. »Sie hat ihr Inneneinrichtungsbüro ihrem Geschäftspartner überlassen und hat sich nach Frankreich abgesetzt.«

»Hat sich mit einem Franzosen abgesetzt, würde ich eher sagen«, bemerkte Baylor.

»Seine Familie besitzt irgendwo ein Weingut, und seine Scheidung müßte jetzt angeblich jeden Tag durch sein«, antwortete Vivi.

Sidda wandte sich Connor zu, der still dieses Wiedersehen beobachtet hatte, und sagte: »Ich möchte euch Connor McGill, meinen Yankee-Liebsten, vorstellen. Er ist übrigens ein furchtbar guter Kartenspieler.«

Connor stöhnte laut auf. »Nein, nein, nein. Das hat sie ganz falsch verstanden. Sie muß mich mit jemandem verwechseln – wir Yankees sehen ja alle gleich aus. Ich kann nicht einmal eine Dame von einer Zwei unterscheiden.«

»Aha«, sagte Baylor und schüttelte Connors Hand. »Ich hab schon von euch Maine-Jungs gehört. Killer seid ihr. Das machen die langen Winter da oben. Komm her, Freundchen, hol dir 'nen Stuhl und ein Bier. Wir freuen uns, dich über den Tisch ziehen zu können – ich meine, dich mit dem mörderischen Louisiana-*Bourrée* bekannt zu machen. Mein großer Bruder und ich haben diesen Spiel gelernt, während sie uns das mit Bourbon gewürzte Fläschchen gab.«

»Du dummer Kerl«, erwiderte Vivi, die jede Sekunde dieser Unterhaltung genoß. »Es war *Tabasco,* nicht Bourbon.«

Lachend fragte Connor: »Was muß ein Fremder tun, damit er hier auf diesem Steg ein Bier kriegt?«

»Bedien dich, Connor«, sagte Onkel Pete. »Es sind auch noch ein paar kalte Shrimps und gebratene Froschschenkel übrig.«

»Na, dann lang ich besser zu, wenn ich schon mit den Bayou-Haien schwimmen soll«, antwortete Connor, öffnete eine Flasche Bier und zog einen Stuhl heran.

Alle lachten. Sie mochten Connor. Sidda mochte Connor. Sie konnte nicht aufhören zu lächeln, als sie merkte, wie ihr Bühnenbildner mit seinem Yale-Studium den Good Ole Boy aus sich herausließ.

Connor nahm einen großen Schluck aus seiner Flasche, dann stand er auf. Er stellte das Bier auf dem Tisch ab, ging zu Sidda hinüber und nahm sie von hinten in die Arme. Dann, ohne ersichtlichen Grund, wahrscheinlich war er irgendeinem Voodoo-

Zauber des Bayous erlegen, drückte er ihr einen dicken schmatzenden Kuß auf die Lippen.

Die ganze *Bourrée*-Truppe johlte, und Vivi beobachtete die Szene mit Adleraugen. Sidda genoß es.

Als Vivi Sidda zum Haus zurückführte, sagte sie: »Das meiste Essen ist schon abgeräumt, aber komm, ich mach dir noch einen Teller zurecht.«

Während Vivi sich in der Küche zu schaffen machte, ging Sidda in den Garten und setzte sich auf die Schaukel. In einer Ecke war eine Cajun-Kochstelle eingerichtet, und mehrere Tische waren ringsum aufgestellt worden. *Laissez les bons temps rouler,* dachte Sidda. Ein Geburtstagskrebsessen.

Sidda beobachtete ihre Mutter, wie sie auf die Schaukel zuging. Sie ist nicht mehr so *hektisch,* dachte sie.

Vivi blieb einen Augenblick stehen, es war ein kurzes Zögern, das an Schüchternheit grenzte. Nur einen Herzschlag lang, dann ging sie weiter auf Sidda zu.

Sie reichte ihr ein Glas Champagner und einen Teller, auf dem sich gekochte Krebse, neue Kartoffeln, ein Maiskolben und dicke Scheiben gebutterten Baguettes türmten.

»Danke, Mama«, sagte Sidda. Erst jetzt bemerkte sie, wie hungrig sie war.

»Dein Daddy hat das gesamte Essen zubereitet. Ich mußte keinen Finger krumm machen. Tut mir leid, daß nicht mehr viel übrig ist. Meine Gäste haben einfach alles verdrückt.«

»Aber das ist doch mehr als genug.«

»Schaffst du es, die Krebse hier auf der Schaukel zu essen, oder sollen wir lieber zum Tisch rübergehen?«

»Mama, ich habe nicht vergessen, wie man den Kopf von einem Louisiana-Krebs aussaugt, *egal, wo* ich sitze.«

»Hier sind ein paar Servietten«, sagte Vivi und zog zwei rosafarbene Leinentücher aus ihrem Hosenbund.

Sidda steckte sich eine Serviette in den Kragen ihrer Bluse, legte die andere unter ihren Teller und fing an, die Krebse zu schälen.

»Komm, setz dich zu mir«, sagte Sidda und deutete auf den Platz neben ihr auf der Schaukel.

»Danke, daß du mir auf meiner eigenen Schaukel einen Platz anbietest«, sagte Vivi in einem Ton, den Sidda nicht so recht zu deuten wußte.

Vivi setzte sich, allerdings nicht so nahe, daß sich ihre Körper berührten. Sie blickte starr geradeaus und hielt eine Hand verkrampft im Rücken. Sidda konnte ihre Mutter atmen hören. Erst jetzt fiel ihr auf, daß Vivi seit ihrer Ankunft keine einzige Zigarette angezündet hatte.

Sidda hatte Angst, das Falsche zu sagen, und sagte deshalb vorerst gar nichts. Sie schälte die Krebse und aß sie. »Köstlich.«

»Gott sei Dank können die Männer in Louisiana kochen«, meinte Vivi.

»Natürlich nicht so raffiniert gewürzt wie dein *étouffée.*«

»Necie hat doch hoffentlich dafür gesorgt, daß du davon gegessen hast?«

»Ich hatte ganz vergessen, daß es so etwas Gutes gibt.«

»Fandest du es wirklich gut?«

»Gut? Mama, das *étouffée*, das du den Ya-Yas mitgegeben hast, hätte Paul Prudhomme über seiner gußeisernen Bratpfanne zu Tränen gerührt. Dieser Mann ist ein Schnellimbißkoch im Vergleich zu dir.«

»Danke sehr, ich bin *bekannt* für dieses Gericht, wie du dich vielleicht erinnerst. Genevieve Whitman hat es mir beigebracht.«

»Danke, daß du es nach Quinault geschickt hast, Mama.«

»Das einzige, was ich richtig gemacht habe, war, daß ich euch allen ordentlich zu essen gegeben habe.«

Etwas an Vivis Ton ließ Sidda aufhorchen. Ihre Mutter war genauso nervös wie sie selbst. Sie wandte sich Vivi zu und sagte: »Du hast mehr richtig als falsch gemacht.«

Vivi gab keine Antwort. Weder Mutter noch Tochter wußte, was sie als nächstes sagen sollte.

»Du siehst gut aus, Mutter. Wirklich gut.«

»*Du* siehst umwerfend aus. Ich glaube, du hast abgenommen.«

Sidda mußte lächeln. Es war das größte Kompliment, das ihre Mutter kannte.

»*Ich* bin fülliger geworden. Das kommt vom Krafttraining.

Die Konsequenz ist eben mehr Muskelmasse. Und ich rauche nicht mehr. Die Konsequenz sind mehr Snickers.«

Sidda lachte. »Ich staune wegen deines Krafttrainings. Ich nehme mir so was auch immer vor, aber es bleibt eben nur beim Vorsatz.«

»Sehe ich zu dick aus?«

Sidda hatte diese Frage von ihrer Mutter unzählige Male gehört. Jetzt glaubte sie zum ersten Mal zu verstehen, was ihre Mutter eigentlich damit fragen wollte: Bin ich zu massiv? Muß ich mich für dich kleiner machen?

»Nein, Mama, so wie du bist, ist es gerade richtig.«

Vivi blickte immer noch starr geradeaus, auf die nur spärlich vom Mondlicht beschienenen Felder.

»Dein Vater«, sagte sie und war den Tränen nahe, »hat über zwölf Hektar Sonnenblumen da draußen angebaut. Die zweite Ernte ist das schon. Keine Baumwolle, keine Sojabohnen. *Sonnenblumen.* Warte nur, bis du sie bei Tageslicht siehst. Er behauptet, damit lockt er die Vögel für die Jagd an, aber das nimmt niemand ernst. Man braucht keine *zwölf* Hektar Sonnenblumen, um ein paar Tauben anzulocken. Das einzige, was er bei der Taubenjagd am Labour Day noch schießt, sind ohnehin nur Fotos.«

Vivi holte tief Luft, ehe sie fortfuhr. *»Es steckt ein Van Gogh in ihm, Sidda.* Da glaubst du, du kennst den Mann, mit dem du es seit fast fünfzig Jahren aushältst, und dann tut er auf einmal so etwas. Nur wegen der Schönheit.«

Vivi vergoß ein paar Tränen, dann schniefte sie und hörte wieder auf zu weinen. Mit den Fingerspitzen klopfte sie sachte auf die Haut um ihre Augen. »Rote Flecken und Tränensäcke.«

Vivi drehte sich zu ihrer Tochter hin, und Sidda sah deutlich ihre dunkelbraunen Augen, ihre milchige Haut mit den Sommersprossen, das schlaffe Kinn. Auf einmal sagte Vivi mit der übertrieben weinerlichen Stimme eines kleinen Mädchens: »Das ist meine Party, und ich heule, wenn ich will.«

Dann brach sie in Lachen aus.

Auch Sidda prustete los. Mein Gott, wie gut das tat, wieder zusammen mit ihrer Mutter lachen zu können!

»Was hat dich dazu veranlaßt?« fragte Vivi und sah Sidda

direkt ins Gesicht. »Warum bist du ins Flugzeug gestiegen und hast die weite Reise hierher auf dich genommen?«

»Lawanda. Lawanda hat mich dazu gebracht.«

Vivi wandte sich ab. Sie sagte eine Weile nichts. Dann fragte sie: »Du hast doch nichts aus meinem Album rausgenommen? Du hast doch nichts verloren, oder? Das Zeug ist nämlich unbezahlbar. Diese Schätze kann man nicht mit Geld bezahlen.«

»Ich habe die »Göttlichen Geheimnisse der Ya-Ya-Schwestern« mitgebracht, Mama. Sie liegen im Auto. Ich hol sie gleich.«

»Nein, bleib sitzen – es ist schon in Ordnung.«

Aber Sidda war bereits auf dem Weg zum Wagen.

Als sie die Tür öffnete, sah Vivi im Schein der Innenbeleuchtung das konzentrierte Gesicht ihrer Tochter. Wie schön und *ernst* sie ist, dachte Vivi, genau wie als Kind.

Sidda ging zur Schaukel zurück, in der Hand das Album, und in der Tasche ihres Leinenblazers verborgen, ein kleines in Geschenkpapier eingewickeltes Päckchen.

Sidda übergab das Album ihrer Mutter.

»Ich hatte es im Handgepäck im Flugzeug bei mir. Ich wollte nicht, daß es vielleicht beschädigt wird. In deinem Brief stand: ›Ich möchte es unversehrt zurück.‹«

Vivi starrte auf das Album in ihrem Schoß. Sie streichelte den Einband, dann schlug sie die Hand vor den Mund. »Nicht das Album wollte ich unversehrt zurück«, flüsterte sie.

»Mutter«, sagte Sidda lächelnd, »in deinem Brief sagtest du ausdrücklich, daß du mich verklagen würdest, falls –«

»*Dich* wollte ich unversehrt zurück«, murmelte Vivi.

»Ach, Mama«, sagte Sidda kaum hörbar.

Sie legte ihrer Mutter die Hand auf die Schulter. Sie roch ihr Hovet-Parfum mit der zauberhaften Aromamischung von Birnen, Veilchen, Florentiner Schwertlilien und Vetiver. Unter diesem Duft roch Sidda Vivis individuellen Geruch, der von ihrer Haut ausging, von den Molekülen, aus denen sich ihr Körper zusammensetzte. In der Nachtluft Louisianas konnte Sidda den Duft erneut riechen, den sie als ersten in ihrem Leben wahrgenommen hatte.

Eine Lampe, die an einem Telefonmast am Rand der Auffahrt

befestigt war, verströmte einen altmodischen, ländlichen Lichtschein. Zusammen mit den Weihnachtslichterketten, die um die Schaukel gewunden waren, beleuchtete sie Vivis Gesicht. Sidda bemerkte die Falten in ihrer alternden, fast durchsichtigen Haut, Linien, die von dem jahrelangen Bemühen herrührten, ihre Furcht hinter Fröhlichkeit zu verstecken. Sidda nahm die Courage ihrer Mutter wahr, aber auch ihren Schmerz.

Während Sidda mit ihrer Mutter auf die dunklen Felder hinausblickte, wo Hunderte von Sonnenblumen wuchsen, dachte sie: Nie werde ich meine Mutter völlig kennen, genausowenig wie meinen Vater oder Connor oder mich selbst. *Ich habe das Problem nicht erkannt. Das Problem ist nicht, einen anderen Menschen* zu kennen, *oder* zu lernen, *wie man jemanden liebt. Das Problem ist einfach: wie liebevoll können wir miteinander umgehen? Welche guten Manieren können wir an den Tag legen, wenn wir uns selbst und andere in unser Herz hineinlassen?*

An jenem Ort im Garten der Pecan Grove Plantage, im Herzen Louisianas, wo es in diesem Jahr noch keinen Frost gegeben hatte, gab Siddalee Walker etwas auf. Sie gab das Bedürfnis zu wissen auf, sie gab den Zwang zu verstehen auf. Sie saß neben ihrer Mutter und spürte die Kraft, die aus ihrer beider Zerbrechlichkeit erwuchs. Sie kehrte heim, ohne Schuldzuweisung.

Als Vivi ihr die Hand entgegenstreckte, nahm Sidda sie. Ihre Hände ruhten zwischen ihnen auf der Schaukel. Gleichzeitig blickten beide nach unten und bemerkten die Ähnlichkeit ihrer Hände, die Farbe der Haut, die Form der Finger, die Venen, in denen ihr Ya-Ya-Blut durch die Frauenkörper strömte.

»Ach ja«, seufzte Vivi.

»Ach ja«, wiederholte Sidda.

Mit jenen wenigen Lauten schienen Mutter und Tochter denselben Luftstrom zu atmen. Dann stießen sie sich beide wortlos mit den Füßen am Boden ab, und die Schaukel begann ganz sanft hin und her zu schwingen. Nicht wild, sondern ganz behutsam, als ob die Schaukel eine Wiege wäre, die Mutter und Tochter geborgen hielt, zwei verschiedene, zwei gleiche Planeten, die durchs All taumelten in einer Spätherbstnacht.

»Ich möchte dir was geben«, flüsterte Vivi. Sie griff in die

Tasche ihrer Seidenhose, nahm Siddas Hand und drückte etwas hinein.

Als Sidda die Hand öffnete, sah sie ein kleines samtenes Schmucketui. Sie öffnete den Deckel, der an einem festen kleinen Scharnier zurückschnappte. Im Inneren befand sich der Brillantring, den Vivis Vater seiner Tochter vor über fünfzig Jahren geschenkt hatte.

»Mein Vater hat ihn mir am Abend meines sechzehnten Geburtstages gegeben«, sagte Vivi schlicht. »Ich habe ihn einmal fast verloren, aber zurückbekommen.«

Wie eine Priesterin nahm Vivi den Ring aus dem Etui und steckte ihn ihrer Tochter an den Finger, dabei zitterten ihre weichen, mit Altersflecken übersäten Hände. Dann führte sie Siddas Hand an ihre Lippen und küßte sie. Nicht, wie man die Hand eines geliebten Menschen küssen würde; eher, wie man zärtlich die Fingerchen eines Babys an die Lippen drückt, weil sie so rosig und niedlich sind und weil man sie so sehr liebt.

Sidda spürte die Tränen ihrer Mutter auf ihrer Hand und nahm nun ebenfalls deren Hand, um sie zu küssen, ehe sie sie gegen ihre Wange preßte. Dann begannen beide zu weinen. Ohne bebende Schultern, ohne lautes Aufschluchzen, Tränen, die still über ihre Wangen rollten.

»Danke, Mama«, flüsterte Sidda, »für all die göttlichen Geheimnisse, die du mir mitgeteilt hast.«

»Geheimnisse?!« sagte Vivi schniefend, »oh, Schätzchen! Wenn du mein Album meinst, das ist gar nichts! An die Hälfte von dem Zeug da drinnen *erinnere* ich mich nicht einmal. Du solltest mal all das sehen, was ich dir *nicht* gegeben habe. Da stecken die *wahren* Geheimnisse drin!«

So ist sie eben, meine Mutter, dachte Sidda.

»Ich sag dir was«, fuhr Vivi unter Tränen fort, »es ist eine solche Schande, daß sie diese Wanda-Beauty-Wimperntusche nicht mehr herstellen.«

»Könnten wir Sünderinnen, die wir gegen das ›Fünfte Gebot der Schönheit und des Charmes‹ verstoßen, ziemlich gut brauchen«, meinte Sidda.

»Die Fenster meiner Seele werden verdammt trüb und matt aussehen.«

»Ohne Glanz, eingebettet in Tränensäcke und geschwollene Lider«, ergänzte Sidda. »Ein Mädchen hat ohnehin genügend Hindernisse zu überwinden, bis es den Mann fürs Leben gefunden hat.«

»Du hast verdammt recht.«

»Okay«, flüsterte Sidda, »jetzt bin ich dran.« Sie holte aus ihrer Jackentasche das kleine Geschenkpäckchen hervor, das sie schon im Flugzeug dabeigehabt hatte. Ehe sie es Vivi überreichte, drückte sie einen Kuß darauf, dann erst legte sie es ihrer Mutter in die Hand.

Vivi riß das rosafarbene, handgeschöpfte Papier von der Schachtel. Sie griff hinein und nahm sehr behutsam ein winziges Glasgefäß in der Größe einer Fingerhut-Blüte heraus. Die Phiole war eine Antiquität, aus Glas, mit einer Hülle aus Sterlingsilber, und in der Mitte des kleinen Schraubverschlusses war ein Jadestein eingelassen. Vorsichtig öffnete Vivi die Phiole und hielt sie sich unter die Nase.

»Das ist nicht für Parfüm gedacht. Es hat einen anderen Zweck, oder?«

»Ja, es ist für etwas anderes, Mama.«

Vivi neigte den Kopf zur Seite und dachte nach. »Sag's mir.«

»Das ist ein Tränenkrüglein. Ein winziger Behälter für Tränen. Früher war das eines der kostbarsten Geschenke, das man jemandem machen konnte. Es bedeutete, daß man denjenigen liebte, daß man einen Kummer mit ihm teilte, durch den man einander nahegekommen war.«

»Ach Sidda, ach mein Mädchen.«

»Das hier ist aus viktorianischer Zeit, denke ich. Ich habe es vor ein paar Jahren in London gefunden, als ich auf der Suche nach geeigneten Requisiten alle möglichen Antiquitätenläden durchstöberte.«

»Sind deine Tränen da drinnen?« fragte Vivi und hielt die Phiole gegen das Licht.

»Ja, aber es ist noch Platz.«

Vivi sah Sidda an und blinzelte ihr zu. Jedenfalls sah es so aus. Aber vielleicht hatte sie auch nur versucht, eine Träne wegzudrücken. Im nächsten Moment hielt sie die Phiole unter ihr rechtes Auge, nickte heftig mit dem Kopf und versuchte, ihre Tränen in den kleinen Krug hineinfallen zu lassen.

Sidda sah ihre Mutter an und mußte lachen.

Vivi schmunzelte. »Warum lachst du, du verrücktes Huhn! Auf dieses Geschenk habe ich mein ganzes Leben lang gewartet.«

»Ich weiß.« Sidda weinte und lachte zugleich. »Ich weiß.«

Dann erhob sich Vivi von der Schaukel, wobei sie immer noch das Glas unter ihr Auge hielt, und fing an zu hüpfen. Zuerst mit dem einen Bein, dann mit dem anderen.

Sobald Sidda erkannte, was ihre Mutter im Sinn hatte, stand sie ebenfalls auf und begann zu hüpfen. Erst mit dem rechten Bein, dann mit dem linken, und dabei neigte sie den Kopf hin zu der Phiole, damit ihre Tränen hineinfallen konnten. Vivi, in der Hand ein Tränenkrüglein, und Sidda, am Finger einen ehemals verpfändeten, aber nun wieder eingelösten Ring, hüpften und weinten. Sie hüpften und weinten und lachten und stießen wilde, spontane Schreie aus. Hätte sie jetzt jemand zufällig gesehen, dann hätte er meinen können, die beiden Frauen führten einen exotischen rituellen Stammestanz auf. Den rituellen Mutter-Tochter-Tanz des Fast-Verschwundenen-Aber-Immer-Noch-Mächtigen Stammes der Göttlichen Ya-Yas. Ein uralter Austausch von Tränen und Juwelen. Juwelen und Tränen.

32.

Es war bereits nach ein Uhr morgens, als Sidda und Connor in ihrem Hotel, dem Tante Marie House, am Cane River eintrafen.

»Das ist ja wie im Film«, flüsterte Connor, als sie auf die Eingangstür des frühen kreolischen Gebäudes im klassizistischen Stil zugingen. Säulenreihen säumten die breite Veranda, und in der Luft lag ein schwerer süßlicher Duft. Das zuckende Licht der Gaslaternen warf tanzende Schatten auf die Fensterläden und Ziegelmauern, und sowohl Sidda als auch Connor hatten das Gefühl, sie würden in das vergangene Jahrhundert zurückversetzt.

Der Hotelbesitzer stellte sich als Thomas LeCompte vor. Bis er Connor und Sidda durch den grünen Innenhof und eine Treppe hinauf zu einer Galerie im ehemaligen Sklavenquartier hinter dem Haus geführt hatte, wo sich ihr Appartement befand, war er zu dem Schluß gekommen, daß er nicht nur Siddas Familie kannte, sondern mit großer Wahrscheinlichkeit sogar mit ihr verwandt war.

»Tatsächlich«, sagte Thomas und trat durch die Glastür hinaus auf die Galerie, die sich zum Garten öffnete, »stammt dieser Kamelienbusch dort hinten, eine Lady Hume's Blush, von einem Steckling, den Ihre Großmutter mütterlicherseits meinem Vater gegeben hat. Ich glaube, sie hieß Mary Katherine Bowman Abbott, kann das sein? Sie war eine begnadete Gärtnerin, Ihre Großmutter. Genau wie mein Vater. *Verrückt* nach Kamelien. Immer wenn eine Kamelie eine Blüte hergeben mußte, sprach er von *Enthauptung*. Daddy würde sich im Grab umdrehen, wenn er sehen würde, wie mein Gärtner das Schmuckstück ihrer Großmutter zugeschnitten hat.«

Sidda und Connor standen neben ihm auf der Galerie und blickten in den Garten hinunter, in dem in ungebändigter Fülle Begonien und die letzten großen, auffallenden Blätter der Kaladien wuchsen. Der süßliche Duft des Ingwers, dessen weiße Blüten in der Dunkelheit leuchteten, strömte zu ihrer Begrüßung zu ihnen herauf. Um den Garten herum wuchsen riesige virginische Eichen, von deren Ästen in einem wirren Durcheinander Bartflechten-Tillandsien herabhingen. Der Garten selbst war umschlossen von einer alten Backsteinmauer, an der sich Kletterrosen emporrankten mit den letzten Blüten einer Rose of Montana. In der hinteren Ecke des Gartens befand sich ein Springbrunnen mit einem kleinen Becken, der flankiert wurde von einem Zedrachbaum und einem Indischen Flieder, dessen Blätter der Herbst rot und golden gefärbt hatte. Üppige Büsche verschiedener Sorten von Kamelien, Azaleen, Rosen, Salbei und Jasmin nahmen so viel Platz ein, daß der rote Ziegelboden des Innenhofs kaum zu sehen war.

Sidda betrachtete den riesigen Kamelienbusch mit seinen dicken, geschwollenen Knospen. »Ich wußte gar nicht, daß Buggy – so nannten wir meine Großmutter – so eine großartige Gärtnerin war«, sagte Sidda.

»Ach, wissen Sie«, erwiderte Thomas, »so etwas ist nur bekannt unter denen, die mit Leib und Seele Gärtner sind.« Dann machte er das Kreuzzeichen und murmelte: »Verzeih mir, Daddy.«

Connor, selbst ein Gärtner mit Leib und Seele, sagte: »Diese Sorte Kamelie ist legendär, Sidda. Eine Lady Hume's Blush dieser Größe ist vergleichbar mit einer schwarzen Perle. Ich wußte gar nicht, daß es das gibt.«

»Ich lasse Sie jetzt zu Bett gehen«, sagte Thomas.

Connor und Sidda sahen ihm zu, wie er die Treppe hinunterging.

»Ich kann gar nicht glauben, daß ich in Amerika bin«, meinte Connor.

»Bist du auch nicht. Du bist in Louisiana. Und wir werden die Nacht in einem ehemaligen Sklavenquartier verbringen, das aussieht, als käme es direkt aus *Southern Living.* Ich habe fast ein schlechtes Gewissen, wenn ich an all das Elend denke, das diese vier Wände gesehen haben.«

Connor sah sich in dem Zimmer um, das mit Antiquitäten, dicken Teppichen und Audubon-Drucken ausgestattet war. »Sicher viel Elend. Aber auch hier gab es Leben. Paare liebten sich, Babys wurden geboren, die Leute weinten nicht nur, sie sangen auch. Diese Wände haben bestimmt auch Freude gesehen, neben all dem Leid.«

Nachdem sie in ihr riesiges Himmelbett gefallen waren, erzählte Sidda Connor in groben Zügen, wie das Wiedersehen mit ihrer Mutter verlaufen war. Aber ihr war nicht sehr nach Reden zumute. Sie liebten sich kurz und intensiv, schläfrig, zärtlich. Beide waren erschöpft. Sidda konnte danach nicht gleich einschlafen. Connor streichelte ihren Rücken und sang ihr ein kleines Liedchen vor, das er sich spontan für sie ausdachte. Irgend etwas mit einer kleinen Blumenzwiebel, die im Winter unter der Erde wuchs. Er sang, bis seine Stimme immer leiser wurde und er schließlich einschlief.

Wenn Gott gut zu mir ist, dachte Sidda, dann läßt er mich auch noch ein Bett mit diesem Mann teilen, wenn ich achtzig bin.

Nach einer Weile stand Sidda auf, vorsichtig, damit sie Connor nicht weckte. Nackt und barfuß ging sie über die Fußbodendielen aus Zypressenholz, hinunter in den Garten, in die schwülwarme Louisiana-Nacht. Sie betrachtete die Kamelie, die die schwarze Perle ihrer Großmutter gewesen war. Dann schlenderte sie zum Brunnen und tauchte die Fingerspitzen ins Wasser. Sie berührte damit die Augen, die Lippen, die Brust. Sie atmete tief durch, fand Erbarmen mit sich selbst, gewährte sich Vergebung. *Manchmal findet man verlorene Schätze wieder.*

Am nächsten Morgen schmiegte sich Sidda an Connor und schlug ihm Dinge vor, die sie noch nie vorher mit jemandem innerhalb eines Radius von hundert Meilen um ihre Heimatstadt getan hatte. Anschließend flüsterte sie ihm einige entscheidende

Worte ins Ohr. Als er hörte, was sie zu sagen hatte, zog er sie wortlos an sich und hielt sie fest. Er küßte ihre Stirn, die Augen, die Nase, die Lippen, die Fingerspitzen.

»Bitte verzeih mir meine dumme Unentschlossenheit«, bat sie ihn, »und daß ich dich an einem dünnen Faden über dem Abgrund der Verzweiflung habe baumeln lassen.«

»Ach meine Blume«, erwiderte Connor und rollte sich zurück auf seine Seite, damit er ihr in die Augen sehen konnte, »wir hängen alle an einem Faden über dem Abgrund der Verzweiflung. Wir müssen uns gegenseitig vor dem Fall bewahren.«

Die große Güte in seinen Augen, die Zärtlichkeit in seiner Stimme ließen auch noch die letzten Zweifel schwinden, daß sie die richtige Entscheidung getroffen hatte.

Um die Mittagszeit waren sie wieder in Pecan Grove und tranken mit Vivi und Shep Eistee auf der hinteren Veranda. Auch Willetta war anwesend und hörte Siddalee Walkers Ankündigung, sie gedenke Connor McGill in genau sieben Tagen im Sonnenblumenfeld vor ihrem Elternhaus zu heiraten. Innerhalb von ungefähr dreißig Minuten fuhren drei Autos die Auffahrt hinauf. Die Ya-Yas waren eingetroffen.

Jetzt konnte die Show beginnen.

33

Im Sonnenblumenfeld ihres Vaters, am frühen Abend des 25. Oktober, gab Siddalee Walker im Hochzeitskleid ihrer Mutter Connor McGill das Jawort.

Mit dabei waren ihre Eltern, ihre Brüder und deren Familien, ihre Schwester Lulu (die aus Paris nach Hause geflogen war), die Ya-Yas, die Petits Ya-Yas und deren Familien, Willetta und ihre Familie, ihre Freundin May Sorensen (die in letzter Minute aus der Türkei zurückgekommen war), Connors Eltern, seine Großmutter und zwei Schwestern, Wade Coenen (der sich um Hueylene kümmerte und der Vivis Hochzeitskleid so umgearbeitet hatte, daß Siddas Dekolleté und ihre Schultern zu sehen waren) und eine ganze Schar weiterer Freunde, die ihre Pläne geändert hatten, um innerhalb einer Frist von einer Woche nach Thornton fliegen zu können, als Siddalee Walker zu Connor McGill sagte: »Ich will dich lieben und ehren, so gut ich es vermag.«

Siddas siebenjährige Nichte Caitlin Walker, eine von Baylors Zwillingen, war verantwortlich für die Tatsache, daß alle Kinder (und auch einige Erwachsene) Halloween-Kostüme trugen. Hätte ein Fremder diese Zeremonie gesehen, er hätte sie leicht mit einer heidnischen Kultfeier verwechseln können, zu der sich zahlreiche gut betuchte Leute versammelt hatten, wäre da nicht Teensys Cousin gewesen, der auf einer Cajun-Fiedel »Amazing Grace« spielte.

Bei der anschließenden Party spielte derselbe Musiker mit den übrigen Mitgliedern seiner Band – den Alligator Gris Gris – eine Mischung aus Cajun- und Zydeco-Musik, dazwischen alte Evergreens aus den vierziger Jahren, die sie hatten einstudieren müssen, damit sie auf ihrer Tour durch die Country Clubs des südlichen Louisiana genug Geld verdienten. Unter der riesigen, alten virginischen Eiche, die Baylor mit Millionen winziger Christbaumkerzen geschmückt hatte, führte Shep die Oberaufsicht über ein *cochon de lait* und erfreute seine New Yorker Gäste mit riesigen Portionen von Schweinebraten am Spieß und »Dirty Rice«. Willettas Mann, Chaney, stand vor einem mächtigen schwarzen Kessel, in dem Shrimps kochten, und um die Tanzfläche herum waren lange Tische aufgestellt worden, die sich unter frischem Baguette, Salat und tausend Spezialitäten aus Louisiana bogen.

Alles war mit Sonnenblumen und Zinnien geschmückt, die Necie arrangiert hatte, und um ein Freudenfeuer, um das sich Little Shep kümmerte, waren Heuballen aufgeschichtet. Das Wetter war ideal, es wehte eine leichte frische Brise, so daß man tanzen konnte, ohne zu sehr ins Schwitzen zu geraten. Diese Hochzeitsfeier war so gelöst und fröhlich, wie man selten eine erlebt hatte.

Auf dem Höhepunkt der Party, sobald alle gegessen hatten, hörte die Band plötzlich auf zu spielen, und ein Ziehharmonikaspieler kündigte an, daß nun eine besondere Vorstellung auf die Gäste wartete. Dann trat er beiseite und stellte die vier Ya-Yas vor.

Vivi Abbott Walker trat ans Mikrofon und hob ihr Champagnerglas gen Himmel. Mit einem Augenzwinkern sagte sie: »Siddalee-Schätzchen, dieses Lied ist für dich.«

Sie trank einen kräftigen Schluck Champagner und gab dann den anderen ein Zeichen. Daraufhin begannen die vier alten Freundinnen in vierstimmiger Ya-Ya-Harmonie, begleitet von Fiedel, Ziehharmonika und Kontrabaß, zu singen. Ihre Stimmen waren nicht besonders wohlklingend, die Akkorde gerieten hie und da ein wenig ins Schwimmen, aber als sie den Mund aufmachten, brachten sie eine Weise zustande, die teils Wiegenlied, teils Liebeslied und teils Segnung war. Sie sangen:

Nights are long since you went away,
I think about you all through the day,
My buddy, my buddy,
No buddy quite so true.
Miss your voice, the touch of your hand,
Just long to know, that you understand,
My buddy, my buddy,
Your buddy misses you.

Als der Gesang zu Ende war, hatte sich Sidda mit der Tatsache abgefunden, daß sie auf allen Hochzeitsfotos mit verschmierter Wimperntusche zu sehen sein würde, weil sie so viel geweint hatte. Als ihr Vater diskret an sie herantrat und ihr sein Taschentuch gab, war sie dankbar.

»Deine Mama und die anderen haben immer noch geprobt, als ich gestern nacht ins Bett ging.«

Sidda sah ihren Vater an und lächelte. »Danke, daß du diese Sonnenblumen angebaut hast, Daddy.«

»Weißt du, das ist bereits meine zweite Ernte in diesem Jahr. Weiß nicht, was in mich gefahren ist, daß ich so spät noch einmal Sonnenblumen gesät habe. Die Leute haben sich ziemlich lustig über mich gemacht, weil ich jetzt Blumen anbaue, wo ich doch früher bis in den letzten Winkel nur angebaut habe, was Geld einbringt. Aber das war damals eben eine andere Situation. Ich mußte euch alle vier ernähren, mußte euch Autos kaufen, euer College finanzieren. Jetzt pflanze ich die Sachen aus anderen Gründen an. Aber trotzdem bin ich froh, daß du und Con gekommen seid und es nun so aussieht, als hätten diese Sonnenblumen ihren Zweck gehabt. Bewahrt mich davor, daß alle mich für einen rührseligen Trottel halten. Muß mein Image pflegen, weißt du?«

Sidda wischte zärtlich die Tränen von den Wangen ihres Vaters. »Ich liebe dich, Daddy.«

»Ich hoffe, daß deine Ehe gut wird, mein Püppchen. Vielleicht können wir jetzt eher wie eine richtige Familie sein, wenn du weißt, was ich meine.«

»Ja, Daddy«, sagte Sidda und hängte sich bei ihrem Vater ein. »Ich weiß, was du meinst.«

»Findet ihr nicht auch, daß es nun an der Zeit ist, daß der Brautvater mit seiner Tochter tanzt«, sagte Vivi und ging auf sie zu. Sie gab Sidda einen Kuß auf die Wange, dann küßte sie ihren Mann. »Ich glaube, was die amerikanische Familie braucht, ist mehr *Tanzen,* meint ihr nicht auch?«

Sidda sah ihre Mutter, dann ihren Vater an und sagte: »Ich glaube, du hast recht, Mama. Eigentlich sollte das mal ein Präsidentschaftskandidat in sein Wahlprogramm aufnehmen.«

Als die Band wieder zu spielen anfing, nahm Vivi Siddas Gesicht in ihre Hände und küßte sie erneut. Dann nahm sie die Hand ihrer Tochter und legte sie in die von Shep. Daraufhin bugsierte sie die beiden auf die Tanzfläche.

»Schwingt das Tanzbein, Schätzchen! Los, bewegt euch!«

Mit diesen Worten begab sich Vivi auf die Suche nach den Ya-Yas, und bald schon sah man die vier zusammen tanzen, mit wirbelnden Röcken und funkelnden Augen.

Nachdem die Hochzeitstorte (von Willetta gebacken und mit Halloween-Farben von ihrer Tochter Pearl verziert) angeschnitten war, gingen alle wieder zurück auf die Tanzfläche. Obwohl es allmählich spät wurde und die kleinen Kinder ganz müde Augen bekamen, dachte niemand daran, die Pecan Grove Plantage zu verlassen. Keiner wollte mit dem Feiern aufhören. Und so blieben sie und tanzten. Bis zur Erschöpfung tanzten sie Walzer, Jerk, den Cajun Two-Step, den Mash-Potatoe, den Jitterbug, Foxtrott und Boogy.

Von ihrem hohen Sitz aus in der Sichel des Erntemonds sah Unsere Liebe Frau lächelnd hinunter auf ihre unvollkommenen Kinder. Die Engel, die ihr an diesem Abend aufwarteten, verspürten das leise Verlangen, Menschengestalt anzunehmen, und sei es nur für ein paar Minuten. Sie wollten sich dem Rhythmus hingeben, sich im Tanze wiegen, wollten das typisch menschliche Gefühl kennenlernen, wie es ist, wenn man eine vollkommene Nacht in einer unvollkommenen Welt erlebt. Sie wollten, wie Sidda, wie Vivi – und wenn man den Erzählungen glauben kann –, wie fast jeder in dieser Nacht, als Sidda Walker Connor McGill heiratete, kosten, wie salzig Tränen schmecken.

So etwas passiert, wenn die Liebe, wie in einer Nabelschnur, von der Erde zum Himmel und zurück fließt. So etwas passiert manchmal in den Nächten um Halloween im Staat Louisiana, wenn die Grenzen zwischen Himmel und Erde ein wenig durchlässig werden und sich die Geister von überall her versammeln. Es kann durchaus sein, daß auch die Seelen von Siddas Zwillingsbruder und von Jack und Genevieve Whitman mitfeierten. Vielleicht wurde im Herzen eines jeden Gastes, das sich öffnete, der Geist eines Ungeborenen wachgerufen. Wenn die Feiernden zwischen zwei Tänzen atemlos und glücklich ein paar Worte wechselten, dann versicherten sie einander, daß die Nacht phantastisch sei und daß sie sich fühlten, als wären sie einem geheimnisvollen Zauber erlegen.

Solche Worte riefen bei der Heiligen Mutter nur ein Augenzwinkern hervor. Dazu würde sie höchstens sagen: »Diejenigen, die wissen, reden nicht. Diejenigen, die reden, wissen nicht.«

Siddalee Walkers Bedürfnis, alles verstehen zu wollen, war verschwunden, wenigstens für eine Weile. Geblieben waren nur Liebe und Staunen.

Danksagung

Mein besonderer Dank gilt folgenden Personen:

Maurine Holbert-Hogaboom, meiner Mentorin, deren Liebe, Anerkennung und Inspiration mich lehrten, wie umfassend, zärtlich und stürmisch Mutterschaft – und Schwesternschaft – sein können.

Terry Gibson, einem Leuchtturm mit konstantem Lichtstrahl.

Diane Reverand, meiner Verlegerin, die mit Intuition und Enthusiasmus die Ya-Yas willkommen hieß, als dieses Buch noch ein *bébé* war.

Jane Isay, ungebetener Engel, der erschien und mir mit großer Herzlichkeit half, meine Gedanken weiterzuentwickeln und zu strukturieren.

Donna Lambdin, Louisiana-Schwester, und Bob Corbett, durch den ich Lake Quinault entdeckte.

Jan Constantine für ihre großzügigen Ratschläge und ihre Freundschaft.

Tom Wells, meinem geliebten Bruder.

Und den folgenden:

Randy Harelson, Nancy Chambers Richards, Willie Mae Lowe, Bobby und Althea DeBlieux, Darrell Jamieson, Jennifer Miller, Lori Mitchell, Brenda Peterson, Torie Scott, Barbara Bailey, Brenda Bell und Stanley Farrar, Honi Werner, Steve Coenen, Lynne und Bob Dowdy, Linda Buck, Jane und Gene Crews, Janice Shaw, Libby Anderson, Uli Schoettle, Julia Smith, Barbara Fischer, Sherry Prowda, Colleen Byrum, Jan Short, Karen Haig, Mary Colegrove, Myra Goldberg, Bard Richmond, Jay Morris, Jerry Fulks, Lou Maxon, Meaghan Dowling, David Flora, Marshal Trow, Bainbridge Island Public Library, Bainbridge Island Arts and Humanities Council; The Seaside Institute and Community, besonders Nancy Holmes und Robert und Daryl Davis; Sally und John Renn, Tom und Barbara Schworer, und Lulu (der Judy Holiday unter den Cockerspaniels, deren fröhliche Kameradschaft veranschaulicht, warum »dog« rückwärts buchstabiert »God« ergibt). Und meiner gesamten Familie, deren Liebe und unverschämter Sinn für Humor die Bühne für mich aufbauten. Besonders meiner Mutter, die mir das Schwimmen beibrachte.

An den Leser

Mein Dank gebührt Liz Huddle und Burke Walker, die mit mir ihre Erfahrungen als Theaterregisseure austauschten und mir auf diese Weise dabei halfen, die Figur der Siddalee Walker zu entwickeln.

Ich werde stets Adrienne Rich dankbar sein für ihr richtungsweisendes Werk *Of Women Born,* das mich inspirierte und begleitete, während ich diesen Roman schrieb. Mein Dank geht auch an Diane Ackerman, deren Vermögen, die Schönheit der Welt um uns herum auszudrücken, mich wachrief. Ich danke ferner Denise Levertov für ihr Gedicht »The Annunciation«, das manchmal, wenn der Mond günstig steht, die Heilige Lady hervorlockt.

Mein Dank gilt *Weavings* für die Veröffentlichung der Schrift »Forgiveness: The Name of Love in a Wounded World«, von Henri Nouwen. Außerdem danke ich *The Sun* für ihre wunderbaren »Sunbeams«, wo die Zitate von Mary Antin und H. L. Mencken erschienen, die als Leitsätze am Anfang dieses Buches verwendet wurden.